用聽的學
標準日本語

聞くだけで 話せるよう に なる

全音檔下載
導向頁面

http://booknews.com.tw/mp3/9789864543502.htm

掃描QR碼進入網頁後，按「全書音檔下載請按此」連結，
可一次性下載音檔壓縮檔，或點選檔名線上撥放。
iOS系統請升級至iOS 13後再行下載，
全書音檔為大型檔案，建議使用WIFI連線下載，以免占用流量
並確認連線狀況，以利下載順暢。

　　《用聽的學就能開口說日語》第一版出版以後，時間已經流逝了十八年了，這段期間收到六十萬讀者的支持與喜愛，我非常想傳達內心的感謝給大家。

　　在韓國的這段期間教導了無數個學生後，我發現了一件事情，那就是大部分的人都只用眼睛及手來學習並熟悉日語，這實在是非常可惜。有句話說：「語言不是用文字，而是需要先透過聲音來熟悉它。」因為有這樣的契機，才讓我寫出了這本《用聽的學就能開口說日語》。

　　以透過聽力學習為主題書寫的《用聽的學就能開口說日語》，經過了一而再而三地反覆修訂之後，決定將書籍分成《用聽的學就能開口說日語》和《用聽的學就能開口說日語進階篇》兩個版本。雖然兩本書的學習方向有很大的不同，但是為了讓聲音學習法能夠確實地發揮最大的效果，苦惱許久之後，當時決定了以這個方式進行出版。

　　後來得知，有許多學習者們在閱讀完《用聽的學就能開口說日語》之後，仍然會繼續學習文法以及其他內容，這樣做的話，之前使用聲音學習法好不容易打開的耳朵和嘴巴，會因為身體還沒完全熟悉而再次閉上。

　　並且《用聽的學就能開口說日語》這本書是從名詞、形容詞、到現在式動詞作各式各樣的探討，而《用聽的學就能開口說日語進階篇》則是從動詞過去式開始、談到「て形」等，包含了各式各樣的動詞活用變化，兩個版本都需要確實地將內容全部看完才能夠打好穩固的日語基礎。

　　所以這一次，我們特別將《用聽的學就能開口說日語》和《用聽的學就能開口說日語進階篇》兩本書匯集在同一本《用聽的學標準日本語》，以完整的內容出版。只要從頭到尾確實地將完整版學習完成，就可以在建立穩固日語基礎的同時，也能學會自然地將日語應用到日常生活中。如此一來，也就能夠輕易地將文法書的進度分配完成，最重要的是的，能夠充分地習慣打開日語的耳朵和嘴巴。

　　一開始各位可能會因為花費許多時間而感到煩躁及不安，不過必須要記住：「急がば回れ！（欲速則不達！）」這句話。並且時時提醒自己，不久之後，就能夠聽到別人問說：「原來你不是日本人嗎？」，成為日語高手！

藤井麻里

想聽到別人對你說：
「你竟然不是日本人？」的話，
就將外語當作歌曲一樣學習吧！

如果想要像母語者一樣流暢地講日語，請用學唱新歌的方式來學習！

在找喜歡的歌曲時你會怎麼做呢？先找樂譜嗎？應該不是吧！應該是不斷地反覆聽歌，然後慢慢地熟悉歌曲旋律！日語也用相同的方式學習的話，就能夠學得很好！將書緊緊抓在手上，從母音、子音開始學習，就像在學唱歌時，將不熟的樂譜緊抓著不放一樣，直接讀譜而非熟悉旋律，一個不小心可能就會成為日語音癡！

錯誤的發音一但成為了習慣，想要改過來真的比登天還難！

如果不小心將不正確的發音養成習慣，想要改掉其實真的很不容易，就像要改掉方言一樣困難。所以從一開始就熟悉正確的發音、正確的語調是非常重要的。為了培養正確的發音習慣，從聽聲音開始學習是很棒的學習方法。在完全還不懂日語發音的時候，用耳朵來認識各個字母的發音，大腦會幫你找到相似的母語發音並且記下來。小孩子們剛開始在學英文的時候，應該沒有人鼓勵在英文字母旁邊寫注音吧？因為這樣會讓英文發音變得不標準，學日語也是相同的道理！

語調搞錯，竟然變成了別的單字！？

對日語來說，「語調」是非常重要的。講日語時，如果語調不對，對方不但很可能會沒辦法理解你想表達的句子，還有可能傳達到錯誤的意思。例如「いっぱい（滿滿的）」這個單字，如果從高音起頭往低音唸的話會變成「一杯」的意思，而

4

如果是從低音起頭往高音唸的話，就會變成「很多」的意思。原本想跟對方說「請喝一杯酒」，一個不小心就會變成「請喝很多很多酒」。明明是同樣的字，意思卻會差很多。想要培養正確的發音的話，還是要從聲音開始熟悉才行。

請記得用《聽力→口說→閱讀→寫作》的順序來學習！

聽得懂的句子，就可以自己說出口（聽力→口說），讀得懂的句子，就能夠自己把它書寫下來（閱讀→寫作），而知道能夠自己講出來，就有辦法自行閱讀文章（口說→閱讀）。反過來說，如果只是能用眼睛讀懂句子或是用手寫出句子，就能保證耳朵可以聽懂並理解是什麼意思，還能夠把它說出口嗎？這些都是無法確定的。舉個簡單的例子，很多人都可以閱讀英文句子並理解句子的意思，卻沒辦法聽懂、進而直接開口說，這樣想的話想必大家都可以理解吧？所以正確的學習順序是《聽力→口說→閱讀→寫作》！

根據每個人的學習目的不同，學習方法也會跟著改變！

目前為止說明的學習方法，是為了能像日本人一樣流暢地說出日語，不過可能有些學習者是完全不需要口說能力及聽力的，如果是這樣的話，那就用不著使用聲音學習法來學日語。並且，每個人適合用的學習方法不同，同一個方法，有些人可以學得很好，但也有些人是不管怎麼都無法進步，就像有唱歌唱得很好的人，但也有再怎麼努力練習都還是會走音的人一樣。聲音學習法有適合的人也有不適合的人，不合適的人，最重要的是能夠找到適合自己的學習方式，才能快樂的學習！唯有真的覺得有趣，才能夠有辦法一直一直學下去，學好學滿！

藤井麻里

在韓銷售超過500萬本的《用聽的學就標準日本語》，以讀者的角度來撰寫，搭配仔細且親切的講解說明。示範發音的MP3檔案都可以透過QR碼免費下載，搭配書本一起學習讓大家可以更方便且簡單地學習日語，毫無保留地提供全方位的服務。

1
音檔講義

每一課都有搭配示範發音的錄音MP3，QR碼掃描後可以先用耳朵預習核心內容。

2
課本書籍

為了能夠更方便讀者學習，依照不同程度的階段分級書寫，搭配仔細且親切的講解說明。

4
幫助記憶的練習題

每單元之後都會附上幾頁的練習題，目的除了幫助記憶之外，也有增加讀者對日語的熟悉度等目的。

3
MP3發音示範

免費的MP3檔案可以透過QR碼下載。一邊聽著音檔一邊跟著學習的話，自然而然地就可以講出完整的句子。

首先**翻**開課本後，對於要怎麼開始是不是感到很迷茫呢？我們都為大家準備好了！作者親切地講解課程，以及多位資深日本配音員提供的例句MP3音檔，都可以免費收聽！自己學習一點也不困難。

錄音課程／善用例句MP3音檔搭配學習

不只每一課的學習內容都有作者親自錄製的暖身練習，也有提供大家各種學習日語的建議、告訴各位該如何學日語的等的錄音課程可以收聽，並且連口說練習的例句MP3音檔都一起提供給讀者們。錄音課程及例句MP3音檔可以掃描本書各章節開頭的QR碼，或是**翻**到本書第一頁一次下載好全書音檔，搭配課本一起學習。

1.掃描QR碼聽音檔

用手機掃描各課開頭的QR碼，馬上就可以聽到該課所有的教學MP3音檔。本書在各課的每個部份另外會提供分開來的音檔，若有需要，請**翻**到本書第一頁並掃描上面的QR碼，便能找到分開成多個部分的教學MP3音檔。

2.一次下載所有音檔

不想要每課都掃描QR碼，或是想把音檔下載好放在手機裡隨時練習，請**翻**到本書的第一頁，這裡的QR碼掃描後會到進到一個將所有音檔都列出來的網頁，也找的到可以一口氣下載全書音檔的連結。

本書核心 ∶ 為了盡可能地減少學習中的挫折感，特別加入了step by step 的部分，還會有親切仔細的講解說明。

用常體說說看／用敬語說說看

本書將常體和敬語分成兩個部分，先從比較短的常體開始熟悉後，再學相對比較長的敬語，如此一來可以更容易地學會日語。把常體和敬語放在一起比較後，也能更加容易理解兩者間的差異和使用方法。

暖身 **練習基本會話聽力練習**

　先從圖片來推測對話內容後，再聽聽看日語的會話內容。想要學好日語的話，要培養把先不在腦中翻譯成自己的母語，而是直接把聽到的日語說出來的習慣。透過此部分的練習，可以將這個能力一點一點地培養出來。

第一階段 **熟悉基本單字**

　本書會將各課的單字整理給大家，特別挑選出學日語必須要知道的單字，還有現在日本人在日常生活中經常使用的單字。在音檔中會告訴大家各個日語的意思，聽著聽著不用刻意背也能自然而然地記在頭腦中。

清楚地標示每個單字語調

本書將日語語調清楚地標示在每個單字上，可以搭配音檔跟著書上標示的語調念。初次學習就要搞懂單字正確的語調，才能自然且正確地運用日語。

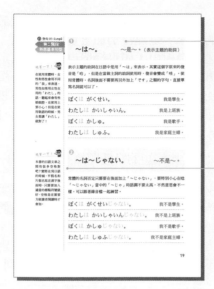

第二階段 熟悉基本句型

　　初級必學的句型、以及在日常生活中經常會使用的經典句型，都會一一用例句說明，讓大家可以自然而然地熟悉各種表達方式。

稍等一下！

非日語母語者常搞錯的地方，還有需要特別留意的部分，都會在此附上詳細的說明。為了扎下穩固的日語基本功，這些必須要學會的部分都會特別整理出來給你們。

第三階段 穩固會話實力

　　本書內容包含了在日本現代社會中經常使用的各種表達用語。試著聽聽看在日本實際生活中發生的情境小故事，常體和敬語、日常用語和職場生活用語等，涵蓋了在生活中各個狀況會使用到的句型表現。

啊哈，原來在日本是這樣！

想要學好日語的話必須要知道的日語特徵、日本文化等等，本書都會一一列舉出來告訴大家。

練習題

　　為了讓大家可以確實記憶該單元最重要的內容，這裡特別加上重點練習題。在解題的過程中，如果發現自己有不確定的地方，可以馬上翻回去前面再複習一次，來加深印象。寫作練習中如果有想不起來的單字，也可以翻回去查詢，不用給自己太大的壓力。

日語是這樣的！

　　特別挑選出在學習日語當中比較困難的部分，附上詳細的說明給大家。我們非日語母語者比較難以理解的日語文法、表達方式以及特別的語調用法等等，在別本書不會出現的內容，這本書都可以看到。

片假名練習

　　日語的片假名最常出現的是在使用所謂「外來語」的時候。「外來語」如其名是各種國外來的詞，將這些詞套入日語的平假名，就會形成「外來語」。大部分都源自英語，但也有法語、葡萄牙語等例外。「外來語」大多有一定的規則，可以從原本的英文判斷要怎麼改成片假名，此部分便是要來練習這個判斷能力，能夠就算碰到從沒看過的「外來語」，也能看出原本是哪個英文單字，進而判斷其意思。

長文挑戰

　　為了能夠培養可以閱讀長文的理解能力，加入了長篇日語文章的閱讀部分，首先先不要看書本裡的文章內容，先試著聽音檔並掌握文章大意，接著再翻開書本，一邊閱讀文章一邊確認剛剛自己理解的內容是否正確，單字及解說都有一併附在旁邊，學習起來更加容易。

參考藤井麻里老師提供的學習方法，學習的時候請依照以下的順序學習，這邊提供的內容只是其中一種學習方式，可以依據個人的喜好及程度調整成適合自己的學習方法，輕鬆愉快的學習才是最重要的。

第一階段　先從聽聲音開始學習第一部分！

一開始學習時，先不用翻開書本，只需要聽著音檔學習，這是為了可以像日本人一樣使用日語所設計出的方法。必須要先學好日語上揚及下降的語調，才不會輕易地就被發現是外國人在講日語。請用學唱歌的方式學習，一邊聽一邊練習、慢慢地熟悉日語。當然，只靠聲音來學習是不夠的，總共分成六個學習階段，請依照各個步驟的方法來學習！

第二階段　看著書再次練習第一部分

跟著音檔聽完第一次後，接著翻開書再跟著聽第二次，日語是由平假名、片假名還有漢字混在一起書寫而成，不過在第一部分只會出現平假名的部分，這是為了先熟悉最基本的平假名所設計而成的，不要想著必須要把單字背起來，只要輕鬆地看著書，一邊聽著音檔學習就可以了。

第三階段　文字練習

試試看跟著最後面的特別附錄中的「平假名／片假名的書寫手寫練習筆記」寫一次，不用把單字背下來，只需要聽著音檔寫寫看就可以了！等到比較熟悉平假名後再開始學習片假名就行了！

第四階段　錄下學習過的內容並確認

在學習完每一課之後，將所學到的內容大聲地唸出來並錄下音檔給自己聽聽看，錄下來自己聽一遍才能客觀地判斷發音是否標準，要清楚地知道自己是如何發音才有辦法確切地修正，發音不標準的部分可以搭配音檔加強練習。

第五階段　第二部分之後也是一樣從聲音學習法開始學習！

第二部分以後的每一課，都一樣是先聽音檔來預習內容，接著翻開書再跟著聽第二次，最後再搭配書寫練習。最重要的一點是，每次在學習新的一課時都要先從聲音開始聽，也別忘了錄下自己的發音並確認喔！

第一章：日語名詞，聽了就能開口！

第二章：日語形容詞，只要知道這個，就能搞定基礎！

第一節 • 和名詞相似的「な」形容詞

第二節 • 和「な」形容詞完全不同的「い」形容詞

第三章：俐落解決難纏的現在式動詞

第四章：征服動詞過去式！

第五章：變得更像日本人吧！

第六章：一起整理動詞「て」形

第十三節・基本的「て」形

第十四節・「て」形變化形

日語名詞，
聽了就能開口！

日語的文字符號會有平假名、片假名還有漢字，在這三種文字當中，最基本的文字是平假名。在第一部分為了讓大家可以先熟悉平假名，所有的句子都只有使用平假名的文字。在學習的時候不用先急著認識每個字的意思，一開始也可以先不用翻開課本，只需要一邊聽著音檔的錄音一邊跟著學習就好。跟著音檔學完第一部分之後，再翻開課本的第一部分從頭開始一邊用眼睛看、一邊聽著音檔再練習一遍，那麼日語的平假名就會自然而然地浮現在腦海中，最後再練習用手寫寫看就可以了。

　　首先，將耳朵打開是最重要的一件事，試著專心聽音檔內容，如果閉上眼睛聽的話效果會更加顯著，因為一旦阻斷視覺的刺激，聽覺就會變得更加敏感！

01 用常體說說看

かれし。

是男朋友。

01.mp3

例句 01-1.mp3

暖身
基本會話聽力

請看下方圖片試著推測情境及對話內容，並搭配音檔練習。
這是為了要讓各位能不受中文干擾，訓練聽懂日語的會話。

例句 01-2.mp3

第一階段
熟悉基本單字

稍等一下！

要表達「上班族」，「サラリーマン（salaryman）」也很常見。「サラリーマン」通常專指男性，而女性的話會用「オーエル（OL）」，這個字是取於office lady的開頭字母，是由日本人自己創造出來的詞彙。

かれし 男朋友	かしゅ 歌手
かのじょ 女朋友	しゅふ 家庭主婦
がくせい 學生	わたし 我
かいしゃいん 上班族	ぼく 我（男性）

❶

～は～。　　　　～是～。（表示主題的助詞）

表示主題的助詞在日語中是用「～は」來表示。其實這個字原來的發音是「哈」，但是在當做主詞的助詞使用時，發音會變成「哇」。使用常體時，名詞後面不需要再另外加上「です」之類的字句，直接單寫名詞就可以了。

稍等一下！

在使用常體時，女性和男性會用不同的「我」來表達，男性如果用女性在用的「わたし」的話，聽起來會有些娘娘腔，在使用上要小心！但是在使用敬語的時候，男女都講「わたし」就對了！

ぼくは がくせい。	我是學生。
わたしは かいしゃいん。	我是上班族。
ぼくは かしゅ。	我是歌手。
わたしは しゅふ。	我是家庭主婦。

❷

～は～じゃない。　　　　～不是～。

稍等一下！

本書的日語文章之間有很多空格對吧？實際在寫日語的時候，平假名和片假名寫在漢字後面時，只需要加入適當的標點符號就好，空格是在需要方便讀者閱讀時才會加。

常體的名詞否定只需要在後面加上「～じゃない」，要特別小心在唸「～じゃない」當中的「～じゃ」時語調不要太高，不然意思會不一樣。可以跟著錄音檔一起練習。

ぼくは がくせいじゃない。	我不是學生。
わたしは かいしゃいんじゃない。	我不是上班族。
ぼくは かしゅじゃない。	我不是歌手。
わたしは しゅふじゃない。	我不是家庭主婦。

稍等一下！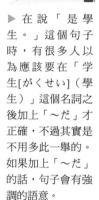

「がくせい（學生）」這個單字由於第二個字的「く」母音被無聲化，因此實際只會發出類似「ㄎ」的聲音，而後面的「せい」須要用長音的方式唸出來，唸成「せー」的長音。從這邊我們也可以知道，從文字開始學日語是不行的！對文字和規則不需要太執著，聽到什麼就怎麼唸才是最重要的事。

③ ～？ （常體）

說疑問句時，只需要將語尾的語調上揚就可以了。但要記得將語尾拉長，並同時將語調上揚。

かれし？	是男朋友嗎？
かのじょ？	是女朋友嗎？
がくせい？	是學生嗎？
かいしゃいん？	是上班族嗎？

稍等一下！

▶在說「是學生。」這個句子時，有很多人以為應該要在「学生[がくせい]（學生）」這個名詞之後加上「～だ」才正確，不過其實是不用多此一舉的。如果加上「～だ」的話，句子會有強調的語意。

▶「是、對的」的日文是「うん、そう」。

④ うん、～。 嗯，是～（常體）
ううん、～じゃない。 不，不是～（常體）

「ううん」是日語的「不」的意思，這個字的語調很特別，要好好跟著音檔練習。

うん、かれし。	嗯，是男朋友。
うん、かのじょ。	嗯，是女朋友。
ううん、がくせいじゃない。	不，不是學生。
ううん、かいしゃいんじゃない。	不，不是上班族。

稍等一下！

日語的逗號與中文的並不相同，日語的逗號「、」是從左邊上方往右邊下方撇下的，而句號則和中文一樣，是中間是空心的圓型符號。

❺

～じゃない？　　　　　　不是～嗎？

「～じゃない（不是～）」的語尾語調如果上揚的話，就會變成「～じゃない？（不是～嗎？）」的問句。

かしゅじゃない？	不是歌手嗎？
しゅふじゃない？	不是家庭主婦嗎？
かれしじゃない？	不是男朋友嗎？
かのじょじゃない？	不是女朋友嗎？

稍等一下！

「じゃない？（不是～嗎）」這個問句，一般的教科書都是要教用「ううん、（不，不是～）」的方式回答，不過在日常生活中用「うん、～（嗯，～）」回答的方式更常見。

❻

うん、～じゃない。　　嗯，不是～
ううん、～。　　　　　　不，是～

在回答否定問句時，「うん（嗯）」和「ううん（不）」的用法跟中文一樣，會跟回答肯定問句時相反，所以在回答「～じゃない（不是～）」的時侯，前面會加上「うん（嗯）」，在回答「是～」的時候，前面加上「ううん（不）」就行了。

うん、かしゅじゃない。	嗯，不是歌手。
うん、しゅふじゃない。	嗯，不是家庭主婦。
ううん、かれし。	不，是男朋友。
ううん、かのじょ。	不，是女朋友。

おはよう 早安
へえ 噢、哇
かっこいい 帥氣
かわいい 漂亮、
　　　　　可愛
じょうだん 玩笑

稍等一下！

因為「金孝利」不
是日本人的名字，
所以依照日本習慣
原本需要用片假名
標示，不過目前本
書在這個階段只講
到平假名，所以暫
時用平假名標示。

朋友的孝利在學校前面和某個男性聊天，道別之後走過來了！

すずき なおき：おはよう。

きむ・ひょり：あ、おはよう。

すずき なおき：（指著那邊走掉的人）かれし？

きむ・ひょり：うん。

すずき なおき：がくせい？

きむ・ひょり：ううん、がくせいじゃない。かしゅ。

すずき なおき：へえ、かっこいい！

きむ・ひょり：なおきは、かのじょは？
　　　　　　　（「なおき」拿出手機裡女朋友的照片給對方看）
　　　　　　　へえ、かわいい！がくせい？

すずき なおき：ううん、がくせいじゃない。しゅふ。

きむ・ひょり：え?!

すずき なおき：じょうだん。

すずきなおき：早安。	金孝利：啊，早安。
すずきなおき：是男朋友嗎？	金孝利：嗯。
すずきなおき：是學生嗎？	金孝利：不，不是學生。他是歌手。
すずきなおき：噢～好帥！	金孝利：「なおき」的女朋友呢？哇～好漂亮！是學生嗎？
すずきなおき：不，不是學生。是家庭主婦。	金孝利：什麼？！
すずきなおき：開玩笑的啦！	

啊哈！

「帥」和「漂亮」在日語裡要怎麼說呢？

原來日本是這樣

　　「帥」的日文正確寫法是「恰好いい（かっこう）」，但在日常生活中，通常會選擇發音比較短的「かっこいい」來講，而且在書寫的時候也比較常寫「かっこいい」。請仔細聽音檔的讀音並跟著一起唸唸看。

　　「漂亮」在日語中有很多人會使用「きれい」來表達，不過「きれい」其實是「美麗」的意思。雖然也是會用「きれい」來形容長得像雕像一樣美麗的女性，不過日常生活的對話中用「かわいい」來表達會比較自然。

　　日本女性在日常對話中很常使用「かわいい」這個詞，很多時候會涵蓋中文的「漂亮」的意思。比方在商店看到東西覺得很漂亮的情況下，日本人常常會使用「かわいい」這個講法。

❶ 請將題目提供的中文句子改成句子唸唸看。

1. 我是學生。　🎤（不要用寫的，試著唸唸看）

2. 我是上班族。　🎤

3. 我是歌手。　🎤

4. 我是家庭主婦。　🎤

❷ 請將題目提供的句子依照範例改成否定句，並試著唸唸看。

| 範例 | かれし。（是男朋友。）
　　　 → かれしじゃない。（不是男朋友。）

1. 🎤（不要用寫的，試著唸唸看）　　　2. 🎤

3. 🎤　　　4. 🎤

❸ 請聽題目提供的問句，並使用跟範例一樣的「うん（嗯）」來回答看看。

| 範例 | しゅふ？（是家庭主婦嗎？）
　　　 → うん、しゅふ。（嗯，是家庭主婦。）

1. 🎤（不要用寫的，試著唸唸看）　　　2. 🎤

3. 🎤　　　4. 🎤

❹ 請聽題目提供的問句，用跟範例一樣的「ううん（不）」來回答看看。

| 範例 | かしゅ？（是歌手嗎？）
　　　 → ううん、かしゅじゃない。（不，不是歌手。）

1. 🎤（不要用寫的，試著唸唸看）　　　2. 🎤

3. 🎤　　　4. 🎤

02

用 敬 語 說 說 看

せんせいですか。

是老師嗎？

02.mp3

🔊 例句02-1.mp3

暖身練習
基本會話聽力

🔊 例句02-2.mp3

第一階段
熟悉基本單字

請看下方圖片，試著推測情境及對話內容，並搭配音檔練習。

稍等一下！

之前有學過「わたし」這個單字是「我」對吧？「わたし」是不分男女的敬語的「我」，但其實比起「わたし」，「わたくし」是更有禮貌的講法，不過由於這個字給人的感覺太過正式，所以就算是在需要使用敬語的場合，在日常生活中也比較少見。

せんせい 老師

だいがくせい 大學生

こうこうせい 高中生

ちゅうがくせい 國中生

かんこくじん 韓國人

にほんじん 日本人

〜さん 〜先生（小姐）

わたし 我

🎧 例句02-3.mp3

第二階段
熟悉基本句型

稍等一下！

「～です（是～）」語尾「す」的發音不是「ㄙ」或是「ㄙ」，而是會念成跟「s」一樣的發音，結尾的時候嘴巴要用氣音的方式來唸，這個就是母音的無聲化。有些年輕人常會將語尾的語調拉長上揚，講成像是「です～」、「ます～」，在這種情況下不會將「す」的母音無聲化，但比較不禮貌。

❶

～は～です。　　　　　　　～是～。

「～です」是日語中最基本的敬語。中文或英文等許多語言不會分常體和敬語，但是在將他國語言翻譯成日語時，會需要依據話者的不同、或是當下的氣氛來判斷該是常體還是敬語。

いさんは せんせいです。　　　李先生（小姐）是老師。

さとうさんは だいがくせいです。
　　　　　　　　　　　「さとう」先生（小姐）是大學生。

きむさんは こうこうせいです。
　　　　　　　　　　　　　金先生（小姐）是高中生。

すずきさんは ちゅうがくせいです。
　　　　　　　　　「すずき」先生（小姐）是國中生。

稍等一下！

在用常體講話的時候，男性和女性常會使用不同的「我」的講法，不過在用敬語講話的時候，男性和女性可以用相同的單字「わたし（我）」。如果只是想尊敬對方但又不想那麼正式的話，男性可以選擇用前面01課學到的「ぼく（我）」。

❷

～は～じゃありません。　　～不是～。

「～不是～」在日語中是「～じゃありません」，念助詞的「～じゃ」的時候要記得注意語調不要上揚。

わたしは かんこくじんじゃありません。　我不是韓國人。

わたしは にほんじんじゃありません。　我不是日本人。

わたしは せんせいじゃありません。　　我不是老師。

わたしは だいがくせいじゃありません。　我不是大學生。

稍等一下！

在日語中本來是沒有問號「？」這個標點符號的，現在會開始使用「？」是因為接受了西方的標點符號使用方式，或是為了能方便區分問句，在日常生活中的信件和文章裡有使用「？」，在正式的文章內還是不會使用「？」。

❸

～ですか。　　　　　是～嗎？

中文的「是～」在日語是「～です」，只要在後面加上「～嗎？」，也就是日語的「～か」，就會變成「是～嗎？」的問句。

いさんは こうこうせいですか。

伊先生（小姐）是高中生嗎？

さとうさんは ちゅうがくせいですか。

「さとう」先生（小姐）是國中生嗎？

きむさんは せんせいですか。 金先生（小姐）是老師嗎？

すずきさんは だいがくせいですか。

「すずき」先生（小姐）是大學生嗎？

稍等一下！

要講「是的，沒錯」，日語是「はい，そうです」。

❹

はい、～です。　　　是的，是～
いいえ、～じゃありません。 不，不是～

在日語中「是的」是「はい」，「不是的」則是「いいえ」，「いいえ」的語調要從低音往高音唸，還有在回答的時候，通常會將主詞的「我」省略。

はい、こうこうせいです。　　　是的，是高中生。

はい、ちゅうがくせいです。　　　是的，是國中生。

いいえ、せんせいじゃありません。 不是的，不是老師。

いいえ、だいがくせいじゃありません。

不是的，不是學生。

「〜じゃありません」是「〜ではありません」的口語說法，「〜じゃ」是「〜では」的縮寫。「〜じゃありません」是比較日常生活中的談話會使用的用法，「〜ではありません」則是會給人在職場談話較為正式的感覺。

❺ **〜じゃありませんか。** 不是〜嗎？

在「〜じゃありません（不是〜）」的後面加上「〜か（〜嗎）」，就會變成「〜じゃありませんか（不是〜嗎？）」的問句。

さとうさんは こうこうせいじゃありませんか。
「さとう」先生（小姐）不是高中生嗎？

きむさんは かんこくじんじゃありませんか。
金先生（小姐）不是韓國人嗎？

すずきさんは にほんじんじゃありませんか。
「すずき」先生（小姐）不是日本人嗎？

在常體的否定句中「〜じゃない（〜不是〜）」可以加上「〜です（是〜）」，變成「〜じゃないです」，比起原本的「〜じゃありません」會給人有更柔和的感覺。回答「〜じゃありませんか（不是〜嗎？）」的問句時，在日常生活中「はい、〜です（是的，是〜）」會比「いいえ、〜です（不是的，是〜）」常見。

❻ **はい、〜じゃありません。** 是的，不是〜
　　いいえ、〜です。 不是的，是〜

在回答否定疑問句時，日語和中文是一樣的回答方式對吧？不過在日常生活中，更常會用「〜はい、〜です（是的，是〜）」來回答否定疑問句。

はい、こうこうせいじゃありません。 是的，不是高中生。

はい、ちゅうがくせいじゃありません。
是的，不是國中生。

いいえ、にほんじんです。 不是的，是日本人。

第三階段
會話打好基本功

こんばんは
晩安（晚上用的招呼語）
あのひと 那個人
そう 那樣、那樣地
せいと 學生
みんな 全部

稍等一下！

在日語中有兩個單字可以表示「學生」：「学生[がくせい]」、「生徒[せいと]」。「学生」原則上只包括大學生、小學生、中學生、高中生的話，就要使用這邊學到的「生徒」。「小學生」最正確的說法是「児童[じどう]（兒童）」，不過在日常生活中較常使用的仍然是「生徒」。

「よしこ」拜訪韓傑俊來到了補習班，剛好他從教室走出來。

わたなべ よしこ：こんばんは。

はん・じぇじゅん：わたなべさん、こんばんは。

わたなべ よしこ：せんせいは あのひとですか。

はん・じぇじゅん：はい、そうです。

わたなべ よしこ：せんせいは にほんじんですか。

はん・じぇじゅん：いいえ、にほんじんじゃありません。
たいわんじんです。

わたなべ よしこ：そうですか。
せいとは みんな だいがくせいですか。

はん・じぇじゅん：いいえ、だいがくせいじゃありません。
みんな かいしゃいんです。

わたなべ よしこ：そうですか。

わたなべよしこ：晚安。
わたなべよしこ：老師是那個人嗎？
わたなべよしこ：老師是日本人嗎？

わたなべよしこ：原來如此啊。
　　　　　　　　學生全部都是大學生嗎？
わたなべよしこ：原來如此啊。

韓傑俊：「わたなべ」小姐，晚安。
韓傑俊：是的，沒錯。
韓傑俊：不是的，不是日本人。
　　　　是台灣人。
韓傑俊：不是的，不是大學生。
　　　　全部都是上班族。

啊哈！

如果「張先生」被叫成「鐘先生」的話，千萬不要生氣！ 原來日本是這樣💡

　　日本人的名字和華人一樣分成姓氏和名字兩個部分，稱呼的時候如果是比較熟的人，就會在名字後面加上「～さん」，如果比較不熟的話，就會把「～さん」加在姓氏的後面。華人如果只叫姓氏的話會很容易搞錯，但是日本有很多種不同的姓氏，大部分的情況下就算只叫姓氏也可以分辨。

　　在醫院或是銀行之類不能叫錯人的場合，會先連名帶姓地唸完再加上「～さん」。雖然大多情況只稱呼姓氏也能區別是誰，不過有的時候還是會有姓氏相同的情形，因此會選擇連名帶姓一起稱呼來避免錯誤。較親密的場合，有人會在對方的名字後面加上「～ちゃん」來稱呼，比起「～さん」、「～ちゃん」可以給人想要親近對方，比較可愛的感覺。主要會是對同輩或是後輩使用，不過偶爾也會有對前輩使用的情況出現。

❶ 請將題目提供的單字改成「わたしは〜です（我是〜）」的句子唸唸看。

| 範例 | たいわんじん（台灣人）
→ わたしはたいわんじんです。（我是台灣人）

1. 🎤（不要用寫的，試著唸唸看）   2. 🎤 ....

3. 🎤 ....   4. 🎤 ....

❷ 請將題目提供的單字改成「わたしは〜じゃありません（我不是〜）」的句子唸唸看。

| 範例 | かんこくじん（韓國人）
→ わたしはかんこくじんじゃありません。（我不是韓國人）

1. 🎤（不要用寫的，試著唸唸看）   2. 🎤 ....

3. 🎤 ....   4. 🎤 ....

❸ 請試著用「はい（是的）」回答題目提供的問句。

| 範例 | にほんじんですか。（是日本人嗎？）
→ はい、にほんじんです。（是的，是日本人）

1. 🎤（不要用寫的，試著唸唸看）   2. 🎤 ....

3. 🎤 ....   4. 🎤 ....

❹ 請試著用「いいえ（不是的）」回答題目提供的問句。

| 範例 | かんこくじんですか。（是韓國人嗎？）
→ いいえ、かんこくじんじゃありません。（不是的，不是韓國人）

1. 🎤（不要用寫的，試著唸唸看）   2. 🎤 ....

3. 🎤 ....   4. 🎤 ....

03 用常體說說看

だれの？

是誰的？

03.mp3

🎧 例句03-1.mp3
暖身練習
基本會話聽力

🎧 例句03-2.mp3
第一階段
熟悉基本單字

請看下方圖片試著推測情境及對話內容，並搭配音檔練習。

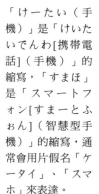
稍等一下！

「けーたい（手機）」是「けいたいでんわ[携帯電話]（手機）」的縮寫，「すまほ」是「スマートフォン[すまーとふぉん]（智慧型手機）」的縮寫，通常會用片假名「ケータイ」、「スマホ」來表達。

けーたい 一般手機

すまほ 智慧型手機

ぼうし 帽子

かさ 雨傘

かばん 包包

めがね 眼鏡

おれ 我（男性）

おまえ 你

だれ 誰

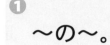

①

～の～。　　　　　　　　～的～。

「～的～」這個句子的助詞是「の」，表示所有、所屬，有個時候會形成複合名詞。

わたしの けーたい。	是我的手機。
ぼくの すまほ。	是我的智慧型手機。
おれの ぼうし。	是我的帽子。
せんせいの かさ。	是老師的雨傘。

②

～の～じゃない。　　　　不是～的。

否定句只要在後面加上「～じゃない」就可以了。這個在前面已經有學過了對吧？

わたしの かばんじゃない。	不是我的包包。
ぼくの めがねじゃない。	不是我的眼鏡。
おれの けーたいじゃない。	不是我的手機。
かれしの すまほじゃない。	不是男朋友的智慧型手機。

稍等一下！

男性專用的「我」有兩種，第一種是在第一課學過的「僕[ぼく]」，第二種是這邊學到的「俺[おれ]」，「俺」比起前面學到的「僕」給人的感覺更為粗魯一些，只在較親密的關係之間使用。女性們則只要記得「私[わたし]」一個單字就好。

稍等一下！

「～じゃない」是「～ではない」的口語用法。在日常的對話當中，「～じゃない」經常被使用，不過如果想要表達堅決的語氣，也有可能會使用「～ではない」。

❸

～の～？　　　　　　是～的～嗎？

在日語中，「你」這個說法並不常被使用，在生活中大多會使用名字或是綽號來稱呼對方。所以如果聽到有人說「是尚宇的房間嗎？」，尚宇有可能不在現場，也有可能就是話者交談的對象。不過，也有些男性會稱呼比較熟的朋友為「おまえ（你）」，在使用上需要特別留意。

めぐみの ぼうし？	是「めぐみ」的帽子嗎？
まなぶの かさ？	是「まなぶ」的雨傘嗎？
さんうの かばん？	是尚宇的包包嗎？
おまえの めがね？	是你的眼鏡嗎？

❹

うん、～の。　　　　　嗯，是～的。

「の」後面的名詞不需要再重複說一次的情況下（即不重複說也能理解），大多時候名詞會被省略。像這樣省略「の」後面的名詞的話，這裡的「の」就會變成「～的東西」的意思。

うん、めぐみの。	嗯，是「めぐみ」的東西。
うん、まなぶの。	嗯，是「まなぶ」的東西。
うん、さんうの。	嗯，是尚宇的東西。
うん、おれの。	嗯，是我的東西。

❺

ううん、〜のじゃない。

不，不是〜的（東西）。

在否定回答的時候，會變成「〜のじゃない」。

ううん、めぐみのじゃない。

不，不是「めぐみ」的（東西）。

ううん、まなぶのじゃない。

不，不是「まなぶ」的（東西）。

ううん、さんうのじゃない。

不，不是尚宇的（東西）。

ううん、おれのじゃない。　　　不，不是我的東西。

---

❻

だれの〜？　　　　　　　　是誰的〜？

試試看使用「だれ（誰）」造出疑問句吧！

だれの けーたい？　　　　　　　是誰的手機？

だれの すまほ？　　　　　　　是誰的智慧型手機？

だれの ぼうし？　　　　　　　是誰的帽子？。

だれの かさ？　　　　　　　　是誰的雨傘？

稍等一下！

在「けーたい（手機）」裡出現的這個符號「ー」是長音標示符號。也就是說「ー」前面的「け」發音需要唸長一點。

第三階段
會話打好基本功

この 這個
それ 那個東西
じゃ 那麼
また 又・再次

稍等一下！

「じゃあね」是加長「じゃ（那麼）」並且在句尾加上「ね」所衍生出來的句子。在道別的時候作為「再見」的意思使用，也可以說是「那麼下次再見面吧！」的縮寫。

> 「めぐみ」在聚會結束後要離開時，發現不知道是誰的雨傘。

いとう めぐみ：このかさ、だれの？

か・さんう：あ、おれの。ありがとう。

いとう めぐみ：このかばんはだれの？

か・さんう：それは おれのじゃない。

じぇじゅんの。

いとう めぐみ：じぇじゅんの？

か・さんう：うん。じゃ、またね。

いとう めぐみ：じゃあね。

いとうめぐみ：這雨傘是誰的？
いとうめぐみ：這個包包是誰的？

いとうめぐみ：是傑俊的東西？
いとうめぐみ：再見。

何尚宇：哦，是我的。謝啦。
何尚宇：那個不是我的。
是傑俊的東西。

何尚宇：對。那麼我們下次再見吧。

啊哈！

手機隨著時代不同，稱呼也跟著變得不一樣。 原來日本是這樣

　　智慧型手機一開始在日本上市的時候，日本人將翻蓋式手機和智慧型手機清楚地分開來稱呼。智慧型手機叫做「スマホ（すまほ）」，這是「スマートフォン[すまーとふぉん]（智慧型手機）」的簡稱。翻蓋式手機則叫做「ケータイ（けーたい）」，這是「携帯電話（攜帶型電話）」的簡稱。

　　然而，現在「手機＝智慧型手機」，所以也沒在區分了。當然在不同的年齡層、地區、團體等，說法也會跟著改變。雖然還是有人會使用「スマホ」這個單字，但是直接講「ケータイ」的人比起之前大幅地增加，「ケータイ」的漢字「携帯」也很常見喔！

❶ 請將題目提供的兩個單字改成「～の～（是～的～）」的句子並唸唸看。

> | 範例 |　わたし（我－女性）・けーたい（手機）
> 　　　　→ わたしのけーたい。（是我的手機。）

1. 🎤 （不要用寫的，試著唸唸看）　　　　　　2. 🎤

3. 🎤　　　　　　　　　　　　　　　　　　　　4. 🎤

❷ 請將題目提供的兩個單字改成「～の～じゃない（不是～的～）」的句子並唸唸看。

> | 範例 |　ぼく（我－男性）・かさ（雨傘）
> 　　　　→ ぼくのかさじゃない。（不是我的雨傘。）

1. 🎤 （不要用寫的，試著唸唸看）　　　　　　2. 🎤

3. 🎤　　　　　　　　　　　　　　　　　　　　4. 🎤

❸ 請參考範例，試著用「うん、～の（嗯，是～的東西）」來回答題目提供的問句。

> | 範例 |　めぐみのかばん？（是「めぐみ」的包包嗎？）
> 　　　　→ うん、めぐみの。（嗯，是「めぐみ」的東西。）

1. 🎤 （不要用寫的，試著唸唸看）　　　　　　2. 🎤

3. 🎤　　　　　　　　　　　　　　　　　　　　4. 🎤

❹ 請將題目提供的單字改成「だれの～？（是誰的？）」的問句唸唸看。

> | 範例 |　ぼうし（帽子）
> 　　　　→ だれのぼうし？（是誰的帽子？）

1. 🎤 （不要用寫的，試著唸唸看）　　　　　　2. 🎤

3. 🎤　　　　　　　　　　　　　　　　　　　　4. 🎤

04

用敬語說說看

わたしのじゃありません。

這不是我的（東西）。

04.mp3

🎧 例句04-1.mp3

暖身練習
基本會話聽力

請看下方圖片，試著推測情境及對話內容，並搭配音檔練習。

🎧 例句04-2.mp3

第一階段
熟悉基本單字

とけい　時鐘

さいふ　錢包

おかね　錢

くつ　皮鞋、鞋子

ようふく　衣服

かめら　相機

あなた　您

どなた　某位

稍等一下！

「錢包的日語說法是「財布[さいふ]」，前面加上「お」會變成「お財布」，會比較有禮貌一點。像這樣子在名詞前面加上「お」或是「ご」來給人較為尊敬的語感，在日語非常常見。為了讓各位能更容易學習，這邊使用了片假名和漢字，只需要先理解意思就好，不用太在意這些單字。

❶

〜の〜です。　　　是〜的〜。

「是〜的〜。」這個句子的助詞是「〜の」，表示所有、所屬。

わたしの とけいです。	是我的手錶。
ぼくの さいふです。	是我的錢包。
せんせいの おかねです。	是老師的錢。
あのひとの くつです。	是那個人的皮鞋。

❷

〜の〜じゃありません。 不是〜的〜。

在說「不是〜」的時候，只要將上敘的肯定句句尾的「〜です」換成「〜じゃありません」就可以了。

わたしの ようふくじゃありません。	不是我的衣服。
ぼくの かめらじゃありません。	不是我的相機。
せんせいの とけいじゃありません。	不是老師的手錶。
あのひとの おさいふじゃありません。	不是那個人的錢包。

稍等一下！

「かめら（相機）」使用片假名表示的話是「カメラ（camera）」。

❸

～の～ですか。　　是～的～嗎？

只要在句尾加上「か」就會變成疑問句。日本人在日常生活中要稱呼對方的時候，很少會使用「你」這個字。一般情況下。會直接用名字或是職稱來稱呼對方。

さとうさんの おかねですか。

是「さとう」先生（小姐）的錢嗎？

すずきさんの くつですか。

是「すずき」先生（小姐）的鞋子嗎？

せんせいの ようふくですか。　　是老師的衣服嗎？

あなたの かめらですか。　　是您的相機嗎？

稍等一下！

在前面有說過「～の」可以代替「そう（好）」來回答問句對吧？「是的，沒錯。」的回答方式換成日語就會是「はい，そうです」。

❹

はい、～のです。　是的，是～的東西。

通常，「～の」後面的名詞即使不說出來，對方也可以理解意思，這時候名詞就會被省略。此時「～の」就會變成「～的東西」的意思。

はい、さとうさんのです。

是的，是「さとう」先生（小姐）的（東西）。

はい、すずきさんのです。

是的，是「すずき」先生（小姐）的（東西）。

はい、せんせいのです。　　是的，是老師的（東西）。

はい、わたしのです。　　是的，是我的（東西）。

❺ いいえ、～のじゃありません。

不是的，不是～的東西。

用否定句回答時，使用「～じゃありません」就可以了。

いいえ、さとうさんのじゃありません。

不是的，不是「さとう」先生（小姐）的（東西）。

いいえ、すずきさんのじゃありません。

不是的，不是「すずき」先生（小姐）的（東西）。

いいえ、せんせいのじゃありません。

不是的，不是老師的（東西）。

いいえ、わたしのじゃありません。

不是的，不是我的（東西）。

❻ どなたの～ですか。　　是哪位的～？

「どなた」是前面課程有學過的疑問詞「だれ（誰）」的敬語版本。

どなたの とけいですか。　　是哪位的手錶？

どなたの おさいふですか。　　是哪位的錢包？

どなたの おかねですか。　　是哪位的錢？

どなたの くつですか。　　是哪位的皮鞋？

第三階段
會話打好基本功

おさきにしつれいします 我要先走了。
これ 這個東西
その 那個
どうもりがとうございます 真的非常謝謝。
おきをつけて 請小心慢走。
しつれいします 不好意思，要先離開了。

稍等一下！

「失礼します[しつれいします]（不好意思）」這句話除了可以當作「我要先走了」的意思來使用，也可以解釋成「再見」的意思。除了在道別的時候使用之外，到別人家拜訪、剛進對方家門時，也可以先說「不好意思（我要進門了）」，然後再進去。

「やまもと」先生要離開聚會，他坐過的位子上有一副眼鏡。

やまもと まなぶ：おさきに しつれいします。

お・じう：やまもとさん。

やまもと まなぶ：はい。

お・じう：これ、やまもとさんの めがねじゃありませんか。

やまもと まなぶ：あ、そうです。わたしのです。
どうも ありがとうございます。

お・じう：その ようふくは？

やまもと まなぶ：これは わたしのじゃありません。

お・じう：そうですか。
じゃ、おきを つけて。

やまもと まなぶ：はい、しつれいします。

やまもとまなぶ：我先走了。
やまもとまなぶ：是的。

やまもとまなぶ：啊，是的。是我的東西。真的非常謝謝。
やまもとまなぶ：這個不是我的。
やまもとまなぶ：好，我先離開了。

王知武：「やまもと」先生。
王知武：這個不是「やまもと」先生的眼鏡嗎？
王知武：那件衣服呢？

王知武：原來如此，那麼請小心慢走。

啊哈！

「您」是女性對丈夫的稱呼

原來日本是這樣

　　日語中的「あなた（你）」是較有禮貌的「你」的講法，也是女性對丈夫的稱呼，後者的用法的時候常會被翻譯成「親愛的」。反之，如果是男性要稱呼自己妻子的話，常會使用在第三課學過的「お前（你）」，如前敘這是比較粗魯的講法。

　　男性在外稱呼自己妻子會使用「家内（かない）」，意思是家裡的人，而女性對外人、或是外人對女性稱呼她的丈夫的時候會講「主人（しゅじん）」，意思如字面，是指自己侍奉的人。這些觀點現在看起來都有點過時，所以有些人會認為這有性別歧視的問題。

❶ 請將題目提供的兩個單字改成「～の～です（是～的～）」的句子並唸唸看。

> | 範例 |　わたし（我）・とけい（手錶）
> 　　　　→ わたしのとけいです。（是我的手錶。）

1. 🎤（不要用寫的，試著唸唸看）　　　2. 🎤
3. 🎤　　　　　　　　　　　　　　　　4. 🎤

❷ 請將題目提供的兩個單字改成「～の～じゃありません（不是～的～）」的句子並唸唸看。

> | 範例 |　ぼく（我－男性）・くつ（皮鞋-鞋子）
> 　　　　→ ぼくのくつじゃありません。（不是我的皮鞋。）

1. 🎤（不要用寫的，試著唸唸看）　　　2. 🎤
3. 🎤　　　　　　　　　　　　　　　　4. 🎤

❸ 請參考範例，試著用「いいえ、～のじゃありません（不是的，不是～的～）」回答題目提供的問句。

> | 範例 |　すずきさんのおさいふですか。（是「すずき」先生（小姐）的錢包嗎？）
> 　　　　→ いいえ、すずきさんのじゃありません。
> 　　　　　（不是的，不是「すずき」先生（小姐）的東西。）

1. 🎤（不要用寫的，試著唸唸看）　　　2. 🎤
3. 🎤　　　　　　　　　　　　　　　　4. 🎤

❹ 請用題目的單字造出「どなたの～ですか？（是誰的～？）」的問句並唸唸看。

> | 範例 |　おかね（錢）
> 　　　　→ どなたのおかねですか。（是哪位的錢？）

1. 🎤（不要用寫的，試著唸唸看）　　　2. 🎤
3. 🎤　　　　　　　　　　　　　　　　4. 🎤

05 用敬語說說看

あのひと、だれ？

那個人是誰？

05.mp3

🎧 例句05-1.mp3

暖身練習
基本會話聽力

請看下方圖片，試著推測情境及對話內容，並搭配音檔練習。

🎧 例句05-2.mp3

第一階段
熟悉基本單字

稍等一下！

「あめりか（美國）」、「いぎりす（英國）」、「おーすとらりあ（澳洲）」這些字由於都是外來語，所以原本都是用片假名來標示。不過因為我們目前只學到平假名，所以這邊先用平假名來標示。

かんこく　韓國

あめりか　美國

いぎりす　英國

ちゅうごく　中國

おーすとらりあ　澳洲

にほん　日本

ひと　人

くに　國家、故國

あの　那個

どこ　哪裡

稍等一下！

「あの（那）」的語調是「低－高」，「ひと（人）」的語調也是「低－高」，理論上如果要講「あのひと（那個人）」的話，聲調就會變成「低－高－低－高」。但日本人習慣直接將「あのひと」視為一個單字，所以實際上唸起來的時候只有最後一個字的聲調會是低音。同樣地，「このひと（這個人）」、「そのひと（那個人）」的聲調也是一樣的變化。

稍等一下！

在日本通常會使用片假名組成的外來語來稱呼歐美國家，但這些國家也有漢字的講法如「米国[べいこく]」。日常生活大多會用外來語稱呼，新聞報導等比較常出現漢字的講法。

---

❶

～は～じん。　　　～是～（國家）人。

如同前面已經學過的，就像「中國人」和「日本人」一樣，在講國籍時只需要在國家後面加上「じん（人）」就可以了。

わたしは かんこくじん。	我是韓國人。
ぼくは あめりかじん。	我是美國人。
おれは いぎりすじん。	我是英國人。
あのひとは ちゅうごくじん。	那個人是中國人。

❷

～は～の ひと。　　　～是～（國家）人。

此句型是①的另一種講法，意思是完全一樣的。雖然在中文中，表示「的」意思的助詞「の」會被省略，但請注意在日語句子中是需要加入助詞的。

このひとは おーすとらりあの ひと。	這個人是澳洲人。
そのひとは にほんの ひと。	那個人是日本人。
あのひとは かんこくの ひと。	那個人是韓國人。
このひとは あめりかの ひと。	這個人是美國人。

稍等一下！

詢問國籍時，直接問你是哪裡人，有點沒禮貌的感覺對吧？使用在這邊練習到的「日本の人ですか？（請問你是日本人嗎？）」來表達會比較有禮貌。而最有禮貌的講法，是用下一課會學的「方[かた]」，講「日本の方ですか（請問您是日本人嗎？）」。

❸ 〜も 〜也

助詞「〜也」在日語中是「〜も」。

そのひと**も** いぎりすの ひと。	那個人也是英國人。
あのひと**も** ちゅうごくの ひと。	那個人也是中國人。
このひと**も** かんこくの ひと。	這個人也是韓國人。
そのひと**も** あめりかの ひと。	那個人也是美國人。

❹ 〜が （表示主格的助詞）

在日文中，在名詞後方加上表示主格的助詞「〜が」，該名詞就會變成句子的主詞

このひと**が** おーすとらりあの ひと。	這個人是澳洲人。
そのひと**が** にほんの ひと。	那個人是日本人。
あのひと**が** かんこくの ひと。	那個人是韓國人。
このひと**が** あめりかの ひと。	這個人是美國人。

❺

～は だれ？

～是誰？

使用「だれ（誰）」造造看問句。

このひとは だれ？	這個人是誰？
そのひとは だれ？	那個人是誰？
あのひとは だれ？	那個人是誰？

❻

～は どこの くにの ひと？

～是哪個國家的人？

詢問「哪個國家」時，會使用「どこ（哪裡）」這個疑問詞。

このひとは どこの くにの ひと？	這個人是哪個國家的人？
そのひとは どこの くにの ひと？	那個人是哪個國家的人？
あのひとは どこの くにの ひと？	那個人是哪個國家的人？

ちわっす 你好（非
常輕鬆的
打招呼用
語）
〜くん 〜君
ねえねえ 那個、對
了

稍等一下！

在日語中，早上、
白天、晚上有個別
的打招呼用語。早
上的打招呼用語是
「おはよう」，白
天的打招呼用語是
「こんにちは」，
晚上的打招呼用
語是「こんばん
は」。不過，「こ
んにちは」和「こ
んばんは」的最後
的「は」在打招呼
用語中的發音並不
是唸「哈」，而是
會變成「哇」，這
點要特別留意一
下。

上日語課，發現教室有之前沒見過的外國人。

ぱん・すんほん：ちわっす。

せん・こうしゅ：ああ、すんほんくん。

ぱん・すんほん：ねえねえ、あのひと、だれ？

せん・こうしゅ：ああ、あのひとは すみすさん。

ぱん・すんほん：すみすさん？

せん・こうしゅ：うん。

ぱん・すんほん：どこの くにの ひと？

せん・こうしゅ：いぎりすの ひと。

ぱん・すんほん：へえ……。ねえ、あのひとは？

せん・こうしゅ：あのひとは ぶらうんさん。

ぱん・すんほん：あのひとも いぎりすの ひと？

せん・こうしゅ：ううん、あのひとは おーすとらりあの ひと。

ぱん・すんほん：ああ、あのひとが おーすとらりあの ひと？

せん・こうしゅ：うん。

班順宏：早安。
班順宏：對了〜那個人是誰？
班順宏：史密斯先生？
班順宏：是哪個國家的人？
班順宏：喔〜對了，那麼那個人呢？
班順宏：那個人也是英國人嗎？
班順宏：啊〜那個人是澳洲人啊？

千孝朱：啊〜是順宏啊。
千孝朱：啊〜那個人是史密斯先生。
千孝朱：嗯。
千孝朱：是英國人。
千孝朱：那是布朗小姐。
千孝朱：不，那個人是澳洲人。
千孝朱：嗯。

啊哈！

我的名字，用日語怎麼寫？

原來日本是這樣

　　中文的名字要翻成日語有兩種方法，一是直接用日語來唸中文名字內的漢字，例如
姓氏的「王」在日語裡可念作「おう」。另一種方式是依照中文發音套入發音類似的日
語，「王」就會變成「ワン（わん）」，這種方式可以先將中文名字轉成英語，然後再
翻譯成日語會比較簡單。

🎧 例句05-5.mp3

❶ 請參考範例，試著用「うん（嗯）」回答題目提供的問句。

> │ 範例 │　このひとはあめりかのひと？（這個人是美國人嗎？）
> 　　　　　→ うん、あめりかのひと（嗯，是美國人。）

1. 🎤（不要用寫的，試著唸唸看）　　　　2. 🎤 ....

3. 🎤 ....　　　　4. 🎤 ....

❷ 請將題目提供的單字改成「～はどこのくにのひと？（～是哪個國家的人？）」
的問句唸唸看。

> │ 範例 │　あのひと（那個人）
> 　　　　　→ あのひとはどこのくにのひと？（那個人是哪個國家的人？）

1. 🎤（不要用寫的，試著唸唸看）　　　　2. 🎤 ....

3. 🎤 ....　　　　4. 🎤 ....

❸ 請將題目提供的兩個單字改成「～も～じん（～也是～（國家）的人）」的句子
唸唸看。

> │ 範例 │　あのひと（那個人）・おーすとらりあ（澳洲）
> 　　　　　→ あのひともおーすとらりあじん。（那個人也是澳洲人。）

1. 🎤（不要用寫的，試著唸唸看）　　　　2. 🎤 ....

3. 🎤 ....　　　　4. 🎤 ....

❹ 請將題目提供的兩個單字改成「～が～のひと（～是～（國家）的人）」的句子
唸唸看。

> │ 範例 │　このひと（這個人）・ちゅうごく（中國）
> 　　　　　→ このひとがちゅうごくのひと。（這個人是中國人。）

1. 🎤（不要用寫的，試著唸唸看）　　　　2. 🎤 ....

3. 🎤 ....　　　　4. 🎤 ....

06 用敬語說說看

じょんさんの おくには どちらですか。 約翰先生的國家是哪裡？

06.mp3

🎧 例句06-1.mp3
暖身練習
基本會話聽力

🎧 例句06-2.mp3
第一階段
熟悉基本單字

稍等一下！

這裡各個國家名稱「おーすとりあ（奧地利）」、「ふらんす（法國）」、「かなだ（加拿大）」、「ろしあ（俄羅斯）」、「おらんだ（荷蘭）」一樣都有片假名「オーストリア、フランス、カナダ、ロシア、オランダ」的寫法，在日本，外國名稱用片假名表現比較常見，只是在目前的階段特別先使用平假名來標示這些國家。

請看下方圖片，試著推測情境及對話內容，並搭配配音檔練習。

おーすとりあ 奧地利

ふらんす 法國

たいわん 台灣

かなだ 加拿大

ろしあ 俄羅斯

おらんだ 荷蘭

かた 位（人）

どちら 哪個方向，哪裡

❶ 〜は〜じんです。　　〜是〜（國家）人。

要表達國籍的話，只需要在國家名稱後面加上「じん（人）」就可以了。如果是敬語的話，只要再加上「〜です（是〜）」就行了。

このひとは おーすとりあじんです。

這個人是奧地利人。

そのひとは ふらんすじんです。　　那個人是法國人。

あのひとは たいわんじんです。　　那個人是台灣人。

このひとは かなだじんです。　　這個人是加拿大人。

稍等一下！

「奧地利」和「澳洲」的英文發音非常相似，日語因此也很像，很多人常常搞混兩個單字。總之記住有「ら」音的才是有袋鼠、無尾熊的「澳洲」就對了。

❷ 〜は〜の かたです。

〜是〜（國家）人。（較為尊敬）

試試看練習用剛剛更有禮貌的這個說法來尊稱對方。同樣也是在國家名稱和「かた（人）」的中間加上「〜の（〜的）」就可以了。

そのかたは ろしあの かたです。　　那位是俄羅斯人。

あのかたは おらんだの かたです。　　那位是荷蘭人。

このかたは おーすとりあの かたです。

這位是奧地利人。

そのかたは ふらんすの かたです。　　那位是法國人。

❸

～も　　　　　　　　　　　　　　　　　　　　　　　～也

先前有提到過，助詞「也」在日語中是「～も」對吧？

あのかたも たいわんの かたですか。

那位也是日本人嗎？

このかたも かなだの かたですか。

這位也是加拿大人嗎？

そのかたも ろしあの かたですか。

那位也是俄羅斯人嗎？

あのかたも おらんだの かたですか。

那位也是荷蘭人嗎？

❹

～が　　　　　　　　　　　　　　　（表示主題的助詞）

有提到過表示主題的助詞在日語中是「～が」對吧？

このかたが おーすとりあの かたです。

這位是奧地利人。

そのかたが ふらんすの かたです。　　那位是法國人。

あのかたが たいわんの かたです。　　那位是台灣人。

このかたが かなだの かたです。　　這位是加拿大人。

❺

～は どなたですか。 ～是誰？

「だれ（誰）」的敬語是「どなた」，所以只要將「だれですか（是誰？）」中的「だれ」換成「どなた」，就會是「どなたですか」，也就是「請問是誰？」的意思。

このかたは どなたですか。	這位是誰？
そのかたは どなたですか。	那位是誰？
あのかたは どなたですか。	請問那位是誰？

❻

～の おくには どちらですか。 ～的國家是哪裡？

稍等一下！

「どちら」這個字，除了原本的意思「哪一邊」之外，同時也是「どこ（哪裡）」的比較禮貌的說法。

在詢問對方的國籍、家鄉時，可以使用前面幾課教過的「どこ（哪裡）」來造出「おくにはどこですか（國家是哪裡？）」。這邊試試使用更尊敬的「どちら」來造造看問句。

このかたの おくには どちらですか。	這位的國家是哪裡？
そのかたの おくには どちらですか。	那位的國家是哪裡？
あのかたの おくには どちらですか。	請問那位的國家是哪裡？

第三階段
會話打好基本功

はじめまして
初次見面
〜と もうします
我是〜
しゅじん 老公
どうぞ よろしく
おねがいします
請多多指教
こちらこそ
我才是

稍等一下！

在向別人稱呼自己丈夫的時候，會用「主人[しゅじん]」這個單字。在稱呼別人的丈夫時要在單字前面加入「ご」，變成「ご主人」。單單只看「主人」這個字是「丈夫」的意思；如果在前面加上「ご」，「ご主人」就會變成是尊稱。前面也有學到過，只要在名詞前面加上「お」或「ご」的話，就會變成敬語。

公司同事介紹朋友給我，看起來不是日本人。

なかむら みほ：はじめまして。なかむら みほです。

ちぇ・すんぎ：はじめまして。ちぇ・すんぎと もうします。

なかむら みほ：ちぇさんの おくには どちらですか。

ちぇ・すんぎ：たいわんです。
　　　　　　　なかむらさんは にほんの かたですか。

なかむら みほ：はい、そうです。

ちぇ・すんぎ：ごしゅじんも にほんの かたですか。

なかむら みほ：いいえ、しゅじんは おらんだじんです。

ちぇ・すんぎ：そうですか。

なかむら みほ：どうぞ よろしく おねがいします。

ちぇ・すんぎ：こちらこそ、よろしく おねがいします。

なかむらみほ：初次見面，我是「なかむらみほ」。	車順基：初次見面，我是車順基。
なかむらみほ：請問車先生故鄉是哪裡？	車順基：是台灣。「なかむら」小姐是日本人嗎？
なかむらみほ：是的，沒錯。	車順基：老公也是日本人嗎？
なかむらみほ：不是的，老公是荷蘭人。	車順基：原來如此。
なかむらみほ：請多多指教。	車順基：我才是的，請多多指教。

啊哈！

來試試看將打招呼用語的「請多多指教」拆解開來！ 原來日本是這樣

　　「請多多指教」換成日語是「どうぞよろしくおねがいします」，最前面的「どうぞ」在這邊是強調「拜託」、「請求」的意思。中間的「よろしく」是「好好地」的意思。而最後的「おねがいします」是「麻煩您了」的意思。所以把最前面的「どうぞ」拿掉，只用後面的「よろしくおねがいします」也是可以的。

　　如果不想要談話太有壓力的話，可以不要使用「おねがいします（多多指教）」，改成用「どうぞよろしく」或是「よろしく」的說法，就會是「請多多指教」的常體。

❶ 請將題目的兩個單字改成「～は～のかたです（～是～的人）」的句子唸唸看。

> │範例│　このかた（這位）・おーすとりあ（奧地利）
> → このかたはおーすとりあのかたです。（這位是奧地利人。）

1. 🎤（不要用寫的，試著唸唸看）　　　　2. 🎤 _____

3. 🎤 _____　　　　4. 🎤 _____

❷ 請將題目的兩個單字改成「～も～のかたです（～也是～人）」的句子唸唸看。

> │範例│　そのかた（那位）・ふらんす（法國）
> → そのかたもふらんすのかたです。（那位也是法國人。）

1. 🎤（不要用寫的，試著唸唸看）　　　　2. 🎤 _____

3. 🎤 _____　　　　4. 🎤 _____

❸ 請將題目的兩個單字改成「～が～のかたです（～是～人。）」的句子唸唸看。

> │範例│　あのかた（那位）・おらんだ（荷蘭）
> → あのかたがおらんだのかたです。（那位是荷蘭人。）

1. 🎤（不要用寫的，試著唸唸看）　　　　2. 🎤 _____

3. 🎤 _____　　　　4. 🎤 _____

❹ 請將題目的單字改成「～のおくにはどちらですか（～的國家是哪裡？）」的問句唸唸看。

> │範例│　このかた（這位）
> → このかたのおくにはどちらですか。（這位的國家是哪裡？）

1. 🎤（不要用寫的，試著唸唸看）　　　　2. 🎤 _____

3. 🎤 _____　　　　4. 🎤 _____

07 用常體說說看

これ、なに？

這個是什麼？

07.mp3

🎧 例句07-1.mp3

暖身練習
基本會話聽力

請看下方圖片，試著推測情境及對話內容，並搭配音檔練習。

發牢騷

🎧 例句07-2.mp3

第一階段
熟悉基本單字

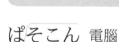

稍等一下！

「ぱそこん（電腦）」和「ぷれぜんと（禮物）」通常會用片假名表示：「パソコン、プレゼント」。

ぱそこん 電腦

じしょ 字典

ほん 書

にほんご 日語

しゅくだい 作業

ぷれぜんと 禮物

くすり 藥

あれ 那個

きょう 今天

どっち 哪一邊

どれ 哪一個

どの 哪

なに 什麼

①

～は～の～　　　　　　～是～的～。

試著整理一下目前為止出現過的日語「這個、那個、那個」。

これは わたしの ぱそこん。	這個是我的電腦。
それは ぼくの じしょ。	那個是我的字典。
あれは おれの ほん。	那個是我的書。
これは にほんごの しゅくだい。	這個是日語作業。

②

どっちが～の～？

（兩個當中）哪一個是～的～？

「どっち（哪一邊）是「どちら」的口語用法。在前面的內容有練習過「どこ（哪裡）比較有禮貌的說法「どちら」對吧？不過「どちら」原來的意思其實是「哪一邊」，也就是說，這是在有兩個對象的情況下，要詢問兩個之中的哪一個所使用的疑問詞。此時將這個問句理解成「哪一個」的意思會更貼切。

どっちが そよんの ぷれぜんと？	哪一個是書永的禮物？
どっちが ひょんじんの くすり？	哪一個是平仁的藥？
どっちが ごしゅじんの ぱそこん？	哪一個是你老公的電腦？
どっちが にほんごの じしょ？	哪一個是日語的字典？

▶將句子的排列順序改成「～の～は どれ？（～的～）（兩個當中的）哪一個？）」一樣也是正確的句子。

▶不講出名詞，如「どれがそよんの？（（兩個當中的）哪一個是書永的？）」若對方明顯可以理解，也都是正確的句子。

❸ どれが～の～？　　　哪一個是～的？

當有兩個對象時，我們會使用「どっち（哪邊）」，而當對象有三個以上且我們要詢問是哪一個的話，此時就會使用「どれ（什麼樣的東西）」，將「どれ」翻譯成「哪一個東西」，句子會比較自然。

どれが そよんの ほん？	哪一個是平仁的書？
どれが きょうの しゅくだい？	哪一個是今天的作業？
どれが ひょんじんの ぷれぜんと？	哪一個是平仁的禮物？
どれが ごしゅじんの くすり？	哪一個是你老公的藥？

❹ どの～が～の？　　　哪一個～是～的？

這次來練習看看用「この、その、あの（這、那、那）」的疑問詞「どの（哪）」造造看問句。直接翻譯的話會是「哪～是～的」，不過將「どの」翻譯成「哪一個」來作為中文的意思會更自然。

どの ぱそこんが ひょんじんの？	哪一個電腦是平仁的？
どの じしょが せんせいの？	哪一個字典是老師的？
どの ほんが ごしゅじんの？	哪一個書是你老公的？
どの ぷれぜんとが わたしの？	哪一個禮物是我的？

稍等一下！

句子中加入「～は（主詞助詞）」變成用「これは（這個）」來詢問的話，語調會更強調「就是這個、不是別的」，感覺會比較強硬一點。

❺ これ、なに？　這個是什麼？

「什麼」在日語中是「なに」。可以在問句中加入助詞「～は（主詞助詞）」變成「これはなに？（這個是什麼？）」來詢問。然而，實際上更常會直接省略助詞「～は（主詞助詞）」。

これ、なに？	這個是什麼？
それ、なに？	那個是什麼？
あれ、なに？	那個是什麼？

❻ なんの～？　是什麼～？

在詢問種類的時候，會使用「なんの＋名詞」這樣的句型。「なに（什麼）」的後面接上「た」行、「だ」行、「な」行時，發音會變成「なん」，在唸的時候要特別留意一下。

なんの しゅくだい？	是什麼作業？
なんの くすり？	是什麼藥？
なんの じしょ？	是什麼字典？
なんの ほん？	是什麼書？

第三階段
會話打好基本功

たんじょうび　生日
おめでとう　祝福
ありがとう　謝謝

「けんたろう」坐在書桌前認真地看著某個東西，是什麼呢？

きょう・こうえん：それ、なに？

さとう けんたろう：しゅくだい。

きょう・こうえん：なんの しゅくだい？

さとう けんたろう：にほんごの しゅくだい。

きょう・こうえん：そう。ん？ これはなに？

さとう けんたろう：あ、それは ぷれぜんと。

きょう・こうえん：ぷれぜんと？

さとう けんたろう：うん。たんじょうびの ぷれぜんと。

きょう・こうえん：だれの たんじょうび？

さとう けんたろう：ぼくの。

きょう・こうえん：きょう？

さとう けんたろう：うん。

きょう・こうえん：そう。おたんじょうび おめでとう。

さとう けんたろう：ありがとう。

姜孝淵：那個是什麼？	さとうけんたろう：是作業。
姜孝淵：是什麼作業？	さとうけんたろう：是日語作業。
姜孝淵：這樣啊。哦？這個是什麼？	さとうけんたろう：啊，那個是禮物。
姜孝淵：禮物？	さとうけんたろう：嗯，生日禮物。
姜孝淵：是誰的生日？	さとうけんたろう：我的。
姜孝淵：是今天嗎？	さとうけんたろう：嗯。
姜孝淵：原來如此啊，生日快樂。	さとうけんたろう：謝謝。

日本人的年齡算法和對應

啊哈！
原來日本是這樣

　　日本人的年紀是用滿足歲來計算的，所以出生的時候是0歲，而且日本人在初次見面時也不會馬上詢問對方的年紀。雖然在日本文化中，年紀的大小以及前後輩的關係會影響彼此的應對方式。不過些微的年紀差異一般並不會太在意，之後如果關係變親密或是成為朋友的話，自然而然就會使用常體對話了。還有，通常「哥哥、姊姊」等等的稱呼，只有在家人或是親戚之間才會使用。

❶ 請將題目提供的三個單字改成「～は～の～（是～的～。）」的句子唸唸看。

| 範例 | これ（這個）・わたし（我-女性）・ほん（書）
→ これはわたしのほん。（這個是我的書。）

1. （不要用寫的，試著唸唸看）　　　　　2.

3. 　　　　　　　　　　　　　　　　　　4.

❷ 請將題目提供的兩個單字改成「どれが～の～？（哪一個是～的～？）」的問句唸唸看。

| 範例 | ひょんじん（平仁）・ぷれぜんと（禮物）
→ どれがひょんじんのぷれぜんと？（哪一個是平仁的禮物？）

1. （不要用寫的，試著唸唸看）　　　　　2.

3. 　　　　　　　　　　　　　　　　　　4.

❸ 請將題目提供的兩個單字改成「どの～が～の？（哪一個～是～的～？）」的問句唸唸看。

| 範例 | じしょ（字典）・せんせい（老師）
→ どのじしょがせんせいの？（哪一個字典是老師的？）

1. （不要用寫的，試著唸唸看）　　　　　2.

3. 　　　　　　　　　　　　　　　　　　4.

❹ 請將題目提供的單字改成「なんの～？（是什麼～？）」的問句唸唸看。

| 範例 | くすり（藥）
→ なんのくすり？（是什麼藥？）

1. （不要用寫的，試著唸唸看）　　　　　2.

3. 　　　　　　　　　　　　　　　　　　4.

08

用 敬 語 說 說 看

えきは どこですか。

車站在哪裡？

08.mp3

🎧 例句08-1.mp3

暖身練習
基本會話聽力

請看下方圖片，試著推測情境及對話內容，並搭配音檔練習。

🎧 例句08-2.mp3

第一階段
熟悉基本單字

えき 車站

ぎんこう 銀行

おてあらい 廁所

ゆうびんきょく 郵局

ここ 這裡

そこ 那裡

あそこ 那裡

こちら 這邊

そちら 那邊

あちら 那邊

かいしゃ 公司

がっこう 學校

しゅっしん 出生地

❶

～は～(位置)です。　　　～在～。

如果將下面的例句直譯的話，會是「～是這裡／是那裡／是那裡／是這裡」。日語也有等同中文的「在～」的動詞，這部分會在之後學習動詞時再一起練習，這邊先用比這些較短的句型來練習看看吧。

えきは ここです。	車站在這裡。
ぎんこうは そこです。	銀行在那裡。
おてあらいは あそこです。	廁所在那裡。
ゆうびんきょくは ここです。	郵局在這裡。

❷

～は どこですか。　　　～在哪裡？

「哪裡」翻成日語是「どこ（哪裡）」，這裡也一樣用比較短的句型來讓大家練習。

えきは どこですか。	車站在哪裡？
ぎんこうは どこですか。	銀行在哪裡？
おてあらいは どこですか。	廁所在哪裡？
ゆうびんきょくは どこですか。	郵局在哪裡？

稍等一下！

有很多單字都可以用來指「廁所」。最常使用的是這裡學到的「お手洗い[おてあらい]」，「といれ（トイレ・英文的 toilet）」也很常見。另外也有「便所[べんじょ]（便所）」這個比較粗魯的說法。另外一個比較少用的說法是「化粧室[けしょうしつ]」，會出現在標示牌上。

❸

～(位置)です。 在～。

試試看用短的句型來回答問句。

ここです。 在這裡。

そこです。 在那裡。

あそこです。 在那裡。

❹

～は どちらですか

～是（兩個當中）的哪一個？

稍等一下！

「どちら、どっち」只會在物件有兩個的時候使用，超過3個的時候會改用「どれ（哪一個）」。

「どっち（哪一邊）」比較有禮貌的說法是「どちら」。在有兩個選項的情況時，會使用「どっち」來詢問。

はしもとさんの ぼうしは どちらですか。

「はしもと」先生（小姐）的帽子是哪一個？

なかむらさんの かさは どちらですか。

「なかむら」先生（小姐）的雨傘是哪一個？

あんさんの くつは どちらですか。

安先生（小姐）的鞋子是哪一個？

せんせいの ほんは どちらですか。

老師的書是哪一個？

稍等一下！

「こちら（這邊）」、「そちら（那邊）」、「あちら（那邊）」的常體是「こっち、そっち、あっち」。這邊練習的都是比較謙虛恭敬的講法。

❺

こちらです。　　　　　　是這邊。

試試看使用「こちら、そちら、あちら（這邊，那邊，那邊）」來回答。解釋意思的時候，大多情況會用「這個，那個，那個」來翻譯會更為自然。

こちらです。	是這個。
そちらです。	是那個。
あちらです。	是那個。

稍等一下！

如果想要更有禮貌的話，可以把「ご」加在「出身[しゅしん]（出生）的前面，變成「ご出身」。在說日語的時候，很少會使用「故鄉[こきょう]」這個字，而是會使用這邊學到的「ご出身はどちらですか（是哪邊出生的？）」或是「どこのご出身ですか（請問是哪裡出生的？）」來詢問。

❻

〜は どちらですか。　　〜在哪裡？

在前面已經有練習過的「どちら（哪一邊）」，也可以作為「どこ（哪裡）比較有禮貌的說法來使用。在詢問場所時雖然會這樣用，不過在詢問對方上班的公司或是學校時，也可以使用「どちら」或是「どこ」。

おくには どちらですか。	請問您故鄉在哪裡？
かいしゃは どちらですか。	請問貴公司在哪裡？
がっこうは どちらですか。	請問您學校在哪裡？
ごしゅっしんは どちらですか。	請問您出生地在哪裡？

あのう 那個
ちょっと 一點、稍微
すみません 不好意思
ええと 嗯、痾（想事
　　　　情時發出的聲
　　　　音）
それから 還有、然後
がいこく 外國
りょこう 旅行

稍等一下！

「すみません」基本的意思是「對不起」，不過當你要向他人搭話時，也可以作為「不好意思～」、「請問一下」的意思來使用。這個字實際上常會唸做「すいません」，所以有的時候會看到有人直接寫成「すいません」，但是「すみません」才是正確的寫法。

在旅行中的小微找不到郵局，向經過的路人詢問。

りん・しょおうぇい：あのう、ちょっと すみません。

たかはし じゅん：はい。

りん・しょおうぇい：ゆうびんきょくは どこですか。

たかはし じゅん：ゆうびんきょくですか。

　　　　　　　　　ええと……（指著地圖）ここです。

りん・しょおうぇい：ああ、そうですか。

　　　　　　　　　それから、えきは どこですか。

たかはし じゅん：えきは ここです。

りん・しょおうぇい：そうですか。どうも ありがとう ございます。

たかはし じゅん：がいこくの かたですか。

りん・しょおうぇい：はい、たいわんじんです。

たかはし じゅん：りょこうですか。

りん・しょおうぇい：はい。

たかはし じゅん：そうですか。じゃ、おきを つけて。

りん・しょおうぇい：はい、ありがとう ございます。

林小微：那個，稍微請問一下。
林小微：請問郵局在哪裡？
林小微：啊～原來如此。還有請問車站在哪裡？
林小微：原來如此。真的非常感謝。
林小微：是的，是台灣人。
林小微：是的。

林小微：好的，謝謝。

たかはしじゅん：是的。
たかはしじゅん：郵局嗎？那個…在這裡。
たかはしじゅん：車站在這裡。

たかはしじゅん：請問您是外國人嗎？
たかはしじゅん：來旅行嗎？
たかはしじゅん：原來如此。那麼請小心慢走。

啊哈！

在道別的時候，請千萬別說「さようなら」！ 原來日本是這樣

　　有很多非日本人在道別的時候會說「さようなら」，不過其實「さようなら」有之後一段時間都不會見面的涵義，日常不常用。可以特別留意看看日劇中會聽到「さようなら」，大多是在男性和女性要分手的時候。

　　日本的電視節目要收尾時，主持人也會用「さようなら」來道別。這是因為主持人和觀眾之間關係特殊，所以在道別時比較難用其他的句子去表達，日常會這樣講的日本人其實並不算多。相對的，42頁學過的「失礼します」是在任何情況下都可以使用的方便講法。

🎧 例句08-5.mp3

❶ 請將題目提供的單字改成「～はどこですか（～在哪裡？）」的問句唸唸看。

| 範例 | えき（車站）
→ えきはどこですか。（車站在哪裡？）

1. 🎤（不要用寫的，試著唸唸看）　　　2. 🎤

3. 🎤　　　　　　　　　　　　　　　4. 🎤

❷ 請將題目提供的兩個單字改成「～は～です（～在～）」的句子唸唸看。

| 範例 | ぎんこう（銀行）・ここ（這裡）
→ ぎんこうはここです。（銀行在這裡。）

1. 🎤（不要用寫的，試著唸唸看）　　　2. 🎤

3. 🎤　　　　　　　　　　　　　　　4. 🎤

❸ 請將題目提供的兩個單字改成「～の～はどちらですか（～的～是（兩個當中的）哪一個？」的問句唸唸看。

| 範例 | せんせい（老師）・ぼうし（帽子）
→ せんせいのぼうしはどちらですか。（老師的帽子是哪一個？）

1. 🎤（不要用寫的，試著唸唸看）　　　2. 🎤

3. 🎤　　　　　　　　　　　　　　　4. 🎤

❹ 請將題目提供的單字改成「～はどちらですか（～在哪裡？）」的問句唸唸看。

| 範例 | おくに（故郷）
→ おくにはどちらですか。（您故鄉在哪裡？）

1. 🎤（不要用寫的，試著唸唸看）　　　2. 🎤

3. 🎤　　　　　　　　　　　　　　　4. 🎤

09 用 常 體 說 說 看

のみかいだった。

09.mp3

有喝酒的聚會。

在開始這課之前，請先翻到561頁練習一下日語1到20的數字怎麼講。

🎧 例句09-1.mp3
暖身練習
基本會話聽力

🎧 例句09-2.mp3
第一階段
熟悉基本單字

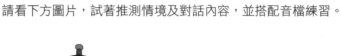

請看下方圖片，試著推測情境及對話內容，並搭配音檔練習。

稍等一下！

「てすと（測驗、考試）」和「こんさーと（演唱會）」本來的片假名是使用「テスト、コンサート」。

おととい 前天

きのう 昨天

てんき 天氣、好天氣

はれ 晴朗、晴朗的天氣

あめ 雨

のみかい 喝酒的聚會

てすと 測驗、考試

じゅぎょう 課程

こんさーと 演唱會

〜じ 〜點

❶

～は～だった。 ～是～。（過去式）

只要在名詞的後面加上「～だった」，就會變成名詞的過去式。

きょうは てんきだった。	今天是好天氣。
きのうは はれだった。	昨天是晴朗的天氣（是晴天）。
おとといは あめだった。	前天下雨了（是雨天）。
きょうは のみかいだった。	今天有喝酒的聚會。

❷

～は～じゃなかった。 ～不是～。

只要在名詞後面加上「～じゃなかった」，就會變成過去式的名詞否定句。否定句「～じゃない」的「い」換成「かった」。「～ない」表示否定句，而「～かった」表示過去式。

おとといは てすとじゃなかった。	前天不是考試。
きのうは じゅぎょうじゃなかった。	上課不是昨天。
きょうは はれじゃなかった。	今天不是晴天。
おとといは いいてんきじゃなかった。	前天不是好天氣。

稍等一下！

「てんき」用漢字書寫是「天氣」，基本上意思和用法都和中文的天氣相同。此處為了讓各位更容易學習，所以使用了假名書寫，只需要理解意思就好，不需要特別背下來。

❸

〜からだった。　　　　　是從〜。

助詞「〜から」是「從〜」的意思。還有「〜點」則是「〜時」。

てすとは 1 じからだった。　　考試是從一點（開始）。

じゅぎょうは 3 じからだった。

課程是從三點（開始）。

のみかいは 6 じからだった。

喝酒的聚會是從六點（開始）。

こんさーとは 7 じからだった。

演唱會是從七點（開始）。

稍等一下！

大家已經有用第561頁練習數字1到20了嗎？之前也有學過數字4的發音，如果不是唸「よん」的話，就會唸「し」，然而「4點」的發音則是「よじ」，也就是說4的發音變成「よ」。是把「よん」去掉了「ん」的發音，屬於特別的例外。有關時間「〜點」的表達方式，請參考第564頁。

❹

〜までだった。　　　　　是到〜。

「〜まで」是「到〜」的意思。

てすとは 2 じまでだった。　　　　考試是到兩點。

じゅぎょうは 4 じまでだった。　　　課程是到四點。

のみかいは 8 じまでだった。　　喝酒的聚會是到八點。

こんさーとは 9 じまでだった。　　　演唱會是到九點。

❺ 〜は なんじから なんじまでだった？

〜是從幾點到幾點？

「幾點」的日語是「なんじ」。練習看看用幾點到幾點提出問句。

てすとは なんじから なんじまでだった？

考試是從幾點到幾點？

じゅぎょうは なんじから なんじまでだった？

課程是從幾點到幾點？

こんさーとは なんじから なんじまでだった？

演唱會是從幾點到幾點？

のみかいは なんじから なんじまでだった？

喝酒的聚會是從幾點到幾點？

❻ 〜から〜までだった。　是從〜到〜。

試試看用「〜じ」來回答問句。

10じから 11じまでだった。　是從十點到十一點。

9じから 12じまでだった。　是從九點到十二點。

5じから 7じまでだった。　是從五點到七點。

6じから 8じまでだった。　是從六點到八點。

第三階段
會話打好基本功

いつ 何時
どう 怎麼樣、如何
まあまあ 就那樣、
　　　算可以
のみすぎないでね
不要喝太多

「くみこ」遇到學校的朋友俊基，向他詢問什麼時候考試。

さいとう くみこ：てすとは いつ？

じょ・じゅんぎ：てすとは きのうだったよ。

さいとう くみこ：そう。どうだった？

じょ・じゅんぎ：まあまあだったよ。

さいとう くみこ：きょうは てすとじゃなかった？

じょ・じゅんぎ：うん、きょうは てすとじゃなかった。
　　　　　　　　じゅぎょうだった。

さいとう くみこ：なんじまで じゅぎょうだった？

じょ・じゅんぎ：4じまでだった。

さいとう くみこ：そう。

じょ・じゅんぎ：6じからは のみかい。

さいとう くみこ：そう。のみすぎないでね。

さいとうくみこ：考試是什麼時候？　　　　　徐俊基：考試是昨天。
さいとうくみこ：原來如此，考得如何？　　　徐俊基：還算是可以。
さいとうくみこ：不是今天考試嗎？　　　　　徐俊基：嗯，不是今天考試。今天是上課。
さいとうくみこ：課是到幾點？　　　　　　　徐俊基：是到四點。
さいとうくみこ：這樣啊。　　　　　　　　　徐俊基：喝酒的聚會是六點開始。
さいとうくみこ：這樣啊。不要喝太多酒。

啊哈！

日本的喝酒禮儀　　　　　原來日本是這樣

　　若現場有長輩、上司之類需要尊敬對待的人，日本人們會幫忙他添酒，幫忙添越多次酒就越能表示有用心在款待客人。如果對方的酒杯都空了卻什麼都沒做的話，這樣會顯得非常沒禮貌。另外，日本人只會在一開始喝酒時乾杯一次，之後在喝酒的途中就不會再乾杯了。雖然說是乾杯，不過也可以不用一次把酒全喝完。普遍來說日本人的酒量是比較弱的，現在在日本也通常不會出現勉強他人喝酒的情況。所以和日本人一起喝酒時，不需要一直硬要灌酒，不然之後可能會被傳出不好的傳聞。

🎧 例句09-5.mp3

❶ 請將題目提供的兩個單字改成「～は～だった（是～）」的句子唸唸看。

> | 範例 |　きのう（昨天）・てんき（天氣，好天氣）
> → きのうはてんきだった。（昨天是好天氣。）

1. 🎤（不要用寫的，試著唸唸看）　　　　　2. 🎤

3. 🎤　　　　　　　　　　　　　　　　　4. 🎤

❷ 請將題目提供的兩個單字改成「～は～じゃなかった（～不是～）」的句子唸唸看。

> | 範例 |　きょう（今天）・はれ（晴天、晴朗的天氣）
> → きょうははれじゃなかった。（今天不是晴朗的天氣。）

1. 🎤（不要用寫的，試著唸唸看）　　　　　2. 🎤

3. 🎤　　　　　　　　　　　　　　　　　4. 🎤

❸ 請將題目提供的單字改成「～はなんじからなんじまでだった？（是從幾點到幾點？）的問句唸唸看。

> | 範例 |　じゅぎょう（課程）
> → じゅぎょうはなんじからなんじまでだった？（課程是從幾點到幾點？）

1. 🎤（不要用寫的，試著唸唸看）　　　　　2. 🎤

3. 🎤　　　　　　　　　　　　　　　　　4. 🎤

❹ 請試著用題目提供的兩個單字來回答「～から～までだった（是從～到～。）」

> | 範例 |　4じ（四點）・5じ（五點）
> → 4じから5じまでだった。（是從四點到五點。）

1. 🎤（不要用寫的，試著唸唸看）　　　　　2. 🎤

3. 🎤　　　　　　　　　　　　　　　　　4. 🎤

10

用 敬 語 說 說 看

10じから かいぎでした。

會議是十點開始。

10.mp3

🎧 例句10-1.mp3

暖身練習
基本會話聽力

請看下方圖片，試著推測情境及對話內容，並搭配音檔練習。

🎧 例句10-2.mp3

第一階段
熟悉基本單字

くもり 陰天

ゆき 下雪

かいぎ 會議

しけん 考試

ひるやすみ 午休時間

うけつけ 報名

はん 班

72

第二階段
熟悉基本句型

稍等一下！

「考試」用日語的漢字表示的話，會是「試験[しけん]」。不過，在學校經常考的那種隨堂考試其實更常使用在第九課學過的「テスト（てすと）」。「試験」是指很重要並具有一定規模的考試，像是考取證照或是入學考試。這裡只需要理解意思就好，不需要特別背下來。

❶

〜は〜でした。　　〜是〜。（過去式）

要以敬語過去式講名詞，也就是在說「（過去）是〜」的時候，只要在名詞後面加上「〜でした」就可以了。

おとといは くもりでした。	前天是陰天。
きのうは ゆきでした。	昨天下雪了（是下雪天）。
きょうは かいぎでした。	今天是會議。
おとといは しけんでした。	前天是考試。

❷

〜は〜じゃありませんでした
〜不是〜。（過去式）

過去式的名詞否定句型，只要在名詞的後面加上表示否定的「〜じゃありません」，和表示過去式的「〜でした」就可以。

きのうは くもりじゃありませんでした。	昨天不是陰天。
きょうは ゆきじゃありませんでした。	今天沒有下雪（不是下雪）。
おとといは かいぎじゃありませんでした。	前天不是會議。
きのうは しけんじゃありませんでした。	昨天不是考試。

❸

～からでした。 　　　是從～。（過去式）

「～から」是「從～」的意思，指某件事會從某個時間點開始。在這句子後面加上「～でした」的話，就會是「是從～」的意思。

かいぎは3じからでした。　　會議是從三點（開始）。

しけんは6じからでした。　　考試是從六點（開始）。

ひるやすみは12じからでした。

午餐時間是從十二點（開始）。

うけつけは9じからでした。

報名時間是從九點（開始）。

❹

～まででした。 　　　是到～。（過去式）

「の」後面的名詞不需要再重複說一次的情況下（即不重複說也能理解），大多時候名詞會被省略。像這樣省略「の」後面的名詞的話，這裡的「の」就會變成「～的東西」的意思。

かいぎは4じまででした。　　　會議時間是到四點。

しけんは7じまででした。　　　考試時間是到七點。

ひるやすみは1じまででした。　　午休時間是到一點。

うけつけは5じまででした。　　報名時間是到五點。

稍等一下！

在日語裡「白天、中午」是「昼[ひる]」。而「停止、休息」是「休み[やすみ]」。這兩個單字合在一起變「昼休み」，也就是「中午休息時間」、「午餐時間」的意思。

❺ ～は なんじから なんじまででしたか。

～是從幾點到幾點？（過去式）

「幾點」是「なんじ」，來試試看練習用敬語詢問某事是從幾點到幾點吧。

かいぎは なんじから なんじまででしたか。

會議時間是從幾點到幾點？

しけんは なんじから なんじまででしたか。

考試時間是從幾點到幾點？

ひるやすみは なんじから なんじまででしたか。

午休時間是從幾點到幾點？

うけつけは なんじから なんじまででしたか。

報名時間是從幾點到幾點？

❻ ～から～まででした。

是從～到～。（過去式）

這次試試看使用時間單位的「はん（半）」來回答問句。

2じ はんから 4じ はんまででした。

是從兩點半到四點半。

10じ はんから 11じ はんまででした。

是從十點半到十一點半。

12じ はんから 1じ はんまででした。

是從十二點半到一點半。

第三階段
會話打好基本功

おはようございます
早安
よかった 幸好

稍等一下！

「よかった」直接翻譯的話，會是「好的／很好」，不過也可以作為「幸好」的意思來使用。

剛來上班的「たけし」想不起會議時間，決定向同事詢問。

やまだ たけし：おはようございます。

あん・うんじゅ：おはようございます。

やまだ たけし：きょうの かいぎは なんじからですか。

あん・うんじゅ：10じ はんからです。

やまだ たけし：なんじまでですか。

あん・うんじゅ：12じ はんまでです。

やまだ たけし：じゃ、きょうの ひるやすみは 12じ はんから 1じま
　　　　　　　　 でですか。

あん・うんじゅ：いいえ、きょうは 12じ はんから 1じ はんまで ひる
　　　　　　　　 やすみです。

やまだ たけし：そうですか。ああ、よかった。

やまだたけし：早安。
やまだたけし：今天會議時間是從幾點開始？
やまだたけし：是到幾點？
やまだたけし：那麼今天午休時間是從十二點半到一點嗎？
やまだたけし：原來如此。啊～太好了。

安恩珠：早安。
安恩珠：是從十點半開始。
安恩珠：是到十二點半。
安恩珠：不是的，今天午休時間是從十二點半到一點半。

啊哈！

日本企業的上班時間。

原來日本是這樣

　　日本的一般的上班時間是一天八個小時，九點上班、五點下班。法律規定除了休息時間外，一天之內不得讓員工工時超過八個小時，也就是說其實不用將午休時間包含在八個小時的工作時間內，不過大部分的企業還是採九點上班五點下班制，超過就算是加班。最近有很多公司引進了「フレックスタイム制（彈性工作時間制度）」，上下班時間相較之下更為自由。在日常生活的會話中會將「フレックスタイム制」縮寫為「フレックス」。

🎧 例句10-5.mp3

① 請將題目提供的兩個單字改成「～は～でした（是～）」的句子唸唸看。

> | 範例 | おととい（前天）・くもり（陰天）
> → おとといはくもりでした。（前天是陰天。）

1. 🎤（不要用寫的，試著唸唸看）　　　　2. 🎤 _____

3. 🎤 _____　　　　　　　　　4. 🎤 _____

② 請將題目提供的兩個單字改成「～は～じゃありませんでした（～不是）」的句子唸唸看。

> | 範例 | きのう（昨天）・ゆき（雪）
> → きのうはゆきじゃありませんでした。（昨天沒有下雪。）

1. 🎤（不要用寫的，試著唸唸看）　　　　2. 🎤 _____

3. 🎤 _____　　　　　　　　　4. 🎤 _____

③ 請將題目提供的單字改成「～はなんじからなんじまででしたか（～是從幾點到幾點？）」的問句唸唸看。

> | 範例 | しけん（考試）
> → しけんはなんじからなんじまででしたか。（考試是從幾點到幾點？）

1. 🎤（不要用寫的，試著唸唸看）　　　　2. 🎤 _____

3. 🎤 _____　　　　　　　　　4. 🎤 _____

④ 請試試看用提供的兩個單字來回答「～から～まででした（是從～到～）」。

> | 範例 | 2じはん（兩點半）・4じはん（四點半）
> → 2じはんから4じはんまででした。（是從兩點半到四點半。）

1. 🎤（不要用寫的，試著唸唸看）　　　　2. 🎤 _____

3. 🎤 _____　　　　　　　　　4. 🎤 _____

日語是
這樣的！

名詞用法總整理

為各位整理了常體和敬語名詞的各種用法。

常體

是學生。	学生。
不是學生。	学生じゃない。
以前是學生。	学生だった。
以前不是學生。	学生じゃなかった。

敬語

是學生。	学生です。
不是學生。	学生じゃありません。
以前是學生。	学生でした。
以前不是學生。	学生じゃありませんでした。

　　如果有用過其他的日語課本學習日語的話，常常會有人提出下面的疑問：如果要用常體說「是學生」的話，不是應該要用「学生（がくせい）だ」嗎？「～だ」是強調「肯定」的意思，講「学生だ」可能會帶給聽者「你幹嘛哪麼強調？」的疑惑。要用口語表達「是學生」，使用「学生」就足夠了。不過若是在「～だ」後面加上和「～よ」一樣的助詞，變成「学生だよ（是學生）」，就可以成為口語的用法。關於「～よ」的詳細說明，請參考第136頁。

| 單字 | 学生[がくせい] 學生

在這邊暫停一下！

　　在進入〈第二部分〉之前，有必須要先知道的事。請先將以下事項全部完成後，再進入〈第二部分〉。這樣才能順利地進行接下來的學習。

1. 如果目前為止都只聽音檔，完全還沒看課本學習〈第一部分〉的同學們，請從第一課開始到第十課再練習一次吧。這一次請一邊看著書，一邊聽著音檔學習。記住不要刻意地去背單字，只需要抱著大概看看的心情，輕鬆地看著書並聽著音檔學習即可。

2. 上面第一項都做完之後，請利用第552頁到第555頁的平假名手寫練習筆記，一邊聽著音檔，一邊練習寫寫看一到兩次的平假名。一樣請不要刻意地去背單字，練習寫寫看一兩次就可以了。

3. 這一次請看著隨身小本本並聽著音檔，從第一課開始複習到第十課結束。在隨身小本本裡有第一部分的平假名、片假名以及漢字的標記符號。一樣不要刻意地去背日語字，只需要輕鬆地看著書並聽著音檔學習就可以了。

　　如果以上都扎扎實實地做完了的話，現在我們就往〈第二部分〉前進吧，Go！

第二章

日語形容詞，
只要知道這個，
就能搞定基礎！

第一節・和名詞相似的「な」形容詞
第二節・和「な」形容詞完全不同的「い」形容詞

　　從第二部分開始，會開始使用平假名、片假名及漢字三種符號所組成的日語。日語漢字和中文很像，但意思和寫法不一定完全一樣。平假名和片假名雖然是日本的固有文字，但是平假名和片假名的個數還有發音都一樣，只有樣子不同而已。

　　如果問說為什麼要分成兩個種類的文字的話，片假名是為了標記外來語所創造出來的文字。所以在日語當中只要單看文字的長相，就可以一眼分辨出哪些是外來語。

　　一開始認字可能會覺得很困難，不過可以先將文字視為次要的學習內容，將注意力集中在聲音的學習上吧！在學習新的一課時，都是先從只聽聲音開始學習，接下來再一邊看著書，一邊學習第二次。想著只是翻閱書本的感覺，不要把專注力放在眼睛上，輕鬆沒有壓力地把精神集中在耳朵上。大概在第二部分快要結束的時候，和日語文字就會變得熟悉許多了。

第一節

•

和名詞相似的
「な」形容詞

　　日語的形容詞分為「な」形容詞
和「い」形容詞兩種，現在即將開始學
習的「な」形容詞，使用規則幾乎和名
詞是一樣的。因為在前面已經學過名詞
的各種變化規則，所以大家應該很快就
可以熟悉「な」形容詞了。另外一提，
雖然這本書為了方便理解，將「な」形
容詞以加上「な」的狀態來介紹，但是
要用字典查詢時中要先把「な」字去掉
才搜尋的到。就讓我們一起來征服這個
「な」形容詞吧！出發～！

11

用敬語說說看

有名な歌手。

是有名的歌手。

11.mp3

🎧 例句11-1.mp3

暖身練習
基本會話聽力

請看下方圖片，試著推測情境及對話內容，並搭配音檔練習。

🎧 例句11-2.mp3

第一階段
熟悉基本單字

稍等一下！

本書為了方便理解，將「な」形容詞以加上「な」的狀態來介紹，但是要用字典查詢時中要先把「な」字去掉才搜尋的到喔。

有名な[ゆうめいな] 有名的

元気な[げんきな] 活力充沛的、健康的

静かな[しずかな] 安靜的

きれいな 漂亮的、美麗的、乾淨的

簡単な[かんたんな] 簡單的、容易的

大変な[たいへんな] 辛苦的

所[ところ] 地方

仕事[しごと] 工作

すごく 非常、特別、超級

そんなに 那樣（為止）、那個程度

どんな 某個

❶

～な～。　　　　　　　是～的～。

用「な」形容詞在修飾名詞會呈現「「な」形容詞（～な）＋名詞」。

すごく有名な歌手。	是非常有名的歌手。
すごく元気な人。	是非常活力充沛的人。
すごく静かな所。	是相當安靜的地方。
すごくきれいな人。	是相當漂亮的人。

❷

～な～じゃない。　　　不是～的～。

前面有說過「な」形容詞在修飾名詞時，只要用名詞前加上「な」形容詞來修飾就可以了對吧？這是因為敘述的主詞是名詞，所以如果要講「不是～的～」的話，在名詞的後面加上「～じゃない」就可以了。

そんなに簡単なテストじゃない。	
	不是那麼簡單的考試。
そんなに大変な仕事じゃない。	不是那麼辛苦的工作。
そんなに有名な歌手じゃない。	不是那麼有名的歌手。
そんなに静かな所じゃない。	不是那麼安靜的地方。

稍等一下！

「や、ゆ、よ」有分為大字跟小字兩種，小字的「や、ゆ、よ」表示是「拗音」，只要將「や、ゆ、よ」和前面的文字合併一起念出來就可以了。舉例來說像「じゃ」的話，加上前面的「じ（JI）」和「や（YA）」，就會唸成「じゃ（JA）」。

❸

～（去掉な）。　　　　　　（形容）～

「な」形容詞作為敘述句來使用時，「な」形容詞的後面不會加上「な」。也就是說會去掉「な」。「な」是修飾名詞時所需要的字。

僕の彼女はすごく元気。　　　我的女朋友非常有活力。

あの人の奥さんはすごくきれい。
　　　　　　　　　　　　　　那個人的老婆相當漂亮。

今日のテストはすごく簡単。　今天的考試超級簡單。

その仕事はすごく大変。　　　那個工作非常辛苦。

❹

～（去掉な）じゃない。　　　　不～

想要將「な」形容詞換成否定句的話，在「な」形容詞後面加上「じゃない」就可以了。「な」形容詞的變化方式跟名詞一模一樣，這邊也是因為「な」形容詞後面的單字不是名詞的關係，所以必須要將「な」去掉。

その歌手はそんなに有名じゃない。
　　　　　　　　　　　　　　那個歌手沒那麼有名。

ここはそんなに静かじゃない。　這裡沒那麼安靜。

あの人の奥さんはそんなにきれいじゃない。
　　　　　　　　　　　　　　那個人的老婆沒那麼漂亮。

稍等一下！

目前為止學過的名詞和「な」形容詞的基本變化規則都是一樣的，如果要問說差異在哪裡的話，在修飾名詞的用法上會有所不同。名詞是使用助詞「～の（的）」，變成「名詞＋の＋名詞」的方式來修飾，而「な」形容詞是用「「な」形容詞（～な）＋名詞」來修飾名詞。如果用字典搜尋就會知道，在「な」形容詞中，也有很多詞彙可以用名詞表示，此時可以用「～の」修飾，也可以用「～な」來修飾。

5

どんな～？　是什麼樣的～？

在第9課的「會話打好基本功」中，還記得有學過「どう（怎麼樣、如何）」嗎？這一次學的是「どんな」，「どんな」加在名詞前面，用來表示對某種事物是「什麼樣的」的疑問。

どんな人？	是什麼樣的人？
どんな仕事？	是什麼樣的工作？
どんな所？	是什麼樣的地方？
どんなテスト？	是什麼樣的考試？

6

～な～。　是～的～。

在回答「どんな～？（是什麼樣的～？）」的問題時，試試看使用這邊學到的「な」形容詞來回答。

すごく有名な人。	是非常有名的人。
すごく大変な仕事。	是相當辛苦的工作。
すごくきれいな所。	是非常美麗的地方。
すごく簡単なテスト。	是超級簡單的考試。

第三階段
會話打好基本功

タイプ　類型

稍等一下！

在「佐々木[ささき]」的名字中間有「々」這個字很特別對吧？這個符號是重覆前面漢字的意思。也就是說這個名字正確應是「佐佐木」，第二個「佐」用「々」來代替以省略。基本上日語中出現漢字重複的情況時，都會使用「々」來省略。

俞利看著在路口被人群包圍的漂亮女性，詢問「亮^{りょう}」。

チョ・ユリ：あの人、誰？

佐々木 亮：どの人？

チョ・ユリ：あの人。あの、すごくきれいな人。

佐々木 亮：ああ、中川さくら。

チョ・ユリ：中川さくら？有名な人？

佐々木 亮：うん、すごく有名。日本の歌手。

チョ・ユリ：ああ、そう。

佐々木 亮：きれい？

チョ・ユリ：うん。

佐々木 亮：そうかなぁ。俺のタイプじゃない。

チョ・ユリ：そう。

邱俞利：那個人，是誰？
邱俞利：那個人，那個很漂亮的人。
邱俞利：「なかがわさくら」？是有名的人嗎？
邱俞利：啊～這樣啊。
邱俞利：嗯。
邱俞利：是噢。

佐佐木亮：什麼人？（哪個人？）
佐佐木亮：啊～是「なかがわさくら」。
佐佐木亮：嗯，超級有名，是日本歌手。
佐佐木亮：漂亮嗎？
佐佐木亮：是嗎，不是我的菜。

啊哈！
原來日本是這樣

在日本講話時會小小聲地說！

在這一課裡面有出現「静^{しず}かな（安靜的）」這個單字對吧？日本人有偏好安靜的地方的傾向。通常在公共場合，日本人的聲音會較為小聲，因為若是音量一大就會引人白眼。我也因為講話音量比較大，從小開始就很常引來他人異樣的眼光，在外國工作，不論聲音多大都沒有人會說什麼，心情真的放鬆許多。特別是在日本搭乘電車或是公車時要特別小心，因為電車和公車裡面常會非常安靜。從國外來日本旅行的人，常常因為心情很興奮，聲音自然而然會比較大聲。

我曾經在電車或是公車裡看過好幾次外國來的觀光客聚在一起大聲聊天的情況，如果不想看到日本人皺起眉頭的話，請記得用稍微小一點的聲音交談。不過喜歡安靜的日本人去逛「祭^{まつ}り（慶典）」的時候，也常會發瘋似的大聲聊天，聽說很多外國人看到這樣的場景都會嚇很大一跳。另外，「しずか」這個字也會被用來當女性的名字。

① 請試試看用跟範例一樣的「うん（嗯）」來回答題目提供的問句。

> | 範例 |　その人は有名な歌手^{かしゅ}？（那個人是有名的歌手嗎？）
> 　　　　→ うん、有名な歌手。（嗯，是有名的歌手。）

1. 🎤
2. 🎤
3. 🎤
4. 🎤

② 請試試看用跟範例一樣的「ううん（不）」來回答題目提供的問句。

> | 範例 |　そこは静^{しず}か？（那裡安靜嗎？）
> 　　　　→ ううん、静かじゃない。（不，不安靜）

1. 🎤
2. 🎤
3. 🎤
4. 🎤

③ 請試試看將題目提供的單字改成「どんな～？（是什麼樣的～？）」的問句。

> | 範例 |　人^{ひと}（人）
> 　　　　→ どんな人？（是什麼樣的人？）

1. 🎤
2. 🎤
3. 🎤
4. 🎤

❹ 先試試看用平假名寫下題目提供的單字，接著再試著用漢字寫寫看。（請不要想著要背下單字，找出不會的單字並抄下來就可以了。）

範例	安靜的	平假名				漢字		
		し	ず	か	な	静	か	な

1. 有名的

平假名

漢字

2. 活力充沛的、健康的

平假名

漢字

3. 辛苦的

平假名

漢字

4. 工作

平假名

漢字

5. 明天

平假名

漢字

母音的無聲化

　　請認真地聽聽看「明日（あした）」的發音，它的發音不是按照文字唸出來的對吧？第二個字的「し」聲音好像幾乎聽不太到，只有發出從嘴巴送氣的聲音。這就是所謂的「母音的無聲化」。母音的無聲化是無聲子音（k、s、t、h、p）和無聲子音之間如果有母音「i（い）」或是「u（う）」就會發生的現象，簡單來說是發音會變得比較弱。「k、s、t、h、p」也就是「か行、さ行、た行、は行、ぱ行」的音。舉例來說，「明日」這個字內的「した」的羅馬拼音是sita（正確的是∫ita），因為裡面有一個母音「i（い）」夾在無聲子音的s和t的中間，因為聲帶無法共鳴，所以只能從嘴巴送氣發音，i會無聲化變成「し」的發音。讓我們用之前學過的單字來舉例看看吧。

單字	單字正確的發音
人[ひと] (人)	h(i)と
鈴木さん[すずきさん] (鈴木先生 (小姐))	すずk(i)さん
試驗[しけん] (考試)	∫(i)けん
学生[がくせい] (學生)	がk(u)せー
靴[くつ] (皮鞋、鞋子)	k(u)つ
薬[くすり] (藥)	k(u)すり
奥さん[おくさん] (老婆、夫人)	おk(u)さん

　　除此之外，「～です」和「～ます」的語尾的「す」也會被無聲化，發音變成「～でs」，「～まs」。不過若是要講「～ですー」、「～ますー」這種拉長語尾、語氣上揚的說法時，母音就不需要無聲化。

　　要在腦海裡先將單字一個一個區分為子音和母音，接著再判斷是要無聲化還是不用無聲化，會沒辦法順暢地對話對吧！所以最好的方法就是先用耳朵聽，自然而然地熟悉單字發音。在學日語時，請不要忘記，要一直把注意力集中在耳朵上。

片假名
練習1

片假名單字練習

　　現在到了必須熟悉其他種類的日語字才能繼續深入的階段了。在日語中片假名最常出現的地方是「外來語」，如其名是海外由來的單字，其中大多是從英文轉換，將原文的發音直接用片假名寫出來。最重要的是動口念念看，能夠抓到外來語的特徵，對記憶單字會有很大幫助。

　　請依據題目提供的單字意思選出正確的答案。

1. オーストラリア　　　・　　　　　・　❶ 美國（America）

2. フランス　　　　　　・　　　　　・　❷ 英國（Inglez）

3. カナダ　　　　　　　・　　　　　・　❸ 法國（France）

4. オランダ　　　　　　・　　　　　・　❹ 荷蘭（Holland）

5. カメラ　　　　　　　・　　　　　・　❺ 澳洲（Australia）

6. アメリカ　　　　　　・　　　　　・　❻ 奧地利（Austria）

7. オーストリア　　　　・　　　　　・　❼ 加拿大（Canada）

8. コンピューター　　　・　　　　　・　❽ 俄羅斯（Russia）

9. ロシア　　　　　　　・　　　　　・　❾ 相機（Camera）

10. イギリス　　　　　　・　　　　　・　❿ 電腦（Computer）

| 解答 | 1.❺　2.❸　3.❼　4.❹　5.❾　6.❶　7.❻　8.❿　9.❽　10.❷

12.mp3

12 用敬語說說看

親切な人です。

是親切的人。

🎧 例句12-1.mp3

暖身練習
基本會話聽力

🎧 例句12-2.mp3

第一階段
熟悉基本單字

請看下方圖片，試著推測情境及對話內容，並搭配音檔練習。

點頭

稍等一下！

日語的漢字寫法常比繁體中文簡略，不一定能完全套入，要注意一點。

親切な[しんせつな] 親切的

まじめな 老實的、認真的

大切な[たいせつな] 珍貴的

大事な[だいじな] 重要的

好きな[すきな] 喜歡的

嫌いな[きらいな] 討厭的、嫌惡的

嫌な[いやな] 嫌惡的、不舒服的

お父さん[おとうさん] 父親

書類[しょるい] 資料

勉強[べんきょう] 唸書

とても 很、非常

それほど 那麼、那個程度

①

～な～です。　　　　　　　是～的～。

要用「な」形容詞修飾名詞時直接在「な」後加上名詞即可。敘述的主詞是名詞，所以要說「是～」只要再加上「～です」就可以。

とても親切な方です。	是非常親切的人。
とてもまじめな人です。	是十分老實的人。
とても大切な本です。	是很珍貴的書。
とても大事な書類です。	是非常重要的資料。

稍等一下！

「まじめな」這個字本來意思是「老實的、認真的」，是正向的單字，但是也有時候會用來表示「無聊的、不知變通的」等負面意思。還有「まじめな」的漢字是「真面目な」。

②

～な～じゃありません。　不是～的～。

用「な」形容詞修飾名詞的時候，敘述的主詞是名詞，所以要說「不是～」的話，只要在名詞後面加上「～じゃありません」就可以了。

稍等一下！

「それほど」和「そんなに」的意思幾乎一樣，所以大部分的時候是可以通用的。不過若是要表示「不到那個程度」，可用「それほど」組成「それほどじゃなかった」，而這個使用方式並不適用於「そんなに」。

それほど親切な方じゃありません。
　　　　　　　　　　　不是那麼親切的人。

それほどまじめな人じゃありません。
　　　　　　　　　　　不是那麼老實的人。

それほど大切な本じゃありません。
　　　　　　　　　　　不是那麼珍貴的書。

それほど大事な書類じゃありません。
　　　　　　　　　　　不是那麼重要的資料。

「好きな[すき
な]、嫌いな[きら
いな]」雖然在日
語裡面都是「な」
形容詞，但在中文
中「喜歡」、「討
厭」的詞性是動
詞。

稍等一下！

用「な」形容詞來
說「不〜」的用
法中，除了「〜じ
ゃありません」之
外，還有在否定形
常體「〜じゃない
（不〜）」的後
面加上「〜です
（是〜）」，而變
成「〜じゃないで
す」的說法。由於
「〜じゃないで
す」是常體用法中
的「〜じゃない」
再加上「です」，
所以使用「じゃあ
りません」才是更
尊敬的用法。如果
需要比「〜じゃあ
りません」更有禮
貌的講法，可以用
「〜ではありませ
ん」。因為這是非
常尊敬有禮貌的說
法，所以在日常生
活中並不常使用。

❸

〜（去掉な）です。 　　　　（形容）〜。

「な」形容詞作為敘述語來使用時，「な」不會接在後面，而是直接
加上「〜です」就可以了。同時也要注意助詞，「喜歡／討厭〜」的
助詞，在日語中會是「〜が（主詞助詞）」。

私は田村さんがとても好きです。
我很喜歡田村先生（小姐）。

私は勉強がとても嫌いです。　　　我十分討厭唸書。

私はこの仕事がとても嫌です。　　我很討厭這件工作。

先生はとても親切です。　　　　　老師十分親切。

❹

〜（去掉な）じゃありません。　　不〜

「な」形容詞換成否定句的話，不會加上「な」，而是直接加上「〜
じゃありません」就可以了。在寫「好きな（喜歡的）、「嫌いな
（討厭的）」的時候必須要特別注意助詞的部分。

私は勉強がそれほど好きじゃありません。
我沒那麼喜歡唸書。

私は田村さんが嫌いじゃありません。
我不討厭田村先生（小姐）。

この仕事はそれほど嫌じゃありません。
這工作沒那麼討厭。

稍等一下！ 

「先生[せんせい]（老師）」後面並不會再另外加上別的尊稱，因為「先生」這兩個字本身就是老師的尊敬講法。因此，老師自己在對話的時候不會使用「先生」這個單字，而是會說「教師[きょうし]（教師）」。

❺ どんな～ですか。　是什麼樣的～？

「どんな（什麼樣的）」後面接的一定會是名詞。

どんな書類ですか。	是什麼樣的資料？
どんな仕事ですか。	是什麼樣的工作？
どんな先生ですか。	是什麼樣的老師？
どんなお父さんですか。	是什麼樣的父親？

稍等一下！ 

「大切な[たいせつ]」和「大事な[だいじな]」這兩個單字都帶有「珍貴的」、「重要的」的意思，所以是可以通用的。然而，「大切な」比「大事な」更偏向主觀情感，並帶有珍惜的涵義。而「大事な」則比較偏向客觀情感，並帶有重要性高的涵義。因此在解釋意思時，「大切な」的意思是偏向「珍貴的」，而「大事な」的意思則比較偏向「重要的」。

❻ ～な～です。　是～的～。

試試看使用前面學過的「な」形容詞來造句。

とても大切な書類です。	是非常珍貴的資料。
とても嫌な仕事です。	是十分討厭的工作。
とてもまじめな先生です。	是非常老實的老師。
とても親切なお父さんです。	是非常親切的父親。

第三階段
會話打好基本功

ええ 是啊
それに 再加上
実は[じつは]
其實、事實上
今度[こんど]
這一次、接著
お見合いします[お
みあいします]
相親

稍等一下！

「ええ」和「はい
（是）」是一樣
的意思，但是「え
え」不像「はい」
那麼謙卑有禮貌的
感覺，在日常生活
中輕鬆的對話時更
常被使用。

「良子」聽說相親對象是柯希剛的公司同事，詢問他。

山口 良子：松田太一さんはコさんの会社の方ですか。

コ・ギコウ：松田太一さんですか。

　　　　　　ええ、そうです。

山口 良子：松田さんはどんな方ですか。

コ・ギコウ：松田さんですか。

　　　　　　とてもまじめな人です。

山口 良子：まじめですか。

コ・ギコウ：ええ。それに、親切です。

山口 良子：そうですか。

　　　　　　実は、今度、お見合いします。

コ・ギコウ：え?! そうですか。

山口良子：松田太一先生是柯先生的同事　　柯希剛：你是說松田太一先生嗎？是啊，沒
　　　　　嗎？　　　　　　　　　　　　　　　　　錯。
山口良子：松田太一先生是什麼樣的人呢？　柯希剛：松田太一先生嗎？非常老實的人。
山口良子：老實嗎？　　　　　　　　　　　柯希剛：是的，而且又親切。
山口良子：原來如此啊。其實，我這次要去　柯希剛：什麼？原來是這樣。
　　　　　相親。

「我喜歡你」就是「我愛你」？

　　很多人都知道在日語中「我愛你」是「愛してる」，不過在日常生活中會這樣使用
的情況其實並不多，因為這個字有點過於沈重，而且也會讓人有難為情的感覺。平時人
們更常使用這一課學到的「好き」來表達。「好き」是「喜歡」的意思，但依情況帶著
不少愛意，如果日本人對你說「好き」的話，其實也就是愛的告白，千萬不要想說「應
該是朋友的那種喜歡吧」然後就讓這件事過去！如果要表達「非常喜歡／愛」的話，在
「好き」前面加上「大」，變成「大好き」就可以了。

🎧 例句12-5.mp3

❶ 請試試看用跟範例一樣的「はい（是的）」來回答題目提供的問句。

| 範例 | 先生は親切な方ですか。（老師是親切的人嗎？）
→ はい、親切な方です。（是的，是親切的人。）

1. 🎤 _____

2. 🎤 _____

3. 🎤 _____

4. 🎤 _____

❷ 請試試看用跟範例一樣的「いいえ（不是的）」來回答題目提供的問句。

| 範例 | 中野さんのお父さんはまじめですか。（中野先生（小姐）的父親老實嗎？）
→ いいえ、まじめじゃありません。（不是的，不老實。）

1. 🎤 _____

2. 🎤 _____

3. 🎤 _____

4. 🎤 _____

❸ 請試試看將題目提供的單字改成「どんな～ですか（是什麼樣的～？）」的問句。

| 範例 | 先生（老師）
→ どんな先生ですか。（是什麼樣的老師？）

1. 🎤 _____

2. 🎤 _____

3. 🎤 _____

4. 🎤 _____

❹ 先試試看用平假名寫下題目提供的單字，接著再試著用漢字寫寫看。

| 範例 | 這一次、下一個

平假名

こ	ん	ど

漢字

今	度

1. 親切的

平假名

漢字

2. 喜歡的、好的

平假名

漢字

3. 父親

平假名

漢字

4. 資料

平假名

漢字

5. 唸書

平假名

漢字

可以表示「討厭的、令人嫌惡的」的「嫌いな」和「嫌な」

因為有很多人會搞混「嫌いな」和「嫌な」這兩個單字，所以這邊幫大家整理出關於兩個單字的差異之處，其實只要看這兩個單字的反義詞，就可以輕易地做出區分。

嫌いな（討厭的、嫌惡的）↔ 好きな（好的、喜歡的）

嫌な（討厭的、嫌惡的）↔ いい（好）

「嫌い」是可以用來表達個人喜好的「喜歡和討厭」，或用作表達對於該對象是什麼樣的感覺。而「嫌な」則是用來表達「不喜歡的東西」、「不想做的事」、「想避開的心情」等等。以下舉幾個不能和「嫌い」一起使用的單字作為範例：

結婚してください。（請和我結婚。）↔ 嫌です（不要。）

這個情況因為不是在詢問個人喜好，所以不能使用「嫌い」來回答。

私は勉強が嫌いです。　　　　　　　　　　　我討厭唸書／唸書很討厭。

私はこの仕事が嫌いです。　　　　　　　我討厭這件工作／這件工作很討厭。

上面這兩句例句使用了表現個人嗜好的「嫌い」，故是在回答「喜歡這件事還是討厭這件事」，並且使用「討厭」來表達自己對事情的感覺。

私は勉強が嫌です。　　　　　　　　　　　我討厭唸書／唸書很討厭。

私はこの仕事が嫌です。　　　　　　　　我討厭這件工作／這件工作很討厭。

上面這兩句例句使用了「嫌」，表示「唸書」或是「工作」是想避開的事情，表現出厭惡和不開心的感覺。因此，「嫌いな」可以解釋成「不喜歡做～」，而「嫌な」可以解釋為「不想做～」的感覺，會更貼近詞彙本身的意思。

片假名
練習2

追加單字練習（1）

這一次練習的是前面學過的單字們。

請依據題目提供的單字意思選出正確的答案。

1. コンサート　　　•

2. オイル　　　•

3. サイン　　　•

4. オレンジ　　　•

5. プレゼント　　　•

6. テスト　　　•

7. サイズ　　　•

8. スマホ　　　•

9. サイクル　　　•

10. インク　　　•

•　❶ 禮物（Present）

•　❷ 智慧型手機（簡稱）（Sma（rt）phone）

•　❸ 演唱會（Concert）

•　❹ 考試（Test）

•　❺ 墨水（Ink）

•　❻ 油（Oil）

•　❼ 橘子（Orange）

•　❽ 尺寸（Size）

•　❾ 簽名（Sign）

•　❿ 自行車（Cycle）

| 解答 | 1.❸　2.❻　3.❾　4.❼　5.❶　6.❹　7.❽　8.❷　9.❿　10.❺

13

用常體說說看

日本語が上手だった。

很擅長日語。

13.mp3

🎧 例句13-1.mp3

暖身練習
基本會話聽力

請看下方圖片，試著推測情境及對話內容，並搭配音檔練習。

🎧 例句13-2.mp3

第一階段
熟悉基本單字

稍等一下！

「得意な[とくいな]」的發音高低也可以是「低－高－高－高」。

上手な[じょうずな] 擅長的、熟練的

下手な[へたな] 不擅長的、不熟練的

得意な[とくいな] 擅長的、熟練的、有自信的

苦手な[にがてな] 做不好的、不熟練的、很難處理的

暇な[ひまな] 空閒的、有時間的、無聊的

変な[へんな] 奇怪的

英語[えいご] 英文

韓国語[かんこくご] 韓語

中国語[ちゅうごくご] 中文

日[ひ] 日、日期

お母さん[おかあさん] 母親

101

稍等一下！

因為「上手な[じょうずな]（擅長的）」、「下手な[へたな]（不擅長的）」、「得意な[とくいな]（擅長的）」、「苦手な[にがてな]（不擅長的）」也是「な」形容詞的關係，所以助詞會使用「～が（主詞助詞）」。

❶

～な～だった。　　　是～的～。

「な」形容詞在修飾名詞的時候，會是「な」形容詞（～な）＋名詞，在名詞後面加上「～だった」就會變成過去式的句型。而「擅長～」的助詞則是「～が（表示主題的助詞）」，這點請特別留意。

日本語がすごく上手な人だった。　是很擅長日語的人。

英語がすごく下手な人だった。　是非常不擅長英文的人。

韓国語が得意な人だった。　　　　　是擅長韓文的人。

中国語が苦手な人だった。　　　　　是不擅長中文的人。

稍等一下！

有時候「っ」會寫得比較小，而較小的「っ」是表示「促音」，後面連接的子音要發出雙重重疊的聲音。舉例來說，「～だった、～かった」寫成類似拼音發音的話，「た」會是[da]的發音，而小的「っ」後面連接的子音會發[t]的音，故「～だった、～かった」就會唸成[datta]、[katta]。

❷

～な～じゃなかった。　　不是～的～。

「な」形容詞在修飾名詞時，由於敘述的主詞是名詞，所以要講「不是～」的話，只要在名詞後面加上「～じゃなかった」就可以了。

昨日はそんなに暇な日じゃなかった。

　　　　　　　　　　　　　　昨天不是那麼空閒的日子。

原田さんのお母さんは変な人じゃなかった。

　　　　　原田先生（小姐）的母親不是奇怪的人。

ヒョンジンは日本語が上手な人じゃなかった。

　　　　　　　　　　　　　　平仁不是擅長日語的人。

駿は英語がそんなに下手な人じゃなかった。

　　　　　　　　　　　駿不是那麼不擅長英文的人。

❸

～（去掉な）だった。 （肯定句過去式。）

「な」形容詞作為敘述語使用時，不會加上「な」，直接加上「～だった」就可以了。「な」形容詞的活用方式和名詞一模一樣對吧？

優奈は韓国語が得意だった。　　　優奈很擅長韓文。

ユノは中国語が苦手だった。　　　由諾不擅長中文。

その日はすごく暇だった。　　　那天非常空閒。

和田さんのお母さんはすごく変だった。
　　　和田先生（小姐）的母親非常奇怪。

❹

～（去掉な）じゃなかった。

不～。（過去式）

「な」形容詞要改成過去式否定句的話，不用加上「な」，直接加上「～じゃなかった」就可以了。

ヒョンジンは日本語がそんなに上手じゃなかった。
　　　平仁不那麼擅長日語。

駿は英語が下手じゃなかった。　駿沒有不擅長英文。

ユノは中国語が得意じゃなかった。
　　　由諾不擅長中文。

優奈は韓国語が苦手じゃなかった。
　　　優奈沒有不擅長韓文。

❺

～は どう？　　　　　　　　　～如何？

在第九課的「會話打好基本功」裡面，有出現過「どう（怎麼樣、如何）」，在這邊試試看再練習一次。如果要以過去式表示的話，在後面加上「～だった」變成「どうだった？」就可以了。

その日はどう？	那天如何？
彼氏のお母さんはどう？	男朋友的母親如何？
駿の英語はどうだった？	駿的英文如何？
ヒョンジンの日本語はどうだった？	平仁的日語如何？

❻

～（去掉な）。　　　　　　　　（形容詞）

試試看使用這次學的「な」形容詞來回答問句。

暇。	很閒。
変。	很怪。
すごく上手だった。	非常擅長。
下手だった。	不擅長。

稍等一下！

如果想要表達「很擅長唸書」的話，很多人會說「勉強が上手[べんきょうがじょうず]」，但是「上手」其實不能和「勉強」一起使用。「上手、下手」是用來形容「技術」、「能力」、「手藝」的詞彙。舉例來說「テニスが上手（很擅長網球）」、「料理[りょうり]が上手（很擅長料理）」這些就可以。

第三階段
會話打好基本功

家族[かぞく] 家人
でも 然而、但是
結婚[けっこん]
結婚
もうちょっと
再一點
考える[かんがえる]
思考

稍等一下！

「もうちょっと（再一點）」這個單字，是「もう（更）」和「ちょっと（稍微、一點）」合成的慣用句。還有要特別小心，「もう」這個字如果單獨使用時，並不是「更」的意思，而是表示「現在、已經、即將」的。

「聰」聽說朋友太妍去拜訪了男朋友的父母。

松本 聰：彼氏の家族はどうだった？

リン・チーリン：お母さんはすごくきれいな人だった。

松本 聰：そう。

リン・チーリン：でも、そんなに親切じゃなかった。

松本 聰：お父さんは？

リン・チーリン：お父さんはちょっと変な人だった。

松本 聰：変な人だった？

リン・チーリン：うん。

松本 聰：彼氏の家族は中国語上手？

リン・チーリン：お父さんは下手。でも、お母さんは上手。

松本 聰：結婚は？

リン・チーリン：ん……もうちょっと考える。

松本 聰：そう。

松本聰：男朋友的家人如何？
松本聰：原來如此。
松本聰：父親呢？
松本聰：是奇怪的人嗎？
松本聰：男朋友的家人擅長中文嗎？
松本聰：結婚怎麼辦？
松本聰：是啊。

林志霖：母親是非常漂亮的人。
林志霖：不過，沒那麼親切。
林志霖：父親是有點奇怪的人。
林志霖：嗯。
林志霖：父親不擅長。但是母親很擅長。
林志霖：嗯…我要再想一下。

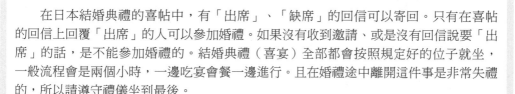

日本的結婚典禮

啊哈！
原來日本是這樣

　　在日本結婚典禮的喜帖中，有「出席」、「缺席」的回信可以寄回。只有在喜帖的回信上回覆「出席」的人可以參加婚禮。如果沒有收到邀請、或是沒有回信說要「出席」的話，是不能參加婚禮的。結婚典禮（喜宴）全部都會按照規定好的位子就坐，一般流程會是兩個小時，一邊吃宴會餐一邊進行。且在婚禮途中離開這件事是非常失禮的，所以請遵守禮儀坐到最後。

　　如果是普通朋友或是認識的人的情況，禮金金額通常會放三萬日圓進去，因為有吃宴會餐還有收到禮物，包這個程度的金額才算是有禮貌。如果是家人或是親戚的情況下，一般會給五萬日圓到十萬日圓的禮金。現在有很多人會選擇不邀請客人，只在自己家人之間舉辦小型的婚禮。甚至有些人會舉辦只有夫婦兩個人的婚禮，這樣的情況現在在國外是很常見的。所以如果去旅行社的話，也會有很多海外結婚典禮的跟團商品。

❶ 請試試看用跟範例一樣的「ううん（不是）」來回答題目提供的問句。

> | 範例 | 今日は暇な日だった？（今天是空閒的日子嗎？）
> → ううん、暇な日じゃなかった。（不是的，不是空閒的日子。）

1. 🎤 _____

2. 🎤 _____

3. 🎤 _____

4. 🎤 _____

❷ 試試看請用跟範例一樣的「うん（嗯）」來回答題目提供的問句。

> | 範例 | 優奈は日本語が上手だった？（優奈擅長日語嗎？）
> → うん、上手だった。（嗯，擅長。）

1. 🎤 _____

2. 🎤 _____

3. 🎤 _____

4. 🎤 _____

❸ 請試試看將題目提供的單字改成「～はどう？（～如何？）」的問句。

> | 範例 | この人（這個人。）
> → この人はどう？（這個人如何？）

1. 🎤 _____

2. 🎤 _____

3. 🎤 _____

4. 🎤 _____

❹ 先試試看用平假名寫下題目提供的單字，接著再試著用漢字寫寫看。

| 範例 | 家人 | 平假名 か ぞ く | 漢字 家 族 |

1. 擅長的、熟練的

　平假名

　漢字

2. 奇怪的

　平假名

　漢字

3. 英文

　平假名

　漢字

4. 中文

　平假名

　漢字

5. 日子

　平假名

　漢字

可以表示「擅長的」↔「不擅長的」意思的：
上手な↔下手な 和 得意な↔苦手な

　　「上手」是以客觀的評價來評斷對方是「擅長的」，而「得意」則是表達出主觀的自身看法。所以「得意」也可以解釋成「有自信」的意思。由於兩個用法給人的語感不同，因此「得意」通常表示主詞是喜歡做那件事情的，而「上手」就無法確認主詞是否喜歡那件事。所以若要表示「雖然擅長，但是不喜歡」的話，就不能使用「得意」來表達。

サムは日本語が上手。	山姆很擅長日語／日語很熟練。
サムは日本語が得意。	山姆很擅長日語／日語很熟練。

　　上方的例句除了客觀地評價日語實力之外，並沒有其他的意思。而下方的例句除了有「很擅長日語」的評價外，也會讓人覺得賢真對日語很有自信。因為「上手」是客觀角度的評價，如果自己對自己使用的話，會給人有非常傲慢、驕傲的感覺。所以主詞是「我」的時候，請絕對不要使用。而「得意」在比較親近的關係時是可以使用的，但是也會給人有一點傲慢的感覺。日本的講話文化是會將自己的地位表現得低，所以主詞是「我」的時候，請使用「好き（喜歡）」或是「ちょっとできる（稍微知道一點）」。

　　接著來分析一下同樣道理的「下手」和「苦手」。這個「下手」也是用來給予對象客觀的評價，表示「不擅長」的意思。「苦手」是主觀且沒有自信的表現方式。所以「苦手」也有主詞對那件事情感到討厭的感覺。

優奈は英語が下手。	優奈不擅長英文／英文不熟練。
優奈は英語が苦手。	悠奈不擅長英文／英文不熟練。

　　上方例句用來評價不擅長英文之外並沒有其他的意思。與之相比，下方的優奈本人覺得不擅長英文之外，還帶著對這件事沒有自信跟不喜歡的感覺。「下手」和「上手」不一樣，在對自己時也可以使用。因為不是稱讚的用語而是有「貶低」的意思，所以在對「我」自己使用時，有降低自己地位的效果，常常被用來表達自謙。

片假名
練習3

追加單字練習（2）

這一次練習的是前面學過的單字們。

請依據題目提供的單字意思選出正確的答案。

1. ステレオ	・	・ ❶ 警報器（Alarm）
2. サイレン	・	・ ❷ 系統（System）
3. タイム	・	・ ❸ 風格（Style）
4. テニス	・	・ ❹ 立體聲（Stereo）
5. スタイル	・	・ ❺ 感覺（Sense）
6. タイル	・	・ ❻ 磁磚（Tile）
7. ビタミン	・	・ ❼ 時間（Time）
8. パイプ	・	・ ❽ 網球（Tennis）
9. センス	・	・ ❾ 管子（Pipe）
10. システム	・	・ ❿ 維他命（Vitamin）

│解答│ 1.❹　2.❶　3.❼　4.❽　5.❸　6.❻　7.❿　8.❾　9.❺　10.❷

14 用敬語說說看

残念な結果でした。

是遺憾的結果。

14.mp3

例句14-1.mp3

暖身練習
基本會話聽力

請看下方圖片，試著推測情境及對話內容，並搭配音檔練習。

例句14-2.mp3

第一階段
熟悉基本單字

稍等一下！

前面的內容有提到過「お／ご＋名詞」的用法，可以給人更尊敬的感覺對吧？「お祭り[おまつり]」這個字也是在「祭り」的名詞前面加上「お」來表示更尊敬的用法。如果這個字的前面沒有加上「お」的話，會給人不禮貌的感覺。

便利な[べんりな] 方便的

不便な[ふべんな] 不方便的

残念な[ざんねんな] 可惜的、遺憾的

丁寧な[ていねいな] 鄭重的、正式的

賑やかな[にぎやかな] 繁華的、熱鬧的、喧鬧的

丈夫な[じょうぶな] 堅固的

サイト 網站

試合[しあい] 比賽

結果[けっか] 結果

メール 信件

お祭り[おまつり] 慶典

いかが 怎麼樣呢？
如何（「どう」的謙卑語）

110

❶

～な～でした。 是～的～。（過去式）

「な」形容詞在修飾名詞時，會變成是「な形容詞（～な）＋名詞」對吧？因為敘述語是名詞，所以在說「是～」時，只要加上「～でした」就可以了。

とても便利なサイトでした。	是很方便的網站。
とても不便な所でした。	是非常不方便的地方。
とても残念な結果でした。	是非常遺憾的結果。
とても丁寧なメールでした。	是很鄭重的信件。

❷

～な～じゃありませんでした。

不是～的～。（過去式）

如果要說「不是～的～」的話，在「な形容詞（～な）＋名詞」的後面加上「～じゃありませんでした」就可以了。

賑やかな所じゃありませんでした。	不是繁華的地方。
丈夫な傘じゃありませんでした。	不是堅固的雨傘。
便利なサイトじゃありませんでした。	不是方便的網站。
不便な所じゃありませんでした。	不是不方便的地方。

稍等一下！

「賑やかな[にぎやかな]」有的時候會解釋成「喧鬧的」的意思。不過「喧鬧」這個字稍微給人負面的感覺對吧？然而，在日語中「賑やかな」是正面的單字。雖然在諷刺（故意說反話）的時候，也可以作為負面的意思來使用，不過這個字本身是正面的單字。

111

❸

〜（去掉な）でした。 （形容）〜（過去式）

「な」形容詞作為敘述語使用時，不會加上「な」，直接接上「〜でした」就可以了。前面有提到過「な」形容詞的變化規則和名詞一樣對吧？

お祭りはとても賑やかでした。　　慶典十分熱鬧。

そのメールはとても丁寧でした。　那個信件很鄭重。

試合の結果はとても残念でした。　比賽結果很遺憾。

その傘は丈夫でした。　　那個雨傘很堅固。

❹ 〜（去掉な）じゃありませんでした。

不〜。（過去式）

如果要造「な」形容詞的過去式否定句的話，無須加上「な」，直接接上「〜じゃありませんでした」就可以了。

このサイトはそれほど便利じゃありませんでした。
這個網站不是那麼方便。

そこはそんなに不便じゃありませんでした。
那裡不是那麼不方便。

お祭りはそれほど賑やかじゃありませんでした。
慶典不是那麼熱鬧。

そのメールは丁寧じゃありませんでした。
那個信件不是那麼鄭重。

稍等一下！

「過去式的否定句」和「現在式的否定句」的運用方法是一樣的，在常體句型的「〜じゃなかった（不要〜）」後面加上「〜です（是〜）」，就可以變成敬語的過去否定句「〜じゃなかったです」。這個句型還有「〜じゃありませんでした」這個意思相同，但更尊敬的講法。

稍等一下！

在第十三課學過的「どう（怎麼樣？）」，後面加上「～ですか」就可以作為「どうですか（如何？）」的敬語版本來用，若是把「どう」換成「どう」的敬語「いかが」，就會變成非常恭敬的講法。

❺ ～は いかがですか。

～如何？（尊敬的講法）

試試看使用「どう（怎麼樣？）」的敬語「いかが」問問他人。

このサイトはいかがですか。	這個網站如何？
ここはいかがですか。	請問這裡如何？
お祭りはいかがでしたか。	慶典如何？
試合の結果はいかがでしたか。	比賽結果如何？

❻

～（去掉な）です。

（敘述）～。

試試看使用這次學到的「な」形容詞來回答問題。

便利です。	很方便。
不便です。	不方便。
とても賑やかでした。	十分熱鬧。
残念でした。	很遺憾。

※「な」形容詞的變化規則請參考第579頁的表格。

🎧 例句13-4-1.mp3
🎧 例句13-4-2.mp3

はじめて 一開始、
　　　　　（從）第
　　　　　一次
もっと 更
行きましょう[いき
ましょう] 走吧！

「智子」帶著韓志強一起去逛附近舉辦的慶典。

井上 智子：日本のお祭りははじめてですか。

カン・シキョウ：ええ。

井上 智子：いかがですか。

カン・シキョウ：とても賑やかですね。

井上 智子：賑やかな所は嫌いですか。

カン・シキョウ：いいえ、好きです。

井上 智子：でも、このお祭りはそれほど有名じゃありません。

カン・シキョウ：そうですか。

井上 智子：今度はもっと有名なお祭りに行きましょう。

カン・シキョウ：ありがとうございます。

井上智子：是第一次參加日本慶典嗎？　　　　韓志強：是的。
井上智子：您覺得如何？　　　　　　　　　韓志強：非常充滿活力呢。
井上智子：討厭熱鬧的地方嗎？　　　　　　韓志強：不是的，喜歡。
井上智子：不過，這個慶典不那麼有名。　　韓志強：是嗎？
井上智子：下次去更有名的慶典吧。　　　　韓志強：謝謝。

啊哈！

日本人有幾個姓氏呢？

原來日本是這樣

　　你們知道日本的姓氏有幾個嗎？有超過十萬個！另外，就算是同樣的姓氏，也可能因為漢字的寫法不同被區分為兩種姓氏，即使是寫成相同的漢字，也會根據發音是清音還是濁音而再被區分開來，所以大約可以分成三十萬個姓氏。日本的姓氏還真的很多對吧？

　　在上學時，大部分一個班級裡面幾乎完全沒有相同姓氏的學生存在，因此在大多情況下，即使不連同後面的名字稱呼，只在姓氏後面加上「～さん（先生（小姐））」的方式來叫對方也可以知道在叫誰。在這本書的會話內容的登場人物們的名字，都是使用在日本很常見的姓氏，提供給大家參考。

❶ 請試試看用跟範例一樣的「はい、とても〜（是的）」來回答題目提供的問句。

| 範例 | そのメールは丁寧（ていねい）なメールでしたか。（那個信件是鄭重的信件嗎？）
→ はい、とても丁寧なメールでした。（是的，是非常鄭重的信件。）

1. 🎤 _____
2. 🎤 _____
3. 🎤 _____
4. 🎤 _____

❷ 請試試看用跟範例一樣的「いいえ（不是的）」來回答題目提供的問句。

| 範例 | そのサイトは便利（べんり）でしたか。（那個網站方便嗎？）
→ いいえ、便利じゃありませんでした。（不，不方便）

1. 🎤 _____
2. 🎤 _____
3. 🎤 _____
4. 🎤 _____

❸ 請試試看將題目提供的單字改成「〜はどう？（〜如何？）」的問句。

| 範例 | 仕事（しごと）（工作）
→ 仕事はいかがですか。（工作如何？）

1. 🎤 _____
2. 🎤 _____
3. 🎤 _____
4. 🎤 _____

115

④ 先試試看用平假名寫下題目提供的單字，接著再試著用漢字寫寫看。

| 範例 | 可惜的 | 平假名 ざ ん ね ん な | 漢字 残 念 な |

1. 方便的
   平假名 〔　｜　｜　｜　〕　　　漢字 〔　｜　｜　〕

2. 不方便的
   平假名 〔　｜　｜　｜　〕　　　漢字 〔　｜　｜　〕

3. 堅固的
   平假名 〔　｜　｜　｜　｜　〕　　　漢字 〔　｜　｜　〕

4. 比賽
   平假名 〔　｜　｜　〕　　　漢字 〔　｜　〕

5. 結果
   平假名 〔　｜　｜　〕　　　漢字 〔　｜　〕

「不便^{ふべん}な」這個字，
和中文的使用方式不一樣！

　　「便利^{べんり}な（方便的）」和中文的使用方式幾乎是一樣的。但是反義詞的「不便な（不方便的）」和中文是有差異的。

ここは交通が不便な所です。	這裡是交通不方便的地方。
田舎は不便です。	鄉下是不方便的。

　　如同上方是以「不方便的（inconvenient）」使用的時候，幾乎和中文是相同的使用方式。但是如果像下方是表示「身體或心裡不舒服（uncomfortable）」的話，在日語中並不會使用「不便な」。很多人都會使用錯誤，請記得特別留意這點。

身體不舒服。　→ (×) 不便な
和那個人一起的話不太舒服。→ (×) 不便な

　　如果是要表達上面兩句的意思，日語會使用下方的句子來表達。因為這是還沒學過的用法，所以可能會覺得有點困難。不過現在只要知道和中文的表現方式不同就可以了。

体の調子が悪いです。	身體不舒服。／身體的狀態不好。
その人は一緒にいると、居心地が悪いです。	和那個人一起的話不舒服。／不想和那個人一起。

單字	交通[こうつう] 交通	田舎[いなか] 鄉下	体[からだ] 身體
	調子[ちょうし] 狀態、狀況	悪い[わるい] 不好	
	人[ひと] 人	一緒に[いっしょに] 一起	
	居心地[いごこち] 在某種場合感受到的心情		

片假名
練習4

追加單字練習（3）

這一次練習的是前面學過的單字們。

請依據題目提供的單字意思選出正確的答案。

1. ベル ・	・ ❶ 鋼琴（Piano）
2. ペン ・	・ ❷ 大頭針（Pin）
3. ベテラン ・	・ ❸ 粉紅色（Pink）
4. ピアノ ・	・ ❹ 專家（Pro）
5. ペンチ ・	・ ❺ 鈴（Bell）
6. ピンク ・	・ ❻ 筆（Pen）
7. ベンチ ・	・ ❼ 老虎鉗（Pinch）
8. ホテル ・	・ ❽ 長椅（Bench）
9. プロ ・	・ ❾ 老手（Veteran）
10. ピン ・	・ ❿ 飯店（Hotel）

| 解答 | 1.❺ 2.❻ 3.❾ 4.❶ 5.❼ 6.❸ 7.❽ 8.❿ 9.❹ 10.❷

第二節

·

和「な」形容詞完全不同的「い」形容詞

　　使用「い」形容詞在修飾名詞時，會以「～い＋名詞」的句型來表示。「な」形容詞因為用法和名詞很像，所以學起來並不困難對吧？不過從現在開始要學的「い」形容詞跟名詞與「な」形容詞的應用方式完全不同，必須要打起精神來學習！即使文法的規則比較困難，也要一樣記得！不要依靠眼睛，要從聲音開始熟悉。文法規則越困難，就越不能硬背，用耳朵一邊聽一邊用嘴巴跟著唸，是能夠更容易自然地學會日語的方法。把注意力集中在耳朵，一起往「い」形容詞的世界前進吧！

15

用常體說說看

あの人はいい人。

那個人是好人。

15.mp3

🎧 例句15-1.mp3

暖身練習
基本會話聽力

請看下方圖片，試著推測情境及對話內容，並搭配音檔練習。

🎧 例句15-2.mp3

第一階段
熟悉基本單字

稍等一下！

在這一課中，「高い[たかい]」是當作「貴的」的意思來使用。這個單字也可以表示「高的」的意思。「高的」的反義詞「低的」是「低い」。

いい 好的

悪い[わるい] 壞的

大きい[おおきい] 大的

小さい[ちいさい] 小的

高い[たかい] 貴的、高的

安い[やすい] 便宜的

声[こえ] 聲音

車[くるま] 車

子[こ] 小孩

❶

〜い〜。　　　　　　　　　是〜的〜。

「い」形容詞在修飾名詞時，會直接在後面加上名詞，以「い形容詞（〜い）＋名詞」的句型來表示。「い」形容詞除了可以表示原本的意思之外，也可以表示「〜的」，當作形容詞冠詞使用。

これはいい本。	這個是好的書。
あの人は悪い人。	那個人是壞的人。
私の声は大きい声。	我的聲音是大的聲音。
僕のは小さいかばん。	我的是小的包包。

❷

〜い〜じゃない。　　　　不是〜的〜。

「い」形容詞在修飾名詞時，使用「い形容詞（〜い）＋名詞」就可以了。如果想表達「不是〜」的話，在名詞後面加上「〜じゃない」就可以了。

それは高い車じゃない。	那個不是貴的車。
これは安い眼鏡じゃない。	這個不是便宜的眼鏡。
それはいい薬じゃない。	那個不是好的藥。
この子は悪い子じゃない。	這個小孩不是壞的孩子。

稍等一下！

在第十二課學到「嫌な〜[いやな〜]」指的是「我討厭的〜」，如「嫌な人」就是話者主觀討厭的人。而在這一課學到的「悪い人[わるいひと]」指的是罪犯等以任何人的客觀角度來看都是「壞人」的人。所以因為「我」自己不喜歡，而覺得「欸，壞傢伙！」的時候，請使用「嫌な」。

稍等一下！

▶ 很多時候「眼鏡[めがね]（眼鏡）」也會寫成片假名「メガネ」這個字。
▶「子[こ]」前面如果是「この（這）」、「その（那）」、「あの（那）」這些字的話，語調會往下唸。

❸

〜い。 〜（形容詞）

「い」形容詞作為敘述語使用時，直接用原形的「い」形容詞「〜い」就可以了。

私は声が大きい。	我聲音大。
この洋服は小さい。	這個衣服小。
その眼鏡は高い。	那個眼鏡貴。
あの車は安い。	那個車便宜。

❹

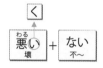

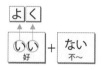

〜くない。 不〜。

否定句「い」形容詞的語尾要把「〜い」換成「〜く」後，再加上「ない」。不過「いい（好）」這個字是例外。「いい」的運用方式是把前面的「い」換成「よ」。所以「不好／不好的」會變成「よくない」。

稍等一下！

「好、好的」這個字修飾名詞時會使用「よい」，如「よい子[よいこ]（好孩子、善良的孩子）」。

この子は悪くない。	這個孩子不壞。
あの洋服は大きくない。	那個衣服不大。
私は声が小さくない。	我的聲音不小。
その薬はよくない。	那個藥不好。

稍等一下！

這邊有學到「大きい[おおきい]（大）」、「小さい[ちいさい]（小）」的單字，在日本要說身高高或矮會講「背が高い[せがたかい]（身高高）」、「背が低い[せがひくい]（身高矮）」。

❺
～は～より～。　　　　　　～比～。

表示「比較」的日語是「より」，而「より」之後接上形容詞表示是在比較什麼東西。原則上「より」之前接著的名詞會是比較的「敗者」，某個程度會較另一個名詞低。

この車はあの車より高い。　　　這個車比那個車貴。

その眼鏡はこの眼鏡より安い。
　　　　　　　　　　　　那個眼鏡比這個眼鏡便宜。

この本はその本よりいい。　　　這個書比那個書好。

あの洋服はこの洋服より大きい。
　　　　　　　　　　　　那個衣服比這個衣服大。

稍等一下！

在使用「更」這個字時，經常會犯的錯誤是會把副詞「もっと（更）」加進句子，就以為完工了。要表現「～更」真正必須的句型是「～のほうが」。也可寫作「～の方が」。

❻
～より～のほうが～。

　　　　　　　比起～，～更～。

這次試試看練習不同的語句順序「～より～のほうが～（比起～，～更～）」。一樣，「より」之前接著的名詞會是程度較低的一方。

あの車よりこの車のほうが高い。
　　　　　　　　　　比起那個車，這個車更貴。

この眼鏡よりその眼鏡のほうが安い。
　　　　　　　　　　比起這個眼鏡，那個眼鏡更便宜。

その本よりこの本のほうがいい。
　　　　　　　　　　比起那個書，這個書更好。

第三階段
會話打好基本功

おっす 你好（粗
　　　魯、親近的
　　　招呼語）
料理[りょうり] 料理
本当[ほんとう]
真的、真實

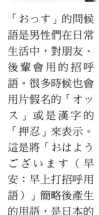

稍等一下！

「おっす」的問候
語是男性們在日常
生活中，對朋友、
後輩會用的招呼
語。很多時候也會
用片假名的「オッ
ス」或是漢字的
「押忍」來表示。
這是將「おはよう
ございます（早
安：早上打招呼用
語）」簡略後產生
的用語，是日本的
應援團或是各種武
道常會使用的口
號。

「洋平」看到黑松一個人在教室看書，去向她搭話。

木村 洋平：おっす。

ロ・ヘソン：あ、洋平。

木村 洋平：それ、何の本？

ロ・ヘソン：料理の本。

木村 洋平：料理の本？ヘソンは料理、好き？

ロ・ヘソン：ううん、好きじゃない。料理はちょっと苦手。

木村 洋平：そう。その本、いい？

ロ・ヘソン：そんなによくない。洋平は料理、上手？

木村 洋平：うん。俺、料理は得意。

ロ・ヘソン：本当？

木村 洋平：うん！

木村洋平：嗨。　　　　　　　　　　盧黑松：噢，是洋平。
木村洋平：那個，是什麼書？　　　　盧黑松：是料理書。
木村洋平：料理書？黑松喜歡料理嗎？盧黑松：不，不喜歡。
　　　　　　　　　　　　　　　　　　　　　我不擅長料理。
木村洋平：原來如此啊。那你喜歡那個書　盧黑松：沒那麼喜歡。洋平擅長料理嗎？
　　　　　嗎？
木村洋平：嗯，我，很會做料理。　　盧黑松：真的？
木村洋平：嗯！

啊哈！
原來日本是這樣

日本的交通費！

　　計程車：日本的計程車費用隨地區不同有所差異。東京基本車資是1052公尺500日圓，每255公尺會增加100日圓。時速是10公里以下時每1分35秒會增加100日圓。電話叫計程車會要再加上500日圓。

　　地鐵：在東京近郊搭地鐵，兩、三站的費用大約在180日圓到220日圓。另外注意在日本，換乘不同公司營運的路線時需要出驗票口重新買票後再次進站搭乘。

　　公車：東京中心區域「都営バス（都營公車）」和搭乘距離無關，成人一律就是210日圓，從前門上車時付錢，下車時從後門下車。往返東京近郊或是其他地區的公車隨距離長短而決定費用。這種公車就要從後門上車，上車時必須要記得拿票。然後從前門下車時，需要依據票上標記的數字付錢後才可以下車。

例句15-5.mp3

1 請試試看用跟範例一樣的「うん（嗯）」來回答題目提供的問句。

| 範例 |　これはいい本？（這個是好的書嗎？）
　　　　　→ うん、いい本。（嗯，是好的書。）

1.
2.
3.
4.

2 試試看用跟範例一樣的「ううん（不）」來回答題目提供的問句。

| 範例 |　その車は高い？（那個車貴嗎？）
　　　　　→ ううん、高くない。（不·不貴。）

1.
2.
3.
4.

3 請試試看將題目提供的單字改成「〜は〜より〜（比起〜，〜更〜）」的問句。

| 範例 |　その眼鏡（那個眼鏡）・この眼鏡（這個眼鏡）・安い（便宜）
　　　　　→ その眼鏡はこの眼鏡より安い。（那個眼鏡比這個眼鏡更便宜。）

1.
2.
3.
4.

④ 先試試看用平假名寫下題目提供的單字，接著再試著用漢字寫寫看。

範例	聲音	平假名	漢字
		こ え	声

1. 壞

平假名　　　　　　　　漢字

2. 大

平假名　　　　　　　　漢字

3. 小

平假名　　　　　　　　漢字

4. 貴

平假名　　　　　　　　漢字

5. 便宜

平假名　　　　　　　　漢字

日語的漢字音

　　日語漢字的發音方式分成「音読（音讀）」和「訓読（訓讀）」兩種。就如同字面上的解釋，「音讀」就是以「音」來唸漢字，而「訓音」就是以「意思」來唸漢字。為了能夠更清楚的理解，這邊用中文拼音來說明給大家聽。

　　舉例來說像「人（人）」這個狀況，這個漢字用「人（jin）」來讀的話就是音讀，而用「人（hito）」來讀的話就是訓讀。由於「音讀」是用發音來念的關係，日語漢字與中文的發音常會相似。

音讀（聲音）　　　　　　　　訓讀（意思）

人 → じん　　　　　　　　　人 → ひと

　　並非每個漢字都會有這兩種念法，有些漢字只有音讀、有些只有訓讀、或音讀和訓讀各有一個、也有音讀有好幾個方式、訓讀有好幾個方式各種情況。想知道要用什麼樣方式來念的話，必須要先掌握單字的基礎才行。

　　對大多數人而言，學習漢字是非常困難的。日本人小時候在學習漢字時，也是受到了很多折磨，上學時也很常考漢字考試。對使用中文的華人而言，日語的漢字看起來跟熟悉的中文很像，好像很簡單，實際上這的確是華人學習日語的一大優勢，但中文的漢字和日語的漢字並非完全共通，寫法和意思都會有差異，學習的時候要多注意。

片假名 練習5

追加單字練習（4）

請依據題目提供的單字意思選出正確的答案。

1. メモ ・　　　　　・ ❶ 麥克風（Mic（rophone））

2. レベル ・　　　　　・ ❷ 口罩（Mask）

3. ミス ・　　　　　・ ❸ 失誤（Miss）

4. ラベル ・　　　　　・ ❹ 備忘錄（Memo）

5. ライス ・　　　　　・ ❺ 模特兒（Model）

6. モデル ・　　　　　・ ❻ 飯（Rice）

7. マスク ・　　　　　・ ❼ 標籤（Label）

8. ワイン ・　　　　　・ ❽ 水準（Level）

9. レストラン ・　　　　・ ❾ 餐廳（Restaurant）

10. マイク ・　　　　　・ ❿ 紅酒（Wine）

│解答│ 1.❹　2.❽　3.❸　4.❼　5.❻　6.❺　7.❷　8.❿　9.❾　10.❶

16

暑いですね。

很熱呢！

16.mp3

🎧 例句16-1.mp3

暖身練習
基本會話聽力

請看下方圖片，試著推測情境及對話內容，並搭配音檔練習。

🎧 例句16-2.mp3

第一階段
熟悉基本單字

熱い[あつい] 燙

冷たい[つめたい] 冰、涼

暑い[あつい] 熱

寒い[さむい] 冷

厚い[あつい] 厚

薄い[うすい] 薄、淡

お茶[おちゃ]（喝的）茶

ジュース 果汁

ノートパソコン 筆記型電腦

夏[なつ] 夏天

冬[ふゆ] 冬天

あまり 不怎麼

ソウル 首爾

東京[とうきょう] 東京

129

①

〜い〜です。　　　　　　　是〜的〜。

「い」形容詞在修飾名詞時，可以使用「い」形容詞（〜い）＋名詞。如果想表達「是〜」的話，在名詞後面加上「〜です」就行了。

これは熱いお茶です。　　　　　　這個是熱的茶。

それは冷たいジュースです。　　　那個是冰涼的果汁。

ここはとても暑い所です。　　　　這裡是十分熱的地方。

そこはとても寒い所です。　　　　那裡是十分冷的地方。

稍等一下！

「あまり」、「それほど」、「そんなに」三個單字都是一樣的意思，所以很多情況可以相互交換使用。不過要表達「不是那個程度」的意思時習慣說「それほどじゃない」。在三個詞之中「あまり」這個字給人最生硬的感覺，或因如此，日常會話常會在「あまり」加入「ん」變成「あんまり」。

②

〜い〜じゃありません。 〜不是〜的。

「い」形容詞在修飾名詞時，由於敘述句是名詞，故如果要說「不是〜」的話，在名詞後面加上「〜じゃありません」就可以了。

その本はあまり厚い本じゃありません。

那個書不是很厚的書。

私のは薄いノートパソコンじゃありません。

我的不是薄的筆記型電腦。

これは熱いお茶じゃありません。　這個不是熱的茶。

それは冷たいジュースじゃありません。

那個不是冰涼的果汁。

---

❸

～いです。　　　　　　　　～。（形容詞現在式）

「い」形容詞在作為敘述語使用時，「い」形容詞「（～い）」後面直接加上「～です」就可以了。

夏は暑いです。	夏天熱。
冬は寒いです。	冬天冷。
この辞書はとても厚いです。	這個字典相當厚。
そのノートパソコンは薄いです。	那個筆記型電腦很薄。

❹

～くないです。　　　　　　　　不～。

「い」形容詞的否定句在第15課有學過了對吧？常體的話是把語尾的「～い」換成「～く」，再加上「ない」就可以了。要講敬語的話，在「～くない」的後面加上「～です」就可以了。

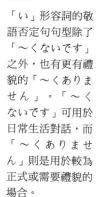
このお茶はあまり熱くないです。	這個茶不怎麼燙。
そのジュースはあまり冷たくないです。	那個果汁不怎麼冰。
ソウルの夏は暑くないです。	首爾的夏天不熱。
東京の冬は寒くないです。	東京的冬天不冷。

❺

～は～より～。 比起～。

「比起～」的日語是「～より」。這次試試看用敬語來練習。

その本はこの本より厚いです。　那個書比這個書厚。

このパソコンはあのパソコンより薄いです。
這個電腦比那個電腦薄。

東京はソウルより暑いです。　東京比首爾熱。

ソウルは東京より寒いです。　首爾比東京冷。

❻

～より～のほうが～。 比起～更。

這次試試看練習用敬語說「～より～のほうが～（比起～更）」。

この本よりその本のほうが厚いです。
比起這個書，那個書更厚。

あのパソコンよりこのパソコンのほうが薄いです。
比起那個電腦，這個電腦更薄。

ソウルより東京のほうが暑いです。
比起首爾，東京更熱。

東京よりソウルのほうが寒いです。
比起東京，首爾更冷。

第三階段
會話打好基本功

いただきます
我開動了。
ずっと 更加、持續

稍等一下！

如果將「冷[つめ]たいジュースはいかがですか」直譯的話會是「您覺得冰涼的果汁如何？」，「いかがですか（如何？）」含意是「您要喝嗎？」。「昨日[きのう]より今日[きょう]のほうが暑[あつ]くないです」直譯的話是「比起昨天今天比較不熱呢。」。在日語中沒有可以直接表示「比較不」的單字。

「香織」打算拿冰涼的果汁給來進修的林俊表。

林 香織：冷たいジュースはいかがですか。

リン・シュンヒョウ：あ、ありがとうございます。
いただきます。

林 香織：今日も暑いですね。

リン・シュンヒョウ：そうですね。でも、昨日より今日のほうが
暑くないですね。

林 香織：そうですね。ソウルも夏は暑いですか。

リン・シュンヒョウ：ソウルも夏は暑いです。
でも、ソウルより東京のほうが暑いです。

林 香織：冬はどうですか。

リン・シュンヒョウ：冬はソウルのほうがずっと寒いですよ。

林香織：您要喝冰涼的果汁嗎？　　　　　林俊表：啊，謝謝。我會好好地享用。

林香織：今天也很熱呢。　　　　　　　　林俊表：是啊。不過比起昨天，今天比較不
　　　　　　　　　　　　　　　　　　　　　　　熱呢。

林香織：是啊。首爾夏天也熱嗎？　　　　林俊表：首爾夏天也熱。但是比起首爾，東
　　　　　　　　　　　　　　　　　　　　　　　京更熱。

林香織：冬天如何呢？　　　　　　　　　林俊表：冬天的首爾更冷。

啊哈！

說到「果汁」就會想到的東西！

原來日本是這樣

　　說到「果汁」就會想到的東西就是：番茄汁。我們通常喝的番茄汁是甜的對吧？而日本的番茄汁會是鹹鹹的味道，因為日本人認為番茄是蔬菜，在吃番茄時，會灑上鹽巴一起吃。日本人也會在西瓜上灑鹽巴吃，但並不是因為認為西瓜是蔬菜，而是稍微灑一點鹽巴在西瓜上的話，可以更明顯地感受到甜味，不過也有很多人是什麼都不灑就直接吃的。

　　另外，日本人買西瓜時大多一次只買半顆或是四分之一、六分之一等等，大多情況都是會切開來分開賣。或是也很常看到直接切成一個人吃的份量放在杯子裡賣。

❶ 請試試看用跟範例一樣的「はい（是的）」來回答題目提供的問句。

| 範例 | これは熱いお茶ですか。（這個是熱的茶嗎？）
→ はい、熱いお茶です（是的，是熱的茶）

1. 🎤 ....

2. 🎤 ....

3. 🎤 ....

4. 🎤 ....

❷ 請試試看用跟範例一樣的「いいえ（不）」來回答題目提供的問句。

| 範例 | そのジュースは冷たいですか。（那個果汁冰嗎？）
→ いいえ、冷たくないです。（不是的，那個果汁不冰）

1. 🎤 ....

2. 🎤 ....

3. 🎤 ....

4. 🎤 ....

❸ 請試試看將題目提供的單字改成「～より～のほうが～（比起～更～）」的問句。

| 範例 | この本（這個書）・その本（那個書）・厚い（厚）
→ この本よりその本のほうが厚いです。（比起這個書那個書更厚）

1. 🎤 ....

2. 🎤 ....

3. 🎤 ....

4. 🎤 ....

④ 先試試看用平假名寫下題目提供的單字，接著再試著用漢字寫寫看。

範例	熱	平假名	漢字
		あ　つ　い	暑　い

1. 冰涼

平假名　　　　　　　　　　　　漢字

2. 冷

平假名　　　　　　　　漢字

3. 茶

平假名　　　　　　　　漢字

4. 夏天

平假名　　　　　漢字

5. 冬天

平假名　　　　　漢字

寫在句尾的「ね」和「よ」

　　在第16課「用對話打好基本功」學到的語尾有「ね」和「よ」，日語和中文一樣，有時會在句尾加上助詞（終結語尾）。在中文中也有「～呢」、「～啊」、「～吧」這些語尾，這樣想的話是不是就很好理解了呢？

　　「～ね」這個字雖然有好幾個意思，不過有一個最需要知道的基本意思，就是是在期待得到對方的認同（～吧？／～對吧？），也是同意句子內容時會使用的表達方式。

林香織：今日も暑いですね。　　　　　　　　今天也很熱呢。

リン・シュンヒョウ：そうですね。　　　　　　　　　就是啊。

　　「林香織」在說「今日も暑いですね（今天也很熱呢。）」的時候，期待對方會對自己說的話表示「沒錯」、「同意」。而像林俊表那樣回答香織的話「そうですね（就是啊）」，就是表達出同意的回答方式。

　　「～よ」這個助詞則用來表示對方不知道的事，或者是對方理解錯誤、打算要糾正對方時會使用的語尾。換成中文時給人感覺會接近「～喔」。

リン・シュンヒョウ：冬はソウルのほうがずっと寒いですよ。

　　　　　　　　　　　　　　　　　冬天的首爾更冷。

　　要向完全不了解外國天氣的香織說明時，就會使用這個表達方式。

　　不過「～よ」在正確使用時是親切、和睦的語調，但如果是在說對方明顯知道的事實時加上了「～よ」的話，就會變成有無視或是看不起對方的感覺，所以在使用時必須要特別小心。還有在發音時，請在唸「～よ」時稍微上揚語調。如果是往下唸的話，就會變成「你連那個都不知道嗎？」、「連這種事也要問？」這樣不好的語氣，需要特別留意一下。

片假名
練習6

日語中會變成長音的單字

這一次要練習的，是在日語當中發音為長音（長的聲音）的單字。

請依據題目提供的單字意思選出正確的答案。。

1. カレー　　　　　•
2. ギター　　　　　•
3. ニュース　　　　•
4. ジュース　　　　•
5. ボールペン　　　•
6. オートバイ　　　•
7. スクリーン　　　•
8. コース　　　　　•
9. アルコール　　　•
10. アイスクリーム　•

　•　❶原子筆（Ballpen）
　•　❷螢幕（Screen）
　•　❸機車（Scooter）
　•　❹路線（Route）
　•　❺果汁（Juice）
　•　❻酒精（Alcohol）
　•　❼吉他（Guitar）
　•　❽新聞（Newspaper）
　•　❾冰淇淋（Icecream）
　•　❿咖哩（Curry）

| 解答 | 1.❿　2.❼　3.❽　4.❺　5.❶　6.❸　7.❷　8.❹　9.❻　10.❾

17

用 常 體 說 說 看

すごくおいしかった！

非常好吃！

17.mp3

🔊 例句17-1.mp3

暖身練習
基本會話聽力

請看下方圖片，試著推測情境及對話內容，並搭配音檔練習。

🔊 例句17-2.mp3

第一階段
熟悉基本單字

稍等一下！

因為「酒[さけ]」是比較粗魯的用語，所以通常女性會加上「お」一起使用。男性如果要想使用禮貌的講法，也會加上「お」。

おいしい 好吃

うまい 好吃、擅長

まずい 不好吃

新しい[あたらしい] 新

古い[ふるい] 久、舊

広い[ひろい] 寬闊

狭い[せまい] 窄

酒[さけ] 酒

建物[たてもの] 建築物

部屋[へや] 房間

うち 家、家庭、自己家

❶

～い～だった。　　是～的～。（過去式）

如果要說「是～的～。」的話，在「い」形容詞「（～い）＋名詞的後面加上過去式的「～だった」就可以了。

すごくおいしい料理だった。	是非常好吃的料理。
うまい酒だった。	是好喝的酒。
すごくまずいジュースだった。	是非常不好喝的果汁。
新しい建物だった。	是新的建築物。

❷

～い～じゃなかった。　　不是～的～。

如果要說「不是～的～。」的話，在「い」形容詞「（～い）」＋名詞的後面加上過去式的否定句「～じゃなかった」就可以了。

それは古い時計じゃなかった。	那個不是很舊的手錶。
その部屋は広い部屋じゃなかった。	那個房間不是寬敞的房間。
私のうちは狭いうちじゃなかった。	我們家不是狹窄的家。
そんなにおいしいお酒じゃなかった。	不是那麼好喝的酒。

❸

〜かった。 〜。（形容詞過去式）

「好吃」、「寬闊」等的「い」形容詞要作為敘述語使用時，「い」形容詞結尾的「〜い」會換成「〜かった」。

その酒はうまかった。	那個酒好喝。
彼氏の料理はまずかった。	男朋友的料理不好吃。
その建物は新しかった。	那個建築物是新的。
その時計は古かった。	那個手錶是舊的。

❹

〜くなかった。 不〜。

如果要造「い」形容詞的過去式否定句的話，把「い」形容詞結尾的「〜い」換成「〜く」後，加上「なかった」就可以了。

その部屋は広くなかった。	那個房間不寬敞。
僕のうちは狭くなかった。	我們家不狹窄。
そのお酒はおいしくなかった。	那個酒不好喝。
彼女の料理はうまくなかった。	她的料理不好吃。

稍等一下！

「いい（好）」的使用變化是不規則的，否定句是「よくない」，過去式也是一樣將句首的「い」換成「よ」，變成「よかった（好）、よくなかった（不好）」。

❺ 〜と〜と、どっちが〜？

〜和〜之中，哪一個更〜？

「どっち（哪一個）」是要求聽者在複數的選項之中選擇一個的文法。表示「和、與」的助詞則是「〜と」，要注意「〜と」會重複兩次。

日本料理とフランス料理と、どっちがおいしかった？
日本料理與法國料理，哪一個比較好吃？

その建物とあの建物と、どっちが新しかった？
那個建築物和那個建築物，哪棟是新的建築物？

お父さんの時計とお母さんの時計と、どっちが古かった？
爸爸的手錶和媽媽的手錶，哪個更舊？

❻

〜のほうが〜。　　　　〜更〜。

在比較的句子中可以使用「〜のほうが（〜這一邊）」來回答。如果將「〜のほうが」直接翻譯的話，會是「〜邊」，不過用「〜更〜」理解會更為自然。

金子さんの部屋のほうが広かった。
金子先生（小姐）的房間更寬闊。

フランス料理のほうがおいしかった。法國的料理更好吃。

あの建物のほうが新しかった。那個建築物是更新的。

お父さんの時計のほうが古かった。爸爸的手錶是更舊的。

第三階段
會話打好基本功

前[まえ] 前
今[いま] 現在
性格[せいかく]
個性

「優子」聽說朋友志煥交了新女朋友。

清水 優子：新しい彼女はどう？

ゼン・シカン：すごくかわいい。料理もすごく上手！

清水 優子：へえ～、料理が上手？

ゼン・シカン：うん。彼女の料理、すごくおいしいよ。

清水 優子：そう。前の彼女と今の彼女と、どっちがいい？

ゼン・シカン：今の彼女のほうがずっといいよ。

清水 優子：そう。よかったね。

ゼン・シカン：前の彼女は性格がよくなかった。

清水 優子：性格が悪かった？

ゼン・シカン：うん。それに、料理もまずかった。

清水優子：新女朋友如何？	全志煥：非常漂亮。也超會做菜。
清水優子：呦～，很會做菜嗎？	全志煥：嗯。女朋友的料理非常好吃。
清水優子：原來如此。以前的女朋友和現在 　　　　的女朋友之中誰更好？	全志煥：現在的女朋友更好。
清水優子：是這樣啊。真好。	全志煥：以前的女朋友個性不好。
清水優子：個性糟糕嗎？	全志煥：嗯。而且料理也不好吃。

啊哈！

請不要直接說「まずい（不好吃）」！

原來日本是這樣

　　在這一課有學到「まずい（不好吃）」的表達方式，就算對很親近的日本人也盡量不要使用比較安全。在日本的文化中，不太會使用否定的表達方式。所以如果直接說出否定句的話，會讓人覺得是沒禮貌的人、很粗魯的人。在回答「好吃嗎？」的問題時，要盡量避開「嗯…」或者是「ちょっと…（有點…）」這種意思的詞彙，因為就算只是這樣也已經充分地表現出「不好吃」的意思。如果想要更貼切的表達的話，可以使用「私の口には合わない（不合我的口味）」，或是真的想要表達不好吃的話，請使用「おいしくない（不太好吃）」的表現方式。

　　我有個認識的朋友去日本留學時，因為真的覺得不好吃，所以對非常親近的日本朋友說了「まずい」，那個日本朋友聽到後嚇了很大一跳，並馬上跟他解釋說這個詞彙不可以這樣使用，我也因為長時間待在外國，所以習慣了更直接的表達方式，有的時候在講日語時也會不小心直接講出來，所以曾經有收到身邊的人評價說「你變得惡毒了。」^^。在講日語時，請儘量使用婉轉的表達方式。

❶ 請試試看用跟範例一樣的「ううん（不）」來回答題目提供的問句。

| 範例 | そのお酒はまずかった？（那個酒難喝嗎？）
→ ううん、まずくなかった。（不・不難喝。）

1. 🎙 ....

2. 🎙 ....

3. 🎙 ....

4. 🎙 ....

❷ 請試試看用題目提供的三個單字造出「～と～と、どっちが～？（～和～之中哪一個更～）」過去式的問句。

| 範例 | その建物（那個建築物）・あの建物（那個建築物）・新しい（新）
→ その建物とあの建物と、どっちが新しかった？
（那個建築物和那個建築物之中哪一個更新？）

1. 🎙 ....

2. 🎙 ....

3. 🎙 ....

4. 🎙 ....

❸ 請試試看用題目提供的兩個單字造出「～と～と、どっちが～？（～更～）」過去式的問句。

| 範例 | その建物（那個建築物）・新しい（新）
→ その建物のほうが新しかった。（那個建築物是更新的。）

1. 🎙 ....

2. 🎙 ....

3. 🎙 ....

4. 🎙 ....

❹ 先試試看用平假名寫下題目提供的單字，接著再試著用漢字寫寫看。

| 範例 | 新

平假名

| あ | た | ら | し | い |

漢字

| 新 | し | い |

1. 久、舊

平假名

漢字

2. 寬敞

平假名

漢字

3. 酒

平假名

漢字

4. 建築物

平假名

漢字

5. 房間

平假名

漢字

用長音來發音的詞彙

「性格（個性）」或「有名な（有名的）」、「きれいな（漂亮的、美麗的、乾淨的）」這些單字，不可以直接按照寫出來的字發音。長音指的是要拉長聲音來發音的意思。用長音發音的部分如同以下：

「あ」段的發音 ＋ あ	おかあさん（母親）→ おかーさん
「い」段的發音 ＋ い	いいえ（不）→ いーえ
「う」段的發音 ＋ う	ちゅうごく（中國）→ ちゅーごく
「え」段的發音 ＋ え	おねえさん（姐姐）→ おねーさん
「え」段的發音 ＋ い	がくせい（學生）→ がくせー
「お」段的發音 ＋ お	おおきい（大）→ おーきー
「お」段的發音 ＋ う	こうこうせい（高中生）→ こーこーせー

　　「あ段」指的是帶有母音「あ」的發音：「あ、か、さ、た、な、は、ま、や、ら、わ」。用中文來解釋的話，就是指有「ㄚ」的聲音含在裡面，「い」段、「う」段、「え」段、「お」段這些字全部都和這個一樣，都帶有各自母音的發音。如果參照第548頁的表格的話，可以更容易地理解。因此「性格」的發音會變成「せーかく」，「有名な」的發音會變成「ゆーめーな、「きれいな」變成「きれーな」。

　　在日語裡有和多情況都和這些例子一樣，不按照文字本身的讀音來發音，前面學過的母音無聲化也是相同的道理。如果想要輕鬆學會這些發音的話，最簡單的方式就是用聲音學習法來熟悉發音，不要把注意力集中在眼睛，請把精神集中在耳朵吧！

片假名
練習7

「お」段的單字。

　　這次要學習的是含有「お」段音的單字，也就是含有母音「お」的：
「お、こ、そ、と、の、ほ、も、よ、ろ」。

　　請依據題目提供的單字意思選出正確的答案。

1. アクセント	・	・ ❶筆記本（Notebook）
2. テント	・	・ ❷卡片（Card）
3. ドライブ	・	・ ❸帳篷（Tent）
4. ドラマ	・	・ ❹連續劇（Drama）
5. ベルト	・	・ ❺腰帶（Belt）
6. ノート	・	・ ❻開車兜風（Drive）
7. アルバイト	・	・ ❼開始（Start）
8. カード	・	・ ❽導遊（Guide）
9. スタート	・	・ ❾打工（Arbeit）
10. ガイド	・	・ ❿腔調（Accent）

|解答| 1.❿　2.❸　3.❻　4.❹　5.❺　6.❶　7.❾　8.❷　9.❼　10.❽

18

面白かったです。

很有趣。（過去式）

18.mp3

🎧 例句18-1.mp3

暖身練習
基本會話聽力

請看下方圖片，試著推測情境及對話內容，並搭配音檔練習。

🎧 例句18-2.mp3

第一階段
熟悉基本單字

稍等一下！

「先々週[せんせんしゅう]」這個單字中間的「々」，前面有提到過是漢字的反覆標記符號對吧？也就是說「先」這個漢字本來是要寫兩次，不過用「々」來省略，所以這邊不寫第二次。關於「這週」、「下週」、「下下週」等等的表達方式，請參照課本第559頁。

面白い[おもしろい] 有趣

つまらない 不有趣

楽しい[たのしい] 愉快

忙しい[いそがしい] 忙碌

難しい[むずかしい] 難

易しい[やさしい] 簡單

優しい[やさしい]
溫柔、心地善良

映画[えいが] 電影

ドラマ 電視劇

一日[いちにち] 一整天

今週[こんしゅう] 這週

先週[せんしゅう] 上週

先々週[せんせんしゅう]
上上週

147

❶

〜い〜でした。　　是〜的〜。（過去式）

因為敘述語是名詞的關係，在「い」形容詞（〜い）＋名詞的後面加上含有過去意思的「でした」就可以了。

それは面白い映画でした。　　　　那是個有趣的電影。

それはつまらないドラマでした。
那是個不有趣的電視劇。

昨日は楽しい一日でした。　　　　昨天是愉快的一天。

今日は忙しい一日でした。　　　　今天是忙碌的一天。

稍等一下！

在第11課有學過「簡単な[かんたんな]（容易、簡單）」對吧？這一次學到的「易しい[やさしい]」也是表示一樣的意思。如果想要表示的是「簡略的」，會使用「簡単な」，如果要指「容易」的時候，則兩個都可以使用，不過比起「易しい」，更常會使用「簡単な」。

❷

〜い〜じゃありませんでした。

不是〜的〜。（過去式）

因為敘述語是名詞的關係，只要在「い」形容詞「（〜い）」＋名詞的後面加上含有過去否定意思的「〜じゃありませんでした」就可以了。

難しいテストじゃありませんでした。　不是難的考試。

易しい試験じゃありませんでした。　不是簡單的考試。

優しい人じゃありませんでした。　　　不是溫柔的人。

面白い映画じゃありませんでした。　不是有趣的電影。

かった
過去式
↑
まずい
不好吃

稍等一下！

「先週[せんしゅう]のテスト」直譯是「上週的考試」。

❸

～かったです。　　　～。（形容詞過去式）

在第17課學到過「い」形容詞的過去式句尾「～い」要換成「～かった」對吧？而敬語只要在「～かった」後面加上「～です」就可以了。

そのドラマはつまらなかったです。　那個電視劇不有趣。

昨日は楽しかったです。　　　　　　　　昨天很愉快。

今週は忙しかったです。　　　　　　　　這週很忙碌。

先週のテストは難しかったです。

　　　　　　　　　　　　　上週（考得）考試很難。

稍等一下！

在第12課有學過「親切な[しんせつな]（親切的）」，和這次學的是「優しい[やさしい]」意思雖然類似，不過準確來說還是有所不同。如果形容某個人「親切」，代表那個人的行為從表面上來看，那個人的行動看起來是「親切的」，並不是說他很善良。如果要說一個人是心地善良、溫柔的人的話，會使用「優しい」來表達。

❹

～くなかったです。　　不～。（過去式）

「い」形容詞的過去式否定句，把尾音部分的「～い」換成「～く」後，再加上「なかった」。敬語版本只要在「～くなかった」的後面加上「～です」就可以了。

先々週の試験は易しくなかったです。

　　　　　　　　　　　　　　上週的考試不簡單。

その人は優しくなかったです。　　　那個人不溫柔。

このドラマは面白くなかったです。　這個電視劇不有趣。

その映画はつまらなくなかったです。　那個電影不會不有趣。

❺ ～と～と、どちらが～。

～和～之中，哪一個更～。

在比較兩個東西時，不管對象是什麼都可以使用「どちら（哪一邊）」這個字。比起在第17課學過的「どっち（哪一邊）」，「どちら」給人的感覺更為尊敬。

先週と今週と、どちらが忙しかったですか。

上週和這週之中何時更忙碌？

英語のテストと日本語のテストと、どちらが難しかったですか。　　　　　　英文考試和日語考試哪一個更困難？

フランス語の先生と中国語の先生と、どちらが優しかったですか。　　　　　法文老師和中文老師之中哪一個更溫柔？

---

❻

～のほうが～。　　　　～更～

稍等一下！

「韓國電視劇」用日語來說是「韓国[かんこく]のドラマ（韓國的電視劇）」。不過從前幾年開始，在日本掀起了韓流風，於是直接去掉「の（的）」而創造出了一個新的名詞：「韓国ドラマ」，日本人現在更常使用這個單字。

在回答的時候，使用「～のほうが（～更～）」來表達就可以了。

今週のほうが忙しかったです。　　　　　這週更忙碌。

英語のほうが難しかったです。　　　　　英文更難。

フランス語の先生のほうが優しかったです。法文老師更溫柔。

韓国のドラマのほうが面白かったです。　韓國電視劇更有趣。

※「い」形容詞的變化規則活用請參考課本第580頁的整理表格。

こんにちは
早安（白天打招呼用
語）
見ました[みました]
看見了

「中島（なかじま）」小姐偶然在路上遇到鄰居宋家賢先生。

中島 美紀：こんにちは。

ソン・ジャシュン：あ、こんにちは。今日も寒かったですね。

中島 美紀：ええ。ソンさん、今日は忙しかったですか。

ソン・ジャシュン：いいえ、暇でした。今日は映画を見ました。

中島 美紀：どんな映画ですか。

ソン・ジャシュン：日本の映画です。

中島 美紀：面白かったですか。

ソン・ジャシュン：いいえ、あまり面白くなかったです。

中島 美紀：そうですか。私は韓国のドラマを見ました。

ソン・ジャシュン：そうですか。どうでしたか。

中島 美紀：とても面白かったです。

ソン・ジャシュン：日本のドラマと韓国のドラマと、どちらが好きですか。

中島 美紀：私は韓国のドラマのほうが好きです。

中島美紀：你好。	宋家賢：啊，你好。今天也很冷呢。
中島美紀：是呢。宋先生，今天忙嗎？	宋家賢：不，很悠閒。今天看了電影。
中島美紀：是什麼樣的電影？	宋家賢：是日本電影。
中島美紀：有趣嗎？	宋家賢：不，不怎麼有趣。
中島美紀：原來如此。我看了韓國電視劇。	宋家賢：是嗎。如何呢？
中島美紀：非常有趣。	宋家賢：日本電視劇和韓國電視劇當中更喜歡哪一個？
中島美紀：我更喜歡韓國電視劇。	

啊哈！

不是標準語的用字，在方言中也是OK的！　原來日本是這樣

　　日本國土南北狹長，因此有和標準語差距很大的方言。有趣的是，原本在標準語裡錯誤的文法，在方言裡卻是可以被使用的。「きれいな（漂亮的、美麗的、乾淨的）」這個字在「な」形容詞有學過對吧？活用形有「きれいじゃない、きれいだった」，在修飾名詞時則可以寫成「きれいな人」。但是在「大阪（おおさか）」地區，口語上可以說「きれくない、きれかった、きれい人（ひと）」，其他「い」形容詞也可以用相同方式變化。但是要小心，若是在日語考試中這樣寫的話，會被認定是錯誤的寫法。

❶ 請試試看用跟範例一樣的「いいえ（不是的）」來回答題目提供的問句。

> | 範例 |　そのドラマはつまらなかったですか。（那個電視劇不有趣嗎？）
> → いいえ、つまらなくなかったです。（不是的，不會不有趣。）

1. 🎤 _____

2. 🎤 _____

3. 🎤 _____

4. 🎤 _____

❷ 請試試看將題目提供的三個單字改成「～と～と、どちらが～（～和～之中哪一個更～）」的過去式問句。

> | 範例 |　先週（上週）・今週（這週）・忙しい（忙）
> → 先週と今週と、どちらが忙しかったですか。（上週和這週之中何時更忙？）

1. 🎤 _____

2. 🎤 _____

3. 🎤 _____

4. 🎤 _____

❸ 請試試看使用題目提供的兩個單字，用「～のほうが～（～更）」的過去式來回答問句。

> | 範例 |　今週（這週）・忙しい（忙）
> → 今週のほうが忙しかったです。（這週更忙。）

1. 🎤 _____

2. 🎤 _____

3. 🎤 _____

4. 🎤 _____

④ 先試試看用平假名寫下題目提供的單字，接著再試著用漢字寫寫看。

| 範例 | 有趣 | 平假名 お も し ろ い | 漢字 面 白 い |

1. 愉快

平假名 　　　　　　　　　　　　漢字

2. 忙碌

平假名 　　　　　　　　　　　　漢字

3. 電影

平假名 　　　　　　　漢字

4. 一天

平假名 　　　　　　　　　　漢字

5. 這週

平假名 　　　　　　　　　　　　漢字

形容詞常體總整理

　　形容詞的反義詞大多是成雙成對的，在學習時連同反義詞一起認識的話會有很大的幫助。這邊幫大家把形容詞的部分一次整理成表格，表格中也會出現在這本書當中沒有學過的形容詞，只要稍微參考就可以了。

静かな[しずかな] 安靜的	賑やかな[にぎやかな] 熱鬧的 うるさい 吵雜的
好きな[すきな] 喜歡的	嫌いな[きらいな] 討厭的、厭惡的
大好きな[だいすきな] 非常喜歡的	大嫌いな[だいきらいな] 非常厭惡的
上手な[じょうずな] 擅長的、熟練的 うまい 擅長、好吃	下手な[へたな] 不擅長的、生疏的
得意な[とくいな] 擅長的、有自信的	苦手な[にがてな] 不擅長的、難以處理的
便利な[べんりな] 方便的	不便な[ふべんな] 不方便的
親切な[しんせつな] 親切的	不親切な[ふしんせつな] 不親切的
まじめな 老實的、認真的	不まじめな[ふまじめな] 不老實的
きれいな 乾淨的、漂亮的、美麗的	汚い[きたない] 髒的
丁寧な[ていねいな] 鄭重的、有禮貌的、細心的	雑な[ざつな] 粗劣的、鬆散的、粗糙的
安全な[あんぜんな] 安全的	危険な[きけんな] 危險的 危ない[あぶない] 危險的
十分な[じゅうぶんな] 充分的	不十分な[ふじゅうぶんな] 不充分的
必要な[ひつような] 需要的	不必要な[ふひつような] 不需要的
複雑な[ふくざつな] 複雜的	簡単な[かんたんな] 容易的、簡單的
いい 好」	悪い[わるい] 壞的 嫌な[いやな] 討厭的
大きい[おおきい] 大」	小さい[ちいさい] 小的

高い[たかい] 貴、高的	安い[やすい] 便宜的 低い[ひくい] 低的
熱い[あつい] 燙的	冷たい[つめたい] 冰涼的、冰的
暑い[あつい] 熱的	寒い[さむい] 冷的
厚い[あつい] 厚的 濃い[こい] 濃的	薄い[うすい] 薄的
おいしい 好吃的 うまい 好吃的、擅長的	まずい 不好吃的
新しい[あたらしい] 新的	古い[ふるい] 舊的
広い[ひろい] 寬敞的	狭い[せまい] 狹窄的
面白い[おもしろい] 有趣的	つまらない 不有趣的
忙しい[いそがしい] 忙碌的	暇な[ひまな] 空閒的、有時間的
難しい[むずかしい] 困難的	簡単な[かんたんな] 容易的、簡單的 易しい[やさしい] 容易的、簡單的
明るい[あかるい] 亮的	暗い[くらい] 暗的
暖かい[あたたかい] 溫暖的	涼しい[すずしい] 涼涼的、涼爽的
多い[おおい] 多的	少ない[すくない] 少的
速い[はやい] 快的 早い[はやい] 早的	遅い[おそい] 慢的、晚的
重い[おもい] 重的	軽い[かるい] 輕的
遠い[とおい] 遠的	近い[ちかい] 近的
強い[つよい] 強的	弱い[よわい] 弱的
太い[ふとい] 粗的	細い[ほそい] 細的
長い[ながい] 長的	短い[みじかい] 短的

稍等一下！

「十分な[じゅうぶんな]（充分的）」、「不十分な[ふじゅうぶんな]（不充分的）」也可以寫成漢字的「充分な[じゅうぶんな]、不充分な[ふじゅうぶんな]」。

日語敬語文法

　　日語的敬語，會將「我（話者）的群體」和「對方（聽者）的群體」區分開來，對外稱呼屬於「我的群體」當中的人，都應使用較謙卑有禮貌的說法，而對「對方的群體」當中的人，則都要抬高其身分。即使是談及比自己地位更高的上司和父母也是一樣，在跟別人講話時，因為是屬於「我的群體」，所以必須要使用謙讓語來稱呼。

| 「我」在的群體 | 「對方」在的群體 |

　　舉例來說，有一通電話從顧客那邊撥打過來說要找老闆，但是老闆現在是不在位置上的情況下，用中文來說會是「金老闆現在不在位置上。」，不過用日語來說的話，則要說「金現在不在位置上。（不對金老闆使用敬語）」。因為在「我」和「顧客」的關係之間，「老闆」是屬於「我」的群體當中的人，所以必須降低身分來說。

　　再舉另一個例子說明。我打電話給朋友娜賢的家要找娜賢，娜賢的母親接起電話的情況下，用中文來說會是「娜賢在家嗎？」，然而，在日語當中即使是再親近的朋友也必須要用「娜賢小姐在家嗎？」來詢問。這是因為「我」和「娜賢的母親」的關係之間，「娜賢」是屬於「對方」的群體當中，所以必須提高對方的身分。

　　在日語中，家人之間的暱稱也有需要尊稱和不需要尊稱的情況存在。

片假名
練習8

追加單字練習（2）

這一次要學習的是在日語中「あ」段音的單字們，也就是指「あ、か、さ、た、な、は、ま、や、ら、わ」等含有「あ」的母音的字。

請依據題目提供的單字意思選出正確的答案。

1. サンプル　　　•
2. ハンガー　　　•
3. ナプキン　　　•
4. ハンドル　　　•
5. サンダル　　　•
6. ハンドバッグ　•
7. プログラム　　•
8. スタンド　　　•
9. ランプ　　　　•
10. タクシー　　　•

•　❶涼鞋（Sandal）
•　❷樣品（Sample）
•　❸檯燈（Stand）
•　❹計程車（Taxi）
•　❺衣架（Hanger）
•　❻手拿包（HandBag）
•　❼把手（Handle）
•　❽燈（Lamp）
•　❾節目（Program）
•　❿餐巾紙（Napkin）

| 解答 | 1.❷　2.❺　3.❿　4.❼　5.❶　6.❻　7.❾　8.❸　9.❽　10.❹

157

第三章

俐落解決難纏的現在式動詞！

第三節‧忠心的士兵！一段動詞現在式
第四節‧善變的傢伙！不規則動詞現在式
第五節‧守規矩的乖孩子！五段動詞現在式
第六節‧用動詞的現在式說說看！

　　終於來到了學習動詞的階段。日語中的動詞可以分成一段動詞、不規則動詞、五段動詞三個種類。日語的發音可以分成「段」和「行」，這是依照母音「段」以及子音「行」的發音所區分的。以中文來理解的話，屬於子音的稱為「段」，而屬於母音的則是「行」（請參考第548頁）。在日語中總共有五個「段」，分別是「あ段、い段、う段、え段、お段」。「一段動詞」是指五個之中，只有一個段需要變化的動詞們，而「不規則動詞」則如它的名稱一樣，是不規則變化的動詞。「五段動詞」則是指會經過五個段規則變化來使用的動詞。

　　感覺稍微有點困難對吧？越覺得難懂，就越不能光依靠眼睛，而是要把注意力集中在耳朵來學習。不要硬背文法的規則，而是要自然而然地把活用方式掛在嘴邊才是最重要的事。如果能夠活用動詞的話，可以表達的句子也會瞬間大幅增加許多，為了成為日語小達人，一起前進動詞的世界吧！

第三節

•

忠心的士兵！
一段動詞
現在式

　　首先先從一段動詞開始學習！一段
動詞是忠心的士兵，會保留動詞原來所
有的樣子，只需要更換語尾就可以了。
這邊需要注意的是的，一段動詞會有兩
個型態，由於一段動詞原形（基本形）
的尾音都會是以「る」來結束，而這個
「る」前面的字一定會是「い」段（含
有「い」母音的字），或是「え」段
（含有「え」母音的字）。也就是說，
一段動詞的原形（基本形）的尾音一定
會是以「い」段＋「る」或是「え」段
＋「る」的形態出現。以上這段說明很
難懂對吧！一起用具體的例子來學習看
看，很快就能理解的，請不用擔心！

19

用常體說說看

ご飯、食べる？

要吃飯嗎？

19.mp3

🎧 例句19-1.mp3

暖身練習
基本會話聽力

🎧 例句19-2.mp3

第一階段
熟悉基本單字

請看下方圖片，試著推測情境及對話內容，並搭配音檔練習。

稍等一下！

前面有提到過一段動詞的尾音「る」前面出現的字會是「い」段或是「え」段對吧？像是「見る[みる]（看）」、「借りる[かりる]（借）」的動詞就是「い段＋る」的例子。而「食べる[たべる]（吃）」、「開ける[あける]（開）」則是「え段＋る」的例子。

食べる[たべる] 吃

見る[みる] 看

開ける[あける] 開

閉める[しめる] 關

借りる[かりる] 借

着る[きる] 穿

ご飯[ごはん] 飯

テレビ 電視

窓[まど] 窗戶

ドア 門

スーツ 正裝、西裝

161

❶ 原形（基本形）

～を～る。 要～／將會～／做～

稍等一下！
動詞原形為「做～」的時候，請注意不是命令句的「請做～」的意思。

在表達「要～／將會～／做～」的時候，直接寫出一段動詞的原形就可以了。原形又稱字典形，所指的是「在字典裡面可以找到的型態」，也就是指基本形的意思。動詞原形同時也能表示「要～／將會～／做～」的意思。一段動詞的原形一定會以「～る」來結尾。

ご飯を食べる。	吃飯。
テレビを見る。	看電視。
窓を開ける。	開窗戶。
ドアを閉める。	關門。

❷ ない形（否定形）

～を～ない。 不想～／將不會～／不～

食べる + ない
吃 沒

稍等一下！
「西裝」指的不只是男性的「スーツ」，也有女性的正裝的意思。「背広[せびろ]」指男性的西裝，不過年輕人們不太會使用這個字。漢字的「洋服[ようふく]（西裝）」會唸作「ようふく」，這個字是指洋風的一般衣物，要小心不要混淆。

用一段動詞來造否定句的話，只要去掉尾音的「る」，然後加上「ない」就可以了。這個加上「ない」的句型被稱為「ない形（否定形）」。在使用一段動詞時，只需要將尾音的「る」換成其他的字就可以了。

お金を借りない。	不借錢。
スーツを着ない。	不穿西裝。
ご飯を食べない。	不吃飯。
テレビを見ない。	不看電視。

日語有些時候會將助詞省略，舉例來說，「窓を開ける？（要開窗戶嗎？）」是正確的用法，然而在對話當中，經常會將「～を（受格助詞）」去掉，只說「窓、開ける？（要開窗戶嗎？）」。

❸

～る？ 　　　要～／將會～／做～嗎？

在中文中的「想開窗戶？」和「想開窗戶嗎？」的兩個句型完全是一樣的，會依據語調的不同來區別是疑問句，還是非疑問句，而日語也是一樣的。寫出一段動詞的原形，然後將後段部分的語調上揚就會變成疑問句。

窓、開ける？	要開窗戶嗎？（非命令句）
ドア、閉める？	要關門嗎？（非命令句）
お金、借りる？	會借錢嗎？
スーツ、着る？	穿西裝嗎？

❹

うん、～る。　　嗯，要～／將會～／做～
ううん、～ない。不，不想～／將不會～／不～

肯定的回答很簡單對吧。先說出「うん（嗯）」，然後再加上一段動詞的原形就可以了。如果要用否定回答的話，先說出「ううん（不）」然後再加上一段動詞的「ない形」就可以了。

うん、開ける。	嗯，要開。
うん、閉める。	嗯，要關。
ううん、借りない。	不，不借。
ううん、着ない。	不，不穿。

一般在學習動詞
時，會依據五段動
詞、一段動詞、不
規則動詞的順序學
習。不過這本書會
按照一段動詞、不
規則動詞、五段動
詞的順序來學習。
這是因為在日語的
動詞中，最難的是
五段動詞的緣故。
在學新的東西時，
必須要先從簡單的
部分開始學習，這
是能更快熟悉的方
法！

❺

～ない？　　　　　不會～？／不～？

像「不會吃嗎？」一樣，用否定句來詢問的時候，直接使用一段動詞
的ない形，然後語尾語調上揚就可以了。

ご飯、食べない？	不吃飯嗎？
テレビ、見ない？	不看電視嗎？
窓、開けない？	不會開窗戶嗎？
ドア、閉めない？	不會關門嗎？

❻

うん、～ない。　　　嗯，不會～／不～
ううん、～る。　　　不，會～／做～

如果要回答「嗯，不會吃」的話，先說出「うん（嗯）」，然後再加
上一段動詞的ない形就可以了。如果要回答「不，會吃。」的話，先
說出「ううん（不）」然後再加上一段動詞的原形就可以了。

うん、食べない。	嗯，不吃。
うん、見ない。	嗯，不看。
ううん、開ける。	不，會開。
ううん、閉める。	不，會關。

第三階段
會話打好基本功

そろそろ　現在、現
　　　　　在慢慢地
あんまり　不怎麼樣
ごめん　抱歉、
　　　　　對不起
女優[じょゆう]
女演員
あら　唉呦、天啊

稍等一下！

「あんまり」和
「あまり（不太、
不怎麼）」的意思
一樣，「あまり」
是稍微有點生硬的
用詞，相較之下
「あんまり」是在
對話中較常使用的
字。另外「あんま
り」有的時候也
可以做為「太過
分」、「太超過」
的意思來使用。

「哲也(てつや)」和淑芬是已婚三年的夫妻，最近常意見不和。

ファン・シュフェン：そろそろご飯食べる？

山崎 哲也：うん、食べる。

ファン・シュフェン：テレビも見る？

山崎 哲也：ううん、テレビは見ない。

ファン・シュフェン：このドラマ、面白いよ。

山崎 哲也：そう？じゃ、見る。

　　　　　　　（過了一下子）これ、面白い？

ファン・シュフェン：うん。面白くない？

山崎 哲也：うん、あんまり面白くない。

ファン・シュフェン：そう。ごめん。

山崎 哲也：でも、この女優はかわいいね。

ファン・シュフェン：あら、私よりかわいい？

山崎 哲也：……。

黃淑芬：現在不想吃飯嗎？
黃淑芬：也要看電視嗎？
黃淑芬：這個電視劇，很好看。

黃淑芬：嗯，不好看嗎？
黃淑芬：是噢。抱歉。
黃淑芬：哎唷，比我漂亮？

山崎哲也：嗯，要吃。
山崎哲也：不，不看電視。
山崎哲也：是嗎？那我看看。
　　　　　這個好看嗎？
山崎哲也：嗯，不怎麼好看。
山崎哲也：但是這個女演員很漂亮呢。
山崎哲也：……。

啊哈！

原來日本是這樣

在日本和其他人吃飯時請注意！

　　在日本大家一起吃好幾道菜時，使用過的筷子不可以直接夾菜。必須要將筷子旋轉，用沒入口過的那一邊把菜夾到自己前方的碟子，之後再將筷子轉回到入口過的那邊繼續用餐。也就是說使用沾過自己口水的那端去夾菜是不可以的。有時候也會額外準備公筷，讓大家可以夾菜到自己前方的碟子。

　　家裡吃飯則依家庭自己決定，有些家庭在意，有些家庭不在意。有些人會因為別人用自己吃過的筷子直接去夾菜，而因此不再吃那道菜，請特別要注意一下。還有，在日本餐廳沒有小菜無限續吃的事情，如果要再吃的話，必須要再加點才行。

❶ 請試試看用跟範例一樣的「ううん（不）」來回答題目提供的問句。

| 範例 | ご飯、食べる？（要吃飯嗎？）
→ ううん、食べない。（不，不吃。）

1. 🎤 _____

2. 🎤 _____

3. 🎤 _____

4. 🎤 _____

❷ 請試試看用跟範例一樣的「ううん（不）」來回答題目提供的問句。

| 範例 | テレビ、見ない？（不會看電視嗎？）
→ ううん、見る。（不，會看。）

1. 🎤 _____

2. 🎤 _____

3. 🎤 _____

4. 🎤 _____

❸ 請參考範例，在（　）內填入適當的文字。

| 範例 | スーツ（を）着る。（要穿西裝。）

1. お金を借り(　　　)。將會借錢。

2. ご飯を食べ(　　　　)。不要吃飯。

3. テレビ(　　)見る？會看電視嗎？

4. (　　　　　)、見ない。不，不會看。

❹ 先試試看用平假名寫下題目提供的單字，接著再試著用漢字寫寫看。

| 範例 | 穿

平假名
| き | る |

漢字
| 着 | る |

1. 吃

平假名

漢字

2. 看

平假名

漢字

3. 開

平假名

漢字

4. 關

平假名

漢字

5. 借

平假名

漢字

日語動詞的時態

　　日語的動詞原形（基本形）除了可以表示「想要～」、「將會～」、「做～」的意思之外，也可以是「做～」、「我要做～」等意思。不過究竟要使用哪個意思來解釋，就需要依據句子來做判斷。在這邊列舉出一個例句說明給大家聽。

ご飯を食べる。
想要吃飯／將會吃飯／吃飯（非命令句）／吃飯（動詞原形）／吃飯（敘述句）
／我來吃飯／我要吃飯。

　　否定句也是一樣的道理。一起看看具體的例子吧。

ご飯を食べない。
不要吃飯／將不會吃飯／不吃飯（動詞原形）／不吃飯（敘述句）／我不吃飯／
我不要吃飯。

　　還有需要注意的一點是的，表現出動作的動詞原形（基本形），是未來式的意思，而不是現在式。舉例來說，「ご飯を食べる」會被解釋為是「要吃飯」、「會吃飯」的意思，不會是指現在正在吃飯的情況。日語對於現在正在進行的動作會另外以現在進行式來表達。很容易不小心就會理解錯誤，請小心！

片假名
練習9

「あ」段聲音的單字

　　這一次要學習的是日語中發「あ」段（含有「あ」母音的字，也就是「あ、か、さ、た、な、は、ま、や、ら、わ」）音的單字們。

　　請依據題目提供的單字意思選出正確的答案。

1. アナウンサー	•	• ❶奶油（Butter）
2. バター	•	• ❷主播（Announcer）
3. マイナス	•	• ❸演唱會（Concert）
4. ウーマン	•	• ❹採訪（Interview）
5. マスター	•	• ❺女人（Woman）
6. インタビュー	•	• ❻服務（Service）
7. サービス	•	• ❼獎金（Bonus）
8. メンバー	•	• ❽負（Minus）
9. ボーナス	•	• ❾精通（Master）
10. コンサート	•	• ❿成員（Member）

|解答| 1.❷　2.❶　3.❽　4.❺　5.❾　6.❹　7.❻　8.❿　9.❼　10.❸

20

用敬語說說看

映画を見ます。

看電影。

20.mp3

🎧 例句20-1.mp3
暖身練習
基本會話聽力

🎧 例句20-2.mp3
第一階段
熟悉基本單字

請看下方圖片，試著推測情境及對話內容，並搭配音檔練習。

食べます[たべます] 吃

見ます[みます] 看

開けます[あけます] 開

閉めます[しめます] 關

借ります[かります] 借

着ます[きます] 穿

果物[くだもの] 水果

門[もん] 門

カーテン 窗簾

制服[せいふく] 制服

🎧 例句20-3.mp3

第二階段
熟悉基本句型

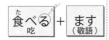

稍等一下！

往前後推或者是用拉的來打開和關上的門會稱作「ドア（door）」，往左右兩邊用推的來打開和關上的門則稱作「戸 [と]」。「門」這個字的漢字「門[もん]」在日語中是指「大門」的意思。

❶

「ます」形

～ます。　　　　做～／將會做～。

一段動詞的原形（基本形）只要將語尾的「る」去掉後，加上「ます」就會變成「做～」的敬語。這種「～ます」被稱為動詞的「ます形」。試試看使用「ます形」來造出句子吧。

果物を食べます。	吃水果。
映画を見ます。	將會看電影。
門を開けます。	開大門。
カーテンを閉めます。	將會關窗簾。

❷

～ません。　　　　不～／將不～。

想要造出敬語的否定句，只需要將「ます」換成「ません」就可以了。也就是說，一段動詞只要將原形（基本形）的尾音「る」去掉後，加上「ません」的話就完成了。

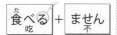

稍等一下！

DVD的日語發音是「ディー ブイ ディー」，D是長音的「ディー」，而V則是唸作「ブイ」。

DVDを借りません。	不借DVD。
制服を着ません。	不穿制服。
果物を食べません。	將不會吃水果。
映画を見ません。	將不會看電影。

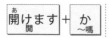

稍等一下！

在日本「校服」會稱為「制服[せいふく]（制服）」。

❸

～ますか。　　　～嗎？／將會～嗎？

如果要造出敬語的疑問句的話，只需要在「ます」的後面加上「か」後，變成「～ますか」就可以了。雖然在這邊會加入助詞「～を（受格助詞）」一起練習，不過在日常生活的對話中大多時候都會直接省略助詞。

門を開けますか。	開大門嗎？
カーテンを閉めますか。	將會關窗簾嗎？
DVDを借りますか。	借DVD嗎？
制服を着ますか。	將會穿制服嗎？

❹

はい、～ます。　　是的，會～／將會做～。
いいえ、～ません。　不，不做／將不會做～。

肯定的回答方式是先說出「はい」，接著加上一段動詞的「ます」形就可以了。否定的回答方式是先說出「いいえ」，後面加上一段動詞的「ません」。

はい、開けます。	是的，會開。
はい、閉めます。	是的，將會關。
いいえ、借りません。	不，不會借。
いいえ、着ません。	不，不會穿。

❺

～ませんか　　不～嗎？／將不會～嗎？

如果要說「不～嗎？」的話，只要在有否定表現的「ません」後面加上「か」後，變成「～ませんか」就可以了。

果物を食べませんか。	不吃水果嗎？
映画を見ませんか。	不會看電影嗎？
門を開けませんか。	大門不會開嗎？
カーテンを閉めませんか。	窗簾不會關嗎？

❻

はい、～ません。是的，不會～／將不會～。
いいえ、～ます。　　不，會～／將會～。

在說「是的，不會～」的時候，只要先說完「はい」之後，接著再加上一段動詞的「ません」就可以了。而在回答「不是的，會～。」的時候，先說出「いいえ」之後，接著加上一段動詞的「ます」形。

はい、食べません。	是的，不吃。
はい、見ません。	是的，不看。
いいえ、開けます。	不是的，將會開。
いいえ、閉めます。	不是的，將會關。

第三階段
會話打好基本功

一緒[いっしょ]に
一起、共同
明後日[あさって]
後天

稍等一下！

「一緒[いっしょ]」的後面加上「に」後，會變成「一緒に」，表示「一起、共同」的意思。仔細地看看，日文的「緒」和中文的「緒」寫法是不同的，左邊下~方的三個點會從上往下撇。

「和也」向有好感的和鈴邀約一起去看電影。

小川 和也：ヘリムさん、映画は好きですか。

ナン・ヘリム：ええ、好きです。

小川 和也：じゃ、一緒に映画を見ますか。

ナン・ヘリム：ええ。どんな映画を見ますか。

小川 和也：（拿雜誌給和鈴看）この映画はどうですか。

ナン・ヘリム：いいですね。いつ見ますか。

小川 和也：明日はどうですか。

ナン・ヘリム：明日はちょっと……。

小川 和也：じゃ、明後日は？

ナン・ヘリム：いいですよ。石田さんも一緒にどうですか。

小川 和也：え？ 石田さんもですか。

ナン・ヘリム：ええ。みんな一緒のほうが楽しいですよ。

小川 和也：そ、そうですね。

小川和也：和琳小姐，喜歡電影嗎？
小川和也：那麼，要一起去看電影嗎？
小川和也：這個電影如何呢？
小川和也：明天如何？
小川和也：那麼，後天如何？
小川和也：咦？石田先生也一起嗎？
小川和也：也、也是啦。

南和鈴：是的，喜歡。
南和鈴：好的，要看什麼樣的電影呢？
南和鈴：好啊，什麼時候看好呢？
南和鈴：明天有點…。
南和鈴：好啊。石田先生也一起看怎麼樣呢？
南和鈴：對啊，大家一起看會更愉快吧。

啊哈！
原來日本是這樣

日本的校服

日本的國高中很多都有校服。日本最具代表性的男性校服是「学ラン」，而女性則是「セーラー服（水手服）」。「学ラン」是男學生們穿的校服，黑色的衣服和直立的衣領是它的特徵。衣領上通常都會有學校的校徽，且會有五個金色扣子縫在上面，由上往下數來第二顆扣子可以拿來送給喜歡的人。所以在畢業典禮的時候，男性們會將第二顆扣子送給喜歡的女學生，又或者是女學生也會跑去向喜歡的男學生（畢業生）要第二顆扣子。

❶ 請試試看用跟範例一樣的「いいえ（不是的）」來回答題目提供的問句。

| 範例 | 果物を食べますか。（要吃水果嗎？）
→ いいえ、食べません。（不是的，不吃。）

1. 🎤 _____

2. 🎤 _____

3. 🎤 _____

4. 🎤 _____

❷ 請試試看用跟範例一樣的「いいえ（不是的）」來回答題目提供的問句。

| 範例 | 映画を見ませんか。（不看電影嗎？）
→ いいえ、見ます。（不是的，要看。）

1. 🎤 _____

2. 🎤 _____

3. 🎤 _____

4. 🎤 _____

❸ 請參考範例，在（ ）內填入適當的文字。

| 範例 | 制服（を）着ます。（穿校服。）

1. DVDを借り( )。借DVD。

2. 果物を食べます( )。要吃水果嗎？

3. 映画を見( )。不看電影。

4. 門( )開けます。開大門。

175

④ 先試試看用平假名寫下題目提供的單字，接著再試著用漢字寫寫看。

| 範例 | 電影 | 平假名
え い が | 漢字
映 画 |

1. 關

平假名

漢字

2. 穿

平假名

漢字

3. 水果

平假名

漢字

4. 大門

平假名

漢字

5. 校服

平假名

漢字

「いいですよ」和「いいですね」之間的差異

　　在「會話打好基本功」中，有出現過「いいですよ」和「いいですね」對吧？這兩個都可以解釋為「好」的意思，然而，在語感、涵義上其實是有差異的。原本在語尾加上「よ」的話，是表示在告訴對方某一件事情時，發現對方誤解意思並且要修正對方，不過若是在「いいです」後面加上「よ」變成「いいですよ」的話，會給人答應對方提案的感覺。相較之下，在後面加上「ね」變成「いいですね」，則是表示贊同對方的想法。

　　有些人會在說話時使用「いい」這個單字來回答，就會有「いい／いいです」、「いいよ／いいですよ」、「いいね／いいですね」三種說法。因為這三個全部都可以解釋成「好／好的（敬語）」的意思，所以不小心使用錯誤的人也蠻多的。舉例給大家看，假設有人提議「一起去看電影吧。」，如果用「いい／いいです」回答的話，其實會是「算了／算了（敬語）」代表「拒絕」的意思。所以如果想一起去看電影的話，就不能回答「いい／いいです」。

　　而「いいよ／いいですよ」和「いいね／いいですね」兩個都可以作為「我要去。」的意思使用。如果說「いいよ／いいですよ」的話，就會有「可以一起去。」的「許可」語感。相較之下「いいね／いいですね」就是「是好的提議」表示「贊同／贊成」的感覺。所以舉例來說，公司同事或是部下說「一起去看電影。」，不管是使用「いいよ」或者是「いいね」來回答都是可以的。但是上司對部下的我說「一起去看電影。」的話，就不適合用「いいですよ（好，可以一起去。）」來回答，此時用「いいですね（是好的想法。）」來回答會比較恰當。

　　有的時候需要使用「いいよ／いいですよ」時，也會不小心使用成「いいね／いいですね」。舉例來說，朋友看著我正在吃的餅乾並跟我要了一塊，這種情況下應該要使用的是「いいよ／いいですよ」，如果講成「いいね／いいですね」的話是不行的，這是因為現在是要表達「許可」的情況，而不是表達「是好的想法。」這種「贊同／贊成」的意思。像這樣要表達「許可」的時候，就不可以使用「いいね／いいですね」。

　　那麼，請大家好好地記起來！「いい／いいです」主要是「算了／算了（敬語）」，表現出「拒絕」的意思，「いいよ／いいですよ」是「好／就那麼做。」，表現出「許可」的意思。「いいね／いいですね」是「好／是好的想法。」，表現出「贊同／贊成」的意思。

在英文中有「F」發音的單字

這一次要練習的是在英文中有「F」發音的單字們。

英文的「F」在日語當中會變成「は」行（は、ひ、ふ、へ、ほ）。為了能聽起來更像原本外來語的發音，有時會將「ア（あ）、イ（い）、エ（え）、オ（お）」寫得比較小，表示這個音要跟前一個字一起念。

請依據題目提供的單字意思選出正確的答案。

1. フィルター　　　　・

2. フォーク　　　　　・

3. ソフト　　　　　　・

4. ユニフォーム　　　・

5. オフィス　　　　　・

6. ファイル　　　　　・

7. ソファー　　　　　・

8. フェリー　　　　　・

9. ナイフ　　　　　　・

10. フライパン　　　　・

・❶ 沙發（Sofa）

・❷ 檔案（File）

・❸ 辦公室（Office）

・❹ 濾鏡（Filter）

・❺ 刀子（Knife）

・❻ 軟的（Soft）

・❼ 平底鍋（Frypan）

・❽ 渡輪（Ferry）

・❾ 叉子（Fork）

・❿ 制服（Uniform）

解答 1.❹ 2.❾ 3.❻ 4.❿ 5.❸ 6.❷ 7.❶ 8.❽ 9.❺ 10.❼

第四節

·

善變的傢伙！
不規則動詞
現在式

　　這次要學習的是善變的傢伙－不規則動詞。不規則動詞就如同它的名稱一樣，是不規則變化的，所以就是必須要將各種句型背下來。不過幸好的是，不規則動詞就只有兩個而已：「来る（來）」和「する（做）」。

　　「来る（來）」和「する（做）」常出現在「拿來」、「走來」或是「唸書」、「結婚」單字之後，形成一個新的動詞來使用，這個就是所謂的不規則動詞的活用。只需要了解原形（基本形）的「来る（來）」和「する（做）」的話，衍生出來的字其實都是相同的用法。雖然不規則動詞變化只能直接用背的，沒有什麼其他的方法，不過仍然要記得，不要一直只想著背下來，而是要善用耳朵一邊聽著音檔，一邊自然地用身體去熟悉各種變化句型。

21 用常體說說看

学校に来る？

來學校嗎？

21.mp3

🎧 例句21-1.mp3

暖身練習

基本會話聽力

請看下方圖片，試著推測情境及對話內容，並搭配音檔練習。

🎧 例句21-2.mp3

第一階段

熟悉基本單字

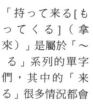
稍等一下！

「持って来る[もってくる]（拿來）」是屬於「～る」系列的單字們，其中的「来る」很多情況都會寫成片假名的「くる」。在這邊為了讓大家更容易理解，所以用漢字表示。

来る[くる] 來

する 做

持って来る[もってくる] 拿來

ゲーム 遊戲

バイト 打工

弁当[べんとう] 便當

来週[らいしゅう] 下周

再来週[さらいしゅう] 下下周

よく 很好地、常常

❶ 　　　　　　　　　　　　　　　　原形（基本形）
～に来る[くる]。 要往～來／將會來～／來～（非命令句）
～をする。 要做～／將會做／做（非命令句）

稍等一下！

在「先々週[せんせんしゅう]（上上週）」、「先週[せんしゅう]（上週）」、「今週[こんしゅう]（這週）」、「来週[らいしゅう]（下週）」、「再来週[さらいしゅう]（下下週）」的後面，不用再加上助詞「～に」，直接講「今週、来週」也可以表達意思，詳細的説明請參考第187頁。更多的時間念法，請參考第559頁。

在說「往～來」的時候，要表示「往～」的意思會使助詞「～に」。如果要說「要做～」、「將要做～」、「做～」的話，則是直接寫出原形就可以了。日常生活的對話當中，將助詞「～を（受格助詞）」省略的情況很多，但這邊先試著練習看看將助詞加入句子當中。

来週、美佳がタイペイに来る。　　美佳下週會來台北。

学校にノートパソコンを持って来る。
　　　　　　　　　　　　　　　會帶筆記型電腦去學校。

再来週からバイトをする。　　從下下周開始要打工。

よくゲームをする。　　　　　　　經常玩遊戲。

❷ 　　　　　　　　　　　　　　ない形（否定形）
～に来ない[こない]。 不要來～／將不會來～／不來～
～をしない。 不要做～／將不會做～／不做～

「来る」的ない形是「来ない」。雖然漢字一樣，不過其中一個假名長得不一樣，請小心。「する」的ない形會變成「しない」。

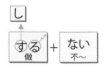

悟はタイペイに来ない。　　　　　悟不來台北。

会社にお弁当を持って来ない。　將不會帶便當來公司。

私は料理をしない。　　　　　　　我不做料理。

来週からバイトをしない。　　　下週開始不打工。

❸ **～に来る？** 要來～／將會來～／來～？
～(を)する？ 要做～／將會做～／做～？

試試看練習「来る（來）」和「する（做）」的問句。因為在常體的會話當中，很多情況會省略助詞「～を（受格助詞）」，所以這邊來練習看看將助詞省略的用法。

悟は東京に来る？	悟將會來東京嗎？
会社にお弁当を持って来る？	將會帶便當來公司嗎？
よくゲームする？	經常玩遊戲嗎？
よく料理する？	經常做料理嗎？

❹ **うん、～る。** 嗯，會做～／將會做～／做～
ううん、～ない。 不，不做～／將不會做～／不做～

用肯定的「うん（嗯。）」回答之後，用原形來回答，否定的則是用「ううん（不）」回答之後，用ない形來回答就可以了。

うん、来る。	嗯，會來。
ううん、持って来ない。	不，不會帶來。
うん、する。	嗯，做。
ううん、しない。	不，不做。

❺ ～に来ない？ 　　將不會來～／不來～？
**　～(を)しない？** 　將不會做～／不做～？

試試看使用「ない」來造問句。

美佳は東京に来ない？	美佳將不會來東京嗎？
学校にお弁当を持って来ない？	不會帶便當來學校嗎？
来週はバイトしない？	下週不打工嗎？
ゲームはあんまりしない？	不怎麼玩遊戲嗎？

❻ うん、～ない。 　　嗯，將不會～／不～
**　ううん、～る。** 　　不，將會～／會～

回答的時候，肯定的回答用「うん（嗯）」，否定的回答用「ううん（不）」就可以了。

うん、来ない。	嗯，不會來。
ううん、持って来る。	不，會帶來。
うん、しない。	嗯，不做。
ううん、よくする。	不，經常做。

第三階段
會話打好基本功

モデル 模特兒
ヘアモデル 髮型模
　　　　特兒
紹介[しょうかい]
介紹

「祐介」在在路上遇到在系上以漂亮出名的智雅。

岡田 祐介：ジア、明日も学校に来る？

ソン・ジア：ううん、明日は来ない。

岡田 祐介：来ない？

ソン・ジア：うん、明日はバイトする。

岡田 祐介：バイト？ どんなバイト？

ソン・ジア：モデル。

岡田 祐介：モデル?! かっこいい! 何のモデル？

ソン・ジア：ヘアモデル。

岡田 祐介：へえ、ヘアモデル。

ソン・ジア：祐介もヘアモデルする？

岡田 祐介：俺が？

ソン・ジア：うん。紹介するよ。

岡田祐介：智雅，明天也會來學校嗎？　　　　宋智雅：不，明天不會來。
岡田祐介：不會來嗎？　　　　　　　　　　宋智雅：嗯，明天要打工。
岡田祐介：打工？什麼打工？　　　　　　　宋智雅：是模特兒。
岡田祐介：模特兒？！好帥！是什麼模特　　宋智雅：髮型模特兒。
　　　　　兒？
岡田祐介：哇，髮型模特兒。　　　　　　　宋智雅：祐介也要當髮型模特兒嗎？
岡田祐介：我嗎？　　　　　　　　　　　　宋智雅：嗯，我幫你介紹。

啊哈！

日本的平均收入是？

原來日本是這樣

　　因為出現了打工相關的話題，所以這邊就來介紹一下日本的打工薪資大概是什麼程度。一般的打工都是以工作時數來決定薪資，全國平均一小時是1065日圓（2022年1月統計）。最貴的地方是以「東京」為中心的「関東」地區，一個小時是1150日圓，最便宜的地方是「九州」地區，一個小時是954日圓。

　　上班族的收入大約到什麼程度呢？如果從10代到70代都包含的話，上班族們的平均一個小時的收入是403萬日圓（2021年統計）。男性平均是447萬日圓，女性是345萬日圓。20代的男性平均收入是363萬日圓，女性平均收入是317萬日圓。30代的男性平均收入是474萬日圓，女性平均收入是378萬日圓。40代的男性平均收入是563萬日圓，女性平均收入是402萬日圓，50代的男性平均收入是664萬日圓，女性平均收入是435萬日圓。

🎧 例句21-5.mp3

❶ 請試試看用跟範例一樣的「ううん（不）」來回答題目提供的問句。

> | 範例 | 美佳はタイペイに来る？（美佳將會來台北嗎？）
> → ううん、来ない。（不，將不會來。）

1. 🎙 ....
2. 🎙 ....
3. 🎙 ....
4. 🎙 ....

❷ 請試試看用跟範例一樣的「ううん（不）」來回答題目提供的問句。

> | 範例 | 明日、バイトをしない？（明天將不會打工嗎？）
> → ううん、する。（不，將會打工。）

1. 🎙 ....
2. 🎙 ....
3. 🎙 ....
4. 🎙 ....

❸ 請參考範例，在（ ）內填入適當的文字。

> | 範例 | 悟は東京（に）来る。（悟來東京。）

1. 来週(　　　)バイト(　)する。下週開始打工。

2. 会社(　)お弁当(　)持って来る。將會帶便當去公司。

3. 今日はゲームを(　　　　)。今天不玩遊戲。

4. 美佳は東京に(　　　　)。美佳不來東京。

185

❹ 先試試看用平假名寫下題目提供的單字，接著再試著用漢字寫寫看。

| 範例 | 介紹

平假名

| し | ょ | う | か | い |

漢字

| 紹 | 介 |

1. 來

平假名

| | |

漢字

| | |

2. 帶來

平假名

| | | | | |

漢字

| | | | | |

3. 便當

平假名

| | | | |

漢字

| | |

4. 下下週

平假名

| | | | | | |

漢字

| | | |

5. 今天

平假名

| | | |

漢字

| | |

有加上助詞「に」與沒加上的差別

　　這一課的內容在提到「来週（下週）」的時候，有提到日語中並不會加入表示「在～」的意思的「～に」對吧？寫「来週」的時候，日語有不加上「～に」的規則，而且還有其他單字也適用這個規則，所以分成有加上「～に」和沒有加上「～に」這兩種。什麼樣的情況下需要寫「～に」，什麼樣的情況下不能寫「～に」呢？這個和是不是「現在」有關聯。和「現在」有關聯而定好的時間點就不需要加「～に」，而和「現在」沒有關係的某個特定時間點就需要加上「～に」。這樣單聽說明很難理解對吧？具體地舉例給大家看。

　　在「昨日（昨天）」、「今日（今天）」、「明日（明天）」、「先週（上週）」、「今週（這週）」、「来週（下週）」、「去年（去年）」、「今年（今年）」、「来年（明年）」等等的助詞不會加上「～に」，因為上面這些單字們全部都是以「現在」為基準而定下的時間。舉例來說，「昨天見面了。」這句話，如果說這句話的時間點是今天的話，「昨天」就是指昨天的意思，但是如果說這句話的時間點是昨天的話，「昨天」就會變成前天。

　　與上面的字不同，「～年（～年）」、「～月（～月）」、「～日（～日）」、「～時（～點）」、「～分（～分）」等等的單字就會加上助詞「～に」一起使用。因為像這樣的單字們全部都是和「現在」沒有關係的某個特定時間點。

　　不過就算一樣都是「～に」，有的時候並不是指「時間點」的意思，而是作為「目的地」的意思來使用。再加上有些情況會把原本需要寫出來的「～に」省略，又或者是原本不需要寫「～に」卻加上，這些種種的情況經常會發生。在對話時，大家不會總是都正確地使用文法，這也是很難避免的狀況。因此，請先知道有上面的這個大原則就可以了。

片假名
練習11

在英文中有「L」發音的單字

這一次要練習的是在英文中有「L」發音的單字們。

日語當中「ら」段包括「ら、り、る、れ、ろ」。在日語中「R」和「L」會是一樣的發音，無法做出區別。

請依據題目提供的單字意思選出正確的答案。

1. バイオリン ・	・	❶沙拉（Salad）
2. スケジュール ・	・	❷上班族（Salaryman）
3. メロディー ・	・	❸小提琴（Violin）
4. キロ ・	・	❹卡路里（Calorie）
5. サラダ ・	・	❺藍色（Blue）
6. ミルク ・	・	❻行程（Schedule）
7. ソロ ・	・	❼牛奶（Milk）
8. カロリー ・	・	❽公斤（Kilo）
9. ブルー ・	・	❾單身（Single）
10. サラリーマン ・	・	❿旋律（Melody）

解答 1.❸ 2.❻ 3.❿ 4.❽ 5.❶ 6.❼ 7.❾ 8.❹ 9.❺ 10.❷

22

用 敬 語 說 說 看

連絡します。

22.mp3

我會聯絡你的。

🎧 例句22-1.mp3

暖身練習
基本會話聽力

🎧 例句22-2.mp3

第一階段
熟悉基本單字

請看下方圖片，試著推測情境及對話內容，並搭配音檔練習。

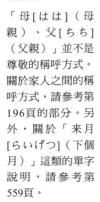

稍等一下！

「母[はは]（母親）、父[ちち]（父親）」並不是尊敬的稱呼方式。關於家人之間的稱呼方式，請參考第196頁的部分。另外，關於「来月[らいげつ]（下個月）」這類的單字說明，請參考第559頁。

行って来る[いってくる]
往返、去一趟

連れて来る[つれてくる]
帶來（使用對象為人）

けんか 打架

連絡[れんらく] 聯絡

インド 印度

今月[こんげつ] 這個月

来月[らいげつ] 下個月

母[はは] 母親

父[ちち] 父親

弟[おとうと] 弟弟

妹[いもうと] 妹妹

❶

~へ来ます。 　往~來。／將會往~來。 「ます」形
~をします。 　做~。／將會做~。

「来る」的「ます」形是「来ます」，而「する（做）」的「ます」形是「します」。請小心在發音上會有很大的差異。還有這邊也會練習「~へ（往~）」的助詞運用。「~へ」在寫成助詞時，請注意發音會變成「え」。

稍等一下！

第二個例句是「我帶母親來」的意思對吧？如同在第196頁說明的一樣，在日語當中，向他人提到關於自己家人的話題時，所有的家人的身份地位都必須要降低，所以必須要使用謙讓語。

来月、インドへ行って来ます。 下個月會去一趟印度。

明日、母をここへ連れて来ます。
明天將會帶母親來這裡。

弟はよくけんかをします。 弟弟經常打架。

明日、連絡をします。 明天我會聯絡你。

❷

~へ来ません。 　不往／將不會往~來。
~をしません。 　不做／將不會做~。

「来ます」的否定句是「来ません」，而「します」的否定句則是「しません」。

稍等一下！

在第21課有練習過「~に（在~／往~）」對吧？可以把在這邊學到的「~へ（往~）」看成和「に」是一樣的意思。「に（在~／往~）」指的範圍比較小，而且是某個確切的定點位置。相較之下「~へ（往~）」指的範圍比較廣，而且是偏向指方向的感覺。

今月は外国へ行って来ません。
這個月不會去一趟國外。

父はここへ連れて来ません。 不會帶父親來這裡。

妹はけんかをしません。 妹妹不會打架。

今日は連絡をしません。 今天將不會聯絡。

稍等一下!

「弟弟」的日語是「弟[おとうと]」,但是在提到跟別人的弟弟有關的話題時,後面會加上「～さん(先生)」,變成「弟さん」的尊稱方式。「妹妹」的用法也是一樣,在提到跟別人的妹妹有關的話題時,必須要用「妹さん[いもうとさん]」來尊稱對方。

❸ 　～へ来ますか。 往～來?／將會往～來?
　　～(を)しますか。　做～?／將會做～?

試試看使用「来ます」和「します」來造問語。

今月、インドへ行って来ますか。
　　　　　　　　　　　　　　這個月去一趟印度嗎?

お母さんをここへ連れて来ますか。
　　　　　　　　　　　　　　將會帶母親來這裡嗎?

弟さんはよくけんかしますか。　弟弟經常打架嗎?

明日、連絡しますか。　　　　明天將會聯絡嗎?

❹ 　はい、～ます。　　是的,～。／將會～。
　　いいえ、～ません。不,不～。／將不會～。

肯定的回答使用「はい(是的)」、否定的回答使用「いいえ(不是的)」來回答就可以了。

はい、行って来ます。　　　　　　　　是的,去。

いいえ、連れて来ません。　　　　　不。不會帶來。

はい、よくします。　　　　　　　　是的,經常做。

いいえ、しません。　　　　　　　　　不,將不會。

191

❺ ～へ来ませんか。 不往～來嗎？／將不會往～來嗎？
　　～(を)しませんか。 不做～嗎？／將不做～嗎？

請試試看使用「来ません」和「しません」來造句。

来月は外国へ行って来ませんか。

下個月不去一趟其他國家嗎？

お父さんはここへ連れて来ませんか。

將不會帶父親來這邊嗎？

妹さんはけんかしませんか。　　　　　妹妹不打架嗎？

今日は連絡しませんか。　　　　　　　今天不會聯絡嗎？

---

❻ はい、～ません。 是的，不～／將不會～。
　　いいえ、～ます。 不，～／將會～。

肯定的回答可以使用「はい（是的）」，否定的回答則可以使用「いいえ（不是的）」。

はい、来月は行って来ません。 是的，下個月不會去。

いいえ、父も連れて来ます。 不，也會帶父親來。

はい、しません。 是的，不做。

いいえ、します。 不，將會做。

キムチ　泡菜
のり　海苔

稍等一下！

「のり（海苔）」
寫成漢字會是「海苔」。

「絵美（えみ）」詢問要去韓國的吳昌珉何時會再來日本。

後藤 絵美：チャンミンさん、いつまた日本へ来ますか。

ウ・チャンミン：来月です。来月は母を連れて来ます。

後藤 絵美：そうですか。

ウ・チャンミン：絵美さんはキムチが好きですか。
　　　　　　　韓国のキムチはおいしいですよ。

後藤 絵美：そうですか。
　　　　　でも、私はキムチはちょっと苦手です。

ウ・チャンミン：じゃ、のりはどうですか。

後藤 絵美：韓国ののりはとても好きです。

ウ・チャンミン：じゃ、のりを持って来ますね。

後藤 絵美：ありがとうございます。

ウ・チャンミン：じゃ、また連絡します。

後藤 絵美：じゃ、お気を付けて。

後藤繪美：昌珉先生，何時會再來日本？　　　　　吳昌珉：下個月。下個月會帶母親來。
後藤繪美：原來如此。　　　　　　　　　　　　吳昌珉：繪美小姐喜歡泡菜嗎？韓國泡菜很
　　　　　　　　　　　　　　　　　　　　　　　　　　好吃。
後藤繪美：這樣啊。但是我不太能吃泡菜。　　　吳昌珉：那麼海苔如何呢？
後藤繪美：我非常喜歡韓國海苔。　　　　　　　吳昌珉：那麼我帶海苔回來。
後藤繪美：謝謝。　　　　　　　　　　　　　　吳昌珉：那麼我再聯絡你。
後藤繪美：那麼請路上小心。

日本人們喜歡的台灣禮物

啊哈！
原來日本是這樣

　　要送日本人東西，台灣人也很愛吃的鳳梨酥是第一首選，挑選每塊鳳梨酥都分開包裝的禮盒是最方便對方的。高級紅茶的「日月潭紅玉紅茶」也是人氣的伴手禮。

❶ 請試試看用跟範例一樣的「不」來回答題目提供的問句。

| 範例 | 森田さんはタイペイへ来ますか。（森田先生（小姐）來台北嗎？）
→ いいえ、来ません。（不是的，不會來。）

1. 🎙 ....

2. 🎙 ....

3. 🎙 ....

4. 🎙 ....

❷ 請試試看用跟範例一樣的「不」來回答題目提供的問句。

| 範例 | バイトをしませんか。（不打工嗎？）
→ いいえ、します。（不是的，打工。）

1. 🎙 ....

2. 🎙 ....

3. 🎙 ....

4. 🎙 ....

❸ 請參考範例，在（ ）內填入適當的文字。

| 範例 | バイト（を）します。（我會打工。）

1. 母（　　）ここ（　　）連れて来ます。帶母親來這裡。

2. 弟（　　）よくけんか（　　）します。弟弟經常打架。

3. 今月（　　）外国（　　）行って来（　　　　　　）。這個月不去國外。

4. 明日、連絡（　　）し（　　　　　）。明天會聯絡。

④ 先試試看用平假名寫下題目提供的單字，接著再試著用漢字寫寫看。

範例	這個月	平假名				漢字	
		こ	ん	げ	つ	今	月

1. 下個月

平假名

漢字

2. 母親

平假名

漢字

3. 父親

平假名

漢字

4. 弟弟

平假名

漢字

5. 妹妹

平假名

漢字

家人的稱呼

　　日語中有關家人或是親戚的稱呼可分為「尊敬的稱呼」、「非尊敬的稱呼」、「直接叫的稱呼」三種。「尊敬的稱呼」是在提及其他人的家人時所使用的稱呼，「非尊敬的稱呼」是在跟其他人談話時，提及自己的家人所使用的稱呼。日語在使用敬語時，會區分成「我（話者）」的群體和「對方（聽者）」的群體。在「我」的群體當中的人，無條件都要降低自己的身分，而在「對方」的群體當中的人，則無條件都要被抬高身分。

	尊敬的稱呼	非尊敬的稱呼	直接叫的稱呼
爺爺	祖父[そふ]	おじいさん	おじいちゃん
奶奶	祖母[そぼ]	おばあさん	おばあちゃん
爸爸	父[ちち]	お父さん [おとうさん]	お父さん [おとうさん]
媽媽	母[はは]	お母さん [おかあさん]	お母さん [おかあさん]
哥哥	兄[あに]	お兄さん [おにいさん]	お兄ちゃん [おにいちゃん]
姊姊	姉[あね]	お姉さん [おねえさん]	お姉ちゃん [おねえちゃん]
弟弟	弟[おとうと]	弟さん [おとうとさん]	名字、暱稱
妹妹	妹[いもうと]	妹さん [いもうとさん]	名字、暱稱
丈夫	・主人[しゅじん] ・夫[おっと]	ご主人 [ごしゅじん]	あなた
夫人	・家内[かない] ・妻[つま]	奥さん [おくさん]	お前（おまえ）

兒子	息子[むすこ]	•息子さん [むすこさん] •お坊っちゃん [おぼっちゃん]	名字、暱稱
女兒	娘[むすめ]	•お嬢さん [おじょうさん] •娘さん [むすめさん]	名字、暱稱
父母親的兄 弟及男性配 偶 伯父 叔叔 姑丈 姨丈 舅舅	おじ	おじさん	おじちゃん おじさん
父母的姐妹 及女性配偶 伯母 嬸嬸 姑姑 阿姨 舅媽	おば	おばさん	おばちゃん おばさん
堂表兄弟姐 妹	いとこ	いとこさん	名字、暱稱
侄子	甥[おい]	甥御さん [おいごさん]	名字、暱稱
侄女	姪[めい]	姪御さん [めいごさん]	名字、暱稱
孫子	孫[まご]	お孫さん [おまごさん]	名字、暱稱

在英文中有結尾是「一ng」的單字

這一次要練習的是英文中尾音是「一ng」的單字們。結尾的g在英文不會發音，但這些單字變成外來語時在日語中會發音成「ング」。

請依據題目提供的單字意思選出正確的答案。

1. スプリング　　　　・　　　　　・ ❶ 清潔（Cleaning）

2. ソング　　　　　　・　　　　　・ ❷ 長（Long）

3. ロング　　　　　　・　　　　　・ ❸ 彈簧（Spring）

4. ウォーキング　　　・　　　　　・ ❹ 時機（Timing）

5. ウェディング　　　・　　　　　・ ❺ 吃到飽（Viking）
　　　　　　　　　　　　　　　　　 （和製英語）

6. バイキング　　　　・　　　　　・ ❻ 歌（Song）

7. クリーニング　　　・　　　　　・ ❼ 行銷（Marketing）

8. マーケティング　　・　　　　　・ ❽ 婚禮（Wedding）

9. オープニング　　　・　　　　　・ ❾ 散步（Walking）

10. タイミング　　　　・　　　　　・ ❿ 開業（Opening）

| 解答 | 1.❸　2.❻　3.❷　4.❾　5.❽　6.❺　7.❶　8.❼　9.❿　10.❹

第五節

·

守規矩的乖孩子！五段動詞現在式

　　這次要學習的是會乖乖遵守規則的五段動詞。在日語的動詞當中，五段動詞的活用方式在所有動詞當中是最複雜而且最為困難的，但從上面的「守規矩的乖孩子」標題也可以知道，五段動詞是遵守規則變化的動詞。活用方式是依據「あ」段、「い」段、「う」段、「え」段、「お」段的五段所變化的，所以才會稱之為「五段」動詞。即使規則讓人覺得複雜又困難，也請千萬不要一心想著要硬背下規則，請記住規則只是參考用，一邊聽著音檔、一邊試著用身體去熟悉，才是成為日語達人的最佳捷徑。

23

用常體說說看

日本に行く。

去日本。

23.mp3

例句23-1.mp3

暖身練習

基本會話聽力

請看下方圖片，試著推測情境及對話內容，並搭配音檔練習。

例句23-2.mp3

第一階段

熟悉基本單字

行く[いく] 去

帰る[かえる] 進去、進來

買う[かう] 買

飲む[のむ] 喝

呼ぶ[よぶ] 叫

出す[だす] 交出、提交

お土産[おみやげ] 伴手禮

ビール 啤酒

友達[ともだち] 朋友

レポート 報告、課題

❶ 　～う段。　　　　　　　　　　　原形（基本形）

想要做～／將會做～／做～（非命令句）

在使用「想要做～／將會做～／做～（非命令句）」這個句型的時候，請直接使用原形的就可以了。五段動詞原形的特徵是尾音會用「う」段來結尾，請一邊注意尾音是用「う」段結尾一邊進行練習。

学校に行く。	想要去學校。
お土産を買う。	想要買禮物。
うちに帰る。	將會回家。
ビールを飲む。	將會喝啤酒。

稍等一下！

如果將「うちに帰る[かえる]」直譯的話，會是「要回家／將要回家」的意思。但將「去家裡」直譯成日語「うちに行く[いく]」時指的並不是自己的家，而會是「去別人的家」的意思，請注意。如果要表達去自己的家的話，會使用「帰る（回去）」。

❷ 　～ない。　　不要～／將不會～／不～。　ない形

五段動詞的ない形是「あ」段＋「ない」而成的句型。也就是說原形的尾音換成「あ」段之後再加上「ない」的語尾就可以了。不過要注意，和「買う」一樣用「～う」結尾的五段動詞，在換成「あ」段的時候，並不是全部都換成「あ」，而是會變成「わ」。

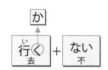

友達を呼ばない。	不呼叫朋友。
レポートを出さない。	將不會交報告。
学校に行かない。	不去學校。
お土産を買わない。	將不會買禮物。

稍等一下！

「段」是依據母音而區分開來的意思。日語中有「あ」段、「い」段、「う」段、「え」段、「お」段這五段。如果想不起來關於「段」的意思，請看第548頁的說明。

❸ ～う段？

　　　　想要做～？／將會做～？／做～？

將五段動詞原形的語尾語調上揚，就會變成疑問句的表現。這點和中文一模一樣對吧？還有助詞「～を（受格助詞）」在日常對話時常常會被省略。

うちに帰る？	將會回家嗎？
ビール、飲む？	要喝啤酒嗎？
友達、呼ぶ？	要叫朋友嗎？
レポート、出す？	交報告嗎？

稍等一下！

「ある（有）」這個五段動詞是個例外。如果按照使用規則變化的話，「ない」型應該會變成「あらない」，然而實際上並不會那樣使用，而是會直接說「ない」。請好好地記住這點～！關於「ある」這個單字，之後會再次詳盡地幫大家複習。

❹ うん、～う段。　　嗯，想要～／將會～／會～。
**　　ううん、～ない。**不，不想要～／將不會～／不～。

一起來試試看回答問句。肯定的回答會使用五段動詞的原形，否定的回答則使用五段動詞的ない形就可以了。

ん、帰る。	嗯，想要回家。
うん、飲む。	嗯，將會喝。
ううん、呼ばない。	不，將不會叫。
ううん、出さない。	不，不交。

❺

～ない？　　　將不會～？／不～？

這一次一起試試看練習使用五段動詞的ない形來造「～ない？（將不會～？／不～？）」的問句吧。

今日、学校に行かない？	今天將不會去學校嗎？
お土産、買わない？	將不會買禮物嗎？
今うちに帰らない？	現在不回家嗎？
ビール飲まない？	不喝啤酒嗎？

❻

うん、～ない。　嗯，將不會～／不～。
ううん、～う段。　不，將會～／要～。

回答的時候「嗯／不」的使用方法和中文是相同的。肯定的回答時會使用「うん」，接著加上五段動詞的ない形就可以了。而否定的回答則是會使用「ううん」，接著加上五段動詞的原形就行了。

うん、行かない。	嗯，將不會去。
うん、買わない。	嗯，將不會買。
ううん、帰る。	不，將會回家。
ううん、飲む。	不，要喝。

稍等一下！

「～かなぁ」是表示「要不要～？」的意思，是在自言自語或是和對方討論時會使用的語調。

柳小墨正在陪朋友「茜（あかね）」到處參觀。

リュウ・シャオモ：日本にいつ帰る？

中川茜：明後日。

リュウ・シャオモ：お土産は買わない？

中川茜：ううん、買うよ。

リュウ・シャオモ：じゃ、あそこの店がいいよ。

中川茜：そう？じゃ、あのお店に行く！
（進去商店後）何がいいかなぁ……。
これ、かわいい！

リュウ・シャオモ：それ買う？

中川茜：うん、友達のお土産。

リュウ・シャオモ：家族のお土産は買わない？

中川茜：ううん、買う。何がいいかなぁ……。

リュウ・シャオモ：のりはどう？

中川茜：あ、のりがいい！のり買う！

柳小墨：何時會回去日本？ 　中川茜：後天。
柳小墨：不會買伴手禮嗎？ 　中川茜：不，會買。
柳小墨：那麼，在那裡的商店很不錯。 　中川茜：是嗎？那麼我要去那個商店！你覺得哪個好呢……這個漂亮。
柳小墨：妳要買那個嗎？ 　中川茜：嗯，要給朋友的伴手禮。
柳小墨：不買給家人的伴手禮嗎？ 　中川茜：不，我會買。你覺得哪個好呢……
柳小墨：妳覺得海苔怎麼樣？ 　中川茜：啊，海苔很不錯耶！我要買海苔！

啊哈！

在日本，男性幫女朋友拿手提包這件事其實是收到韓國的影響？　原來日本是這樣

　　在韓國，女性們的行李、甚至連很小的手提包，也都是男朋友會幫忙，好像從很久之前就有看到過這樣的事情，平時走在路上是經常會看到的現象對吧。對於這件事，抱持著贊成意見和反對意見的人都有，不過持有正面意見的人似乎比較多。一直到不久之前，在日本幾乎沒有男性幫女性拿包包的情況，但是最近開始有看到男性會幫忙拿包包。目前為止在日本對這件事抱持否定想法的人似乎還是很多。不過前幾年掀起韓流風，在日本韓國電視劇受到很多關注的同時，也開始有女性們會將很小的手提包叫男朋友幫忙拿。

🎧 例句23-5.mp3

❶ 請試試看用跟範例一樣的「ううん（不）」來回答題目提供的問句。

| 範例 | 今日、学校に行く？（今天將會去學校嗎？）
→ ううん、行かない。（不，將不會去。）

1. 🎙 _____

2. 🎙 _____

3. 🎙 _____

4. 🎙 _____

❷ 請試試看用跟範例一樣的「ううん（不）」來回答題目提供的問句。

| 範例 | お土産、買わない？（將不會買禮物嗎？）
→ ううん、買う。（不，將會買。）

1. 🎙 _____

2. 🎙 _____

3. 🎙 _____

4. 🎙 _____

❸ 請參考範例，在（ ）內填入適當的文字。

| 範例 | レポート（を）出（す）。（將會交報告。）

1. うち（　）友達（　）呼（　）。要叫朋友來家裡。

2. 今日、学校（　）行（　　　　　）。今天將不會去學校。

3. ビール飲（　）？要喝啤酒嗎？

4. 友達（　）お土産（　）買（　　　　　）。將不會買朋友的禮物。

④ 先試試看用平假名寫下題目提供的單字，接著再試著用漢字寫寫看。

| 範例 | 叫

平假名
| よ | ぶ |

漢字
| 呼 | ぶ |

1. 去

平假名
| | |

漢字
| | |

2. 回去

平假名
| | | |

漢字
| | |

3. 買

平假名
| | |

漢字
| | |

4. 喝

平假名
| | |

漢字
| | |

5. 交出

平假名
| | |

漢字
| | |

名詞前面寫著的「お」和「ご」

　　在這一課的內容當中有出現「お土産_{みやげ}（伴手禮）」這個單字對吧。就如同在前面說明過的一樣，為了要修飾後面的單字「土」，所以才會在前面加上「お」的前綴詞，生活中通常會使用加上「お」的「お土産」。和這個例子一樣，為了要修飾名詞，日語會在名詞的前面加上前綴詞「お」和「ご」，通常單字為純日語的情況會加上「お」，而單字為漢字的情況會加上「ご」，當然，還是有些單字會是例外。

　　事實上「お」和「ご」兩個寫成漢字都是「御」，只有在讀音上是不同的唸法。目前為止學過的單字當中，如：「お金_{かね}（錢）、お手洗い_{てあら}（化妝室）、お祭り_{まつ}（慶典）、お茶_{ちゃ}（茶）、お酒_{さけ}（酒）、ご主人_{しゅじん}（丈夫）、ご出身_{しゅっしん}（出生地）」等，這些都是名詞前面加上「お」或是「ご」的例子。

　　不過，也不是全部的名詞都可以直接加上「お」或是「ご」來做使用。有些單字需要加，也有些單字不需要加，而也有些單字並不必要，但習慣上是都會加上「お」或「ご」來使用。依據時代、團體、區域的不同，使用的方法也會隨之改變。只要一邊聽著音檔一邊閱讀，自然地用耳朵去熟悉，就可以從嘴巴唸出來。經常看日本電影、日本動畫、日劇等等，也是能幫助大家更快熟悉的方法之一。

會念長音的單字

「え」段＋「い」在日語中會是長音，外來語也適用於這個發音方式。

請依據題目提供的單字意思選出正確的答案。。

1. エスカレーター	•	• ❶膠帶（Tape）
2. トレーニング	•	• ❷頁（Page）
3. ケース	•	• ❸手扶梯（Escalator）
4. デート	•	• ❹案子（Case）
5. ゲーム	•	• ❺遊戲（Game）
6. セール	•	• ❻郵件（Mail）
7. ページ	•	• ❼練習（Training）
8. メール	•	• ❽溝通（Communication）
9. テープ	•	• ❾約會（Date）
10.コミュニケーション	•	• ❿特價（Sale）

解答 1.❸ 2.❼ 3.❹ 4.❾ 5.❺ 6.❿ 7.❷ 8.❻ 9.❶ 10.❽

24

用敬語說說看

早くうちへ帰ります。

早早回家。

24.mp3

🎧 例句24-1.mp3

暖身練習
基本會話聽力

請看下方圖片，試著推測情境及對話內容，並搭配音檔練習。

🎧 例句24-2.mp3

第一階段
熟悉基本單字

図書館[としょかん] 圖書館

マンション 公寓

コーヒー 咖啡

社長[しゃちょう] 社長

問題[もんだい] 問題

早く[はやく] 早早地

毎朝[まいあさ] 每天早上

き
↑
行く + ます
走　（敬語格式）
⇩
行きます
走（敬語）

❶ ～ます。　　　　　　　　「ます」形
做～／將會做～

五段動詞的「ます」形會變成「い」段＋「ます」。也就是說，五段
動詞原形的尾音換成「い」段之後，接著再加上「ます」就可以了。

今日は図書館に行きます。　　　今天要去圖書館。

明日は早くうちへ帰ります。　　明天將會提早回家。

来月、マンションを買います。　下個月將會買公寓。

私は毎朝、コーヒーを飲みます。
我每天早上喝咖啡。

❷ ～ません。　　不做～／將不會做～。

把五段動詞從「ます」形「ます」換成「ません」的話，就可以表達
「不～」的意思。只有「ます」需要變化，所以將尾音換成「い」段
之後，接著加上的用法都是一樣的。

飲み会に社長を呼びません。
喝酒的聚會將不會叫社長。

その先生は難しい問題を出しません。
那個老師不會出困難的題目。

明日は図書館へ行きません。　　明天不會去圖書館。

今日は早くうちに帰りません。　今天將不會早回家。

稍等一下！

「社長[しゃちょう]」、「部長[ぶちょう]」、「課長[かちょう]」這些稱呼本身就是尊稱，如果要「姓氏＋稱呼」的話，只要講如「張社長」這樣就可以，不用在後面加上「～さん（～先生（小姐））」或是「～様（尊稱）」。不過在書面上比較正式的時候，只寫「張部長」的話會被嫌不禮貌，所以正確的用法應寫成「～部長張様（部長張先生）」。

210

❸

～ますか。 要～嗎？／將會～嗎？

「～ます」後面加上「か」，就會變成是疑問句「～ますか」。日語動詞的現在式有表達未來的意思對吧？「～ますか」也是一樣的，除了解釋為「要～嗎？」之外，也可以解釋成「將會做～嗎？」的意思。

マンションを買いますか。 將會買公寓嗎？

毎朝コーヒーを飲みますか。 每天早上喝咖啡嗎？

飲み会に社長も呼びますか。 喝酒的聚會會叫社長嗎？

その先生は難しい問題を出しますか。

那個老師會出困難的題目嗎？

❹

はい、～ます。 是的，要～／將會～。
いいえ、～ません。 不，不要～／將不會～。

練習看看回答問句。

はい、買います。 是的，將會買。

はい、飲みます。 是的，會喝。

いいえ、呼びません。 不，不會叫。

いいえ、出しません。 不，不會出。

❺ 〜ませんか。

不做〜嗎？／將不會做〜嗎？

這一次試試看用「〜ませんか」造造看問句。

明日は図書館に行き**ませんか**。	明天不去圖書館嗎？
今日は早く帰り**ませんか**。	今天不會早早回家嗎？
マンションを買い**ませんか**。	將不會買公寓嗎？
コーヒーを飲み**ませんか**。	不喝咖啡嗎？

❻ はい、〜ません。 是的，不做〜／將不會做〜。
いいえ、〜ます。 不是的，會做〜／將會〜。

試試看看回答問題。

はい、行き**ません**。	是的，不去。
はい、早く帰り**ません**。	是的，將不會早早地回家。
いいえ、買い**ます**。	不是的，將會買。
いいえ、飲み**ます**。	不是的，會喝。

🎧 例句24-4-1.mp3
🎧 例句24-4-2.mp3

第三階段
會話打好基本功

金曜日[きんようび]
禮拜五
夜[よる] 夜晚
パーティー 派對

「一輝（かずき）」在和宥彬談論正在計畫中的派對。

坂本 一輝：今週の金曜日の夜、うちでパーティーをします。

ラ・ユビン：そうですか。パーティーに誰を呼びますか。

坂本 一輝：会社の人をみんな呼びます。

ラ・ユビン：社長も呼びますか。

坂本 一輝：いいえ、社長は呼びません。

ラ・ユビン：社長は呼びませんか。

坂本 一輝：ええ、社長は呼びません。

ラ・ユビン：そうですか。

坂本 一輝：でも、部長は呼びます。

ラ・ユビン：そうですか。

坂本 一輝：ユビンさんも来ますか。

ラ・ユビン：はい、行きます。

坂本一輝：這週禮拜五晚上在我們家將會舉辦派對。
坂本一輝：將會叫來公司全部的人。
坂本一輝：不，將不會叫社長。
坂本一輝：是的，不叫社長。
坂本一輝：但是的，會部長。
坂本一輝：宥彬小姐也要來嗎？

羅宥彬：原來如此。派對會叫誰來呢？
羅宥彬：也將會叫社長嗎？
羅宥彬：不叫社長嗎？
羅宥彬：原來如此。
羅宥彬：原來如此。
羅宥彬：是的，我要去。

啊哈！

日本的「アパート」和「マンション」

原來日本是這樣

在日語中「アパート」和「マンション」這兩個名稱在使用上並沒有明確的規定。一般來說用鋼筋混凝土或是鋼筋骨架蓋成的會是「マンション」，而用木造或是輕型鋼筋骨架蓋成，且是三層樓以下的房子則稱為「アパート」。還有「コーポ（コーポラス（corporatehouse的簡稱）、ハイツ（heights）、メゾン（maison）」這些名稱也很常見，這些單字不是用來指建築物的構造種類，而只是不同的稱呼方式而已。像這樣的名稱基本上都可以使用「アパート」這個單字，把「アパート、コーポ、ハイツ、メゾン」全部都想成一樣的意思將行了。

❶ 請試試看用跟範例一樣的「いいえ（不是的）」來回答題目提供的問句。

> | 範例 |　今日は図書館に行きますか。（今天去圖書館嗎？）
> → いいえ、行きません。（不是的，不去。）

1. 🎤 _____

2. 🎤 _____

3. 🎤 _____

4. 🎤 _____

❷ 請試試看用跟範例一樣的「いいえ（不是的）」來回答題目提供的問句。

> | 範例 |　今日は早くうちへ帰りませんか。（今天不會早回家嗎？）
> → いいえ、早く帰ります。（不是的，會早回家。.）

1. 🎤 _____

2. 🎤 _____

3. 🎤 _____

4. 🎤 _____

❸ 請參考範例，在（ ）內填入適當的文字。

> | 範例 |　その先生（は）難しい問題（を）出（します）。
> 　　　　（那個老師會出困難的題目）

1. 飲み会(　　)先生(　　)呼(　　　　　　　　)。在喝酒的聚會不會叫老師。

2. 明日(　　)図書館(　　)行(　　　　　　)。明天要去圖書館。

3. 毎朝コーヒー(　　)飲(　　　　　　)。每天早上要喝咖啡嗎？

4. 今日(　　)早くうち(　　)帰(　　　　　　　　)。今天不會早早回家嗎？

④ 先試試看用平假名寫下題目提供的單字，接著再試著用漢字寫寫看。

| 範例 | 晚上 | 平假名 よ る | 漢字 夜 |

1. 圖書館

平假名 _____ 漢字 _____

2. 社長

平假名 _____ 漢字 _____

3. 問題

平假名 _____ 漢字 _____

4. 早早地

平假名 _____ 漢字 _____

5. 每天早上

平假名 _____ 漢字 _____

「ジ・チ」的單字

這一次要練習的是日語中有「ジ・チ」的單字們。

請依據題目提供的單字意思選出正確的答案。

1. モルジブ　　　　　·

2. エチケット　　　·

3. ガンジー　　　　·

4. プラスチック　　·

5. チーム　　　　　·

6. ラジオ　　　　　·

7. エジソン　　　　·

8. チップ　　　　　·

9. サウジアラビア　·

10. マルチ　　　　　·

· ❶ 禮儀（Etiquette）

· ❷ 複數（Multi）

· ❸ 塑膠（Plastic）

· ❹ 小組（Team）

· ❺ 小費（Chip）

· ❻ 甘地（Gandhi）

· ❼ 馬爾地夫（Maldives）

· ❽ 廣播（Broadcast）

· ❾ 愛迪生（Edison）

· ❿ 沙烏地阿拉伯

（SaudiArabia）

| 解答 | 1.❼　2.❶　3.❻　4.❸　5.❹　6.❽　7.❾　8.❺　9.❿　10.❷

第六節

●

用動詞的現在式說說看！

在這裡要使用之前學過的一段動詞、不規則動詞、五段動詞的現在式，來看看幾個可以應用的變化句型吧。變化的方式會根據動詞種類的不同而有所差異，請小心不要混淆了。記得我們總是一直在強調的：好的學習方式是透過聲音學習法、自然而然地用耳朵熟悉變化規則、然後張大嘴巴可以隨時說出來～！一邊充分地練習全部的動詞句型，一邊確實地把這些規則變成自己的東西。

25 用常體說說看

写真撮らない？

不拍照嗎？

25.mp3

例句25-1.mp3
暖身練習
基本會話聽力

請看下方圖片，試著推測情境及對話內容，並搭配音檔練習。

例句25-2.mp3
第一階段
熟悉基本單字

教える[おしえる] ① 教、告訴

撮る[とる] ⑤ 照相

休む[やすむ] ⑤ 休息

読む[よむ] ⑤ 讀

遊ぶ[あそぶ] ⑤ 玩耍

買い物[かいもの] 購物、逛街

ベトナム 越南

デパート 百貨公司

写真[しゃしん] 照片

店[みせ] 商店

※①是一段動詞，⑤是五段動詞。

稍等一下！ 

比起「デパート」，「百貨店[ひゃっかてん]」這個字顯得比較老氣，但聽說最近的年輕人們吹起了復古風，現在又變成使用「デパート」更老氣了。不過最常見的還是直接講百貨公司的實際名稱。

稍等一下！

「そこのお店[みせ]」意思是指「位在那邊的商店」、「在那邊看得到的商店」的意思。在「店」的前面加上「お」後會變成「お店」，語調會是「低－高－高」。

①

～で～ない？　　　要不要在～做～？

用動詞的「ない形」造出問句的話，除了「將不會～嗎？」的意思之外也會有「一起～嗎」、「做～如何？」這種帶有勸誘意思的句型「不想要做～嗎？」。而助詞的「～で」指的是「在～」的意思。

ベトナムで一緒に韓国語を教えない？
要不要一起在越南教韓文？

デパートで一緒に買い物しない？
要不要一起在百貨公司購物？

ここで一緒に写真撮らない？　要不要一起在這邊拍照？

そこのお店でちょっと休まない？
要不要在那邊的商店休息？

②

～の？　　　是做～？／將會做～？

來試試看用「原形＋の」造出問句。加上「～の」會變成「是做～嗎？」的意思，表現話者很想要知道對方的答案。

図書館で本を読むの？　　　在圖書館看書嗎？

うちで遊ぶの？　　　將會在家玩耍嗎？

ベトナムで韓国語を教えるの？　是在越南教韓語嗎？

デパートで買い物するの？　將會在百貨公司購物嗎？

如果要正確唸出語尾的「～よ」語調，用中文來解釋比較困難。加上「～よ」的話，請試試看一邊想著「這是我想要告訴對方的話」，一邊感受日語的語感吧～！

❸ うん、～よ。 　　嗯，將會做～／做～。

ううん、～ないよ。 不，將不會做～／不做～。

試試看在語尾加上「～よ」來回答問句。加上「～よ」的話，會表現出想要向對方表達自己的想法或是給予回答的感覺。在發音的時候，記得不要將「～よ」往下唸，必須要將發音稍微上揚，這點要多多留意一下。

うん、図書館で読むよ。 　　　　　嗯，在圖書館看書。

うん、うちで遊ぶよ。 　　　　　　嗯，將會在家玩耍。

ううん、ベトナムで教えないよ。　不，不在越南教。

ううん、デパートで買い物しないよ。
　　　　　　　　　　　　　　不，將不會在百貨公司購物。

❹ ～ないの？

　　　　　是不做～嗎？／將不會做～嗎？

這一次試試看使用「ない形＋の」的句型來造問句。和原形後面加上「～の」一樣，是表現提問者想要知道的心情、或是對對方有更強烈的關心。

ここで写真撮らないの？ 　　　是不在這裡拍照嗎？

そのお店で休まないの？ 　　　不會在那裡的店休息嗎？

ベトナムで韓国語を教えないの？　不在越南教韓文嗎？

デパートで買い物しないの？ 　　不在百貨公司購物嗎？

❺

うん、〜ないよ。 嗯，（將）不會〜／不做。

ううん、〜よ。 不，（將）會做〜／做〜。

這一次試試看在語尾加上「〜よ」來回答問句。

うん、撮らないよ。	嗯。不拍照。
うん、休まないよ。	嗯，不會休息。
ううん、教えるよ。	不。會教。
ううん、するよ。	不，會做。

❻

稍等一下！

「〜なきゃ」是
「〜なければ」的
簡寫，表示「不〜
的話」的意思。
也就是說在表達
「不〜的話不行」
的意思時，會將後
面的「不行」省
略，只留下前面的
「不〜的話」，來
表達「必須要〜」
的意思。

〜なきゃ。 必須要做〜。

將動詞ない形語尾的「い」換成「きゃ」變成「〜なきゃ」指的是
「必須要做〜」的意思。這個句型在自言自語時或是跟別人說話時都
可以使用。

ここで写真を撮らなきゃ。	必須要在這裡照相。
明日は休まなきゃ。	明天必須要休息。
もっと本を読まなきゃ。	必須要讀更多書。
今日は買い物しなきゃ。	今天必須要購物。

第三階段
會話打好基本功

大阪城[おおさかじょう] 大阪城
桜[さくら] 櫻花
チーズ 起司

智英和「竜也[りゅうや]」一起去大阪城參觀。

チュ・ジエイ：ここが大阪城？ 桜がきれい！

村上 竜也：大阪城は桜が有名なんだ。

チュ・ジエイ：そう。

村上 竜也：ここで写真撮る？

チュ・ジエイ：うん。

村上 竜也：はい、チーズ！

チュ・ジエイ：竜也も写真撮らない？

村上 竜也：ううん、俺はいい。

チュ・ジエイ：撮らないの？

村上 竜也：うん、撮らない。（參觀完大阪城走出來後）

そこのお店でちょっと休まない？

チュ・ジエイ：うん。一緒にお茶飲む？

村上 竜也：それよりご飯食べない？

チュ・ジエイ：うん、いいよ。

朱智英：這裡是大阪城嗎？櫻花好漂亮！
朱智英：原來如此。
朱智英：嗯。
朱智英：竜也不拍照嗎？
朱智英：不拍照嗎？

朱智英：嗯，要一起喝茶嗎？
朱智英：嗯，好啊。

村上竜也：大阪城的櫻花很有名的。
村上竜也：要在這邊拍照嗎？
村上竜也：來，起司！
村上竜也：不，我不拍。
村上竜也：嗯，不拍照。要不要去那邊的商店休息一下？
村上竜也：不如去吃飯？

啊哈！

在拍照時會說什麼呢？

原來日本是這樣

　　在日本拍照的時候，一般來說都會使用「はい、チーズ」。這個是將英文的'Say cheese' 翻譯過來的用語，雖然最近的年輕人已經不太會使用，不過因為也沒有能取代這句話的其他用語，所以仍然在這邊介紹這句給大家。除了這句話之外，拍照的人會先說「1＋1は？（1＋1是？）」，然後被拍照的人們會回答「2～！（2～！）」，或是直接說「撮[と]るよ～（我要拍囉～）」、「行[い]きま～す！（要拍了～！）」、「せ～の！（せえの）（1、2～！）」、「いちにのさん！（1、2的、3！）」等。

　　再提供一個作為參考，聽說在東京迪士尼樂園會用一邊唸迪士尼角色「ミッキー（米奇）」的名字一邊拍照。^^

🎧 例句25-5.mp3

❶ 請參考範例試試看使用「ううん、～よ（不，將會做～）」來回答題目提供的問句。

> | 範例 | ここで写真撮らないの？（將不會在這裡拍照嗎？）
> → ううん、撮るよ。（不，將會拍照。）

1. 🎤 ....

2. 🎤 ....

3. 🎤 ....

4. 🎤 ....

❷ 試試看將題目提供的句子換成「～なきゃ（必須要～）」的句型。

> | 範例 | 韓国語を教える。（教韓語。）
> → 韓国語を教えなきゃ。（必須要教韓語。）

1. 🎤 ....

2. 🎤 ....

3. 🎤 ....

4. 🎤 ....

❸ 請參考範例，在（ ）內填入適當的文字。

> | 範例 | 図書館（で）本（を）読（まない）？（不想要在圖書館看書嗎？）

1. うち( )遊( )？將不會在家玩耍嗎？

2. ううん、うち( )遊( )。不，不要在家玩耍。[意為向對方告知]

3. ベトナム( )中国語( )教( )？不在越南教中文嗎？

4. もっと本を読( )。必須要多看書。

223

❹ 先試試看用平假名寫下題目提供的單字，接著再試著用漢字寫寫看。

| 範例 | 玩耍

平假名

| あ | そ | ぶ |

漢字

| 遊 | ぶ |

1. 教

平假名

| | | | |

漢字

| | | |

2. 休息

平假名

| | | |

漢字

| | |

3. 讀

平假名

| | |

漢字

| | |

4. 照片

平假名

| | | | |

漢字

| | |

5. 商店

平假名

| | |

漢字

| |

「食べる？」和「食べるの？」的差異

　　在前面有練習過只使用原形（基本形）來造「將會～？」的問句對吧？這一次學習的「原形＋の？」也可以解釋成「將會～？」，所以有很多人會好奇兩者之間到底有什麼樣的差異。用「原形＋？」的句型來做詢問的話，只是單純地詢問「將會做～事」，或是可能想知道是不是會和話者的「我」一起做某件事，也有可能是不包含「我」的情況。

　　相較之下，若是用這次學的「原形＋の」詢問的話，會表現出問題者想知道「你是不是會做～」，給人關心的感覺更為強烈，且表示不是和「我」一起做，而是想知道「你」會不會做所提出的問句，也就是說，這個問句不會包含「我」在內。如果說是要聚焦在這個動作是有包含「我」，還是沒有包含「我」的話，「原形＋？」的「會～？」等於「你想不想做～」，而「原形＋の？」則是「你會去做～」的意思。為了能夠讓大家能夠更容易理解，一起來看一下例子。

ご飯、食べる？

ご飯、食べるの？

　　上面兩個句子如果聚焦在是否包含「我」的話，上面表達的是「你想一起吃飯嗎？」，下面的則是「你將會吃飯嗎？」。如果更聚焦在對方身上的話，上面的是「你會吃飯嗎？」，下面的是「你是否會做吃飯這件事？」，兩者問的都是在未來的時間點會發生的事。

　　「ない形（否定形）＋の？」也是有一樣的語感差異。

ご飯、食べない？

ご飯、食べないの？

　　上面兩個句子如果以聚焦在「我」來解釋的話，上面表達的是「你不想一起吃飯嗎？」，下面的是「你將不會吃飯嗎？」。如果更聚焦在對方身上的話，上面的是「你將不會吃飯嗎？」，下面的是「你不做吃飯這件事嗎？」，至於要如何解釋，則需要根據前後文和語調才能夠正確判斷。

片假名練習15 包含「テ、デ」的單字

這一次要練習的是包含「テ、デ」的單字們。

請依據題目提供的單字意思選出正確的答案。

1. ビデオ　　　　　　　•　　•　❶設計（Design）

2. スチュワーデス　　•　　•　❷甜點（Dessert）

3. デザイン　　　　　•　　•　❸數位（Digital）

4. デトロイト　　　　•　　•　❹影片（Video）

5. ステッカー　　　　•　　•　❺白蘭地（Brandy）

6. デザート　　　　　•　　•　❻底特律（Detroit）

7. ブランデー　　　　•　　•　❼空姐（Stewardess）

8. パワーステアリング　•　　•　❽貼紙（Sticker）

9. デジタル　　　　　•　　•　❾隊長（Captain）

10. キャプテン　　　　•　　•　❿動力轉向裝置

　　　　　　　　　　　　　　　（Powersteering）

稍等一下！

日語中的「ステッカー」一般來說指的是用來宣傳黏貼的紙條。小孩子們用來貼著玩的貼紙則叫做「シール」。

| 解答 | 1.❹　2.❼　3.❶　4.❻　5.❽　6.❷　7.❺　8.❿　9.❸　10.❾

26 用敬語說說看

チョコレートを渡すんですか。

26.mp3

會給巧克力嗎？

例句26-1.mp3
暖身練習
基本會話聽力

請看下方圖片，試著推測情境及對話內容，並搭配音檔練習。

例句26-2.mp3
第一階段
熟悉基本單字

書く[かく] ⑤ 寫

渡す[わたす] ⑤ 交給

頼む[たのむ] ⑤ 委託、拜託

貸す[かす] ⑤ 借給

返す[かえす] ⑤ 還給、歸還

手紙[てがみ] 信

彼[かれ] 男朋友、他

チョコレート 巧克力

外国人[がいこくじん] 外國人

アパート 聯合住宅、公寓

稍等一下！

在前面有學過「男朋友」是「彼氏[かれし]」對吧？在這邊的是去掉「氏」後，只剩下「彼」。「彼」這個字除了「男朋友」的意思之外，也有「他（男性）」的意思，是指哪邊要看狀況決定。

❶ 〜に〜ませんか。

不〜給〜嗎？／不想〜給〜嗎？

「〜ませんか」除了有「不〜嗎？」的意思之外，還有「不要〜嗎？（敬語）」、「不想〜嗎？」的勸誘意思，雖然日語和中文的直譯裡面都有否定的字，但實際上只是在向對方提案。還有助詞的「〜に」在這裡是作為「給〜（人）」的意思使用。

稍等一下！

「渡す[わたす]」會翻成「給」，不過實際上的意思是「交給」，也就是「從手轉交到手」的意思。另外還有「轉交」、「傳給」等等的意思，關於這種單字的使用方法之後會再詳細介紹給大家。

大切な人に手紙を書きませんか。　不寫信給珍貴的人嗎？

彼にチョコレートを渡しませんか。不給男朋友巧克力嗎？

その仕事は前田さんに頼みませんか。
　　　　　　　　　那件工作不想向前田先生（小姐）拜託嗎？

外国人に部屋を貸しませんか。　不想要借房間給外國人嗎？

❷ 〜んですか。　　　　　　　　將會〜嗎？

這一次試試看使用「原形＋んですか」的句型來造疑問句，這是常體的「原形＋の？（是會〜嗎？）」的敬語句型。「〜んですか」的「ん」原來是「の」，大多時候在固有語的發音會換成「ん」。

アパートを借りるんですか。　　　　　是會租公寓嗎？

お金を返すんですか。　　　　　　　　是會還錢嗎？

お母さんに手紙を書くんですか。　是會寫信給母親嗎？

彼にチョコレートを渡すんですか。
　　　　　　　　　　　　　是會給男朋友巧克力嗎？

❸ はい、～ますよ。　　　　是的，做～／將會做～。
いいえ、～ませんよ。不是的，不做～／將不會做～。

試著用「～よ」回答看看。「～よ」是用於表達想將自己的想法告訴對方時所使用的字。在發音的時候「～よ」不要唸的太重，要稍微將語調上揚的這點需要特別留意。

はい、借りますよ。	是的，會租。
はい、返しますよ。	是的，會還。
いいえ、書きませんよ。	不是的，不寫。
いいえ、渡しませんよ。	不是的，將不會給。

❹

～ないんですか。　　　　不做～嗎？

前面有學過「～ないの？（不做～嗎？）」的句型對吧？這個句型的敬語是「ない形＋んですか」。

その仕事は前田さんに頼まないんですか。	
	那件工作不會拜託前田先生（小姐）嗎？
外国人に部屋を貸さないんですか。	
	是不借房給外國人嗎？
アパートを借りないんですか。	不租公寓嗎？
お金を返さないんですか。	是不還錢嗎？

❺

はい、〜ませんよ。是的，不做〜／將不會做〜。
いいえ、〜ますよ。 不是的。做〜／將會做〜。

試著加上「〜よ」來回答看看。

はい、頼みませんよ。	是的，不會拜託
はい、貸しませんよ。	是的，不會借
いいえ、借りますよ。	不是的，會租
いいえ、返しますよ。	不是的，將會還

❻

〜なければなりません。 必須要做〜。

將動詞「ない」尾音的「い」換成「ければなりません」後，變成「〜なければなりません」的話是指「必須要做〜」、「不〜的話不行」的意思。「〜なければ」是「不〜的話」的意思，而「なりません」是「不行」的意思。

書類を書かなければなりません。	必須要寫資料。
この仕事を前田さんに頼まなければなりません。	這件工作必須要拜託前田先生（小姐）。
部屋を借りなければなりません。	必須要租房間。
友達にお金を返さなければなりません。	必須要還錢給朋友。

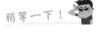

稍等一下！

如果將「〜なければなりません」直接翻譯的話會是「不〜的話不行」。要用日語表達必須要做某事的時候，通常會使用這個句型。「〜なきゃ（必須要）」是「〜なければ」的簡略說法，敬語是「〜なきゃなりません」。另外，「いけません」可以取代「なりません」，同義的「〜なければいけません」也可以用。

第三階段
會話打好基本功

飴[あめ] 糖果
ホワイトデー
白色情人節

稍等一下！

「飴」常常會以平假名「あめ」或片假名「アメ」表示，但西洋的糖果常會使用外來語「キャンディー（糖果）」來說。「ホワイトデー（白色情人節）」雖然也是西方的外來語，但其實是日本特有的節日。3月14日唸作「さんがつじゅうよっか」。

「沙織」向「真奈美」喜歡的鄭宇英詢問。

藤井 沙織：ウヨンさん、こんにちは。

テイ・ウヨン：あ、こんにちは。

藤井 沙織：今日、真奈美に飴を渡しますか。

テイ・ウヨン：飴ですか。

藤井 沙織：ええ、今日はホワイトデーですよ。

テイ・ウヨン：ああ、3月14日ですね。

藤井 沙織：ええ。

テイ・ウヨン：飴は渡しません。

藤井 沙織：渡さないんですか。

テイ・ウヨン：ええ。僕は真奈美さんが好きじゃありません。

藤井 沙織：ああ、そうですか。

藤井沙織：宇英先生，晚安。
藤井沙織：今天會買糖果給真奈美嗎？
藤井沙織：是的，今天是白色情人節。
藤井沙織：是的。
藤井沙織：你不會送嗎？
藤井沙織：啊～，原來如此。

鄭宇英：啊，晚安。
鄭宇英：糖果嗎？
鄭宇英：啊～，是3月14日呢。
鄭宇英：我不會送糖果。
鄭宇英：是的，我不喜歡真奈美小姐。

啊哈！
原來日本是這樣

日本的情人節

　　2月14日是「バレンタインデー（情人節）」，在日本，女性們也會在情人節把巧克力作為禮物送給喜歡的人。在這一課中有練習到「チョコレートを渡す（給巧克力）」的表現方式，也可以使用「あげる（給）」這個單字，來造出句子「チョコレートをあげる（給巧克力）」。「渡す（拿給）」有從手轉交到手上的感覺，相較之下「あげる（給）」就只有給出去的意思。兩者有些微的差異。

　　還有在情人節時給的巧克力當中，有「義理チョコ（義理巧克力）」。「チョコ」是「チョコレート（巧克力）」常見的縮寫，而「義理チョコ」指的是雖然對方並不是自己喜歡或是愛的人，不過仍然作為給朋友會是知人的禮物而送的巧克力。就如同名稱一樣，是因著「義務」的名義所送的巧克力。

❶ 請試試看將題目提供的句子換成「～んですか（將會～嗎？）」的句型。

| 範例 | アパートを借ります。（租公寓。）
→ アパートを借りるんですか。（會租公寓嗎？）

1. 🎤 _____

2. 🎤 _____

3. 🎤 _____

4. 🎤 _____

❷ 請試試看將題目的句子換成「～なければなりません（必須要～）」的句型。

| 範例 | これを渡します。（給這個。）
→ これを渡さなければなりません。（必須要給這個。）

1. 🎤 _____

2. 🎤 _____

3. 🎤 _____

4. 🎤 _____

❸ 請參考範例，在（ ）內填入適當的文字。

| 範例 | 外国人（に）部屋（を）貸（さないんですか）。
（會借房間給外國人嗎？）

1. その仕事は前田さん(　　)頼(　　　　　　　　　　)。
　那件事不拜託前田先生（小姐）嗎？

2. アパート(　　)借(　　　　　　　　　　)。會租公寓嗎？

3. 彼(　　)チョコレート(　　)渡(　　　　　　　　　　)。
　不給巧克力給男朋友嗎？

4. 友達(　　)お金を返(　　　　　　　　　　　　　)。必須要還錢給朋友。

❹ 先試試看用平假名寫下題目提供的單字，接著再試著用漢字寫寫看。

範例	還給	平假名	漢字
		か　え　す	返　す

1. 寫

　　平假名　　　　　漢字

2. 借給

　　平假名　　　　　漢字

3. 信

　　平假名　　　　　漢字

4. 男朋友

　　平假名　　　　　漢字

5. 外國人

　　平假名　　　　　　　　　　　　漢字

片假名
練習16

排列片假名的順序（1）

請依據題目提供的片假名符號依序排列看看。

1. 咖啡（Coffee）
カ　ェ　フ

→ 　　　|　　　|　　　

2. 印度（India）
ン　ド　イ

→ 　　　|　　　|　　　

3. 泡菜（Kimchi）
キ　チ　ム

→ 　　　|　　　|　　　

4. 滑鼠（Mouse）
ウ　マ　ス

→ 　　　|　　　|　　　

5. 打工（（Ar）beit）
イ　ト　バ

→ 　　　|　　　|　　　

6. 西裝（Suit）
ス　ツ　ー

→ 　　　|　　　|　　　

7. 電視（Televi（sion））
ビ　レ　テ

→ 　　　|　　　|　　　

8. 檸檬（Lemon）
モ　レ　ン

→ 　　　|　　　|　　　

9. 網站（Site）
ト　サ　イ

→ 　　　|　　　|　　　

10. 果醬（Jam）
ャ　ム　ジ

→ 　　　|　　　|　　　

|解答| 1.カフェ 2.インド 3.キムチ 4.マウス 5.バイト
6.スーツ 7.テレビ 8.レモン 9.サイト 10.ジャム

27 用常體說說看

結婚するつもり。

打算結婚。

27.mp3

例句27-1.mp3

暖身練習
基本會話聽力

請看下方圖片，試著推測情境及對話內容，並搭配音檔練習。

例句27-2.mp3

第一階段
熟悉基本單字

稍等一下！

「聞く[きく]（聽）」這個字也可以作為「問」的意思。「質問する[しつもんする]（問題）」是在學校教室使用的用語，「尋ねる[たずねる]」和「問う[とう]」兩個都給人較為正式的感覺，所以平日生活中更常會使用「聞く」。另外，「問う」也可以作為「審問」、「追問」使用。

聞く[きく] ⑤ 聽、問

泳ぐ[およぐ] ⑤ 游泳

会う[あう] ⑤ 見面

待つ[まつ] ⑤ 等待

持つ[もつ] ⑤ 帶、拿

歌[うた] 歌曲

週末[しゅうまつ] 週末

海[うみ] 海邊

両親[りょうしん] 父母、雙親

部長[ぶちょう] 部長

鞄[かばん] 包包

何で[なんで] 為什麼

❶

～つもり。　　　打算～／決定～。

「原形＋つもり」的句型是表示「打算～」、「決定～」的意思。

来月またタイペイに来るつもり。
打算下個月再來台北。

日本の歌を聞くつもり。　　　打算聽日本歌曲。

週末、海で泳ぐつもり。　　　打算週末去海邊游泳。

彼の両親に会うつもり。　　　打算見男朋友的父母。

❷

～ないつもり。　　　不打算～。

「ない形＋つもり」的句型是表示「不打算～」的意思。

部長を待たないつもり。　　　不打算等部長大人。

彼女の鞄を持たないつもり。　不打算拿女朋友的包包。

来月はソウルに来ないつもり。　不打算下個月來首爾。

日本の歌を聞かないつもり。　　不打算聽日本歌曲。

稍等一下！

在說「見面～」的時候，助詞不是使用「～を」，而是使用「～に」，變成「～に会う[～にあう]」，這點請特別留意。像這種比較特別的動詞，會建議跟搭配使用的助詞一起背下來比較好。有時也會使用助詞「～と（與～）」變成「～と会う（與～見面）」來表達。

稍等一下！

「鞄[かばん]（包包）」在前面也有學過是「かばん」對吧？這個字通常會用漢字表示，所以這邊用漢字介紹給大家。

稍等一下！

「待つ[まつ]（等
待）」和「持
つ[もつ]（帶、
拿）」的漢字非常
相似對吧？在這邊
提供一個比較容易
記得的方式：東西
通常都是用「手」
拿的關係，因此若
想表達「拿」的這
個意思，就使用手
部邊的「持つ」，
這樣來記憶的話就
很簡單了。

❸

～ないつもり？　　　不打算～嗎？

試試看使用「ない形＋つもり（不打算～嗎？）」的句型來造問句。

週末、海で泳がないつもり？

不打算在週末去海邊游泳嗎？

彼のご両親に会わないつもり？

不打算見男朋友的父母嗎？

部長を待たないつもり？　　　不打算等部長大人嗎？

彼女の鞄を持たないつもり？

不打算拿女朋友的包包嗎？

❹ うん、～ないつもり。　嗯，不打算～。
　 ううん、～つもり。　　　不，打算～。

試試看練習回答問句。

うん、泳がないつもり。　　　　嗯，不打算游泳。

うん、会わないつもり。　　　　嗯，不打算見面。

ううん、待つつもり。　　　　　不，打算等。

ううん、持つつもり。　　　　　不，打算拿。

稍等一下！

「何で[なんで]」除了是「為什麼」的意思之外，有的時候也會是「用什麼」的疑問句，但是作為「用什麼」的意思使用時，發音通常會是「なにで」。日語中有一個規則，在漢字「何」後面的發音如果連著た形、「だ」型、「な」型時會唸作「なん」，除此之外的情況都是唸「なに」，依這個規則的話「何で」要唸作「なんで」。

❺

何で〜の？　　　　是為什麼要〜？

要用常體來問「為什麼」時，大多情況會使用「何^{なん}で」。試試看在句尾加上「〜の（是要〜）」來造出問句。

何で来月またタイペイに来るの？

是為什麼下個月又要來台北？

何で日本の歌を聞かないの？　是為什麼不聽日本歌曲？

何で彼のご両親に会うの？　　是為什麼不見男朋友的父母？

何で彼女の鞄を持たないの？是為什麼不拿女朋友的包包？

稍等一下！

「〜から」除了「從〜」的意思之外，也可以作為「因為〜」的意思使用。在這邊雖然只出現現在式，不過在過去式的情況的話，會是以名詞和「な」形容詞的「〜だったから」、「い」形容詞則會以「〜かったから」這樣的句型出現。

❻

〜から。　　　因為〜（口語）／由於〜。

要表現理由以回答問句的時候，直接使用助詞「〜から（因為〜、由於〜）」就可以。「〜から」直接加在常體的句型之後面就可以了。不過，若是要講名詞和「な」形容詞的現在式肯定句的時候，則要先在語尾加上「〜だ」，之後再接上「〜から」。

仕事が忙しいから。　　　　　　　　　　因為工作忙碌。

日本の歌が好きじゃないから。　因為不喜歡日語歌曲。

結婚するから。　　　　　　　　　　　　因為結婚。

嫌だから。　　　　　　　　　　　　　　因為討厭。

第三階段
會話打好基本功

晩ご飯[ばんごはん]
晩餐
今晩[こんばん]
今天晚上、今天夜晚
独身主義[どくしん
しゅぎ] 單身主義

稍等一下！

「晩ご飯[ばんご
はん]」也可以寫
作「晩御飯[ばん
ごはん]」、晩ごは
ん」。是表示「晚
上」意思的「晚」
和表示「飯菜」
意思的「ご飯」
的合用。早餐是
「朝ご飯[あさご
はん]」，午餐是
「昼ご飯[ひるご
はん]」。三餐也
可以講「朝食[ち
ょうしょく]（早
飯）」、「昼食
[ちゅうしょく]
（午飯）」、「夕
食[ゆうしょく]
（晚飯）」。

「恵子」邀約在同個公司工作的吳俊宏一起吃晚餐。

石井 恵子：ねえ、今日、晩ご飯一緒に食べない？

チョウ・シュンコウ：ごめん。今日はちょっと早く帰るから。

石井 恵子：そう。何で早く帰るの？

チョウ・シュンコウ：今晩、彼女の両親に会うから。

石井 恵子：彼女のご両親に？じゃ、結婚？

チョウ・シュンコウ：うん。結婚するつもり。

石井 恵子：本当?!　おめでとう！

チョウ・シュンコウ：恵子は結婚しないつもり？

石井 恵子：うん。私は独身主義。

石井恵子：那個，今天要不要一起吃晚餐嗎？　　張俊宏：對不起，因為今天要早點回家。

石井恵子：原來如此，為什麼要早點回家？　　張俊宏：因為今天晚上要見女朋友的父母。

石井恵子：女朋友的父母？那麼會結婚嗎？　　張俊宏：嗯，打算要結婚。

石井恵子：真的嗎？！恭喜！　　張俊宏：惠子不打算結婚嗎？

石井恵子：嗯，我是單身主義。

啊哈！
「單身主義」也可以稱為「不婚主義」～！
原來日本是這樣

　　在這邊出現了「独身主義（單身主義）」的單字，最近也會使用「非婚主義（不婚主義）」。如果要說「單身主義者」、「不婚主義者」的話，只要在後面加上「者（者）」變成「独身主義者」、「非婚主義者」就可以了。除此之外，和結婚或生育有關的單字有「シングルマザー（單身母親、未婚母親）」、「シングルファーザー（單身父親、未婚父親）」等單字。在以前會講「母子家庭（母子家庭）」、「父子家庭（父子家庭）」，不過最近也有越來越多人會使用「シングルマザー、シングルファーザー」。

❶ 請試試看將題目提供的句子換成「～つもり／～ないつもり（打算～／不打算～）」的句型。

| 範例 | 来月また台湾に来ます。（下個月又會來台灣）
→ 来月また台湾に来るつもり。（打算在下個月再來台灣。）

1. 🎤 _____

2. 🎤 _____

3. 🎤 _____

4. 🎤 _____

❷ 請試試看將題目提供的句子換成「何で～の？（是為什麼～？）」的句型。

| 範例 | 日本の歌を聞きません。（不聽日語歌曲。）
→ 何で日本の歌を聞かないの？（是為什麼不聽日語歌曲？）

1. 🎤 _____

2. 🎤 _____

3. 🎤 _____

4. 🎤 _____

❸ 請參考範例，在（ ）內填入適當的文字。

| 範例 | 彼の両親に会う（つもり）。（打算見男朋友的父母。）

1. 週末、海で泳(　　　　　　　　)つもり。打算週末不去海邊游泳。

2. 日本の歌を聞(　　)つもり。打算聽日本歌曲。

3. (　　　　　　　　)彼女の鞄を持たない(　　)？是為什麼不拿女朋友的包包？

4. 嫌だ(　　　　　　)。因為討厭。

❹ 先試試看用平假名寫下題目提供的單字，接著再試著用漢字寫寫看。

| 範例 | 歌曲

平假名

| う | た |

漢字

| 歌 |

1. 聽

平假名

漢字

2. 游泳

平假名

漢字

3. 見面

平假名

漢字

4. 等待

平假名

漢字

5. 帶、拿

平假名

漢字

常體和丁寧體

　　在這一課學到「～から（因為～）」的時候，有跟大家說明是「常體」的文法對吧？簡單來說，常體就是「普通體」，而敬語就是「丁寧體」。不過在名詞和「な」形容詞的現在式肯定句的情況，「常體」的後面要加上「～だ」，會變成「学生だ（學生）」、「有名だ（有名）」的句型。（動詞的過去式目前還沒有學到）。

普通體

	現在肯定	現在否定	過去肯定	過去否定
学生[がくせい] （學生）	学生だ （是學生）	学生じゃない （不是學生）	学生だった （以前是學生）	学生じゃなかった （以前不是學生）
有名な[ゆうめいな] （有名的）	有名だ （有名）	有名じゃない （不有名）	有名だった （以前有名）	有名じゃなかった （以前不有名）
大きい[おおきい] （大）	大きい （大）	大きくない （不大）	大きかった （以前大）	大きくなかった （以前不大）
会う[あう] （見面）	会う （見面）	会わない （不見面）	会った （見了面）	会わなかった （沒有見面）

丁寧體

	現在肯定	現在否定	過去肯定	過去否定
学生 （學生）	学生です （是學生）	学生じゃありません （不是學生）	学生でした （以前是學生）	学生じゃありませんでした （以前不是學生）
有名な （有名的）	有名です （有名）	有名じゃありません （不有名）	有名でした （以前有名）	有名じゃありませんでした （以前不有名）
大きい （大）	大きいです （大）	大きくないです （不大）	大きかったです （以前大）	大きくなかったです （以前不大）
会う （見面）	会います （見面）	会いません （不見面）	会いました （見了面）	会いませんでした （沒有見面）

※常體和丁寧體，若是要寫成否定句的話，「～じゃ」皆會寫成「～では」。

片假名
練習 17

排列片假名的順序（2）

請依據題目提供的片假名符號依序排列看看。

1. 游泳池（Pool）
ー　ル　プ

→ 　　　　

2. 洋裝（Dress）
レ　ス　ド

→ 　　　　

3. 水桶（Bucket）
バ　ツ　ケ

→ 　　　　

4. 加（Plus）
ラ　ス　プ

→ 　　　　

5. 節奏（Rhythm）
ム　ズ　リ

→ 　　　　

6. 午餐（Lunch）
ン　ラ　チ

→ 　　　　

7. 舞蹈（Dance）
ス　ダ　ン

→ 　　　　

8. 類型（Type）
イ　プ　タ

→ 　　　　

9. 顏色（Color）
ラ　ー　カ

→ 　　　　

10. 教練（Coach）
コ　チ　ー

→ 　　　　

│解答│ 1.プール　2.ドレス　3.バケツ　4.プラス　5.リズム
6.ランチ　7.ダンス　8.タイプ　9.カラー　10.コーチ

243

28 用敬語說說看

早く起きるつもりです。

28.mp3

打算早點起床。

例句28-1.mp3

暖身練習

基本會話聽力

請看下方圖片，試著推測情境及對話內容，並搭配音檔練習。

例句28-2.mp3

第一階段

熟悉基本單字

起きる[おきる] ① 起來

働く[はたらく] ⑤ 工作

習う[ならう] ⑤ 學習

売る[うる] ⑤ 賣

ある ⑤（無生物）有

コピー 複製、影印

ノート 筆記

来年[らいねん] 明年

絵[え] 圖畫

どうして 為什麼

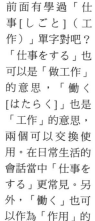

稍等一下！

前面有學過「仕事[しごと]（工作）」單字對吧？「仕事をする」也可以是「做工作」的意思，「働く[はたらく]」也是「工作」的意思，兩個可以交換使用。在日常生活的會話當中「仕事をする」更常見。另外，「働く」也可以作為「作用」的意思來使用。

❶

～つもりです。　　　打算～／決定～。

在27課有學過「原形＋つもり」的句型對吧？要換成敬語的話，只要在後面加上「です」就可以了。

| 明日、早く起きるつもりです。 | 打算明天早點起床。 |

友達のノートをコピーするつもりです。
　　　　　　　　　　　　　　　打算影印朋友的筆記。

| 来年から働くつもりです。 | 打算從明天開始工作。 |

| お茶を習うつもりです。 | 打算學習茶道。 |

稍等一下！

「お茶[おちゃ]」在前面學的是「（喝的）茶」的意思，但是這個單字也可以指「茶道」。作為參考，有「茶道」意思的還有「茶道[さどう]」這個單字。現在講「さどう」來指「茶道」較為普遍，不過在以前比較常講「ちゃどう」。

❷

～ないつもりです。　　　不打算～。

「ない形＋つもり」也是直接在這個句型後面加上「です」，就會變成敬語的句型。

この仕事は小野さんに頼まないつもりです。
　　　　　　　　　　不打算將這件事拜託小野先生（小姐）。

| その絵は売らないつもりです。 | 不打算賣那個圖畫。 |

| 明日は早く起きないつもりです。 | 明天打算不早起。 |

友達のノートをコピーしないつもりです。
　　　　　　　　　　　　　　不打算影印朋友的筆記。

稍等一下！

講「拜託」，有很多人會先學到「お願いする」這個單字，是「願う（希望、祈求）」這個動詞單字比較有禮貌的寫法。說「拜託」時，比起「頼みます」，使用「お願いします」就能給人更有禮貌的感覺。若只說「願い」的話，就會變成名詞「願望」的意思。

❸

～ないつもりですか。　不打算～嗎？

試試看使用「ない形＋つもり（不打算～）」的句型來造問句。

来年から働かないつもりですか。

打算從明年開始不工作嗎？

お茶を習わないつもりですか。　不打算學習茶道嗎？

この仕事は小野さんに頼まないつもりですか。

不打算將這件事拜託小野先生（小姐）嗎？

その絵は売らないつもりですか。

不打算賣那幅圖畫嗎？

❹
はい、～ないつもりです。　是的，不打算～。
いいえ、～つもりです。　不是的，打算～。

試試看練習回答問句。

はい、来年から働かないつもりです。

是的，打算從明年不工作。

はい、習わないつもりです。　是的，不打算學習茶道。

いいえ、小野さんに頼むつもりです。

不，打算將這件事拜託小野先生（小姐）。

いいえ、売るつもりです。　不，打算賣那幅圖畫。

稍等一下！

「なぜ」是「為什麼」的意思，是生硬的文書體語調，通常在寫作或演講等等講究格式的情況下才會使用。在日常生活的會話當中，會使用「どうして」這個單字。如果是可以輕鬆地談話的對象，可使用「何で[なんで]」。「どうして」和「何で」兩個單字都可以在常體和敬語時通用，但「どうして」比「何で」給人有更婉轉和鄭重的感覺。

5 どうして～んですか。　為什麼要～？

在27課中有練習過「何で（なん）」對吧？稍微更婉轉的對話則會使用「どうして」。「どうして」在常體當中也可以使用。

どうして明日、早く起きるんですか。
為什麼明天要早點起床？

どうして友達のノートをコピーするんですか。
為什麼要影印朋友的筆記？

どうしてこの仕事を小野さんに頼まないんですか。
為什麼不要將這件事拜託小野先生（小姐）？

どうしてその絵を売らないんですか。
為什麼不賣那幅圖畫？

6 ～から。　因為～（口語）／由於～。

在27課中是直接將「～から」加在常體的句型來使用對吧？不過「～から」也可以加在敬語句型（丁寧體）後面使用。

末じゃありませんから。　因為是週末。

テストがありますから。　因為有考試。

小野さんが嫌いですから。　因為不喜歡小野先生（小姐）。

その絵は大切ですから。　因為那幅圖畫很珍貴。

第三階段
會話打好基本功

ゆっくり 慢慢地、
　　　　　深深地
ジャズ 爵士
チケット 票
～枚[まい] ～張
ご馳走する[ごちそう
する] 請吃飯

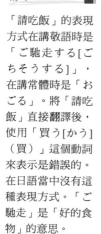

稍等一下！

「請吃飯」的表現方式在講敬語時是「ご馳走する[ごちそうする]」，在講常體時是「おごる」。將「請吃飯」直接翻譯後，使用「買う[かう]（買）」這個動詞來表示是錯誤的。在日語當中沒有這種表現方式。「ご馳走」是「好的食物」的意思。

「拓也」打算邀約葉雲一起去爵士演唱會。

森 拓也：イェウンさん、今度の日曜日、何をしますか。

ソン・イェウン：うちでゆっくり休むつもりです。森さんは？

森 拓也：僕はジャズのコンサートに行くつもりです。

ソン・イェウン：ジャズのコンサートですか。いいですね。

森 拓也：イェウンさんはジャズが好きですか。

ソン・イェウン：ええ。

森 拓也：じゃ、一緒に行きませんか。

ソン・イェウン：え？ 一緒に？

森 拓也：ええ、チケットが2枚ありますから。

ソン・イェウン：本当ですか。ありがとうございます。

森 拓也：コンサートは8時からですから、一緒に晩ご飯も食べませんか。

ソン・イェウン：じゃ、晩ご飯は私がご馳走しますね。

森拓也：葉雲小姐，這個禮拜日將要做什麼？
森拓也：我打算去爵士演唱會。
森拓也：葉雲小姐喜歡爵士樂嗎？
森拓也：那麼，要不要一起去？
森拓也：對。因為有兩張票。
森拓也：因為演唱會是八點開始，要不要也一起吃晚餐？

孫葉雲：打算在家好好地休息。森先生呢？
孫葉雲：爵士演唱會？很不錯耶。
孫葉雲：是的。
孫葉雲：什麼？一起嗎？
孫葉雲：真的嗎？謝謝。
孫葉雲：那麼，晚餐我來請客吧。

啊哈！

飛特族、尼特族、宅男宅女

原來日本是這樣

　　「フリーター（飛特族）」是指以打工來維持生計的人。「NEET（ニート）」這句話和源自英國的定義不同，在日本是指從滿十五歲到三十四歲的人當中，除了有職業的人和學生、主婦之外，沒有工作，也沒有在求職的人。「フリーター」和「NEET」的差異是前者有求職的意欲，後者則沒有求職的意欲。

　　台灣說的「宅男宅女」或「家裡蹲」，用日語來說會是「引きこもり」。在日本政府會將「引きこもり」也視為「NEET」。還有最近新的「SNEP（スネップ）」用語登場。在2012年發表的這個稱呼是指在滿二十歲以上到五十九歲以下未婚無職者中（學生除外），平常除了家人之外沒有可以一起生活的人的族群。和「NEET」的差異是對象和年齡幅度更廣，並且「NEET」是根據有無求職活動做出區別，而相較之下「SNEP」則是根據有無和朋友的互動做出區別。這個用語是否能被廣泛接受，時至今日還無法確定。

❶ 請試試看將題目提供的句子換成「〜つもりです／〜ないつもりで（打算〜／不打算〜）」的句型。

| 範例 | 明日、早く起きます。（明天早點起床。）
→ 明日、早く起きるつもりです。（打算明天早點起床。）

1. ✎ _____

2. ✎ _____

3. ✎ _____

4. ✎ _____

❷ 請試試看將題目提供的句子換成「どうして〜んですか（為什麼要〜？）」的句型。

| 範例 | 友達のノートをコピーします。（影印朋友的筆記。）
→ どうして友達のノートをコピーするんですか。（為什麼要影印朋友的筆記？）

1. ✎ _____

2. ✎ _____

3. ✎ _____

4. ✎ _____

❸ 請參考範例，在（ ）內填入適當的文字。

| 範例 | 来年（から）働く（つもり）です。（打算從明天早點起床。）

1. 友達(　　)ノートをコピー(　　　　　　　)つもりです。不打算影印朋友的筆記。

2. この仕事は小野さん(　　)頼(　　)つもりです。
不打算將這件事拜託小野先生（小姐）。

3. (　　　　　　　)明日、早く起きる(　　　　　　　)。為什麼明天要早點起床？

4. 週末じゃありません(　　　　)。因為不是週末嘛。

249

❹ 先試試看用平假名寫下題目提供的單字，接著再試著用漢字寫寫看。

範例	工作	平假名				漢字	
		は	た	ら	く	働	く

1. 起來

平假名　　　　　　　漢字

2. 學習

平假名　　　　　　　漢字

3. 賣

平假名　　　漢字

4. 明年

平假名　　　　　　　　　漢字

5. 圖畫

平假名　漢字

片假名
練習18

排列片假名的順序（3）

請依據題目提供的片假名符號依序排列看看。

1. 咖啡（Coffee） ー コ ー ヒ
→

6. 天線（Antenna） ナ ン テ ア
→

2. 淋浴（Shower） ワ ー ャ シ
→

7. 團體（Group） グ ー プ ル
→

3. 運動（Sports） ス ツ ー ポ
→

8. 合唱（Chorus） ラ コ スー
→

4. 桌子（Table） ー テ ル ブ
→

9. 季（Season） ズ シ ー ン
→

5. 領帶（Neck Tie） タ ネ イ ク
→

10. 滑冰（Skate） ト ケ ー ス
→

| 解答 | 1.コーヒー 2.シャワー 3.スポーツ 4.テーブル 5.ネクタイ
6.アンテナ 7.グループ 8.コーラス 9.シーズン 10.スケート

29 用常體說說看

日本語を話すことができる。

會說日語。

29.mp3

例句29-1.mp3

暖身練習
基本會話聽力

請看下方圖片，試著推測情境及對話內容，並搭配音檔練習。

例句29-2.mp3

第一階段
熟悉基本單字

稍等一下！

「たばこ（香菸）」的片假名可以使用外來語「タバコ，」也可以使用漢字的「煙草」來表示，因為香菸就是「冒煙的草」。

弾く[ひく] ⑤彈奏（弦樂器、鍵盤樂器）、演奏

話す[はなす] ⑤ 講話

浴びる[あびる] ① 蒙上、沾上

吸う[すう] ⑤ 抽（煙）

洗う[あらう] ⑤ 洗

ギター 吉他

シャワー 沐浴

たばこ 香菸

外[そと] 外、外面

食事[しょくじ] 用餐

チューニング 調整

手[て] 手

❶

～ことができる。　可以做～／會做～。

稍等一下！

「原形＋こと」是一種將動詞轉為名詞來表達的方式。在後面加上「～が」的話指的是「做～（某件事）」的意思，後面可以再加上「できる（能夠～、可以～）」變成「可以做～」，也就是「能夠做～」的意思。

「原形＋ことができる」的句型是「可以做～。」的意思。如果要說「不能做～」的話，只要將「できる」換成ない形的「できない」可以了。「できる」是表示「會、可以做」的一段動詞。

姉はギターを弾くことができる。　　姊姊會彈吉他。

日本語を話すことができる。　　　　會講日語。

シャワーを浴びることができる。　　可以洗澡。

ここはたばこを吸うことができる。　這裡可以抽菸。

---

❷ 　　～ことがある。

有～的情況／有～的時候。

稍等一下！

想要說「也有～的情況」，只要將「～が（主詞助詞）」換成「～も（也～）」就可以了。也就是說會變成「～こともある（也有～的情況）」的句型。另外，在說「有～的情況」的時候，助詞也會更換變成「～ことはある」。

如果將「原形＋ことがある」直接翻譯的話會是「有～的事」，但這邊指的是「有～的情況、有～的時候」的意思。將前面學過的「原形＋ことができる（可以（常體））～可以（敬語～）」的「できる（能夠、可以）」換成「ある（有）」就行了。

ゲームをすることがある。　　　　有玩遊戲的情況。

週末は外で食事をすることがある。
　　　　　　　　　　　　有週末在外面用餐的情況。

姉はギターを弾くことがある。　姊姊有彈吉他的時候。

兄はたばこを吸うことがある。　哥哥有在抽菸的時候。

❸ **～ないことがある。**

有不～的情況／有不～的時候。

在「～ことがある」前面不加上原形而加上ない形的話，就會變成「ない型＋ことがある」這個句型，意思是「有不～的情況、有不～的時候。」

その人は日本語を話さないことがある。

那個人有不講日語的情況。

シャワーを浴びないことがある。　有不洗澡的時候。

連絡をしないことがある。　有不聯絡的情況。

朝は食事をしないことがある。

早上有不吃早餐的情況。

❹ **～前に[まえに]**　在做～之前。

「原形＋前に」這個句型是「在做～之前」的意思。

ギターを弾く前にチューニングをする。

在彈吉他之前調音。

日本語を話す前によく考える。

在講日語之前好好思考。

会議をする前にたばこを吸う。　在開會之前抽菸。

食事をする前に手を洗う。　在用餐之前洗手。

稍等一下！

「～の前に」前面出現的名詞，如果是「1年[いちねん]（一年）」、「3時間[さんじかん]（三小時）」這類量詞的話，則要把前面的「の」去掉，直接接上量詞。

❺

～の前に[まえに]　　　　　～前。

「～前[まえ]に」接在名詞後面的時候，加入中間的助詞「～の（～的）」，就會變成「名詞＋の前に」的句型。

食事の前に手を洗う。	用餐前洗手。
テストの前にノートをコピーする。	考試前影印筆記。
会議の前にたばこを吸う。	開會前抽菸。
コンサートの前にチューニングをする。	演唱會前調音。

日語是這樣的！

區分動詞的方法（1）

　　日語的變化規則是依據動詞種類的不同而決定如何變形，所以必須要能夠分辨一段動詞與五段動詞，才可以正確的活用動詞。在這邊一起來確認原形和ない形的區分方法。在原形的情況下，一段動詞的尾音一定會是以「る」來結尾。所以尾音只要不是「る」的就都是五段動詞。舉例來說，「弾[ひ]く（彈奏、演奏）」、「話[はな]す（講話）」、「吸[す]う（吸菸）」、「洗[あら]う（洗）」這些動詞尾音全部都不是「る」的關係，所以可以判斷出是五段動詞。

　　接下來說明「ない形」的情況，因為五段動詞是「ない形」的「あ段＋ない」，所以「ない」前面的發音如果不是「ない」的話就是一段動詞。舉例來說，「浴[あ]びない（蒙上、沾上）」、「起[お]きない（起來）」、「教[おし]えない（不教）」等，都是「ない」前面的發音不是「あ」的關係，所以可以判斷出是一段動詞。

第三階段
會話打好基本功

あれ 咦、喔
いつも
總是、經常、一直
ヘビースモーカー
癮君子
頑張って[がんばって] 加油
サンキュー
謝謝（Thankyou）

稍等一下！

「そっか（原來）」
是「そうか」較簡
短的用語，主要在
對話的時候較常使
用。用敬語來說的
話就會是「そうで
すか」。

智延在走去學校的路上，看到朋友「雄太〔ゆうた〕」正在抽菸。

カク・チエン：あれ? 雄太、たばこ吸うの？

前田 雄太：うん。よく吸うよ。

カク・チエン：へえ。ヘビースモーカー？

前田 雄太：ヘビースモーカーまでは行かないよ。

カク・チエン：そう。

前田 雄太：でも、テストの前にいつも吸うよ。

カク・チエン：それから？

前田 雄太：それから……レポートを書く前に吸うことが
ある。

カク・チエン：今日はテスト？

前田 雄太：うん。2時から。

カク・チエン：そっか。頑張って。

前田 雄太：サンキュー。

郭智延：咦？雄太，在抽菸嗎？　　　　　前田雄太：嗯，常常抽。
郭智延：哎呦，是癮君子嗎？　　　　　　前田雄太：還不到癮君子。
郭智延：原來如此。　　　　　　　　　　前田雄太：但是的，考試前經常抽。
郭智延：還有呢？　　　　　　　　　　　前田雄太：還有…在寫報告前的情況。
郭智延：今天有考試嗎？　　　　　　　　前田雄太：嗯，是兩點開始。
郭智延：原來如此，加油。　　　　　　　前田雄太：謝啦。

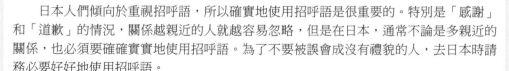
日本人們很重視招呼語！

　　日本人們傾向於重視招呼語，所以確實地使用招呼語是很重要的。特別是「感謝」
和「道歉」的情況，關係越親近的人就越容易忽略，但是在日本，通常不論是多親近的
關係，也必須要確確實實地使用招呼語。為了不要被誤會成沒有禮貌的人，去日本時請
務必要好好地使用招呼語。

　　對可以輕鬆談話的對象道謝時，可以講「サンキュー（謝謝／Thankyou）」。當然
也可以使用「ありがとう（謝謝）」，但是「サンキュー」有比較輕鬆的感覺。還有，
在男性有的時候會用「悪い〔わる〕（壞）」來取代「ごめん（對不起）」，含意是「是我不
對」。關於日本的招呼用語請參考第571～578頁。

❶ 請試試看將題目提供的句子換成「～ことができる（可以～／會～）」的句型。

| 範例 | 姉はギターを弾きます。（姊姊彈吉他。）
→ 姉はギターを弾くことができる。（姊姊會彈吉他。）

1. 🎤 _____

2. 🎤 _____

3. 🎤 _____

4. 🎤 _____

❷ 請試試看將題目提供的句子換成「～ことがある／～ないことがある（有～的情況／有不～的情況）」的句型。

| 範例 | シャワーを浴びません。（不洗澡。）
→ シャワーを浴びないことがある。（有不洗澡的情況。）

1. 🎤 _____

2. 🎤 _____

3. 🎤 _____

4. 🎤 _____

❸ 請參考範例，在（ ）內填入適當的文字。

| 範例 | 日本語を話す（ことが）できる。會日語。

1. 連絡を(　　　　　　　)ことがある。有不聯絡的情況。

2. ギターを弾(　　)前にチューニングをする。彈吉他前調音。

3. 食事(　　)前に手を洗う。用餐前洗手。

4. 週末は外(　　)食事をすることが(　　　　　　)。週末有在外面用餐的時候。

④ 先試試看用平假名寫下題目提供的單字，接著再試著用漢字寫寫看。

| 範例 | 抽（菸）

平假名
| す | う |

漢字
| 吸 | う |

1. 講話

平假名
| | | |

漢字
| | |

2. 蒙上、沾上

平假名
| | | |

漢字
| | |

3. 洗

平假名
| | | |

漢字
| | |

4. 外面、外部

平假名
| | |

漢字
| |

5. 用餐

平假名
| | | | |

漢字
| | |

片假名
練習19

排列片假名的順序（4）

請依據題目提供的片假名符號依序排列看看。

1. 舞台（Stage）ス ジ テ ー
→ ☐☐☐☐

6. 平衡（Balance）ン ラ バ ス
→ ☐☐☐☐

2. 速度（Speed）ー ピ ド ス
→ ☐☐☐☐

7. 塑膠（Vinyl）ー ニ ル ビ
→ ☐☐☐☐

3. 機會（Chance）ャ チ ス ン
→ ☐☐☐☐

8. 罩衫（Blouse）ウ ラ ブ ス
→ ☐☐☐☐

4. 貨車（Truck）ク ラ ト ッ
→ ☐☐☐☐

9. 海報（Poster）タ ス ー ポ
→ ☐☐☐☐

5. 號碼（Number）ナ ー バ ン
→ ☐☐☐☐

10. 打火機（Lighter）イ タ ラ ー
→ ☐☐☐☐

| 解答 | 1.ステージ 2.スピード 3.チャンス 4.トラック 5.ナンバー
6.バランス 7.ビニール 8.ブラウス 9.ポスター 10.ライター

30 用敬語說說看

掃除の前に洗濯をします。

30.mp3

打掃之前洗衣服。

🎧 例句30-1.mp3

暖身練習
基本會話聽力

🎧 例句30-2.mp3

第一階段
熟悉基本單字

請看下方圖片，試著推測情境及對話內容，並搭配音檔練習。

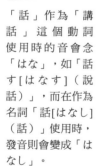

稍等一下！

「話」作為「講話」這個動詞使用時的音會念「はな」，如「話す[はなす]（說話）」，而在作為名詞「話[はなし]（話）」使用時，發音則會變成「はなし」。

歌う[うたう] ⑤ 唱（歌）

入る[はいる] ⑤ 進去、進來

話[はなし] 話

箸[はし] 筷子

自転車[じてんしゃ] 腳踏車

カラオケ KTV

洗濯[せんたく] 洗滌、洗衣服

掃除[そうじ] 打掃

風呂[ふろ] 沐浴、浴室

石けん[せっけん] 肥皂

稍等一下！

「箸[はし]（筷子）」這個單字，發音的時候要小心語調！要從高音往低音唸才會是「筷子」的意思，從低音往高音唸的話，就會變成「橋[はし]（橋）」。另外，如果只說「箸」的話，會稍微有沒禮貌的感覺，所以在需要禮貌的場合請記得前面都需要加上「お」，變成「お箸」。
はし（筷子）
はし（橋）

❶ ～で～ことができます。

可以用～做～／會用～做～。

把「原形＋ことができる」的「できる（能夠、可以）」換成「できます」的話，會是「能夠～／可以～」的敬語句型。助詞「～で」是表示手段或是方法的「用～」的意思。

中国語でメールを書くことができます。

能夠用中文寫信。

フランス語で話をすることができます。

可以用法文講話。

箸で食事をすることができます。　能夠用筷子用餐。

学校まで自転車で行くことができます。

可以騎腳踏車到學校。

❷ ～ことがあります。

有～的情況／有～的時候。

「原形＋ことがある」也是將「ある（有）」換成「あります」，就能夠變成「有～的情況／有～的時候」的敬語句型。

車で会社に行くことがあります。 有用汽車去公司的情況。

カラオケで歌うことがあります。 　有在KTV唱歌的時候。

外で食事することがあります。 有在外面用餐的情況。

僕が洗濯をすることがあります。 有我洗衣服的時候。

❸ ～ないことがあります。

有不～的情況／有不～的時候。

「ない形＋ことがある」一樣也是將「ある」換成「あります」的話，就能夠變成「有不～的情況／有不～的時候」的敬語句型。

自転車で学校に行かないことがあります。

有不騎腳踏車去學校的情況。

お風呂に入らないことがあります。

有不洗澡的時候。

掃除をしないことがあります。　　有不打掃的情況。

洗濯をしないことがあります。　　有不洗衣服的時候。

❹

～前に[まえに]　　　　　　在～之前。

「原形＋前に」的話，就是「在～之前」的意思。

カラオケで歌う前にお酒を飲みます。

在KTV唱歌之前喝酒。

うちに帰る前に連絡します。　　在回家之前聯絡。

晩ご飯を食べる前にお風呂に入ります。

在吃晚餐之前洗澡。

掃除をする前に洗濯をします。　　在打掃之前洗衣服。

❺

～の前に[まえに]　　　在～前。

在使用名詞的情況時，會先寫助詞「～の（～的）」，變成「名詞＋の前に」的句型。

掃除の前に洗濯をします。　　　在打掃前洗衣服。

晩ご飯の前にお風呂に入ります。　在吃晚餐前洗澡。

食事の前に石けんで手を洗います。　在用餐前用肥皂洗手。

コンサートの前に食事をします。　在演唱會前吃飯。

日語是這樣的！

區分動詞的方法（2）

　　原形的尾音如果不是用「る」結尾的話，就是五段動詞對吧？但是如果一段動詞「る」前面的發音不是「い」段或「え」段，而是「あ」段、「う」段、「お」段的話，就會是五段動詞。舉例來說「撮る（拍照）」、「売る（賣）」、「ある（有）」等，這些動詞就是因為「る」前面的發音不是「い」段或是「え」段，所以可以判斷是五段動詞。

　　「ます」形也可以區分出動詞的種類。因為五段動詞是「い段＋ます」，「ます」前面的發音如果不是「い」段的話，就全部屬於一段動詞。舉例來說「食べます（吃）」、「開けます（開）」、「考えます（思考）」等，這些動詞就是因為「ます」前面的發音不是「い」段，所以可以判斷出是一段動詞。

　　現在已經把如何透過原形、「ない」形、「ます」形來分辨動詞的方法介紹給大家，不過就算使用這些方法，也很難完美區分。最好的方式是自然而然地將活用方式記在身體裡，請用耳朵專心聽、跟著一起練習看看～！

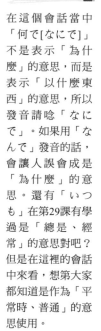

第三階段
會話打好基本功

バス 公車
〜ぐらい 〜程度

稍等一下！

在這個會話當中「何で[なにで]」不是表示「為什麼」的意思，而是表示「以什麼東西」的意思，所以發音請唸「なにで」。如果用「なんで」發音的話，會讓人誤會成是「為什麼」的意思。還有「いつも」在第29課有學過是「總是、經常」的意思對吧？但是在這裡的會話中來看，想第大家都知道是作為「平常時、普通」的意思使用。

泰民在早上第一次遇到住在附近的「遠藤（えんどう）」先生。

遠藤 貴弘：おはようございます。

リン・タイミン：あ、おはようございます。

遠藤 貴弘：会社まで何で行きますか。

リン・タイミン：今日は車で行きます。

遠藤 貴弘：いつもは車で行かないんですか。

リン・タイミン：ええ。いつもは自転車で行きます。

遠藤 貴弘：自転車で行くんですか。

リン・タイミン：はい、近いですから。

遠藤 貴弘：そうですか。いいですね。

リン・タイミン：遠藤さんは何で行きますか。

遠藤 貴弘：バスで行きます。

リン・タイミン：そうですか。バスで何分ぐらいですか。

遠藤 貴弘：バスで40分ぐらいです。

遠藤貴弘：早安。
遠藤貴弘：你怎麼去公司？
遠藤貴弘：平常時不是開車去嗎？
遠藤貴弘：是騎腳踏車去？
遠藤貴弘：原來如此，很好呢！
遠藤貴弘：搭公車去。
遠藤貴弘：搭公車大概四十分鐘。

林泰民：啊，早安。
林泰民：今天開車去。
林泰民：是的，平常是騎腳踏車去。
林泰民：是的，因為很近。
林泰民：遠藤先生搭什麼去公司呢？
林泰民：原來如此，搭公車需要花幾分鐘？

在日本用餐時只用筷子！

　　在日本用餐時通常只用筷子。在吃咖哩或是西式料理時也是會用湯匙，不過一般在用餐時，還是只使用筷子。大家應該會想說不用湯匙的話，在喝湯的時候應該會很不方便吧？但在日本，飯碗、湯碗、小碟子等等都要用手端著吃才表示有禮貌。因為不用湯匙只使用筷子用餐的關係，如果不把碗端著吃的話，蝦子等在碗底部的食物就要把臉靠進碗邊吃。因為那個樣子太像「犬食い（いぬぐい）（像狗吃飯的方式）」，是非常不好看的。所以在喝湯的時候也要端著湯碗，將湯碗直接靠在嘴邊吃，在用餐時務必要特別小心這點。

❶ 請試試看將題目提供的單字和句子用「～で」連接後，造出「～で～ことができます（可以用～／會用～。」的句子。

| 範例 | 車・会社まで行きます。（去公司。）
→ 車で会社まで行くことができます。（可以用車去公司。）

1. 🎤 _____

2. 🎤 _____

3. 🎤 _____

4. 🎤 _____

❷ 請試試看將題目提供的句子換成「～ことがあります／～ないことがあります（有～的情況／有不～的情況）」的句型。

| 範例 | 僕が洗濯をします。（我洗衣服－男性）
→ 僕が洗濯をすることがあります。（我有不洗衣服的情況。）

1. 🎤 _____

2. 🎤 _____

3. 🎤 _____

4. 🎤 _____

❸ 請參考範例，在（　）內填入適當的文字。

| 範例 | カラオケで歌う（こと）があります。（有在KTV唱歌的情況。）

1. 箸で食事をすることが(　　　　　　　　　　)。可以用筷子用餐。

2. 洗濯を(　　　　　　)ことがあります。有不洗衣服的情況。

3. うち(　　)帰る(　　　　　　)連絡します。在回家之前聯絡。

4. 食事(　　　　　　)石けん(　　)手を洗います。在吃飯錢用肥皂洗手。

❹ 先試試看用平假名寫下題目提供的單字，接著再試著用漢字寫寫看。

| 範例 | **脚踏車**　　平假名　　じ｜て｜ん｜し｜ゃ　　　漢字　　自｜転｜車

1. 唱歌

平假名　　　　　　　　漢字

2. 進去

平假名　　　　　　　　漢字

3. 話

平假名　　　　　　　　漢字

4. 洗滌、洗衣服

平假名　　　　　　　　　漢字

5. 打掃

平假名　　　　　　　　漢字

日語的語調很重要！

　　之前有說過日語的音調很重要對吧？日語的單字需要用遵守固定的音調，特別要注意的是日語的重音並不是強弱重音，而是「高低音」，是指聲音由低到高上揚或是由高到低下降。介紹這課出現的單字「箸（筷子）」的時候，就有強調過音調的重要性。日語有很多的情況是如果音調搞錯的話，就會變成其他的單字，意思當然也沒辦法傳達給對方。

　　因此，在這邊幫大家說明有關日語的音調唸法。在日語中，一個單字裡面的第一個聲音（音節）和第二個聲音的高低音調一定會不一樣。所以從低音開始唸的話，單字的第二個聲音一定會上揚，從高音開始唸的話，單字的第二個聲音則一定會下降。

從低音開始唸的話，第二個聲音會上揚。

從高音開始唸的話，第二個聲音會下降。

　　還有，在單字當中，下降一次的聲音並不會再次上揚，這個是日語音調的基本原則。這裡以四個發音（音節）作為例子，來說明給大家看看日語的音調是怎麼變化的，請看下面的說明。

在第二個字的音調上揚後，一直維持到最後

在第二個字的音調上揚後，一直維持到最後一個字才下降

在第二個字的音調上揚後，到第三個字才下降

從高音開始第一個字，第二個字開始往下降

更長的單字們從低音往上提之後，可能會在任何位置再將音調下降。有些單字還會依據後面接上的助詞而改變音調與唸法。區分的方式很複雜，不過只要記住規則應該都可以大概知道怎麼發音。外國人很常犯的錯誤的其中一個是在念低音開始的單字的時候，將第三個音節唸成比第二個字更高。這樣會變成像是在日本北部地區的方言的唸法，而不是標準語的發音方式。第三個之後的音調不可以比第二個聲音還要更高。

第三個之後的音調不可以比第二個聲音還要

更高（標準語）

　　因為第一個聲音和第二個聲音的音調不同，所以可以明顯感受到聲音會先上揚後再下降，這是日語發音的特徵。

片假名
練習20

排列片假名的順序（5）

請依據題目提供的片假名符號依序排列看看。

1. 球拍（Racket）ケ ッ ト ラ

→

2. 置物櫃（Locker）ロ ー カ ッ

→

3. 開（Open）ー オ ン プ

→

4. 問題（Trouble）ル ラ ト ブ

→

5. 角落（Corner）ー ナ ー コ

→

6. 評論（Comment）ン コ ト メ

→

7. 劇本（Scenario）シ オ ナ リ

→

8. 跳（Jump）ャ プ ジ ン

→

9. 蒸氣（Steam）チ ー ム ス

→

10. 標題（Title）ル ト タ イ

→

| 解答 | 1.ラケット 2.ロッカー 3.オープン 4.トラブル 5.コーナー
6.コメント 7.シナリオ 8.ジャンプ 9.スチーム 10.タイトル

征服動詞過去式！

　　這一次要學的是動詞的過去式。五段動詞的「ない形（否定形）」很難熟記對吧？不過由於過去式的活用方式更複雜，所以可能會比「ない形」還要更為困難，而越是感到困難的時候，就越不能把注意力放在眼睛上，而是要把精神集中在耳朵，不是去硬背下規則，然後再用規則去套用，而是要用耳朵一邊聽，一邊自然而然地將活用句型掛在嘴邊，才是最好的學習方式，請不要忘記了！

第七節

•

忠心的士兵！
一段動詞
過去式

　　我們從最簡單的一段動詞來開始學習。之前有說過一段動詞是「忠心的士兵」對吧？只需要更換尾音的部分就可以了。不過，是否還記得一段動詞的特徵呢？動詞原形分有「～い段＋る」和「～え段＋る」兩種句型，在活用時，要記得，尾音的「る」經常會換成其他的字！

31

用常體說說看

起きた？

起床了嗎？

31.mp3

🎧 例句31-1.mp3

暖身練習
基本會話聽力

請看下方圖片，試著推測情境及對話內容，並搭配音檔練習。

🎧 例句31-2.mp3

第一階段
熟悉基本單字

稍等一下！

「出かける[でかける]（外出）」也可以使用漢字「出掛ける」來表示。

寝る[ねる] ① 睡覺

覚える[おぼえる] ①
背、記

降りる[おりる]
①（從公車、電車等）下車

出かける[でかける] ①
外出

かける ① 走路

今朝[けさ] 今天早上

夕べ[ゆうべ] 昨天晚上

遅く[おそく] 晚的

単語[たんご] 單字

電話[でんわ] 電話

番号[ばんごう] 號碼

273

❶

た形

～た。　　　　　　～了。

只需要將在一段動詞原形的尾音「る」換成「た」就可以。這個句型
就是た形，也就是說動詞「た形」就是過去式的形式。

今朝、早く起きた。	今天早上早早地起床了。
夕べは遅く寝た。	昨天晚上晚睡了。
新しい単語を覚えた。	背新單字了。
今、バスを降りた。	現在下公車了。

❷

～なかった。　　　　沒～。

一段動詞過去式的否定形，只需要將尾音的「る」去掉後，加上「～
なかった（沒～）」就可以了。否定的表現時，會將「～ない」的
「い」換成「かった」，成為過去式句型。

昨日は出かけなかった。	昨天沒有外出。
両親に電話をかけなかった。	沒打電話給父母。
今朝、シャワーを浴びなかった。	今天早上沒有洗澡。
夕べは遅く寝なかった。	昨天晚上沒有晚睡。

起きる（起來）＋た（了）
⇒ 起きた（起來了）

早く　早早地、快
起きる　① 起來
新しい　新
今[いま]　現在

稍等一下！

「今朝[けさ]（今
天早上）」、「夕
べ[ゆうべ]（昨天
晚上）」的後面不
會加上助詞「～
に（在～）」，因
為這些字沒有「～
に」一樣也可以解
釋為「在今天早
上」、「在昨天晚
上」的意思。

かける（走路）＋なかった（沒～）
⇒ かけなかった（不走路了）

昨日　昨天
両親　父母、雙親
浴びる　①蒙上、沾
　　　　上、照射

274

稍等一下！

在說「從公車下車」時請小心助詞會使用「～を（被～）」，如「バスを降りる[おりる]」。不過在這邊省略了助詞「～を」對吧？日語在常體的對話中，經常會省略助詞～！

❸

～た？　　　　　　～了嗎？

將有「～了」的意思的「た形」語尾語調上揚的話，就會變成疑問句。並且有的時候也會加入受格助詞「～を（被～）」使用，但是因為在常體的對話當中經常會省略受格助詞，所以這邊一起來練習看看省略的說法吧。

新しい単語、覚えた？	背新單字了嗎？
バス、降りた？	下公車了嗎？
今日は出かけた？	今天外出了嗎？
電話番号、教えた？	有告知電話號碼嗎？

❹

うん、～た。　　　嗯，～了。
ううん、～なかった。　　不，沒～。

肯定的回答是先用「うん（嗯）」之後，接著用「た形」回答。否定的回答是先用「ううん（不）」之後，接著用「～なかった」回答就可以了。

うん、覚えた。	嗯，記住了。
うん、今降りた。	嗯，現在下車了。
ううん、出かけなかった。	不，沒外出。
ううん、教えなかった。	不，沒告知。

窓[まど] 窓戶
開ける[あける] ①開
閉める[しめる] ①關

❺

～なかった？　　　　　沒～嗎？

如果要表達「沒～嗎？」的話，將「～なかった（不～）」語尾的語調上揚就可以了。助詞「～を（被～）」在常體的對話中經常會被省略。

窓、開けなかった？	沒開窗戶嗎？
ドア、閉めなかった？	沒關門嗎？
夕べ、早く寝なかった？	昨天晚上沒有早睡嗎？
新しい単語、覚えなかった？	沒有背新單字嗎？

❻

うん、～なかった。　　嗯，沒～。
ううん、～た。　　　　不，～了。

先說表示肯定回答的「うん（嗯））」，接著再用「～なかった」來回答，否定回答則先說「ううん（不）」，接著再使用「た型」來回答就可以了。

うん、開けなかった。	嗯，沒開。
うん、閉めなかった。	嗯，沒關。
ううん、早く寝た。	不，早睡了。
ううん、みんな覚えた。	不，都背了。

稍等一下！

在前面學到「みんな（全部、都）」的時候，是表示全部人的意思，而不是人的情況下也可以使用這個單字。和之後會學到的「全部[ぜんぶ]（全部、都）」很相似，不過這個字和「みんな（全部、都）」不一樣，不能夠用來指人。

第三階段
會話打好基本功

もしもし 喂～
もう
已經、已經、如今
学校[がっこう]
學校
行ってらっしゃい
[いってらっしゃい]
路上小心（對出門
的人講的招呼語）
行ってきます[いっ
てきます]
我出門了

稍等一下！

「行ってきます
[いってきます]
（我出門了）」和
「行ってらっし
ゃい（路上小心）」
在常體中也很常是
用一樣的句型，並
且「行ってらっし
ゃい」其實是省略
了「行っていら
っしゃい」中的
「い」，日常生活
中會省略「い」使
用，給大家參考。

「和子（かずこ）」早早地從家裡出來，打電話問孩子們的狀況。

上田 修：はい、上田です。

上田 和子：もしもし、私。陸はもう起きた？

上田 修：ううん、まだ。

上田 和子：陸は夕べ早く寝なかったから……。
　　　　　七海は起きた？

上田 修：うん、七海はもう出かけた。

上田 和子：もう出かけた？

上田 修：うん、学校。

上田 和子：そう。

上田 修：今どこ？

上田 和子：今バス降りた。

上田 修：そう。じゃ、行ってらっしゃい。

上田 和子：行ってきます。

上田修：喂，我是上田。
上田修：不，還沒。

上田修：嗯，七海已經出去了。
上田修：嗯，去學校。
上田修：現在在哪裡？
上田修：好，那麼，路上小心。

上田和子：喂，是我。陸現在起床了嗎？
上田和子：陸因為昨天晚上沒有早睡…，七海起床了嗎？
上田和子：已經出去了？
上田和子：好。
上田和子：現在（剛）下公車了。
上田和子：我出門了。

啊哈！

在日本家族的姓氏「苗字（みょうじ）（姓）」全部都一樣。

原來日本是這樣

　　日本現在也是採夫妻同姓。大部分時候女性會跟著男性的姓氏更改，但是也有男性跟著女性的姓氏更改的情況。不論是哪樣，整個家族都會變成一樣的姓氏，而離婚後大部分的人會再次換回結婚前的姓氏。日本也採用戶籍制度，在結婚前戶籍會在父親的名字下面，結婚之後戶籍會從父母的戶籍中去掉，換過去男方那邊的戶籍，妻子和小孩的戶籍都會一起轉移進去。離婚後如果是由媽媽扶養小孩，媽媽會從男方的戶籍中去掉變成新的戶籍，然後小孩會轉移進去。這時候媽媽的姓氏就會變回結婚以前的姓氏，小孩的姓氏也會跟著媽媽的姓氏改變。如果不想更換姓氏的時候，也是可以維持和老公一樣的姓氏。

❶ 請參考範例試試看使用「ううん（不是的）」來回答題目提供的問句。

> | 範例 | 今朝、早く起きた？（今天早上早起了嗎？）
> → ううん、早く起きなかった。（不，沒有早起。）

1. 🎤 ....

2. 🎤 ....

3. 🎤 ....

4. 🎤 ....

❷ 請參考範例試試看使用「ううん（不是的）」來回答題目提供的問句。

> | 範例 | 夕べは早く寝なかった？（昨天晚上沒有早睡嗎？）
> → ううん、早く寝た。（不，早睡了。）

1. 🎤 ....

2. 🎤 ....

3. 🎤 ....

4. 🎤 ....

❸ 請參考範例，在（ ）內填入適當的文字。

> | 範例 | 電話（を）かけた。（打電話了。）

1. 今朝、早く起き（　　　）。今天早上早起了。

2. 夕べ（　　　）遅く寝（　　　　　　　　）。昨天晚上沒有晚睡。

3. バス（　　　）降りた。從公車下車了。

4. 昨日は出かけ（　　　　　　　　）。昨天沒有外出。

278

❹ 試試看活用題目提供的動詞單字。

原形	不〜（ない形）	〜了（た型）	沒〜
1. 覚える[おぼえる] （記住）			
2. 出かける[でかける] （外出）			

❺ 先試試看用平假名寫下題目提供的單字，接著再試著用漢字寫寫看。

| 範例 | 下

平假名
| お | り | る |

漢字
| 降 | り | る |

1. 背

平假名

漢字

2. 外出

平假名

漢字

3. 今天早上

平假名

漢字

4. 單字

平假名

漢字

5. 號碼

平假名

漢字

279

片假名
練習21

排列片假名的順序（6）

請依據題目提供的片假名符號依序排列看看。

1. 裙子（Skirt）
   ー ス ト カ

   →

2. 拖鞋（Slipper）
   ス ッ リ パ

   →

3. 叉子（Fork）
   ク ー フ ォ

   →

4. 窗簾（Curtain）
   テ ン カ ー

   →

5. 商店（Shop）
   ッ ョ シ プ

   →

6. 系列（Series）
   シ ズ リ ー

   →

7. 火箭（Rocket）
   ケ ロ ト ッ

   →

8. 尼龍（Nylon）
   ン イ ナ ロ

   →

9. 圖案（Pattern）
   パ ン タ ー

   →

10. 圍巾（Muffler）
    ラ フ ー マ

    →

|解答| 1. スカート 2. スリッパ 3. フォーク 4. カーテン 5. ショップ
6. シリーズ 7. ロケット 8. ナイロン 9. パターン 10. マフラー

32 用敬語說說看

32.mp3

今朝、7時に起きました。

在今天早上七點起床了。

🎧 例句32-1.mp3

暖身練習
基本會話聽力

請看下方圖片，試著推測情境及對話內容，並搭配音檔練習。

🎧 例句32-2.mp3

第一階段
熟悉基本單字

稍等一下！

「電車[でんしゃ]
（地鐵、電車）」
有的時候語調會
是唸做「高－低－
低」。但通常年輕
人們會使用在「熟
悉基本單字」介紹
過給大家的「低－
高－高」來唸。

電車[でんしゃ] 地鐵、電車

タクシー 計程車

子供[こども] 孩子、子女、小孩

朝[あさ] 早上

意味[いみ] 意義、意思

全然[ぜんぜん] 完全不

281

❶

～に～ました。　　　　　在～了。

一段動詞尾音的「る」換成「ます」，就會是「ます」形。如果要改成過去式「～了」的話，把「～ます」換成「～ました」就可以了，而「～に（在～）」是要表示在某個時間時所使用的助詞。

～時[じ] ～點
半[はん] 半

稍等一下！

如果想不太起來時間「～時[～じ]（～點）」的表現方式的話，可以參考第564頁。

今朝、7時に起きました。　　今天早上在七點起床了。

夕べ、11時半に寝ました。　　昨天晚上在十一點前睡了。

3時にタクシーを降りました。　　在三點從計程車下車了。

昨日、朝9時に子供と出かけました。
　　　　　　　　　　　在昨天早上九點和孩子外出了。

❷

～ませんでした。　　　　沒～。

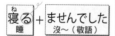

見る[みる]
① 看
一昨日[おととい]
前天
晩ご飯[ばんごはん]
晚餐
食べる[たべる]
① 吃
先週[せんしゅう]
上週

如果想要用一段動詞表示「沒～」，只要將原形尾音的「る」去掉後，加上「ませんでした」就可以了。「～ません」是「不～」的否定意思，而「～でした」是「～了」的過去式。

単語の意味を覚えませんでした。　沒有背單字的意思。

夕べはテレビを全然見ませんでした。
　　　　　　　　　　　昨天晚上完全沒有看電視。

一昨日は晩ご飯を食べませんでした。　前天沒吃晚餐。

先週は子供と全然出かけませんでした。
　　　　　　　　　　　上週和孩子完全沒出門。

282

稍等一下！

在說「從計程車下車」的時候，助詞要使用「〜を」，說「タクシーを降り[おり]ました」。

❸

〜ましたか。　　　　　〜了嗎？

在「〜ました（〜了）」加上「〜か」變成「〜ましたか」的話，就會是「〜了嗎？」的意思。

単語の意味を覚えましたか。　　記住單字的意思了嗎？

タクシーを降りましたか。　　從計程車下車了嗎？

今日の朝は6時に起きましたか。
　　　　　　　　　　今天的早上六點起床了嗎？

電車で寝ましたか。　　在電車睡了嗎？

稍等一下！

用「是的，是那樣。」代替「是的，是〜」回答的時候，會用「はい、そうです」來表達。

❹

はい、〜ました。　　　是的，〜了。
いいえ、〜ませんでした。　不是的，沒〜。

肯定的回答是先用「はい（是的）」之後，接著用「〜なかった」回答。否定的回答是先用「いいえ（不是的）」之後，接著用「〜ませんでした」回答就可以了。

はい、覚えました。　　　　　是的，背了。

はい、降りました。　　　　　是的，下車了。

いいえ、6時に起きませんでした。
　　　　　　　　　不是的，在六點沒起床。

いいえ、寝ませんでした。　　不是的，沒睡。

283

お金[おかね] 錢
借りる[かりる] ①借
着る[きる] ①穿

❺

〜ませんでしたか。　　　沒〜嗎？

在有「沒〜」意思的「〜ませんでした」後面加上「〜か」的話，會變成「〜ませんでしたか」，就是「沒〜嗎？」的意思。

お金を借りませんでしたか。	沒借錢嗎？
スーツを着ませんでしたか。	沒穿西裝嗎？
子供と出かけませんでしたか。	沒和孩子外出嗎？
電車で全然寝ませんでしたか。	在電車上完全沒睡嗎？

❻

はい、〜ませんでした。　是的，沒〜。
いいえ、〜ました。　　　不是的，〜了。

肯定的回答是先用「はい（是的）」之後，接著用「〜ませんでした」回答。否定的回答則是先用「いいえ（不是的）」之後，接著用「〜ました」回答就可以了。

はい、借りませんでした。	是的，沒借。
はい、着ませんでした。	是的，沒穿。
いいえ、出かけました。	不是的，外出了。
いいえ、ちょっと寝ました。	不是的，稍微睡了。

第三階段
會話打好基本功

目[め] 眼睛
赤い[あかい] 紅
仕事[しごと]
工作、職業
忙しい[いそがしい]
忙
大変な[たいへんな]
辛苦的、大事的
来週[らいしゅう]
下週
楽しい[たのしい]
愉快

稍等一下！

▶如同前面說明過的，在日本，如果對方不是親近的友人或親屬，一般會在姓氏之後加上「さん」來稱呼。

▶如果將「よかった」直接翻譯的話，會是「很好／太好了」的意思，不過也可以作為「幸好／那太好了」的意思使用。

藤田純子上班後發現希姆先生已經來辦公室了。

藤田 純子：シムさん、おはようございます。

シム：あ、おはようございます。

藤田 純子：シムさん、目が赤いですよ。
　　　　　夕べ、遅く寝ましたか。

シム：夕べ、寝ませんでした。

藤田 純子：全然寝ませんでしたか。

シム：ええ。

藤田 純子：どうして寝ませんでしたか。

シム：仕事が忙しかったですから。

藤田 純子：そうですか。大変ですね。

シム：ええ、来週までとても忙しいです。

藤田 純子：そうですか。

シム：でも、仕事は楽しいです。

藤田 純子：そうですか。それはよかったですね。

藤田純子：希姆先生，早安。
藤田純子：希姆先生，眼睛紅紅的。昨天晚上晚睡了嗎？
藤田純子：完全沒有睡嗎？
藤田純子：為什麼沒有睡？
藤田純子：原來如此，很辛苦吧。
藤田純子：原來。
藤田純子：那樣啊，那真是太好了。

希姆：喔，早安。

希姆：昨天晚上沒有睡。

希姆：是的。
希姆：因為工作忙碌。
希姆：是的，到下週為止會非常忙碌。
希姆：雖然如此，工作是愉快的。

啊哈！
原來日本是這樣

日本深夜人很少！

　　在日本到深夜的時候，外面幾乎沒有什麼人在活動。就算是在鬧區，到了較晚的深夜時間外面也幾乎沒有人跡。作為參考，「健身」用日語來說的話，請使用「フィットネスクラブ（健身俱樂部）」、「スポーツジム（運動館）」、「スポーツクラブ（運動俱樂部）」。由於日語中的「健身（ヘルス）」指的是提供性服務的商店，所以如果說「我每天都去健身」的話，直接翻譯成日語很容易會被誤會，所以請小心～！

❶ 請參考範例試試看使用「いいえ（不是的）」來回答題目提供的問句。

> | 範例 | 今朝、7時に起きましたか。（今天早上在七點起床了嗎？）
> → いいえ、7時に起きませんでした。（不，在七點沒起床。）

1. 🎤 ....

2. 🎤 ....

3. 🎤 ....

4. 🎤 ....

❷ 請參考範例試試看使用「いいえ（不是的）」來回答題目提供的問句。

> | 範例 | お金を借りませんでしたか。（沒借錢嗎？）
> → いいえ、借りました。（不，借了。）

1. 🎤 ....

2. 🎤 ....

3. 🎤 ....

4. 🎤 ....

❸ 請參考範例，在（ ）內填入適當的文字。

> | 範例 | 今朝（は）遅く起きました。今天早上晚起床了。

1. 昨日、9時(　　　)出かけました。昨天在九點外出了。

2. 電車(　　　)降りました。從電車下車了。

3. 夕べは全然寝(　　　　　　　　　　　)。昨天晚上完全沒睡覺。

4. 単語の意味を覚え(　　　　　　　　)。背了單字的意思。

🎧 例句32-5.mp3

④ 試試看活用題目提供的動詞單字。

原形	做～（「ます」形）	不做～	～了	沒～
1. 降りる[おりる] （下）				
2. 寝る[ねる] （睡覺）				

⑤ 先試試看用平假名寫下題目提供的單字，接著再試著用漢字寫寫看。

| 範例 | 眼睛 平假名 [め] 漢字 [目]

1. 地鐵、電車

平假名 □□□□ 漢字 □□

2. 小孩、子女、孩子

平假名 □□□ 漢字 □□

3. 早上

平假名 □□ 漢字 □

4. 意義、意思

平假名 □□ 漢字 □□

5. 完全不

平假名 □□□□ 漢字 □□

一段動詞規則總整理

　　在第七節學過的一段動詞的常體和敬語的規則，再次全部整理給大家。

一段動詞的常體變化規則：常體

　　有說過一段動詞原形的尾音一定是以「る」結束的對吧？在造句的時候只需要更換「る」就可以了。之後會學到更多不同的表達方式，在解說連接詞時「常體」將會再出現，因此現在只需要大概知道就可以了。

原形	ない形	た形	過去否定
見る [みる] 看	見ない [みない] 不看	見た [みた] 看了	見なかった [みなかった] 沒看

一段動詞的敬語活用規則：丁寧體

　　將原形尾音的「る」去掉後，加上「ます」就可以了。「～ます」會變化成好幾種的活用句型，只要把「丁寧體」用語想成是敬語的變化句型就行了。

「ます」形（肯定）	否定	過去	過去否定
見ます [みます] 看	見ません [みません] 不看	見ました [みました] 看了	見ませんでした [みませんでした] 沒看

片假名
練習22

排列片假名的順序（7）

請依據題目提供的片假名符號依序排列看看。

1. 智能（Smart）
ス ー ト マ

→ [　｜　｜　｜　]

2. 幻燈片（Slides）
ド ラ ス イ

→ [　｜　｜　｜　]

3. 職歷（Career）
ャ キ ア リ

→ [　｜　｜　｜　]

4. 起重機（Crane）
レ ン ク ー

→ [　｜　｜　｜　]

5. 類型（Genre）
ン ジ ル ャ

→ [　｜　｜　｜　]

6. 衝擊（Shock）
ク ッ ショ

→ [　｜　｜　｜　]

7. 櫃檯（Front）
ロ ト フン

→ [　｜　｜　｜　]

8. 重點（Point）
ポ ト イ ン

→ [　｜　｜　｜　]

9. 傳播媒體（MassComm
（unication））ス コ マ ミ

→ [　｜　｜　｜　]

10. 項目（Item）
イ ム ア テ

→ [　｜　｜　｜　]

解答 1. スマート 2. スライド 3. キャリア 4. クレーン 5. ジャンル
6. ショック 7. フロント 8. ポイント 9. マスコミ 10. アイテム

第八節

·

善變的傢伙！
不規則動詞
過去式

　　這一次要練習的是善變的傢伙－不規則動詞。不規則動詞就如同他的名字一樣，活用方式是不規則的變化，因此需要把他的變化規則背下來。而不規則動詞有幾個呢？「来る（來）」和「する（做）」，就只有這兩個動詞而已。不過也有像「帶來」、「走來」、「唸書」、「結婚」等一樣的其他動詞會加在前方，之前也有說過一個動詞可以使用在很多個情況，雖然不規則動詞除了無條件背下來之外沒有其他方法，不過仍然不要一心想著「背」，請一邊聽著音檔學習，想著自然而然地用身體熟悉活用句型練習！

33

宿題、持って来た？

作業帶了嗎？

33.mp3

🎧 例句33-1.mp3

暖身練習
基本會話聽力

請看下方圖片，試著推測情境及對話內容，並搭配音檔練習。

🎧 例句33-2.mp3

第一階段
熟悉基本單字

鉛筆[えんぴつ] 鉛筆

消しゴム[けしごむ] 橡皮擦

兄[あに] 哥哥

お兄さん[おにいさん] 哥哥（尊稱）

カフェ 咖啡廳

課長[かちょう] 課長

理由[りゆう] 理由

説明[せつめい] 說明

中間[ちゅうかん] 中間、期中

期末[きまつ] 期末

準備[じゅんび] 準備

持って来る[もって
くる] 拿來
父[ちち] 父親（非
　　　尊稱）
連れて来る[つれて
くる] 帶來
試験[しけん] 考試

稍等一下！

「咖啡廳」的日語
說法是「喫茶店
[きっさてん]」，
不過最近已經不太
常使用這個說法
了。雖然使用的話
也是可以理解，但
會給人有點老氣的
感覺。在日常生活
中大部分的情況
下，比起「カフ
ェ」，更常會直接
說出咖啡廳具體的
商店名稱。

---

❶ た形

来た。　　　　　　　　　　來了。
した。　　　　　　　　　　做了。

「来る（來）」的た形是「来た」，「する（做）」的た形是「した」。除了「～をする」的句型，也有「～を＋名詞＋する」這樣的表達方式。在這裡一起練習這兩種句型吧。助詞「～と」是「與」的意思。

学校に鉛筆と消しゴムを持って来た。

　　　　　　　　　　　　　　帶了鉛筆與橡皮擦來學校。

父と兄をカフェに連れて来た。　帶了父親與哥哥來咖啡廳。

課長に理由を説明した。　　　　向課長說明了理由。

中間試験の準備をした。　　　　準備了期中考。

---

❷ **来なかった。**　　　　　　沒有來。
　　しなかった。　　　　　沒有做。

「来る（來）」的過去式否定句型為「来なかった」。「する（做）」的過去式否定則會使用「しなかった」。

学校に鉛筆と消しゴムを持って来なかった。

　　　　　　　　　　　　　沒有帶鉛筆與橡皮擦來學校。

父と兄をカフェに連れて来なかった。

　　　　　　　　　　　　　沒有帶父親與哥哥來咖啡廳。

課長に理由を説明しなかった。　沒有向課長說明理由。

期末試験の準備をしなかった。　　沒有準備期末考。

お父さん[おとうさん] 父親（非尊稱）

友達[ともだち] 朋友

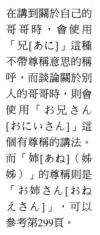

在講到關於自己的哥哥時，會使用「兄[あに]」這種不帶尊稱意思的稱呼，而談論關於別人的哥哥時，則會使用「お兄さん[おにいさん]」這個有尊稱的講法。而「姉[あね]（姊姊）」的尊稱則是「お姉さん[おねえさん]」，可以參考第299頁。

❸

来た？	來了嗎？
した？	做了嗎？

試試看使用「来る（來）」和「する（做）」來造造看問句。此外，助詞的「～と」除了是「與」的意思，也可以作為「與～一起」的意思來使用。日常會話常會將助詞的「～を（被～）」省略。

学校に鉛筆と消しゴム、持って来た？	
	帶鉛筆與橡皮擦來學校了嗎？

お父さんとお兄さんをカフェに連れて来た？	
	帶父親與哥哥來咖啡廳了嗎？

課長に理由を説明した？	向課長說明理由了嗎？

友達と期末試験の準備した？	跟朋友一起準備期中考了嗎？

❹

うん、～た。	嗯，～了。
ううん、～なかった。	不，沒～。

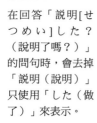

在回答「説明[せつめい]した？（說明了嗎？）」的問句時，會去掉「説明（說明）」只使用「した（做了）」來表示。

肯定的回答會用「うん（嗯）」之後，接著用「～た」來回答。否定回答則會用「ううん（不）」之後，接著用「～なかった」來回答就可以了。

うん、持って来た。	嗯，帶來了。

ううん、連れて来なかった。	不，沒有帶。

うん、説明した。	嗯，說明了。

ううん、しなかった。	不，沒做。

❺ 来なかった？ 　　　　　　　　　沒來嗎？
　　 しなかった？ 　　　　　　　　沒做嗎？

這一次試試看使用「来なかった（不來了）」和「しなかった（不做了）」來造造看問句。在對話當中，很多情況會將助詞的「～を（被～）」省略。

学校に鉛筆と消しゴム、持って来なかった？

沒帶鉛筆與橡皮擦來學校嗎？

お兄さんをカフェに連れて来なかった？

沒帶哥哥來咖啡廳嗎？

課長に理由を説明しなかった？　沒向課長說明理由嗎？

中間試験の準備しなかった？　　　沒準備期中考嗎？

---

❻ うん、〜なかった。 　　嗯，沒有做～。
　　 ううん、〜た。 　　　　　不，〜了。

肯定回答會使用「うん（嗯）」之後，接著用「～なかった」來回答。否定回答則會用「ううん（不）」，後面再接著用「～た」來回答就可以了。

うん、持って来なかった。 　　　　　　嗯，沒帶來。

ううん、連れて来た。 　　　　　　　　不，帶來了。

うん、説明しなかった。 　　　　　　　嗯，沒說明。

ううん、した。 　　　　　　　　　　　不，做了。

第三階段
會話打好基本功

宿題[しゅくだい]
作業
一番[いちばん]
最、第一

「嵩〔たかし〕」和小明是同班同學的關係，昭熙很照顧他。

オウ・ショウメイ：嵩、今日は宿題、持って来た？

池田嵩：うん、持って来た。

オウ・ショウメイ：そう。よかった。
昨日、嵩、宿題持って来なかったから。

池田嵩：ねえ、中間試験の準備、した？

オウ・ショウメイ：中間試験の準備？
桃子のノート、コピーした。

池田嵩：桃子のノート？

オウ・ショウメイ：うん。桃子のノートが一番いいから。
嵩もコピーする？

池田嵩：うん！ する、する！

王小明：嵩，今天的作業帶來了嗎？　　　池田嵩：嗯，帶來了。
王小明：那樣啊，幸好。因為昨天你沒帶作　池田嵩：是說，你有準備期中考了嗎？
　　　　業來（所以擔心）。
王小明：準備期中考嗎？我印了桃子的筆記　池田嵩：你說桃子的筆記？
　　　　了。
王小明：嗯，因為桃子的筆記最好。嵩也要　池田嵩：嗯！我要，我要！
　　　　抄嗎？

啊哈！

「期中」和「期末」考試

原來日本是這樣

　　各位都有經驗過「期中考試」和「期末考試」對吧？在日本也是一樣的。可以使用在上面學過的「中間試験〔ちゅうかんしけん〕（期中考試）」、「期末試験〔きまつしけん〕（期末考試）」，也可以使用「中間テスト」、「期末テスト」來表示。在日常生活中很常使用簡稱，只講「間〔かん〕」、「期末〔きまつ〕」。

　　不過，日本的學期制度稍微有點特殊。日本的國小、國中、高中是三學期制。在四月的時候開始新的學年度，四月到七月是第一學期，九月到十二月是第二學期，一月到三月是第三學期。當然每個學期都會打一個成績。大學依據每間學校和每個科系而有所差異，但是一般來說一年期間會學習一個科目。從幾年前開始，開始出現一個學期就結束的科目，不過仍然還是持續一年期間的課程佔大多數。大多情況會是分為兩個學期，在暑假之前是「前期」，暑假之後開始到春假為止是「後期」。

❶ 請參考範例試試看使用「ううん（不～）」來回答題目提供的問句。

> | 範例 | 昨日、ここに来た？（昨天來這裡了嗎？）
> → ううん、来なかった。（不，沒有來。）

1. 🎤 _____

2. 🎤 _____

3. 🎤 _____

4. 🎤 _____

❷ 請參考範例試試看使用「ううん（不～）」來回答題目提供的問句。

> | 範例 | 連絡しなかった？（沒聯絡嗎？）
> → ううん、した。（不，聯絡了。）

1. 🎤 _____

2. 🎤 _____

3. 🎤 _____

4. 🎤 _____

❸ 請參考範例，在（ ）內填入適當的文字。

> | 範例 | 昨日、ここ（に）来た。昨天來了這裡。

1. 学校(　　)鉛筆(　　)消しゴム(　　)持って来た。帶鉛筆與橡皮擦來學校了。

2. 理由を説明(　　　　)。說明理由了。

3. 兄(　　)カフェ(　　)連れて(　　　　　　　　　)。沒有帶哥哥來咖啡廳。

4. 中間試験(　　)準備(　　)(　　　　　　　　)。沒有準備期中考。

❹ 試試看活用題目提供的動詞單字。

原形	不〜（ない形）	〜了（た形）	沒〜
1. 来る[くる] （來）			
2. する （做）			

❺ 先試試看用平假名寫下題目提供的單字，接著再試著用漢字寫寫看。

| 範例 | 準備

平假名：じ　ゅ　ん　び
漢字：準　備

1. 哥哥／哥哥（尊稱）

平假名

漢字

2. 理由

平假名

漢字

3. 說明

平假名

漢字

4. 中間

平假名

漢字

5. 期末

平假名

漢字

片假名
練習23

排列片假名的順序（8）

請依據題目提供的片假名符號依序排列看看。

1. 顯示器（Monitor）
タ モ ー ニ

→

2. 競爭對手（Rival）
ラ バ ル イ

→

3. 課程（Lesson）
ス レ ン ッ

→

4. 確認（Check）
ッ チ ク ェ

→

5. 停止（Stop）
プ ッ ス ト

→

6. 演講（Speech）
ー ピ ス チ

→

7. OK
ケ オ ー ー

→

8. 抓住（Catch）
チ ャ キ ッ

→

9. 壓力（Stress）
ト ス レ ス

→

10. 空間（Space）
ペ ー ス ス

→

| 解答 | 1. モニター 2. ライバル 3. レッスン 4. チェック 5. ストップ
6. スピーチ 7. オーケー 8. キャッチ 9. ストレス 10. スペース

298

34

大阪へ行って来ました。

去了一趟大阪。

34.mp3

🎧 例句34-1.mp3

暖身練習
基本會話聽力

請看下方圖片，試著推測情境及對話內容，並搭配音檔練習。

🎧 例句34-2.mp3

第一階段
熟悉基本單字

稍等一下！

「百貨店[ひゃっかてん]（百貨公司）」的語調和發音方式是「低高高高高」。也有「デパート」的講法，不過最近的年輕人們更偏好使用「百貨店」。

病院[びょういん] 醫院

大阪[おおさか] 大阪（地名）

京都[きょうと] 京都（地名）

百貨店[ひゃっかてん] 百貨公司

姉[あね] 姊姊

お姉さん[おねえさん] 姊姊

練習[れんしゅう] 練習

先月[せんげつ] 上個月

第二階段
熟悉基本句型

行って来る[いってくる] 去了回來、去一趟
買い物[かいもの] 逛街、購物
歌[うた] 歌曲

稍等一下！

比起「百貨店[ひゃっかてん]（百貨公司）」，更常會使用實際上的百貨公司名稱。

❶ **来ました。** 　　　　　　　　來了。
しました。 　　　　　　　　做了。

「来ます（來）」的過去式是「来ました」，「します（做）」的過去式是「しました」。雖然也可以不寫「～に（往～）」，不過在這裡練習使用「～へ（往～）」看看。

柴田さんと原さんが病院へ来ました。
　　　　　　柴田先生（小姐）與原田先生（小姐）來了醫院。

先月、大阪と京都へ行って来ました。
　　　　　　　　上個月與去了一趟大阪和京都。

百貨店で姉と買い物をしました。
　　　　　　　　和姊姊一起在百貨公司購物了。

❷ **来ませんでした。** 　　　　　　沒來。
しませんでした。 　　　　　　沒做。

「来ました（來了）」的否定是「 ませんでした」，「しまし（做了）」的否定是「しませんでした」。

原さんは病院へ来ませんでした。
　　　　　　　　　原田先生（小姐）沒來醫院。

京都へ行って来ませんでした。 　　　沒有去京都。

姉と百貨店で買い物をしませんでした。
　　　　　　　沒有跟姊姊在百貨公司購物。

友達とうちで歌を練習しませんでした。
　　　　　　　沒有跟朋友在家練習唱歌。

❸ 来ましたか。 來了嗎？
しましたか。 做了嗎？

試試看用「来ました（來了）」與「しました（做了）」造問句。

柴田さんと原さんが病院へ来ましたか。
柴田先生和原小姐來醫院了嗎？

先月、大阪と京都へ行って来ましたか。
上個月有去一趟大阪嗎？

お姉さんと百貨店で買い物をしましたか。
有和姊姊在百貨店買東西嗎？

友達とうちで歌を練習しましたか。
有跟朋友在家練習唱歌嗎？

❹ はい、〜ました。 是的，〜了。
いいえ、〜ませんでした。 不是的，沒有做〜。

肯定回答會使用「はい（是的）」之後，接著用「〜ました」來回答。否定回答會使用「いいえ（不是的）」之後，接著用「〜ませんでした」來回答就可以了。

はい、来ました。 是的，來了。

いいえ、行って来ませんでした。 不是的，沒有去。

はい、しました。 是的，做了。

いいえ、しませんでした。 不，沒做。

❺ 来ませんでしたか。 　　沒有來～嗎？
しませんでしたか。 　　沒有做～嗎？

試試看使用「来ませんでした（沒有來）」與「しませんでした（沒有做）」來造問句。

原さんは病院へ来ませんでしたか。

　　　　　　　　　　　　　　　　原小姐沒有來醫院嗎？

先月、大阪へ行って来ませんでしたか。

　　　　　　　　　　　　　　上個月沒有去一趟京都嗎？

お姉さんと買い物をしませんでしたか。

　　　　　　　　　　　　　　　　　沒跟姊姊逛街嗎？

友達と歌を練習しませんでしたか。

　　　　　　　　　　　　　　　　沒跟朋友練習唱歌嗎？

---

❻ はい、～ませんでした。 　是的，沒～。
いいえ、～ました。 　　　不是的，～了。

肯定回答會使用「はい（是的）」之後，接著用「～ませんでした」來回答。否定回答會使用「いいえ（不是的）」之後，接著用「～ました」來回答就可以了。

はい、来ませんでした。 　　　　　　　　是的，沒來。

いいえ、行って来ました。 　　　　　　　　不，沒去。

はい、しませんでした。 　　　　　　　　是的，沒做。

いいえ、しました。 　　　　　　　　　　不，做了。

第三階段
會話打好基本功

賑やかな[にぎやかな]
繁華的、熱鬧的、喧鬧的

来月[らいげつ]
下個月

ぜひ 一定

来てください[きて
ください] 請來

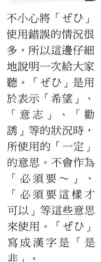

稍等一下！

不小心將「ぜひ」
使用錯誤的情況很
多，所以這邊仔細
地說明一次給大家
聽。「ぜひ」是用
於表示「希望」、
「意志」、「勸
誘」等的狀況時，
所使用的「一定」
的意思。不會作為
「必須要～」、
「必須要這樣才
可以」等這些意思
來使用。「ぜひ」
寫成漢字是「是
非」。

「阿部」小姐在回家的路上，偶然遇到鄰居的余東鋼。

阿部 裕美：こんばんは。

ユ・ドンゴン：あ、こんばんは。

阿部 裕美：どこへ行って来ましたか。

ユ・ドンゴン：大阪へ行って来ました。

阿部 裕美：そうですか。大阪はどうでしたか。

ユ・ドンゴン：とても賑やかでした。
阿部さんはどこへ行って来ましたか。

阿部 裕美：友達のうちに行って来ました。
今日は友達のうちで歌の練習をしました。

ユ・ドンゴン：歌の練習ですか。

阿部 裕美：ええ。来月、コンサートをしますから。

ユ・ドンゴン：コンサートですか。すごいですね。

阿部 裕美：ドンゴンさんも、ぜひ来てください。

ユ・ドンゴン：はい。ありがとうございます。

阿部裕美：晚安。
阿部裕美：去了哪裡了嗎？
阿部裕美：原來如此。大阪怎麼樣呢？
阿部裕美：去了一趟朋友家。今天在朋友家
　　　　　練習了唱歌。
阿部裕美：是的，因為下個月要辦演唱會。
阿部裕美：請東鋼先生一定要來。

余東鋼：啊，晚安。
余東鋼：去了一趟大阪。
余東鋼：非常繁華。阿部小姐去了哪裡呢？
余東鋼：練習唱歌嗎？

余東鋼：演唱會嗎？很厲害呢。
余東鋼：好的，謝謝。

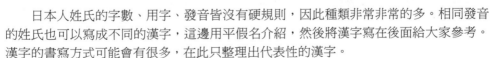

啊哈！

日本人的姓氏「苗字（姓）」有非常多種類！

原來日本是這樣

　　日本人姓氏的字數、用字、發音皆沒有硬規則，因此種類非常非常的多。相同發音
的姓氏也可以寫成不同的漢字，這邊用平假名介紹，然後將漢字寫在後面給大家參考。
漢字的書寫方式可能會有很多，在此只整理出代表性的漢字。

しば[柴、芝、司馬]　　しいば[椎葉]　　　　しいばし[椎橋]　　しばさき[柴崎、芝崎]
しばやま[柴山、芝山]　はしば[羽柴、羽芝]　せき[関、積]　　　せきかわ[関川、関河]

❶ 請參考範例試試看使用「いいえ（不是的）」來回答題目提供的問句。

> | 範例 | お姉_{ねえ}さんを連_つれて来_きましたか。（帶姊姊來了嗎？）
> → いいえ、連れて来ませんでした。（不，沒帶來。）

1. 🎙
2. 🎙
3. 🎙
4. 🎙

❷ 請參考範例試試看使用「いい（不）」來回答題目提供的問句。

> | 範例 | 兄_{にい}さんを連_つれて来_きませんでしたか。（沒帶哥哥來嗎？）
> → いいえ、連れて来ました。（不，帶來了。）

1. 🎙
2. 🎙
3. 🎙
4. 🎙

❸ 請參考範例，在（）內填入適當的文字。

> | 範例 | 姉_{あね}（を）連_つれて来_きました。（帶姊姊來了。）

1. 昨日、原さん（　　）病院（　　）来ませんでした。
昨天原田先生（小姐）沒有來醫院。

2. 先月、大阪（　　）京都（　　）行って来ました。上個月與去了一趟大阪與京都。

3. 兄（　　）百貨店（　　）買い物（　　）（　　　　　　　　）。
和哥哥一起在百貨公司購物了。

4. 友達（　　）うち（　　）歌（　　）練習（　　　　　　　　　）。
沒有跟朋友在家練習唱歌。

304

❹ 試試看活用題目提供的動詞單字。

原形	做～（「ます」形）	不做～	～了	沒～
1. 来る[くる] （來）				
2. する （做）				

❺ 先試試看用平假名寫下題目提供的單字，接著再試著用漢字寫寫看。

| 範例 | 今天 | 平假名 き ょ う | 漢字 今 日 |

1. 醫院

平假名　　　　　　　　漢字

2. 百貨公司

平假名　　　　　　　　漢字

3. 姊姊

平假名　　　　　　　　漢字

4. 練習

平假名　　　　　　　　漢字

5. 上個月

平假名　　　　　　　　漢字

不規則動詞總整理

在這邊再次整理給各位在第八節學過的，不規則動詞的常體和敬語變化。

不規則動詞的常體變化：常體

不規則動詞就如其名，活用方式是不規則的，所以無法一一列出規則的變化，只能自然而然地去熟悉、記憶。

原形	ない形	た形	過去否定
来る [くる] 來	来ない [こない] 不來	来た [きた] 來了	来なかった [こなかった] 沒來
する 做	しない 不做	した 做了	しなかった 沒做

不規則動詞的敬語變化：丁寧體

接上「〜ます」的時候，「る」會變成「来ます」，而「する」會變成「します」的句型。並且其他的文法變化會做在「ます」的部分。

「ます」形（肯定）	否定	過去	過去否定
来ます [きます] 來	来ません [きません] 不來	来ました [きました] 來了	来ませんでした [きませんでした] 沒來
します 做	しません 不做	しました 做了	しませんでした 沒做

片假名
練習24

排列片假名的順序（9）

請依據題目提供的片假名符號依序排列看看。

1. 湯匙（Spoon）
プ ー ス ン

→ ☐ ☐ ☐ ☐

2. 毛衣（Sweater）
ー タ セ ー

→ ☐ ☐ ☐ ☐

3. 牛排（Steak）
ス キ テ ー

→ ☐ ☐ ☐ ☐

4. 社團（Circle）
ル ク サ ー

→ ☐ ☐ ☐ ☐

5. 水泥（Cement）
ト メ ン セ

→ ☐ ☐ ☐ ☐

6. 馬拉松（Marathon）
ソ ラ マ ン

→ ☐ ☐ ☐ ☐

7. 工作室（Studio）
ス ジ オ タ

→ ☐ ☐ ☐ ☐

8. 計時器（Timer）
マ イ タ ー

→ ☐ ☐ ☐ ☐

9. 交換（Change）
ン チ ジ ェ

→ ☐ ☐ ☐ ☐

10. 本文（Text）
ス ト テ キ

→ ☐ ☐ ☐ ☐

| 解答 | 1.スプーン 2.セーター 3.ステーキ 4.サークル 5.セメント
6.マラソン 7.スタジオ 8.タイマー 9.チェンジ 10.テキスト

第九節

·

守規矩的
乖孩子！
五段動詞
過去式

　　這次要練習的是守規則的五段動詞。五段動詞依據原形的尾音而分成四個種類，依原形的尾音來分別：①「以く、ぐ結尾」、②「以う、つ、る結尾」、③「以ぬ、む、ぶ結尾」、④「以す結尾」。在學現在式的時候，不會特別區分各種變化形，但在學過去式的時候，因為需要根據原形尾音來判斷規則，所以必須要區分成四個種類學習。

　　雖然已經強調非常多次，不過還是要再次叮嚀，請記得不要想著要背下規則。請記住規則只是用來參考的，一邊聽著音檔、一邊讓頭腦自然而然地熟悉各種變化規則，並好好練習吧。

35 用常體說說看 原形尾音是「く、ぐ」的五段動詞

空港に着いた。

35.mp3

抵達機場了。

例句35-1.mp3

暖身練習
基本會話聽力

請看下方圖片，試著推測情境及對話內容，並搭配音檔練習。

例句35-2.mp3

第一階段
熟悉基本單字

稍等一下！

「ズボン」與「パンツ」兩個單字都可以用來表示「褲子」，年輕人通常會使用「パンツ」。

はく ⑤穿（褲子、裙子等）、穿（鞋子）

着く[つく] ⑤到達

脱ぐ[ぬぐ] ⑤脫

ズボン 褲子

パンツ 褲子

スカート 裙子

空港[くうこう] 機場

上着[うわぎ] 外套、外衣

映画館[えいがかん] 電影院

プール 游泳池

店[みせ] 商店
行く[いく] ⑤走

稍等一下！

很多男性在講「お店[みせ]」（商店）時，不加「お」而只用「店」。不過在有禮貌的談話中，需要加上「お」一起使用。

❶

た形

～いた / いだ。 ～了。

原形尾音是「く、ぐ」的五段動詞在變化成た形（過去式）時，「く、ぐ」會換成「い」，後面如果是「く」的話會加上「た」，是「ぐ」的話則會加上「だ」。不過「行く（去）」這個動詞是例外，它不會是「いた」而是會變成「行った」。為了避免使用錯誤，請另外單獨記下來。

ズボンをはいた。	穿了褲子。
5時に空港に着いた。	在五點到達了機場。
お店で上着を脱いだ。	在商店脫了外套。
映画館に行った。	去了電影院。

❷

～なかった。 沒～。

前面有說過五段動詞在變成ない形的時候，是「あ段＋ない」對吧？過去式的否定也是一樣的使用方式。將「～ない」換成「～なかった」變成「あ段＋なかった」就可以了。

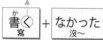

泳ぐ[およぐ] ⑤游泳
書く[かく] ⑤寫
車[くるま] 車（汽車）
聞く[きく] ⑤聽、問

プールで泳がなかった。	沒有在游泳池游泳。
メールを書かなかった。	沒有寫信。
車で歌を聞かなかった。	沒有在車上聽音樂。
お店で上着を脱がなかった。	沒有在商店脫外套。

靴[くつ] 皮鞋、鞋子

稍等一下！

「はく」是「穿」。
然而，要以漢字表
現的時候，若是指
「穿褲子／裙子」
的意思時，會寫成
「穿く[はく]」，
而在指「穿鞋子」
的意思時，會寫成
「履く[はく]」。
「履く」比較會用
漢字表現，不過
「穿く」比較常寫
成片假名。

❸
～いた／いだ？　　　　　　　　～了嗎？

試試看使用た形來造問句。助詞「～を（被～）」在常體的會話當中
經常會被省略。

パンツ、はいた？	穿了褲子嗎？
空港に着いた？	到達機場了嗎？
昨日、映画館に行った？	昨天去了電影院嗎？
友達のうちで靴、脱いだ？	在朋友家脫了鞋子嗎？

❹
うん、～いた／いだ。　　　　嗯，～了。
ううん、～なかった。　　　　不，沒～。

肯定回答會使用「うん（嗯）」之後，接著用た形來回答。否定回答
會使用「ううん（不）」之後，接著用「～なかった」來回答。

うん、はいた。	嗯，穿了。（裙子、褲子等）
うん、着いた。	嗯，到了。
ううん、行かなかった。	不，沒有去。
ううん、脱がなかった。	不，沒有脫。

子[こ] 小孩、子女
働く[はたらく]
⑤工作
弾く[ひく]
⑤彈、演奏（弦樂器、鍵盤樂器）

5 ～なかった？ 沒～嗎？

這一次試試看使用「～なかった（沒～嗎）」來造問句。

その子は全然働かなかった？
那個孩子完全沒有工作嗎？

ピアノ、弾かなかった？ 沒有彈鋼琴嗎？

スカート、はかなかった？ 沒有穿裙子嗎？

友達のうちで靴、脱がなかった？
在朋友家沒有脫鞋子嗎？

6 うん、～なかった。 嗯，沒有做～。
ううん、～いた/いだ。 不，～了。

肯定回答會使用「うん（嗯）」之後，接著用「～なかった」來回答。否定回答會使用「ううん（不）」之後，接著用た形來回答。

うん、全然働かなかった。 嗯，完全沒有工作。

うん、弾かなかった。 嗯，沒有彈。

ううん、はいた。 不，穿了。（裙子、褲子等）

ううん、脱いだ。 不，脫了。

第三階段
會話打好基本功

さっき 不久前、剛剛
飛行機[ひこうき]
飛機
暑い[あつい] 熱
明日[あした] 明天
会議[かいぎ] 會議
頑張って[がんばって] 加油

稍等一下！

▶「そっち（那個方向、那邊）」是「そちら」的口語表達。

▶「じゃあね」是將「じゃ（那麼）」拉長發音後，在後面加上「ね」的用語，是表示道別的「再見」。如果想更有禮貌的話，可以講「失礼します[しつれいします]（失禮了、先走了）」。

剛剛出差去美國的丈夫打電話來了。

石川 拓海：もしもし。

石川 真由美：あ、拓海？

石川 拓海：うん。今、着いたよ。さっき飛行機、降りた。

石川 真由美：そう。そっちはどう？

石川 拓海：暑いよ。

石川 真由美：そんなに暑い？

石川 拓海：うん。上着、脱いだ。

石川 真由美：そう。今日から仕事？

石川 拓海：ううん、明日から。
　　　　　　明日の10時から会議がある。

石川 真由美：そう。頑張ってね。

石川 拓海：うん。じゃ、また電話するね。

石川 真由美：うん。じゃあね。

石川拓海：喂～。
石川拓海：嗯，現在到達了。不久前下了飛機。
石川拓海：很熱。
石川拓海：嗯，脫外套了。
石川拓海：不，是明天開始。明天十點開始有會議。
石川拓海：嗯，那麼我再打電話給你。

石川真由美：啊，是拓海嗎？
石川真由美：原來，那裡如何？
石川真由美：那麼熱嗎？
石川真由美：是喔，今天開始工作嗎？
石川真由美：原來如此，加油。
石川真由美：嗯，再見。

請小心「褲子」與「內褲（內衣）」的語調！ 原來日本是這樣 啊哈！

　　日語的「ズボン」與「パンツ」都可以翻成「褲子」，但是講「パンツ」時請必須要小心語調發音！這個字如果由高音往低音唸的話，會是「內褲」的意思。如果要講「褲子」時，要從低音往高音唸才對。請參考右邊的語調標示，注意不要念錯！另外，「內褲」也可以用「ショーツ」來表示。

パンツ(內褲)

パンツ(褲子)

313

1 請參考範例試試看使用「ううん（不）」來回答題目提供的問句。

> | 範例 |　ズボン、はいた？（穿了褲子嗎？）
> 　　　　→ ううん、はかなかった。（不，沒穿。）

1. 🎙 _____

2. 🎙 _____

3. 🎙 _____

4. 🎙 _____

2 請參考範例試試看使用「ううん（不）」來回答題目提供的問句。

> | 範例 |　車（くるま）で歌（うた）、聞（き）かなかった？（在車上沒聽音樂嗎？）
> 　　　　→ ううん、聞いた。（不，聽了。）

1. 🎙 _____

2. 🎙 _____

3. 🎙 _____

4. 🎙 _____

3 請參考範例，在（　）內填入適當的文字。

> | 範例 |　今日（きょう）（は）パンツ（を）はいた。（今天穿了褲子。）

1. 5時(　　)空港(　　)着(　　　　　　　　　)。沒有在五點抵達機場。

2. 映画館に行(　　　　)。去了電影院。

3. お店(　　)上着、脱(　　　　　)？在商店脫了外套嗎？

4. ううん、脱(　　　　　　　　)。不，沒有脫。

314

❹ 試試看活用題目提供的動詞單字。

原形	不～（ない形）	～了（た形）	沒～
1. はく （穿（褲子等））			
2. 脱ぐ[ぬぐ] （脱）			

❺ 先試試看用平假名寫下題目提供的單字，接著再試著用漢字寫寫看。

| 範例 | 飛機

平假名

| ひ | こ | う | き |

漢字

| 飛 | 行 | 機 |

1. 到達

平假名

漢字

2. 脱

平假名

漢字

3. 機場

平假名

漢字

4. 外套、外衣

平假名

漢字

5. 電影院

平假名

漢字

片假名練習25

排列片假名的順序（10）

請依據題目提供的片假名符號依序排列看看。

1. 襯衫（YShirt）　シ ワ ァ イ ツ →＿＿＿＿＿＿＿＿＿
2. 禮儀（Etiquette）　ト チ エ ケ ッ →＿＿＿＿＿＿＿＿＿
3. 古典（Classic）　ラ ク ク ッ シ →＿＿＿＿＿＿＿＿＿
4. 聖誕節（Christmas）　マ リ ス ス ク →＿＿＿＿＿＿＿＿＿
5. 競賽（Concours）　コ ー ク ル ン →＿＿＿＿＿＿＿＿＿
6. 快門（Shutter）　ー ッ シ ャ タ →＿＿＿＿＿＿＿＿＿
7. 百分比（Percentage）　ン ー セ ト パ →＿＿＿＿＿＿＿＿＿
8. 航空郵件（Airmail）　エ メ ル ア ー →＿＿＿＿＿＿＿＿＿
9. 市場（Market）　ッ マ ケ ト ー →＿＿＿＿＿＿＿＿＿
10. 登出（Logout）　グ ト ウ ア ロ →＿＿＿＿＿＿＿＿＿

解答　1. ワイシャツ　2. エチケット　3. クラシック　4. クリスマス　5. コンクール　6. シャッター　7. パーセント　8. エアメール　9. マーケット　10. ログアウト

36 用常體說說看 原形尾音是「う、つ、る」的五段動詞

36.mp3

興味を持った。

產生了興趣。

例句36-1.mp3

暖身練習
基本會話聽力

請看下方圖片，試著推測情境及對話內容，並搭配音檔練習。

例句36-2.mp3

第一階段
熟悉基本單字

使う[つかう] ⑤ 使用、用

降る[ふる] ⑤ 下（雨、雪等）

かぶる ⑤ 戴（在頭上）、套

興味[きょうみ] 關心、興趣

ヘルメット 安全帽

言葉[ことば] 話

稍等一下！

「ヘルメット（安全帽）」的語調有時候也會用「高－低－低－低－低」的方式來唸。

🎧 例句36-3.mp3

第二階段
熟悉基本句型

❶ 〜った。　〜了。

た形

原形尾音是「く、ぐ」的五段動詞在變化成「た形」時，「う、つ、る」會換成「っ（小的っ）」後，在後面加上「た」。雖然已經強調過很多次，不過還是請記得不要一心想著要背下規則。請記住規則只是參考用，一邊聽著音檔一邊讓身體、頭腦自然而然地熟悉活用方式並練習。

会う（あ）見面 ＋ た 〜了 ⇨ 会った（あ）見面了（う→っ）

待つ（ま）等待 ＋ た 〜了 ⇨ 待った（ま）等待了（つ→っ）

帰る（かえ）回去 ＋ た 〜了 ⇨ 帰った（かえ）回去了（る→っ）

きれいな言葉を使った。　使用了優美的話語。

子供が興味を持った。　小孩產生了興趣。

雨が降った。　下雨了。

ヘルメットをかぶった。　戴了安全帽。

持つ[もつ] ⑤拿、帶
雨[あめ] 雨

❷ 〜なかった。　沒〜。

前面說過，過去式否定會是「あ段＋なかった」對吧。不過在這邊有需要留意的一點：原形尾音是以「う」結尾的五段動詞，都會變成「わ」而不是「あ」。

きれいな言葉を使わなかった。　沒有使用優美的話語。

英語を習わなかった。　沒有學習英文。

子供が興味を持たなかった。　小孩沒有興趣。

雨が降らなかった。　沒有下雨。

英語[えいご] 英文
習う[ならう] ⑤學習

稍等一下！

「有興趣」日語也可以講「 心[かんしん]を持つ[もつ]」，不過在日常生活中，比起「関心」更常會使用「興味[きょうみ]（興趣）」。

女優[じょゆう]
女演員
会う[あう] [5]見面
写真[しゃしん] 照片
撮る[とる] [5]照

稍等一下！ 

作為參考，「演員」是「俳優[はいゆう]」。並且，在表達「見～」的時候，助詞會使用「に」，變成「～に会う[あう]」的表現方式，請留意這點～！

[3] ～った？ ～了嗎？

試試看使用「た形」來造問句。助詞「～を（被～）」在常體的會話當中經常會被省略。

ヘルメット、かぶった？	戴了安全帽嗎？
その女優に会った？	見了那個女演員嗎？
子供が興味、持った？	小孩有興趣嗎？
写真、撮った？	拍了照嗎？

[4] うん、～った。 嗯，～了。
ううん、～なかった。 不，沒有做～。

肯定回答會使用「うん（嗯）」之後，接著用「た形」來回答。否定回答會使用「ううん（不）」之後，接著用「～なかった」來回答。

うん、かぶった。	嗯，戴了。（帽子、安全帽等）
うん、会った。	嗯，見了。
ううん、持たなかった。	不，沒有。
ううん、撮らなかった。	不，沒有照。

❺

～なかった？　　　　　　　沒～嗎？

這一次試試看使用「～なかった（沒～）」來造問句。

きれいな言葉を使わなかった？

沒有使用美麗的話語嗎？

課長を全然待たなかった？　　　完全沒有等課長嗎？

雨が降らなかった？　　　　　　　　　沒有下雨嗎？

英語を全然習わなかった？　　　完全沒有學英文嗎？

❻ うん、～なかった。　　嗯，沒有做～。
ううん、～った。　　　　不，～了。

肯定回答會使用「うん（嗯）」之後，接著用「～なかった」來回答。否定回答會使用「ううん（不）」之後，接著用た形來回答就可以了。

うん、使わなかった。　　　　　嗯，沒有使用。

うん、全然待たなかった。　　　嗯，完全沒有等。

ううん、降った。　　　　　　　　不，下了。

ううん、ちょっと習った。　　　不，稍微學了。

🎧 例句36-4-1.mp3
🎧 例句36-4-2.mp3

第三階段
會話打好基本功

科學館[かがくかん]
科學館
〜たち 〜們
上[うえ] 上面
下[した] 下面、底部
女の子[おんなのこ]
女孩子

稍等一下！

▶「科學館[かがくかん]」是「科學（科學）」與「〜館（館）」合稱的單字。

▶「〜たち（〜們）」的單字如果寫成漢字的話，會是「〜達[たち]」。不論寫成漢字或是寫成片假名都是正確的用法。

「剛」聽到思妍和孩子們去了一趟新開的科學館，便向她詢問。

長谷川 剛：昨日、科學館に行った？

コ・シケン：うん。

長谷川 剛：どうだった？ 子供たちは興味、持った？

コ・シケン：上の子はすごく興味を持った。
でも、下の子は全然、興味持たなかった。

長谷川 剛：全然、興味持たなかったの？

コ・シケン：うん。下の子は女の子だから……。

長谷川 剛：そうだね。科學館で森田さんに会わなかった？

コ・シケン：森田さん？

長谷川 剛：うん。森田さんも昨日、科學館に行ったから。

コ・シケン：ううん、会わなかった。

長谷川 剛：そう。

長谷川剛：昨天去科學館了嗎？

長谷川剛：怎麼樣？孩子們有興趣嗎？

長谷川剛：完全沒有興趣嗎？

長谷川剛：原來如此。不過在科學館沒有見到森田先生（小姐）嗎？

長谷川剛：嗯，森田先生（小姐）昨天也去了科學館。

長谷川剛：原來。

古思妍：嗯。

古思妍：老大十分有興趣。但是的，老二完全沒有興趣。

古思妍：嗯，因為老二是女孩子…。

古思妍：森田先生（小姐）？

古思妍：不，沒有見到。

啊哈！

「女」、「男」是在粗魯地講話時使用的單字！　原來日本是這樣

　　上面的對話內容是我在回想我兒童時期發生過的事而寫下的內容。如果是最近的話，絕對不會有「因為是女孩子，所以對科學沒興趣」的認知對吧？在這邊想要特別強調基礎單字「女の子（女孩子）」。作為參考，「男孩子」是「男の子」。如果查字典的話，「女性」會出現「女、女子」，而「男性」會出現「男、男子」的單字。不過在日常生活中，「女性」會使用「女の人」或是「女性（女性）」，「男性」會使用「男の人」或是「男性（男性）」來表達。

　　「女」這個單字有輕視女性的感覺，如果用中文來說的話，和「丫頭」是相近的語感。「男」也會給人否定的感覺使用，不過有的情況也可以用來表示「男子漢」的意思。並且，「女子、男子」這兩個單字在學校或是體育界中很常被使用，除此之外在日常生活中幾乎不會用到。

① 請參考範例試試看使用「ううん（不）」來回答題目提供的問句。

| 範例 | 英語を習った？（學了英文嗎？）
→ ううん、習わなかった。（不，沒有學。） |

1. 🎤
2. 🎤
3. 🎤
4. 🎤

② 請參考範例試試看使用「ううん（不）」來回答題目提供的問句。

| 範例 | 写真を撮らなかった？（沒有拍照嗎？）
→ ううん、撮った。（不，拍了。） |

1. 🎤
2. 🎤
3. 🎤
4. 🎤

③ 請參考範例，在（ ）內填入適當的文字。

| 範例 | 上の子（が）興味（を）持った。老大有興趣。 |

1. きれい（　）言葉を使（　　　　　　　　　　）。沒有使用美麗的話語。

2. ヘルメット（　）かぶ（　　　　　）？戴安全帽了嗎？

3. 雨（　）全然降（　　　　　　　　　　）？完全沒有下雨嗎？

4. ううん、降（　　　　　）。不，下了。

例句34-5.mp3

[4] 試試看活用題目提供的動詞單字。

原形	不～（ない形）	～了（た形）	沒～
1. 使う[つかう] （使用）			
2. 持つ[もつ] （拿）			
3. 降る[ふる] 下（雨、雪等）			

[5] 先試試看用平假名寫下題目提供的單字，接著再試著用漢字寫寫看。

| 範例 | 關心、興趣 平假名 きょうみ 漢字 興味

1. 使用、用

平假名 漢字

2. 下（雨、雪等）

平假名 漢字

3. 話

平假名 漢字

4. 上面

平假名 漢字

片假名
練習26

排列片假名的順序（11）

請依據題目提供的片假名符號依序排列看看。

1. 業餘　　　　アュチマア　→ ＿＿＿＿＿＿
（Amateur）

2. 工程師　　　ンジエアニ　→ ＿＿＿＿＿＿
（Engineer）

3. 地毯、毛毯　トーカペッ　→ ＿＿＿＿＿＿
（Carpet）

4. 比賽　　　　テトコンス　→ ＿＿＿＿＿＿
（Contest）

5. 部分　　　　ョセシクン　→ ＿＿＿＿＿＿
（Section）

6. 位置　　　　ジョシンポ　→ ＿＿＿＿＿＿
（Position）

7. 按摩　　　　マーサッジ　→ ＿＿＿＿＿＿
（Massage）

8. 類別　　　　リテカゴー　→ ＿＿＿＿＿＿
（Category）

9. 螺絲起子　　ラードイバ　→ ＿＿＿＿＿＿
（Driver）

10. 廢話　　　　スンナセン　→ ＿＿＿＿＿＿
（Nonsense）

解答 1. アマチュア　2. エンジニア　3. カーペット　4. コンテスト　5. セクション
6. ポジション　7. マッサージ　8. カテゴリー　9. ドライバー　10. ナンセンス

學習日期　月　日

37

用敬語說說看　原形尾音是「く、ぐ」與「う、つ、る」的五段動詞

初雪が降りました。

37.mp3

下初雪了。

例句37-1.mp3

暖身練習
基本會話聽力

請看下方圖片，試著推測情境及對話內容，並搭配音檔練習。

例句37-2.mp3

第一階段
熟悉基本單字

履く[はく] ⑤ 穿

公園[こうえん] 公園、遊樂場

シャツ 襯衫

初雪[はつゆき] 初雪

靴下[くつした] 襪子

セーター 毛衣

スプーン 筷子

白い[しろい] 白色的、白的

稍等一下！

「靴下[くつした]（襪子）」的語調有的時候也會用「低高高高」的方式來唸。

会社[かいしゃ] 公司

❶

〜ました。　　　　　　　〜了。

前面有學過五段動詞「ます」形連接在「い」段後，會變成「い段＋ます」對吧？過去式也是用一樣的連接方式加上「〜ました」。在全部的「い」段後面加上「〜ました」就可以了。

さっき公園に着きました。　　　不久之前到達公園了。

シャツを脱ぎました。　　　　　脱了襯衫。

会社で課長を待ちました。　　　在公司等了課長。

今日、初雪が降りました。　　　今天下了初雪。

稍等一下！

前面有說過，「はく」除了有「穿（褲子、裙子等）」的意思之外，也有「穿（鞋子）」的意思對吧？寫成漢字的話，「穿く」是指「穿（褲子、裙子等）」，「履く」是指「穿（鞋子）」。不過「穿く」在寫成片假名的情況比較多，「履く」在寫成漢字的情況比較多。

❷

〜ませんでした。　　　　沒〜。

將「〜ます」換成「〜ませんでした」的話，就會是「沒〜」的意思。

白い靴下を履きませんでした。　　沒有穿白色襪子。

セーターを脱ぎませんでした。　　　沒有脱毛衣。

スプーンを使いませんでした。　　　沒有用湯匙。

ヘルメットをかぶりませんでした。　沒有戴安全帽。

稍等一下！

「海[うみ]」的語調是「高低」。因為倒過來唸成「低高」的發音的話，會變成「膿[うみ]（膿）」意思，所以在發音上請多加留意～！

❸
～ましたか。 ～了嗎？

試試看使用「～ました（～了）」來造問句。

公園に着き**ましたか**。	到達公園了嗎？
海で泳ぎ**ましたか**。	在海邊游泳了嗎？
スプーンを使い**ましたか**。	使用湯匙了嗎？
昨日、初雪が降り**ましたか**。	昨天下初雪了嗎？

❹
はい、～ました。 是的，～了。
いいえ、～ませんでした。 不是的，沒～。

試試看回答問句。肯定回答會使用「はい（是的）」之後，接著用「ました」來回答。否定回答會使用「いいえ（不是的）」之後，接著用「～ませんでした」來回答就可以了。

はい、さっき着き**ました**。	是的，剛剛到了。
はい、泳ぎ**ました**。	是的，游泳了。
いいえ、使い**ませんでした**。	不是的，沒有使用。
いいえ、降り**ませんでした**。	不是的，沒有下。

❺ ～ませんでしたか。 沒～嗎？

這一次試試看使用「～ませんでした（沒～）」來造問句。

白い靴下を履きませんでしたか。
沒有穿白色襪子嗎？

セーターを脱ぎませんでしたか。 沒有脫毛衣嗎？

ヘルメットをかぶりませんでしたか。
沒有戴安全帽嗎？

スプーンを使いませんでしたか。 沒有用湯匙嗎？

❻ はい、～ませんでした。 是的，沒～。
いいえ、～ました。 不是的，～了。

試試看回答問句。肯定回答會使用「はい（是的）」之後，接著用「～ませんでした」來回答。否定回答會使用「いいえ（不是的）」之後，接著用「ました」來回答就可以了。

はい、履きませんでした。 是的，沒有穿。

はい、脱ぎませんでした。 是的，沒有脫。

いいえ、かぶりました。
不，戴了。（帽子、安全帽等）

いいえ、使いました。 不，使用了。

例句37-4-1.mp3
例句37-4-2.mp3

第三階段
會話打好基本功

何由娜的兒子這一年期間寄宿在「中野（なかの）」先生家。

中野 翔：はい、中野でございます。
ホ・ヨナ：中野さん、こんにちは。ホ・ヨナです。
中野 翔：ああ、こんにちは。
息子さん、ちょうど今、着きましたよ。
ホ・ヨナ：ああ、そうですか。
中野 翔：今日、雪が降りましたから、ちょっと
時間がかかりました。
ホ・ヨナ：そうですか。もう雪が降りましたか。
中野 翔：ええ、初雪です。
ホ・ヨナ：早いですね。
中野 翔：ええ、この冬は早く降りました。
ホ・ヨナ：中野さん、息子をよろしくお願いします。
中野 翔：はい、わかりました。

中野翔：喂，我是中野。
何由娜：中野先生，早安。我是何由娜。
中野翔：啊～早安。您的兒子正好現在抵達了。
何由娜：啊～是嗎？
中野翔：因為今天下雪，稍微花了一點時間。
何由娜：原來如此，這麼已經下雪了嗎？
中野翔：是的，是初雪。
何由娜：很早呢。
中野翔：是的，這一次冬天比較早下。
何由娜：中野先生，兒子就好好拜託您了。
中野翔：好的，我知道了。

～でございます
是～（「～です」有禮貌的講法）
息子[むすこ] 兒子
ちょうど 正好、剛才、剛、正確地
雪[ゆき] 雪
時間[じかん] 時間
冬[ふゆ] 冬天
かかる ⑤ 花（時間）
早い[はやい] 快、早
お願い[おねがい] 拜託

稍等一下！

稱呼別人的兒子只要在「息子[むすこ]（兒子）」的後面加上「～さん（～先生）」就可以了。「女兒」的則是「娘[むすめ]」。不過講「お嬢さん[おじょうさん]」給人聽起來的感覺會比較好。

啊哈！

日本的飆車族會戴安全帽，也會遵守紅綠燈！

原來日本是這樣

大家有在日本看過飆車族嗎？最近日本的飆車族們不僅會確實地戴好安全帽，也會遵守紅綠燈，就連車輛改造也會提出申請。大約在十年前左右，飆車族們都不戴安全帽，在車子上也做了很多非法改造，紅綠燈也不遵守，現在那些飆車族都消失了呢。有很多人都說是因為警察的管束變嚴格，加上罰規也跟著強化，所以才會變這樣。

講到在日本對於機車的規範，在高速公路上超速的話，若是時速30km以上未滿35km的情況必須繳納2萬日圓（大約4500台幣），35km以上未滿40km的情況則要繳納3萬日圓（大約6500台幣）的違規罰款。在一般道路上超速的話，如果是時速25km以上未滿30km是15000日圓（大約3500台幣）的違規罰款。而如果超過時速30km的情況會處於六個月以下的服刑，或是10萬日圓（大約22000台幣）以下的違規罰款。

練習題

❶ 請參考範例試試看改成敬語的問句。

| 範例 | さっき公園(こうえん)に着(つ)いた。（不久之前到達公園了。）
→ さっき公園に着きました。（不久之前到達公園了。）

1. 🎤 _____

2. 🎤 _____

3. 🎤 _____

4. 🎤 _____

❷ 請參考範例試試看改成敬語的問句。

| 範例 | スプーンを使(つか)わなかった。（沒有使用湯匙。）
→ スプーンを使いませんでした。（沒有使用湯匙。）

1. 🎤 _____

2. 🎤 _____

3. 🎤 _____

4. 🎤 _____

❸ 請參考範例，在（ ）內填入適當的文字。

| 範例 | 公園(こうえん)（に）着(き)きました。（到達公園了。）

1. シャツを脱( )。沒有脫襯衫。

2. スプーンを使( )。有使用湯匙嗎？

3. 会社( )課長を待( )。在公司等了課長。

4. 今日、初雪( )降( )。今天沒有下初雪。

❹ 試試看活用題目提供的動詞單字。

原形	做〜（「ます」形）	不做〜	〜了	沒〜
1. はく （穿（褲子等））				
2. 脱ぐ[ぬぐ] （脱）				
3. 使う[つかう] （使用）				
4. 待つ[まつ] （等待）				
5. かぶる （戴（在頭上））				

❺ 先試試看用平假名寫下題目提供的單字，接著再試著用漢字寫寫看。

| 範例 | 時間　平假名　じ　か　ん　　漢字　時　間

1. 公園、遊樂場
平假名　　　　　漢字

2. 初雪
平假名　　　　　漢字

3. 白色的、白的
平假名　　　　　漢字

片假名
練習27

排列片假名的順序（12）

請依據題目提供的片假名符號依序排列看看。

1. 安可
   （Encore）　　ア　ー　コ　ル　ン　→ ＿＿＿＿＿＿

2. 攝影師
   （Cameraman）　ン　ラ　カ　マ　メ　→ ＿＿＿＿＿＿

3. 排名
   （Ranking）　　グ　ン　ラ　ン　キ　→ ＿＿＿＿＿＿

4. 紙巾
   （Tissue）　　シ　テ　ッ　ィ　ュ　→ ＿＿＿＿＿＿

5. 回歸
   （Comeback）　ツ　ム　カ　バ　ク　→ ＿＿＿＿＿＿

6. 精神衰弱
   （Neurose）　　ノ　ー　イ　ゼ　ロ　→ ＿＿＿＿＿＿

7. 跑步
   （Running）　　ニ　ン　ラ　グ　ン　→ ＿＿＿＿＿＿

8. 旋律
   （Melody）　　メ　ー　デ　ロ　ィ　→ ＿＿＿＿＿＿

9. 普通
   （Regular）　　ー　ギ　ュ　レ　ラ　→ ＿＿＿＿＿＿

10. 電池
    （Battery）　テ　ッ　リ　バ　ー　→ ＿＿＿＿＿＿

|解答| 1. アンコール　2. カメラマン　3. ランキング　4. ティッシュ　5. カムバック
　　　6. ノイローゼ　7. ランニング　8. メロディー　9. レギュラー　10. バッテリー

學習日期　月　日

38 用常體說說看 原形尾音是「う、つ、る」的五段動詞

すごく並んだ。

排了很久的隊。

38.mp3

例句38-1.mp3
暖身練習
基本會話聽力

請看下方圖片，試著推測情境及對話內容，並搭配音檔練習。

例句38-2.mp3
第一階段
熟悉基本單字

死ぬ[しぬ] ⑤ 死

飛ぶ[とぶ] ⑤ 飛

並ぶ[ならぶ] ⑤ 排隊

犬[いぬ] 狗

猫[ねこ] 貓

鳥[とり] 鳥

空[そら] 天空

お客さん[おきゃくさん] 客人

新聞[しんぶん] 報紙

例句38-3.mp3

第二階段
熟悉基本句型

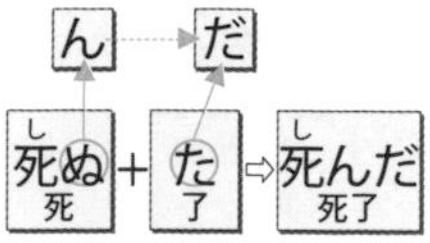

お茶[おちゃ] 茶
飲む[のむ] ⑤ 喝

稍等一下！

如果將「うちの犬[いぬ]」直譯是「我家的狗」的意思。「うち」除了是「家」的意思之外，也可以作為「我們家」的意思來使用。所以「うちの犬」可以解釋成「我家的狗」。

読(よ)む ⑤ 讀

稍等一下！

「飛ぶ[とぶ]（飛）」這個動詞會使用助詞「～を」，變成「空[そら]を飛ぶ（在天空飛）」。這個時候使用的「～を」和及物動詞使用的受格助詞是不一樣的，因為「飛ぶ（飛）」是不及物動詞，所以「～を」是指「通過、移動的空間」的意思，和目前為止練習過的「～を」不太一樣。

❶ ～んだ。 ～了。

た形

原形尾音是「ぬ、む、ぶ」的五段動詞在變化成「た形」時，「ぬ、む、ぶ」換成「ん」之後，會在後面加上「だ」而不是「た」。一樣請記得不要一直想著背下規則，要記住規則只是參考用，一邊聽著音檔、一邊讓頭腦自然而然地熟悉活用方式並練習。

うちの犬が死んだ。	我們家的狗死了。
お茶を飲んだ。	喝了茶。
鳥が空を飛んだ。	鳥在天空飛。（過去式）
お客さんが並んだ。	客人們在排隊了。

❷ ～なかった 沒～。

如果要表達「沒～」的話，只要將原形尾音換成「あ」段後，變成「あ段＋なかった」的句型就可以了。也就是說「ぬ、む、ぶ」各個會變成「～ななかった、～まなかった、～ばなかった」的句型。

うちの猫は死ななかった。	我們家的貓沒有死。
朝、新聞を読まなかった。	在早上沒有讀報紙。
その鳥は飛ばなかった。	那個鳥沒有飛。（過去式）
全然並ばなかった。	完全沒有排隊。

休む[やすむ] ⑤休息
呼ぶ[よぶ] ⑤叫

稍等一下！

「読む[よむ]（讀）」的た形和「呼ぶ[よぶ]（叫）」的た形雖然不一樣，不過都會變成一樣的「よんだ」。這種同音異義詞必須要根據前後單字才能判斷是什麼意思，或是依據不同的語調唸法來區分。「読んだ（讀了）」的語調是「読んだ」，而「呼んだ（叫了）」的語調是「呼んだ」。

3 ～んだ？　　～了嗎？

試試看使用た形來造問句。助詞「～を（被～）」在常體的情況中經常會被省略。

犬が死んだ？	狗死了嗎？
今朝、コーヒー飲んだ？	今天早上喝了咖啡嗎？
昨日、学校休んだ？	昨天學校休息了嗎？
うちに友達、呼んだ？	叫朋友來家裡了嗎？

4 うん、～んだ。　　嗯，～了。
ううん、～なかった。　　不，沒～。

試試看回答問句。肯定回答會使用「うん（嗯）」之後，接著用「～んだ」來回答。否定回答會使用「ううん（不）」之後，接著用「～なかった」來回答就可以了。

うん、死んだ。	嗯，死了。
うん、飲んだ。	嗯，喝了。
ううん、休まなかった。	不，沒有休息。
ううん、呼ばなかった。	不，沒有叫。

❺

～なかった？ 　　　　　　　　　沒～嗎？

試試看使用「～なかった（不～）」來造問句。助詞「～を（被～）」在常體的情況中經常會被省略。

猫は死ななかった？	貓沒有死嗎？
朝、新聞読まなかった？	在早上沒有讀報紙嗎？
その鳥は飛ばなかった？	那個鳥沒有飛嗎？
全然並ばなかった？	完全沒有排隊嗎？

❻
うん、～なかった。 　　嗯，沒～。
ううん、～んだ。 　　不，～了。

試試看回答問句。肯定回答會使用「うん（嗯）」之後，接著用「～なかった」來回答。否定回答會使用「ううん（不）」之後，接著用「～んだ」來回答就可以了。

うん、死ななかった。	嗯，沒有死。
うん、読まなかった。	嗯，沒有讀。
ううん、飛んだ。	不，飛了。
ううん、並んだ。	不，排了隊。

例句38-4-1.mp3
例句38-4-2.mp3

第三階段
會話打好基本功

ケーキ　蛋糕
買う[かう] ⑤ 買
～時間[じかん]
～時間
俺[おれ]
我（男性：較沒禮貌的自稱）

稍等一下！

在「よく待ったね」中的「よく」是常見的副詞，既有「好」也有「經常」的意思，在此意譯為「好久了」。句尾的「～ね」是表達感嘆的助詞，常翻成「～呢」或「～了」等。

黃業生聽說「麻美（あさみ）」去了有名的蛋糕店，向她詢問。

コウ・イェソン：昨日、ケーキ買った？
近藤 麻美：うん、買った。
コウ・イェソン：どうだった？ 並んだ？
近藤 麻美：うん、1時間並んだ。
コウ・イェソン：1時間?!
近藤 麻美：うん。
コウ・イェソン：よく待ったね。ケーキはどうだった？
近藤 麻美：すごくおいしかったよ。
コウ・イェソン：そう。
近藤 麻美：イェソンも買う？
コウ・イェソン：ううん、俺はいい。

黃業生：昨天買蛋糕了嗎？
近藤麻美：嗯，買了。
黃業生：怎麼樣？有排隊嗎？
近藤麻美：嗯，排了一個小時的隊。
黃業生：一個小時？！
近藤麻美：嗯。
黃業生：真虧你等這麼久。蛋糕怎麼樣呢？
近藤麻美：非常好吃。
黃業生：原來如此啊。
近藤麻美：業生也要買嗎？
黃業生：不，我算了。

啊哈！

日本的葬禮有99.9%是火葬！

原來日本是這樣

現在在日本有99.9%是火葬，比率是世界第一。雖然如此，日本在1900年代時，火葬率也大概才不到30%，在那之後急遽上升，並且在1994年超過了98%。火葬之後雖然有的會擺放在個人的牌位，不過跟家人放在同一個牌位的情況更為常見。因此在墓碑上大多會寫著「～家（け）」。

在日本並不會每年都進行祭祀，進行祭祀的時間是有先定下來的。是以死亡後的1年後、2年後、6年後、12年後、16年後、22年後、24年後、26年後、32年後、36年後、49年後、99年後而定下來的時間。根據地區的不同，祭祀的時間會有些微差異的情況出現，需要祭祀到什麼時候，每個家庭都不太一樣。最近很多人認為祭祀到12年後就已經足夠了。

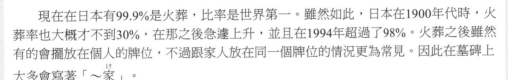

❶ 請參考範例試試看使用「ううん（不）」來回答題目提供的問句。

> | 範例 |　その鳥は空を飛んだ？（那個鳥在天空飛嗎？）
> 　　　　→ ううん、飛ばなかった。（不，沒有飛。）

1. 🎤 _____

2. 🎤 _____

3. 🎤 _____

4. 🎤 _____

❷ 請參考範例試試看使用「ううん（不）」來回答題目提供的問句。

> | 範例 |　朝、新聞読まなかった？（在早上沒有讀報紙嗎？）
> 　　　　→ ううん、読んだ。（不，讀了。）

1. 🎤 _____

2. 🎤 _____

3. 🎤 _____

4. 🎤 _____

❸ 請參考範例，在（ ）內填入適當的文字。

> | 範例 |　お茶（を）飲（んだ）。（喝茶了。）

1. その鳥は飛(　　　　　　　　　)。那個鳥沒有飛。

2. うち(　　)犬が死(　　　　　)。我們家的狗死了。

3. 全然並(　　　　　　　　　)？完全沒排隊嗎？

4. ううん、並(　　　　　)。不，排了。

🎧 例句38-5.mp3

④ 試試看活用題目提供的動詞單字。

原形	不～（ない形）	～了（た形）	沒～
1. 死ぬ[しぬ]（死）			
2. 飲む[のむ]（喝）			
3. 飛ぶ[とぶ]（飛）			

⑤ 先試試看用平假名寫下題目提供的單字，接著再試著用漢字寫寫看。

| 範例 | 鳥　平假名 [と|り]　漢字 [鳥]

1. 死
平假名 [|]　漢字 [|]

2. 狗
平假名 [|]　漢字 [ ]

3. 天空
平假名 [|]　漢字 [ ]

4. 報紙
平假名 [| | |]　漢字 [|]

片假名
練習 28

排列片假名的順序（13）

請依據題目提供的片假名符號依序排列看看。

1. 飾品
   （Accessory）　ク　ー　ア　サ　セ　リ　→ ＿＿＿＿＿＿＿＿

2. 交響樂
   （Orchestra）　ラ　オ　ト　ー　ケ　ス　→ ＿＿＿＿＿＿＿＿

3. 奧運會
   （Olympics）　ン　リ　ッ　ピ　ク　オ　→ ＿＿＿＿＿＿＿＿

4. 收藏
   （Collection）　シ　レ　コ　ョ　ク　ン　→ ＿＿＿＿＿＿＿＿

5. 網路
   （Network）　ネ　ー　ワ　ト　ッ　ク　→ ＿＿＿＿＿＿＿＿

6. 行程
   （Schedule）　ー　ュ　ケ　ジ　ス　ル　→ ＿＿＿＿＿＿＿＿

7. 控制
   （Control）　コ　ロ　ル　ン　ト　ー　→ ＿＿＿＿＿＿＿＿

8. 音樂
   （Music）　ツ　ュ　ミ　ー　ジ　ク　→ ＿＿＿＿＿＿＿＿

9. 跑車
   （Sportscar）　ス　カ　ー　ツ　ポ　ー　→ ＿＿＿＿＿＿＿＿

10. 旅遊指南
    （Guidebook）　ド　ガ　ク　イ　ブ　ッ　→ ＿＿＿＿＿＿＿＿

| 解答 | 1. アクセサリー 2. オーケストラ 3. オリンピック 4. コレクション 5. ネットワーク
6. スケジュール 7. コントロール 8. ミュージック 9. スポーツカー 10. ガイドブック

39 用常體說說看 原形尾音是「す」的五段動詞

彼氏とけんかした。

跟男朋友吵架了。

39.mp3

🎧 例句39-1.mp3

暖身練習
基本會話聽力

請看下方圖片，試著推測情境及對話內容，並搭配音檔練習。

🎧 例句39-2.mp3

第一階段
熟悉基本單字

消す[けす] [5] 關、擦掉

さす [5] 撐（雨傘）

無くす[なくす] [5] 弄不見、遺失

大きな[おおきな] 大的

火[ひ] 火

鍵[かぎ] 鑰匙

マンガ 漫畫

妻[つま] 妻子

🎧 例句39-3.mp3

第二階段
熟悉基本句型

❶ ～した。　～了。

た形

原形尾音是「す」的五段動詞在變化成た形時，「す」會換成「し」之後，在後面加上「た」。不要死背規則，請一邊聽著音檔、一邊讓頭腦自然而然地熟悉活用方式。

[し]
話す（はなす）說 + た 了 ⇨ 話した（はなした）說了

傘[かさ] 雨傘
声[こえ] 聲音
出す[だす] ⑤交

たばこの火を消した。　熄了香煙。

傘をさした。　撐了雨傘。

鍵を無くした。　弄丟了鑰匙。

大きな声を出した。　發出了大的聲音。

❷ ～なかった。　沒～。

如果要表達「沒～」的話，使用「あ段＋なかった」的句型來表達就可以了。也就是說，將「～す」換成「～さ」後，變成「～さなかった」的句型。

貸す[かす] ⑤借給
貸す[かす] ⑤說

稍等一下！

「たばこ（香菸）」可以寫成片假名的「タバコ」，也可以寫成漢字的「煙草」。

友達にマンガを貸さなかった。　沒有借漫畫書給朋友。

昨日は妻と全然話さなかった。　昨天和妻子完全沒有說話。

たばこの火を消さなかった。　沒有熄滅香菸。

傘をささなかった。　沒有撐雨傘。

奥さん[おくさん]
妻子（尊稱）

❸

～した？

～了嗎？

試試看使用「た形」來造問句。

鍵、無くした？	弄丟鑰匙了嗎？
大きな声、出した？	發出了大的聲音嗎？
友達にマンガ、貸した？	借了漫畫書給朋友嗎？
昨日は奥さんと話した？	昨天和妻子聊天了嗎？

❹

うん、～した。
ううん、～なかった。

嗯，～了。
不，沒～。

試試看仔細地觀察肯定和否定的回答問句。肯定回答會使用「うん
（嗯）」之後，接著用「～した」來回答。否定回答會使用「ううん
（不）」之後，接著用「～さなかった」來回答就可以了。

うん、無くした。	嗯，弄不見了。
うん、出した。	嗯，發出了。
ううん、貸さなかった。	不，不借了。
ううん、全然話さなかった。	不，完全沒有說。

返す[かえす] ⑤交還
渡す[わたす] ⑤轉交

稍等一下！

就算是親近的朋友，在提到有關朋友的妻子時，一樣要使用「奥さん[おくさん]」這個尊敬的稱呼方式。不過，在很親近的情況下，可能會用在名字後面加上「さん」的方式來稱呼。

稍等一下！

中文不論是人還是事物發出的聲音都是說「聲音」，不過在日語中，人或動物的聲音會使用「声[こえ]」，而事物的聲音會使用「音[おと]」，是明確區分開來的，請小心留意不要使用錯誤。

❺ ～なかった？　沒～嗎？

試試看使用「～なかった（沒～）」來造問句。

大きな声、出さなかった？　沒有發出大的聲音嗎？

鍵、返さなかった？　沒有交還鑰匙嗎？

チョコレート、渡さなかった？　沒有轉交巧克力嗎？

奥さんと話さなかった？　沒有和妻子說話嗎？

❻ うん、～なかった。　嗯，沒～。
ううん、～した。　不，～了。

試試看回答問句。肯定回答會使用「うん（嗯）」之後，接著用「～さなかった」來回答。否定回答會使用「ううん（不）」之後，接著用「～した」來回答就可以了。

うん、出さなかった。　嗯，沒有發出。

うん、返さなかった。　嗯，沒有交還。

ううん、渡した。　不，轉交了。

ううん、話した。　不，說話了。

🎧 例句39-4-1.mp3
🎧 例句39-4-2.mp3

第三階段
會話打好基本功

知る[しる] ⑤ 知道
何で[なんで] 為什麼
僕[ぼく] 我（男性）
中[なか] 裡面、中
静かな[しずかな] 安靜的
恥ずかしい[はずかしい] 害羞
それで 所以
すぐに 馬上、立刻

稍等一下！ 

「すぐに（馬上、立刻）」也可以不加上「に」，直接只使用「すぐ」。

知恩每天早上都會遇到「智也（ともや）」夫妻，今天沒看到太太。

ミン・ジウン：おはよう。あれ？ 陽子さんは？
青木 智也：知らない。
ミン・ジウン：けんかしたの？
青木 智也：うん。
ミン・ジウン：何で？
青木 智也：昨日、電車で妻が大きな声を出したから。
ミン・ジウン：何で陽子さん、大きな声出したの？
青木 智也：僕がうちの鍵を無くしたから。
ミン・ジウン：鍵を？
青木 智也：うん。電車の中が静かだったから、
僕、すごく恥ずかしかったんだ。
それで、すぐに電車を降りた。
ミン・ジウン：陽子さんとよく話した？
青木 智也：ううん、昨日は妻と全然話さなかった。

閔知恩：早安。喔？陽子小姐呢？
青木智也：不知道。
閔知恩：吵架了嗎？
青木智也：嗯。
閔知恩：為什麼？
青木智也：因為昨天老婆在電車上對我大聲了。
閔知恩：為什麼陽子小姐會大聲說話呢？
青木智也：因為我把家裡鑰匙弄不見了。
閔知恩：鑰匙嗎？
青木智也：嗯，因為電車裡面很安靜，我非常尷尬。所以馬上就從電車下車了。
閔知恩：和陽子小姐有好好談過了嗎？
青木智也：沒有，昨天完全沒跟老婆講話。

啊哈！ 

大門鑰匙

原來日本是這樣

在日本，「智慧密碼電子門鎖」還沒有普及化，依然還有很多房子是使用鑰匙和門鎖。當然市面上是有在販售「智慧密碼電子門鎖」的，不過日本人們似乎不太喜歡。可能是因為比起鑰匙和門鎖，「智慧密碼電子門鎖」更容易故障，而且密碼流出的可能性很高的關係。並且，為了維護居家安全，有很多房子會在玄關安裝兩道門鎖，或是加裝門鏈鎖的情況也很多。

練習題

❶ 請參考範例試試看使用「ううん（不）」來回答題目提供的日語問句。

| 範例 | チョコレート、渡した？（給巧克力了嗎？）
→ ううん、渡さなかった。（不，沒有給。）

1. 🎤 _____
2. 🎤 _____
3. 🎤 _____
4. 🎤 _____

❷ 請參考範例試試看使用「ううん（不）」來回答題目提供的日語問句。

| 範例 | 大きな声、出さなかった？（沒有發出大的聲音嗎？）
→ ううん、出した。（不，發出了。）

1. 🎤 _____
2. 🎤 _____
3. 🎤 _____
4. 🎤 _____

❸ 請參考範例，在（ ）內填入適當的文字。

| 範例 | チョコレート（を）渡（した）。（給巧克力了。）

1. 友達(　　)マンガ(　　)貸(　　　　)。借給朋友漫畫書了。

2. 主人(　　)全然話(　　　　　　　)。和丈夫完全沒有講話。

3. 何(　　)大きな声(　　)出(　　　)(　　)？為什麼發出大的聲音？

4. 私(　　)うち(　　)鍵(　　)無くした(　　　)。因為我把家裡鑰匙弄不見了。

346

❹ 試試看活用題目提供的動詞單字。

原形	不～（ない形）	～了（た形）	沒～
1. 消す[けす] （關）			
2. さす （撐（雨傘））			
3. 話す[はなす] （談話）			

❺ 先試試看用平假名寫下題目提供的單字，接著再試著用漢字寫寫看。

| 範例 | 妻子

平假名 | つ | ま |

漢字 | 妻 |

1. 關、擦

平假名

漢字

2. 弄不見、遺失

平假名

漢字

3. 大的

平假名

漢字

4. 火

平假名

漢字

347

片假名
練習29

排列片假名的順序（14）

請依據題目提供的片假名符號依序排列看看。

1. 混凝土　　　トクコンリー → ＿＿＿＿＿＿＿
　（Concrete）

2. 時尚　　　　フシァッンョ → ＿＿＿＿＿＿＿
　（Fashion）

3. 手拿包　　　ンッドハバグ → ＿＿＿＿＿＿＿
　（Handbag）

4. 塑膠　　　　チラスックプ → ＿＿＿＿＿＿＿
　（Plastic）

5. 直升機　　　ーコヘリプタ → ＿＿＿＿＿＿＿
　（Helicopter）

6. 雨衣　　　　イトレンコー → ＿＿＿＿＿＿＿
　（Raincoat）

7. 隱私　　　　プバーシライ → ＿＿＿＿＿＿＿
　（Privacy）

8. 團隊合作　　ムーチークワ → ＿＿＿＿＿＿＿
　（Teamwork）

9. 暢銷　　　　ベラートスセ → ＿＿＿＿＿＿＿
　（Best-seller）

10. 電梯　　　　タエーレーベ → ＿＿＿＿＿＿＿
　（Elevator）

|解答| 1. コンクリート 2. ファッション 3. ハンドバッグ 4. プラスチック 5. ヘリコプター
6. レインコート 7. プライバシー 8. チームワーク 9. ベストセラー 10. エレベーター

40

用敬語說說看　原形尾音是「ぬ、む、ぶ」與「す」的五段動詞

切符を無くしました。

弄丟票了。

40.mp3

🔊 例句40-1.mp3

暖身練習
基本會話聽力

請看下方圖片，試著推測情境及對話內容，並搭配音檔練習。

🔊 例句40-2.mp3

第一階段
熟悉基本單字

稍等一下！

▶「切符[きっぷ]（票）」這個單字主要是指電車／地鐵票。電影、演唱會等等的表演活動門票一般則會使用「チケット（票）」。

▶「データ（資料）」有時語調會是「高低低」的唸法。

祖父[そふ] 祖父、爺爺
　　　　（較正式）

おじいさん 爺爺（較親
　　　　　　近）

データ 資料

切符[きっぷ] 票

一列に[いちれつに]
排成一排

電気[でんき] 電、電燈

❶

～ました。　　　　　　～了。

「～ます（做～）」的過去式是「～ました」對吧？並且，五段動詞和「～ます」連接的時候，會是「い」段＋「ます」。因此，五段動詞的原形尾音換成「い」段之後，再加上「ました」就可以了。

先月、祖父が死にました。	上個月爺爺死了。
データが飛びました。	資料弄丟了。
電気を消しました。	關燈了。
切符を無くしました。	弄丟票了。

❷

～ませんでした。　　　　沒～。

只要將「～ます」換成「～ませんでした」的話，就會是「沒～」的意思。

一列に並びませんでした。	沒有排成一排。
今朝、新聞を読みませんでした。	今天早上沒有看報紙。
傘をさしませんでした。	沒有撐雨傘。
お金を返しませんでした。	沒有還錢。

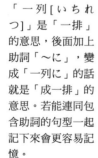

稍等一下！

在日語中只要是在「我」的群體當中的人，全部都必須要降低身分，而在「對方」群體當中的人，全部都必須要抬高身分。因為這邊是「我的爺爺」，所以不用抬高身分，直接使用「死ぬ[しぬ]（死）」來表示即可。但「死ぬ（死）」這個單字的表達太過直接，所以常會改講「亡くなる[なくなる]（離開世界、離世）」。

稍等一下！

「一列[いちれつ]」是「一排」的意思，後面加上助詞「～に」，變成「一列に」的話就是「成一排」的意思。若能連同包含助詞的句型一起記下來會更容易記憶。

350

稍等一下！

這裡的例句第一句因為不是和別人提及自己的爺爺，所以其實必須要使用「過世了嗎？」來表達。不過因為是現在還沒學到的單字，所以這邊先用「死ぬ」來表示。

❸

～ましたか。　　　　　～了嗎？

試試看使用「～ました（～了）」來造問句。只要在最後面加上「～か」就可以了。

おじいさんが死にましたか。	爺爺死了嗎？
電気を消しましたか。	燈關了嗎？
一列に並びましたか。	排成一排了嗎？
切符を無くしましたか。	弄丟票了嗎？

稍等一下！

應對問句「おじいさんが死[し]にましたか（爺爺死了嗎？）」的回答方式，將「祖父[そふ]」去掉來直接講「はい、死にました」會比較自然。不過這邊為了練習「祖父」這個單字，所以加入句中使用。

❹

はい、～ました。　　　是的，～了。
いいえ、～ませんでした。　不，沒～。

試試看回答問句。肯定回答會使用「はい（是的）」之後，接著用「～ました」來回答。否定回答會使用「いいえ（不是的）」之後，接著用「～ませんでした」來回答就可以了。

はい、祖父が死にました。	是的，爺爺死了。
はい、消しました。	是的，關了。
いいえ、並びませんでした。	不，沒有排成一排。
いいえ、無くしませんでした。	不，沒有弄不見。

稍等一下！

意指「電燈[でんとう]」如同漢字指的是「電燈」，不過在日常生活中幾乎不會這樣講。請記得常使用的是「電 [でんき]」這個單字。

❺

～ませんでしたか。　沒～嗎？

試試看使用「～ませんでした（沒～）」來造問句。

データは飛びませんでしたか。	資料沒有弄丟嗎？
電気を消しませんでしたか。	沒有關燈嗎？
お酒を飲みませんでしたか。	沒有喝酒嗎？
レポートを出しませんでしたか。	沒有交報告嗎？

❻

はい、～ませんでした。　是的，沒～。
いいえ、～ました。　　不是的，～了。

試試看回答問句。肯定回答會使用「はい（是的）」之後，接著用「～ませんでした」來回答。否定回答會使用「いいえ（不是的）」之後，接著用「～ました」來回答就可以了。

はい、飛びませんでした。	是的，沒有弄丟。
はい、消しませんでした。	是的，沒有關。
いいえ、飲みました。	不，喝了。
いいえ、出しました。	不，交了。

🎧 例句40-4-1.mp3
🎧 例句40-4-2.mp3

第三階段
會話打好基本功

無い[ない] 沒有
落とす[おとす]
[5] 掉落
上野[うえの]
上野（地名）
～行き[いき]
～行（也會唸作「ゆき」）
～番線[ばんせん]
～線月台
色々と[いろいろと]
各種各樣
お気を付けて[おきをつけて] 請確認看看

稍等一下！

日本電車站的月台和「1番線[いちばんせん]（一號線）」、「2番線[にばんせん]（二號線）」一樣，會使用「～番線」來表示。

日本旅行中的起範找不到月台位置，有人走過來搭話。

岡本 早紀：あのう……。
ホン・キハン：はい？
岡本 早紀：切符を無くしませんでしたか。
ホン・キハン：切符ですか。
（翻找了口袋一下）あれ？ 切符が無い。
岡本 早紀：これ、さっき落としましたよ。
ホン・キハン：あ、ありがとうございます。
（朝向正打算要走了的岡本）すみません。
あのう、上野行きは何番線ですか。
岡本 早紀：上野ですか。2番線ですよ。
ホン・キハン：そうですか。色々とありがとうございました。
岡本 早紀：いいえ。じゃ、お気を付けて。

岡本早紀：那個…。
洪起範：是的？
岡本早紀：您有沒有弄不見票呢？
洪起範：票嗎？哦？沒有票耶。
岡本早紀：這個，不久之前掉了。
洪起範：啊，謝謝。
稍等一下。那個，往上野的是幾號月台呢？
岡本早紀：上野嗎？是二號月台。
洪起範：原來如此，感謝你各種幫忙。
岡本早紀：不會，那麼路上小心。

啊哈！

在日本是這樣！

原來日本是這樣

在公司經常會使用到「色々(いろいろ)とありがとうございました（感謝你各種幫忙）」的招呼語對吧？如果是中文的話，使用「感謝你各種幫忙」這個句型也很自然對吧。在這種情況中，日語雖然也可以使用現在式「ありがとうございます」，不過用過去式「ありがとうございました」來表達的情況更多。日語在使用「謝謝」的招呼語時，會在「那件事」都結束的時間點用過去式招呼語表達。舉例來說，借書後歸還書籍時，由於借書時間間隔較長，所以歸還的同時會使用過去式的招呼語說「ありがとうございました」。另一方面，在借書後到歸還之前，因為情況還沒結束，所以會使用過去式的招呼語說「ありがとうございます」。然而在常體的情況中，因為沒有對應「ありがとう」的過去式招呼語，所以直接使用現在式表達就可以了。

❶ 請參考範例試試看改成敬語的問句。

> | 範例 | 祖父が死んだ。（爺爺死了。）
> → 祖父が死にました。（爺爺死了。）

1. 🎤 ......
2. 🎤 ......
3. 🎤 ......
4. 🎤 ......

❷ 請參考範例試試看改成敬語的問句。

> | 範例 | 新聞を読まなかった。（沒有讀報紙。）
> → 新聞を読みませんでした。（沒有讀報紙。）

1. 🎤 ......
2. 🎤 ......
3. 🎤 ......
4. 🎤 ......

❸ 請參考範例，在（）內填入適當的文字。

> | 範例 | 新聞（を）読みました。（讀了報紙。）

1. 祖父が死(　　　　　　　　)。爺爺死了。

2. 電気を消(　　　　　　　　　)。沒有關燈。

3. データが飛(　　　　　　　　　)。資料弄丟了嗎？

4. いいえ、飛(　　　　　　　　　　　)。不，沒有弄丟。

❹ 試試看活用題目提供的動詞單字。

原形	做～（「ます」形）	不～	～了	沒～
1. 死ぬ[しぬ] （死）				
2. 読む[よむ] （讀）				
3. 並ぶ[ならぶ] （排隊）				
4. さす （撐（雨傘））				

❺ 先試試看用平假名寫下題目提供的單字，接著再試著用漢字寫寫看。

| 範例 | 沒有

平假名 | な | い

漢字 | 無 | い

1. 祖父、爺爺（非尊稱）

平假名

漢字

2. 票

平假名

漢字

3. 電、燈

平假名

漢字

4. 各種各樣

平假名

漢字

日語是這樣的！

五段動詞總整理

這裡再次整理給各位在第九節學過的所有五段動詞的常體和敬語的變化規則。

五段動詞的「常體」變化規則

五段動詞依據原形的尾音而分成四個種類。「常體」就是指非敬語的各種活用句型。之後學到更多樣的文法表達時也會再出現，先記得這個名詞就可以了。

原形尾音	現在肯定	現在否定	過去肯定	過去否定
く ぐ	書く[かく] 寫 脱ぐ[ぬぐ] 脱	書かない 不寫 脱がない 不脱	書いた 寫了 脱いだ 脱了	書かなかった 沒寫 脱がなかった 沒脱
う つ る	買う[かう] 買 持つ[もつ] 拿 撮る[とる] 照	買わない 不買 持たない 不拿 撮らない 不照	買った 買了 持った 拿了 撮った 照了	買わなかった 沒買 持たなかった 沒拿 撮らなかった 沒照
ぬ む ぶ	死ぬ[しぬ] 死 読む[よむ] 讀 呼ぶ[よぶ] 叫	死なない 不死 読まない 不讀 呼ばない 不叫	死んだ 死了 読んだ 讀了 呼んだ 叫了	死ななかった 沒死 読まなかった 沒讀 呼ばなかった 沒叫
す	消す[けす] 關	消さない 不關	消した 關了	消さなかった 沒關

變化不規則的例外

下面兩個單字都是五段動詞。不過是例外的不規則變化。

現在肯定	現在否定	過去肯定	過去否定
行く[いく] 走	行かない 不走	行った 走了	行かなかった 沒走
ある 有（事物）	ない 沒有	あった 有了	なかった 沒有

▶ 關於「ある」在第49課會更詳細地學到。

五段動詞的「敬語」變化規則

五段動詞的「ます」形是「い段＋ます」。也就是說，只要將原形尾音（「う」段）換成「い」段之後，再加上「ます」就可以了。「～ます」會變化成好幾種的活用句型。

「ます」形（肯定）	否定	過去	過去否定
書きます[かきます] 寫	書きません 不寫	書きました 寫了	書きませんでした 沒寫
買います[かいます] 買	買いません 不買	買いました 買了	買いませんでした 沒買
読みます[よみます] 讀	読みません 不讀	読みました 讀了	読みませんでした 沒讀
消します[けします] 關	消しません 不關	消しました 關了	消しませんでした 沒關

片假名
練習30

排列片假名的順序（15）

請依據題目提供的片假名符號依序排列看看。

1. 主播
   （Announcer）　ン　ナ　ー　ウ　ア　サ　→ _____

2. 採訪
   （Interview）　ュ　タ　ン　ビ　イ　ー　→ _____

3. 絲襪
   （Stocking）　キ　ト　ッ　ン　グ　ス　→ _____

4. 制服
   （Uniform）　ユ　ォ　フ　ー　ム　ニ　→ _____

5. 上班族
   （Salaryman）　ラ　サ　マ　ー　リ　ン　→ _____

6. 訓練
   （Training）　ー　レ　ト　ニ　グ　ン　→ _____

7. 角色
   （Character）　ク　ラ　キ　タ　ャ　ー　→ _____

8. 散步
   （Walking）　キ　ォ　ー　ン　グ　ウ　→ _____

9. 主頁
   （Homepage）　ム　ジ　ホ　ー　ペ　ー　→ _____

10. 開業
    （Opening）　ン　ニ　ー　オ　グ　プ　→ _____

| 解答 | 1. アナウンサー　2. インタビュー　3. ストッキング　4. ユニフォーム　5. サラリーマン
6. トレーニング　7. キャラクター　8. ウォーキング　9. ホームページ　10. オープニング

長文挑戰1

試試看閱讀長文

　　一開始先只用耳朵聽聽看下方的長文，大約了解脈絡之後，接著再閱讀文章確認內容意思。

昨日は日曜日だった。週末だったから、私は10時に起きた。家族はみんな朝早く出かけた。でも、私は出かけなかった。一人でご飯を食べた。ご飯がおいしくなかった。午後は友達がうちに来た。友達と夜まで話をした。夜は友達と出かけた。とても寒かったから、厚いパンツをはいた。帽子もかぶった。晩ご飯は友達と一緒にピザを食べた。それから、ビールを飲んだ。帰りは雪が降った。雪がとてもきれいだった。

▶ 日語的小説、作文所用的書面語通常是常體，商業或正式場合的通知、信件會使用敬語。

單字		
日曜日（にちようび） 禮拜日	家族（かぞく） 家人	午後（ごご） 下午
話（はなし） 話	帽子（ぼうし） 帽子	帰り（かえり） 回來的路、歸途
週末（しゅうまつ） 週末	私（わたし） 自己	来た（きた） 來了
寒い（さむい） 冷	一緒に（いっしょに） 一同、一起	私（わたし） 我
夜（よる） 晚上	厚い（あつい） 厚	ピザ 披薩

| 翻譯 | 昨天是禮拜日。因為是周末，所以我在十點起了床。全部的家人都在早上早早地出門了。不過我沒有出去。自己一個人吃了飯。在下午朋友來了家裡了。和朋友一起聊天到了晚上。在晚上和朋友一起出去了。因為非常冷所以穿了厚的褲子。也戴帽子。晚餐和朋友吃了披薩。還有喝了啤酒。在回家的時候下雪了。雪非常漂亮。

第十節

·

使用動詞的
過去式
說說看！

　　雖然我們已經練習過動詞的過去式了，不過五段動詞真的很困難對吧？即使很困難，但只要經常反覆聽著音檔跟用眼睛看的話，自然而然地就會產生概念，不需要用頭腦去思考複雜的規則，就可以從嘴巴說出日語，所以請不用擔心～！在這邊試試看練習使用動詞過去式來表現各種句型。

學習日期 月 日

41 用常體說說看

日本に行ったことがない。

沒去過日本。

41.mp3

例句41-1.mp3
暖身練習
基本會話聽力

例句41-2.mp3
第一階段
熟悉基本單字

請看下方圖片，試著推測情境及對話內容，並搭配音檔練習。

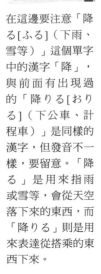

稍等一下！

在這邊要注意「降る[ふる]（下雨、雪等）」這個單字中的漢字「降」，與前面有出現過的「降りる[おりる]（下公車、計程車）」是同樣的漢字，但發音不一樣，要留意。「降る」是用來指雨或雪等，會從天空落下來的東西，而「降りる」則是用來表達從搭乘的東西下來。

答える[こたえる] ① 答、回答

歩く[あるく] ⑤ 走路

踏む[ふむ] ⑤ 踩

警察官[けいさつかん] 警官

警察[けいさつ] 警察

質問[しつもん] 疑問

足[あし] 腳

スニーカー 球鞋、運動鞋

駅[えき] 車站
社長[しゃちょう]
社長

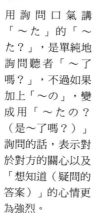

稍等一下！

用詢問口氣講「～た」的「～た？」，是單純地詢問聽者「～了嗎？」，不過如果加上「～の」，變成用「～たの？（是～了嗎？）」詢問的話，表示對於對方的關心以及「想知道（疑問的答案）」的心情更為強烈。

❶

～たの？　　　　　　　　是～了嗎？

「原形＋の？」的句型是指「是做～？」的意思對吧？「た形＋の？」的句型因為會變成過去式的句型，所以是指「是～了嗎？」的意思。

警察官の質問に答えたの？	是回答了警官的問題了嗎？
駅まで歩いたの？	是走了路到車站嗎？
社長の足を踏んだの？	是踩到社長的腳了嗎？
雪が降ったの？	是下雪了嗎？

稍等一下！

如果將「～よ」的音由高往低發音的話，會帶有「當然是那樣」、「為什麼要問」的語氣，給人有不愉快或是不耐煩感覺，所以在唸的時候請多加留意。

❷

うん、～よ。　　　　　　嗯，～。
ううん、～よ。　　　　　　不，～。

試試看在句尾加上「～よ」，用想告訴對方的語調回答問句。記得絕對不要將「よ」從高往下唸，請試著稍微把音調上揚。

うん、答えたよ。	嗯，回答了。
うん、歩いたよ。	嗯，走了路。
ううん、踏まなかったよ。	不，沒有踩。
ううん、降らなかったよ。	不，沒有下。

❸

～なかったの？　　　是沒～嗎？

這一次試著練習看看在「～なかった（沒～）」的後面加上「～の」後，變成「是沒～嗎？」這個比較強烈的語感來練習看看。這個也一樣是因為加上「～の」，因此可以表達對於對方的關心以及「想知道」的心情都較為強烈的情況。

昨日は出かけなかったの？　　　昨天是沒有外出嗎？

社長の足を踏まなかったの？　是沒有踩到社長的腳嗎？

スニーカーを履かなかったの？　　是沒有穿運動鞋嗎？

警察官の質問に答えなかったの？

是沒有回答警官的問題嗎？

❹

うん、～よ。　　　嗯，～。
ううん、～よ。　　　不，～。

這一次試試看在句尾加上「～よ」，用想告訴對方的語調回答問句。

うん、出かけなかったよ。　　　嗯，沒有外出。

うん、踏まなかったよ。　　　嗯，沒有踩。

ううん、履いたよ。　　　不，穿了。

ううん、答えたよ。　　　不，回答了。

❺

～たことがある。　　　有～過。

「原形＋ことがある」的句型是「有～情況／時候」的意思對吧？而
「た形＋ことがある」的句型是「有～過」的意思。在會話中也會將
助詞「が」省略，使用「～たことある」來表示。

ここから駅まで歩いたことがある。

有從這裡走路到車站過。

日本に行ったことがある。　　　有去過日本。

その人に会ったことがある。　　有見過那個人。

僕はたばこを吸ったことがある。　　我有抽菸過。

❻

～たことがない。　　　沒有～過。

將「ある」換成「ない」以た形＋「ことがない」表達的話，就會是
「沒有～過」的意思，在會話中也會將助詞「が」省略，使用「～た
ことない」來表示。

ここは雪が降ったことがない。　　這裡從沒下過雪。

日本の映画を見たことがない。　我從沒看過日本電影。

私はまだお酒を飲んだことがない。　我還沒喝過酒。

警察に電話をかけたことがない。

我從沒打過電話給警察。

第三階段
會話打好基本功

運動靴[うんどうぐつ]
運動鞋
〜円[えん] 〜日圓
高い[たかい] 貴、高
おばあちゃん
奶奶（親近的稱呼方式）
くれる ①給
まったくもう 真是的

稍等一下！

在日語中有「給」這個意思的動詞有「あげる」與「くれる」兩個單字。關於兩者使用上的差異，將會在第51課學到。

看到在玄關穿鞋的兒子，穿上了從沒看過的運動鞋。

田中 百合：新しい運動靴、買ったの？

田中 雄大：運動靴?! スニーカーです。

田中 百合：スニーカー？ 運動靴じゃないの？

田中 雄大：そんな言葉、使ったことない。

田中 百合：そう？ じゃ、そのスニーカー、買ったの？

田中 雄大：うん、昨日買ったよ。

田中 百合：いくら？

田中 雄大：17,800円。

田中 百合：17,800円?! 高い！
　　　　　　そんなお金、どこにあったの？

田中 雄大：おばあちゃんがくれた。

田中 百合：まったくもう！

田中百合：是新買的運動鞋嗎？
田中百合：球鞋？不是運動鞋嗎？
田中百合：是嗎？那麼，是買球鞋了嗎？
田中百合：多少錢？
田中百合：17800日圓？！很貴呢！那個錢是哪裡來的？
田中百合：真是的。

田中雄大：運動鞋？！是球鞋。
田中雄大：我沒有用過那個單字。
田中雄大：嗯，昨天買了。
田中雄大：17800日圓。
田中雄大：奶奶給的。

啊哈！

「スニーカー」與「運動靴（うんどうぐつ）」

原來日本是這樣

　　「スニーカー」也可以用來指「運動鞋」。嚴格地追究的話，有些人會認為兩者有差異，不過通常還是會作為相同的意思來使用。在小學的學校中，雖然有使用「運動靴」的情況。然而一般來說年輕人會使用「スニーカー」，年紀比較大的人會使用「運動靴」。如果將「運動鞋」直接翻譯成「運動靴」的話，會給人有舊式講法的感覺，所以在使用時請小心。

　　「運動靴」是「運動（運動）」與「靴（皮鞋、鞋子）」這兩個字的合稱，後面單字「靴」的發音要把「くつ」換成「ぐつ」對吧？和這個單字一樣，在變成複合名詞時，後面單字的第一個字發音要濁音化的情況也很常見。

練習題

❶ 請試試將題目提供的問句改成「〜たの？（〜了嗎？）／〜なかったの？（沒〜嗎？）」的問句。

| 範例 | 警察官の質問に答えましたか。（回答警官的問題了嗎？）
→ 警察官の質問に答えたの？（回答警官的問題了嗎？）

1.
2.
3.
4.

❷ 請試試將題目提供的句子改成「〜たことがある／ない（有〜過／沒有〜過）」的句子。

| 範例 | ここは雪が降りません。（這裡沒有下雪。）
→ ここは雪が降ったことがない。（這裡沒有下過雪。）

1.
2.
3.
4.

❸ 請參考範例，在（ ）內填入適當的文字。

| 範例 | 駅まで歩（いた）の？（走路到車站了嗎？）

1. 社長( )足を踏んだ( )？踩到社長的腳了嗎？

2. ううん、踏まなかった( )。不，沒有踩到。（用想告訴對方的語調）

3. その人( )会( )ことがある。有見過那個人。

4. 警察に電話をかけたことが( )。沒有打電話給警察過。

❹ 先試試看用平假名寫下題目提供的單字，接著再試著用漢字寫寫看。

| 範例 | 警察

平假名

| け | い | さ | つ |

漢字

| 警 | 察 |

1. 答、回答

平假名

漢字

2. 走路

平假名

漢字

3. 問題

平假名

漢字

4. 腳

平假名

漢字

5. 日圓

平假名

漢字

367

片假名
練習31

選出片假名（1）

請試試看選出範例裡的平假名符號，以完成題目提供的日語單字。
（範例的平假名符號可以重複使用。）

| 範例 | ア　ス　ソ　ム　モ　ロ　ン　ガ　ゴ
ダ　デ　ド　パ　ペ

1. 橡膠（Gum）
   → _____

2. 門（Door）
   → _____

3. 麵包（Pan）（和製英語）
   → _____

4. 瓦斯（Gas）
   → _____

5. 水壩（Dam）
   → _____

6. 通過（Pass）
   → _____

7. 口香糖（Gum）
   → _____

8. 示威（Demo（nstration））
   → _____

9. 單（Solo）
   → _____

10. 雙（Pair）
    → _____

| 解答 | 1. ゴム　2. ドア　3. パン　4. ガス　5. ダム
6. パス　7. ガム　8. デモ　9. ソロ　10. ペア

42 用敬語說說看

富士山に登ったんですか。

42.mp3

是登上富士山了嗎？

例句42-1.mp3

暖身練習
基本會話聽力

請看下方圖片，試著推測情境及對話內容，並搭配音檔練習。

例句42-2.mp3

第一階段
熟悉基本單字

忘れる[わすれる] ① 忘記、忘掉

乗る[のる] ⑤ 搭（車子、飛機等）

登る[のぼる] ⑤ 上升、上去

青い[あおい] 藍的、青的

名前[なまえ] 名字

山[やま] 山

川[かわ] 江、河

Tシャツ[てぃーしゃつ] T恤

漢字[かんじ] 漢字

例句42-3.mp3

第二階段
熟悉基本句型

遊ぶ[あそぶ]
⑤ 玩耍

稍等一下！ 

在使用「乗る[のる]（搭）」的時候，請小心助詞的使用。經常使用的句型為「～に乗る（搭～）」，助詞不是使用「～を」而是必須要使用「～に」。由於很容易不小心使用錯誤，所以連同搭配的助詞一起記下來會比較好。

❶ ～たんですか。　～了嗎？

在前面學過，「～たの？（是～了嗎？）」的敬語將「の」換成「んですか」之後，用た形＋「んですか」來表示就可以了。作為參考，為了讓「～んですか」的「ん」可以更容易地發音，所以將「の」換成「ん」。

名前を忘れたんですか。　是忘記名字了嗎？

飛行機に乗ったんですか。　是搭了飛機嗎？

山に登ったんですか。　是上山了嗎？

川で遊んだんですか。　是在河邊玩耍了嗎？

❷ はい、～。　是的，～。
いいえ、～。　不是的，～。

試試看使用「はい（是的）」或是「いいえ（不是的）」來回答問句。雖然也可以在句尾加上「よ」來回答。不過在敬語當中，如果在句尾加上「よ」的話，會有不太禮貌的感覺，所以在這邊練習看看不加上「よ」的表現方式。

はい、忘れました。　是的，忘記了。

はい、乗りました。　是的，搭了。

いいえ、登りませんでした。　不，沒有上去。

いいえ、遊びませんでした。　不，沒有玩。

～なかったんですか。　　　沒～嗎？

在前面學過，「～なかったの？（沒～嗎？）」的敬語也是將「の」換成「んですか」之後，使用「～なかったんです」的句型來表示就可以了。

青いTシャツを買わなかったんですか。

是沒有買藍色襯衫嗎？

漢字を習わなかったんですか。　　是沒有學漢字嗎？

名前を忘れなかったんですか。　　是沒有忘記名字嗎？

タクシーに乗らなかったんですか。

是沒有搭計程車嗎？

❹ はい、～。　　　　　　　　是的，～。
　　いいえ、～。　　　　　　　不是的，～。

試試看使用「はい（是的）」或是「いいえ（不是的）」來回答問句。

はい、買いませんでした。　　　是的，沒有買。

はい、習いませんでした。　　　是的，沒有學。

いいえ、忘れました。　　　　　不是的，忘記了。

いいえ、乗りました。　　　　　不是的，搭了。

「忘れる[わすれる]」是指將曾經記得的事情忘記了，或是突然忘記該做某件事的時候使用的單字，而之前出現過的「無くす[なくす]」是指「遺失」的意思。所以如果說某樣東西「忘れた」的話，是表示知道東西在哪裡，只是忘記拿的意思。如果是說「無くした」的話，是表示東西已經遺失，不知道在哪裡。

❺

～たことがあります。　　　有～過。

「～たことがある（有～過）」的敬語只需要將句尾的「ある」換成敬語的「あります」就可以了。也就是說會變成「た型＋ことがあります」的句型。

山に登ったことがあります。　　　　　　　　　有登山過。

青いTシャツを着たことがあります。

有穿過藍色襯衫。

漢字を習ったことがあります。　　　　　　　有學過漢字。

友達の名前を忘れたことがあります。

有忘記過朋友的名字。

---

❻

～たことがありません。　　沒有～過。

在表達「沒有～過」的時候，只要將「～たことがあります（有～過）」的「あります（有）」換成「ありません（沒有）」就可以了。

飛行機に乗ったことがありません。　沒有搭過飛機。

山に登ったことがありません。　　　　沒有登山過。

川で泳いだことがありません。　　沒有在河邊游泳過。

青いTシャツを着たことがありません。

沒有穿過藍色襯衫。

第三階段
會話打好基本功

富士山[ふじさん]
富士山
～月[がつ] ～月
～日[にち] ～日
頂上[ちょうじょう]
山頂
日の出[ひので]
日出、太陽升起

稍等一下！

▶將姓名翻譯成中文時最安全的方式是先翻譯成英文，再照英文來翻成日文。如常見的姓氏「張」，英文是Chang就翻譯成「チャン」。

▶12月31日是唸做「じゅうにがつさんじゅういちにち」，而1月1日是唸做「いちがつついたち」，關於日、月的詳細說明，請參考第562～563頁。

「小島」向張侑娜詢問有沒有去過「富士山」。

小島 健一：チャンさんは富士山に登ったことがありますか。

チャン・ユナ：いいえ、ありません。

小島 健一：そうですか。

チャン・ユナ：小島さんは登ったことがありますか。

小島 健一：ええ、12月31日の夜に登りました。

チャン・ユナ：夜に登ったんですか。

小島 健一：ええ。富士山の頂上で、1月1日の日の出を見ました。

チャン・ユナ：富士山の頂上で日の出を見たんですか。

小島 健一：ええ、とてもきれいでしたよ。

チャン・ユナ：そうですか。

小島 健一：チャンさんは1月1日の日の出を見なかったんですか。

チャン・ユナ：ええ、見ませんでした。

小島健一：張小姐有登過富士山嗎？
小島健一：原來如此。
小島健一：有，在12月31日晚上登上去了。
小島健一：是的，在富士山上看了1月1日的日出。
小島健一：是的，非常漂亮。
小島健一：張小姐沒有看過1月1日的日出嗎？

張侑娜：沒有，沒登過。
張侑娜：小島先生有上去過嗎？
張侑娜：在晚上登上去嗎？
張侑娜：在富士山上看了日出嗎？
張侑娜：是嘛。
張侑娜：是的，沒有看過。

啊哈！

在日本最高的山是「富士山」！

原來日本是這樣

「富士山」在日本是最高的山，高度是3776m。登山客在夏天最多，不過為了看1月1日的日出而去登山的人也很多，經常會發生在山頂附近的人太多而導致登山路阻塞，許多人因此沒辦法看到日出的情況。聽說為了要在好位置看日出，必須要提早在日出前好幾個小時就上山，因為提早先去佔好位置的人非常多。雖然上去山上很累人，不過聽說在山頂看到的日出真的非常漂亮。

另外一提，有很多人無法區分「富士山」與「藤井さん（藤井先生（小姐））」的發音，要記住在唸「藤井さん」的時候「じい」的發音方式是長音。

❶ 請試試將題目提供的問句改成「～たんですか（～了嗎？）／～なかったんですか（沒～嗎？）」的問句。

| 範例 | 名前を忘れましたか。（忘記名字了嗎？）
→ 名前を忘れたんですか。（是忘記名字了嗎？）

1. ✎ _____

2. ✎ _____

3. ✎ _____

4. ✎ _____

❷ 請試試將題目提供的句子改成「～たことがあります／ありません（有～過／沒有～過）」的句子。

| 範例 | 川で泳ぎません。（不在河邊游泳。）
→ 川で泳いだことがありません。（沒在河邊游泳過。）

1. ✎ _____

2. ✎ _____

3. ✎ _____

4. ✎ _____

❸ 請參考範例，在（ ）內填入適當的文字。

| 範例 | 青いTシャツを買った（ん）ですか。（是買了藍色襯衫嗎？）

1. 山に登(　　　　　　　　)んですか。是沒有上山嗎？

2. 飛行機(　　)乗った(　　　　　　)がありません。沒有搭過飛機。

3. 友達(　　)名前を忘(　　　　　)ことがあります。有忘記朋友的名字過。

4. 川(　　)遊(　　　　　)か。是在河邊玩耍了嗎？

❹ 先試試看用平假名寫下題目提供的單字，接著再試著用漢字寫寫看。

| 範例 | 漢字

平假名
| か | ん | じ |

漢字
| 漢 | 字 |

1. 搭（車、飛機等）

平假名

漢字

2. 藍的、青的

平假名

漢字

3. 名字

平假名

漢字

4. 山

平假名

漢字

5. 河

平假名

漢字

片假名 練習 32

選出片假名（2）

請試試看選出範例裡的平假名符號，以完成題目提供的日語單字。
（範例的平假名符號可以重複使用。）

| 範例 | ア　イ　ク　ス　テ　ト　ヒ　ラ　リ
　　　　ル　レ　ン　ゲ　ズ　ド　ブ　プ　ポ

1. 班級（Class）
　→ ＿＿＿＿＿＿＿＿＿＿

2. 郵寄、郵筒（Post）
　→ ＿＿＿＿＿＿＿＿＿＿

3. 計畫（Plan）
　→ ＿＿＿＿＿＿＿＿＿＿

4. 阿拉伯（Arab）
　→ ＿＿＿＿＿＿＿＿＿＿

5. 節奏（Tempo）
　→ ＿＿＿＿＿＿＿＿＿＿

6. 鑽孔機（Drill）
　→ ＿＿＿＿＿＿＿＿＿＿

7. 測驗（Quiz）
　→ ＿＿＿＿＿＿＿＿＿＿

8. 嘉賓（Guest）
　→ ＿＿＿＿＿＿＿＿＿＿

9. 提示（Hint）
　→ ＿＿＿＿＿＿＿＿＿＿

10. 幫浦（Pump）
　→ ＿＿＿＿＿＿＿＿＿＿

| 解答 | 1. クラス　2. ポスト　3. プラン　4. アラブ　5. テンポ
　　　　6. ドリル　7. クイズ　8. ゲスト　9. ヒント　10. ポンプ

43 用常體說說看

運動した方がいい。

做運動會比較好。

43.mp3

例句43-1.mp3
暖身練習
基本會話聽力

請看下方圖片，試著推測情境及對話內容，並搭配音檔練習。

例句43-2.mp3
第一階段
熟悉基本單字

磨く[みがく] ⑤ 擦

切る[きる] ⑤ 剪、截斷

運動[うんどう] 運動

散歩[さんぽ] 散步

歯[は] 牙、牙齒

顔[かお] 臉

髪[かみ] 頭髮

朝ご飯[あさごはん] 早餐

🎧 例句43-3.mp3

第二階段
熟悉基本句型

洗う[あらう]⑤洗
先生[せんせい]老師

稍等一下！

「洗臉」翻譯成日語的時候，會是「顔を洗う[かおをあらう]」。

❶ ～た方がいい。　～會比較好。

想要表達「～會比較好」、「～會更好」的時候，使用「た型＋方(ほう)がいい」的句型就可以。「方」原本是「邊」的意思，所以直接翻譯的話會是「～會比較好」的意思。請特別注意這邊是搭配動詞た形來使用。

歯を磨いた方がいい。　刷牙會比較好。

顔を洗った方がいい。　洗臉會比較好。

髪を切った方がいい。　剪頭髮會比較好。

先生の説明をよく聞いた方がいい。
好好地聽老師的說明會比較好。

❷ ～ない方がいい。　不～會比較好。

如果使用「ない形＋方(ほう)がいい」的話，是指「不～會比較好」的意思。有的情況「方」也會有寫作平假名的情況出現。

今日は運動しない方がいい。　今天不運動會比較好。

ここは散歩しない方がいい。　在這裡不散步會比較好。

髪を切らない方がいい。　頭髮不剪會比較好。

その人の説明は聞かない方がいい。
那個（人）的說明不聽會比較好。

稍等一下！

「吃藥」翻譯成
日語的時候，會
是「薬[くすり]を
飲む[のむ]（喝
藥）」。不需要
咬就可以直接吞
的情況並不會講
「食べる[たべる]
（吃）」，而是講
「飲む（喝）」。

❸

～た後で　　　　　～（動詞）之後

「た形＋後で」是指「～之後」的意思。作為參考，如果沒有動詞た
形，只使用「後で」的話是「等一下」的意思。

毎日、朝ご飯を食べた後で、顔を洗う。
　　　　　　　　　　　　　　　　　　　　每天吃完早餐之後洗臉。

運動した後で、シャワーを浴びた。
　　　　　　　　　　　　　　　　　　　　運動完之後洗澡。

先生の説明を聞いた後で質問した。
　　　　　　　　　　　　　　　　聽完老師的說明之後問問題。

この薬はご飯を食べた後で飲む。
　　　　　　　　　　　　　　　　這個藥是吃完飯後吃。

食事[しょくじ] 用餐
試合[しあい] 比賽

❹

～の後で　　　　　～（名詞）之後

動詞在「た形」之後連接「で」就可以使用，但名詞需要加上助詞
「の」，變成「名詞＋の後で」的句型才行。

食事の後で歯を磨く。　　　　　　用餐完之後刷牙。

仕事の後で運動をした。　　　　　工作之後運動。

会議の後で晩ご飯を食べた。　　　會議之後吃晚餐。

試合の後でパーティーをした。　　比賽完之後開派對。

❺

～たり～たり　　　有～也做～。

在表達「會～也會～」、「做～也做～」的意思時，可使用「動詞た形＋り＋動詞た形＋り」的句型。在翻譯的時候，反覆出現「也～」會不自然，所以有的時候也會將後面的「也～」省略。

稍等一下！

在中文與日語中表示「不論是～或是～」意思的「～たり～たり」的用法與發音都非常相近對吧。

朝、顔を洗ったり歯を磨いたりする。　早上會洗臉也會刷牙。

週末は運動したり散歩したりする。　　週末會運動也會散步。

学校で先生の説明を聞いたり、友達と話したりした。
在學校聽了老師的說明也和朋友聊了天。

パーティーでご飯を食べたり、お酒を飲んだりした。
在派對上吃了飯也喝了酒。

❻

～とか～とか　　　不論是～或是～。

「～たり～たり」的句型必須要使用動詞，如果要用名詞表現時，會使用「～とか～とか」的句型。這個句型也有很多情況會將後面的「或是～」省略，也會解釋成「～等」的意思。

稍等一下！

就如同前面說明過的，日語動詞沒有未來式，所以現在式也會作為未來式使用。日語談論有關於「現在」的時候，使用現在進行式的情況很多。

私はチョコレートとか飴とかが好き。
我不論是巧克力或是糖果都喜歡。

韓国旅行のお土産はのりとかキムチとかがいい。
韓國旅行的伴手禮不論是海苔或是泡菜都很好。

週末はいつも運動とか散歩とかをする。
在週末總是會運動或是散步等等。

飴[あめ] 糖果
好きな[すきな] 喜歡的

韓国[かんこく] 韓國
旅行[りょこう] 旅行
お土産[おみやげ] 伴手禮
飲み会[のみかい] 喝酒的聚會
来る[くる] 來

第三階段
會話打好基本功

天気[てんき] 天氣
掃除[そうじ] 打掃
洗濯[せんたく]
洗滌、洗衣服
昼ご飯[ひるごはん]
午餐
授業[じゅぎょう]
課程
サボる 翹課
大丈夫な[だいじょ
うぶな] 沒關係的

稍等一下！

「昼ご飯[ひるご
はん]」前面加上
「お」後，會變成
「 お ご 飯 」，就
像前面曾經說明過
的，名詞前面加上
「 お 」或是「 ご 」
後，用語往往就會
變比較有禮貌。

同學的俊師與「瞳[ひとみ]」，互問對方上週末做了什麼？

ジョ・ジュンス：週末は天気がすごくよかったね。

酒井瞳：うん。ジュンスは週末に何した？

ジョ・ジュンス：掃除とか洗濯とかした。瞳は？

酒井瞳：犬と散歩したり、テレビを見たりした。

ジョ・ジュンス：そう。

酒井瞳：ねえ、今日、一緒にお昼ご飯を食べた後で映画見ない？

ジョ・ジュンス：俺、午後も授業がある。

酒井瞳：（覺得可惜的表情）そう。

ジョ・ジュンス：じゃ、今日は午後の授業、サボるよ。

酒井瞳：え?! いいの？

ジョ・ジュンス：うん、大丈夫！

徐俊師：週末天氣非常好對吧。
徐俊師：打掃也洗了衣服。瞳呢？
徐俊師：原來如此。

徐俊師：我在下午也有課。
徐俊師：那麼，我今天下午來翹課。
徐俊師：嗯，沒關係。

酒井瞳：嗯。俊師週末做了什麼？
酒井瞳：跟小狗散步也看了電視。
酒井瞳：就是啊，今天一起吃午餐之後要不
　　　　要看電影？
酒井瞳：原來如此。
酒井瞳：咦？沒關係嗎？

啊哈！

加上「る」來硬是作為動詞使用的詞語

原來日本是這樣

　　和在這一次會話中出現的「サボる（偷懶、翹課）」（＝サボタージュ（怠工）＋
「る」）一樣，有很多是在日語外來語（片假名）加上「る」後，或是在名詞（漢字）
加上「る」後，作為動詞使用的單字。

　　パニクる（慌張）＝パニック（恐慌、Panic）＋る

　　メモる（備忘）＝メモ（紀錄、memo）＋る

　　ググる（用Google搜尋）＝グーグル（Google）＋る

　　事故[じこ]る（發生交通事故）＝事故[じこ]（車禍）＋る

　　ハモる（聲音重疊）＝ハーモニー（和聲、harmony）＋る

　　トラブる（出現問題、出現禍端）＝トラブル（問題、trouble）＋る

　　ダブる（重複、重疊）＝ダブル（雙重、double）＋る

　　ミスる（失誤、出錯）＝ミステイク（錯誤、mistake）＋る

　　デコる（裝飾：主要是手機）＝デコレーション（裝飾品、decoration）＋る

　　告[こく]る（告白：主要指愛的告白）＝告[こく]（白[はく]）（告白）＋る

① 請試試將題目提供的問句改成「～た方がいい（～會比較好）／～ない方がいい（不～會比較好）」的問句。

| 範例 | 歯を磨きます。（刷牙。）
→ 歯を磨いた方がいい。（刷牙會比較好。）

1. 🎤 _____

2. 🎤 _____

3. 🎤 _____

4. 🎤 _____

② 請試試使用題目提供的單字，造出「～た後で（～之後）／～の後で（～之後）」的句子。

| 範例 | 仕事（事情）・運動をした（運動了）
→ 仕事の後で、運動をした。（工作（結束）之後運動了。）

1. 🎤 _____

2. 🎤 _____

3. 🎤 _____

4. 🎤 _____

③ 請參考範例，在（ ）內填入適當的文字。

| 範例 | 髪を切（った）方がいい。（剪頭髮會比較好。）

1. 朝、顔を洗(　　　　　　)歯を磨(　　　　　　　)する。在早上會洗臉也會刷牙。

2. 週末はいつも運動(　　　　)散歩(　　　　　)をする。在週末總是會運動或是散步。

3. ここは散歩(　　　　　　　)方がいい。這邊不太適合散步。

4. 先生(　　)説明を聞(　　　　)後で質問した。聽完老師的說明之後問問題了。

382

❹ 先試試看用平假名寫下題目提供的單字，接著再試著用漢字寫寫看。

範例	擦	平假名			漢字	
		み	が	く	磨	く

1. 剪、截斷

平假名　　　　　漢字

2. 運動

平假名　　　　　　　　漢字

3. 散步

平假名　　　　　漢字

4. 臉

平假名　　　漢字

5. 早餐

平假名　　　　　　　漢字

片假名
練習33

選出片假名（3）

請試試看選出範例裡的平假名符號，以完成題目提供的日語單字。
（範例的平假名符號可以重複使用。）

| 範例 |　ア　カ　ク　ケ　ス　ソ　ト　ノ　リ
　　　　　ル　ゴ　ジ　ゼ　ド　ブ　ポ　ッ　ー

1. 曲球（Curve）
　→ _____

2. 敲門（Knock）
　→ _____

3. 案件（Case）
　→ _____

4. 果凍（Jelly）
　→ _____

5. 醬料（Sauce）
　→ _____

6. 亞洲（Asia）
　→ _____

7. 規則（Rule）
　→ _____

8. 領導（Lead）
　→ _____

9. 水壺（Pot）
　→ _____

10. 球門（Goal）
　→ _____

| 解答 | 1. カーブ　2. ノック　3. ケース　4. ゼリー　5. ソース
　　　　6. アジア　7. ルール　8. リード　9. ポット　10. ゴール

44 用敬語說說看

薬を塗らない方がいいです。

不要塗藥會比較好。

44.mp3

例句44-1.mp3
暖身練習
基本會話聽力

請看下方圖片，試著推測情境及對話內容，並搭配音檔練習。

例句44-2.mp3
第一階段
熟悉基本單字

かける ①戴（眼鏡）

つける ①開（燈）

貼る[はる] ⑤貼

塗る[ぬる] ⑤塗、刷

持って行く[もっていく] ⑤帶走、帶去

もらう ⑤收到、得到

ばんそうこう OK繃

コンタクト 隱形眼鏡

奈良[なら] 奈良（地名）

稍等一下！

「持って行く[もっていく]（帶走）」的語調有時候也會用「高－低－低－低」來唸。

第二階段
熟悉基本句型

眼鏡[めがね] 眼鏡

稍等一下！

雖然「貼る[はる]（貼）」有的時候會寫成漢字的「張る[はる]」，不過一般會寫作「貼る」。

❶

～た方がいいです。　　～會比較好。

「～た方[ほう]がいい（～會比較好）」的敬語是在後面加上「～です」後，變成「～た方がいいです」就可以了。

眼鏡をかけた方がいいです。　　　　　　戴眼鏡會比較好。

電気をつけた方がいいです。　　　　　　開燈會比較好。

ばんそうこうを貼った方がいいです。

貼OK繃會比較好。

傘を持って行った方がいいです。

帶走雨傘會比較好。

稍等一下！

雖然之前有說過，「眼鏡[めがね]（眼鏡）」有的時候會使用片假名的「メガネ」來表示。

❷

～ない方がいいです。　不～會比較好。

「～ない方[ほう]がいい（不～會比較好）」作為敬語使用時，只要在後面加上「～です」後，變成「～ない方がいいです」就可以了。

眼鏡をかけない方がいいです。　　不戴眼鏡會比較好。

薬を塗らない方がいいです。　　　　不塗藥會比較好。

お金を持って行かない方がいいです。

不帶走錢會比較好。

プレゼントをもらわない方がいいです。

不收下禮物會比較好。

「ばんそうこう」寫成漢字雖然會是「絆創膏」，不過因為漢字很困難，所以這邊用平假名來介紹給大家。片假名會寫作「バンソウコウ」。

稍等一下！

❸

～た後で　　　　　～（動詞）之後。

這一次試試看用敬語練習「た形＋後で（～之後）」。

映画を見た後で電気をつけました。
看完電影之後開燈了。

薬を塗った後で、ばんそうこうを貼りました。
塗完藥之後貼OK繃了。

お酒を飲んだ後でたばこを吸いました。
喝完酒之後抽菸了。

お土産をもらった後で、電話をかけました。
收完禮物之後打電話了。

❹

～の後で　　　　　～（名詞）之後

這一次試試看用敬語練習「名詞＋後で（～之後）」。

中間試験の後で、友達と遊びます。
期中考之後與朋友玩。

練習の後で昼ご飯を食べました。
練習完之後吃了午餐。

散歩の後で、ゆっくりお茶を飲みました。
散步完之後慢慢地喝茶了。

❺

～たり～たり　　　　　有～也有～。

將「～たり～たり（會～也會～／做～也做～）」的後面使用的「する（做）」換成敬語的「しま（做）」的話，就會變成敬語的句型。

薬を塗ったり、ばんそうこうを貼ったりしました。
有塗藥也有貼OK繃了。

電気をつけたり消したりしました。 有開燈也有關燈了。

電話をかけたり、プレゼントを持って行ったりしました。 有打電話也有拿禮物去。

眼鏡をかけたりコンタクトをしたりします。
有戴眼鏡也有戴隱形眼鏡。

---

❻

～や～や～(など)　　　～和～（等等）

在前面學過的「～とか～とか（不論是～或是～）」是非常口語的說法，練習使用看看稍微更有禮貌一點的語調「～や～や～（～和～和～／～或～或～／～還是～還是～」。也會有在後面加上「など（等）」的情況。

大阪や京都や奈良などへ行きます。
去大阪和京都和奈良等等。

鉛筆や消しゴムやノートなどをもらいました。
收到了鉛筆和橡皮擦和筆記本等等。

眼鏡やコンタクトをします。　　眼鏡和隱形眼鏡都戴。

第三階段
會話打好基本功

後で[あとで] 待會

稍等一下！

「塾[じゅく]」是指「補習班」的意思。通常是指小學生在去的補習班，會幫忙複習在學校學到的科目，或是鋼琴補習班等。高中生為了準備入學考試去的補習班是「予備校[よびこう]（預備校）」。

林思函小姐今天戴眼鏡來補習班了呢。

リン・シカン：こんにちは。

工藤 大輔：こんにちは。あれ？ 眼鏡？

リン・シカン：今日は後でプールに行きますから、
コンタクトをしなかったんです。

工藤 大輔：ああ、そうですか。

リン・シカン：プールの後で、コンタクトをします。

工藤 大輔：そうですか。

リン・シカン：眼鏡をかけない方がいいですか。

工藤 大輔：いいえ、眼鏡もかわいいですよ。

林思函：早安。
林思函：因為今天待會要去游泳池，所以沒戴隱形眼鏡。
林思函：游泳完後會戴隱形眼鏡。
林思函：不戴眼鏡會比較好嗎？

工藤大輔：早安。咦？眼鏡？
工藤大輔：啊～，原來如此。

工藤大輔：那樣啊。
工藤大輔：不，戴眼鏡也漂亮。

啊哈！

可以根據「OK繃」的稱呼方式知道出生地？

原來日本是這樣

　　「OK繃」是「ばんそうこう」，不過其實在東京中心地區，更多人會使用「バンドエイド（透氣OK繃）」這個說法。因為「バンドエイド」本來是商品名稱，所以字典上會是「ばんそうこう」。然而有趣的是，在日本根據地區不同，「OK繃」的名稱也不同。看右邊的地圖就可以知道，根據地區可以分為「ばんそうこう、カットバン（山形縣）」、「バンドエイド（大阪、廣島）」「リバテープ（宮崎縣）」、「サビ（北海道）」、「キズバン（富山縣）」。除了「ばんそうこう」之外，全部都是從商品名稱而來的。

絆創膏(ばんそうこう)
カットバン
バンドエイド
リバテープ
サビオ
キズバン

389

❶ 請試試將題目提供的問句改成「～た方がいいです（～會比較好）／～ない方が
いいです（不～會比較好）」的句子。

　範例　眼鏡をかけます。（戴眼鏡。）
　　　→ 眼鏡をかけた方がいいです。（戴眼鏡會比較好。）

1. 🎤 ....

2. 🎤 ....

3. 🎤 ....

4. 🎤 ....

❷ 請試試使用題目提供的兩個句子，造出「～たり～たりしました（做了～或是～
／做了～也做了～」的問句。

　範例　薬を塗る（塗藥）・ばんそうこうをる（貼OK繃）
　　　→ 薬を塗ったり、ばんそうこうを貼ったりしました。（有擦藥，也有貼OK繃了。）

1. 🎤 ....

2. 🎤 ....

3. 🎤 ....

4. 🎤 ....

❸ 請參考範例，在（ ）內填入適當的文字。

　範例　眼鏡を（かけた）方がいいです。（戴眼鏡會比較好。）

1. お金を持って(　　　　　　　)方がいいです。不要帶錢會比較好。

2. お土産を(　　　　　)後(　　)、電話をかけました。收完禮物後打了電話。

3. 中間試験(　　)後(　　)、友達と遊びます。期中考之後跟朋友玩。

4. 大阪(　　)京都(　　)奈良などへ行きます。去了大阪和京都和奈良等等。

390

❹ 先試試看用平假名寫下題目提供的單字，接著再試著用漢字寫寫看。

| 範例 | 大阪（地名）

平假名

| お | お | さ | か |

漢字

| 大 | 阪 |

1. 塗、刷

平假名 ⬚

漢字 ⬚

2. 帶走

平假名 ⬚

漢字 ⬚

3. 藥

平假名 ⬚

漢字 ⬚

4. 奈良（地名）

平假名 ⬚

漢字 ⬚

5. 待會

平假名 ⬚

漢字 ⬚

片假名
練習34

選出片假名（4）

請試試看選出範例裡的平假名符號，以完成題目提供的日語單字。
（範例的平假名符號可以重複使用。）

| 範例 | コ ス タ チ テ ト フ マ ヨ リ
　　　ル ワ ン ド ボ プ ペ ァ ッ ー

1. 寵物（Pet）
→ _____

2. 法規（Code）
→ _____

3. 明星（Star）
→ _____

4. 主題（Theme）
→ _____

5. 小費（Chip）
→ _____

6. 自由、免費（Free）
→ _____

7. 球（Ball）
→ _____

8. 快艇（Yacht）
→ _____

9. 塔（Tower）
→ _____

10. 粉絲（Fan）
→ _____

| 解答 | 1. ペット　2. コード　3. スター　4. テーマ　5. チップ
　　　6. フリー　7. ボール　8. ヨット　9. タワー　10. ファン

長文挑戰1

試試看閱讀長文

　　一開始先只用耳朵聽聽看下方的長文，大約了解脈絡之後，接著再閱讀文章確認內容意思。

> あなたは朝ご飯を食べますか、食べませんか。朝ご飯は何を食べますか。パンやコーヒーですか。ご飯ですか。朝ご飯は食べた方がいい、食べない方がいい、意見は色々あります。実は、朝ご飯を食べる、食べない、どちらもメリットがあります。朝ご飯には甘い物や卵を食べた方がいいです。でも、甘いパンや缶コーヒーは砂糖がとても多いですから、食べない方がいいです。朝、卵は食べた方がいいです。でも、たくさん食べない方がいいです。

單字			
何 什麼	色々 各式各樣	甘い 甜
缶コーヒー 罐裝咖啡	パン 麵包	実は 其實、事實
物 東西、物品	砂糖 砂糖	意見 意見
メリット 價值、優點	卵 雞蛋、卵	多い 多

| 翻譯 | 你會吃早餐，還是不吃早餐呢？早餐吃什麼？是麵包或是咖啡之類的嗎？是飯嗎？吃早餐會比較好，不吃早餐會比較好，有各種不同的意見。其實吃早餐，不吃早餐，兩邊都有優點。早餐吃甜的或是雞蛋很好。不過因為甜甜的麵包和罐裝咖啡有很多砂糖，所以不要吃會比較好。在早上吃雞蛋會比較好。雖然如此不要吃太多會比較好。

第五章

變得更像日本人吧！

第十一節・隨心所欲地表達想法
第十二節・外國人經常用錯的表現方式

　　日語的動詞過去式真的很難對吧？目前我們已經算是跨過這一個大障礙了～！現在的狀態雖然稱不上是完美，不過請不用擔心，沒有人剛學完就會說的。持續學習的話，自然而然地暢談日語的那一天遲早會到來。在第五部分，我們把所有在學習基礎日語的人都應該要知道的句型整理了起來，當中也包含了經常會用錯的句型。就算是日語可以說得很流暢的人，在這些部分也常常會使用錯誤。如果只是聽起來像個外國人那也還好，不過如果因為表達錯誤，而讓聽者感到不愉快就不妙了。因此，必須要非常小心。為了避免發生失誤，在這邊會為大家一一地提示重點。

第十一節

•

隨心所欲地
表達想法

在這裡將練習如何提出要求、如何應對別人的要求、以及如何說出想說的話。需要特別小心的是：「拒絕對方的拜託」這樣的情況，除非是家人或是朋友等等這樣非常親近的關係，日本人通常會避免直白的拒絕。學習時要好好留意這一點。

45 用常體說說看

それ、ちょうだい。

那個給我。

45.mp3

🎧 例句45-1.mp3

暖身練習
基本會話聽力

請看下方圖片，試著推測情境及對話內容，並搭配音檔練習。

🎧 例句45-2.mp3

第一階段
熟悉基本單字

稍等一下！

▶ 在日語中布娃娃玩偶是「ぬいぐるみ」。「人形[にんぎょう]」與「ぬいぐるみ」是完全不同的東西，所以在區分上請特別留意。

▶「ちょうだい（給）」的語調是「低－高－高－高」，這個是在表示「給～」所使用的唸法。而原形的語調會是「低－高－高－低」。

ちょうだい 給	だめな 不行的
人形[にんぎょう] 玩偶	どうぞ （請）快點～
お菓子[おかし] 餅乾	いくら 多少
ライター 打火機	～個[こ] ～個
ガム 口香糖	全部[ぜんぶ] 全部、總共
キーホルダー 鑰匙圈	

397

稍等一下！

很多人都知道「給」是「くれ」，然而「くれ」是「くれる（給）」的命令句，主要是男性會所使用的用語，是非常粗魯的說法。在日常生活中要說「給」的時候，會使用「ちょうだい」來表達。如果在字典裡面查「ちょうだい」的話，會解釋為「請給」的禮貌講法。不過「ちょうだい」作為句子結尾時並不是有禮貌的用語，而是「給我」的意思，請多加留意這點。

❶

～、ちょうだい。　　　給我～。

用常體在表達「給我～。」的時候，會使用「ちょうだい」來表示。

この人形、ちょうだい。	給我這個玩偶。
そのお菓子、ちょうだい。	給我那個餅乾。
あのライター、ちょうだい。	給我那個打火機。
このガム、ちょうだい。	給我這個口香糖。

❷

～と～、ちょうだい。　　給我～與～。

這一次試試看練習使用助詞「～と（～與～）」來造「給我～與～」的句子。

この人形とキーホルダー、ちょうだい。	
	給我這個玩偶與鑰匙圈。
お茶とお菓子、ちょうだい。	給我茶與餅乾。
このたばことライター、ちょうだい。	
	給我這個香菸與打火機。
そのガムと飴、ちょうだい。	給我那個口香糖和糖果。

❸

うん、～。 嗯，～。
だめ。 不行。

在使用「うん（嗯）」回答時，雖然後面也可以加上「いいよ
（好）」來使用。不過在這個時候，後面的「よ」不能省略掉。如果
沒有加上「よ」，只講「いい」的話聽起來會有點彆扭。除非關係親
近，日本人幾乎不會使用「だめ」來直接拒絕，這點必須特別留意。

うん、いいよ。	嗯，好。
うん、どうぞ。	嗯，拿走。
だめ。	不行。
え～！	欸～！（拒絕、抗議的感覺）

❹

いくら？ 是多少錢？

在詢問價錢時，會使用「いくら（多少）」來詢問。

この人形、いくら？	這個人偶是多少錢？
そのお菓子、いくら？	那個餅乾是多少錢？
このライター、いくら？	這個打火機是多少錢？
そのガム、いくら？	那個口香糖是多少錢？

❺

～円。 是～日圓。

日本錢的單位是「円<ruby>えん</ruby>」。在說價錢的時候，加上「円」就可以了。如果想不太起來數字的部份的話，請參考561～562頁。

14,910円。	是14910日圓。
3,675円。	是3675日圓。
58円。	是58日圓。
105円。	是105日圓。

❻

～で ～（數量），～日圓。

在表示價錢的「三個（數量）是～日圓」這個句型，會使用到助詞「～で」，「～で」這個助詞是只限定用於指個數或是數量會使用。

2個で600円。	兩個是600日圓。
3個で1,000円。	三個是1000日圓。
10個で2,900円。	十個是2900日圓。
全部で38,325円。	全部是38325日圓。

いらっしゃいませ
歡迎光臨
開店[かいてん]
開業
負けて[まけて]
打折

稍等一下！

「負ける[まける]」這個動詞原本的意思是「輸、敗北」，不過在折價的時候也會使用這個動詞。不過在日本買東西常通常不會有折價情況，所以請不要跟店員殺價～！像傳統市場的地方雖然會有殺價的情況出現，不過是非常罕見的。

「直人[なおと]」為了向開店的朋友正賢表達祝賀，去店裡拜訪。

シン・セイケン：いらっしゃいませ。あ、直人！
西村 直人：開店、おめでとう。
シン・セイケン：どうもありがとう。
西村 直人：この人形、いくら？
シン・セイケン：14,910円。
西村 直人：ちょっと高いね。
　　　　　　　このキーホルダーはいくら？
シン・セイケン：それは980円。
西村 直人：このライターは？
シン・セイケン：それは3,250円。
西村 直人：じゃ、そのキーホルダー10個と、このライター3個ちょうだい。全部でいくら？
シン・セイケン：19,550円。
西村 直人：ちょっと負けてよ。
シン・セイケン：だめ！

申正賢：歡迎光臨。啊，直人！
申正賢：真的謝啦。
申正賢：是14910日圓。

申正賢：那個是980日圓。
申正賢：那個是3250日圓。

申正賢：是19550日圓。
申正賢：不行！

西村直人：恭喜開業。
西村直人：這個人偶是多少錢？
西村直人：有點貴呢！這個鑰匙圈是多少錢？
西村直人：這個打火機呢？
西村直人：那麼，給我十個那個鑰匙圈跟三個這個打火機。全部加起來是多少錢？
西村直人：幫我打一下折。

好好地了解「どうぞ」會更容易！

啊哈！

原來日本是這樣

　　就如同在前面解說過的一樣，「どうぞ」是表示勸說對方做某個行動的用語，不論是在敬語還是常體都經常會使用。在公車或是電車要讓座時所使用的「請坐」，直接翻譯成日語的話會是「坐」，聽起來會有半命令句的感覺。這個時候只需要使用「どうぞ」一句話就可以解決。在詢問對方「可以抽菸嗎？」的時候，也是使用「どうぞ」會比較好。另外，因為在「どうぞ」有強調「千萬、務必」的意思，所以也可以作為「どうぞよろしくお願い[ねが]します（務必拜託了）」的意思來使用。

❶ 請試試使用題目提供的兩個單字，造出「〜この〜と〜、ちょうだい（給我這個〜與〜）」的句子。

| 範例 | 人形（人偶）・キーホルダー（鑰匙圈）
→ この人形とキーホルダー、ちょうだい。（給我玩偶與鑰匙圈。）

1. 🎤 _____

2. 🎤 _____

3. 🎤 _____

4. 🎤 _____

❷ 請試試使用題目提供的單字，造出「その〜、いくら？（那個〜是多少錢？）」的問句。

| 範例 | ライター（打火機）
→ そのライター、いくら？（那個打火機是多少錢？）

1. 🎤 _____

2. 🎤 _____

3. 🎤 _____

4. 🎤 _____

❸ 請參考範例，在（ ）內填入適當的文字。

| 範例 | そのお茶、（ちょうだい）。（給我那個茶。）

1. そのガム( )飴、ちょうだい。給我那個口香糖和糖果。

2. うん、いい( )。嗯，就那樣／好。

3. ( )。不行。

4. この飴は3個( )100円。這個糖果三個是100日圓。

402

④ 先試試看用平假名寫下題目提供的單字，接著再試著用漢字寫寫看。

| 範例 | 給我打折

平假名
| ま | け | て |

漢字
| 負 | け | て |

1. 人偶

平假名

| | | | | |

漢字

| | |

2. 餅乾

平假名

| | | |

漢字

| | | |

3. ～個

平假名

| |

漢字

| |

4. 全部

平假名

| | | |

漢字

| | |

5. 開業

平假名

| | | | |

漢字

| | |

片假名
練習35

選出片假名（5）

請試試看選出範例裡的平假名符號，以完成題目提供的日語單字。
（範例的平假名符號可以重複使用。）

| 範例 | カ　コ　シ　タ　チ　ト　ム　ラ　ン
　　　　 ジ　ズ　ド　バ　ブ　ベ　ボ　プ　ッ
　　　　 ャ　ョ　ー

1. 大衣（Coat）
　 → ＿＿＿＿＿＿＿＿＿＿＿

2. 床（Bed）
　 → ＿＿＿＿＿＿＿＿＿＿＿

3. 按鍵、鈕扣（Button）
　 → ＿＿＿＿＿＿＿＿＿＿＿

4. 蓋子（Cover）
　 → ＿＿＿＿＿＿＿＿＿＿＿

5. 團隊（Team）
　 → ＿＿＿＿＿＿＿＿＿＿＿

6. 頂端（Top）
　 → ＿＿＿＿＿＿＿＿＿＿＿

7. 刷子（Brush）
　 → ＿＿＿＿＿＿＿＿＿＿＿

8. 小船（Boat）
　 → ＿＿＿＿＿＿＿＿＿＿＿

9. 表演（Show）
　 → ＿＿＿＿＿＿＿＿＿＿＿

10. 爵士（Jazz）
　 → ＿＿＿＿＿＿＿＿＿＿＿

| 解答 | 1. コート　2. ベッド　3. ボタン　4. カバー　5. チーム
　　　　 6. トップ　7. ブラシ　8. ボート　9. ショー　10. ジャズ

46 用敬語說說看

そのりんごをください。

46.mp3

請給我那個蘋果。

例句46-1.mp3
暖身練習
基本會話聽力

例句46-2.mp3
第一階段
熟悉基本單字

請看下方圖片，試著推測情境及對話內容，並搭配音檔練習。

くださいい 請給我

困る[こまる] ⑤ 為難、困難

ボールペン 原子筆

牛乳[ぎゅうにゅう] 牛奶

机[つくえ] 書桌

椅子[いす] 椅子

りんご 蘋果

みかん 橘子

セット 組合

一つ[ひとつ] 一
三つ[みっつ] 三

❶

～をください。　　　　請給我～。

在表達「請給我」的時候，只要使用「ください」就可以了。關於
「一つ（一）」、「二つ（二）」、「三つ（三）」這些數字如果想
不起來的話，請參考第560頁。

このボールペンをください。	請給我這個原子筆。
その卵をください。	請給我那個雞蛋。
あの牛乳を一つください。	請給我一個那個牛奶。
このりんごを三つください。	請給我三個這個蘋果。

❷

～と～をください。　　請給我～與～。

這一次試試看使用助詞「～と（～與～）」來造「請給我～」的日語
句子。

そのノートとボールペンをください。	
	請給我那個筆記本與原子筆。
あの机と椅子をください。	請給我那個書桌與椅子。
この卵と牛乳をください。	請給我這個雞蛋與牛奶。
そのりんごとみかんをください。	
	請給我那個蘋果與橘子。

稍等一下！

「いいですよ（好）」可表示同意，所以如果不是要表示同意，請不要亂講。同樣要表示同意，「どうぞ」這個用字會比較有禮貌，所以可以的話請盡量使用「どうぞ」。

❸

はい、〜。	好，〜。
ちょっと……。	有點…。

在回答「はい（好）」的時候後面也可以加上「いいですよ（好喔）」。在表達拒絕的時候，就算只有使用「ちょっと（有點）」也足夠表示出拒絕的意思。所以在拜託別人時，日本人如果回答「ちょっと」的話，就是表示拒絕的意思，這點必須要記得。

はい、どうぞ。	好，請。
はい、いいですよ。	好，可以呦。
ちょっと……。	有點…。
ちょっと困ります。	有點困難。

❹

いくらですか。	是多少錢？

在詢問價錢時，使用「いくら（多少）變成「いくらですか（是多少錢？）」的句型來詢問就可以了。

あの机はいくらですか。	那個書桌是多少錢？
この椅子はいくらですか。	這個椅子是多少錢？
そのりんごはいくらですか。	那個蘋果是多少錢？
このみかんはいくらですか。	這個橘子是多少錢？

❺

～円です。

是～日圓。

日本使用的貨幣是「円」。試試看使用「円」來回答金額。

29,820円です。	是29820日圓。
16,530円です。	是16530日圓。
449円です。	是449日圓。
268円です。	是268日圓。

二つ[ふたつ] 二
四つ[よっつ] 四
五つ[いつつ] 五

❻

～で

～（數量），～日圓。

試試看練習使用限定用於指個數或是數量的「～で」，用敬語回答問題。

セットで46,350円です。	一組是46350日圓。
二つで28,500円です。	兩個是28500日圓。
四つで414円です。	四個是414日圓。
五つで276円です。	五個是276日圓。

第三階段
會話打好基本功

店員[てんいん] 店員
お釣り[おつり] 零錢

> 奎利來了水果店。向店員詢問今天什麼水果便宜。

店員：いらっしゃいませ。

コン・ギュリ：今日は何が安いですか。

店員：今日はりんごが安いですよ。
三つで332円です。

コン・ギュリ：そうですか。じゃ、六つください。

店員：はい、ありがとうございます。
それから、このみかん、おいしいですよ。

コン・ギュリ：いくらですか。

店員：10個で376円です。

コン・ギュリ：じゃ、そのみかんもください。

店員：ありがとうございます。
全部で1,040円です。

コン・ギュリ：はい。

店員：60円のお釣りです。
どうもありがとうございました。

店員：歡迎光臨。
店員：今天蘋果便宜。三個是332日圓。
店員：好的，謝謝。還有，橘子很好吃。
店員：10個是376日圓。
店員：非常謝謝，全部加起來是1040日圓。
店員：零錢是60日圓。真的非常感謝。

孔奎利：今天什麼便宜呢？
孔奎利：好。那麼，請給我六個。
孔奎利：是多少錢呢？
孔奎利：那也請給我橘子吧。
孔奎利：好。

啊哈！
原來日本是這樣

顧客就是神？

　　在日本有時會聽到這句話：「お客様は神様です（客人是神）」，是以前在日本一位有名的歌手所說過的話。在日本將客人視為神一樣服務的地方很多，大部分的商店會教育員工在客人面前不能夠坐在椅子上，就算沒有客人也必須要站著。並且不可以在客人看得到的地方用餐。

❶ 請試試使用題目提供的兩個單字，造出「この〜と〜をください（給我這個〜與〜）」的句子。

> |範例| お茶（茶）・お菓子（餅乾）
> → このお茶とお菓子をください。（給我這個茶與餅乾。）

1. 🎤 ....

2. 🎤 ....

3. 🎤 ....

4. 🎤 ....

❷ 請試試使用題目提供的單字，造出「その〜はいくらですか（那個〜是多少錢？）」的問句。

> |範例| りんご（蘋果）
> → そのりんごはいくらですか。（那個蘋果是多少錢？）

1. 🎤 ....

2. 🎤 ....

3. 🎤 ....

4. 🎤 ....

❸ 請參考範例，在（ ）內填入適當的文字。

> |範例| この牛乳を（ください）。（請給我這個牛奶。）

1. そのノート（　　）ボールペン（　　）ください。請給我那個筆記本和原子筆。

2. はい、（　　　　　　）。好，請拿。

3. このみかんは（　　　　　　）ですか。這個橘子是多少錢？

4. 10個（　　）376円です。十個是376日圓。

410

④ 先試試看用平假名寫下題目提供的單字，接著再試著用漢字寫寫看。

| 範例 | 零錢 | 平假名 お｜つ｜り | 漢字 お｜釣｜り |

1. 困擾、為難
平假名

漢字

2. 牛奶
平假名

漢字

3. 書桌
平假名

漢字

4. 椅子
平假名

漢字

5. 店員
平假名

漢字

片假名
練習36

選出片假名（6）

請試試看選出範例裡的平假名符號，以完成題目提供的日語單字。
（範例的平假名符號可以重複使用。）

| 範例 | ア　イ　ウ　キ　ケ　シ　ス　セ　タ
チ　ツ　ト　ヤ　ロ　ズ　デ　ビ　プ
ッ　ャ　ー

1. 蛋糕（Cake）
　→ _____

2. 襯衫（Shirt）
　→ _____

3. 組合（Set）
　→ _____

4. 大廳（Loppy）
　→ _____

5. 滑雪（Ski）
　→ _____

6. 起司（Cheese）
　→ _____

7. 出局（Out）
　→ _____

8. 輪胎（Tire）
　→ _____

9. 湯（Soup）
　→ _____

10. 數據（Data）
　→ _____

| 解答 | 1. ケーキ 2. シャツ 3. セット 4. ロビー 5. スキー
6. チーズ 7. アウト 8. タイヤ 9. スープ 10. データ

47 用常體說說看

会いたい！

想見你！

47.mp3

例句47-1.mp3
暖身練習
基本會話聽力

請看下方圖片，試著推測情境及對話內容，並搭配音檔練習。

例句47-2.mp3
第一階段
熟悉基本單字

稍等一下！

「背[せ]（身高、背）」有時發音會唸作「せい」。如果以「せい」發音的話，就不會作為「背部」的意思使用，只會是指「身高」的意思。在日語中「身高很高」會用「背が高い[たかい]（身高很高）」來表現，而「身高很矮」會用「背が低い[ひくい]（身高很低）」來表現。

住む[すむ] ⑤ 生活、居住

欲しい[ほしい] 想擁有

答え[こたえ] 答案、解答、回答

スーパー 超市

家[いえ] 家

北朝鮮[きたちょうせん] 北韓

花見[はなみ] 賞花、看花

背[せ] 身高、背

近い[ちかい] 近的

焼肉[やきにく] 烤肉

知る[しる] 知道
彼氏[かれし]
男朋友

稍等一下！

在表達「在～生活」的時候，會使用助詞「～に」變成「～に住む[すむ]」，「住む」表示「居住」。

❶

～たい。 　　　　　　　想～。

如果使用動詞「ます型（去掉ます）＋たい」的話，就會是指「想～」的意思。「ます」型如果是一段動詞的話，語幹保持原樣不變，不規則動詞是「来ます」與「します」，五段動詞會使用變成「い」段的規則。

東京に住みたい。	想在東京生活。
宿題の答えを知りたい。	想知道作業的答案。
彼氏に会いたい。	想念男朋友。
スーパーで買い物したい。	想在超市買東西。

稍等一下！

日語想念某人的時候常會使用「会いたい[あいたい]（想見面）」來表現。另外，在表達「看／見～」的時候，會使用助詞「に」後，變成「～に　う」的這點也要記得多加注意！

❷

～たくない。 　　　　　不想～。

「～たい（想～）」的變化和「い」形容詞相同，有「～い」、「～くない」、「～かった」、「～くなかった」，這裡來練習看看。

東京に住みたくない。	不想在東京生活。
宿題の答えを知りたかった。	想知道作業的答案。
彼氏に会いたくなかった。	不想見男朋友。
スーパーで買い物したかった。	想在超市買東西。

彼女[かのじょ]
女朋友、那個女性

有學過可以表示「家」意思的「うち」對吧？但這裡「家」是念「家[いえ]」，涵義也有點不同。雖然兩個都是「家」的意思，不過「うち」也帶有「家庭、我們家」的意思，相較之下，在日語中「家」這個漢字除了是表示「家」之外，沒有其他的意思。

❸

〜が欲しい。　　　　　　想要〜。

使用名詞來表達「想要〜」的時候，直接用「しい」就可以了。在中文當中可以搭配表示主題的助詞、也可以搭配受格助詞來使用，不過在日語中只會使用「〜が」，這點請小心。另外，「欲しい」也是使用「い」形容詞的變化規則。

彼女が欲しい。	想要女朋友。
家が欲しくない。	不想要房子。
お金が欲しかった。	想要錢。
子供が欲しくなかった。	不想要有孩子。

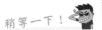

在「花見[はなみ]（賞花）」的前面加上「お」的話就會變成「お花見」，在名詞前面加上「お」或是「ご」的話，用字會變得更禮貌、親切。「花見」的語調是「低－高－高」，前面加上「お」變成「お花見」的話，語調會是「低－高－高－高」。

❹

〜に　　　　　　　　為了〜

使用「動詞ます型（去掉ます）＋に」表達的話，就會是指「為了做〜」的意思。

明日、友達とお花見をしに行く。	明天與朋友出去賞花。
靴を買いに百貨店に来た。	為了買皮鞋來百貨公司了。
明日、東京へ家を見に行く。	明天為了看房子去東京。
スーパーへ買い物しに来た。	為了買東西來超市了。

料理[りょうり] 料理
誰[だれ] 誰
外国[がいこく] 外國
外国[がいこく] 唸書
得意な[とくいな]
擅長的、熟練的

稍等一下！

如問句「勉強の中
で何が一番得意？
（唸書當中什麼最
擅長？）」，依據
受詞的不同，可將
表示主題的助詞
「～が」當作表示
對象的受格助詞來
使用。
如「好きな[すき
な]（喜歡的、好
的）」、「嫌いな
[きらいな]（嫌棄
的、討厭的）」、
「上手な[じょう
ずな]（擅長的、
熟練的）」、「下
手な[へたな]（不
擅長的、生澀
的）」等等受詞，
就屬於這種例子。

❺

～の中で～が一番～？ ～當中～最～？

這個文法要在對象有三個以上的情況時才能使用。疑問詞必須要依據
對象的不同而跟著改變。對象如果是兩個的情況時，會使用「～と～
とどっちが～（～和～之中，哪一個更～？）」的句型在前面有學過
對吧？如果想不起來的話，可以參考第141頁。

韓国料理の中で何が一番好き？
　　　　　　　　　　　　　　韓國料理當中最喜歡什麼？

家族の中で、誰が一番背が高い？
　　　　　　　　　　　　　　家人當中誰的身高最高？

外国の中で、どこが一番近い？　外國當中哪裡最近？

勉強の中で何が一番得意？　　唸書當中什麼最擅長？

❻

～が一番～。　　　　　　　　～最～。

如果要回答「～ので～が一番～？（～當中～最～？）」的問句，只
要使用「～が一番～（～最～）」的句型來回覆就可以了。

焼肉が一番好き。　　　　　　最喜歡吃烤肉。

弟が一番背が高い。　　　　　弟弟身高最高。

北朝鮮が一番近い。　　　　　北韓最近。

英語が一番得意。　　　　　　最擅長英文。

弟 [おとうと] 弟弟

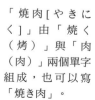

稍等一下！

「焼肉[やきに
く]」由「焼く
（烤）」與「肉
（肉）」兩個單字
組成，也可以寫
「焼き肉」。

例句47-4-1.mp3
例句47-4-2.mp3

第三階段
會話打好基本功

肉[にく] 肉
今晚[こんばん] 今晚
南口[みなみぐち] 南邊出口
迎える[むかえる] ① 迎來、迎接
分かる[わかる] ⑤ 知道、理解

稍等一下！

「分かる[わかる]」和「知る[しる]」都可譯作「知道」，差異是「わかる」是理解（understand），而「知る」是知曉某情報（know）。舉例來說，聽完新文法的說明後，理解意思的話就會使用「わかる」，而在詢問某個人或是是否知道關於事情的事實時，就會使用「知る」。

「佳奈(かな)」在超市買東西時，在肉品區前面看到了朋友賢勝。

福田 佳奈：あれ？ ヒョンスンじゃない？
チ・ヒョンスン：ああ、佳奈。
福田 佳奈：スーパーに何買いに来たの？
チ・ヒョンスン：肉買いに来たんだ。
福田 佳奈：お肉？
チ・ヒョンスン：うん。今晚、うちで友達と焼き肉パーティーするんだ。
福田 佳奈：へえ。
チ・ヒョンスン：佳奈も来る？
福田 佳奈：誰が来るの？
チ・ヒョンスン：ヒョンジンと直人と千尋。
福田 佳奈：私も行きたい！
チ・ヒョンスン：じゃ、6時に駅の南口。
駅まで迎えに行くから。
福田 佳奈：うん、分かった。

福田佳奈：哦？這不是賢勝嗎？
池賢勝：哦～佳奈。
福田佳奈：來超市買什麼？
池賢勝：來買肉。
福田佳奈：肉？
池賢勝：嗯。今天晚上在我們家跟朋友要辦烤肉派對。
福田佳奈：哦哦。
池賢勝：佳奈也要來嗎？
福田佳奈：誰會來？
池賢勝：賢今跟直人跟千尋。
福田佳奈：我也想去！
池賢勝：那麼，六點在電車站南邊出口。我會去車站接你。
福田佳奈：嗯，知道了。

啊哈！

說到「花見(はなみ)（賞花）」的話就是櫻花！

原來日本是這樣

在日本有很多人喜歡櫻花，會去賞櫻的人多到可以說是國民性的活動也不為過。不只在早上可以賞櫻，晚上也可以去。晚上看櫻花稱作「夜桜(よざくら)（夜櫻）」，是在其他花季無法看見的獨特文化。學校或是公司團體去賞櫻的情況也很多，搶位置的狀況常見。為了占到好的位置，很多人會提早好幾個小時來佔位置。也有很多人甚至會動員在學校的新生以及在公司的新進職員來爭奪好位置，還有可以幫你佔位置的工讀生出現。

❶ 請試試使用題目提供的句子改成「～たい（想～）」的句子。

> | 範例 | 東京に住む。（住在東京。）
> → 東京に住みたい。（想住在東京。）

1. 🎤 _____

2. 🎤 _____

3. 🎤 _____

4. 🎤 _____

❷ 請試試使用題目提供的兩個句子，造出「～に（為了～）」的句子。

> | 範例 | 友達と行った（與朋友去了）・お見をする（賞花）
> → 友達とお花見をしに行った。（和朋友去賞花。）

1. 🎤 _____

2. 🎤 _____

3. 🎤 _____

4. 🎤 _____

❸ 請參考範例，在（ ）內填入適當的文字。

> | 範例 | 東京に住（みたくない）。（想在東京生活。）

1. 彼女(　　　)欲し(　　　　　　　)。想擁有女朋友。

2. 靴を買(　　　　)百貨店に来た。為了買皮鞋來了百貨公司。

3. 家族(　　)中(　　)、誰が(　　　　)背が高い？家人當中誰的身高最高？

4. 子供(　　)欲し(　　　　　　　　)。不想要有孩子。

❹ 先試試看用平假名寫下題目提供的單字，接著再試著用漢字寫寫看

範例	答、解答、回答	平假名	漢字
		こ | た | え	答 | え

1. 生活、居住

平假名

漢字

2. 想擁有

平假名

漢字

3. 家

平假名

漢字

4. 賞花、看花

平假名

漢字

5. 近的

平假名

漢字

在表達「想～」的時候所使用的助詞

　　在這邊有學到「～たい（想）」的表現方式，在「想要～」這個句型中的助詞可以用「～が（主詞助詞）」來取代「～を（被～）」。

宿題の答えを知りたい。	想知道作業的答案。（受格助詞）
宿題の答えが知りたい。	想知道作業的答案。（表示主題的助詞）

　　「を」與「が」的差異在於，使用「が」表示想強調的是「對象」。比較「水を飲みたい（想喝水）」與「水を飲みたい（想喝水）」，後者用「が」的句型更強調話者除了對象的「水」之外什麼都不想喝。

ビールを飲みたい。	想喝啤酒。（受格助詞）
ビールが飲みたい。	想喝啤酒。（表示主題的助詞）

その映画を見たい。	想看那個電影。（受格助詞）
その映画が見たい。	想看那個電影。（表示主題的助詞）

　　相較之下，「欲しい」和「～が欲しい」一樣必須要使用「～が」，如果使用「～を」的話是不行的。在解釋的時候，可以解釋成「想擁有～（搭配表示主題的助詞）」與「想擁有～（搭配受格助詞）」。

彼女が欲しい。	想擁有女朋友。
お金が欲しい。	想擁有錢。

　　很多教科書會建議想說「～たい（想～）」時講「～が～たい」，但實際上「～が～たい」與「～を～たい」兩種句型都常見。

選出片假名（7）

請試試看選出範例裡的平假名符號，以完成題目提供的日語單字。
（範例的平假名符號可以重複使用。）

| 範例 | ア イ キ ク ケ ス セ タ ト ニ
ネ メ ユ リ レ ン ジ デ バ ビ
ブ パ プ ポ ィ ッ ャ ー

1. 超級（Super）
→ ＿＿＿＿＿＿＿＿＿＿＿

2. 掰掰（Byebye）
→ ＿＿＿＿＿＿＿＿＿＿＿

3. 列印（Copy）
→ ＿＿＿＿＿＿＿＿＿＿＿

4. 雷射（Laser）
→ ＿＿＿＿＿＿＿＿＿＿＿

5. 商業（Business）
→ ＿＿＿＿＿＿＿＿＿＿＿

6. 中間（Center）
→ ＿＿＿＿＿＿＿＿＿＿＿

7. 獨特（Unique）
→ ＿＿＿＿＿＿＿＿＿＿＿

8. 口袋（Pocket）
→ ＿＿＿＿＿＿＿＿＿＿＿

9. 煞車（Brake）
→ ＿＿＿＿＿＿＿＿＿＿＿

10. 媒體（Media）
→ ＿＿＿＿＿＿＿＿＿＿＿

| 解答 | 1. スーパー 2. バイバイ 3. プリント 4. レジャー 5. ビジネス
6. センター 7. ユニーク 8. ポケット 9. ブレーキ 10. メディア

48 用敬語說說看

飲みに行きたいです。

48.mp3

想去喝酒。

例句48-1.mp3

暖身練習
基本會話聽力

請看下方圖片，試著推測情境及對話內容，並搭配音檔練習。

例句48-2.mp3

第一階段
熟悉基本單字

作る[つくる] ⑤ 製作

変える[かえる] ① 換

座る[すわる] ⑤ 坐

ブログ 部落格

ヘアスタイル 髮型

休み[やすみ] 休息時間、休息日

二人[ふたり] 兩個人

～目[め] 第～

今年[ことし] 今年

スキー 滑雪

花[はな] 花

稍等一下！

看第48課的標題就可以知道，即使沒有加入受詞只使用動詞「飲む[のむ]（喝）」，也可以表達「喝酒」的意思。在表達「去喝酒」的情況也是一樣，很常會不用受詞而直接使用「飲みに行く（去喝酒）」。

🎧 例句48-3.mp3

第二階段
熟悉基本句型

頼む[たのむ]
⑤ 委託、拜託

❶ ～たいです。　想～。

之前有學過「動詞ます型（去掉ます）＋たい」是指「想～」的意思對吧？因為「～たい」是「い」形容詞的變化規則，所以在變成敬語時，只需要在後面加上「～です」就可以了。

この仕事を江口さんに頼みたいです。
這工作想拜託江口先生（小姐）。

ブログを作りたいです。　想製作部落格。

ヘアスタイルを変えたいです。　想換髮型。

ちょっと座りたいです。　想稍微坐一下。

稍等一下！

本來「KTV」是「カラオケボックス（卡拉OK BOX）」，不過通常會將「ボックス（BOX）」省略掉，只使用「カラオケ（卡拉OK）」表示。

❷ ～たくないです。　不想～。

試試看練習使用「～たい（想～）」的變化規則，將句型換成敬語來回答問句。

カラオケで歌いたかったです。　想在KTV唱歌。

ブログを作りたくないです。　不想製作部落格。

ヘアスタイルを変えたくなかったです。
不想換髮型。

ちょっと座りたかったです。　想稍微坐一下。

稍等一下！

「休み[やすみ]」
（休息時間、休息
日）」是將「休む
（休息）」的「ま
す型」：「休みま
す」的「ます」去
掉所產生的單字。
很多單字會像這樣
將動詞的「ます
型」作為名詞使
用。

❸

〜が欲しいです。　　　　想擁有〜。

在前面有提過在使用名詞來表達「想擁有〜」的時候，會使用「し
い」。並且，基本的助詞會使用「〜が」，不過在想表達強調的感覺
或是想凸顯主題時，就會使用「〜は」來表達。

休みが欲しいです。　　　　　　　想擁有休息時間。

彼氏は欲しくないです。　　　　　不想擁有男朋友。

もっと時間が欲しかったです。　　想擁有更多時間。

二人目は欲しくなかったです。　　不想要有第二個人。

母[はは]
母親（非尊敬的
稱呼）

稍等一下！

如「勉強する[べ
んきょうする]
（唸書）」這類
後面加上「する
（做）」來作為動
詞使用的名詞也
可以搭配「〜し
に」如「勉強し
に」，或是在名詞
後面直接加上「〜
に」如「勉強に」
來使用。除此之
外，「スキー（滑
雪）」這樣「動詞
性」、「移動性」
的意思很強烈的名
詞等也可以使用這
種表達方法，如
「スキーに」。

❹

〜に　　　　　　　　　　　　去、到〜

「動詞性意思」、「移動性」的意思很強烈的名詞的後面，可以直接
加上「〜に」來使用。在這邊一起練習看看這種「名詞＋に」的用法
吧。

天気がいいから、散歩に行きたいです。
　　　　　　　　　　　　因為天氣很好，想要去散步。

英語の勉強にイギリスに来ました。　到英國學英文。

母と一緒に買い物に行きます。　和母親一起去購物。

今年の冬はスキーに行きたいです。
　　　　　　　　　　　　今年冬天想要去滑雪。

果物[くだもの] 水果
面白い[おもしろい]
有趣

稍等一下！

日語不常使用複數
的表達方式。日
常生活中，複數用
單數來表示的情況
很多。而句子中提
到的名詞究竟是複
數還是單數，需要
觀察前後單字來判
斷。

❺ 〜の中でどれが一番〜。

〜當中〜最〜？

前面有提到疑問詞必須要根據描述物體的不同而跟著改變吧？這邊介紹的句型也依對象不同，有「どれ（哪一個）」和「どの（哪個）」兩個說法。另外，用此句型詢問對方喜歡吃的食物時，意思不會是「在所有食物當中最喜歡的是什麼」，而是「限定幾個種類的食物，問對方喜歡其中的那一個」。

この花の中でどれが一番好きですか。

這些花當中最喜歡哪一個？

この果物の中で、どれが一番おいしいですか。

這些水果當中哪一個水果最好吃？

その映画の中で、どの映画が一番面白いですか。

那些電影當中哪一部電影最有趣？

❻ 〜が一番〜。

〜最〜。

「〜ので、どれが一番〜？（〜當中最〜？）」的問句，只要使用「〜が一番〜（〜最〜）」的句型來回答就可以了。

この花が一番好きです。　　　　　最喜歡這個花。

みかんが一番おいしいです。　　　橘子最好吃。

この映画が一番面白いです。　　　這個電影最有趣。

この歌が一番いいです。　　　　　這首歌最好聽。

最近[さいきん]
最近
もう一度[もういちど] 再來、再一次

稍等一下！

「もう一度」是「もう（更加）」與「一度[いちど]（一次）」這兩個單字合稱而成的用語，是作為「再來」、「再一次」的意思使用。「もう」在作為「更加」的意思使用時，後面一定會加上和「一度」或是「ちょっと（一點）」這種意思的字。如果這個字是單獨自己出現的話，就不會作為「更加」的意思使用。

「太田<ruby>太<rt>おお</rt></ruby><ruby>田<rt>た</rt></ruby>」在考慮要不要去看電影，正在閱讀本週新片。

太田 駿：最近、映画を見ましたか。

チェン・グンエイ：ええ。このページの映画は全部見ました。

太田 駿：そうですか。
　　　　この中で、どの映画が一番面白いですか。

チェン・グンエイ：この映画が一番面白いですよ。

太田 駿：そうですか。

チェン・グンエイ：ええ。もう一度見たいです。

太田 駿：そうですか。じゃ、一緒に見に行きませんか。
　　　　僕も見たいです。

チェン・グンエイ：ええ、いいですよ。いつ行きますか。

太田 駿：今日はどうですか。

チェン・グンエイ：今日はちょっと……。

太田 駿：じゃ、明日は？

チェン・グンエイ：ええ、いいですよ。

太田駿：最近有看電影嗎？
太田駿：是哦。在這當中哪一部電影最有趣呢？
太田駿：原來如此。
太田駿：是嗎？那麼，要不要一起去看？我也想看。
太田駿：今天怎麼樣？
太田駿：那麼，明天呢？

陳群英：有，這一頁的電影全部都看了。
陳群英：這個電影最有趣。
陳群英：是的，我想要再看一次。
陳群英：好啊，不錯耶。要什麼時候去？
陳群英：今天有點…。
陳群英：好啊，可以。

啊哈！

如果要滑雪或是溜冰的話，請去日本滑雪場。 原來日本是這樣

　　在冬天如果要滑雪或是溜冰的話，可以去去看日本的滑雪場試試。日本大部分的滑雪場規模都很大，而且人也不多。有些滑雪場甚至會用直升機帶你上去山頂，可以體驗使用單板或雙板從山上一躍而下的「直升機滑雪」，或是在沒有用壓雪車整理的地區，享受從未有人踏過的新雪，稱為「新雪滑雪」。日本有很多滑雪場會和天然溫泉設在一起，所以可以同時享受滑雪和溫泉的旅行。

❶ 請試試看使用題目提供的句子改成「～たいです（想～）」的句子。並留意時態、肯定否定的部分已造出正確的句子。

| 範例 | 日本に行く。（去日本。）
→ 日本に行きたいです。（想去日本。）

1. 🎤 _____

2. 🎤 _____

3. 🎤 _____

4. 🎤 _____

❷ 請試試看使用題目提供的兩個單字，造出「～の中で、どれが一番～ですか（～當中～最～？）」的句子。

| 範例 | この料理（這些料理）・好きな（喜歡的、好的）
→ この料理の中で、どれが一番好きですか。（這些料理當中最喜歡哪一個？）

1. 🎤 _____

2. 🎤 _____

3. 🎤 _____

4. 🎤 _____

❸ 請參考範例，在（　）內填入適當的文字。

| 範例 | ブログ（を）作（りたいです）。（想製作部落格。）

1. もっと時間(　　)欲(　　　　　　　　　　　)。想擁更多時間。

2. 母(　　)一緒に買い物(　　)行きます。想要和母親一起去購物。

3. この果物(　　)中(　　)、(　　　　　)が一番おいしいですか。
這些水果當中哪一個最好吃？

427

❹ 先試試看用平假名寫下題目提供的單字，接著再試著用漢字寫寫看。

範例	坐	平假名	漢字
		す｜わ｜る	座｜る

1. 製作

平假名　　　　　　　漢字

2. 換

平假名　　　　　　　漢字

3. 休息時間、休息日

平假名　　　　　　　漢字

4. 今年

平假名　　　　　　　漢字

5. 花

平假名　　　漢字

動詞「ます」形去掉「ます」可以當成名詞使用！

　　在這一課當中有出現「休み（休息時間、休息日）」的單字對吧？這個「休む（休息）」是和五段動詞有關的單字。日語中將動詞的「ます」型去掉「ます」之後，作為名詞使用的情況很多，這邊舉幾個例子給大家看。

休む[やすむ] 休息（原形） → 休みます 休息（敬語）
　→ 休み 休息、休息日、小歇

遊ぶ[あそぶ] 玩耍（原形） → 遊びます 玩耍（敬語） → 遊び 遊戲

行く[いく] 去（原形） → 行きます 去（敬語）
　→ 行き 去（名詞）、去的路、去的時候

帰る[かえる] 回去（原形） → 帰ります 回去（敬語）
　→ 帰り 回去（名詞）、歸路、回去的時候

泳ぐ[およぐ] 游泳（原形） → 泳ぎます 游泳（敬語） → 泳ぎ 游泳

貸す[かす] 借給（原形） → 貸します 借給（敬語）
　→ 貸し ／借給（名詞）、租借、租借的東西

借りる[かりる] 借（原形） → 借ります 借（敬語）
　→ 借り 借（名詞）、債

　　另外，雖然在這本書當中沒有出現，「い」形容詞尾音的「い」換成「さ」的話就會變成名詞。

高い[たかい] 高、貴 → 高さ 高度

長い[ながい] 長 → 長さ 長度

広い[ひろい] 寬 → 広さ 寬度

大きい[おおきい] 大 → 大きさ 大小

暑い[あつい] 熱 → 暑さ 暑氣

片假名
練習38

選出片假名（8）

請試試看選出範例裡的平假名符號，以完成題目提供的日語單字。
（範例的平假名符號可以重複使用。）

| 範例 |

ア	イ	カ	ク	コ	ス	ソ	チ	テ
ト	ネ	マ	モ	ユ	リ	ル	レ	ロ
ン	ガ	ジ	デ	パ	イ	ッ	ャ	ー

1. 開關（Switch）
   → ＿＿＿＿＿＿＿＿＿＿

2. 隧道（Tunnel）
   → ＿＿＿＿＿＿＿＿＿＿

3. 睡衣（Pajama）
   → ＿＿＿＿＿＿＿＿＿＿

4. 幽默（Humor）
   → ＿＿＿＿＿＿＿＿＿＿

5. 吸管（Straw）
   → ＿＿＿＿＿＿＿＿＿＿

6. 淑女（Lady）
   → ＿＿＿＿＿＿＿＿＿＿

7. 等號（Equal）
   → ＿＿＿＿＿＿＿＿＿＿

8. 學校（School）
   → ＿＿＿＿＿＿＿＿＿＿

9. 汽油（Gasoline）
   → ＿＿＿＿＿＿＿＿＿＿

10. 雞尾酒（Cocktail）
   → ＿＿＿＿＿＿＿＿＿＿

| 解答 | 1. スイッチ 2. トンネル 3. パジャマ 4. ユーモア 5. ストロー
6. レディー 7. イコール 8. スクール 9. ガソリン 10. カクテル

長文挑戰3

試試看閱讀長文

　　一開始先只用耳朵聽聽看下方的長文，大約了解脈絡之後，接著再閱讀文章確認內容意思。

> 僕は学校の勉強の中で、英語が一番好きだった。英語の勉強をもっとしたいから、来年イギリスへ英語の勉強をしに行く。イギリスでは、イギリスの文化もよく知りたいから、イギリス人の家で1年間ホームステイをする。1年間英語を勉強した後で、イギリスの大学で勉強したい。旅行もたくさんしたい。フランス、イタリア、ドイツも行きたい。お金がちょっと心配だ。

| 單字 | 文化[ぶんか] 文化　　～年間[～ねんかん] ～年間　　ホームステイ 寄宿家庭
大学[だいがく] 大學　たくさん 很多　　　　　　　　　心配[しんぱい] 擔心 |

| 翻譯 | 我在學校學習中最喜歡英文。因為想學習更多英文，所以在明年想要去英國學習英文。由於想要在英國好好地了解英國文化，所以在英國人的寄宿家庭裡住了一年。一年期間學習完英文後，想在英國大學學習。也想多多去旅行。也想去法國、義大利、德國。有點擔心錢的部分。 |

第十二節

非日語母語者經常用錯的表達方式

在學習外語的時候，有時會遇到母語中沒有的單字，或是母語中沒有這樣的表達方式，這類表現特別需要花時間熟悉。這裡開始，我們要開始學習外國人在學日語的初級階段時，常常會使用錯誤的句型表達。這些內容在考試也會很容易出現，所以請好好地熟記～！

49 用常體說說看

誰がいる？

49.mp3

有誰在？

例句49-1.mp3

暖身練習
基本會話聽力

請看下方圖片，試著推測情境及對話內容，並搭配音檔練習。

例句49-2.mp3

第一階段
熟悉基本單字

いる ① 有（人、動物等）

ある ⑤ 有（物品）

後ろ[うしろ] 後面

スタンド 檯燈

リモコン 遙控器

テーブル 桌子、餐桌

ソファー 沙發

木[き] 樹木

❶ ～の～に～がいる/ある。

在～的～有～。

前[まえ] 前面、前

稍等一下！

「いる」與「ある」的變化規則如下。

「いる」的變化規則

いる 有 （原形）	いない 沒有 （否定）
いた 有 （過去）	いなかった 沒有 （過去否定）

「ある」的活用

ある 有 （原形）	ない 沒有 （否定）
あった 有 （過去）	なかった 沒有 （過去否定）

在日語當中要表達「有／沒有」時，如果是指和人或是動物一樣會動的生物，就會使用「いる」，指植物及物品一樣不會動的東西的時候，會使用「ある」。「ある」雖然是五段動詞，不過它的ない形會變成「ない」的這點請注意。表示存在的地點助詞會使用「～に（在～）」。

先生の前に友達がいる。　　　　在老師的前面有朋友。

ドアの後ろに猫がいる。　　　　在門的後面有貓。

机の上にスタンドがある。　　　在書桌上有檯燈。

椅子の下にリモコンがある。　　在椅子下面有遙控器。

---

❷ ～は～の～にいる/ある。

～在～的～。

這一次試試看改變語順用「～は～の～にいる／ある（～在～的～）」來表達。

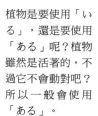

稍等一下！

植物是要使用「いる」，還是要使用「ある」呢？植物雖然是活著的，不過它不會動對吧？所以一般會使用「ある」。

友達は先生の後ろにいない。　朋友沒有在老師的後面。

犬は窓の前にいた。　　　　狗在窗戶的前面。（過去式）

スタンドは椅子の下にあった。
　　　　　　檯燈在椅子的下面。（過去式）

リモコンは机の上になかった。
　　　　　　遙控器沒有在書桌上面。（過去式）

❸ 誰が/何が いる/ある？

是誰／有什麼東西？

在使用疑問詞是必須要小心的。描述人的時候要使用「（誰）」，描述動物或是昆蟲、物品的情況要使用「（什麼）」來做詢問。在描述動物或是昆蟲時，「有」會寫成「いる」，疑問詞會寫成「何」。

お風呂に誰がいる？　　　　　　　　　　　是誰在浴室？

テーブルの上に何がある？　桌子上面有什麼東西？[物品]

ソファーの下に何がいる？　沙發下面有什麼東西？[動物]

木の後ろに何があった？

樹木後面有什麼東西？[物品]（過去式）

「疑問詞＋か」可以用作表示疑問的語尾，在此處放在句子當中則解釋成「是誰在浴室？」。不過日語「お風呂[ふろ]に誰[だれ]かいる？（有人在浴室嗎？）」與「お風呂に誰がいる？（是誰在浴室？）」意思是不同的。前者是在詢問「有人還是沒人」的存在有無，後者是在知道裡面有人的狀態，想要具體地詢問裡面是「誰」。也就是說，「誰かいる？」的問句會使用「うん／うん」來回答，而「誰がいる？」的問句會使用「～がいる（是～）」來回答。

❹

～か　　　　　　　有～嗎？

這一次練習看看使用「いつか（什麼時候）」、「どこか（什麼地方）」、「誰か（誰）」、「何か（什麼）」的「疑問詞＋か」的句型。

お風呂に誰かいる？　　　　　　　　有人在浴室嗎？

テーブルの上に何かある？　有東西在桌子上面嗎？[物品]

ソファーの下に何かいた？

有東西在沙發下面嗎？[動物]（過去式）

木の後ろに何かあった？

有東西在樹木後面嗎？[物品]（過去式）

---

❺

うん、〜か〜。　　　　嗯，有〜。

當然也可以省略「有人」，然後直接用「（人名、稱謂）〜在」來回答。舉例來說，第一個句子不要使用「うん、誰[だれ]かいる（嗯，有人在）」，可以改成使用「うん、祖父[そふ]がいる（嗯，爺爺在）」來回答問句。

試試看使用前面練習的「疑問詞＋か」來回答問題。肯定的回答只要使用「疑問詞＋か」來回答就可以了。

うん、誰かいる。	嗯，有人。
うん、何かある。	嗯，有東西。[物品]
うん、何かいた。	嗯，有東西。[動物]（過去式）
うん、何かあった。	嗯，有東西。[物品]

❻

ううん、〜も〜。　　　　不，〜也〜。

「誰も（什麼都）」、「何も[なにも]（什麼東西都）」、「どこ（に／へ）も（（在）什麼地方都）」這些單字的後面總是會加上否定用語，不過「いつも（隨時）」、「どれも（隨便哪個都）」、「どちらも（隨便哪邊都）」等的其他疑問詞，後面可能加上否定的字，也有可能會加上肯定的字。

因為在中文中也是一樣使用「疑問詞＋也＋否定」的表現方式，所以會很容易就會熟悉「疑問詞＋も＋否定」的使用方式。試試看使用「疑問詞＋も＋否定」的句型來回答問題。

ううん、誰もいない。	不，什麼也沒有。
ううん、何もない。	不，什麼東西也沒有。[物品]
ううん、何もいなかった。	不，什麼東西也沒有。[動物]（過去式）
ううん、何もなかった。	不，什麼東西也沒有。[物品]（過去式）

436

🎧 例句49-4-1.mp3
🎧 例句49-4-2.mp3

第三階段
會話打好基本功

夢[ゆめ] 夢
うそ 謊話
本当に[ほんとうに]
真的
希望[きぼう] 希望
昔[むかし] 以前、
在以前
高校[こうこう]
高中
ファッションデザ
イナー 時尚設計師
ファッションデザ
イン 時尚設計

▶晚上夢到的夢也是
使用「夢[ゆめ]」來
表示,「作夢」是
「夢を見る」!

▶「うそ（謊話）」
寫作漢字會是
「嘘」。不過在嚇到
的同時說出「真的
嗎？！」的時候,也
很常會使用這個字。
當然也有作為「謊
話」來使用的時候。

「舞」向朋友松明詢問將來的夢想是什麼。

　　　　三浦 舞：ソンミンの夢は何？

ワン・ソンミン：夢？ ん……ない。

　　　　三浦 舞：うそ?!

ワン・ソンミン：うそじゃないよ。

　　　　三浦 舞：本当に何もないの？ 全然？

ワン・ソンミン：うん。夢とか希望とかはない。

　　　　三浦 舞：へえ……。昔からなかった？

ワン・ソンミン：昔はあったよ。でも、今はない。

　　　　三浦 舞：昔、どんな夢があったの？

ワン・ソンミン：高校の先生。舞は夢ある？

　　　　三浦 舞：うん。ファッションデザイナー。

ワン・ソンミン：ファッションデザインに興味があるの？

　　　　三浦 舞：うん。

三浦舞：松明的夢想是什麼？
三浦舞：真的嗎？！[直譯：謊話]
三浦舞：真的什麼都沒有嗎？完全？

三浦舞：吼…，從以前開始就沒有？
三浦舞：在以前有過什麼夢想？
三浦舞：嗯，是時尚設計師。
三浦舞：嗯。

王松明：夢想？嗯…沒有。
王松明：不是謊話。
王松明：嗯，沒有像夢想或是希望之類的東西。
王松明：在以前有過，不過現在沒有。
王松明：高中老師。舞有夢想嗎？
王松明：是對時尚設計有興趣嗎？

在日本受到歡迎的寵物！

　　只要講到「寵物」的話,大家最先會想起來的就是「犬（狗）」與「猫（貓）」。
除了狗跟貓之外還有「金魚（金魚）」、「熱帯魚（熱帶魚）」、「カメ（烏龜）」、
「小鳥（小鳥）」、「フェレット（雪貂、白黃鼠狼）」、「ウサギ（兔子）」、「ハ
ムスター（倉鼠）」等的寵物。「フェレット（雪貂）」雖然是尚未普及化的寵物,不
過因為雪貂充滿好奇心、也對人類的話很服從,再加上它們不像狗或是貓一樣會大聲吠
叫,更方便飼養於像是公寓或其他公共住宅中,因此讓它們在日本很受到歡迎呢。

❶ 請試試看使用題目提供的三個單字，造出「～の～に～がいる／ある（在～的～有～）」的句子。

> | 範例 | 先生（老師）・前（前面）・友達（朋友）
> → 先生の前に友達がいる。（在老師的前面有朋友。）

1. 🎙 _____

2. 🎙 _____

3. 🎙 _____

4. 🎙 _____

❷ 試試看使用題目提供的「疑問詞＋か（有～嗎？）」來回答問題的「ううん、～もいない／ない（不，什麼都沒有）」。

> | 範例 | テーブルの上に何かある？（桌子上面有什麼東西？[物品]）
> → ううん、何もない。（不，什麼東西都沒有。[物品]）

1. 🎙 _____

2. 🎙 _____

3. 🎙 _____

4. 🎙 _____

❸ 請參考範例，在（ ）內填入適當的文字。

> | 範例 | うち（に）妹が（いる）。（妹妹在家。）

1. スタンド(　　)椅子(　　)下(　　)(　　　　　　)。檯燈沒有在椅子下。

2. 机(　　)上(　　)何(　　)(　　　　　　)？書桌上有東西嗎？（物品）（過去式）

3. ううん、何(　　)(　　　　　　)。不，什麼都沒有。（物品）（過去式）

4. 猫(　　)窓(　　)前(　　)(　　　　)。貓在窗戶前面。（過去式）

438

❹ 先試試看用平假名寫下題目提供的單字，接著再試著用漢字寫寫看。

| 範例 | 夢 | 平假名 ゆ め | 漢字 夢 |

1. 後面

平假名

漢字

2. 樹木

平假名

漢字

3. 前面

平假名

漢字

4. 浴室、洗澡

平假名

漢字

5. 下面、底部

平假名

漢字

片假名
練習39

選出片假名（9）

請試試看選出範例裡的平假名符號，以完成題目提供的日語單字。
（範例的平假名符號可以重複使用。）

| 範例 | イ カ キ ク コ サ ス セ テ ト
ニ ネ ノ モ ヨ ル レ ロ ワ ン
グ パ ピ プ ッ ャ ュ ー

1. 謝謝（Thankyou）
　→ ＿＿＿＿＿＿＿＿＿＿＿＿＿

2. 演唱會（Concert）
　→ ＿＿＿＿＿＿＿＿＿＿＿＿＿

3. 隊長（Captain）
　→ ＿＿＿＿＿＿＿＿＿＿＿＿＿

4. 喇叭（Speaker）
　→ ＿＿＿＿＿＿＿＿＿＿＿＿＿

5. 項鍊（Necklace）
　→ ＿＿＿＿＿＿＿＿＿＿＿＿＿

6. 駕駛員（Pilot）
　→ ＿＿＿＿＿＿＿＿＿＿＿＿＿

7. 單軌鐵路（Monorail）
　→ ＿＿＿＿＿＿＿＿＿＿＿＿＿

8. 歐洲（Europe）
　→ ＿＿＿＿＿＿＿＿＿＿＿＿＿

9. 洋裝（Onepiece）
　→ ＿＿＿＿＿＿＿＿＿＿＿＿＿

10. 作弊（Cunning）
　→ ＿＿＿＿＿＿＿＿＿＿＿＿＿

| 解答 | 1. サンキュー　2. コンセント　3. キャプテン　4. スピーカー　5. ネックレス
6. パイロット　7. モノレール　8. ヨーロッパ　9. ワンピース　10. カンニング

440

50

用敬語說說看

兄弟がいますか。

有兄弟姊妹嗎？

50.mp3

🎧 例句50-1.mp3

暖身練習

基本會話聽力

請看下方圖片，試著推測情境及對話內容，並搭配音檔練習。

🎧 例句50-2.mp3

第一階段

熟悉基本單字

稍等一下！

「奶奶」較尊敬的稱呼方式是「おばあさん」，較親近的稱呼是「おばあちゃん」。

隣[となり] 旁邊、鄰居

横[よこ] 旁邊、橫方

間[あいだ] 之間

裏[うら] 後面、背面

祖母[そぼ] 祖母、奶奶
　　　　　（非尊敬的稱
　　　　　呼方式）

箱[はこ] 箱子

本棚[ほんだな] 書櫃

鏡[かがみ] 鏡子

トイレ 化妝室

外[そと] 外面、外部

稍等一下！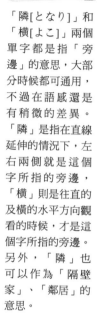

「隣[となり]」和「橫[よこ]」兩個單字都是指「旁邊」的意思，大部分時候都可通用，不過在語感還是有稍微的差異。「隣」是指在直線延伸的情況下，左右兩側就是這個字所指的旁邊，「橫」則是往直的及橫的水平方向觀看的時候，才是這個字所指的旁邊。另外，「隣」也可以作為「隔壁家」、「鄰居」的意思。

銀行[ぎんこう]
銀行

稍等一下！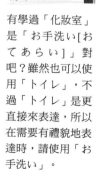

有學過「化妝室」是「お手洗い[おてあらい]」對吧？雖然也可以使用「トイレ」，不過「トイレ」是更直接來表達，所以在需要有禮貌地表達時，請使用「お手洗い」。

---

❶ 〜の〜に〜がいます/あります。

在〜的〜有〜。

因為「いる」是一段動詞，所以「ます」型會變成「います」。因為「ある」是五段動詞，所以「ます」型會變成「あります」。

祖父の隣に祖母がいます。	奶奶在爺爺的旁邊。
箱の中に鳥がいます。	在箱子的裡面有鳥。
本棚の横に鏡があります。	在書櫃的旁邊有鏡子。
家の外にトイレがあります。	在家外面有廁所。

---

❷ 〜は〜の〜にいます/あります。

〜在〜的〜。

這一次試試看改變語順用「〜は〜の〜にいます／あります（〜在〜的〜）」來表達。

母は祖父と祖母の間にいます。	母親在爺爺與奶奶中間。
鳥は箱の中にいました。	鳥在箱子裡。
銀行は学校の裏にあります。	銀行在學校後面。
トイレは家の外にありました。	化妝室在家外面。

稍等一下！

在指建築物等的位
置時，想表達「後
面」不會使用「後
ろ[うしろ]」，而
大多是說「裏[う
ら]」。「裏」的
基本意思是「背
面」。

❸ 誰が/何が いますか/ありますか。

有誰／有什麼？

就如同在前面學到的，描述人的時候要使用「誰（誰）」，描述動物
或是昆蟲、物品的時候要使用「何（什麼）」。動詞在是人與動物、
昆蟲的時候會使用「いる」、在物品的時候會使用「ある」。

祖母の隣に誰がいましたか。 奶奶的旁邊有誰？（過去式）

鏡と箱の間に何がいますか。
鏡子與箱子之間有什麼？[動物]

本棚の横に何がありましたか。
書櫃旁邊有什麼？[物品]（過去式）

学校の裏に何がありますか。 學校後面有什麼？[物品]

❹

～か   有～嗎？

這一次試試看練習使用「疑問詞＋か（有～嗎）」來造敬語的問句。

家の外に誰かいますか。 家外面有人嗎？

箱の中に何かいましたか。
有什麼在箱子裡面嗎？[動物]（過去式）

スーパーの裏に何かありますか。
有什麼在超市後面嗎？[物品]

❺

はい、～か～。 是的，有～。

試試看使用「はい（有）」來回答關於上面練習過的「疑問詞＋か」問題。

はい、誰かいます。 是的，有人。

はい、何かいました。 是的，有東西。[動物]（過去式）

はい、何かあります。 是的，有東西。[物品]

はい、何かありました。
是的，有東西。[物品]（過去式）

❻

いいえ、～も～。 不是的，～也～。

試試看使用「疑問詞＋も＋否定」來回答使用「疑問詞＋か」的問句。

いいえ、誰もいません。 不是的，什麼人也沒有。

いいえ、何もいませんでした。
不是的，什麼也沒有。[動物]（過去式）

いいえ、何もありません。
不是的，什麼也沒有。[物品]

いいえ、何もありませんでした。
不是的，什麼也沒有。[物品]（過去式）

第三階段
會話打好基本功

兄弟[きょうだい]
兄弟
妹[いもうと] 妹妹
一人っ子[ひとりっこ] 獨生子／獨生女（沒有兄弟或姊妹的人）
寂しい[さびしい]
孤單
動物[どうぶつ]
動物

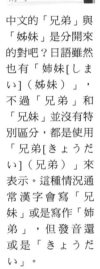

稍等一下！

中文的「兄弟」與「姊妹」是分開來的對吧？日語雖然也有「姉妹[しまい]（姊妹）」，不過「兄弟」和「兄妹」並沒有特別區分，都是使用「兄弟[きょうだい]（兄弟）」來表示。這種情況通常漢字會寫「兄妹」或是寫作「姉弟」，但發音還或是「きょうだい」。

「藤原」先生向新來公司的王喜小姐詢問家庭關係。

藤原 翼：ウォンさんは兄弟がいますか。

ウォン・シイ：はい、妹と弟がいます。

藤原 翼：そうですか。

ウォン・シイ：藤原さんは兄弟がいますか。

藤原 翼：いいえ、いません。一人っ子です。

ウォン・シイ：そうですか。寂しいですね。

藤原 翼：ええ。でも、うちに動物がたくさんいますから、それほど寂しくないです。

ウォン・シイ：そんなにたくさんいますか。

藤原 翼：ええ。犬や猫や鳥がいます。

ウォン・シイ：そうですか。

藤原翼：王小姐有兄弟姐妹嗎？
藤原翼：原來如此。
藤原翼：不，沒有。是獨生子。
藤原翼：是的。不過因為家裡有很多動物所以不孤單。
藤原翼：是的。不論是狗、貓還是鳥都有。

王喜：有，有妹妹和弟弟。
王喜：藤原先生有兄弟姐妹嗎？
王喜：這樣啊。應該很孤單吧。
王喜：有那麼多嗎？
王喜：是啊。

啊哈！

在提及自己的家人時，也會使用「ある」來表示！ 原來日本是這樣

　　在前面有學過像人或是動物一樣活著會動的是「いる」，像物品依樣不會動的是「ある」對吧？不過在提到關於自己的家人時，也會有使用「ある」的情況出現，像是「娘があります（有女兒）」。這是因為想要表示這個人是家庭所「所有」的。不過因為在最近提及自己的家人時，會使用「ある」的人不多，請直接使用「いる」。只是還是有可能會看到使用「ある」的例子，所以這邊補充說明給大家。

445

❶ 請試試看使用題目提供的三個單字，造出「～は～の～にいます／あります（在～的～有～）」的句子。

> |範例| 鏡（かがみ）（鏡子）・本棚（ほんだな）（書桌）・横（よこ）（旁邊）
> → 鏡は本棚の横にあります。（鏡子在書桌的旁邊。）

1. 🎤 _____

2. 🎤 _____

3. 🎤 _____

4. 🎤 _____

❷ 請試試看使用「いいえ、～もいません／ありません（不，什麼都沒有）」來回答題目提供的「疑問詞＋か（有～嗎？）」問句的。

> |範例| 家（いえ）の外（そと）に誰（だれ）かいますか。（家外面有人嗎？）
> → いいえ、誰もいません。（不，什麼都沒有。）

1. 🎤 _____

2. 🎤 _____

3. 🎤 _____

4. 🎤 _____

❸ 請參考範例，在（ ）內填入適當的文字。

> |範例| 鳥（とり）（は）箱（はこ）（の）中（なか）（に）いました。（鳥在箱子裡面。）

1. 祖父（　　）隣（　　）祖母（　　）います。奶奶（就）在爺爺的旁邊。

2. 鏡（　　）箱（　　）間（　　）何が（　　　　）か。鏡子與箱子之間有什麼東西？（動物）

3. スーパー（　　）裏（　　）何（　　）ありますか。超市後面有什麼東西嗎？

4. 本棚（　　）横（　　）何が（　　　　）か。書桌旁邊有什麼東西？（物品）（過去式）

④ 先試試看用平假名寫下題目提供的單字，接著再試著用漢字寫寫看。

| 範例 | 後、後面

平假名
| う | ら |

漢字
| 裏 |

1. 裡面

平假名

漢字

2. 旁邊、橫

平假名

漢字

3. 之間

平假名

漢字

4. 祖母、奶奶（非尊稱）

平假名

漢字

5. 箱子

平假名

漢字

片假名
練習40

選出片假名（10）

請試試看選出範例裡的平假名符號，以完成題目提供的日語單字。
（範例的平假名符號可以重複使用。）

| 範例 |

ア	イ	ク	コ	サ	シ	ス	セ	タ
チ	ト	ナ	ニ	ネ	フ	ミ	メ	ラ
リ	ル	レ	ロ	ワ	ン	グ	ジ	ズ
ド	ォ	ッ	ャ	ュ	ョ	ー		

1. 頻道（Channel）
 → _____

2. 語感（Nuance）
 → _____

3. 訊息（Message）
 → _____

4. 音樂（Music）
 → _____

5. 尖峰時間（Rushhour）
 → _____

6. 聖誕老公公（SantaClaus）
 → _____

7. 乾洗（Drycleaning）
 → _____

8. 情報（Information）
 → _____

9. 國際（International）
 → _____

10. 隱形眼鏡（Contactlenses）
 → _____

| 解答 | 1. チャンネル 2. ニュアンス 3. メッセージ 4. ミュージック
 5. ラッシュアワー 6. サンタクロース 7. ドライクリーニング
 8. インフォメーション 9. インターナショナル
 10. コンタクトレンズ

51

用常體說說看

彼女に指輪をあげた。

送了戒指給女朋友。

51.mp3

🎧 例句51-1.mp3
暖身練習
基本會話聽力

請看下方圖片，試著推測情境及對話內容，並搭配音檔練習。

🎧 例句51-2.mp3
第一階段
熟悉基本單字

稍等一下！

中文裡親戚的稱呼方式會依對方是父方還是母方不同，但在日語中親戚的稱呼方式不會分開。父母的兄弟，男性全部都是「おじ（非尊敬的稱呼）／おじさん（尊敬的稱呼）」，女性全部都是「おば（非尊敬的稱呼）／おばさん（尊敬的稱呼）」。叔叔是「おじさん」，阿姨是「おばさん」。

あげる 給

おじ 大伯、叔叔等父母的男性兄弟（非尊敬的稱呼）

おば 伯母、阿姨等父母的女性姊妹（非尊敬的稱呼）

紅茶[こうちゃ] 紅茶

お皿[おさら] 盤子

ネクタイ 領帶

ネックレス 項鍊

指輪[ゆびわ] 戒指

お小遣い[おこづかい] 零用錢

❶

〜に〜をあげる。　　　　向〜給〜。

稍等一下！

「向你」、「向您」的用語經常會被省略。中文也是一樣的對吧？

日語中，第一人稱（＝我）或是我的家人給別人東西時、或是要敘述第二人稱（＝你）給話者以外的某人東西時，會使用「あげる」。「あげる」是一段動詞。如同前面已經提到過的，「向〜」、「給〜」在日語中會是使用「〜に」。

(私はあなたに)おいしい紅茶をあげる。

（我向您）給好喝的紅茶。

(僕は)おばにきれいなお皿をあげる。

（我）將會給阿姨漂亮的盤子。

僕は彼女にネックレスをあげない。　我不會給女朋友項鍊。

❷

〜に〜をくれる。　　　　向〜給〜。

稍等一下！

日語稱呼自己的兄弟通常會講「僕[ぼく]／俺[おれ]／私の [わたし]のあね」（我的姊姊、姐姐）」。向他人提及自己的父母時，會使用「両親[りょうしん]（雙親、父母）」這個沒有尊稱的稱呼方式。

在日語中第二人稱給第一人稱、或是第三人稱給第一人稱或是第二人稱東西時，會使用「くれる」。「くれる」也是一段動詞。很多情況會將「私／僕に（向我）」、「あなたに（向您）」省略使用。

(あなたは)私にそのお皿、くれる？

（你）要給我那個盤子嗎？

彼氏が(あなたに)指輪をくれた？　男朋友（向你）給了戒指嗎？

僕の両親は僕にお小遣いをくれる。　我的父母給我零用錢。

おばが兄にネクタイをくれた。　　阿姨給了哥哥領帶。

主人[しゅじん]
丈夫（非尊敬的
稱呼）

❸

〜に〜をあげる/くれる。 向〜給〜。

如同前面學到的「あげる」是離「我」近的人給較遠的人東西時使用，而「くれる」是離「我」遠的人向近的人給東西。需要依據兩者之間哪一個離「我」更近，哪一個離「我」更遠，來區分使用「あげる」與「くれる」。

弟が裏のおじさんに紅茶をあげた。 弟弟給了後面的大叔紅茶。

先生が友達にプレゼントをくれなかった。
老師沒有給朋友禮物。

社長が主人にネクタイをくれた。 社長給了老公領帶。

❹

〜に〜をもらう。 從〜收到〜。

彼[かれ] 男朋友、他
誕生日
[たんじょうび] 生日

「收」的日語是「もらう」。要表示從誰收到東西時，在「もらう」之前加上「人名或代名詞＋に」即可。

私は彼に指輪をもらわなかった。 我沒有收男朋友給的戒指。

僕はおじにお小遣いをもらった。
我從叔叔那裡收到了零用錢。

今年の誕生日におばにネックレスをもらう。
今年生日將會從姑姑那裡收到項鍊。

祖母にきれいなお皿をもらった。
從奶奶那裡收到了漂亮的盤子。

稍等一下！

「お小遣い[おこづかい]（零用錢）」與「皿[さら]（盤子）」也是在之前加上「お」，讓用語變得更有禮貌（柔和）。這些單字習慣上若沒加上「お」會則有顯得些粗魯。

❺

～から～をもらう。　　從～收到～。

只要將前一個句型中的助詞「～に」換成「～から」就可以。然而有一點需要特別注意：如果「～に、～から」前面加入的單字不是指人物的時候，就不可以使用「～に」，只可以使用「～から」。

彼氏から指輪をもらわなかった。　沒有從男朋友那裡收到戒指。

私は両親からお小遣いをもらわない。

我沒有從父母那裡收到零用錢。

学校から手紙をもらった。　　從學校那裡收到了信。

日語是這樣的！

「あげる」與「くれる」的總整理（1）

日語的「給」分成了「あげる」與「くれる」，是中文沒有的概念，所以在區分使用方式時有點困難對吧？為了讓各位可以更容易地理解「あげる」與「くれる」的使用方法，這邊將使用方法整理成下方圖表給大家看。

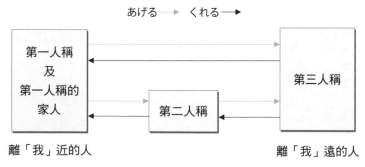

🎧 例句51-4-1.mp3
🎧 例句51-4-2.mp3

第三階段
會話打好基本功

まあね 啊就那樣、就是那樣（含糊地回答問句的時候）
おごる [5] 買（吃的東西）給、請客

「春斗（はると）」詢問秀彬從男朋友那裡收到了什麼生日禮物。

金子 春斗：彼氏に誕生日のプレゼント、何かもらった？
ゲン・シュウヒン：ううん、何ももらわなかった。
金子 春斗：何もくれなかったの?!
ゲン・シュウヒン：うん。
金子 春斗：けんかした？
ゲン・シュウヒン：うん、ちょっとね。
金子 春斗：また？ よくけんかするね。
ゲン・シュウヒン：まあね。
金子 春斗：今日、晩ご飯一緒にどう？ 僕がおごるよ。
ゲン・シュウヒン：ありがとう。でも、いい。
金子 春斗：そうか。わかった。

金子春斗：從男朋友那裡收到了什麼生日禮物？
玄秀彬：沒有，什麼都沒有收到。
金子春斗：是什麼都沒有給嗎！？
玄秀彬：嗯。
金子春斗：吵架了嗎？
玄秀彬：嗯，有一點。
金子春斗：又？經常吵架呢。
玄秀彬：啊就那樣。
金子春斗：今天，晚上一起（吃）怎麼樣？我來請客。
玄秀彬：謝啦，不過算了。
金子春斗：好吧。我知道了。

日本請客的文化

啊哈！原來日本是這樣

在日本，如果是年齡差距很大的情況下，大多時候會是年紀大的人付錢。不過如果沒有年紀、地位差異，也沒有人自告奮勇請客的時候，常常會各自只付自己吃的食物的費用。有時候會是每個人自己到櫃檯說出自己所吃的餐點，然後付錢，有的時候會是在餐桌上將自己吃的金額交給負責付錢的人。

要請別人吃東西時，對親近對象或是晚輩會講「おごる」，而對必須要有禮貌的對象時，必須講「ごちそうする」。因為「ごちそう」是「好吃的食物」的意思，所以日本人吃飽後常講的慣用句「ごちそうさまでした」直譯會是「是好吃的食物」，也就是「好好地享用了好吃的食物」的意思。不過有一點需要小心！和別人一起去吃飯時，對方如果沒有說要請客，吃飽後如果說「ごちそうさまでした」的話，會有「蹭飯」的感覺，對方可能會因此覺得你臉皮真厚。

❶ 請試試看使用題目提供的三個單字，造出「～は～に～をあげた／くれた（～向～給～）」的句子。請依據內容判斷要使用「あげる」，還是使用「くれる」。

> | 範例 | 僕（我）・おば（阿姨）・お皿（盤子）
> → 僕はおばにお皿をあげた。（我給了阿姨盤子。）

1. ✎ ....

2. ✎ ....

3. ✎ ....

4. ✎ ....

❷ 請試試看使用題目提供的三個單字，造出「～は～に／から～をもらった（～向～給～／從～收到～）」的句子。如果是「～に」與「～から」都可以使用的情況下，請使用「～に」。

> | 範例 | 私（我）・彼（男朋友）・指輪（戒指）
> → 私は彼に指輪をもらった。（我沒有從男朋友那裡收到戒指。）

1. ✎ ....

2. ✎ ....

3. ✎ ....

4. ✎ ....

❸ 請參考範例，在（ ）內填入適當的文字。

> | 範例 | 私（は）おじ（に）ネクタイ（を）あげた。（我給了叔叔領帶。）

1. 僕(　　)両親(　　)僕(　　)お小遣いを(　　　　　)なかった。
   我的父母沒有給我零用錢。

2. 妹(　　)おば(　　)ネックレスを(　　　　　　　)。妹妹給了阿姨項鍊。

3. 私(　　)彼(　　)指輪を(　　　　　　　)。我從男朋友那裡收到了戒指。

454

④ 先試試看用平假名寫下題目提供的單字,接著再試著用漢字寫寫看。

範例	信	平假名	漢字
		て が み	手 紙

1. 紅茶

平假名　　　　　　　　　　漢字

2. 盤子

平假名　　　　　　　　　漢字

3. 戒指

平假名　　　　　　　　　漢字

4. 零用錢

平假名　　　　　　　　　　　　　　漢字

5. 雙親、父母

平假名　　　　　　　　　　　　　　漢字

片假名
練習41

寫寫看片假名（1）

請直接寫寫看題目中給的單字的片假名。

1. 門（Door）　　→ _____

2. 麵包（Pan）　　→ _____

3. 瓦斯（Gas）　　→ _____

4. 口香糖（Gum）→ _____

5. 筆（Pen）　　　→ _____

6. 專家（Pro）　　→ _____

7. 筆記（Note）　→ _____

8. 失誤（Miss）　→ _____

9. 橡膠（Gom）　→ _____

10. 公車（Bus）　→ _____

| 解答 | 1. ドア　2. パン　3. ガス　4. ガム　5. ペン
6. プロ　7. メモ　8. ミス　9. ゴム　10. バス

52

おばにもらいました。

52.mp3

從阿姨那邊收到的。

🎧 例句52-1.mp3

暖身練習
基本會話聽力

請看下方圖片,試著推測情境及對話內容,並搭配音檔練習。

🎧 例句52-2.mp3

第一階段
熟悉基本單字

稍等一下!

日本的傳統服飾是「和服[わふく]」。本來「着物[きもの]」是指「穿的衣服」的意思,而「和服(日式服裝)」與「洋服[ようふく]」(西式服裝)雖然是使用對比的名稱書寫而成,然而現在「着物」與「和服」意思是一樣的。好的「着物」非常昂貴,所以也會作為財產留給孩子。

珍しい[めずらしい] 珍貴、稀有

娘[むすめ] 女兒

着物[きもの] 和服(日本傳統服飾)

切手[きって] 郵票

花瓶[かびん] 花瓶

ハガキ 明信片

第二階段

熟悉基本句型

稍等一下！

「ハガキ（明信片）」寫成漢字會是「葉書」，在教科書中通常會用漢字標示。因為在日常生活中使用片假名的情況很多，所以這邊用片假名介紹給大家。

❶

〜に〜をあげます。　　向〜給〜。

如同前面學到的，「離我近的人」給「離我遠的人」東西的時候會使用「あげる」。因為「あげる」是一段動詞，所以「ます」型會變成「あげます」。

私は娘に着物をあげます。　　我將會給女兒和服。

私は息子に珍しい切手をあげました。

我給了兒子珍貴的郵票。

おばに花瓶をあげました。　　給了伯母花瓶。

おじにハガキをあげませんでした。

沒有給姑丈明信片。

稍等一下！

日語要表示糖果，日常對話或是較傳統的糖果通常會講「飴[あめ]」，而超商等陳列的商品上則常會寫是「キャンディー」。

❷

〜に〜をくれます。　　向〜給〜。

「離我遠的人」給「離我近的人」東西的時候會使用「くれる」。因為「くれる」也是一段動詞，所以「ます」型會變成「くれます」。

先生は娘にいつも飴をくれます。

老師總是給女兒糖果。

課長は息子に仕事をくれません。　課長不給兒子工作。

おじが私に花瓶をくれました。　　叔叔給了我花瓶。

おばが息子にハガキをくれませんでした。

阿姨不給兒子明信片。

❸ ～に～をあげます/くれます。

向～給～。

請留意「あげる」與「くれる」的區分方式，再試試看練習一次。

祖父が隣の子に切手をあげました。

爺爺給了隔壁小孩明信片。

姉は友達に花瓶をあげました。　姊姊給了朋友花瓶。

祖母が娘に着物をくれました。　奶奶給了女兒和服。

会社の人が兄にハガキをくれました。

公司的人給了哥哥明信片。

❹ ～に～をもらいます。　從～收到～。

這一次試試看練習使用「～に」來造「もらう」的句子。

私は母に着物をもらいます。

我將會從母親那裡收到和服。

僕は父にお小遣いをもらいません。

我沒有從父親那裡收到零用錢。

息子に花瓶をもらいました。　從兒子那裡收到了花瓶。

娘に切手をもらいませんでした。

沒有從女兒那裡收到郵票。

❺

～から～をもらいます。 從～收到～。

這一次試試看練習使用「～から」來造「もらう」的句子。只要將助詞的「～に」換成「～から」就可以了。先前有學到過，若前面加入的單字不是人的情況下，必須要使用「～から」。

娘はおばから着物をもらいます。　女兒將會從阿姨那裡收到和服。

私はおじから花瓶をもらいません。　我不會從叔叔那裡收到花瓶。

息子の会社からハガキをもらいました。　從兒子的公司那裡收到了明信片。

学校から書類をもらいませんでした。　沒有從學校那裡收到資料。

日語是
這樣的！

「あげる」與「くれる」總整理（2）

　　「あげる」是「離我（話者）近的人」給「離我遠的人」東西的時候會使用的單字，而「くれる」是在離「我」比較遠的人，給離「我」比較近的人東西時使用。第三人稱之間給東西和收東西的時候，雖然也是一樣根據與「我」的距離來做判斷就行，不過即使是一樣的人，也會因為狀況的不同而決定到底應該要使用「あげる」，還是應該要使用「くれる」。舉例來說，在A和B兩個都和我是一樣親近的朋友的狀況下，A要給B和我看筆記的話，和「我」一樣立場的B就是比較近的人，而A是比較遠的人。在一起去吃飯的情況下，B說要請吃飯給「我」和A吃的話，和「我」一樣立場的A就會是比較近的人，而B是比較遠的人。

成人式[せいじんし
き] 成年禮
色々な[いろいろな]
各個種類的
この前[このまえ]
上一次、前陣子

俊亨來到「美佳」家，看到了穿著和服的美佳的照片。

カン・シュンテイ：成人式の写真ですか。

原田 美佳：ええ。

カン・シュンテイ：きれいな着物ですね。

原田 美佳：そうですか。ありがとうございます。

この着物はおばにもらいました。

カン・シュンテイ：そうですか。

原田 美佳：おばは娘がいませんから、

いつも私に色々な物をくれます。

カン・シュンテイ：そうですか。

原田 美佳：この前はとてもきれいな花瓶をくれました。

カン・シュンテイ：その花瓶ですか。

原田 美佳：ええ、そうです。

カン・シュンテイ：いい花瓶ですね。

簡俊亨：是成年禮的照片嗎？
簡俊亨：是漂亮的和服呢。

簡俊亨：這樣啊。

簡俊亨：原來如此。
簡俊亨：是那個花瓶嗎？
簡俊亨：是好的花瓶呢。

原田美佳：是的。
原田美佳：是嗎？謝謝。這個和服是從阿姨
那裡收到的。
原田美佳：因為阿姨沒有女兒，所以總是給
我各種東西。
原田美佳：不久之前給了非常漂亮的花瓶。
原田美佳：是的，沒錯。

日本的成年禮

原來日本是這樣 啊哈！

　　日本一月的第二個禮拜一是「成人の日（成年的日子：休息日）」，當天會在各地舉行「成人式（成年禮）」。在日本滿二十歲就表示已經是成年人了。在滿二十歲之前，喝酒抽菸都是違法的。成年禮會由該地區的人進行演講、還有自治團體的代表祝詞、以及成人代表的致詞等活動，有些地方會配合年輕人的喜好，聘請歌手來舉行演唱會。參加者大部分都是許久沒見面的同學，所以常會變成同學會。

　　成年禮有很多女性們會穿上「着物（和服）」。在「着物」中有被稱為「振袖」的和服，是指袖子很長的「着物」。「着物」有很多不同的種類，不過這個「振袖」傳統上只有未婚女子才可以穿，因此實際上只有在成年禮以及結婚典禮時才會有機會穿到這種和服。

461

❶ 請試試看使用題目提供的三個單字，造出「～は～に～をあげました／くれました（～向～給～）」的句子。依內容判斷使用「あげる」還是「くれる」。

| 範例 | 私_{わたし}（我）・娘_{むすめ}（女兒）・着物_{きもの}（和服）
→ 私は娘に着物をあげました。（我給了女兒和服。）

1. ✎ _____

2. ✎ _____

3. ✎ _____

4. ✎ _____

❷ 請試試看使用題目提供的三個單字，造出「～は～に／から～をもらいました（～向～給～／從～收到～）」的句子。如果是「～に」與「～から」都可以使用的情況下，請使用「～に」。

| 範例 | 私_{わたし}（我）・息子_{むすこ}（兒子）・花瓶_{かびん}（花瓶）
→ 私は息子に花瓶をもらいました。（我從兒子那裡收到了花瓶。）

1. ✎ _____

2. ✎ _____

3. ✎ _____

4. ✎ _____

❸ 請參考範例，在（ ）內填入適當的文字。

| 範例 | 私_{わたし}は息子_{むすこ}（に）珍しい切手_{きって}を（あげ）ました。（我給了兒子珍貴的郵票。）

1. 祖母（　　）娘（　　）着物を（　　　　　）ました。奶奶給了女兒和服。

2. 私（　　）おば（　　）花瓶を（　　　　　）ました。我給了姑姑花瓶。

3. 私（　　）学校（　　　　）書類を（　　　　　　　　　　　）でした。
沒有從學校那裡收到資料。

462

④ 先試試看用平假名寫下題目提供的單字，接著再試著用漢字寫寫看。

| 範例 | 上一次、前陣子

平假名

| こ | の | ま | え |

漢字

| こ | の | 前 |

1. 珍貴、稀有

平假名

| | | | | |

漢字

| | | |

2. 女兒

平假名

| | | |

漢字

| |

3. 和服

平假名

| | | |

漢字

| |

4. 郵票

平假名

| | | |

漢字

| |

5. 兒子

平假名

| | | |

漢字

| |

片假名
練習42

寫寫看片假名（2）

請直接寫寫看題目中給的單字的片假名。

1. 班、班級（Class） → ＿＿＿＿＿＿＿＿＿

2. 蛋糕（Cake） → ＿＿＿＿＿＿＿＿＿

3. 加拿大（Canada） → ＿＿＿＿＿＿＿＿＿

4. 床（Bed） → ＿＿＿＿＿＿＿＿＿

5. 俄羅斯（Russia） → ＿＿＿＿＿＿＿＿＿

6. 簽名（Sign） → ＿＿＿＿＿＿＿＿＿

7. 尺寸（Size） → ＿＿＿＿＿＿＿＿＿

8. 敲門（Knock） → ＿＿＿＿＿＿＿＿＿

9. 墨水（Ink） → ＿＿＿＿＿＿＿＿＿

10. 按鍵、鈕扣（Button） → ＿＿＿＿＿＿＿＿＿

|解答| 1. クラス 2. ケーキ 3. カナダ 4. ベッド 5. ロシア
6. サイン 7. サイズ 8. ノック 9. インク 10. ボタン

試試看閱讀長文

一開始先只用耳朵聽聽看下方的長文，大約了解脈絡之後，接著再閱讀文章確認內容意思。

> 婚約指輪について、20代から30代の人に聞きました。男性は56％が婚約者に指輪をあげたいと答えました。女性は79％が婚約者に指輪をもらいたいと答えました。婚約指輪は20万円から40万円くらいです。ダイヤモンドが一番人気があります。結婚指輪は婚約指輪より安いです。結婚指輪は10万円から20万円くらいです。

▶ 日語中沒有區分「未婚夫」、「未婚妻」兩個都是使用「婚約者（訂婚對象）」來表示。

| 單字 | 婚約[こんやく] 訂婚　　～について 關於～　　～代[だい] ～貸、費用、價錢
　　　男性[だんせい] 男性　　女性[じょせい] 女性　　％[パーセント] 百分比
　　　婚約者[こんやくしゃ] 未婚夫、未婚妻　　人気[にんき] 人氣

| 翻譯 | 向二十歲到三十歲的人詢問了關於訂婚戒指的事。男性有56%回答了想給未婚妻戒指。女性有79%回答了想從未婚夫那裡收到戒指。訂婚戒指大約是從20萬日圓至40萬日圓左右，且鑽石最受歡迎。結婚戒指比訂婚戒指便宜。結婚戒指大約是從10萬日圓到20萬日圓左右。

一起征服！
動詞「て」形

第十三節・基本的「て」形
第十四節・「て」形變化形

　　現在對日語學習應該很有心得了對吧？想不想試試看在第六章一次將表現能力大幅提升呢？一開始使用聲音學習法學習日語時，是不是會因為感覺沒有馬上快速地成長而有點不安呢？請不要擔心，聲音學習法雖然像烏龜一樣開始，不過之後就會變成像兔子一樣飛快成長的！若是用常見的從背單字開始的學習方式，雖然一開始會好像兔子一樣地快，不過之後就會慢慢地慢如烏龜，提升日語實力的速度將會停滯！從背單字開始的人們，學到後來要再學習聽和講，會需要花費許多時間。並且學習這件事也會變得令人不開心。這是因為他們雖然閱讀實力是大學生的水準，但是口說和聽力的部分卻只有像小學生一樣的程度，心裡覺得煩悶也是很正常的，也有可能不知道為什麼地總覺得自己像個笨蛋一樣學不會。而在這裡使用聲音學習法的各位，完全不需要擔心這些問題～！

第十三節

·

基本的
「て」形

　　在日語的變化規則當中有「て」
形，是用來表現像是「～和～」、「因
為～所以～」這類意思的型態。可以應
用的情況有很多，像是「做～和～」、
「因為～所以～」、「正在～」、「做
完～之後」、「請為我做～」等等各種
不同的句型都可以用上「て」形。為
了提升表達能力，讓我們一起來征服
「て」形吧～！

53 用常體說說看

道が暗くて怖かった。

53.mp3

路很黑所以很可怕。

例句53-1.mp3

暖身練習
基本會話聽力

例句53-2.mp3

第一階段
熟悉基本單字

請看下方圖片，試著推測情境及對話內容，並搭配音檔練習。

稍等一下！

雖然在「娘[むすめ]（女兒）」後面加上「さん」變成「娘さん」可以用來表示「令嬡」，不過「お嬢さん[おじょうさん]」有「在高貴的家庭長大的女性」的意思，所以使用這個字的話，聽的人心情會更愉悅。

疲れる[つかれる] ① 疲憊、疲憊

引く[ひく] ⑤ 吸引、罹患（感冒）

びっくりする 驚嚇

明るい[あかるい] 明亮

暗い[くらい] 昏暗

気持ち悪い[きもちわるい] 胃不舒服、感到噁心

怖い[こわい] 害怕

お嬢さん[おじょうさん] 令嬡、小姐

風邪[かぜ] 感冒

気分[きぶん] 心情

ホテル 飯店

道[みち] 路

第二階段
熟悉基本句型

本[ほん] 書

稍等一下！

「シャワーを浴[あ]びる（洗澡）」這個單字也可以使用「シャワーをする」來表示。「浴びる」是「沾濕」、「淋（水）」的意思。

❶

〜て〜。 「て」形.

做〜和〜。

「て」形的變化方式只要將動詞的た形的「た、だ」換成「て、で」就可以了。舉例來說，「食べる（吃）」、「飲む（喝）」的た形是「食べた（吃了）」、「飲んだ（喝了）」，將單字中的「た、だ」換成「て、で」後，變成「食べて、飲んで」的話就會是「て」形。

晩ご飯を食べて、テレビを見た。　吃晚餐和看電視了。

友達に会って、一緒にお茶を飲んだ。
見朋友還有一起喝茶了。

プールで泳いで、シャワーを浴びた。
在游泳池游泳和洗澡了。

本を読んで、レポートを書いた。　唸書還有寫報告了。

❷

〜で〜。 是〜和〜。

大学生[だいがくせい] 大學生
中学生[ちゅうがくせい] 國中生
高校生[こうこうせい] 高中生
親切な[しんせつな] 親切的
簡単な[かんたんな] 簡單的、容易的

名詞和「な」形容詞加上這個句型會是「名詞＋で」和「な形容詞去掉な＋で」，是「是〜和〜」、「〜和〜」的意思。

私の兄は大学生で、妹は中学生。
我哥哥是大學生，妹妹是國中生。

田村さんは親切で、竹内さんはまじめ。
田村先生（小姐）很親切，竹內先生（小姐）很誠實。

これは簡単で、おいしい料理。 這個是簡單又好吃的料理。

470

頭[あたま] 頭
部屋[へや] 房間
広い[ひろい] 寬闊
古い[ふるい] 久遠、
　　　　　老舊

稍等一下！

如同前面說明過的
（413頁），在日
本「身高很高」會
使用「背が高い
[せがたかい]（身
高高）」、「背が
低い[せがひくい]
（身高低）」來表
示。

❸

～くて～。　　　　　　　　～和～。

「い」形容詞只需要把「い」換成「く」之後，加上「て」就可以了。
不過，「いい（好）」的變化是不規則的對吧？在這邊一樣也要把詞
頭的「い」換成「よ」，最後會是「よくて」，這點請多加留意。

おじは背が高くて、おばは背が低い。
　　　　　　　　　　　　　叔叔身高很高，舅媽的身高很矮。

明日香は頭がよくて、妹はかわいい。
　　　　　　　　　　　明日香的頭腦很好，妹妹很可愛。

この部屋は広くて明るい。　這個房間很寬敞而且明亮。

僕の家は古くて暗い。　　　　　我家很老舊而且昏暗。

❹
　　　　　　　　　　　　　　　　　　　　　　「て」形
～て～。　　　　　因為～所以～。

在「て」形除了有「～和～」的意思之外，也有「因為～所以～（表
示理由）」的意思。這一次來練習用用看作為「因為～所以～」意思
來使用的「て」形。

お酒をたくさん飲んで、気持ち悪い。
　　　　　　　　　　　　因為喝很多酒，所以胃不舒服。

今日はたくさん歩いて疲れた。
　　　　　　　　　　　因為今天走了很多，所以很疲憊。

風邪をひいて、学校を休んだ。　因為感冒了，所以請假。

難しい[むずかしい]
困難

稍等一下！

「感冒」的日語是「風邪[かぜ]をひく」。使用「ひく（拉）」這個動詞很特別對吧？直接翻譯的話會是「拉來感冒」，這個說法於自中國古代認為感冒是身體將邪惡的風給吸到體內導致，所以罹患感冒時才會用「拉來」來形容，這個最好要硬記下來。「ひく」雖然寫成漢字會是「引く」，不過在表達「感冒」的時候，大多情況會使用平假名表示。

❺

～で～。 　　　因為～所以～。

這一次試試看練習使用「～で」連接名詞與「な」形容詞，造出「因為～所以～」的句子。

難しい言葉でわからなかった。
　　　　　　　　　　　因為是很難懂的話，所以沒能理解。

風邪で学校を休んだ。　　　因為感冒了，所以學校請假。

トイレがきれいで気分がよかった。
　　　　　　　　因為化妝室很乾淨，所以心情很好。（過去式）

ここは静かでいい。　　　因為這裡很安靜，所以很好。

❻

～くて～。 　　　因為～所以～。

這一次試試看練習使用「～くて」連接「い」形容詞，造出「因為～所以～」的句子。

ホテルの部屋が明るくて、気分がよかった。
　　　　　　　因為飯店房間很明亮，所以心情很好。（過去式）

道が暗くて怖かった。　　　因為路很暗，所以害怕了。

この料理は気持ち悪くて食べたくない。
　　　　　　　　　因為這個料理很噁心，所以不想吃。

電気代が高くてびっくりした。
　　　　　　　　　　　因為電費很貴，所以嚇了一跳。

稍等一下！

「～代[だい]」可像之前出現的「20代（20幾歲）」一樣表示世代，也可以像在這裡出現的「電気代[でんきだい]（電費）」一樣，作為「費用」、「價錢」的意思來使用。

🎧 例句53-4-1.mp3
🎧 例句53-4-2.mp3

第三階段
會話打好基本功

顏色[かおいろ] 臉色
気を付ける[きをつける] 小心

稍等一下！

在「どうしたの？（為什麼那樣？）」把「どうした」直接翻譯的話會是「怎麼做了？」。如果去醫院的話，醫生會詢問「您為什麼來看診」對吧？日語來講的話就會是「どうしました（為什麼來了？）」

酒會坐在旁邊的「大樹（たいき）」的臉色看起來非常不好。

ヤン・ケイシン：どうしたの？

横山 大樹：ちょっと気持ち悪くて……。

ヤン・ケイシン：大丈夫？

横山 大樹：楽しいから、お酒、たくさん飲んで、たくさん食べて……。それで……。

（去一趟化妝室回來的大樹坐回位置上）

ヤン・ケイシン：トイレに行った方がいい？

横山 大樹：……うん。

ヤン・ケイシン：（看到大樹好像要吐了）大丈夫？

横山 大樹：うん、もう大丈夫。

ヤン・ケイシン：さっきは顔色が悪くてびっくりした。

横山 大樹：ごめんね。ちょっと疲れたから、もう帰る。

ヤン・ケイシン：そう。気を付けてね。

楊惠真：怎麼了？
楊惠真：沒事嗎？

楊惠真：去化妝室會比較好吧？
楊惠真：還好嗎？
楊惠真：剛剛因為你的臉色很不好，所以我嚇了一跳。
楊惠真：好。小心走。

横山大樹：有點不舒服…。
横山大樹：因為很開心，所以喝很多酒和吃很多…，所以…。
横山大樹：…嗯。
横山大樹：嗯，已經沒問題了。
横山大樹：對不起。因為我有點累現在要回家了。

啊哈！

原來日本是這樣

大家都誤會日本的房子很小！

　　雖然常常會聽到日本的房子很小這樣的說法，不過其實這是個誤會。如果查看比較住宅平均大小的統計資料，會發現房子最大的是美國，第二名是盧森堡，第三名是斯洛維尼亞，第四名是丹麥，而第五名是日本，日本房子很小的這個說法，是起源於過去在介紹日本的時候，將法語的‘cagealapins’（都市型公寓區）翻譯成英文時，不小心誤譯成「兔子的家」所導致的誤會。

　　不過，日本東京和其他地區的土地價格、房價有較大的差異，所以東京跟其他地區相較之下，房子的大小確實非常小。

❶ 請試試看使用「～て～（做～和～／因為～所以～）」將題目提供的兩個句子，連接成一個句子。

> | 範例 | 晩ご飯を食べる（吃晚餐）・テレビを見た（看電視）
> → 晩ご飯を食べて、テレビを見た。（吃晚餐和看電視了。）

1. 🎤 ⋯⋯⋯⋯⋯⋯⋯⋯⋯⋯⋯⋯⋯⋯⋯⋯⋯⋯⋯⋯⋯⋯⋯⋯⋯⋯⋯⋯⋯⋯
2. 🎤 ⋯⋯⋯⋯⋯⋯⋯⋯⋯⋯⋯⋯⋯⋯⋯⋯⋯⋯⋯⋯⋯⋯⋯⋯⋯⋯⋯⋯⋯⋯
3. 🎤 ⋯⋯⋯⋯⋯⋯⋯⋯⋯⋯⋯⋯⋯⋯⋯⋯⋯⋯⋯⋯⋯⋯⋯⋯⋯⋯⋯⋯⋯⋯
4. 🎤 ⋯⋯⋯⋯⋯⋯⋯⋯⋯⋯⋯⋯⋯⋯⋯⋯⋯⋯⋯⋯⋯⋯⋯⋯⋯⋯⋯⋯⋯⋯

❷ 這一次是名詞和形容詞。請試試看使用「～て／で（是～和～／因為～所以～）」將題目提供的兩個句子，連接成一個日語句子。

> | 範例 | 私の兄は大学生（我哥哥是大學生）・妹は中学生（妹妹是國中生）
> → 私の兄は大学生で、妹は中学生。（我哥哥是大學生，妹妹是國中生。）

1. 🎤 ⋯⋯⋯⋯⋯⋯⋯⋯⋯⋯⋯⋯⋯⋯⋯⋯⋯⋯⋯⋯⋯⋯⋯⋯⋯⋯⋯⋯⋯⋯
2. 🎤 ⋯⋯⋯⋯⋯⋯⋯⋯⋯⋯⋯⋯⋯⋯⋯⋯⋯⋯⋯⋯⋯⋯⋯⋯⋯⋯⋯⋯⋯⋯
3. 🎤 ⋯⋯⋯⋯⋯⋯⋯⋯⋯⋯⋯⋯⋯⋯⋯⋯⋯⋯⋯⋯⋯⋯⋯⋯⋯⋯⋯⋯⋯⋯
4. 🎤 ⋯⋯⋯⋯⋯⋯⋯⋯⋯⋯⋯⋯⋯⋯⋯⋯⋯⋯⋯⋯⋯⋯⋯⋯⋯⋯⋯⋯⋯⋯

❸ 請參考範例，在（ ）內填入適當的文字。

> | 範例 | お酒をたくさん飲（んで）、気持ち悪い。（因為喝很多酒，所以胃不舒服。）

1. 田村さんは親切( )、竹内さんはまじめ。
田村先生（小姐）很親切，竹內先生（小姐）很誠實。

2. ホテルの部屋が明る( )、気分がよかった。
因為飯店房間很明亮，所以心情很好。

3. プールで泳( )、シャワーを浴びた。在游泳池游泳和洗澡了。

474

❹ 先試試看用平假名寫下題目提供的單字，接著再試著用漢字寫寫看。

範例	害怕	平假名	漢字
		こ わ い	怖 い

1. 勞累、疲倦
平假名

漢字

2. 明亮
平假名

漢字

3. 昏暗
平假名

漢字

4. 心情
平假名

漢字

5. 路
平假名

漢字

表示「心情」的「気持ち」與「気分」的差異。

　　在這一課當中有出現「気持ち悪い（不舒服、噁心）」這個單字對吧？完整應該是「気持ちが悪い」，直譯的話會是「心情不好」。「気持ち」和「気分」都可以解釋成「心情」，要說明兩者之間的差異有點困難，所以這邊一次整理給大家參考看看。

　　經常會犯錯的部分如下：

気持ち(が)いい	気持ち(が)悪い
気分がいい	気分が悪い

　　很多人會將左邊兩個句子解釋成「心情很好」，右邊兩個解釋成「心情不好」，但這是不太自然的。要表達「心情很好」、「心情不好」的時候，其實是會使用下面的「気分がいい」、「気分が悪い」。

　　「気持ち（が）いい」雖然也可以解釋成「心情很好」，不過習慣上不是用來表示精神上所感覺到的「心情很好」，而是指身體上所感覺到「舒服」。舉例來說，因為從老師那裡得到稱讚所以心情很好的話，因為是「精神上」的感覺，所以會使用「気分がいい」。而若是因為蓋上非常柔軟的毯子所以覺得心情好的話，由於是「身體上」的感覺，因此會使用「気持ちがいい」。

再舉一個其他的例子，在流了很多汗之後，去洗澡完會覺得很舒服而心情很好，這是「身體上」的感覺，所以會使用「気持ちがいい」，而因為很舒服而轉為精神上的快感的話，就可以使用「気分がいい」來表達。也就是說，剛洗完澡的時候，身體上的舒服感是「気持ちがいい」，得到的結果讓精神上的心情變好就是「気分がいい」。

　　「気持ち（が）悪い」與「気分が悪い」和「いい（好）」版本用法上有些微差異。「気持ち（が）悪い」雖然和「気持ち（が）いい」一樣是形容在身體感覺時所使用的，不過其實「気分が悪い」也可以作為身體的感覺時所使用。身體狀況不好，感到頭暈時常會使用「気分が悪い」，是嘔吐或是覺得噁心想吐、胃不舒服的時候，則會使用「気持ち（が）悪い」。所以若是因為喝很多酒而想要吐的狀態時，使用「気持ち（が）悪い」才是對的表現方式，「気分が悪い」會是錯誤的用法。另外，「気持ち（が）悪い」在形容想吐時，也會有「噁心」的意思。

　　除此之外，「気持ち」可以用來指感情，或是具體的想法，相較之下「気分」可以用來表現「愉快、不愉快」等更模糊的意思。所以「気持ち」也可以用來表達「心情」、「想法」。舉例來說，「彼に対する気持ち（對於他的心意／心情）」這樣的表達方式，因為是具體的想法，所以會使用「気持ち」而不會使用「気分」。

片假名
練習43

寫寫看片假名（3）

請直接寫寫看題目中給的單字的片假名。

1. 襯衫（Shirt）　　→ _____

2. 湯（Soup）　　　→ _____

3. 數據（Data）　　→ _____

4. 感覺（Sense）　　→ _____

5. 鋼琴（Piano）　　→ _____

6. 長椅（Bench）　　→ _____

7. 飯店（Hotel）　　→ _____

8. 大衣（Coat）　　 → _____

9. 水準（Level）　　→ _____

10. 組合（Set）　　　→ _____

| 解答 | 1. シャツ　2. スープ　3. データ　4. センス　5. ピアノ
6. ベンチ　7. ホテル　8. コート　9. レベル　10. セット

54 用敬語說說看

電話を無くして困りました。

54.mp3

電話不見了，所以很困擾。

例句54-1.mp3

暖身練習
基本會話聽力

請看下方圖片，試著推測情境及對話內容，並搭配音檔練習。

例句54-2.mp3

第一階段
熟悉基本單字

稍等一下！

日語說電腦檔案等「儲存」會講「保存[ほぞん]（保存）」。

開く[ひらく] ⑤ 攤開、開

閉じる[とじる] ① 折起、關

取り消す[とりけす] ⑤ 取消

付ける[つける] ① 黏貼

文書[ぶんしょ] 文件

保存[ほぞん] 保存

ワード WORD

ファイル 檔案

プリントアウト 列印

アプリ APP

ソフト 軟體

チャット 網路聊天

如果將「名前[な
まえ]」を付けて[つ
けて]保存[ほぞ
ん]」直接翻譯的
話會是「取名後儲
存」，不過這個字
是指「另存新檔」
的意思。

上書き保存
[うわかきほぞん]
覆蓋

---

❶

$\sim$て$\sim$。

「て」形

$\sim$然後$\sim$。

試試看使用動詞「て」形來連接兩個句子。有說過動詞「て」形是將
た形的「た、だ」換成「て、で」的話就可以了，對吧？

ワードで文書を作って保存しました。

用WORD來製作資料，然後儲存了。

ファイルを開いてプリントアウトしました。　打開檔案，然後列印了。

ファイルを上書き保存して閉じました。　覆蓋檔案，然後關掉了。

上書き保存を取り消して、名前を付けて保存し
ました。　取消覆蓋，然後另存新檔了。

有名な[ゆうめいな]
有名
大きい[おおきい]
大
便利な[べんりな]
方便

---

❷

$\sim$で$\sim$。

$\sim$和$\sim$。

將兩個句子接續起來的句型，翻譯成中文時通常會省略掉。名詞和
「な」形容詞的名詞，直接在「な形容詞刪去な」的後面加上「で」
就可以了。

「アプリ」是「ア
プリケーション」
的略稱，幾乎沒有
人會講完整名稱。

これは新しいアプリで、ちょっと高いです。

這個是新的APP，有點貴。

この会社は有名で、その会社は大きいです。

這個公司很有名，那個公司很大。

このソフトは簡単で便利です。　這個軟體很簡單，又方便。

③ ～くて～。　～和～。

和②是同樣的句型，只是接續「い」形容詞。前面有說過在「い」形容詞的情況，只要將尾音的「い」換成「くて」的話就可以了對吧？

このスマホは高くて、そのケータイは安いです。
這個智慧型手機很貴，那個一般手機很便宜。

新しいソフトは易しくて、古いソフトは難しいです。
新的軟體很簡單，舊的軟體很困難。

このノートパソコンは小さくて便利です。
這個筆記型電腦小又方便。

このテレビは大きくて薄いです。　這個電視大又薄。

安い[やすい] 便宜
易しい[やさしい] 簡單
小さい[ちいさい] 小
薄い[うすい] 薄、淡

稍等一下！

前面有說過在「やさしい」這個單字可能有「易しい（簡單）」與「優しい（溫柔、心地善良）」這兩個意思對吧？通常後者的意思更常被使用，而要表示「簡單」的話，更常會使用「簡 な[かんたんな]」這個字。另外，「易しい」也很常用平假名「やさしい」來表示。

④ 「て」形 ～て～。　因為～所以～。

來練習看看用表示理由的「～て（～因為）」造出敬語的句子。

朝から夜まで仕事をして、疲れました。
因為從早上工作到晚上，所以很疲倦了。

電話を無くして困りました。
因為電話弄不見了，所以很為難。

ノートパソコンを売ってお金を作りました。
因為賣了筆記型電腦，所以籌到錢了。

売る[う] ⑤賣

稍等一下！

「準備錢」以日語來表達的話會是「お金[かね]を作る[つくる]」，而「網路聊天」以日語來表達的話會是「チャット」。和要加上“-ing”來將動詞轉成名詞的英文不一樣，日語的外來語不一定會加入“-ing”。

稍等一下！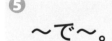

前面有說過，不過還是再次提醒，在日本智慧型手機和一般型手機的稱呼方式原本是有區分開來的，這邊例句的「ケータイ（手機）」是指「一般型手機」，智慧型手機沒有包含在裡面。只是現在手機幾乎都是智慧型手機，所以常常沒有分這麼細。

稍等一下！

「バイト（打工）」是「アルバイト（打工）」的簡稱。

❺

～で～。　　　　因為～所以～。

這一次試試看練習使用名詞與「な」形容詞來造句。

雪で、買い物に行きませんでした。

因為下雪，所以沒有去買東西。

朝で、お店に人があまりいません。

因為是早上，所以商店沒有什麼人。

仕事が嫌で、会社を休みました。

因為討厭工作，所以沒去公司上班。

ケータイは不便で、スマホを買いました。

因為一般的手機很不方便，所以買了智慧型手機。

---

❻

～くて～。　　　　因為～所以～。

這一次試試看練習「い」形容詞來造句。

このケータイは厚くて嫌です。

因為這個手機很厚，所以不喜歡。

このソフトは難しくてよくわかりません。

因為這個軟體很難，所以不太懂。

新しいパソコンが欲しくて、バイトをしました。

因為想要新的電腦，所以打了工。

お金が無くて困りました。　因為沒有錢，所以很困擾。

第三階段
會話打好基本功

料金[りょうきん]
費用

同事「中川莉緒」<ruby>中川莉緒<rt>なかがわりお</rt></ruby>似乎將新買了智慧型手機。

（看著用智慧型手機講電話的中川小姐，在通話結束之後）

イ・トウイク：スマホ、買ったんですか。

中川 莉緒：ええ。ケータイは不便で、スマホを買いました。

イ・トウイク：そうですか。スマホはどうですか。

中川 莉緒：とても便利でいいですよ。

イ・トウイク：そうですか。

中川 莉緒：イさんはスマホを買いませんか。

イ・トウイク：料金が心配で……。

中川 莉緒：料金はケータイよりスマホの方が高いですね。

イ・トウイク：それで、スマホに変えたくないんです。
　　　　　　お金がありませんから。

中川 莉緒：そうですか。

伊東昱：是買智慧型手機了嗎？

伊東昱：這樣啊。智慧型手機如何呢？

伊東昱：原來如此。

伊東昱：因為擔心費用…。

伊東昱：所以不想換成智慧型手機。因為沒錢。

中川莉緒：是的，因為一般型手機很不方便，所以買了智慧型手機。

中川莉緒：非常方便，很好喔。

中川莉緒：伊先生不買智慧型手機嗎？

中川莉緒：比起一般型手機，智慧型手機的費用更貴對吧。

中川莉緒：這樣啊。

日本的一般型手機是「加拉巴哥群島」手機！

啊哈！
原來日本是這樣

　　在日本一般型手機是叫做「ガラケー」，這個字是「ガラパゴスケータイ（加拉巴哥群島手機）」的簡稱。日本的一般型手機的通信方式和世界標準不一樣，所以不能輸出到海外或是進口到日本。像這樣獨自發展，國外無法使用的日本手機，就如同以獨自發展進化而聞名的加拉巴哥群島的生物一樣，因此有了這個稱呼方式。最近在日本也有人從智慧型手機再次換回一般型手機呢。作為參考，「自拍棒」以日語來說會是「<ruby>自撮り棒<rt>じどりぼう</rt></ruby>」或是「セルカ棒」，「セルカ」是從韓語來的用語。

① 請試試看使用「～て～（～然後～／因為～所以～）」，將題目提供的兩個句子連接成一個句子。

| 範例 | ワードで文書（ぶんしょ）を作（つく）りました（用WORD製作文件。）
　　　保存（ほぞん）しました（儲存了）
　　　→ ワードで文書を作って保存しました。（用WORD製作文件然後儲存了。）

1. 🎤 ....

2. 🎤 ....

3. 🎤 ....

4. 🎤 ....

② 這一次是名詞和形容詞。請試試看使用「～て／で（～和～／因為～所以～）」將題目提供的兩個句子連接成一個句子。

| 範例 | このソフトは簡単（かんたん）です（這個軟體很簡單）
　　　便利（べんり）です（方便）
　　　→ このソフトは簡単で便利です。（這個軟體很簡單又方便。）

1. 🎤 ....

2. 🎤 ....

3. 🎤 ....

4. 🎤 ....

③ 請參考範例，在（ ）內填入適當的文字。

| 範例 | 上書（うわが）き保存（ほぞん）を取（と）り消（け）（して）、名前（なまえ）を付（つ）けて保存（ほぞん）しました。
　　　（取消覆蓋檔案並且另存新檔了。）

1. これは新しいアプリ(　　)、ちょっと高いです。這個是新的APP，有一點貴。

2. このテレビは大き(　　　)薄いです。這個電視大又薄。

484

❹ 先試試看用平假名寫下題目提供的單字，接著再試著用漢字寫寫看。

範例	費用	平假名	漢字
		り ょ う き ん	料 金

1. 打開、開
平假名　　　　　　　　漢字

2. 關上、關
平假名　　　　　　　　漢字

3. 黏貼
平假名　　　　　　　　漢字

4. 文件
平假名　　　　　　　　漢字

5. 儲存
平假名　　　　　　　　漢字

電腦用語

這裡將日常生活中經常使用的電腦用語介紹給大家。

與電子郵件相關的用語

メールアドレス　電子郵件地址

（也很常使用簡稱後的「メアド」或是「メルアド」）

受信箱[じゅしんばこ]　收件匣

送信済み[そうしんずみ]　寄件匣

（正確完整地來說是「送信済みトレイ」或是「送信済みフォルダ」，只有在標示的時候會使用「送信済み」來表示。）

下書き[したがき]　暫存區

（「下書き」原本的意思是「草稿」、「草案」，在電腦或是手機上會寫成「臨時儲存」來表示。）

ごみ箱[ごみばこ]　垃圾桶

添付する[てんぷする]　附加

添付ファイル[てんぷふぁいる]　附加檔案

迷惑メール[めいわくめーる]　垃圾郵件
スパムメール

写メール[しゃめーる]　照片信件

（附加照片的信件，主要會簡寫為「写メ」來表示。在日本，沒有透過手機傳送或接收的「簡訊」。全部都是使用電子信件的形式來傳送以及接收。）

與資料撰寫相關的用語

圧縮[あっしゅく] 壓縮	削除[さくじょ] 刪除
切り取り[きりとり] 剪下 カット	印刷[いんさつ] 列印
コピー 複製	印刷プレビュー　　　預覽 [いんさつぷれびゅー]
貼り付け[はりつけ] 貼上	取り込む[とりこむ] 讀取
コピー＆ペース 複製貼上 （通常會簡寫成「コピペ」）	凍る[こおる]　 當機 フリーズする

與電腦及網路相關的用語

お気に入り[おきにいり] 我的最愛	再起動[さいきどう] 重新啟動
アップデート 更新	インストール 安裝
ウイルス 病毒	ウイルスチェック 病毒檢查
アップロード 上傳	ダウンロード 下載
メモリ 紀錄	ログイン 登入
ログアウト 登出	アイコン 圖示
バックアップ 備份	バグ Bug

「開」與「開」

　　在第19課有學過「開ける（開）／閉める（關）」對吧？在這課有學到「開く（打開、開）／閉じる（關上、關）」，為了讓各位不要混淆，將在以下仔細地說明。

　　「開ける」可以表達「消除塞住的東西」、「消除遮住的東西」的意思，而「開く」除了有這些意思之外，還有「翻開」、「展開」的意思。所以「開窗戶」可以說「開ける」，也可以說「開く」這個單字。當然反義詞的「閉める」、「閉じる」也都可以使用。不過在表達「打開書」的時候，因為在「開ける」沒有「翻開」的意思，所以必須要使用「開く」。在表達「打開檔案」的時候也是一樣必須要使用「開く」。這是因為打開檔案這件事不是「消除塞住的東西或是消除遮住的東西」的原因。

　　不過，在開啟別人傳送過來的檔案時，有一點像在打開禮物箱子的感覺對吧？那種情況也可以使用「開ける」。因為打開禮物箱子這件事是「消除遮住的東西（包裝）」的意思，所以「開ける」與「開く」兩者都可以使用。

片假名
練習44

寫寫看片假名（4）

請直接寫寫看題目中給的單字的片假名。

1. 口罩（Mask） → _____

2. 紅酒（Wine） → _____

3. 路線（Course） → _____

4. 電視劇（Drama） → _____

5. 皮帶（Belt） → _____

6. 卡片（Card） → _____

7. 刀子（Knife） → _____

8. 沙拉（Salad） → _____

9. 遊戲（Game） → _____

10. 特價（Sale） → _____

| 解答 | 1. マスク 2. ワイン 3.コース 4. ドラマ 5. ベルト
6. カード 7. ナイフ 8. サラダ 9. ゲーム 10. セール

55 用常體說說看

傘を持って出かけた。

帶著雨傘出去了。

55.mp3

例句55-1.mp3
暖身練習
基本會話聽力

請看下方圖片，試著推測情境及對話內容，並搭配音檔練習。

例句55-2.mp3
第一階段
熟悉基本單字

上げる[あげる] ① 提、拿

渡る[わたる] ⑤ 跨過

出る[でる] ① 出去、出來

終わる[おわる] ⑤ 結束

開く[あく] ⑤ 被開

閉まる[しまる] ⑤ 被關

見せる[みせる] ① 展示

予習[よしゅう] 預習

復習[ふくしゅう] 複習

稍等一下！

「ひらく（打開、開）」與「あく（開）」兩者的漢字都可以寫作「開く」，要唸「ひらく」，還是要唸「あく」，必須要依據前後文來判斷。

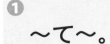

第二階段
熟悉基本句型

手[て] 手

稍等一下！

將「授業[じゅぎょう]に出た[でた]」直接翻譯的話會是「去上課了」的意思。雖然出席課程可以使用「出る」來表示，不過也可以使用「出席する[しゅっせきする]（出席）」這個字。

稍等一下！

「〜ないで」雖然作為「不〜」來使用的情況很多，不過也可以作為「因為不〜」的意思來使用。在作為「因為不〜」的意思使用時，也可以換成在第三點學到的「〜なくて」。

子供[こども]が勉強[べんきょう]しないで困[こま]る。（因為孩子不唸書，所以很為難。）

---

❶

〜て〜。　　　做〜／〜然後〜。

「〜て」除了可以用在羅列句的「〜和〜和〜」或是說明理由的「因為〜」之外，也可以表示以什麼樣的狀態做了某件事。

手を上げて道を渡った。	手舉著然後過了馬路。
窓を開けて寝た。	開了窗戶然後睡覺。
傘を持って出かけた。	帶著雨傘出去了。
予習をして授業に出た。	預習然後上了課。

❷

〜ないで〜。　　　不〜。

「動詞ない形＋で」會變成「〜ないで」，可以表示「不〜」的意思。是在第一點練習過的「〜て」的否定用法。

手を上げないで道を渡った。	沒有舉手就過了馬路。
窓を閉めないで寝た。	沒有開窗戶就睡覺了。
傘を持たないで出かけた。	沒有帶雨傘就出去了。
予習をしないで授業に出た。	沒有預習就上了課。

稍等一下！

「～ないで」只能使用在動詞，而「～なくて」可以跟除了動詞以外的名詞與形容詞一起使用。「～なくて」在跟動詞一起使用時，大部分是「因為沒～」的意思，不過在跟名詞與形容詞一起使用時也可以作為「不～」的意思使用。

その人は会社員じゃなくて、学生です。（那個人不是上班族，而是學生。）

そこは人があまり多くなくていい。（因為那裡人不多，所以很好。）

❸

～なくて～。　　因為沒～所以～。

將「動詞ない形」尾音的「い」換成「くて」後，變成「～なくて」的話會是「因為沒有～所以」的意思。雖然「～なくて」也有作為「不～」的意思使用的時候，不過大部分會是「因為沒～所以～」的意思。

仕事が終わらなくて、大変だった。
因為工作沒有結束，所以很累。

部屋のドアが開かなくて困った。
因為房門打不開，所以很為難。

窓が閉まらなくて寒かった。
因為窗戶關不起來，所以很冷。

---

❹

～て。　　為我做～。

句子如果用「～て」結尾的話，會有「為我做～」這種表示拜託的意思。有的時候翻譯成中文「給我～」會有點像是在強制，所以常會意譯成「做～一下」或是「幫我～」。

稍等一下！

如果將「ちょっと待って」直接翻譯的話，會是「等我一下」的意思，有的情況也會解釋成比較短的「等等」。

ちょっと待って。　　等我一下。

この単語の意味、教えて。　　告訴我這個單字的意思。

英語のノート、ちょっと見せて。　借我看一下英文筆記。

うちに遊びに来て。　　來我家玩。

❺

～ないで。　　　　不要給我做～。

句子如果用「～ないで」結尾的話，會是「不要給我做～」的意思。這個也是一樣會有直接翻譯成「不要做～」的情況，不過請記得這不是命令句，而是拜託的語調。

その川を渡らないで。　　　　　　　不要過那個河。

もうその人と会わないで。　　　　不要再見那個人。

そんな物、私に見せないで。　那種東西，不要給我看。

手を上げないで。　　　　　　　　　　不要舉手。

❻

～てから　　　　　　　～之後～。

「動詞て形＋から」是「～之後～」的意思。「～から」的意思記住是助詞「從～」就對了。

手を上げてから質問して。　　　　舉手之後再問問題。

授業を聞いてから復習する。　　　聽完課程之後複習。

仕事が終わってから飲みに行く。

工作結束之後要去喝酒。

川を渡ってからバスを降りた。

過河之後從公車下車了。

稍等一下！

將「～ないで」直接翻譯的話會是「不要做～」的意思。中文「不要做～」更直接的翻譯是「～するな（原形＋な（禁止型））」，這是比較粗魯、沒禮貌的講法，請不要直接使用～！

稍等一下！

▶「手を上げる [てをあげる]（舉手）」直譯是「使手的高度上升」，這個動作依情況不同會有不同意思，像是「打人」或是「投降」都可以這樣講。

▶在日本如果沒有受格，也就是說要喝什麼，只講「飲む[のむ]（喝）」的話習慣上就是指「喝酒」。

493

第三階段
會話打好基本功

まじ 真的、真假
（俗語）
たまに 偶然、某次
ちゃんと 好好地

稍等一下！

有說過「うそ（謊話）」可以作為聽到驚人事情時的驚嘆語使用吧？這種時候日本人常常會拉長句尾的音來唸，寫成文字就是「うそ～」。這篇會話中「うっそ～！」一樣也是表現驚訝。

來到學校發現，同桌朋友「允知」一臉憂鬱的坐在位置上。

小林 海斗：どうしたの？

ヤン・ユンジ：ん？ 今日、英語の予習をしないで来たの。

小林 海斗：え？！ いつも予習するの？

ヤン・ユンジ：うん。予習をしてから授業を聞いて、授業を
　　　　　　　聞いてから復習するよ。

小林 海斗：うっそ～！ まじ？！

ヤン・ユンジ：海斗は予習、復習をしないの？

小林 海斗：復習はたまにするよ。

ヤン・ユンジ：たまに？！

小林 海斗：うん。予習はしたことない。

ヤン・ユンジ：予習、復習はちゃんとした方がいいよ。

小林 海斗：はいはい、わかりました。

小林海斗：怎麼了？

小林海斗：什麼？！你一直都有預習嗎？

小林海斗：傻眼～！真的嗎？！
小林海斗：偶爾會複習。
小林海斗：嗯。沒有預習過。
小林海斗：好好，我知道了。

楊允知：哦？因為今天沒有預習英文之後就來了。

楊允知：嗯。預習之後來聽課，聽課之後複習。

楊允知：海斗你不複習和預習嗎？
楊允知：偶爾！？
楊允知：好好地預習和複習會比較好喔。

啊哈！

「我的愛，別渡過那條河」

原來日本是這樣

　　有一部「我的愛，別渡過那條河」的韓國電影對吧，在日本的電影名稱是「あなた、その川を渡らないで」。「渡らないで」是有在這一課學到過的句型「～ないで（不要～）」，所以知道是「不要渡過」的意思對吧。「我的愛」翻成日語應該要是「あなたの愛」，日語版的標題有省略掉一點原本的意思。也有人認為將「我的愛」翻譯成「愛する人よ（親愛的人）」會比較好。

❶ 請試試看使用「～て（～和）」、「～ないで（沒做～）」將題目提供的兩個句子，連接成一個句子。

| 範例 | 手を上げません（不要舉手）・道を渡りました（横跨馬路）
→ 手を上げないで道を渡った。（沒舉手就過馬路了。）

1. 🎤 _____

2. 🎤 _____

3. 🎤 _____

4. 🎤 _____

❷ 請試試看使用「～てから（～然後～）」，將題目提供的兩個句子連接成一個句子。

| 範例 | 手を上げる（舉手）・質問する（問題）
→ 手を上げてから質問する。（舉手之後問問題。）

1. 🎤 _____

2. 🎤 _____

3. 🎤 _____

4. 🎤 _____

❸ 請參考範例，在（ ）內填入適當的文字。

| 範例 | 手を上げ（て）道を渡った。（舉手然後過了馬路。）

1. 仕事が終わら( )、大変だった。因為工作沒有結束，所以很累。

2. ちょっと待( )。等我一下。

3. こっちを見( )。不要看這邊。

4. 川を渡( )バス( )降りた。過河之後從公車下車了。

❹ 先試試看用平假名寫下題目提供的單字，接著再試著用漢字寫寫看。

| 範例 | 被關

平假名
| し | ま | る |

漢字
| 閉 | ま | る |

1. 舉、拿

平假名

漢字

2. 出去、出來

平假名

漢字

3. 結束

平假名

漢字

4. 開

平假名

漢字

5. 預習

平假名

漢字

「見せる」與「見える」的差異

　　在這一課有出現「見せる（給看）」這個動詞對吧？「見せる」是要讓別人看到的「給看」，「見える（看見）」則是看見、或是看的見。「見せる」和「見える」全部都是一段動詞。

友達に写真を見せた。	給朋友看照片。
山が見える。	看見山。

　　因為「見せる（給看）」是及物動詞，所以前面會出現「～を（受格助詞）」，而因為「見える（看見）」是不及物動詞，所以前面會出現「～が（表示主題的助詞）」或是「～は（表示主題的助詞）」等。將這兩個動詞連助詞一起記起來，也就是「～を見せる」以及「～が見える」，就不會混淆喔～！

片假名
練習45

寫寫看片假名（5）

請直接寫寫看題目中給的單字的片假名。

1. 午餐（Lunch） → _____

2. 池子、游泳池（Pool） → _____

3. 咖啡廳（Cafe） → _____

4. 泡菜（Kimchi） → _____

5. 網站（Site） → _____

6. 約會（Date） → _____

7. 柔軟（Soft） → _____

8. 模特兒（Model） → _____

9. 大廳（Lobby） → _____

10. 粉絲（Fan） → _____

| 解答 | 1. ランチ 2. プール 3. カフェ 4. キムチ 5. サイト
6. デート 7. ソフト 8. モデル 9. ロビー 10. ファン

56 用敬語說說看

立たないでください。

56.mp3

請不要站起來。

例句56-1.mp3
暖身練習
基本會話聽力

請看下方圖片，試著推測情境及對話內容，並搭配音檔練習。

例句56-2.mp3
第一階段
熟悉基本單字

かける ① 撒

つける ① 沾、塗抹

立つ[たつ] ⑤ 站、站起來

塩[しお] 鹽巴

しょうゆ 醬油

化粧[けしょう] 化妝

～書[しょ] ～書、～冊子

パスポート 護照

稍等一下！

「しょうゆ（醬油）」寫成漢字的話會是「醤油」。因為漢字很困難，所以這邊用平假名來介紹，不過由於用漢字表示的情況很多。即使寫不出來，為了在看到的時候可以看懂意思，還是請把這個字記下來。

稍等一下！

「かける、つける」的漢字雖然是「掛ける、付ける」，不過在作為「撒」、「沾」的意思使用時，通常會使用平假名標示。

❶

～て～。 ～然後～／～所以～。

試試看使用表示是以什麼樣的狀態進行的「～て（～然後～／～所以～）」來造敬語的句子。

これは塩をかけて食べます。　　這個撒鹽巴後吃。

それはしょうゆをつけて食べます。

那個沾醬油後吃。

立って話をしました。　　站起來然後講話。

化粧をして出かけました。　　化妝然後外出了。

稍等一下！

日本人要表達「化粧[けしょう]」常改講「メイク」，「メイク」是「メイクアップ（化妝）」的簡稱。完全沒化妝會稱作「ノーメイク（無化妝）」或是「すっぴん（素顏）」。

❷

～ないで～。 不～。

這一次試試看使用否定的「～ないで（不～）」來造敬語的句子。

これは塩をかけないで食べます。　這個不撒鹽巴吃。

それはしょうゆをつけないで食べます。

那個不沾醬油吃。

目を見ないで話しました。　　沒有看著眼睛說話。

化粧をしないで出かけました。　沒有化妝就外出。

結果[けっか] 結果
残念[ざんねん]
可惜的、遺憾的

稍等一下！

「聞く[きく]」除了有「聽」的意思之外，也有「問」的意思。「質問する[しつもん]」是在教室中使用的用語，日常生活的情況中通常會講「聞く」。

❸

～なくて～。　　　　沒有～所以～。

這一次試試看練習使用「～なくて（沒有～所以～）」來造敬語的句子。在前面曾經講解過，「～なくて」也會有解釋成「不做～」的時候，不過大部分是以「沒有～所以～」的意思來使用。

仕事が終わらなくて困りました。
　　　　　　　　　　　　工作沒有結束，所以很為難。

試合でいい結果が出なくて残念でした。
　　　　　　　　　　　　比賽沒有給出好結果，所以很可惜。

その飛行機に乗らなくてよかったです。
　　　　　　　　　　　　沒有搭上那個飛機，所以感到萬幸。

意味がわからなくて先生に聞きました。
　　　　　　　　　　　　沒有理解意思，所以向老師詢問了。

稍等一下！

「立つ[たつ]（站、站起來）」的反義詞是「座る[すわる]（坐）」。在第48課有提到過。

❹

～てください。　　　　請為我做～。

「～て（為我做～）」的敬語是在「～て」後面加上「ください（請給）」後，變成「～てください（請為我做～，請～）」。

パスポートを見せてください。　　請給我看護照。

ちょっと立ってください。　　　　請站起來一下。

これは塩をかけてください。　　　這個請撒鹽巴。

❺

～ないでください。 不要～。

「～ないで（不要～）」的敬語版本在後面加上「ください（請給）」變成「～ないでください（請不要～、不要～）」就可以。

たばこを吸わないでください。	請不要抽菸。
電気を消さないでください。	請不要關燈。
立たないでください。	請不要站起來。
心配しないでください。	請不要擔心。

❻

～てから ～之後

試試看練習使用「～てから（～之後）」來造敬語句子。

朝、顔を洗ってからご飯を食べます。	在早上洗臉之後吃飯。
ちゃんと歯を磨いてから寝ました。	好好地刷牙之後睡覺。
説明書を読んでから薬を飲んでください。	請讀完說明書之後吃藥。
道を渡ってからバスに乗ってください。	請過馬路之後搭公車。

🎧 例句56-4-1.mp3
🎧 例句56-4-2.mp3

第三階段
會話打好基本功

李佳賢先生收到「加藤（かとう）」小姐家的邀請，一起吃飯。

加藤 愛： どうぞ、召し上がってください。
リ・カケン： はい。いただきます。
加藤 愛： あ、天ぷらにおしょうゆをつけないでください。
リ・カケン： え？！ 天ぷらにしょうゆをつけないんですか。
加藤 愛： ええ。おしょうゆをつけないで、お塩をかけて食べてください。
リ・カケン： 塩ですか？！
加藤 愛： ええ。
（撒完鹽巴吃了發現）
リ・カケン： あ、おいしい！
加藤 愛： 天ぷらはおしょうゆよりお塩をかけた方がおいしいんですよ。
リ・カケン： へえ、知りませんでした。

加藤愛：請享用。
李佳賢：好的，我要開動了。
加藤愛：啊，天婦羅請不要沾醬油。
李佳賢：哦？！天婦羅不沾醬油嗎？
加藤愛：對。請不要沾醬油，撒鹽巴吃。
李佳賢：鹽巴嗎？！
加藤愛：對。
李佳賢：啊，很好吃！
加藤愛：天婦羅撒鹽巴會比沾醬油更好吃。
李佳賢：哇～之前不知道。

召し上がる[めしあがる] ⑤ 吃（敬語）
天ぷら[てんぷら] 天婦羅

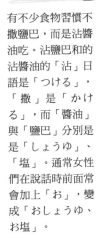

稍等一下！

有不少食物習慣不撒鹽巴，而是沾醬油吃。沾鹽巴和的沾醬油的「沾」日語是「つける」，「撒」是「かける」，而「醬油」與「鹽巴」分別是是「しょうゆ」、「塩」。通常女性們在說話時前面常會加上「お」，變成「おしょうゆ、お塩」。

啊哈！

你吃炸的要撒鹽？還是醬油？

原來日本是這樣

日本人很喜歡各種的天婦羅。雖然講到「日本食物」很多人都會想到「清淡」這個形容詞，不過日本家庭料理常會使用到很多油，而使用大量油的日式料理當中最具代表性的就是「天（てん）ぷら（天婦羅）」。日本人在吃「天ぷら」的時候，在餐廳會提供淡淡的「天（てん）つゆ」醬料讓客人方便沾著吃，在家裡也很常會沾著醬料吃。不過，「天つゆ」如果沾醬油的話，酥脆的天婦羅外皮就會變得濕潤，因此變得不好吃。沾著鹽巴吃可以吃到天婦羅外皮原本的酥脆感，所以有些人認為這個吃法更好吃。下次試看看用鹽巴享受天婦羅的美味吧～！

❶ 請試試看使用「～なくて（沒有～所以）」，將題目提供的句子連接成一個句子。

| 範例 | 仕事が終わりませんでした（工作沒結束）
困りました（困擾）
→ 仕事が終わらなくて困りました。（因為工作沒結束，所以很困擾。）

1. 🎤 _____

2. 🎤 _____

3. 🎤 _____

4. 🎤 _____

❷ 請試試看使用「～てください（請為我做～，請～）」或是「～ないでください（請不要～，不要～）」套用在題目提供的句子。

| 範例 | たばこを吸いません。（不抽菸）
→ たばこを吸わないでください。（請不要抽菸。）

1. 🎤 _____

2. 🎤 _____

3. 🎤 _____

4. 🎤 _____

❸ 請參考範例，在（ ）內填入適當的文字。

| 範例 | これは塩をかけ（て）食べます。（這個撒鹽巴之後吃。）

1. 目を見(　　　　　　)話しました。沒有看著眼睛講話。

2. 試合でいい結果が出(　　　　　　)残念でした。比賽出來的結果不好所以很可惜。

3. ちょっと立(　　　　)ください。請站起來一下。

4. 道を渡(　　　　　　)バスに乗ってください。請過馬路之後搭公車。

④ 先試試看用平假名寫下題目提供的單字，接著再試著用漢字寫寫看。

範例	開	平假名	漢字
		あ｜く	開｜く

1. 站、站起來

平假名 ☐｜☐   漢字 ☐｜☐

2. 鹽巴

平假名 ☐｜☐   漢字 ☐

3. 化妝

平假名 ☐｜☐｜☐｜☐   漢字 ☐｜☐

4. 書、冊子

平假名 ☐｜☐   漢字 ☐

5. 天婦羅

平假名 ☐｜☐｜☐   漢字 ☐｜☐｜☐

片假名練習46

寫寫看片假名（6）

試試看直接寫出題目提供的單字的片假名。

1. 老手（Veteran） → _____

2. 新聞（News） → _____

3. 果汁（Juice） → _____

4. 開始（Start） → _____

5. 樣品（Sample） → _____

6. 計程車（Taxi） → _____

7. 服務（Service） → _____

8. 叉子（Fork） → _____

9. 檔案（File） → _____

10. 卡路里（Calorie） → _____

|解答| 1. ベテラン 2. ニュース 3. ジュース 4. スタート 5. サンプル
6. タクシー 7. サービス 8. フォーク 9. ファイル 10. カロリー

長文挑戰5

試試看閱讀長文

　　一開始先只用耳朵聽聽看下方的長文，大約了解脈絡之後，接著再閱讀文章確認內容意思。

ひどい風邪をひいて、学校を1週間休んだ。熱が出て、頭も痛くて、食欲もなかった。風邪が治って、学校へ行った。勉強を全然しないで行ったから、授業がよくわからなかった。学校が終わってから、友達にノートを借りた。友達のノートをコピーして、うちで勉強してから、学校へ行った。ちゃんと勉強したから、その日は授業がよくわかった。

| 單字 | ひどい 嚴重　　〜週間[しゅうかん] 〜週間、〜禮拜　　熱[ねつ] 發燒
頭[あたま] 頭　　痛い[いたい] 痛　　食欲[しょくよく] 食慾
治る[なおる] 康復、痊癒　　日[ひ] 日子

| 翻譯 | 因為嚴重的感冒，所以向學校請假了一個禮拜。有發燒和頭痛也沒有食慾。感冒好了之後去學校。因為完全沒有唸書就去了，所以完全聽不懂課。放學之後向同學借了筆記。影印了朋友的筆記然後在家讀完書之後去了學校。因為有好好地唸書，所以當天的課程有好好地聽懂了。

第十四節

·

「て」
形變化形

　　現在有比較能開口說出日語動詞的「て」形了嗎？中文也很常使用「～和～」或是「因為～所以～」來連接的句型對吧？日語也是一樣的。現在來練習看看使用「て」形可以造出哪些不同意思的句型。如果有好好地練習使用「て」形的各種變化形的話，可以以此類推而造出的句型將會多上很多。在這邊充分地熟悉「て」形的變化，一起將這個部分好好地收尾吧～！

57 用常體說說看

パソコンを直してあげた。

57.mp3

幫我修了電腦。

🎧 例句57-1.mp3

暖身練習
基本會話聽力

請看下方圖片，試著推測情境及對話內容，並搭配音檔練習。

🎧 例句57-2.mp3

第一階段
熟悉基本單字

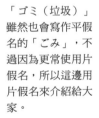

稍等一下！

「ゴミ（垃圾）」雖然也會寫作平假名的「ごみ」，不過因為更常使用片假名，所以這邊用片假名來介紹給大家。

送る[おくる] ⑤ 送、送行

取る[とる] ⑤ 夾、抓、取得

探す[さがす] ⑤ 尋找

直す[なおす] ⑤ 修理

入れる[いれる] ① 放入

置く[おく] ⑤ 放上、放置

捨てる[すてる] ① 丟掉

起こす[おこす] ⑤ 喚醒、叫起

荷物[にもつ] 行李

ゴミ 垃圾

❶
～てあげる。　　　　　　　　為～做～。

「あげる」是「給」的意思對吧。如果使用「動詞て形＋あげる」的句型的話，就會是「為～做～」的意思。

稍等一下！

「送る[おくる]」原本的意思是指「寄送」、「郵寄」，不過也可以作為「送行」、「接送」的意思來使用。

僕は彼女をうちまで送ってあげた。　我送了女朋友到家。

私は父に塩を取ってあげた。　　　我遞了鹽巴給父親。

私は友達のバイトを一緒に探してあげた。
我一起找朋友的打工。

俺は後で姉のパソコンを直してあげる。
我等一下將會修理姐姐的電腦。

---

❷
～てくれる。　　　　　　　　為～做～。

「くれる」也是「給」的意思，至於與「あげる」有什麼樣的差異呢，在前面有學過了對吧？「くれる」是離「我」遠的人向近的人給東西的情況時所使用。相反的，「あげる」用於離「我」近的人向遠的人給東西的情況。這時候「我」這個主詞經常會被省略。

稍等一下！

「取る[と]」是「抓」、「取得」等的意思。在餐桌上，若鹽巴放在自己搆不到的地方，想要請家人幫忙拿，就會講「塩[しお]を取ってくれる？」。因為鹽巴是用手遞給對方的緣故。

彼氏が(私を)うちまで送ってくれた。
男朋友送了（我）到家。

娘が(私に)塩を取ってくれた。　女兒遞了鹽巴（給我）。

友達が(私の)バイトを一緒に探してくれた。
朋友一起找了（我的）打工。

❸

～てもらう。　　　　為我～。（被～。）

「もらう」是「收」的意思，在日語中有「～てもらう（收～。）」的表現方式。在翻譯的時候，只要將「A被B～」的句子想成是「B為A做～」，就會是比較自然好理解的句子。

(私は)彼氏にうちまで送ってもらった。
　　　男朋友送（我）到家。（（我）被男朋友接送到家。）

(私は)娘に塩を取ってもらった。
　　　女兒遞鹽巴（給我）。（（我）被女兒遞鹽巴。）

(私は)友達にバイトを一緒に探してもらった。
朋友一起找了（我的）打工。（（我）被朋友一起找了打工。）

(私は)後で弟にパソコンを直してもらう。
等一下弟弟將會修理（我的）電腦。（（我）等一下將會被弟弟修理電腦。）

❹

～てくれない？　　　　可以為我～嗎？

如果將「～てくれる（為我～）」換成否定的「～てくれない（不～）」來詢問的話，就會是「可以為我～嗎？」表示拜託的表達方式。

お茶を入れてくれない？　　　　　　可以為我泡茶嗎？

荷物をそこに置いてくれない？　可以為我把行李放那裡嗎？

このゴミ、捨ててくれない？　　這個垃圾，可以幫我丟掉嗎？

明日、早く起こしてくれない？　明天，可以早點叫醒我嗎？

❺ ～てもらえる？

可以為我～嗎？（可以接受為我～嗎？）

雖然目前還沒學過，如果將「もらう」改成「もらえる」（五段動詞
＝「え段＋る」）的話，會是詢問對方「可以接受～嗎？」。用「て
形＋もらえる？」來表示的話，會作為「可以接受為我～嗎？」，也
就是「可以為我～嗎？」的意思。

お茶を入れてもらえる？ 可以為我泡茶嗎？（可以接受為我泡嗎）

荷物をそこに置いてもらえる？

　　　可以為我把行李放在那裡嗎？（可以接受為我放上去嗎？）

このゴミ、捨ててもらえる？

　　　這個垃圾，可以幫我丟掉嗎？（可以接受為我丟嗎？）

---

❻ ～てもらえない？

不可以為我～嗎？（不能接受為我～嗎？）

此句型和5的句型用法、含意是一樣的，只是改否定型會顯得比較
謙虛，是更有禮貌一點的講法。將「～てもらえる？（可以為我～
嗎？）」換成否定，使用「～てもらえない？」來表達的話直譯會是
「不可以為我～嗎？」，也就是「不能接受為我～嗎？」。

お茶を入れてもらえない？ 不可以為我泡茶嗎？（不能接受為我泡嗎？）

荷物をそこに置いてもらえない？

　　　不可以為我把行李放在那裡嗎？（不能接受為我放嗎？）

このゴミ、捨ててもらえない？

　　　這個垃圾，不可以為我丟嗎？（不能接受為我丟嗎？）

例句57-4-1.mp3
例句57-4-2.mp3

第三階段
會話打好基本功

ただいま 我回來了
お帰り[おかえり]
你回來了
遅い[おそい] 晚、慢
洗い物[あらいもの]
洗碗

稍等一下！

「ただいま（我回來了）」的敬語和常體沒有差別，都是使用一樣的單字。不過這個問句回答的常體是「お帰り[おかえり]（你回來了）」，而敬語是「お帰りなさい（你回來了）」，答句的部分是個別的兩種用法。

> 晚上洗完碗，準備睡覺的時候兒子才回到了家。

吉田 太一：ただいま。

吉田 友美：お帰り。今日は遅かったね。

吉田 太一：うん。彼女をうちまで送ってあげたんだ。

吉田 友美：そう。

吉田 太一：彼女のお母さんがお茶を入れてくれて……。

吉田 友美：そう。

吉田 太一：ねえ、何かちょっと食べたい。

吉田 友美：ご飯あるよ。食べる？

吉田 太一：うん。

吉田 友美：でも、もう遅いから、早く食べてもらえる？

吉田 太一：食べた後で、洗い物は俺がするよ。

吉田 友美：そう？　じゃ、お願いね。

吉田太一：我回來了。
吉田太一：嗯。因為送女朋友回家了。
吉田太一：因為女朋友的母親為我泡了茶…。
吉田太一：那個～我想吃點什麼。
吉田太一：嗯。
吉田太一：吃完之後我來洗碗。

吉田友美：你回來啦，今天有點晚呢。
吉田友美：原來如此。
吉田友美：這樣啊。
吉田友美：有飯。要吃嗎？
吉田友美：不過因為已經很晚了，可以吃快一點嗎？
吉田友美：是嗎？那就拜託你了。

「～てあげる（為我～）」聽起來很傲慢？！ 原來日本是這樣

啊哈！

　　在中文中，「幫～做～」這個表達方式通常會讓人覺得很親切，所以在使用日語的時候也有很多人經常使用「～てあげる（幫～做～）」這個句型。不過「～てあげる（幫～做～）」因 是主詞給予別人恩惠的行 ，所以在日語中，如果是主語的「我」要為對方（聽者）做某些事的時講「～てあげる」，可能聽起來會有點傲慢。舉例來說，丈夫如果說「今天我來幫你洗碗」之後，妻子可能會覺得「什麼？幫我做？為什麼是幫我做，這是本來就必須做的事！」不知道各位是否可以理解嗎？在日語中「我」是主語的時候，如果使用「～てあげる」的話，聽到的人可能會覺得「你憑什麼～！」，所以在對方關係不是很親近的情況又想要 對方做些什麼的時候，直接使用「～します（我來做～）」會比較好。

❶ 請試試看使用「～てくれない？（可以為我～嗎？）」套用在題目提供的句子。

> | 範例 | お茶を入れる。（泡茶）
> → お茶を入れてくれない？（可以為我泡茶嗎？）

1. 🎤
2. 🎤
3. 🎤
4. 🎤

❷ 請試試看使用「～てもらえない（不可以為我～嗎？（不能接受為我～嗎？））」套用在題目提供的句子。

> | 範例 | 荷物をそこに置く。（放行李在那裡）
> → 荷物をそこに置いてもらえない？（可以為我把行李在那裡嗎？）

1. 🎤
2. 🎤
3. 🎤
4. 🎤

❸ 請參考範例，在（ ）內填入適當的文字。

> | 範例 | 明日、早（く）起こして（くれない）？（明天，可以早點叫醒我嗎？）

1. 僕は彼女をうち(　　　　)送って(　　　　　　　)。我送了女朋友到家。

2. 娘(　　　)(私に)塩を取って(　　　　　　　)。女兒遞了鹽巴（給我）。

3. (私は)友達(　　　)バイトを一緒に探して(　　　　　　　　)。
   朋友一起找了（我的）打工。（（我）被朋友一起找打工。）

4. (私は)後で弟(　　　)パソコンを直して(　　　　　　　)。等一下弟弟將會修理（我的）電腦。（（我）的電腦等一下將會被弟弟修理。）

❹ 先試試看用平假名寫下題目提供的單字，接著再試著用漢字寫寫看。

範例	放置	平假名		漢字	
		お	く	置	く

1. 送、送行

平假名　　　　　　漢字

2. 夾、抓、取得

平假名　　　　　　漢字

3. 修理

平假名　　　　　　漢字

4. 放入

平假名　　　　　　漢字

5. 喚醒、叫起

平假名　　　　　　漢字

「～てあげる」、「～てくれる」、「～てもらう」的差異

　　要區分「あげる」與「くれ」的不同很困難對吧？在這邊再說明一次給各位聽。「あげる」是對話者「我」而言比較近的人給對「我」而言比較遠的人東西的情況。「くれる」則用於對「我」而言比較遠的人給對「我」而言比較近的人東西的時候（請參考第452頁與第460頁的圖片）。

　　「～てあげる」與「～てくれる」也是一樣的區分方式。這邊用具體的例句說明給大家。為求更自然的表達，平時經常被省略的字在這邊的例句會直接省略。

第一人稱／第三人稱

僕は彼女をうちまで送ってあげた。　　　　　　　　　　我送女朋友到家。

第一人稱／第二人稱（省略「你」這個字）

今日は僕がうちまで送るよ。　　　　　　　　　　　　今天我來送你回家。

第二人稱／第三人稱（省略「你」這個字）

彼女をうちまで送ってあげた？　　　　　　　　　　　送女朋友到家了嗎？

（對「我」而言比較近的）第三人稱／（對「我」而言比較遠的）第三人稱

友達がお客さんをうちまで送ってあげた。　　　　　　朋友送客人到家。

第三人稱／第一人稱（省略「我」這個字）

彼氏がうちまで送ってくれた。　　　　　　　　　　　男朋友幫我送到家了。

第二人稱／第一人稱（省略「我」、「你」這兩個字）

うちまで送ってくれる？　　　　　　　　　　　　要送我回家嗎？

第三人稱／第二人稱（省略「你」這個字）

彼氏がうちまで送ってくれた？　　　　　　　　男朋友送你到家嗎？

（對「我」而言比較遠的）第三人稱／（對「我」而言比較近的）第三人稱

先生が友達をうちまで送ってくれた。　　　　　老師送朋友到家。

　　「～てくれる」與「～てもらう」兩個字雖然不同，不過實際上的意思上是一樣的，在這一課有學到過，各位都還記得吧？「彼氏（かれし）がうちまで送（おく）ってくれた」與「彼氏にうちまで送ってもらった」兩個句子都可以解釋成「男朋友送我到家。」的意思，不過在兩者語感上稍微有點不一樣。如果是使用「～てくれる」的「彼氏がうちまで送ってくれた」的話，「彼氏（男朋友）」是自發性的說「我來送你」，所以送的感覺。相較之下，使用「～てもらう」的「彼氏にうちまで送ってもらった」的話，感覺是提出「送我回家」的請求之後，「彼氏」才送的感覺。

友達がバイトを一緒に探してくれた。　　　　朋友一起找了打工。
　　　　　　　　　　　　　　　　　　　　　　→ 朋友自己願意幫我。

友達にバイトを一緒に探してもらった。　　　朋友一起找了打工。
　　　　　　　　　　　　　　　　　　　→ 我向朋友拜託之後，朋友幫我。

　　和這個一樣的道理，「～てくれる」是行為者自發性的行動的感覺。而「～てもらう」則是行為者收到別人的拜託之後，所以行為者才去做的感覺，這就是兩者之間的差異。按照實際狀況來講的話，即使是在使用「～てもらう」的正確情況，使用「～てくれる」的話，就能讓人覺得行為者是個親切的人。

片假名
練習47

寫寫看片假名（7）

試試看直接寫出題目提供的單字的片假名。

1. 設計（Design） → _____

2. 甜點（Dessert） → _____

3. 咖啡（Coffee） → _____

4. 洗澡（Shower） → _____

5. 運動（Sports） → _____

6. 桌子（Table） → _____

7. 領帶（Necktie） → _____

8. 置物櫃（Locker） → _____

9. 轉角（Corner） → _____

10. 開（Open） → _____

| 解答 | 1. デザイン 2. デザート 3. コーヒー 4. シャワー 5. スポーツ
6. テーブル 7. ネクタイ 8. ロッカー 9. コーナー 10. オープン

58 用敬語說說看

母がほめてくれました。

媽媽稱讚了我。

58.mp3

例句58-1.mp3
暖身練習
基本會話聽力

請看下方圖片，試著推測情境及對話內容，並搭配音檔練習。

例句58-2.mp3
第一階段
熟悉基本單字

稍等一下！

「届ける[とどける]」雖然可以解釋成「寄送」，不過「直接拿著傳達給對方」的感覺強烈。所以經常會解釋成「帶給」、「拿給」。單純用郵寄的情況的話則會使用「送る[おくる]」。

締める[しめる] ① 繫、綁

案内する[あんないする] 指路

育てる[そだてる] ① 養、培養

ほめる ① 稱讚

急ぐ[いそぐ] ⑤ 著急

くださる ⑤ 給（敬語）

届ける[とどける] ① 帶給、送

いただく ⑤ 收（謙卑語）

姪[めい] 姪女

毎朝[まいあさ] 每天早上
外国人[がいこくじん] 外國人

稍等一下！

可以表示「外國人」這個意思的字除了「外国人[かいこくじん]」之外，還有「外人[がいじん]」這個單字。雖然在日常生活中使用「外人」的情況好像更多，不過因為「外人」也有不好的語感（有歧視的感覺），所以請使用「外国人」。

❶

～てあげます。　　　　為～做～。

試試看練習「～てあげる（為～做～）」的敬語。

毎朝、主人のネクタイを締めてあげます。
　　　　　　　　　　　　每天早上為丈夫繫領帶。

外国人に道を案内してあげました。　為外國人指路了。

姪を育ててあげました。　　　　　　養大姪女了。

子供をほめてあげました。　　　　　稱讚小孩了。

❷

～てくれます。　　　　為我做～。

這一次試試看練習「～てくれる（為我做～）」的敬語。記得要好好地區分「～てあげる」與「～てくれる」。

毎朝、妻がネクタイを締めてくれます。
　　　　　　　　　　　　每天早上妻子為我繫領帶。

親切な人が道を案内してくれました。
　　　　　　　　　　　　親切的人向我指引了路。

おばが育ててくれました。　　　　　阿姨養大了我。

母がほめてくれました。　　　　　　母親稱讚了我。

稍等一下！

要講「繫（領帶）」會用「締める」，但也有「ネクタイを結ぶ[むすぶ]（綁領帶）」或是「ネクタイをする（用領帶）」等說法。

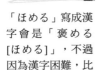

❸ ～てもらいます。　　為我～。（受～。）

試試看練習「～てもらう（為我～。（受到～。））」的敬語。

毎朝、妻にネクタイを締めてもらいます。
每天早上妻子為我繫領帶。（每天早上受到妻子為我繫領帶。）

親切な人に道を案内してもらいました。
　親切的人向我指引了路。（受到親切的人向我指引了路。）

おばに育ててもらいました。　　阿姨養成了我。
（受到阿姨的養育。）

母にほめてもらいました。　　母親稱讚了我。
（受到母親稱讚了。）

❹ ～てくださいませんか。

　　　　　可以為我～嗎？

「くれる」更有禮貌的用語是用「くださる（給）」變化而成的「～てくださいませんか」，請試著練習看看。「すみませんが」是「雖然很不好意思，不過」的意思。

すみませんが、急いでくださいませんか。
雖然很不好意思，不過可以為我加快嗎？

すみませんが、この荷物を届けてくださいませんか。　　雖然很不好意思，不過可以幫我送行李嗎？

すみませんが、そこまで案内してくださいませんか。　　雖然很不好意思，不過可以幫我介紹到那裡嗎？

稍等一下！

「もらう（收）」
有禮貌的用法是
「いただく」，雖
然要直接翻成中文
有一點困難，不過
如果以給人的感覺
來說的話，就是將
聽者的身分提高非
常多的意思。

❺ ～ていただけますか。

可以為我～嗎？（可以接受為我～嗎？）

「もらう（收）」更有禮貌的單字是將「いただく（有禮貌地（收））」變成「～ていただけますか」的句型，請試著練習看看。

すみませんが、急いでいただけますか。
雖然很不好意思，不過可以為我加快嗎？（可以接受為我加快嗎？）

すみませんが、この荷物を届けていただけますか。
雖然很不好意思，不過可以幫我拿行李嗎？（可以接受為我拿行李嗎？）

すみませんが、そこまで案内していただけますか。
雖然很不好意思，不過可以幫我指路到那裡嗎？（可以接受幫我指路到那裡嗎？）

稍等一下！

雖然練習了好幾種
拜託方式，不過在
這之中「～ていた
だけませんか」是
最有禮貌的拜託表
現。如果要像某個
人有禮貌地拜託某
件事的話，使用這
個表現方式會是最
適合的。

❻ ～ていただけませんか。

不能為我～嗎？（不能接受為我～嗎？）

如果將「～ていただけますか（可以為我～嗎？）」換成否定的「～ていただけませんか」的話，會給人更有禮貌感覺。

すみませんが、急いでいただけませんか。
雖然很不好意思，不過不能為我加快嗎？（不能接受為我加快嗎？）

すみませんが、この荷物を届けていただけませんか。
雖然很不好意思，不過不能幫我拿行李嗎？（不能接受幫我拿行李嗎？）

すみませんが、そこまで案内していただけませんか。
雖然很不好意思，不過不能幫我指路到那裡嗎？（不能接受幫我指路到那裡嗎？）

作り方[つくりかた]
製作的方法
趣味[しゅみ] 興趣

> 「理恵」招待來家裡玩的同事成浩喝茶吃蛋糕。

橋本 理恵：どうぞ。

フェイ・セイコウ：あ、ありがとうございます。いただきます。
　　　　　　　　おいしいケーキですね。

橋本 理恵：そうですか。よかった。
　　　　　　そのケーキ、私が作ったんです。

フェイ・セイコウ：え？！　作ったんですか。

橋本 理恵：ええ。おばに作り方を教えてもらいました。

フェイ・セイコウ：へえ〜。
　　　　　　　　私にも作り方を教えていただけませんか。

橋本 理恵：え？！

フェイ・セイコウ：実は、私、料理が趣味なんです。

橋本 理恵：そうなんですか。ええ、いいですよ。

橋本理惠：請吃。
橋本理惠：是嗎？幸好。因為那個蛋糕，是我做的。
橋本理惠：對，阿姨教了我製作的方法。
橋本理惠：咦？！
橋本理惠：原來如此。好的，可以。

裴成浩：啊，謝謝。我要開動了。是好吃的蛋糕耶。
裴成浩：什麼？你做的？
裴成浩：哦〜，不能也教我製作的方法嗎？
裴成浩：其實，我，興趣是做料理。

啊哈！
原來日本是這樣

將做料理作為興趣的男性相當地多！

　　在日本將料理作為興趣的男性相當地多，很受女性們歡迎。不過如果有個將料理作為興趣的丈夫或是男朋友的話，女性們也經常會有一些不滿，比方說只做料理但是不洗碗、或是為了使用好的食材反而比外食花費更多錢、也有聽到關於料理冗長的說明而感到不耐煩等等。遇過這些情況的女性們就會對男性做料理的這件事感到「有點煩」〜！想要將料理作為興趣學習的男性們請小心留意〜^^

❶ 請試試看使用「すみませんが、〜てくださいませんか（雖然很不好意思，不過可以為我〜嗎？）」套用在題目提供的句子。

| 範例 | この荷物を届ける。（送這個行李。）
→ すみませんが、この荷物を届けてくださいませんか。
（雖然很不好意思，不過可以幫我送這個行李嗎？）

1. 🎤 _____
2. 🎤 _____
3. 🎤 _____
4. 🎤 _____

❷ 請試試看使用「すみませんが、〜ていただけませんか（雖然很不好意思，不過不能為我〜嗎？）」套用在題目提供的句子。

| 範例 | そこまで案内する。（指路到那裡。）
→ すみませんが、そこまで案内していただけませんか。
（雖然很不好意思，不過不能幫我指路到那裡嗎？）

1. 🎤 _____
2. 🎤 _____
3. 🎤 _____
4. 🎤 _____

❸ 請參考範例，在（ ）內填入適當的文字。

| 範例 | 姪を育てて（あげました）。（（我）養大姪女了。）

1. 親切な人（　　）道を案内して（　　　　　　　　　　　）。親切的人（向我）指了路。

2. 外国人（　　）道を案内して（　　　　　　　　　　　）。（我）為外國人指路了。

3. 母にほめて（　　　　　　　　　　　）。。母親稱讚了我。（受到母親稱讚了。）

524

❹ 先試試看用平假名寫下題目提供的單字，接著再試著用漢字寫寫看。

| 範例 | 繫、綁 | 平假名 し め る | 漢字 締 め る |

1. 指路

平假名

漢字

2. 養、培養

平假名

漢字

3. 加快

平假名

漢字

4. 帶給、送

平假名

漢字

5. 每天早上

平假名

漢字

〜方[かた]（〜的方法）

　　在這一課的「會話打好基本功」有出現「作り方（製作的方法）」對吧？其實這個單字是「作る（製作）」的單字與「〜方（〜的方法）」的單字結合而成的用法。也就是說，「動詞ます型（刪去「ます」）＋方」會是「〜的方法」的意思。

書きます[かきます] ＋ 〜方　　→　　書き方[かきかた] 寫的方法

使います[つかいます] ＋ 〜方　　→　　使い方[つかいかた] 使用的方法

食べます[たべます] ＋ 〜方　　→　　食べ方[たべかた] 吃的方法

　　如果不要將「動詞ます型（刪去「ます」）＋方」變成合成名詞，也可以使用動詞來修飾「方法（方法）」變成「〜的方法」，成為「動詞原形＋方法」。如此直接將名詞加在動詞前面的話，就會是「〜的〜」的片語。

覚える方法[おぼえる ほうほう] 記住的方法

取り消す方法[とりけす ほうほう] 取消的方法

飲む方法[のむ ほうほう] 喝的方法

寫寫看片假名（8）

試試看直接寫出題目提供的單字片假名。

1. 商業（Business） → _____

2. 中心（Center） → _____

3. 口袋（Pocket） → _____

4. 媒體（Media） → _____

5. 汽油（Gasoline） → _____

6. 法國（France） → _____

7. 美國（America） → _____

8. 風格（Style） → _____

9. 維他命（Vitamin） → _____

10. 系統（System） → _____

| 解答 | 1. ビジネス　2. センター　3. ポケット　4. メディア　5. ガソリン
6. フランス　7. アメリカ　8. スタイル　9. ビタミン　10. システム

59 用常體說說看

計画はもう立ててある。

計畫已經規劃好了。

59.mp3

例句59-1.mp3
暖身練習
基本會話聽力

請看下方圖片，試著推測情境及對話內容，並搭配音檔練習。

例句59-2.mp3
第一階段
熟悉基本單字

立てる[たてる] ① 建立

直る[なおる] ⑤ 被改

焼く[やく] ⑤ 烤

焼ける[やける] ① 烤好

割る[わる] ⑤ 打破

割れる[われる] ① 破掉

計画[けいかく] 計畫

間違い[まちがい] 錯的東西、錯誤、失誤

魚[さかな] 魚

ガラス 玻璃

❶

～て(い)る。　　　　　　　　正在～。

「動詞て形＋いる」用以表達「正在～」這樣的「進行、持續」的意思。不過在會話當中，常常會將「い」省略後變成「～てる」。試試看練習使用省略「い」的句型。

今、旅行の計画を立ててる。　　正在規劃旅行的計劃。

今、テストの間違いを直してる。
　　　　　　　　　　　　　正在改考試的錯誤部分。

今、魚を焼いてる。　　　　　　　　　正在烤魚。

今、ガラスを割ってる。　　　　　　正在打破玻璃。

❷

稍等一下！
在「旅行の計画は立ってる（規劃旅行計畫）」出現的「立ってる」，原形是「立つ（立）」。

～て(い)る。　　　　　　　　　～著。

在「動詞て形＋いる」是指「正～著」的「狀態」。正確來說，也可以是表示留下某個動作的結果的意思。在這個句型當中也和上一個一樣，對話裡經常會將「い」給省略。

旅行の計画は立ってる。　　　規劃著旅行的計劃。

テストの間違いは全部直ってる。
　　　　　　　　　　考試錯誤的部分全部改好著。

魚が焼けてる。　　　　　　　　　魚烤好著。

ガラスが割れてる。　　　　　　玻璃正破著。

因為有學過「置
く[おく]（放、
擱）」這個單字，
所以可以輕易地理
解加上「～てお
く」就會是「～放
著」、「～擱著」
的意思對吧？不過
在作為「～てお
く」使用時，通常
會寫成平假名。另
外，在日常不用敬
語的對話中很常會
將「～ておく」簡
略為「～とく」。

「～てある」包
含了在第二個學
到的「～ている
（正～）」與在第
三個學到的「～て
おく（～了）」的
兩個用法。舉例來
說，「ガラスが割
れている（玻璃破
了）」就只是單純
地想表示「玻璃破
掉」的事實，「ガ
ラスが割ってあ
る」則是想表示
「某個人有目的性
地故意去打破玻
璃，結果玻璃破掉
了」的意思。所以
如果要凸顯「受詞
狀態」的話，會說
前者，而如果要凸
顯「有人有意圖」
的話，則會講後
者。

530

❸

～ておく。 　　　　把～做好放著。

「動詞て形＋おく」，是「將某件事處理好成某種狀況之後、擱置」
的意思，過去式的「動詞て形＋おいた」翻譯成中文便是說話者已經
把某件事做好了。

旅行の計画を立てておく。 　　　會先規劃旅行的計劃。

テストの間違いを直しておいた。

考試的錯誤部分先改好了。

魚を焼いておく。 　　　　　　　會烤好魚。

❹

～てある。 　　　　　被～，～好了。

上一頁②學到的「動詞て形＋いる」用以表示狀態時，全部都會是不
及物動詞，且重點在於敘述整體的狀態。而在及物動詞的時候，則會
使用「動詞て形＋ある」來表示帶著某種目所做的行動後所而留下的
結果。字面上翻譯成「被～」或是「～做好了」都可以，在解釋的時
候要根據前後文判斷是哪個意思。

旅行の計画は立ててある。

旅行的計劃被規劃好了。（規劃好放著了。）

テストの間違いは直してある。

考試的錯誤部分被改正了。（改好放著了。）

魚が焼いてある。 　　　　魚烤好了。（烤好放著了。）

❺
もう～た？　　　　已經～了？

這邊想要一起練習助詞「もう（已經）」與「まだ（還）」。首先先從相較之下比較簡單的「もう」開始練習看看。

旅行の計画はもう立てた？　旅行的計劃已經規劃好了？

テストの間違いはもう直した？
考試的錯誤部分已經改好了？

魚はもう焼けた？　　　　　魚已經烤好了？

ガラスはもう割れた？　　　玻璃已經破了？

---

❻
まだ～て(い)ない。　　　還沒有～。

中文過去否定句在說「還」的時候，會與「沒～」一起使用對吧？日語也是將「まだ（還）」和「～ていない（沒有～）」一起使用。在日語動詞中過去式會用於已經完成的事情、或是關於過去的事情。不會和「～ていない（沒有～）」這樣還沒完成的事情一起使用。

ううん、まだ立ててない。　　　不，還沒有規劃。

ううん、まだ直してない。　　　不，還沒有改。

ううん、まだ焼けてない。　　　不，還沒有烤好。

ううん、まだ割れてない。　　　不，還沒有破。

第三階段
會話打好基本功

ずいぶん 相當、非常

のんきな 悠閒的、無憂無慮的

ネット 網路（インターネット的簡稱）

調べる[しらべる]
① 調查、尋找

稍等一下！

前面有提過，主詞是「我」的時候講「～てあげる（為～）」會不太禮貌，但若和對方是親密關係就不用拘謹。但就算如此，用「～てあげる」表示「為了你做好事」的話會有對方對不起你的涵義，聽的人也有可能感到不悅。

> 「山下徹（やましたてつ）」聽說好友徐允要去旅行，問他計劃。

山下 徹：旅行の計画はもう立てた？

ハク・ジョイン：ううん、まだ全然立ててない。

山下 徹：え？！まだ立ててないの？
旅行は来週じゃないの？

ハク・ジョイン：うん、来週。もうそろそろ計画立てなきゃ。

山下 徹：ずいぶんのんきだね。

ハク・ジョイン：でも、本は買っておいたよ。

山下 徹：ネットで調べた方がいいよ。

ハク・ジョイン：うん、ネットでも調べるよ。

山下 徹：俺がいいサイトを知ってるから、
後で教えてあげるよ。

ハク・ジョイン：サンキュー。

山下澈：旅行計劃已經規劃好了嗎？
山下澈：什麼？！還沒有規劃？旅行不是下個禮拜嗎？
山下澈：相當悠閒耶。
山下澈：在網路上查會比較好。
山下澈：我有知道不錯的網站，等一下告訴你。

白徐允：不，完全還沒有規劃。
白徐允：嗯，是下個禮拜。也應該要來規劃了。
白徐允：不過，買好書了。
白徐允：嗯，也會用網路搜尋。
白徐允：謝啦。

啊哈！
原來日本是這樣

「ガラス」與「グラス」

　　「ガラス（玻璃）」是從荷蘭語（glas）而來的單字。和這個相似的還有從英文（glass）而來的「グラス」這個單字，是指和紅酒杯一樣「用玻璃製成的酒杯」的意思（也有和「～グラス」這樣在別的單字後面加上「玻璃」的用法）。

　　再舉別的例子，喝水時使用的玻璃杯「コップ」是從荷蘭語（kop）而來的單字。和這個相似的還有從英文（cup）而來的「カップ」這個單字，是指和咖啡杯這種「有把手的茶杯」。日本使用的外來語過去不少由荷蘭語或是葡萄牙語而來。透過荷蘭語或葡萄牙語而來的外來語定下基礎，之後又從英文再次傳進來的用法就會像「ガラス」與「グラス」、「コップ」與「カップ」一樣，使用不同的寫法來表示意思的不同。

❶ 請試試看使用「～てる（正在～）」套用在題目提供的句子。雖然本來是「～ている」，不過在這邊使用以省略「い」的句型吧。

> | 範例 | 旅行の計画を立てる。（規劃旅行的計劃。）
> → 旅行の計画を立ててる。（現在正在規劃旅行的計劃。）

1. 🎙 _____

2. 🎙 _____

3. 🎙 _____

4. 🎙 _____

❷ 請試試看使用「まだ～てない？（還～沒有～。）」來回答題目提供的「もう～た？（已經～了？）」問題。

> | 範例 | テストの間違いはもう直した？（考試的錯誤部分已經改好了？）
> → ううん、まだ直してない（不，還沒有改。）

1. 🎙 _____

2. 🎙 _____

3. 🎙 _____

4. 🎙 _____

❸ 請參考範例，在（ ）內填入適當的文字。

> | 範例 | 今、魚を焼（いて）（い）る。（現在正烤著魚。）

1. ガラスが割(　　　　)(　　　　)。玻璃破了。

2. 旅行(　　)計画を立てて(　　　　　)。
   規劃好了旅行的計劃。（不能解釋成「被規劃著」）

3. テスト(　　)間違いは直して(　　　　　)。考試的錯誤部分被改正了。（改好了。）

4. 荷物がまだ届(　　　　)(　　　　　　)。行李還沒抵達。

❹ 先試試看用平假名寫下題目提供的單字，接著再試著用漢字寫寫看。

| 範例 | 調查、查找

平假名

| し | ら | べ | る |

漢字

| 調 | べ | る |

1. 建立

平假名

| | | |

漢字

| | | |

2. 被改

平假名

| | | |

漢字

| | |

3. 打破

平假名

| | |

漢字

| | |

4. 計畫

平假名

| | | | |

漢字

| | |

5. 鮮魚、活魚

平假名

| | | |

漢字

| |

和「〜ている」相關的用法

　　在這邊學到了「〜ている」，這個句型可以表示「正在〜」，也可以表示「〜著」。「正在〜」是表示「進行、持續」的情況，會搭配「書く（寫）」、「食べる」之類需要花費一定的時間來做的動作。「〜著」是表示「某個動作完成後的結果保持至今」這樣的情況，用於「起きる（起來）」、「開く（開）」等瞬間結束的動作。

メールを書いている。	正在寫信。
ご飯を食べている。	正在吃飯。
もう起きている。	已經起來了。
ドアが開いている。	門是開著的。

　　由於「起きる」這種動詞也是瞬間性結束的動作，如果是在表示習慣的行為或是反覆行為的時候，就會是說明「現狀」的意思。

もう起きている。	已經起來了。
ここで毎年[まいとし]、事故[じこ]が起きている。	這邊每年都會發生意外。

　　這兩個表現可如此區別。偶爾會有搞混的人，可稍微多注意一點。

書いている	（O）正在寫	（×）寫著
食べている	（O）正在吃	（×）吃著
立っている	（×）正在站	（O）站著
割れている	（×）正在打破	（O）破了
起きている	（O）正在起來	（O）起來了

「行く（去）」、「来る（來）」、「帰る（回去、回來）」這類移動性動詞加上「～ている」時的意思很常會被誤會，請多加留意。「行っている（去／去了，人現在在那邊而沒有在這邊）」，「 ている（來／來了，人現在在這邊）」，「 っている（回去／回去了，人現在在那邊」的意思。這個是「去」、「來」、「回去」這幾個動詞很多人會理解錯誤的部分，請多加留意。

並且，有一個和中文的表現方式不一樣的單字是「結婚している」，直接翻譯的話會是「結婚著」對吧。在中文中會講「結婚了」。因為在過去結婚了，因此留下了結婚的狀態，所以會使用「結婚している」來表示。

来月、結婚する。	下個月結婚。
3年前に結婚した。	三年前結婚了。
結婚している。	結婚了。[結婚了的狀態，現在已婚。]
結婚していた。	以前結婚了。[現在是離婚的狀態。]
結婚していない。	沒結婚。[不是結婚了的狀態，現在未婚。]
結婚していなかった。	當時還沒結婚。[那時候還沒結婚，現在結婚了。]

片假名
練習 49

寫寫看片假名（9）

試試看直接寫出題目提供的單字片假名。

1. 小提琴（Violin） → ＿＿＿＿＿＿＿＿＿＿＿＿

2. 演唱會（Concert） → ＿＿＿＿＿＿＿＿＿＿＿＿

3. 餐廳（Restaurant） → ＿＿＿＿＿＿＿＿＿＿＿＿

4. 酒精（Alcohol） → ＿＿＿＿＿＿＿＿＿＿＿＿

5. 機車（Autobike）（和製英語） → ＿＿＿＿＿＿＿＿＿＿＿＿

6. 腔調（Accent） → ＿＿＿＿＿＿＿＿＿＿＿＿

7. 節目（Program） → ＿＿＿＿＿＿＿＿＿＿＿＿

8. 平底鍋（Frypan） → ＿＿＿＿＿＿＿＿＿＿＿＿

9. 訊息（Message） → ＿＿＿＿＿＿＿＿＿＿＿＿

10. 打工（Arbeit） → ＿＿＿＿＿＿＿＿＿＿＿＿

| 解答 | 1. バイオリン 2. コンサート 3. レストラン 4. アルコール 5. オートバイ
6. アクセント 7. プログラム 8. フライパン 9. メッセージ 10. アルバイト

60 用敬語說說看

駐車場にとめておきました。

（把車）在停車場裡停好了。

60.mp3

例句60-1.mp3
暖身練習
基本會話聽力

請看下方圖片，試著推測情境及對話內容，並搭配音檔練習。

Shinjuku Station

例句60-2.mp3
第一階段
熟悉基本單字

消える[きえる] ① 消失、消去

集める[あつめる] ① 蒐集

集まる[あつまる] ⑤ 聚集

折る[おる] ⑤ 折斷

折れる[おれる] ① 被折斷

とめる ① 停、使停下

とまる ⑤ 站住、站

黒板[こくばん] 黑板

字[じ] 字跡、字

枝[えだ] 樹枝

駐車場[ちゅうしゃじょう] 停車場

稍等一下！

作為參考，「粉筆」是「チョーク」，「板擦」是「黑板消し[こくばんけし]」，「白板」是「ホワイトボード」。單純指「橡皮擦」就會是「消しゴム[けしごむ]」。

❶
～ています。　　　　　　　　　正在～。

試試看練習「～ている（正在～）」的敬語句型。雖然在敬語句型也常常將「い」省略後使用「～てます」，不過在這邊練習看看使用不要省略「い」的句型。

黒板の字を消しています。	正在擦黑板的字。
人を集めています。	正在聚集人。
木の枝を折っています。	正在折樹枝。
今、車を駐車場にとめています。	正在停車場停車。

稍等一下！

日語不常使用複數型，大部分的情況會用單數型來表示複數型。「人が集まっています（人們聚集著）」也是一樣的例子。「人們」如果用「人たち」表示的話，會是非常彆扭的用法。

❷
～ています。　　　　　　　　　被～了。

試試看練習使用「～ている（被～了）」的敬語句型。這一次一樣練習看看使用不省略「い」的句型。

黒板の字が消えています。	黑板的字被擦掉了。
人が集まっています。	人聚集起來了。
木の枝が折れています。	樹枝折斷了。
車が駐車場にとまっています。	車停在停車場。

「～てある」有包含「～ている（～著）」與「～ておく（做好～）」的兩個意思對吧？不過在解釋的時候，經常會很煩惱，現在到底是應該要**翻譯**成以描述「狀態」為重點的「～著」，還是要用表示「意圖」的意思來**翻譯**。這個時候，只要根據前面是使用什麼助詞而判斷就可以了。像是「車が駐車場にとめてあります」是用「が」，就會是強調「車子」的意思，因為「停著」的語感很強烈，所以會解釋成「車在停車場停著」。而若是「車を駐車場にとめてあります」一樣用「を」的話，「車」是受詞的意思，強調的就會是主詞，所以解釋成「我把車在停車場停好放著了」的話，會更加接近想要表達的意思。

❸

～ておきます。　　　先把～做好。

這一次試試看練習「～ておく（先把～做好。）」的敬語。

黒板の字を消しておきます。　　我先把黑板的字擦掉。

人を集めておきます。　　　　　　我先把人聚集好。

木の枝を折っておきます。　　　　我先把樹枝折好。

車を駐車場にとめておきます。

我先把車停好在停車場。

---

❹

～てあります。　　　做好～了。

這一次試試看練習「～てある（被～，做好～）」的敬語。

黒板の字は消してあります。　　黑板的字擦好了。

人を集めてあります。　　　　　把人們聚集好了。

木の枝が折ってあります。　　　樹枝折好了。

車は駐車場にとめてあります。　車被停好在停車場了。

❺

もう～ましたか。　　　　已經～了？

試試看練習使用副詞「もう（已經、已經）」將問句改成敬語的形式。

黒板の字はもう消しましたか。

黒板的字已經擦掉了嗎？

人はもう集めましたか。　　　人已經聚集了嗎？

木の枝をもう折りましたか。　樹枝已經折好了嗎？

車を駐車場にもうとめましたか。

車已經停在停車場了嗎？

❻

まだ～ていません。　　　還沒有～。

試試看練習使用副詞「まだ（還）」回答，並改成敬語。

いいえ、まだ消していません。　不，還沒有擦好。

いいえ、まだ集めていません。　不，還沒有聚集好。

いいえ、まだ折っていません。　不，還沒有折好。

いいえ、まだとめていません。　不，還沒有停好。

🎧 例句60-4-1.mp3
🎧 例句60-4-2.mp3

第三階段
會話打好基本功

間に合う[まにあう] ⑤ 趕上、不晚
うっかり 一時、無意間
寝坊[ねぼう] 睡晚
駅前[えきまえ] 車站前、站前
空く[あく] ⑤（裡面、裏面）空

一起出差的全圭賢差點遲到，好不容易才趕上車。

チョン・ギュヒョン：（喘氣）ああ、間に合ってよかった。
松田 亜由美： チョンさん、大丈夫ですか。
チョン・ギュヒョン：はい。うっかり寝坊して……。
松田 亜由美： そうですか。
チョン・ギュヒョン：時間がありませんでしたから、駅まで車で来ました。
松田 亜由美： 車はどこにとめてありますか。
チョン・ギュヒョン：駅前の駐車場にとめておきました。
松田 亜由美： 空いていましたか。
チョン・ギュヒョン：ええ。
松田 亜由美： よかったですね。駅前の駐車場はいつも空いてないんですよ。
チョン・ギュヒョン：そうなんですか。知りませんでした。ああ、よかったぁ～！

全圭賢：啊～沒有遲到真是幸好。
松田亞由美：全先生，還好嗎？
全圭賢：沒事，不小心睡過頭了…。
松田亞由美：原來如此。
全圭賢：因為沒時間，所以開車到車站。
松田亞由美：車停在哪裡？
全圭賢：停好在車站前面的停車場了。
松田亞由美：是空的嗎？
全圭賢：對。
松田亞由美：幸好呢。因為車站前面的停車場總是不是空的呢。
全圭賢：是嗎？我之前都不知道，啊～幸好～！

「とめる（停）」多種寫法：「止める」、「停める」、「駐める」！ 原來日本是這樣

「とめる（停、使停下）」、「とまる（停著、停）」的漢字很常會寫成「止める」、「止まる」。原本有在想要不要介紹漢字給大家，不過光是作為「停車」意思使用的漢字就有很多個，所以決定還是用平假名介紹給大家。在日常生活中，「車を止める」是用於別人開的車在停車，「車を停める」則是用於自己平常開的車停在路邊的時候，「車を駐める」則是表示將車子停在停車場裡。不過因為「駐める」算是字典裡面不會出現的表達方式，所以通常不會出現在日語教材裡面。而只將「止める」或是「停める」介紹給大家也有點模稜兩可，所以在此用平假名介紹給大家。

雖然在字典中「止める」、「停める」是正確的標記方式，不過在日常生活中會使用不同的書寫方式，因此在本書決定使用平假名來教大家比較適合。不過如果不是車子而是要表達其他的東西停止、使其停下的話，請使用「止める」、「止まる」～！

❶ 請試試看使用「～てあります（被～・～好了。）」套用在題目提供的句子。雖然本來是「～ている」，不過在這邊使用省略「い」的句型。

| 範例 | 黒板の字は消します。（擦好了黑板的字。）
　　　　→ 黒板の字は消してあります。（黑板的字被擦了。）

1. 🎤 _____

2. 🎤 _____

3. 🎤 _____

4. 🎤 _____

❷ 請試試看使用「まだ～ていません（還沒有～。）」來回答題目提供的「もう～ましたか（已經～了？）」問題。

| 範例 | 人はもう集めましたか。（已經聚集好人了嗎？）
　　　　→ いいえ、まだ集めていません。（不，還沒有聚集人。）

1. 🎤 _____

2. 🎤 _____

3. 🎤 _____

4. 🎤 _____

❸ 請參考範例，在（）內填入適當的文字。

| 範例 | 人を集めて（あります）。（聚集人。（已經聚集好人了。））

1. 木(　　)枝を折って(　　　　　　　)。正在折樹枝。

2. 車が駐車場にとまって(　　　　　　　)。車在停車場停好了。

3. 黒板(　　)字を消して(　　　　　　　　)。黑板的字擦好了。

4. テスト(　　)間違いはまだ直(　　　　)(　　　　　　　)。
　 考試的錯誤還沒有改。

543

❹ 先試試看用平假名寫下題目提供的單字，接著再試著用漢字寫寫看。

| 範例 |　樹枝

平假名

| え | だ |

漢字

| 枝 |

1. 消失、消去

平假名

漢字

2. 聚集

平假名

漢字

3. 斷、被折

平假名

漢字

4. 黑板

平假名

漢字

5. 字跡、字

平假名

漢字

片假名
練習50

寫寫看片假名（10）

試試看直接寫出題目提供的單字片假名。

1. 聖誕老公公（Santaclaus）　　→ _____

2. 交通高峰時（Rushhour）　　→ _____

3. 行銷（Marketing）　　→ _____

4. 手扶梯（Escalator）　　→ _____

5. 冰淇淋（Icecream）　　→ _____

6. 隱形眼鏡（Contactlenses）　　→ _____

7. 乾洗（Drycleaning）　　→ _____

8. 溝通（Communication）　　→ _____

9. 資訊（Information）　　→ _____

10. 國際（International）　　→ _____

| 解答 | 1. サンタクロース　2. ラッシュアワー　3. マーケティング　4. エスカレーター
5. アイスクリーム　6. コンタクトレンズ　7. ドライクリーニング
8. コミュニケーション　9. インフォメーション　10. インターナショナル

試試看閱讀長文

🎧 例句60-7.mp3

　　一開始先只用耳朵聽聽看下方的長文，大約了解脈絡之後，接著再閱讀文章確認內容意思。

私は今、家族と一緒に東京に住んでいます。東京の大学で、これから1年間、勉強するつもりです。家は学校で準備してくれました。韓国の家は人に貸してあります。妻と二人の子供は日本語学校で日本語の勉強をしています。毎週金曜日には、ボランティアの学生にうちで日本語を教えてもらっています。日本料理も習うつもりですが、まだ習っていません。ぜひ習いたいです。

單字	東京[とうきょう] 東京（地名）	日本語学校[にほんごがっこう] 日語學校
	毎週[まいしゅう] 每周	金曜日[きんようび] 禮拜五
	ボランティア 志願服務	学生[がくせい] 學生
	日本語[にほんご] 日語	日本料理[にほんりょうり] 日本料理

| 翻譯 | 我現在和家人正住在東京。往後一年打算在東京的大學唸書。房子是學校會準備給我。韓國的房子現在是租給別人。妻子與兩個小孩正在日本語言學校學習日語。在每週禮拜五，志願服務的學生會來家裡教日語。我也打算學習日本料理，不過還沒有學。很想一定要學。 |

特別附錄

平假名表格

附錄01-1.mp3

清音（基本）

段 / 行	あ段	い段	う段	え段	お段
あ行	あ	い	う	え	お
か行	か	き	く	け	こ
さ行	さ	し	す	せ	そ
た行	た	ち	つ	て	と
な行	な	に	ぬ	ね	の
は行	は	ひ	ふ	へ	ほ
ま行	ま	み	む	め	も
や行	や		ゆ		よ
ら行	ら	り	る	れ	ろ
わ行	わ				を　ん

濁音

	あ段	い段	う段	え段	お段
が行	が	ぎ	ぐ	げ	ご
ざ行	ざ	じ	ず	ぜ	ぞ
だ行	だ	ぢ	づ	で	ど
ば行	ば	び	ぶ	べ	ぼ

半濁音

	あ段	い段	段	え段	お段
ぱ行	ぱ	ぴ	ぷ	ぺ	ぽ

片假名表格

🎧 附錄01-2.mp3

清音（基本型態）

段	ア段	イ段	ウ段	エ段	オ段
ア行	ア	イ	ウ	エ	オ
カ行	カ	キ	ク	ケ	コ
サ行	サ	シ	ス	セ	ソ
タ行	タ	チ	ツ	テ	ト
ナ行	ナ	ニ	ヌ	ネ	ノ
ハ行	ハ	ヒ	フ	ヘ	ホ
マ行	マ	ミ	ム	メ	モ
ヤ行	ヤ		ユ		ヨ
ラ行	ラ	リ	ル	レ	ロ
ワ行	ワ				ヲ ン

濁音

	ア段	イ段	ウ段	エ段	オ段
ガ行	ガ	ギ	グ	ゲ	ゴ
ザ行	ザ	ジ	ズ	ゼ	ゾ
ダ行	ダ	ヂ	ヅ	デ	ド
バ行	バ	ビ	ブ	ベ	ボ

半濁音

	ア段	イ段	ウ段	エ段	オ段
パ行	パ	ピ	プ	ペ	ポ

平假名／片假名手寫練習筆記

　　在練習書寫平假名和片假名的時候，請不要抱持著要背下來的想法練習。先寫完一次之後，接著再學習本書內容，學習到中間再寫一次看看，經由反覆練習去熟悉就可以了。硬要背下來的話，學習不但會因此變得無趣，而且也會讓學習日語這件事變得很有壓力。請用輕鬆的心情慢慢地去熟悉就可以了。

平假名書寫

あ行					✏		
あ	一	†	あ				
い	⌊	い					
う	ˋ	う					
え	ˋ	え					
お	一	お	お				

か行					✏		
か	⁷	カ	か				
き	一	ニ	き	き			
く	く						
け	⌊	に	け				
こ	⁻	こ					

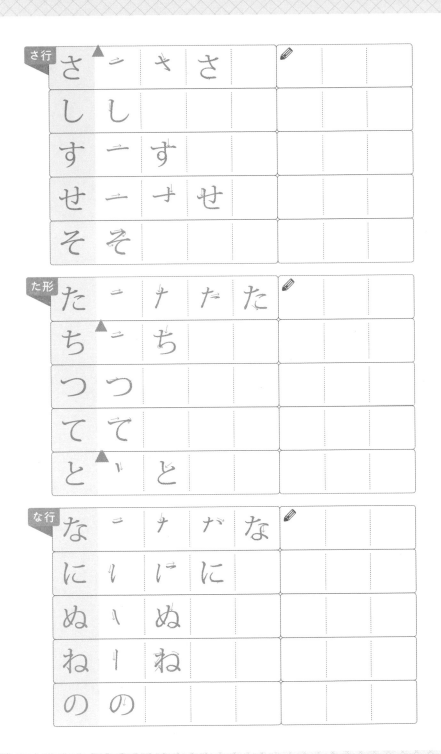

さ行

さ ＝ さ さ

し し

す ＝ す

せ ＝ ナ せ

そ そ

た形

た ＝ ナ だ た

ち ＝ ち

つ つ

て て

と ヽ と

な行

な ＝ ナ だ な

に l ト に

ぬ ＼ ぬ

ね ｜ ね

の の

は行	は	し	に	は		✎		
	ひ	ひ						
	ふ	゛	ふ	ふ	ふ			
	へ	へ						
	ほ	し	に	に	ほ			

ま行	ま	一	二	ま		✎		
	み	み	み					
	む	一	む	む				
	め	乀	め					
	も	し	も	も				

や行	や	つ	つ	や	✎		
	ゆ	ゆ	ゆ				
	よ	一	よ				

554

ら行	ら	ゝ	ら			🖉		
	り	ぃ	り					
	る	る						
	れ	▲ ー	れ					
	ろ	ろ						

わ行	わ	ー	わ			🖉		
	を	▲ ー	ち	を				

| | ん | ん | | | | | | |

片假名書寫

ア行	ア	フ	ア			🖉		
	イ	▲ ノ	イ					
	ウ	▲ 丶	▲ 亅	ウ				
	エ	▲ ー	▲ 丁	エ				
	オ	ー	オ	オ				

カ行

カ	フ	カ			🖉		
キ	一	ニ	キ				
ク	ク	ク					
ケ	ノ	ー	ケ				
コ	フ	コ					

サ行

サ	一	サ	サ		🖉		
シ	`	`	シ				
ス	フ	ス					
セ	一	セ					
ソ	`	ソ					

タ行

タ	ノ	ク	タ		🖉		
チ	ノ	ニ	チ				
ツ	`	`	ツ				
テ	一	テ	テ				
ト	ト	ト					

ナ行	ナ	一	ナ			🖊		
二	二	二					
ヌ	フ	ヌ					
ネ	丶	亍	ネ	ネ			
ノ	ノ						

ハ行	ハ	ノ	ハ			🖊		
ヒ	一	ヒ					
フ	フ						
ヘ	ヘ						
ホ	一	十	疒	ホ			

マ行	マ	フ	マ			🖊		
ミ	丶	彡	ミ				
ム	㇑	ム					
メ	ノ	メ					
モ	一	二	モ				

ヤ	⁻	ヤ				🖉		
ユ	⁻	ユ						
ヨ	⁻	⁻	ヨ					

ラ	⁻	ラ				🖉		
リ	l	リ						
ル	l	ル						
レ	レ							
ロ	l	ロ	ロ					

| ワ | l | ワ | | | | 🖉 | | |
| ヲ | フ | ヲ | | | | | | |

| ン | 丶 | ン | | | | 🖉 | | |

時間和數字的相關用語

1. 指示語

附錄 03-1.mp3

これ	這個東西	それ	那個東西	あれ	那個東西	どれ	哪個東西
この	這個	その	那個	あの	那個	どの	哪個
ここ	這裡	そこ	那裡	あそこ	那裡	どこ	哪裡
こっち	這邊	そっち	那邊	あっち	那邊	どっち	哪邊
こちら	這邊	そちら	那邊	あちら	那邊	どちら	哪邊

＊「こっち、そっち、あっち、どっち」用於輕鬆的談話，而有禮貌的談話則會使用「こちら、そちら、あちら、どちら」。

2. 時間副詞

附錄 03-2.mp3

一昨日 [おととい]	昨日 [きのう]	今日 [きょう]	明日 [あした]	明後日 [あさって]
前天	昨天	今天	明天	後天
先々週 [せんせんしゅう]	先週 [せんしゅう]	今週 [こんしゅう]	来週 [らいしゅう]	再来週 [さらいしゅう]
上上週	上週	這週	下週	下下週
先々月 [せんせんげつ]	先月 [せんげつ]	今月 [こんげつ]	来月 [らいげつ]	再来月 [さらいげつ]
上上個月	上個月	這個月	下個月	下下個月
一昨年 [おととし]	去年 [きょねん]	今年 [ことし]	来年 [らいねん]	再来年 [さらいねん]
前年	去年	今年	明年	後年

＊ 大前天的說法是「一昨昨日(さきおととい)」，而大後天的說法是「明明後日(しあさって)」。在這種單字中原則上是不使用「々」的漢字反覆標示符號，不過有很多人還是照用。

＊「一昨日、昨日、今日、明日、明後日」雖然可以唸做「いっさくじつ、さくじつ、こんにち、みょうにち、みょうごにち」，不過因為這是非常正式的語調，所以在日常的對話中不會使用。並且，將「今日」唸做「こんにち」的話，是表示「今時今日」的意思。「今天」在正式的談話中會講「本日」。

＊另外，「明日」除了「あした」與「みょうにち」之外，也可以唸做「あす」。這個是在「あした」與「みょうにち」兩者的中間程度的用語，既不是口語的程度，也不會顯得過於正式。

＊雖然「昨年」、「本年」也可以用來表示「去年」、「今年」的意思，不過這種正式的語調在日常生活中並不常使用。

3. 星期

日曜日 [にちようび]	月曜日 [げつようび]	火曜日 [かようび]	水曜日 [すいようび]
星期日	星期一	星期二	星期三
木曜日 [もくようび]	金曜日 [きんようび]	土曜日 [どようび]	何曜日 [なんようび]
星期四	星期五	星期六	星期幾

4. 數字

① 一個、二個、三個

一つ [ひとつ]	二つ [ふたつ]	三つ [みっつ]	四つ [よっつ]	五つ [いつつ]	
一	二	三	四	五	
六つ [むっつ]	七つ [ななつ]	八つ [やっつ]	九つ [ここのつ]	十 [とお]	いくつ
六	七	八	九	十	幾

＊日語數數的規則基本上和中文一樣。

＊「一つ」，「二つ」，「三つ」也可以解釋成「一個」，「兩個」，「三個」。

② 一、二、三

ゼロ, れい	いち	に	さん	よん, し	ご
0	1	2	3	4	5
	ろく	なな, しち	はち	きゅう, く	じゅう
	6	7	8	9	10

じゅういち	じゅうに	じゅうさん	じゅうよん じゅうし	じゅうご
11	12	13	14	15
じゅうろく	じゅうなな じゅうしち	じゅうはち	じゅうきゅう じゅうく	にじゅう
16	17	18	19	20
にじゅういち	にじゅうに	にじゅうさん	にじゅうよん にじゅうし	にじゅうご
21	22	23	24	25
にじゅうろく	にじゅうなな にじゅうしち	にじゅうはち	にじゅうきゅう にじゅうく	さんじゅう
26	27	28	29	30

よんじゅう	ごじゅう	ろくじゅう	ななじゅう	はちじゅう	きゅうじゅう	何十 [なんじゅう]
40	50	60	70	80	90	幾十

＊40、70有時候也會唸作「しじゅう」、「しちじゅう」，90有時也會被唸作「くじゅう」。但一般來說，40、70、90還是會使用在表格中的「よんじゅう」，「ななじゅう」，「きゅうじゅう」的唸法。

ひゃく	にひゃく	さんびゃく	よんひゃく	ごひゃく
100	200	300	400	500
ろっぴゃく	ななひゃく	はっぴゃく	きゅうひゃく	何百 [なんびゃく]
600	700	800	900	幾百

せん	にせん	さんぜん	よんせん	ごせん
1,000	2,000	3,000	4,000	5,000
ろくせん	ななせん	はっせん	きゅうせん	何千[なんぜん]
6,000	7,000	8,000	9,000	幾千

1万 [いちまん]	10万 [じゅうまん]	100万 [ひゃくまん]	1,000万 [いっせんまん]	何万 [なんまん]
1萬	10萬	100萬	1000萬	幾萬
1億 [いちおく]	10億 [じゅうおく]	100億 [ひゃくおく]	1,000億 [いっせんおく]	何億 [なんおく]
1億	10億	100億	1000億	幾億

＊ 1000萬與1000億也可以唸作「せんまん」、「せんおく」。

注意到 100、300、800 的「百」的唸法都不太一樣了嗎？「ひゃく（百）」有時候會改發音成「びゃく」或「ぴゃく」，前面的數字有時也會變化，像是「ろく（6）」會換成「ろっ」，「はち（8）」會換成「はっ」等。而究竟哪些情況下要改變讀音呢？在數「～個」、「～名」的個數時，單位的第一個發音會變成無聲子音（「か」行、「さ」行、「た」行、「は」行、「ば」行）。並且，需要改變唸法的數字還有 1、3、6、8、10 的疑問詞，在這其中的 1、8、10 的發音一定會改變，而 3 和 6 則是依據量詞單位來決定要改變讀音還是不改變讀音。另外，會濁音（ ゛）化的數字是 3 的疑問詞。

5. 日、月

 附錄 03-5.mp3

1月 [いちがつ]	2月 [にがつ]	3月 [さんがつ]	4月 [しがつ]	5月 [ごがつ]	6月 [ろくがつ]	
1月	2月	3月	4月	5月	6月	
7月 [しちがつ]	8月 [はちがつ]	9月 [くがつ]	10月 [じゅうがつ]	11月 [じゅういちがつ]	12月 [じゅうにがつ]	何月 [なんがつ]
7月	8月	9月	10月	11月	12月	幾月

＊ 為了不要發生將「7月（がつ）」聽成「1月（がつ）」的誤會，在有的時候會刻意唸作「なながつ」，不過通常會唸作「しちがつ」。

1日 [ついたち]	**2日** [ふつか]	**3日** [みっか]	**4日** [よっか]	**5日** [いつか]	
1日	2日	3日	4日	5日	
6日 [むいか]	**7日** [なのか]	**8日** [ようか]	**9日** [ここのか]	**10日** [とおか]	
6日	7日	8日	9日	10日	
11日 [じゅういちにち]	**12日** [じゅうににち]	**13日** [じゅうさんにち]	**14日** [じゅうよっか]	**15日** [じゅうごにち]	
11日	12日	13日	14日	15日	
16日 [じゅうろくにち]	**17日** [じゅうしちにち]	**18日** [じゅうはちにち]	**19日** [じゅうくにち]	**20日** [はつか]	
16日	17日	18日	19日	20日	
21日 [にじゅういちにち]	**22日** [にじゅうににち]	**23日** [にじゅうさんにち]	**24日** [にじゅうよっか]	**25日** [にじゅうごにち]	
21日	22日	23日	24日	25日	
26日 [にじゅうろくにち]	**27日** [にじゅうしちにち]	**28日** [にじゅうはちにち]	**29日** [にじゅうくにち]	**30日** [さんじゅうにち]	**何日** [なんにち]
26日	27日	28日	29日	30日	幾日

＊ 從1日開始到10日為止以及14日、20日、24日的唸法比較特別，請多加留意。

＊ 為了不發生將「17日」、「27日」聽成「11日」、「21日」的誤會，有的情況會刻意唸作「じゅうななにち」、「にじゅうななにち」。

＊ 「20日」也會有唸成「にじゅうにち」的情況。

＊ 「～月～日」中的「1日」，在作為該月份的第一天（初一）的意思來使用時，會唸作「ついたち」，不過表達期間的「1日（一天）」，會唸作「いちにち」。

6. 時間

1時 [いちじ]	2時 [にじ]	3時 [さんじ]	4時 [よじ]	5時 [ごじ]	6時 [ろくじ]	
1點	2點	3點	4點	5點	6點	
7時 [しちじ]	8時 [はちじ]	9時 [くじ]	10時 [じゅうじ]	11時 [じゅういちじ]	12時 [じゅうにじ]	何時 [なんじ]
7點	8點	9點	10點	11點	12點	幾點

＊「7時」有時為了防止發生將其聽成「1時」這樣的誤會，會刻意唸作「ななじ」，不過通常會唸作「しちじ」。

1分 [いっぷん]	2分 [にふん]	3分 [さんぷん]	4分 [よんぷん]	5分 [ごふん]	
1分	2分	3分	4分	5分	
6分 [ろっぷん]	7分 [ななふん]	8分 [はっぷん]	9分 [きゅうふん]	10分 [じゅっぷん]	何分 [なんぷん]
6分	7分	8分	9分	10分	幾分

＊「〜分（分）」因為是以無聲子音（「か」行、「さ」行、「た」行、「は」行、「ぱ」行）開始，故會產生唸法上的變化。唸法會發生改變的數字有1、3、6、8、10與疑問詞，不過在「〜位」的時候，數字4作為例外唸法也需要變化。

＊在唸11分之後的時間唸法，從1分開始到10分的前面加上「10」、「20」、「30」、「40」、「50」後唸出來就可以了。

＊「7分」也可以唸作「しちふん」。

7. 其他數字的數法

附錄 03-7.mp3

① 以無聲子音開始的量詞[讀音變化]

	~回[かい] ~次[次數]	~階[かい] ~層[建築物的層數]	~ヶ月[かげつ] ~個月[以月作為單位的期間]
1	1回[いっかい]	1階[いっかい]	1ヶ月[いっかげつ]
2	2回[にかい]	2階[にかい]	2ヶ月[にかげつ]
3	3回[さんかい]	3階[さんがい]	3ヶ月[さんかげつ]
4	4回[よんかい]	4階[よんかい]	4ヶ月[よんかげつ]
5	5回[ごかい]	5階[ごかい]	5ヶ月[ごかげつ]
6	6回[ろっかい]	6階[ろっかい]	6ヶ月[ろっかげつ]
7	7回[ななかい]	7階[ななかい]	7ヶ月[ななかげつ]
8	8回[はっかい]	8階[はっかい]	8ヶ月[はっかげつ/はちかげつ]
9	9回[きゅうかい]	9階[きゅうかい]	9ヶ月[きゅうかげつ]
10	10回[じゅっかい]	10階[じゅっかい]	10ヶ月[じゅっかげつ]
疑問詞	何回[なんかい]	何階[なんがい]	何ヵ月[なんかげつ]

＊「～回」是指次數。

＊「8回（8次）」也有可能會唸作「はちかい」。

＊「8階（8層）」也有可能會唸作「はちかい」。另外，疑問詞「何階（幾層）」也有可能會唸作「なんかい」。

＊「～ヶ月」是表示「～か月」或是「～ヵ月」的意思。本來「～ヶ月」是「～箇月」，後來將「箇」省略，只使用竹頭一邊的「ヶ」的寫法。

＊「8ヶ月（八個月）」這個字的讀音，「はっかげつ」與「はちかげつ」兩個都可以。

＊「6ヶ月（六個月）」也可以用「半年（半年）」來表示。

＊「11ヶ月（十一個月）」、「12ヶ月（十二個月）」各自會唸作「じゅういっかげつ」、「じゅうにかげつ」。

	～個[こ] ～個 [個數]	～歳[さい] ～歳 [年紀]	～冊[さつ] ～本 [書]
1	1個[いっこ]	1歳[いっさい]	1冊[いっさつ]
2	2個[にこ]	2歳[にさい]	2冊[にさつ]
3	3個[さんこ]	3歳[さんさい]	3冊[さんさつ]
4	4個[よんこ]	4歳[よんさい]	4冊[よんさつ]
5	5個[ごこ]	5歳[ごさい]	5冊[ごさつ]
6	6個[ろっこ]	6歳[ろくさい]	6冊[ろくさつ]
7	7個[ななこ]	7歳[ななさい]	7冊[ななさつ]
8	8個[はっこ]	8歳[はっさい]	8冊[はっさつ]
9	9個[きゅうこ]	9歳[きゅうさい]	9冊[きゅうさつ]
10	10個[じゅっこ]	10歳[じゅっさい]	10冊[じゅっさつ]
疑問詞	何個[なんこ]	何歳[なんさい]	何冊[なんさつ]

＊「～個」也可能會寫成「～ヶ」、「～コ」。

＊「～歳」也可能會寫成「～才」。另外，雖然「20（20）」也可能會唸作「にじゅっさい」，不過主要還是唸作「はたち」。只有這個的唸法不一樣，請好好地記起來！

	～週間[しゅうかん] ～週間 [以週作為單位的期間]	～着[ちゃく] ～套、～名 [衣服、到達順序]	～通[つう] ～封 [信件、郵件]
1	1週間[いっしゅうかん]	1着[いっちゃく]	1通[いっつう]
2	2週間[にしゅうかん]	2着[にちゃく]	2通[につう]
3	3週間[さんしゅうかん]	3着[さんちゃく]	3通[さんつう]
4	4週間[よんしゅうかん]	4着[よんちゃく]	4通[よんつう]
5	5週間[ごしゅうかん]	5着[ごちゃく]	5通[ごつう]
6	6週間[ろくしゅうかん]	6着[ろくちゃく]	6通[ろくつう]
7	7週間[ななしゅうかん]	7着[ななちゃく]	7通[ななつう]

8	8週間[はっしゅうかん]	8着[はっちゃく]	8通[はっつう]
9	9週間[きゅうしゅうかん]	9着[きゅうちゃく]	9通[きゅうつう]
10	10週間[じゅっしゅうかん]	10着[じゅっちゃく]	10通[じゅっつう]
疑問詞	何週間[なんしゅうかん]	何着[なんちゃく]	何通[なんつう]

＊「8週間（八週）」也有可能會唸為「はちしゅうかん」。

＊「～着」雖然可以指「～套」，不過也可以用來表示「～著、～名（到達的順序）」的意思。

	～杯[はい] ～杯[喝的]	～匹[ひき] ～隻[動物]	～本[ほん] ～根、～瓶[細長的東西]
1	1杯[いっぱい]	1匹[いっぴき]	1本[いっぽん]
2	2杯[にはい]	2匹[にひき]	2本[にほん]
3	3杯[さんばい]	3匹[さんびき]	3本[さんぼん]
4	4杯[よんはい]	4匹[よんひき]	4本[よんほん]
5	5杯[ごはい]	5匹[ごひき]	5本[ごほん]
6	6杯[ろっぱい]	6匹[ろっぴき]	6本[ろっぽん]
7	7杯[ななはい]	7匹[ななひき]	7本[ななほん]
8	8杯[はっぱい]	8匹[はっぴき]	8本[はっぽん]
9	9杯[きゅうはい]	9匹[きゅうひき]	9本[きゅうほん]
10	10杯[じゅっぱい]	10匹[じゅっぴき]	10本[じゅっぽん]
疑問詞	何杯[なんばい]	何匹[なんびき]	何本[なんぼん]

＊「1杯（一杯）」語調是由高音往低音下降。如果反過來由低音往高音上揚的話，就會是「很多、充滿」的意思。

＊「7匹（七匹）」雖然主要是唸作「ななひき」，不過也有可能會唸為「しちひき」。

② 以有聲子音開始的量詞單位[讀音不會改變]

	~円[えん] ~日圓 [日本貨幣]	~時間[じかん] ~小時 [時間]	~畳[じょう] ~（塌塌米）張 [房間大小]
1	1円[いちえん]	1時間[いちじかん]	1畳[いちじょう]
2	2円[にえん]	2時間[にじかん]	2畳[にじょう]
3	3円[さんえん]	3時間[さんじかん]	3畳[さんじょう]
4	4円[よえん]	4時間[よじかん]	4畳[よんじょう/よじょう]
5	5円[ごえん]	5時間[ごじかん]	5畳[ごじょう]
6	6円[ろくえん]	6時間[ろくじかん]	6畳[ろくじょう]
7	7円[ななえん]	7時間[しちじかん/ななじかん]	7畳[ななじょう]
8	8円[はちえん]	8時間[はちじかん]	8畳[はちじょう]
9	9円[きゅうえん]	9時間[くじかん]	9畳[きゅうじょう]
10	10円[じゅうえん]	10時間[じゅうじかん]	10畳[じゅうじょう]
疑問詞	いくら（多少） 何円[なんえん] （幾日圓）	何時間[なんじかん]	何畳[なんじょう]

＊「4円（四日圓）」的發音是「よえん」的這一點請多加留意。

＊在詢問金額的時候通常會使用「いくら（多少）」，「何　[なんえん]」是在詢問「一美元是幾日圓？」的時候使用。

＊在以前將「7時間（七小時）」唸作「ななじかん」的情況非常罕見，在教材也不會使用「ななじかん」的唸法來教學生，不過最近使用「ななじかん」的人漸漸變多，所以現在也有可能會唸為「ななじかん」。

＊「～畳」是以塌塌米的個數來衡量房間大小的單位。如果是一張塌塌米大小的話是「1畳」，兩張大小的話就是「2畳」對吧。塌塌米一張的尺寸會根據地區，或者是根據住家型態稍微會有點差異，不過在共同住宅、公寓、連排住宅等，主要使用的會是最小的尺寸850mm×1700mm。

	～台[だい] ～台 [汽車、機器等]	～度[ど] ～次、～度 [次數、溫度等]	～人[にん] ～名 [人]
1	1台[いちだい]	1度[いちど]	1人[ひとり]
2	2台[にだい]	2度[にど]	2人[ふたり]
3	3台[さんだい]	3度[さんど]	3人[さんにん]
4	4台[よんだい]	4度[よんど]	4人[よにん]
5	5台[ごだい]	5度[ごど]	5人[ごにん]
6	6台[ろくだい]	6度[ろくど]	6人[ろくにん]
7	7台[ななだい]	7度[しちど/ななど]	7人[しちにん/ななにん]
8	8台[はちだい]	8度[はちど]	8人[はちにん]
9	9台[きゅうだい]	9度[きゅうど]	9人[きゅうにん]
10	10台[じゅうだい]	10度[じゅうど]	10人[じゅうにん]
疑問詞	何台[なんだい]	何度[なんど]	何人[なんにん]

＊「～度」是在數「一次、兩次」的次數時會使用的，而在表示「一度、兩度」的溫度時也會使用。然而作為次數的意思使用時，並不是使用數字1、2、3，一般情況會使用漢字「一度、二度、三度」來表示。

＊在數次數的時候，雖然「～度」和「～回」兩個都可以使用，不過在「第～回」、「前～回」一樣有加上前綴詞的時候（如第3回、前10話等），或是前面加上的是數字0或是小數點後的數字的時候（如0次、3.5次等），表示在規定時間內有規律地接續或反覆的時候（如1年兩次等），行為的延續性、行為的合計數、分拆數字的時候（如三次連續、合在一起三次、分為三次、每三次等），可以預測下次行為的時候，以上這些情況比起「～度」會常使用「～回」。

＊在數人的時候「～人」也有特殊的例外：「一名」、「兩名」會唸作「1人」、「2人」。另外，4人的發音會是「よにん」的這一點也請特別留意。

	～人前[にんまえ] ～人份 [份量]	～年[ねん] ～年 [期間]	～枚[まい] ～張 [薄且平整的物品]
1	1人前[いちにんまえ]	1年[いちねん]	1枚[いちまい]
2	2人前[ににんまえ]	2年[にねん]	2枚[にまい]
3	3人前[さんにんまえ]	3年[さんねん]	3枚[さんまい]
4	4人前[よにんまえ]	4年[よねん]	4枚[よんまい]

5	5人前[ごにんまえ]	5年[ごねん]	5枚[ごまい]
6	6人前[ろくにんまえ]	6年[ろくねん]	6枚[ろくまい]
7	7人前[しちにんまえ/ななにんまえ]	7年[ななねん/しちねん]	7枚[ななまい]
8	8人前[はちにんまえ]	8年[はちねん]	8枚[はちまい]
9	9人前[きゅうにんまえ]	9年[きゅうねん]	9枚[きゅうまい]
10	10人前[じゅうにんまえ]	10年[じゅうねん]	10枚[じゅうまい]
疑問詞	何人前[なんにんまえ]	何年[なんねん]	何枚[なんまい]

* 雖然「一名」、「兩名」的發音會是例外的「1人(ひとり)」、「2人(ふたり)」，不過在講「～人份」的時候會是「1人前(いちにんまえ)」、「2人前(ににんまえ)」，這點請多加留意。另外，「四人份」會變成是「よにんまえ」，4的發音會變成「よ」的這一點也請特別留意。

* 「4年」也會變成是「4年(よねん)」，4的發音會變成「よ」。

* 「7枚（七張）」通常會唸作「ななまい」，雖然有時候也會唸做「しちまい」，不過很罕見。

	～番[ばん] ～號、～等 [順序、等級]	～割[わり] ～分 [比率]
1	1番[いちばん]	1割[いちわり]
2	2番[にばん]	2割[にわり]
3	3番[さんばん]	3割[さんわり]
4	4番[よんばん]	4割[よんわり]
5	5番[ごばん]	5割[ごわり]
6	6番[ろくばん]	6割[ろくわり]
7	7番[ななばん]	7割[ななわり]
8	8番[はちばん]	8割[はちわり]
9	9番[きゅうばん]	9割[きゅうわり]
10	10番[じゅうばん]	10割[じゅうわり]
疑問詞	何番[なんばん]	何割[なんわり]

各個情況的打招呼用語

1. 早上、白天、晚上招呼語

🎧 附錄 04-1.mp3

おはよう　早安（早上招呼語）

おはようございます　早安（早上招呼語、敬語）

ちわっす　午安（白天招呼語，主要為男性使用）

こんにちは　午好（白天招呼語）

こんばんは　晚好（晚上招呼語）

おっす　你好（與時間無關，男性們經常使用的招呼語）

＊「こんにちは」與「こんばんは」尾音「は」的發音不是「ha」而是「wa」，這點請多加留意。

＊「ちわっす」是在「こんにちは」尾音的「ちは」加上「っす」而來的單字，也可以寫作「ちはっす」來使用。也有「こんちわっす／こんちはっす、こんちは」等的寫法。

＊看起來像是「おっす」變形的「ういっす」這個招呼方式通常男性較常使用。

2. 與人見面時所使用的招呼語

🎧 附錄 04-2.mp3

はじめまして　初次見面

(どうぞ)よろしく　多多指教

(どうぞ)よろしくお願いします[どうぞ よろしく おねがいします]　請多多指教

お世話になります[おせわになります]　受您照顧了

しばらく(だね)　一陣子沒見面呢

しばらくです(ね)　一陣子沒見面呢（敬語）

久しぶり[ひさしぶり]　好久不見

お久しぶりです(ね)[おひさしぶりです(ね)]　好久不見（最正式的敬語）

ご無沙汰しております[ごぶさたしております]　過得好嗎？

元気？[げんき]　過得好嗎？

お元気ですか[おげんきですか]　過得好嗎？

お変わりありませんか[おかわりありませんか]　一切都好嗎？

おかげさまで　托您的福

ごめんください　快進來

いらっしゃい　歡迎光臨

いらっしゃいませ　歡迎光臨（更有禮貌的講法）

よくいらっしゃいました　歡迎光臨（更有禮貌的講法）

お邪魔します[おじゃまします]　（拜訪別人家之類的地方時）我要進屋了

失礼します[しつれいします]　（拜訪別人家之類的地方時）我要進屋了，打擾了

＊「どうぞよろしく（請多多指教）」與「どうぞよろしくお願いします（請多多指教）」可以將強調的「どうぞ（千萬、拜託）」省略。另外，如果要更有禮貌地表達的話，將句尾的「します」換成「致します（「する」的禮貌講法）」後，變成「どうぞよろしくお願い致します」。

＊「好久不見」的招呼語從最不禮貌到最禮貌的話，順序依序是：「しばらくです（ね）」、「お久しぶりです（ね）」、「ご無沙汰しております」。

＊「元気？（過得好嗎？）」／「お元気ですか（過得好嗎？）」這類招呼語只適用於一陣子沒見面的時候。

＊「お変わりありませんか（一切都好嗎？）」的「お変わり」也可以寫成「お変り」。

＊「おかげさまで」寫成漢字的話會是「お陰様で」。

＊「お邪魔します」的「邪魔」是「妨礙、礙手礙腳」的意思。因此如果將「お邪魔します」直接翻譯就會是「我要妨礙」。也就是作為「雖然會妨礙／雖然會造成麻煩，我要進門了」的意思使用的招呼語。

3. 與人道別時所使用的招呼語

バイバイ　掰掰

じゃあね　再見

またね　再見

じゃ、また　那麼再見

さよなら/さようなら　再見

失礼します[しつれいします]　慢走、再會

失礼しました[しつれいしました]　不好意思了、先離開了、再會

お邪魔しました[おじゃましました]　造成麻煩了、妨礙了對不起、再會

お気を付けて[おきをつけて]　請慢走、請小心腳下

お先に[おさきに]　我先走了

お先に失礼します[おさきに しつれいします]　我要先走了

ご苦労様[ごくろうさま]　辛苦了

ご苦労様でした[ごくろうさまでした]　辛苦了

お疲れ様[おつかれさま]　辛苦了

お疲れ様でした[おつかれさまでした]　辛苦了

お元気で[おげんきで]　請保持健康

お世話になりました[おせわになりました]　麻煩您了

お大事に[おだいじに]　請注意身體

＊「じゃあね」是將「じゃ（那麼）」拉長發音後，在後面加上「ね」這個字。

＊「またね」的「また」是「又」、「再次」的意思。「再見」的後面省略了招呼語對吧。「じゃ」、「また」也是一樣將後面的「見吧」省略的用語。

＊「さよなら／さようなら」是在日常生活中不常使用的招呼語。通常會使用「じゃあね」、「またね」、「じゃ」、「また」、「失礼します」等招呼語。「さよなら／さようなら」是之後有一段時間不能再見面的情況、有可能再也見不到第二次面的時候所使用的招呼語。

＊「失礼します」是不論在什麼狀況都可以使用的離別問候，也可以作為在進去別人的家裡或是辦公室的時候所使用的招呼語。也就是說在進去的時候和離開的時候都

可以使用的招呼語。進去的時候會說「不好意思，我要進去了。」，在道別的時候會說「雖然不知道有沒有打擾，現在要走了。」的招呼用語。

在道別的時候，現在式「失礼します」可以作為離開別人的家裡或是辦公室的時候，又或者是在外面道別的時候使用的招呼語。不過過去式的「失礼しました」是作為離開別人的家裡或是辦公室的時候等離開的時候所使用的招呼語。表示「有許多失禮之處了。」的意思。

＊「ご苦労様／ご苦労様でした」與「お疲れ様／お疲れ様でした」的區別需要多留意。「ご苦労様／ご苦労様でした」是上下關係明確的時候，上位者向下位者使用的招呼語。絕對不能對上位者使用。在日本人中也有很多人會不小心將這個用語使用錯誤，請小心～！「お疲れ様／お疲れ でした」雖然是同齡人或是下位者也可以使用的用語，不過在受到教誨或是受幫忙的情況下，使用「ありがとうございました（謝謝）」會更適合。

＊「お元気で（請保持健康）」是向之後有一段時間不能再見面的人道別時，所使用的招呼語。

4. 道歉招呼語

🎧 附錄 04-4.mp3

ごめん	抱歉
悪い[わるい]	抱歉
ごめんなさい	對不起
(どうも)すみません	（非常）對不起
申し訳ありません[もうしわけありません]	對不起
申し訳ございません[もうしわけございません]	對不起

＊「悪い」原本是作為「壞」的意思，這邊作為「對不起」的意思使用的時候，會有點粗魯的感覺，所以主要是男性在講。

＊「申し訳ございません」這個講法比「申し訳ありません」更有禮貌。

5. 道謝招呼語

附錄 04-5.mp3

サンキュー　謝啦	
(どうも)ありがとう　（真的）謝謝	
(どうも)ありがとうございます　（非常）感謝	
(いいえ)どういたしまして　（不會）不客氣	

＊ 在道謝的時候，有時候會把「ありがとうございます」去掉，只講「どうも」。這是在感謝之意輕微的時才會使用的講法，如對方為您讓路。

＊「（いいえ）どういたしまして」是不常使用的招呼語。雖然在初級階段時有必須要學會的單字在裡面，所以介紹給大家，不過不需要常講。

＊「（どうも）すみません（（非常）抱歉）」、「申し訳ありません（抱歉）」、「申し訳ございません（抱歉）」也很常作為感謝的意思來使用，意為因為給對方造成麻煩，所以一邊道歉一邊表達感謝。

6. 和等待相關的招呼語

附錄 04-6.mp3

ちょっと待って[ちょっとまって]　等等	
ちょっと待ってください[ちょっとまってください]　等我一下	
ちょっと待って(い)て[ちょっとまって(い)て]　稍等我一下	
ちょっと待って(い)てください[ちょっとまって(い)てください]　請稍等我一下	
少々お待ちください[しょうしょうおまちください]　請您稍等我一下	
お待たせ[おまたせ]　抱歉讓你等	
お待たせしました[おまたせしました]　對不起讓你等	
お待ちどおさま[おまちどおさま]　你等很久了吧，對不起讓你等我	
お待ちどおさまでした[おまちどおさまでした]　久等了，非常對不起讓您久候。	

＊「ちょっと待って（等等）」／「ちょっと待ってください（等一下）」是叫當下正在移動或是打算要移動的人停下來的用語。

相較之下，「ちょっと待って（い）て（稍等我一下）」／「ちょっと待って（い）てください（請稍等我一下）」／「少々お待ちください（敬請稍等我一下）」是講來請對方做「等待」的這個動作的拜託用語。「待って（い）て」的「〜て（い）て」也就是「〜て（い）る（正在）」的「て」形，「待って（い）て／待って（い）てください（請為我做〜／正在為我做〜）」便是請對方維持「等待」的這個動作的的意思。舉例來說，某個人不知道錢包掉了，打算直接走掉的時候，會使用「ちょっと待ってください」來叫住對方。在去一趟化妝室的期間，請對方等待的情況，就會使用「ちょっと待って（い）てください」。

7. 在日常生活中使用的招呼語　　🎧 附錄 04-7.mp3

いただきます　我要開動了

ごちそうさま　我吃飽了

ごちそうさまでした　我好好地享用完了

行って来ます[いってきます]　我要出門了

行って参ります[いってまいります]　我去去就回

行って(い)らっしゃい　出門小心

ただいま　我回來了

ただいま帰りました[ただいま かえりました]　我回來了（非常有禮貌的講法）

お帰り[おかえり]　快進來（在家的人向回來的人使用的招呼語）

お帰りなさい[おかえりなさい]　快進來（在家的人向回來的人使用的招呼語）

お休み[おやすみ]　好好睡

お休みなさい[おやすみなさい]　好好休息

＊「ごちそう」寫作漢字會是「ご馳走」，是指「山珍海味」、「好吃的食物」的意思。也就是說「ごちそうさま／ごちそうさまでした（我會好好地享用）」是回應「是山珍海味」所出現的招呼語。

8. 其他各種招呼語

おめでとう 恭喜你

おめでとうございます 恭喜您

わかった 知道了

わかりました 我知道了（有禮貌的講法）

かしこまりました 知道了（有禮貌的講法）

承知しました[しょうちしました] 知道了（有禮貌的講法）

承知いたしました[しょうちいたしました] 知道了（「承知しました」更有禮貌的講法）

知って(い)る？[しって(い)る] 你原本知道嗎？、你知道嗎？

知って(い)ますか[しって(い)ますか] 你知道嗎？、你一直都知道嗎？

ご存知ですか[ごぞんじですか] 您知道嗎？、您一直都知道嗎？

気にしないで[きにしないで] 不用在意、不需要在意

気にしないでください[きにしないでください] 請不用在意

お構いなく[おかまいなく] 請不用在意

ご遠慮なく[ごえんりょなく] 請不用客氣、請不要猶豫

座って[すわって] 坐下

座ってください[すわってください] 坐下

お掛けください[おかけください] 請坐

見て[みて] 看、看我

見てください[みてください] 看、看我

ご覧なさい[ごらんなさい] 請看

ご覧ください[ごらんください] 請看

それはいけませんね 那個不太行呢

お気の毒に[おきのどくに] 那真糟糕呢、真可憐呢

こちらこそ 我才是

＊「気にしないで（不用在意、不需要在意）」的這個表達，男性對親密的人也可以使用「にするな」。「不要～」這個因為含有禁止的含義，所以會是比較粗魯的語氣。

＊在「知って（い）る？（你知道嗎？／你一直都知道嗎？）」／知って（い）ますか「知道嗎？、知道了嗎？」的「～て（い）る」是表示「正～」、「～著」的狀態。所以直接翻譯的話會是「你知道嗎？／你一直都知道嗎？」的意思。

＊「それはいけませんね（那真糟糕呢）」是像是對方提到最近不順利的事情的時候，作為回答表示共感時使用的用語。「お気の毒に（真糟糕呢、真可憐耶）」雖然是表示同情的意思，不過這個講法只限於自己是第三方時才能使用，若是要對對方的狀況表示同情時請使用「それはいけませんね」。「お気の毒に」直接聽的話，很多時候會讓人聽起來有不愉快的感覺。

各個詞性的變化規則整理

<名詞及「な」形容詞>

> 名詞　学生[がくせい] (學生)
> 形容詞　好きな[すきな] (喜歡的)

常體

現在肯定	現在否定	過去肯定	過去否定
学生だ (學生)	学生じゃない (不是學生)	学生だった (以前是學生)	学生じゃなかった (以前不是學生)
好きだ (喜歡)	好きじゃない (不喜歡)	好きだった (以前喜歡)	好きじゃなかった (以前不喜歡)

＊ 在表達「學生」、「有名」的時候，「な」形容詞後面什麼東西都不用加，只單單
　 使用「学生」、「有名」就可以了。

＊ 「では」也可以取代「じゃ」來使用。相較之下「では」比較生硬，語感也給人比
　 較正式的感覺。

丁寧體

現在肯定	現在否定	過去肯定	過去否定
学生です (學生)	学生じゃありません (不是學生)	学生でした (以前是學生)	学生じゃありませんでした (以前不是學生)
好きです (喜歡)	好きじゃありません (不喜歡)	好きでした (以前喜歡)	好きじゃありませんでした (以前不喜歡)

＊ 「～じゃないです」可以取代現在否定的「～じゃありません」，「～じゃなかっ
　 たです」則可以取代過去否定的「～じゃありませんでした」。比起前者，後者會
　 讓人覺得更有禮貌。

<「い」形容詞>

安い[やすい]（便宜）

常體

現在肯定	現在否定	過去肯定	過去否定
安い （便宜）	**安くない** （不便宜）	**安かった** （以前便宜）	**安くなかった** （以前不便宜）

＊「いい（好）」是屬於規則的例外，變化方式為「いい-よくない-よかった-よくなかった」。

丁寧體

現在肯定	現在否定	過去肯定	過去否定
安いです （便宜）	**安くないです** （不便宜）	**安かったです** （以前便宜）	**安くなかったです** （以前不便宜）

＊「安くありません」可以取代現在否定的「安くないです」使用，「安くありませんでした」則可以取代過去否定的「安くなかったです」，比起前者，後者的會讓人覺得更有禮貌。

<動詞>

> **一段動詞**
> い段 見る[みる] (看)
> え段 食べる[たべる] (吃)

常體

現在肯定	現在否定	過去肯定	過去否定
見る (看)	見ない (不看)	見た (看了)	見なかった (沒有看)
食べる (吃)	食べない 不吃)	食べた (吃了)	食べなかった (沒有吃)

敬體

現在肯定	現在否定	過去肯定	過去否定
見ます (看)	見ません (不看)	見ました (看了)	見ませんでした (沒有看)
食べます (吃)	食べません (不吃)	食べました (吃了)	食べませんでした (沒有吃)

> **不規則動詞**
> 来る[くる] (來)
> する (做)

常體

現在肯定	現在否定	過去肯定	過去否定
来る[くる] (來)	来ない[こない] (不來)	来た[きた] (來了)	来なかった[こなかった] (沒有來)
する (做)	しない (不做)	した (做了)	しなかった (沒有做)

敬體

現在肯定	現在否定	過去肯定	過去否定
来ます[きます] （來）	**来ません[きません]** （不來）	**来ました[きました]** （來了）	**来ませんでした[きませんでした]** （沒有來）
します （做）	**しません** （不做）	**しました** （做了）	**しませんでした** （沒有做）

五段動詞
行く[いく]（走）
呼ぶ[よぶ]（叫）
買う[かう]（買）

常體

現在肯定	現在否定	過去肯定	過去否定
行く[いく] （去）	**行かない[いかない]** （不去）	**行った[いった]** （去了）	**行かなかった[いかなかった]** （沒有去）
呼ぶ[よぶ] （叫）	**呼ばない[よばない]** （不叫）	**呼んだ[よんだ]** （叫了）	**呼ばなかった[よばなかった]** （沒有叫）
買う[かう] （買）	**買わない[かわない]** （不買）	**買った[かった]** （買了）	**買わなかった[かわなかった]** （沒有買）

＊「～う」結束的五段動詞原形（基本形）在使用「あ」段規則變化的時候，不是「あ」而是會變成「わ」，這點請多加留意。

＊「ある（有（非生物））」是規則中的例外，會變成「ある-ない-あった-なかった」。

練習題解答

第一部分

01 かれし。

1 1. わたしは がくせい。[私は学生。] / ぼくは がくせい。[僕は学生。] (我是學生。)

2. わたしは かいしゃいん。[私は会社員。] / ぼくは かいしゃいん。[僕は会社員。] (我是上班族。)

3. わたしは かしゅ。[私は歌手。] / ぼくは かしゅ。[僕は歌手。] (我是歌手。)

4. わたしは しゅふ。[私は主婦。] (我是家庭主婦。)

2 1. かのじょ (女朋友) → かのじょじゃない。[彼女じゃない。] (不是女朋友。)

2. がくせい (學生) → がくせいじゃない。[学生じゃない。] (不是學生。)

3. かいしゃいん (上班族) → かいしゃいんじゃない。[会社員じゃない。] (不是上班族。)

4. かしゅ (歌手) → かしゅじゃない。[歌手じゃない。] (不是歌手。)

3 1. かれし？ (是男朋友嗎？) → うん、かれし。[うん、彼氏。] (嗯，是男朋友。)

2. かのじょ？ (是女朋友嗎？) → うん、かのじょ。[うん、彼女。] (嗯，是女朋友)

3. がくせい？ (是學生嗎？) → うん、がくせい。[うん、学生。] (嗯，是學生。)

4. かいしゃいん？ (是上班族嗎？) → うん、かいしゃいん。[うん、会社員。] (嗯，是上班族。)

4 1. しゅふ？ (是家庭主婦嗎？)

→ ううん、しゅふじゃない。[ううん、主婦じゃない。] (不，不是家庭主婦。)

2. かれし？ (是男朋友嗎？)

→ ううん、かれしじゃない。[ううん、彼氏じゃない。] (不，不是男朋友。)

3. かのじょ？ (是女朋友嗎？)

→ ううん、かのじょじゃない。[ううん、彼女じゃない。] (不，不是女朋友。)

4. がくせい？ (是學生嗎？)

→ ううん、がくせいじゃない。[ううん、学生じゃない。] (不，不是學生。)

02 せんせいですか。

1 1. だいがくせい (大學生) → わたしは だいがくせいです。[私は大学生です。] (我是大學生。)

2. こうこうせい (高中生) → わたしは こうこうせいです。[私は高校生です。] (我是高中生。)

3. ちゅうがくせい (國中生) → わたしは ちゅうがくせいです。[私は中学生です。] (我是國中生。)

4. かんこくじん (韓國人) → わたしは かんこくじんです。[私は韓国人です。] (我是韓國人。)

2 1. せんせい（老師）

　　→ わたしは せんせいじゃありません。[私は先生じゃありません。]（我不是老師。）

　2. にほんじん（日本人）

　　→ わたしは にほんじんじゃありません。[私は日本人じゃありません。]（我不是日本人。）

　3. だいがくせい（大學生）

　　→ わたしは だいがくせいじゃありません。[私は大学生じゃありません。]（我不是大學生。）

　4. こうこうせい（高中生）

　　→ わたしは こうこうせいじゃありません。[私は高校生じゃありません。]

　　（我不是高中生。）

3 1. だいがくせいですか。（是大學生嗎？）

　　→ はい、だいがくせいです。[はい、大学生です。]（是的，是大學生。）

　2. こうこうせいですか。（是高中生嗎？）

　　→ はい、こうこうせいです。[はい、高校生です。]（是的，是高中生。）

　3. ちゅうがくせいですか。（是國中生嗎？）

　　→ はい、ちゅうがくせいです。[はい、中学生です。]（是的，是國中生。）

　4. かんこくじんですか。（是韓國人嗎？）

　　→ はい、かんこくじんです。[はい、韓国人です。]（是的，是韓國人。）

4 1. せんせいですか。（是老師嗎？）

　　→ いいえ、せんせいじゃありません。[いいえ、先生じゃありません。]（不是的，不是老師。）

　2. だいがくせいですか。（是大學生嗎？）

　　→ いいえ、だいがくせいじゃありません。[いいえ、大学生じゃありません。]

　　（不是的，不是大學生。）

　3. ちゅうがくせいですか。（是國中生嗎？）

　　→ いいえ、ちゅうがくせいじゃありません。[いいえ、中学生じゃありません。]

　　（不是的，不是國中生。）

　4. にほんじんですか。（是日本人嗎？）

　　→ いいえ、にほんじんじゃありません。[いいえ、日本人じゃありません。]

　　（不是的，不是日本人。）

03　だれの？

1 1. ぼく（我－男性）, かばん（包包）→ ぼくの かばん。[僕のかばん。]（是我的包包。）

　2. おれ（我－男性）, ぼうし（帽子）→ おれの ぼうし。[俺の帽子。]（是我的帽子。）

　3. せんせい（老師）, めがね（眼鏡）→ せんせいの めがね。[先生の眼鏡。]（是老師的眼鏡。）

　4. かれし（男朋友）, かさ（雨傘）→ かれしの かさ。[彼氏の傘。]（是男朋友的雨傘。）

2　1. わたし（我），すまほ（智慧型手機）
　　　→ わたしの すまほじゃない。[私のスマホじゃない。]（不是我的智慧型手機。）

　　2. おれ（我），けーたい（手機）
　　　→ おれの けーたいじゃない。[俺のケータイじゃない。]（不是我的手機。）

　　3. せんせい（老師），かばん（包包）
　　　→ せんせいの かばんじゃない。[先生のかばんじゃない。]（不是老師的包包。）

　　4. かのじょ（女朋友），めがね（眼鏡）
　　　→ かのじょの めがねじゃない。[彼女の眼鏡じゃない。]（不是女朋友的眼鏡。）

3　1. まなぶの ぼうし？（是「まなぶ」的帽子嗎？）→ うん、まなぶの。[うん、学の。]（是的，是「めぐみ」的東西。）

　　2. さんうの かさ？（是尚宇的雨傘嗎？）→ うん、さんうの。[うん、サンウの。]（是的，是尚宇的東西。）

　　3. せんせいの けーたい？（是老師的手機嗎？）
　　　→ うん、せんせいの。[うん、先生の。]（是的，是老師的東西。）

　　4. おまえの すまほ？（是你的智慧型手機嗎？）
　　　→ うん、わたしの/ぼくの/おれの。[うん、私の/僕の/俺の。]（是的，是我的東西。）

4　1. かさ（雨傘）→ だれの かさ？[誰の傘？]（是誰的雨傘？）

　　2. すまほ（智慧型手機）→ だれの すまほ？[誰のスマホ？]（是誰的智慧型手機？）

　　3. けーたい（手機）→ だれの けーたい？[誰のケータイ？]（是誰的手機？）

　　4. めがね（眼鏡）→ だれの めがね？[誰の眼鏡？]（是誰的眼鏡？）

04　わたしのじゃありません。

1　1. ぼく（我－男性），くつ（皮鞋）→ ぼくの くつです。[僕の靴です。]（是我的皮鞋。）

　　2. あのひと（那個人），おかね（錢）
　　　→ あのひとの おかねです。[あの人のお金です。]（是那個人的錢。）

　　3. せんせい（老師），かめら（相機）
　　　→ せんせいの かめらです。[先生のカメラです。]（是老師的相機。）

　　4. さとうさん（佐藤先生（小姐）），ようふく（衣服）
　　　→ さとうさんの ようふくです。[佐藤さんの洋服です。]（是佐藤先生（小姐）的衣服。）

2　1. わたし（我），とけい（手錶）
　　　→ わたしの とけいじゃありません。[私の時計じゃありません。]（不是我的手錶。）

　　2. あのひと（那個人），おさいふ（錢包）
　　　→ あのひとの おさいふじゃありません。[あの人のお財布じゃありません。]
　　　（不是那個人的錢包。）

3. せんせい（老師）, おかね（錢）

→ せんせいの おかねじゃありません。[先生のお金じゃありません。]（不是老師的錢。）

4. すずきさん（鈴木先生（小姐））, かめら（相機）

→ すずきさんの かめらじゃありません。[鈴木さんのカメラじゃありません。]
（不是鈴木先生（小姐）的相機。）

3 **1.** さとうさんの とけいですか。（是佐藤先生（小姐）的手錶嗎？）

→ いいえ、さとうさんのじゃありません。[いいえ、佐藤さんのじゃありません。]
（不是的，不是佐藤先生（小姐）的手錶。）

2. せんせいの くつですか。（是老師的皮鞋嗎？）

→ いいえ、せんせいのじゃありません。[いいえ、先生のじゃありません。]
（不是的，不是老師的皮鞋。）

3. あのひとの ようふくですか。（是那個人的衣服嗎？）

→ いいえ、あのひとのじゃありません。[いいえ、あの人のじゃありません。]
（不是的，不是那個人的衣服。）

4. あなたの かめらですか。（是您的相機嗎？）

→ いいえ、わたしのじゃありません。[いいえ、私のじゃありません。]（不是的，不是我的相機。）

4 **1.** おさいふ（錢包）→ どなたの おさいふですか。[どなたのお財布ですか。]（是哪位的錢包？）

2. かめら（相機）→ どなたの かめらですか。[どなたのカメラですか。]（是哪位的相機？）

3. ようふく（衣服）→ どなたの ようふくですか。[どなたの洋服ですか。]（是哪位的衣服？）

4. とけい（手錶）→ どなたの とけいですか。[どなたの時計ですか。]（是哪位的手錶？）

05 あのひと、だれ？

1 **1.** そのひとは おーすとらりあのひと？（那個人是澳洲人嗎？）

→ うん、おーすとらりあのひと。[うん、オーストラリアの人。]（嗯，是澳洲人。）

2. あのひとは かんこくのひと？（那個人是韓國人嗎？）

→ うん、かんこくのひと。[うん、韓国の人。]（嗯，是韓國人。）

3. このひとは にほんのひと？（那個人是日本人嗎？）

→ うん、にほんのひと。[うん、日本の人。]（嗯，是日本人。）

4. そのひとは いぎりすのひと？（那個人是英國人嗎？）

→ うん、いぎりすのひと。[うん、イギリスの人。]（嗯，是英國人。）

2 **1.** このひと（這個人）

→ このひとは どこの くにのひと？[この人はどこの国の人？]（這個人是哪個國家的人）

2. そのひと（那個人）

→ そのひとは どこの くにのひと？[その人はどこの国の人？]（那個人是哪個國家的人？）

3. あのひと (那個人)

→ あのひとは どこの くにの ひと？ [あの人は どこの国の人？] (那個人是哪個國家的人？)

4. せんせい (老師)

→ せんせいは どこの くにの ひと？ [先生は どこの国の人？] (老師是哪個國家的人？)

3 **1.** このひと (這個人), ちゅうごく (中國)

→ このひとも ちゅうごくじん。[この人も中国人。] (這個人也是中國人。)

2. そのひと (那個人), あめりか (美國)

→ そのひとも あめりかじん。[その人もアメリカ人。] (那個人也是美國人。)

3. あのひと (那個人), かんこく (韓國)

→ あのひとも かんこくじん。[あの人も韓国人。] (那個人也是韓國人。)

4. このひと (這個人), にほん (日本)

→ このひとも にほんじん。[この人も日本人。] (這個人也是日本人。)

4 **1.** そのひと (那個人), おーすとらりあ (澳洲)

→ そのひとが おーすとらりあのひと。[その人がオーストラリアの人。] (那個人是澳洲人。)

2. あのひと (那個人), いぎりす (英國)

→ あのひとが いぎりすのひと。[あの人がイギリスの人。] (那個人是英國人。)

3. このひと (這個人), にほん (日本)

→ このひとが にほんのひと。[この人が日本の人。] (這個人是日本人。)

4. そのひと (那個人), かんこく (韓國)

→ そのひとが かんこくのひと。[その人が韓国の人。] (那個人是韓國人。)

---

06 じょんさんの おくには どちらですか。

1 **1.** このかた (這位), ふらんす (法國)

→ このかたは ふらんすの かたです。[この方はフランスの方です。] (這位是法國人。)

2. そのかた (那位), たいわん (台灣)

→ そのかたは たいわんの かたです。[その方は台湾の方です。] (那位是台灣人。)

3. あのかた (那位), かなだ (加拿大)

→ あのかたは かなだの かたです。[あの方はカナダの方です。] (那位是加拿大人。)

4. このかた (這位), ろしあ (俄羅斯)

→ このかたは ろしあの かたです。[この方はロシアの方です。] (這位是俄羅斯人。)

2 **1.** そのかた (那位), おらんだ (荷蘭)

→ そのかたも おらんだの かたです。[その方もオランダの方です。] (那位也是荷蘭人。)

2. あのかた (那位), おーすとりあ (澳洲)

→ あのかたも おーすとりあの かたです。[あの方もオーストリアの方です。]
（那位也是澳洲人。）

3. このかた (這位), たいわん (台灣)

→ このかたも たいわんの かたです。[この方も台湾の方です。] (這位也是台灣人。)

4. そのかた (那位), かなだ (加拿大)

→ そのかたも かなだの かたです。[その方もカナダの方です。] (那位也是加拿大人。)

3 **1.** あのかた (那位), ふらんす (法國)

→ あのかたが ふらんすの かたです。[あの方がフランスの方です。] (那位是法國人。)

2. このかた (這位), ろしあ (俄羅斯)

→ このかたが ろしあの かたです。[この方がロシアの方です。] (這位是俄羅斯人。)

3. そのかた (那位), おーすとりあ (澳洲)

→ そのかたが おーすとりあの かたです。[その方がオーストリアの方です。]
（那位是澳洲人。）

4. あのかた (那位), たいわん (台灣)

→ あのかたが たいわんの かたです。[あの方が台湾の方です。] (那位是台灣人。)

4 **1.** そのかた (那位)

→ そのかたの おくには どちらですか。[その方のお国はどちらですか。]
（那位的國家是哪裡？）

2. あのかた (那位)

→ あのかたのおくにはどちらですか。[あの方のお国はどちらですか。] (那位的國家是哪裡？)

3. このかた (這位)

→ このかたの おくには どちらですか。[この方のお国はどちらですか。] (這位的國家是哪裡？)

4. せんせい (老師)

→ せんせいの おくには どちらですか。[先生のお国はどちらですか。]
（老師的國家是哪裡？）

---

07 これ、なに？

1 **1.** これ (這個), ぼく (我－男性), ぱそこん (電腦)
→ これは ぼくの ぱそこん。[これは僕のパソコン。] (這個是我的電腦。)

2. それ (那個), わたし (我), じしょ (照片)
→ それは わたしの じしょ。[それは私の辞書。] (那個是我的照片。)

3. あれ (那個), おれ (我－男性), くすり (藥)
→ あれは おれの くすり。[あれは俺の薬。] (那個是我的藥。)

4. これ (這個), にほんご (日語), しゅくだい (作業)
→ これは にほんごの しゅくだい。[これは日本語の宿題。] (這個是日語作業。)

2 1. にほんご (日語), じしょ (字典)
→ どれが にほんごの じしょ？ [どれが日本語の辞書？] (哪一個是日語的字典？)
2. そよん (書永), ぱそこん (電腦)
→ どれが そよんの ぱそこん？ [どれがソヨンのパソコン？] (哪一個是書永的電腦？)
3. ごしゅじん (丈夫), ほん (書)
→ どれが ごしゅじんの ほん？ [どれがご主人の本？] (哪一個是丈夫的書？)
4. きょう (今天), しゅくだい (作業)
→ どれが きょうの しゅくだい？ [どれが今日の宿題？] (哪一個是今天的作業？)

3 1. ぷれぜんと (禮物), そよん (書永)
→ どの ぷれぜんとが そよんの？ [どのプレゼントがソヨンの？] (哪一個禮物是書永的？)
2. ぱそこん (電腦), ひょんじん (平仁)
→ どの ぱそこんが ひょんじんの？ [どのパソコンがヒョンジンの？] (哪一個電腦是平仁的？)
3. ほん (書), ごしゅじん (丈夫)
→ どの ほんが ごしゅじんの？ [どの本がご主人の？] (哪一本書是丈夫的？)
4. くすり (藥), わたし (我) → どの くすりが わたしの？ [どの薬が私の？] (哪一個藥是我的？)

4 1. しゅくだい (作業) → なんの しゅくだい？ [何の宿題？] (是什麼作業？)
2. ぷれぜんと (禮物) → なんの ぷれぜんと？ [何のプレゼント？] (是什麼禮物？)
3. じしょ (字典) → なんの じしょ？ [何の辞書？] (是什麼字典？)
4. ほん (書) → なんの ほん？ [何の本？] (是什麼書？)

08 えきは どこですか。

1 1. ぎんこう (銀行) → ぎんこうは どこですか。[銀行はどこですか。] (銀行在哪裡？)
2. おてあらい (化妝室)
→ おてあらいは どこですか。[お手洗いはどこですか。] (化妝室在哪裡？)
3. ゆうびんきょく (郵局)
→ ゆうびんきょくは どこですか。[郵便局はどこですか。] (郵局在哪裡？)
4. がっこう (學校) → がっこうは どこですか。[学校はどこですか。] (學校在哪裡？)

2 1. えき (車站), ここ (這裡) → えきは ここです。[駅はここです。] (車站在這裡。)
2. おてあらい (化妝室), そこ (那裡)
→ おてあらいは そこです。[お手洗いはそこです。] (化妝室在那裡。)
3. ゆうびんきょく (郵局), あそこ (那裡)
→ ゆうびんきょくは あそこです。[郵便局はあそこです。] (郵局在那裡。)
4. がっこう (學校), ここ (這裡) → がっこうは ここです。[学校はここです。] (學校在這裡。)

3　**1.** はしもとさん (橋本先生（小姐）), かさ (雨傘)
　　→ はしもとさんの かさは どちらですか。[橋本さんの傘はどちらですか。]
　　　（橋本先生（小姐）的雨傘是哪一個？）

　2. なかむらさん (中村先生（小姐）), くつ (皮鞋)
　　→ なかむらさんの くつは どちらですか。[中村さんの靴はどちらですか。]
　　　（中村先生（小姐）的皮鞋是哪一個？）

　3. あんさん (安先生（小姐）), ほん (書)
　　→ あんさんの ほんは どちらですか。[アンさんの本はどちらですか。]
　　　（安先生（小姐）的書是哪一個？）

　4. わたし (我), くすり (藥)
　　→ わたしの くすりは どちらですか。[私の薬はどちらですか。]（我的藥是哪一個？）

4　**1.** かいしゃ (公司) → かいしゃは どちらですか。[会社はどちらですか。]（公司在哪裡？）

　2. がっこう (學校) → がっこうは どちらですか。[学校はどちらですか。]（學校在哪裡？）

　3. ごしゅっしん (出生地)
　　→ ごしゅっしんは どちらですか。[ご出身はどちらですか。]（出生地在哪裡？）

　4. おくに (故鄉) → おくには どちらですか。[お国はどちらですか。]（故鄉在哪裡？）

09　のみかいだった。

1　**1.** きょう (今天), はれ (晴朗) → きょうは はれだった。[今日は晴れだった。]（今天是晴朗的天氣。）

　2. おととい (前天), あめ (雨) → おとといは あめだった。[一昨日は雨だった。]
　（前天下雨了。）

　3. きのう (昨天), のみかい (喝酒的聚會)
　　→ きのうは のみかいだった。[昨日は飲み会だった。]（昨天是喝酒的聚會。）

　4. きょう (今天), てすと (考試) → きょうは てすとだった。[今日はテストだった。]（今天是考試。）

2　**1.** きのう (昨天), じゅぎょう (課程)
　　→ きのうは じゅぎょうじゃなかった。[昨日は授業じゃなかった。]（上課不是昨天。）

　2. おととい (前天), てんき (天氣。)
　　→ おとといは てんきじゃなかった。[一昨日は天気じゃなかった。]
　　　（前天不是好天氣。）

　3. きょう (今天), あめ (雨)
　　→ きょうは あめじゃなかった。[今日は雨じゃなかった。]（今天沒有下雨。）

　4. きのう (昨天), のみかい (喝酒聚會)
　　→ きのうは のみかいじゃなかった。[昨日は飲み会じゃなかった。]（昨天沒有喝酒的聚會。）

3　1. てすと（考試）

　　→ てすとは なんじから なんじまでだった？ [テストは何時から何時までだった？]
　　　（考試是從幾點到幾點？）

　　2. こんさーと（演唱會）

　　→ こんさーとは なんじから なんじまでだった？ [コンサートは何時から何時までだった？]
　　　（演唱會是從幾點到幾點？）

　　3. のみかい（喝酒聚會）

　　→ のみかいは なんじから なんじまでだった？ [飲み会は何時から何時までだった？]
　　　（喝酒聚會是從幾點到幾點？）

　　4. じゅぎょう（課程）

　　→ じゅぎょうは なんじから なんじまでだった？ [授業は何時から何時までだった？]
　　　（課程是從幾點到幾點？）

4　1. 9じ（九點），11じ（十一點）

　　→ 9じから11じまでだった。[9時から11時までだった。]（是從九點到十一點。）

　　2. 7じ（七點），10じ（十點）

　　→ 7じから10じまでだった。[7時から10時までだった。]（是從七點到十點。）

　　3. 6じ（六點），8じ（八點）

　　→ 6じから8じまでだった。[6時から8時までだった。]（是從六點到八點。）

　　4. 1じ（一點），3じ（三點）

　　→ 1じから3じまでだった。[1時から3時までだった。]（是從一點到三點。）

10　10じから かいぎでした。

1　1. きのう（昨天），ゆき（雪）→ きのうは ゆきでした。[昨日は雪でした。]（昨天下雪了。）

　　2. きょう（今天），しけん（考試）

　　→ きょうは しけんでした。[今日は試験でした。]（考試是今天。）

　　3. おととい（前天），かいぎ（會議）

　　→ おとといは かいぎでした。[一昨日は会議でした。]（會議是前天。）

　　4. きのう（昨天），あめ（雨）→ きのうは あめでした。[昨日は雨でした。]（昨天下雨了。）

2　1. きょう（今天），しけん（考試）

　　→ きょうは しけんじゃありませんでした。[今日は試験じゃありませんでした。]
　　　（考試不是今天。）

　　2. おととい（前天），くもり（陰）

　　→ おとといは くもりじゃありませんでした。[一昨日は曇りじゃありませんでした。]
　　　（前天不是陰天。）

3. きのう (昨天), ゆき (雪)

→ きのうは ゆきじゃ ありませんでした。[昨日は雪じゃありませんでした。]

（昨天沒有下雪。）

4. きょう (今天), はれ (晴朗)

→ きょうは はれじゃ ありませんでした。[今日は晴れじゃありませんでした。]

（今天不是晴朗的天氣。）

3 **1.** かいぎ (會議)

→ かいぎは なんじから なんじまででしたか。[会議は何時から何時まででしたか。]

（會議時間是從幾點到幾點？）

2. ひるやすみ (午休時間)

→ ひるやすみは なんじから なんじまででしたか。[昼休みは何時から何時まででしたか。]

（午休時間是從幾點到幾點？）

3. うけつけ (報名)

→ うけつけは なんじから なんじまででしたか。[受付は何時から何時まででしたか。]

（報名時間是從幾點到幾點？）

4. じゅぎょう (課程)

→ じゅぎょうは なんじから なんじまででしたか。[授業は何時から何時まででしたか。]

（課程時間是從幾點到幾點？）

4 **1.** 5じ はん (五點半), 6じ はん (六點半)

→ 5じ はんから 6じ はんまででした。[5時半から6時半まででした。]

（是從五點半到六點半。）

2. 12じ はん (十二點半), 1じ はん (一點半)

→ 12じ はんから 1じ はんまででした。[12時半から1時半まででした。]

（是從十二點半到一點半。）

3. 9じ はん (九點半), 3じ はん (三點半)

→ 9じ はんから 3じ はんまででした。[9時半から3時半まででした。]

（是從九點半到三點半。）

4. 7じ はん (七點半), 10じ はん (十點半)

→ 7じ はんから 10じ はんまででした。[7時半から10時半まででした。]

（是從七點半到十點半。）

第二部分

11 有名な歌手。

1 1. その人は元気な人？（那個人是活力充沛的人嗎？）
　　　→ うん、元気な人。（嗯，是有活力充沛的人。）

　　2. ここは静かな所？（這裡是安靜的地方嗎？）→ うん、静かな所。（嗯，這裡是安靜的地方。）

　　3. あの人の奥さんはきれいな人？（那個人的老婆是漂亮的人嗎？）
　　　→ うん、きれいな人。（嗯，是漂亮的人。）

　　4. それは簡単なテスト？（那個是簡單的考試嗎？）→ うん、簡単なテスト。（嗯，是簡單的考試）

2 1. この仕事は大変？（這件事累嗎？）→ ううん、大変じゃない。（不，不累。）

　　2. その歌手は有名？（那個歌手有名嗎？）→ ううん、有名じゃない。（不，不有名。）

　　3. 今日のテストは簡単？（今天的考試簡單嗎？）→ ううん、簡単じゃない。（不，不簡單。）

　　4. あの人の奥さんはきれい？（那個人的老婆漂亮嗎？）
　　　→ ううん、きれいじゃない。（不，不漂亮。）

3 1. 仕事（事情）→ どんな仕事？（是什麼樣的事情？）

　　2. 所（地方）→ どんな所？（是什麼樣的地方？）

　　3. 試験（考試）→ どんな試験？（是什麼樣的考試？）

　　4. 学校（學校）→ どんな学校？（是什麼樣的學校？）

4 1. 有名的 → ゆ　う　め　い　な　　有　名　な

　　2. 活力充沛的、健康的 → げ　ん　き　な　　元　気　な

　　3. 辛苦的 → た　い　へ　ん　な　　大　変　な

　　4. 工作 → し　ご　と　　仕　事

　　5. 明天 → あ　し　た　　明　日

12 親切な人です。

1 1. 中野さんのお父さんはまじめな人ですか。（中野先生（小姐）的父親是老實的人嗎？）
　　　→ はい、まじめな人です。（是的，是老實的人。）

　　2. それは大切な本ですか。（那個是珍貴的書嗎？）→ はい、大切な本です。
　　　（是的，是珍貴的書。）

　　3. これは大事な書類ですか。（這個是重要的資料嗎？）
　　　→ はい、大事な書類です。（是的，是重要的資料。）

4. それは嫌な仕事ですか。（那個是討厭的事嗎？）→ はい、嫌な仕事です。（是的，是討厭的事。）

2 **1.** 勉強が嫌いですか。（討厭唸書嗎？）
   → いいえ、嫌いじゃありません。（不是的，不討厭。）

2. 先生は親切ですか。（老師親切嗎？）
   → いいえ、親切じゃありません。（不是的，不親切。）

3. 田村さんが好きですか。（喜歡中野先生（小姐）嗎？）
   → いいえ、好きじゃありません。（不是的，不喜歡。）

4. この書類は大事ですか。（這個資料重要嗎？）
   → いいえ、大事じゃありません。（不是的，不重要。）

3 **1.** お父さん（父親）→ どんなお父さんですか。（是什麼樣的父親？）

2. 書類（資料）→ どんな書類ですか。（是什麼樣的資料？）

3. 人（人）→ どんな人ですか。（是什麼樣的人？）

4. 仕事（事情）→ どんな仕事ですか。（是什麼樣的事情？）

4 **1.** 親切的 → | し | ん | せ | つ | な |　　| 親切 | な |

2. 喜歡的、好的 → | す | き | な |　　| 好 | き | な |

3. 父親 → | お | と | う | さ | ん |　　| お父 | さ | ん |

4. 資料 → | し | ょ | る | い |　　| 書 | 類 |

5. 唸書 → | べ | ん | き | ょ | う |　　| 勉 | 強 |

---

13 日本語が上手だった。

1 **1.** ヒョンジンは日本語が上手な人だった？（平仁是擅長日語的人嗎？）
   → ううん、日本語が上手な人じゃなかった。（不，不是擅長日語的人。）

2. 駿は英語が下手な人だった？（駿是擅長英文的人嗎？）
   → ううん、英語が下手な人じゃなかった。（不是的，不是擅長英文的人。）

3. 原田さんのお母さんは変な人だった？（原田先生（小姐）的母親是奇怪的人嗎？）
   → ううん、変な人じゃなかった。（不是。不是奇怪的人。）

4. ユノは中国語が得意な人だった？（由諾是擅長中文的人嗎？）
   → ううん、中国語が得意な人じゃなかった。（不是的，不是擅長中文的人。）

2 **1.** ヒョンジンは日本語が苦手だった？（平仁不擅長日語嗎？）
   → うん、苦手だった。（嗯，不擅長。）

2. 昨日は暇だった？（昨天空閒嗎？）→ うん、暇だった。（嗯，空閒。）

3. ユノは英語が下手だった？（由諾不擅長英文嗎？）→ うん、下手だった。（嗯，不擅長。）

4. 原田さんのお母さんは変だった？（原田先生（小姐）的母親奇怪嗎？）
　　→ うん、変だった。（嗯，奇怪。）

3 **1.** 彼女のお母さん（女朋友的母親）→ 彼女のお母さんはどう？（女朋友的母親如何？）

2. それ（那個）→ それはどう？（那個如何？）

3. その人の韓国語（那個人的中文）
　　→ その人の韓国語はどう？（那個人的中文如何？）

4. あの人の中国語（那個人的中文）→ あの人の中国語はどう？（那個人的中文如何？）

4 **1.** 擅長的、熟練的 → じ ょ う ず な ┃ 上 手 な

2. 奇怪的 → へ ん な ┃ 変 な

3. 英文 → え い ご ┃ 英 語

4. 中文 → ち ゅ う ご く ご ┃ 中 国 語

5. 日子 → ひ ┃ 日

---

14 残念な結果でした。

1 **1.** それは便利なサイトでしたか。（那個是方便的網站嗎？）
　　→ はい、とても便利なサイトでした。（是的，是很方便的網站。）

2. そこは不便な所でしたか。（那裡是不方便的地方嗎？）
　　→ はい、とても不便な所でした。（是的，是非常不方便的地方。）

3. 試合は残念な結果でしたか。（比賽是可惜的結果嗎？）
　　→ はい、とても残念な結果でした。（是的，是非常可惜的結果。）

4. 賑やかなお祭りでしたか。（是熱鬧的慶典嗎？）
　　→ はい、とても賑やかなお祭りでした。（是的，非常熱鬧的慶典。）

2 **1.** その傘は丈夫でしたか。（那個雨傘堅固嗎？）
　　→ いいえ、丈夫じゃありませんでした。（不是的，不堅固。）

2. そこは不便でしたか。（那裡不方便嗎？）
　　→ いいえ、不便じゃありませんでした。（不是的，不會不方便。）

3. お祭りは賑やかでしたか。（慶典熱鬧嗎？）
　　→ いいえ、賑やかじゃありませんでした。（不是的，不熱鬧。）

4. そのメールは丁寧でしたか。(那個信件正式嗎？)
　　→ いいえ、丁寧じゃありませんでした。(不是的，不正式。)

3　1. 試合 (比賽) → 試合はいかがですか。(您覺得比賽如何？)
　　2. 日本のお祭り (日本慶典) → 日本のお祭りはいかがですか。(您覺得日本慶典如何？)
　　3. このサイト (這個網站) → このサイトはいかがですか。(您覺得這個網站如何？)
　　4. その傘 (那個雨傘) → その傘はいかがですか。(您覺得那個雨傘如何？)

4　1. 方便的 → ベ ん り な　　便 利 な
　　2. 不方便的 → ふ べ ん な　　不 便 な
　　3. 堅固的 → じ ょ う ぶ な　　丈 夫 な
　　4. 比賽 → し あ い　　試 合
　　5. 結果 → け っ か　　結 果

15　あの人はいい人。

1　1. あの人は悪い人？(那個人是壞人嗎？) → うん、悪い人。(嗯，是壞人。)
　　2. それは高い車？(那個是貴的車嗎？) → うん、高い車。(嗯。是貴的車。)
　　3. これは安い眼鏡？(這個是便宜的眼鏡嗎？) → うん、安い眼鏡。(嗯，是便宜的眼鏡。)
　　4. それはいい薬？(那個是好的藥嗎？) → うん、いい薬。(嗯，是好的藥。)

2　1. 木村さんは声が大きい？(木村先生 (小姐) 的聲音大嗎？) → ううん、大きくない。
　　　(不，不大。)
　　2. そのかばんは小さい？(那個包包小嗎？) → ううん、小さくない。(不，不小。)
　　3. この本はいい？(這個書好嗎？) → ううん、よくない。(不，不好。)
　　4. その子が悪い？(那個小孩壞嗎？) → ううん、悪くない。(不，不壞。)

3　1. この車 (這個車), あの車 (那個車), 高い (貴) → この車はあの車より高い。(這個車比那個車貴。)
　　2. この本 (這個書), その本 (那個書), いい (好) → この本はその本よりいい。(這個書比那個書好。)
　　3. あの子 (那個小孩), この子 (這個小孩), 大きい (大)
　　　→ あの子はこの子より大きい。(那個小孩比這個小孩大。)
　　4. その洋服 (那個衣服), この洋服 (這個衣服), 小さい (小)
　　　→ その洋服はこの洋服より小さい。(那個衣服比這個衣服小。)

4　1. 壞 → わ る い　　悪 い
　　2. 大 → お お き い　　大 き い

3. 小 → | ち | い | さ | い |　| 小 | さ | い |

4. 貴 → | た | か | い |　| 高 | い |

5. 便宜 → | 安 | い |　| や | す | い |

---

16 暑いですね。

1 **1.** それは冷たいジュースですか。(那個是冰涼的果汁嗎？)
→ はい、冷たいジュースです。(對。是冰涼的果汁。)

2. ここは暑い所ですか。(這裡是熱的地方嗎？)
→ はい、暑い所です。(對，是熱的地方。)

3. その本は厚い本ですか。(那個是厚的書嗎？)
→ はい、厚い本です。(對，是厚的書。)

4. それは薄いノートパソコンですか。(那個是薄的筆記型電腦嗎？)
→ はい、薄いノートパソコンです。(對，是薄的筆記型電腦。)

2 **1.** 東京の冬は寒いですか。(東京的冬天冷嗎？)
→ いいえ、寒くないです。(不是的」，不冷。)

2. そのお茶は熱いですか。(那個茶燙嗎？) → いいえ、熱くないです。(不是的，不燙。)

3. その本は厚いですか。(那個書厚嗎？) → いいえ、厚くないです。(不是的，不厚。)

4. ソウルの夏は暑いですか。(首爾的夏天熱嗎？)
→ いいえ、暑くないです。(不是的，不熱。)

3 **1.** そのパソコン (這個電腦), このパソコン (那個電腦), 薄い (薄)
→ そのパソコンよりこのパソコンのほうが薄いです。(比起那個電腦，這個電腦更薄。)

2. ソウル (首爾), 東京 (東京), 暑い (熱)
→ ソウルより東京のほうが暑いです。(比起首爾，東京更熱。)

3. 東京 (東京), ソウル (首爾), 寒い (冷)
→ 東京よりソウルのほうが寒いです。(比起東京，首爾更冷。)

4. このお茶 (這個茶), そのお茶 (那個茶), 熱い (燙)
→ このお茶よりそのお茶のほうが熱いです。(比起這個茶，那個茶更燙。)

4 **1.** 冰涼 → | つ | め | た | い |　| 冷 | た | い |

2. 冷 → | さ | む | い |　| 寒 | い |

3. 茶 → | お | ち | ゃ |　| お | 茶 |

4. 夏天 → 夏｜なつ

5. 冬天 → ふ｜ゆ｜冬

---

17 すごくおいしかった！

1　**1.** その人のうちは狭かった？（那個人的家小嗎？）

　　　→ ううん、狭くなかった。（不，不小。）

2. そのジュースはおいしかった？（那個果汁好喝嗎？）

　　　→ ううん、おいしくなかった。（不，不好喝。）

3. その建物は新しかった？（那個建築物是新的嗎？）

　　　→ ううん、新しくなかった。（不，不是新的。）

4. その時計は古かった？（那個手錶是舊的嗎？）

　　　→ ううん、古くなかった。（不，不是舊的。）

2　**1.** 日本料理（日本料理），フランス料理（法國料理），おいしい（好吃）

　　　→ 日本料理とフランス料理と、どっちがおいしかった？

　　　　（日本料理和法國料理之中哪一個更好吃？）

2. お母さんの時計（母親的手錶），お父さんの時計（父親的手錶），古い（舊）

　　　→ お母さんの時計とお父さんの時計と、どっちが古かった？

　　　　（母親的手錶和父親的手錶之中哪一個更舊？）

3. 金子さんの部屋（金子先生（小姐）的房間），中山さんの部屋（中山先生（小姐）的房間），広い（寬敞）

　　　→ 金子さんの部屋と中山さんの部屋と、どっちが広かった？

　　　　（金子先生（小姐）的房間和中山先生（小姐）的房間之中哪一個更寬敞？）

4. 清水さんのうち（清水先生（小姐）的家），中山さんのうち（中山先生（小姐）的家），狭い（狹窄）

　　　→ 清水さんのうちと中山さんのうちと、どっちが狭かった？

　　　　（清水先生（小姐）的家和中山先生（小姐）的家之中哪一個更狹窄？）

3　**1.** フランス料理（法國料理），おいしい（好吃）

　　　→ フランス料理のほうがおいしかった。（法國料理更好吃。）

2. お母さんの時計（母親的手錶），古い（舊）

　　　→ お母さんの時計のほうが古かった。（母親的手錶更舊。）

3. 中山さんの部屋（中山先生（小姐）的房間），広い（寬敞）

　　　→ 中山さんの部屋のほうが広かった。（中山先生（小姐）的房間更寬敞。）

4. 清水さんのうち（清水先生（小姐）的家），狭い（狹窄）

　　　→ 清水さんのうちのほうが狭かった。（清水先生（小姐）的家更狹窄。）

4 1. 久、舊 → ふるい　　古い

2. 寬敞 → ひろい　　広い

3. 酒 → さけ　　酒

4. 建築物 → たてもの　　建物

5. 房間 → へや　　部屋

18　面白かったです。

1 1. その試験は易しかったですか。(那個考試簡單嗎？)
　　→ いいえ、易しくなかったです。(不是的，不簡單。)

2. その人は優しかったですか。(那個人溫柔嗎？)
　　→ いいえ、優しくなかったです。(不是的，不溫柔。)

3. その映画は面白かったですか。(那個電影有趣嗎？)
　　→ いいえ、面白くなかったです。(不是的，不有趣。)

4. 今日は楽しかったですか。(今天愉快嗎？)
　　→ いいえ、楽しくなかったです。(不是的，不愉快。)

2 1. 英語のテスト (英文考試), 日本語のテスト (日語考試), 難しい (難)
　　→ 英語のテストと日本語のテストと、どちらが難しかったですか。
　　　(英文考試和日語考試之中哪一個更難？)

2. フランス語の先生 (法文老師), 中国語の先生 (中文老師), 優しい (溫柔)
　　→ フランス語の先生と中国語の先生と、どちらが優しかったですか。
　　　(法文老師和中文老師之中誰更溫柔？)

3. 日本のドラマ (日本電視劇), 韓国のドラマ (韓國電視劇), 面白い (有趣)
　　→ 日本のドラマと韓国のドラマと、どちらが面白かったですか。
　　　(日本電視劇和韓國電視劇之中哪一個更有趣？)

4. この映画 (這個電影), その映画 (那個電影), つまらない (無聊)
　　→ この映画とその映画と、どちらがつまらなかったですか。
　　　(這個電影和那個電影之中哪一個更無聊？)

3 1. 英語のテスト (英文考試), 難しい (難)
　　→ 英語のテストのほうが難しかったです。(英文考試更難。)

2. 中国語の先生 (中文老師), 優しい (溫柔)
　　→ 中国語の先生のほうが優しかったです。(中文老師更溫柔。)

3. 韓国のドラマ (韓國電視劇), 面白い (有趣)

→ 韓国のドラマのほうが面白かったです。(韓國電視劇更有趣。)

4. その映画 (那個電影), つまらない (無聊)

→ その映画のほうがつまらなかったです。(那個電影更無聊。)

4 **1.** 愉快 → た の し い ／ 楽 し い

2. 忙碌 → い そ が し い ／ 忙 し い

3. 電影 → え い が ／ 映 画

4. 一天 → い ち に ち ／ 一 日

5. 這週 → 今 週 ／ こ ん し ゅ う

第三部分

19 ご飯、食べる？

1 **1.** テレビ、見る？(要看電視嗎？) → ううん、見ない。(不，不看。)

2. 窓、開ける？(要開窗戶嗎？) → ううん、開けない。(不，不開。)

3. ドア、閉める？(會關門嗎？) → ううん、閉めない。(不，不會關？)

4. お金、借りる？(會借錢嗎？) → ううん、借りない。(不，不會借。)

2 **1.** スーツ、着ない？(不穿西裝嗎？) → ううん、着る。(不，要穿。)

2. ご飯、食べない？(不吃飯嗎？) → ううん、食べる。(不，要吃。)

3. 窓、開けない？(不會開窗戶嗎？) → ううん、開ける。(不，會開。)

4. お金、借りない？(不會借錢嗎？) → ううん、借りる。(不，會借。)

3 **1.** お金を借り(る)。(將會借錢。)

2. ご飯を食べ(ない)。(不要吃飯。)

3. テレビ(を)見る？(要看電視嗎？)

4. (ううん)、見ない。(不，不會看。)

4 **1.** 吃 → た べ る ／ 食 べ る

2. 看 → み る ／ 見 る

3. 開 → あ け る ／ 開 け る

4. 關 → し め る ／ 閉 め る

5. 借 → | か | り | る |　　| 借 | り | る |

20　映画を見ます。

1　1. 映画を見ますか。(看電影嗎？)→ いいえ、見ません。(不會的，不會看。)

　　2. 門を開けますか。(開門嗎？)→ いいえ、開けません。(不會的，不會開。)

　　3. カーテンを閉めますか。(將會關窗廉嗎？)→ いいえ、閉めません。(會的，不會關。)

　　4. DVDを借りますか。(將會借DVD嗎？)→ いいえ、借りません。(不會的，不會借。)

2　1. 制服を着ませんか。(不要穿校服嗎？)→ いいえ、着ます。(不是的，要穿。)

　　2. 果物を食べませんか。(不要吃水果嗎？)→ いいえ、食べます。(不是的，要吃。)

　　3. 門を開けませんか。(不開大門嗎？)→ いいえ、開けます。(不是的，要開。)

　　4. DVDを借りませんか。(不借DVD嗎？)→ いいえ、借ります。(不是的，要借。)

3　1. DVDを借り(ます)。(借DVD。)

　　2. 果物を食べます(か)。(吃水果嗎？)

　　3. 映画を見(ません)。(不看電影。)

　　4. 門(を)開けます。(開大門。)

4　1. 關 → | し | め | ます |　　| 閉 | め | ます |

　　2. 穿 → | き | ます |　　| 着 | ます |

　　3. 水果 → | く | だ | も | の |　　| 果 | 物 |

　　4. 大門 → | も | ん |　　| 門 |

　　5. 校服 → | せ | い | ふ | く |　　| 制 | 服 |

21　学校に来る？

1　1. 明日、学校にノートパソコンを持って来る？(明天將會帶電腦來學校嗎？)
　　　　→ ううん、持って来ない。(不，將不會帶。)

　　2. 再来週、東京に来る？(下下週將會來東京嗎？)
　　　　→ ううん、来ない。(不，將不會來。)

　　3. 今週、バイトをする？(這週要打工嗎？)→ ううん、しない。(不，不打工。)

　　4. 今日、ゲームをする？(今天要玩遊戲嗎？)→ ううん、しない。(不，不玩。)

2 1. 美佳はソウルに来ない？（美佳將不會來首爾嗎？）→ ううん、来る。（不，將會來。）

2. 会社にお弁当を持って来ない？（將不會帶便當來公司嗎？）
→ ううん、持って来る。（不，將會帶。）

3. 来週は料理をしない？（下週將不會做料理嗎？）→ ううん、する。（不，將會做。）

4. 今日はゲームをしない？（今天不玩遊戲嗎？）→ ううん、する。（不，要玩。）

3 1. 来週(から)バイト(を)する。（下週開始打工。）

2. 会社(に)お弁当(を)持って来る。（將會帶便當來公司。）

3. 今日はゲームを(しない)。（今天不玩遊戲。）

4. 美佳は東京に(来ない)。（美佳不來東京。）

4 1. 來 → | く | る | | 来 | る |

2. 帶來 → | も | っ | て | く | る | | 持 | っ | て | 来 | る |

3. 便當 → | べ | ん | と | う | | 弁 | 当 |

4. 下下週 → | さ | ら | い | し | ゅ | う | | 再 | 来 | 週 |

5. 今天 → | き | ょ | う | | 今 | 日 |

---

22 連絡します。

---

1 1. 来月、インドへ行って来ますか。（下個月去一趟印度嗎？）
→ いいえ、行って来ません。（不是的，不去。）

2. お母さんをここへ連れて来ますか。（將會帶母親來這裡嗎？）
→ いいえ、連れて来ません。（不會的，不會帶。）

3. 弟さんはよくけんかをしますか。（弟弟經常打架嗎？）
→ いいえ、しません。（不是的，不打架。）

4. 今日、連絡しますか。（今天將會聯絡嗎？）→ いいえ、しません。（不會的，將不會聯絡。）

2 1. 今月は外国へ行って来ませんか。（這個月不去一趟國外嗎？）
→ いいえ、行って来ます。（不是的，會去。）

2. お父さんをここへ連れて来ませんか。（將不會帶父親來這邊嗎？）
→ いいえ、連れて来ます。（不是的，會帶。）

3. 妹さんはけんかしませんか。（妹妹不打架嗎？）→ いいえ、します。（不是的，會打架。）

4. 明日、連絡をしませんか。（明天將不會聯絡嗎？）→ いいえ、します。（不是的，將會聯絡。）

3 1. 母(を)ここ(へ)連れて来ます。(帶母親來這裡。)

2. 弟(は)よくけんか(を)します。(弟弟經常打架。)

3. 今月(は)外国(へ)行って来(ません)。(這個月不去國外。)

4. 明日、連絡(を)し(ます)。(明天會聯絡。)

4 1. 下個月→| ら | い | げ | つ | | 来 | 月 |

2. 母親 →| は | は | | 母 |

3. 父親 →| ち | ち | | 父 |

4. 弟弟 →| お | と | う | と | | 弟 |

5. 妹妹 →| い | も | う | と | | 妹 |

---

23 日本に行く。

---

1 1. お土産、買う？(將會買禮物嗎？)→ ううん、買わない。(不，不會買。)

2. 今うちに帰る？(現在要回家嗎？)→ ううん、帰らない。(不，不回家。)

3. ビール飲む？(要喝啤酒嗎？)→ ううん、飲まない。(不，不喝。)

4. 友達、呼ぶ？(將會叫朋友嗎？)→ ううん、呼ばない。(不，不會叫。)

2 1. レポート出さない？(不交報告嗎？)→ ううん、出す。(不，會交。)

2. 学校に行かない？(不去學校嗎？)→ ううん、行く。(不，要去。)

3. うちに帰らない？(不回家嗎？)→ ううん、帰る。(不，要回家。)

4. ビール飲まない？(不喝啤酒嗎？)→ ううん、飲む。(不，要喝。)

3 1. うち(に)友達(を)呼(ぶ)。(想要叫朋友來家裡。)

2. 今日、学校(に)行(かない)。(今天將不會去學校。)

3. ビール飲(む)？(要喝啤酒嗎？)

4. 友達(の)お土産(を)買(わない)。(將不會買朋友的禮物。)

4 1. 去 →| い | く | | 行 | く |

2. 回去 →| か | え | る | | 帰 | る |

3. 買 →| か | う | | 買 | う |

4. 喝 →| の | む | | 飲 | む |

5. 交出 →| だ | す | | 出 | す |

24 早くうちへ帰ります。

1 1. 明日は早くうちへ帰りますか。(今天將不會早早地回家嗎？)
　　　→ いいえ、早く帰りません。(不會的，不會早走。)

　　2. 来月、マンションを買いますか。(在下個月將會買公寓嗎？)
　　　→ いいえ、買いません。(不是的，不會買。)

　　3. 毎朝、コーヒーを飲みますか。(每天早上喝咖啡嗎？)
　　　→ いいえ、飲みません。(不會的，不喝。)

　　4. 飲み会に先生を呼びますか。(在喝酒的聚會將會叫老師嗎？)
　　　→ いいえ、呼びません。(不會的，將不會叫。)

2 1. その先生は難しい問題を出しませんか。(那個老師不會出困難的題目嗎？)
　　　→ いいえ、出します。(不是的，會出。)

　　2. 明日は図書館へ行きませんか。(明天將不會去圖書館嗎？)
　　　→ いいえ、行きます。(不是的，將會去。)

　　3. マンションを買いませんか。(不買公寓嗎？)
　　　→ いいえ、買います。(不是的，要買。)

　　4. コーヒーを飲みませんか。(不喝咖啡嗎？)→ いいえ、飲みます。(不是的，要喝。)

3 1. 飲み会(に)先生(を)呼(びません)。(在喝酒的聚會將不會叫老師。)
　　2. 明日(は)図書館(へ)行(きます)。(明天要去圖書館。)
　　3. 毎朝コーヒー(を)飲(みますか)。(每天早上喝咖啡嗎？)
　　4. 今日(は)早くうち(へ)帰(りませんか)。(今天將不會早早地回家嗎？)

4 1. 圖書館 → と し ょ か ん　　図 書 館

　　2. 社長 → し ゃ ち ょ う　　社 長

　　3. 問題 → も ん だ い　　問 題

　　4. 早早地 → は や く　　早 く

　　5. 每天早上 → ま い あ さ　　毎 朝

25 写真撮らない？

1 1. 図書館で本を読まないの？(不在圖書館圖書嗎？)→ ううん、読むよ。(不，要讀。)
　　2. ベトナムで中国語を教えないの？(將不會在越南教中文嗎？)
　　　→ ううん、教えるよ。(不，將會教。)

3. デパートで買い物しないの？（將不會在百貨公司購物嗎？）→ ううん、するよ。（不，將會購物。）

4. そこのお店で休まないの？（不在那邊的商店休息嗎？）→ ううん、休むよ。（不，要休息。）

2 1. ここで写真を撮る。（在這邊拍照。）→ ここで写真を撮らなきゃ。（必須要在這邊拍照。）

2. 明日は休む。（明天將會休息。）→ 明日は休まなきゃ。（明天必須要休息。）

3. もっと本を読む。（多唸書。）→ もっと本を読まなきゃ。（必須要多唸書。）

4. 今日は買い物する。（今天想要購物。）→ 今日は買い物しなきゃ。（今天必須要購物。）

3 1. うち（で）遊（ぶの）？（會在家玩耍嗎？）

2. ううん、うち（で）遊（ばないよ）。（不，不要在家玩耍。）

3. ベトナム（で）中国語（を）教（えないの）？（不在越南教中文嗎？）

4. もっと本を読（まなきゃ）。（必須要多看書。）

4 1. 教 → | お | し | え | る |　　| 教 | え | る |

2. 休息 → | や | す | む |　　| 休 | む |

3. 読 → | よ | む |　　| 読 | む |

4. 照片 → | し | ゃ | し | ん |　　| 写 | 真 |

5. 商店 → | み | せ |　　| 店 |

---

26 チョコレートを渡すんですか。

1 1. お金を返します。（還錢。）→ お金を返すんですか。（會還錢嗎？）

2. 大切な人に手紙を書きます。（寫信給珍貴的人。）
   → 大切な人に手紙を書くんですか。（會寫信給珍貴的人嗎？）

3. 彼にチョコレートを渡します。（給男朋友巧克力。）
   → 彼にチョコレートを渡すんですか。（會給男朋友巧克力嗎？）

4. その仕事は前田さんに頼みます。（那件事拜託前田先生（小姐）。）
   → その仕事は前田さんに頼むんですか。（那件事會拜託前田先生（小姐）嗎？）

2 1. 書類を書きます。（寫資料。）→ 書類を書かなければなりません。（必須要寫資料。）

2. この仕事を前田さんに頼みます。（這件事拜託前田先生（小姐）。）
   → この仕事を前田さんに頼まなければなりません。（這件事必須要拜託前田先生（小姐）。）

3. 部屋を借ります。（借房間。）→ 部屋を借りなければなりません。（必須要借房間。）

4. 友達にお金を返します。（還錢給朋友。）
   → 友達にお金を返さなければなりません。（必須要還錢給朋友。）

3 1. その仕事は前田さん（に）頼（みませんか）。（那件事不拜託前田先生（小姐）嗎？）

2. アパート（を）借（りるんですか）。（是租公寓嗎？）

3. 彼（に）チョコレート（を）渡（さないんですか）。（不給男朋友巧克力嗎？）

4. 友達（に）お金を返（さなければなりません）。（必須要還錢給朋友。）

4 1. 寫 → | か | く |　| 書 | く |

2. 借給 → | か | す |　| 貸 | す |

3. 信 → | て | が | み |　| 手 | 紙 |

4. 男朋友 → | か | れ |　| 彼 |

5. 外國人 → | が | い | こ | く | じ | ん |　| 外 | 国 | 人 |

---

27 結婚するつもり。

1 1. 日本の歌を聞きます。（聽日本歌曲。）→ 日本の歌を聞くつもり。（打算聽日本歌曲。）

2. 週末、海で泳ぎます。（週末去海邊游泳。）
　→ 週末、海で泳ぐつもり。（打算週末去海邊游泳。）

3. 彼の両親に会いません。（不見男朋友的父母。）
　→ 彼の両親に会わないつもり。（不打算見男朋友的父母。）

4. 部長を待ちません。（不等部長。）
　→ 部長を待たないつもり。（不打算等部長。）

2 1. 彼女の鞄を持ちません。（不拿女朋友的包包嗎？）
　→ 何で彼女の鞄を持たないの？（是為什麼不拿女朋友的包包？）

2. 来月またソウルに来ます。（下個月又要來首爾。）
　→ 何で来月またソウルに来るの？（是為什麼下個月又要來首爾？）

3. 彼の両親に会います。（見男朋友的父母。）
　→ 何で彼の両親に会うの？（是為什麼見男朋友的父母？）

4. 部長を待ちません。（不等部長大人。）
　→ 何で部長を待たないの？（是為什麼不等部長？）

3 1. 週末、海で泳（がない）つもり。（打算週末不去海邊游泳。）

2. 日本の歌を聞（く）つもり。（打算聽日本歌曲。）

3. （何で）彼女の鞄を持たない（の）？（是為什麼不拿女朋友的包包？）

4. 嫌だ（から）。（因為討厭）

4 1. 聽 → き く   聞 く

2. 游泳 → お よ ぐ   泳 ぐ

3. 見面 → あ う   会 う

4. 等待 → ま つ   待 つ

5. 帶、拿 → も つ   持 つ

---

28 早く起きるつもりです。

1 1. 友達のノートをコピーします。（影印朋友的筆記。）
　　→ 友達のノートをコピーするつもりです。（打算影印朋友的筆記。）

2. この仕事は小野さんに頼みません。（這件事拜託小野先生（小姐）。）
　　→ この仕事は小野さんに頼まないつもりです。（不打算將這件事拜託小野先生（小姐）。）

3. お茶を習います。（會學習茶道。）→ お茶を習うつもりです。（打算學習茶道。）

4. その絵は売りません。（不會賣那個畫。）
　　→ その絵は売らないつもりです。（不打算賣那個畫。）

2 1. 来年から働きます。（明年會開始工作。）
　　→ どうして来年から働くんですか。（是為什麼明年開始要工作？）

2. 明日、早く起きます。（明天會早點起床。）
　　→ どうして明日、早く起きるんですか。（是為什麼明天要早點起床？）

3. お茶を習いません。（不學習茶道。）
　　→ どうしてお茶を習わないんですか。（是為什麼不學習茶道？）

4. その絵を売りません。（不賣那個畫。）
　　→ どうしてその絵を売らないんですか。（是為什麼不賣那個圖畫？）

3 1. 友達(の)ノートをコピー(しない)つもりです。（不打算影印朋友的筆記。）
2. この仕事は小野さん(に)頼(む)つもりです。（不打算將這件事拜託小野先生（小姐）。）
3. (どうして)明日、早く起きる(んですか)。（是為什麼明天要早點起床？）
4. 週末じゃありません(から)。（因為不是週末嘛。）

4 1. 起來 → お き る   起 き る

2. 學習 → な ら う   習 う

3. 賣 → う る   売 る

607

4. 明年 → | ら | い | ね | ん |　　| 来 | 年 |

5. 圖畫 → | え |　　| 絵 |

---

29 日本語を話すことができる。

1 **1.** 日本語を話します。（講日語。）→ 日本語を話すことができる。（會講日語。）

2. シャワーを浴びます。（洗澡。）→ シャワーを浴びることができる。（可以洗澡。）

3. たばこを吸います。（抽菸。）→ たばこを吸うことができる。（可以抽菸。）

4. ここで食事をします。（這裡吃飯。）
　　→ ここで食事をすることができる。（在這裡可以吃飯。）

2 **1.** ゲームをします。（玩遊戲。）→ ゲームをすることがある。（可能會玩遊戲。）

2. 日本語を話しません。（不講日語。）
　　→ 日本語を話さないことがある。（可能不講日語。）

3. 朝は食事をしません。（不吃早餐。）
　　→ 朝は食事をしないことがある。（有時候不吃早餐。）

4. 兄はたばこを吸います。（哥哥／哥哥抽菸）
　　→ 兄はたばこを吸うことがある。（哥哥／哥哥有時候在抽菸。）

3 **1.** 連絡を(しない)ことがある。（有不聯絡的情況。）

2. ギターを弾(く)前にチューニングをする。（彈吉他前調音。）

3. 食事(の)前に手を洗う。（用餐前洗手。）

4. 週末は外(で)食事をすることが(ある)。（週末有在外面用餐的時候。）

4 **1.** 講話 → | は | な | す |　　| 話 | す |

2. 蒙上、沾上 → | あ | び | る |　　| 浴 | び | る |

3. 洗 → | あ | ら | う |　　| 洗 | う |

4. 外面、外部 → | そ | と |　　| 外 |

5. 用餐 → | しょ | く | じ |　　| 食 | 事 |

608

30 掃除の前に洗濯をします。

1　1. 中国語 (中文), メールを書きます。(寫信)
　　→ 中国語でメールを書くことができます。(能夠用中文寫信。)
　2. フランス語 (法文), 話をします。(講話)
　　→ フランス語で話をすることができます。(可以用法文講話。)
　3. 箸 (筷子), 食事をします。(用餐)
　　→ 箸で食事をすることができます。(能夠用筷子用餐。)
　4. 自転車 (騎腳踏車), 学校まで行きます。(到學校)
　　→ 自転車で学校まで行くことができます。(可以騎腳踏車到學校。)

2　1. カラオケで歌います。(在KTV唱歌。)
　　→ カラオケで歌うことがあります。(有時候在KTV唱歌。)
　2. 連絡をします。(聯絡)→ 連絡をすることがあります。(有時候會聯絡。)
　3. お風呂に入りません。(不洗澡。)
　　→ お風呂に入らないことがあります。(有時候不洗澡。)
　4. 掃除をしません。(不打掃)
　　→ 掃除をしないことがあります。(有時候不打掃。)

3　1. 箸で食事をすることが (できます)。(可以用筷子用餐。)
　2. 洗濯を (しない) ことがあります。(有時候不洗衣服。)
　3. うち (に) 帰る (前に) 連絡します。(在回家之前聯絡。)
　4. 食事 (の前に) 石けん (で) 手を洗います。(請在吃飯前用肥皂洗手。)

4　1. 唱歌 → | う | た | う | 　 | 歌 | う |
　2. 進去 → | は | い | る | 　 | 入 | る |
　3. 話 → | は | な | し | 　 | 話 |
　4. 洗滌、洗衣服 → | せ | ん | た | く | 　 | 洗 | 濯 |
　5. 打掃 → | そ | う | じ | 　 | 掃 | 除 |

第四部分

31 起きた？ 起床了嗎？

1 1. 夕べは早く寝た？（昨天早睡了嗎？）→ ううん、早く寝なかった。（不，沒早睡。）

2. 新しい単語、覚えた？（背新單字了嗎？）→ ううん、覚えなかった。（不，沒背。）

3. 昨日は出かけた？（昨天外出了嗎？）→ ううん、出かけなかった。（不，沒外出。）

4. ご両親に電話かけた？（打電話給父母了嗎？）→ ううん、かけなかった。（不，沒打。）

2 1. バス、降りなかった？（沒下公車嗎？）→ ううん、降りた。（不，下了。）

2. 今朝、シャワーを浴びなかった？（今天早上沒洗澡嗎？）
→ ううん、浴びた。（不，洗了。）

3. 窓、開けなかった？（沒開窗戶嗎？）→ ううん、開けた。（不，開了。）

4. 電話番号、教えなかった？（有告知電話號碼嗎？）→ ううん、教えた。（不，告知了。）

3 1. 今朝、早く起き(た)。今天早上早起了。

2. 夕べ(は)遅く寝(なかった)。昨天晚上沒晚睡。

3. バス(を)降りた。從公車下車了。

4. 昨日は出かけ(なかった)。昨天沒有外出。

4

	原形	不〜（ない形）	〜了（た形）	沒〜
1.	覚える[おぼえる]（背）	覚えない	覚えた	覚えなかった
2.	出かける[でかける]（外出）	出かけない	出かけた	出かけなかった

5 1. 背 → お ぼ え る　覚 え る

2. 外出 → で か け る　出 か け る

3. 今天早上 → け さ　今 朝

4. 單字 → た ん ご　単 語

5. 號碼 → ば ん ご う　番 号

32 今朝、7時に起きました。在今天早上七點起床了。

1 1. 夕べ、12時に寝ましたか。(昨天晚上在十二點睡了嗎？)
→ いいえ、12時に寝ませんでした。(不是的，沒有在十二點睡。)

2. 昨日はテレビを見ましたか。(昨天看電視了嗎？)
→ いいえ、見ませんでした。(不是的，沒有看。)

3. 今日、出かけましたか。(今天外出了嗎？)
→ いいえ、出かけませんでした。(不是的，沒有外出。)

4. お金を借りましたか。(借錢了嗎？) → いいえ、借りませんでした。(不是的，沒有借。)

2 1. 夕べは全然寝ませんでしたか。(在昨天晚上完全沒睡嗎？)
→ いいえ、寝ました。(不是的，睡了。)

2. 今朝は7時に起きませんでしたか。(今天早上七點沒起來嗎？)
→ いいえ、7時に起きました。(不是的，在七點起來了。)

3. 先週は全然出かけませんでしたか。(在上週完全沒外出嗎？)
→ いいえ、出かけました。(不是的，外出了。)

4. 単語の意味を覚えませんでしたか。(沒背單字的意思嗎？)
→ いいえ、覚えました。(不是的，背了。)

3 1. 昨日、9時(に)出かけました。昨天在九點外出了。

2. 電車(を)降りました。從電車下車了。

3. 夕べは全然寝(ませんでした)。昨天晚上完全沒有睡覺。

4. 単語の意味を覚え(ました)。背了單字的意思。

4

	原形	做〜（「ます」形）	不做〜	〜了	沒〜
1.	降りる[おりる]（下）	降ります	降りません	降りました	降りませんでした
2.	寝る[ねる]（睡覺）	寝ます	寝ません	寝ました	寝ませんでした

5 1. 地鐵、電車 → で　ん　し　ゃ 　 電　車

2. 小孩、子女、孩子 → こ　ど　も 　 子　供

3. 早上 → あ　さ 　 朝

4. 意義、意思 → い　み 　 意　味

5. 完全不 → ぜ　ん　ぜ　ん 　 全　然

33 宿題、持って来た？ 作業帶了嗎？

1 1. 学校に鉛筆、持って来た？（帶鉛筆來學校了嗎？）
　　→ ううん、持って来なかった。（不，沒有帶。）

　　2. お兄さんをカフェに連れて来た？（帶哥哥來咖啡廳了嗎？）
　　→ ううん、連れて来なかった。（不，沒有帶。）

　　3. 理由を説明した？（說明理由了嗎？）
　　→ ううん、説明しなかった。（不，沒說明。）▶也可以只使用「しなかった」回答。

　　4. 中間試験の準備した？（準備期中考了嗎？）
　　→ ううん、しなかった。（不，沒準備。）▶也可以只使用「準備しなかった」回答。

2 1. 学校に消しゴム、持って来なかった？（沒帶橡皮擦來學校嗎？）
　　→ ううん、持って来た。（不，帶了。）

　　2. お兄さんをカフェに連れて来なかった？（沒帶哥哥來咖啡廳嗎？）
　　→ ううん、連れて来た。（不，帶了。）

　　3. 理由を説明しなかった？（沒說明理由嗎？）
　　→ ううん、説明した。（不，說明了。）▶可以只使用「した」回答。

　　4. 期末試験の準備しなかった？（沒準備期中考嗎？）
　　→ ううん、した。（不，準備了。）▶也可以只使用「準備した」回答。

3 1. 学校(に)鉛筆(と)消しゴム(を)持って来た。帶鉛筆與橡皮擦來學校了。
　　2. 理由を説明(した)。說明理由了。
　　3. 兄(を)カフェ(に)連れて(来なかった)。沒有帶哥哥來咖啡廳。
　　4. 中間試験(の)準備(を)(しなかった)。沒有準備期中考。

4

原形	不～（ない形）	～了（た形）	沒～
1. 来る[くる]（來）	来ない[こない]	来た[きた]	来なかった [こなかった]
2. する（做）	しない	した	しなかった

5 1. 哥哥／哥哥（尊稱）→ お に い さ ん 　 お兄さん

　　2. 理由 → り ゆ う 　 理由

　　3. 說明 → せ つ め い 　 說明

　　4. 中間 → ち ゅ う か ん 　 中間

　　5. 期末 → き ま つ 　 期末

34 大阪へ行って来ました。去一趟大阪回來了。

1　1. 原さんは病院へ来ましたか。(原先生（小姐）來醫院了嗎？)
　　　→いいえ、来ませんでした。(不是的，沒有來。)

　　2. 先月、京都へ行って来ましたか。(上個月去一趟京都了嗎？)
　　　→いいえ、行って来ませんでした。(不是的，沒有去一趟。)

　　3. 今日、百貨店で買い物をしましたか。(今天在百貨公司逛街了嗎？)
　　　→いいえ、しませんでした。(不是的，沒有逛街。)

　　4. うちで歌を練習しましたか。(在家練習唱歌了嗎？)
　　　→いいえ、練習しませんでした。(不是的，沒有練。) ▶可以只說「しませんでした。」

2　1. 柴田さんは病院へ来ませんでしたか。(柴田先生（小姐）沒有來醫院嗎？)
　　　→いいえ、来ました。(不是的，來了。)

　　2. 先月、大阪へ行って来ませんでしたか。(上個月沒有去一趟大阪嗎？)
　　　→いいえ、行って来ました。(不是的，去了。)

　　3. 今日、買い物をしませんでしたか。(今天沒有逛街嗎？)
　　　→いいえ、しました。(不是的，逛街了。)

　　4. 学校で歌を練習しませんでしたか。(在學校不練習唱歌了嗎？)
　　　→いいえ、練習しました。(不是的，練習了。) ▶也可以只使用「しました」回答。

3　1. 昨日、原さん(は)病院(へ)来ませんでした。昨天原田先生（小姐）沒有來醫院了。
　　2. 先月、大阪(と)京都(へ)行って来ました。上個月與去一趟大阪與京都了。
　　3. 兄(と)百貨店(で)買い物(を)(しました)。和哥哥一起在百貨公司購物了。
　　4. 友達(と)うち(で)歌(を)練習(しませんでした)。跟朋友在家沒有練習唱歌。

4

原形	做〜（「ます」形）	不〜	〜了	沒〜
1. 来る[くる](來)	来ます [きます]	来ません [きません]	来ました [きました]	来ませんでした [きませんでした]
2. する（做）	します	しません	しました	しませんでした

5　1. 醫院 → びょういん　　病院

　　2. 百貨公司 → ひゃっかてん　　百貨店

　　3. 姊姊 → おねえさん　　お姉さん

　　4. 練習 → れんしゅう　　練習

　　5. 上個月 → せんげつ　　先月

35　空港に着いた。 抵達機場了

1　1. 映画館に行った？（去電影院了嗎？）→ ううん、行かなかった。（不，沒去。）
　　2. お店で上着、脱いだ？（在商店脱外套了嗎？）→ ううん、脱がなかった。（不，沒脱。）
　　3. プールで泳いだ？（在游泳池游泳了嗎？）→ ううん、泳がなかった。（不，沒游泳。）
　　4. 車で歌、聞いた？（在車上聽音樂了嗎？）→ ううん、聞かなかった。（不，沒聽。）

2　1. スカート、はかなかった？（沒有穿裙子嗎？）→ ううん、はいた。（不，穿了。）
　　2. 5時に着かなかった？（在五點沒抵達嗎？）→ ううん、着いた。（不，抵達了。）
　　3. お店で上着、脱がなかった？（在商店沒有脱外套嗎？）→ ううん、脱いだ。（不，脱了。）
　　4. メール、書かなかった？（沒有寫電郵了嗎？）→ ううん、書いた。（不，寫了。）

3　1. 5時(に)空港(に)着(かなかった)。在五點沒有抵達機場。
　　2. 映画館に行(った)。去了電影院。
　　3. お店(で)上着、脱(いだ)？在商店脱了外套嗎？
　　4. ううん、脱(がなかった)。不，沒有脱。

4

原形	不〜（ない形）	〜了（た形）	沒〜
1. はく（穿（褲子等））	はかない	はいた	はかなかった
2. 脱ぐ[ぬぐ]（脱）	脱がない	脱いだ	脱がなかった

5　1. 到達 → つ く　　着 く
　　2. 脱 → ぬ ぐ　　脱 ぐ
　　3. 機場 → く う こ う　　空 港
　　4. 外套、外衣 → う わ ぎ　　上 着
　　5. 電影院 → え い が か ん　　映 画 館

36　興味を持った。 產生興趣了。

1　1. きれいな言葉を使った？（使用好話了嗎？）→ ううん、使わなかった。（不，沒有使用。）
　　2. 興味を持った？（有關心了嗎？）→ ううん、持たなかった。（不，沒興趣。）
　　3. 雨が降った？（下雨了嗎？）→ ううん、降らなかった。（不，沒下。）
　　4. ヘルメット、かぶった？（戴安全帽了嗎？）→ ううん、かぶらなかった。（不，沒戴。）

2 **1.** 英語を全然習わなかった？（完全不學英文了嗎？）→ ううん、習った。（不，學了。）

   2. その女優に会わなかった？（沒見那個女演員嗎？）→ ううん、会った。（不，見到了。）

   3. 課長を全然待たなかった？（完全不等課長大人了嗎？）→ ううん、待った。（不，等了。）

   4. 帽子をかぶらなかった？（不戴帽子了嗎？）→ ううん、かぶった。（不，戴了。）

3 **1.** きれい（な）言葉を使（わなかった）。沒有使用美麗的話語。

   2. ヘルメット（を）かぶ（った）？ 戴安全帽了嗎？

   3. 雨（が）全然降（らなかった）？ 完全沒有下雨嗎？

   4. ううん、降（った）。不，下了。

4

原形	不〜（ない形）	〜了（た形）	沒〜
1. 使う[つかう]（使用）	使わない	使った	使わなかった
2. 持つ[もつ]（拿）	持たない	持った	持たなかった
3. 降る[ふる] （下（雨、雪等））	降らない	降った	降らなかった

5 **1.** 使用、用 → つ か う   使 う

   2. 下（雨、雪等）→ ふ る   降 る

   3. 話 → こ と ば   言 葉

   4. 上面 → う え   上

37 初雪が降りました。 下初雪了。

1 **1.** シャツを脱いだ。（脱襯衫了。（常體））→ シャツを脱ぎました。（脱襯衫了。（敬語））

   2. 会社で課長を待った。（在公司等了課長大人。（常體））
    → 会社で課長を待ちました。（在公司等了課長大人。（敬語））

   3. 今日、初雪が降った。（今天下了初雪。（常體））→ 今日、初雪が降りました。
    （今天下了初雪。（敬語））

   4. 白い靴下を履いた。（穿了白色襪子。（常體））→ 白い靴下を履きました。
    （穿了白色襪子。（敬語））

2 **1.** セーターを脱がなかった。（沒有脱毛衣。（常體））
    → セーターを脱ぎませんでした。（沒有脱毛衣。（敬語））

   2. ヘルメットをかぶらなかった。（沒有戴安全帽。（常體））
    → ヘルメットをかぶりませんでした。（沒有戴安全帽。（敬語））

   3. 白い靴下を履かなかった。（沒有穿白色襪子。（常體））
    → 白い靴下を履きませんでした。（沒有穿白色襪子。（敬語））

4. 公園に着かなかった。(沒有到達公園。(常體))
　　→ 公園に着きませんでした。(沒有到達公園。(敬語))

3 1. シャツを脱(ぎませんでした)。沒有脫襯衫。
　　2. スプーンを使(いましたか)。有使用湯匙嗎?
　　3. 会社(で)課長を待(ちました)。在公司等了課長大人。
　　4. 今日、初雪(が)降(りませんでした)。今天沒有下初雪。

4

原形	做～(「ます」形)	不～	～了	沒～
1. はく (穿(褲子等))	はきます	はきません	はきました	はきませんでした
2. 脱ぐ[ぬぐ] (脫)	脱ぎます	脱ぎません	脱ぎました	脱ぎませんでした
3. 使う[つかう] (使用)	使います	使いません	使いました	使いませんでした
4. 待つ[まつ] (等待)	待ちます	待ちません	待ちました	待ちませんでした
5. かぶる (戴(在頭上))	かぶります	かぶりません	かぶりました	かぶりませんでした

5 1. 公園、遊樂場 → こ う え ん 　 公 園
　　2. 初雪 → は つ ゆ き 　 初 雪
　　3. 白色的、白的 → し ろ い 　 白 い

---

38 すごく並んだ。排了很久的隊。

1 1. 犬が死んだ?(狗死了嗎?)→ ううん、死ななかった。(不,沒有死。)
　　2. お茶、飲んだ?(喝茶了嗎?)→ ううん、飲まなかった。(不,沒有喝。)
　　3. 1時間、並んだ?(排了一個小時了嗎?)→ ううん、1時間並ばなかった。
　　(不,沒有排一個小時。)
　　4. 朝、新聞読んだ?(在早上讀報紙了嗎?)→ ううん、読まなかった。(不,沒有讀。)

2 1. 猫は死ななかった?(貓沒有死嗎?)→ ううん、死んだ。(不,死了。)
　　2. 学校、休まなかった?(學校沒有休息嗎?)→ ううん、休んだ。(不,休息了。)
　　3. その鳥は飛ばなかった?(那個鳥沒有飛嗎?)→ ううん、飛んだ。(不,飛了。)
　　4. 全然並ばなかった?(完全沒有排隊嗎?)→ ううん、並んだ。(不,排了。)

3　1. その鳥は飛(ばなかった)。那個鳥沒有飛。

　　2. うち(の)犬が死(んだ)。我們家的狗死了。

　　3. 全然並(ばなかった)？完全沒有排隊嗎？

　　4. ううん、並(んだ)。不，排了隊。

4

	原形	不～（ない形）	～了（た形）	沒～
1.	死ぬ[しぬ]（死）	死なない	死んだ	死ななかった
2.	飲む[のむ]（喝）	飲まない	飲んだ	飲まなかった
3.	飛ぶ[とぶ]（飛）	飛ばない	飛んだ	飛ばなかった

5　1. 死 → し ぬ　　死 ぬ

　　2. 狗 → い ぬ　　犬

　　3. 天空 → そ ら　　空

　　4. 報紙 → し ん ぶ ん　　新 聞

39　彼氏とけんかした。跟男朋友吵架了。

1　1. 大きな声、出した？（發出了大的聲音嗎？）→ ううん、出さなかった。（不，沒有發出。）

　　2. うちの鍵、無くした？（家裡鑰匙弄不見了嗎？）
　　　→ ううん、無くさなかった。（不，沒有弄不見。）

　　3. 友達にマンガ、貸した？（借給朋友漫畫書了嗎？）
　　　→ ううん、貸さなかった。（不，沒有借。）

　　4. 昨日、奥さんとよく話した？（昨天和妻子好好地談了嗎？）
　　　→ ううん、話さなかった。（不，沒有談。）

2　1. たばこの火、消さなかった？（香菸火沒滅掉嗎？）→ ううん、消した。（不，滅了。）

　　2. チョコレート、渡さなかった？（巧克力沒有轉交嗎？）→ ううん、渡した。（不，轉交了。）

　　3. うちの鍵、無くさなかった？（家裡鑰匙沒有弄不見嗎？）→ ううん、無くした。（不，弄不見了。）

　　4. 傘、ささなかった？（沒有撐雨傘嗎？）→ ううん、さした。（不，撐了。）

3　1. 友達(に)マンガ(を)貸(した)。借給朋友漫畫書了。

　　2. 主人(と)全然話(さなかった)。和丈夫完全沒有講話。

　　3. 何(で)大きな声(を)出(した)(の)？為什麼發出大的聲音？

　　4. 私(が)うち(の)鍵(を)無くした(から)。因為我把家裡鑰匙弄不見了。

	原形	不〜（ない形）	〜了（た形）	沒〜
1.	消す[けす]（關）	消さない	消した	消さなかった
2.	さす（撐（雨傘））	ささない	さした	ささなかった
3.	話す[はなす]（談話）	話さない	話した	話さなかった

5 **1.** 關、擦除 → け｜す　　　消｜す

　　2. 弄不見、遺失 → な｜く｜す　　無｜く｜す

　　3. 大的 → お｜お｜き｜な　　大｜き｜な

　　4. 火 → ひ　　火

---

40 切符を無くしました。把票弄丟了。

1 **1.** データが飛んだ。（遺失資料了。（常體））→ データが飛びました。（遺失資料了。（敬語））

　　2. 電気を消した。（關了燈。（常體））→ 電気を消しました。（關了燈。（敬語））

　　3. 切符を無くした。（弄丟了票。（常體））→ 切符を無くしました。（弄丟了票。（敬語））

　　4. 新聞を読んだ。（讀了報紙。（常體））→ 新聞を読みました。（讀了報紙。（敬語））

2 **1.** 一列に並ばなかった。（沒有排成一排。（常體））
　　　→ 一列に並びませんでした。（沒有排成一排。（敬語））

　　2. お金を返さなかった。（沒有還錢。（常體））
　　　→ お金を返しませんでした。（沒有還錢。（敬語））

　　3. お酒を飲まなかった。（沒有喝酒。（常體））→ お酒を飲みませんでした。
　　　（沒有喝酒。（敬語））

　　4. 祖父は死ななかった。（爺爺沒有死。（常體））
　　　→ 祖父は死にませんでした。（爺爺沒有死。（敬語））

3 **1.** 祖父が死(にました)。爺爺死了。

　　2. 電気を消(しませんでした)。沒有關燈。

　　3. データが飛(びましたか)。資料弄丟了嗎？

　　4. いいえ、飛(びませんでした)。不，沒有弄丟。

	原形	做〜（「ます」形）	不〜	〜了	沒〜
1.	死ぬ[しぬ]（死）	死にます	死にません	死にました	死にませんでした
2.	読む[よむ]（讀）	読みます	読みません	読みました	読みませんでした
3.	並ぶ[ならぶ]（排隊）	並びます	並びません	並びました	並びませんでした
4.	さす（撐（雨傘））	さします	さしません	さしました	さしませんでした

5 1. 祖父、爺爺（非尊稱）→ そ ふ 祖 父

2. 票 → き っ ぷ 切 符

3. 電、燈 → で ん き 電 気

4. 各種各樣 → い ろ い ろ と 色 々 と

---

41 日本に行ったことがない。 沒去過日本。

1 1. 駅まで歩きましたか。（走路到車站了嗎？（敬語））→ 駅まで歩いたの？（是走路到車站了嗎？（常體））

2. 昨日は出かけませんでしたか。（昨天沒有外出嗎？（敬語））
→ 昨日は出かけなかったの？（昨天是沒有外出嗎？（常體））

3. 雪が降りましたか。（下雪了嗎？（敬語））→ 雪が降ったの？（是下雪了嗎？（常體））

4. スニーカーを履きませんでしたか。（沒有穿運動鞋嗎？（敬語））
→ スニーカーを履かなかったの？（沒有穿運動鞋嗎？（常體））

2 1. 日本に行きました。（去了日本。（敬語））→ 日本に行ったことがある。（有去過日本。（常體））

2. お酒を飲みません。（不喝酒。（敬語））→ お酒を飲んだことがない。（沒有喝過酒。（常體））

3. たばこを吸いました。（抽了菸。（敬語））→ たばこを吸ったことがある。（有抽過菸。（常體））

4. 日本の映画を見ません。（沒有看日本電影。（敬語））
→ 日本の映画を見たことがない。（沒看過日本電影。（常體））

3 1. 社長(の)足を踏んだ(の)？ 踩了社長的腳了嗎？（常體）

2. ううん、踏まなかった(よ)。不，沒有踩。（用想告訴對方的語調）

3. その人(に)会(った)ことがある。有見過那個人。（常體）

4. 警察に電話をかけたことが(ない)。沒有打電話給警察過。（常體）

4 1. 答、回答 → こ　た　え　る　　答　え　る

2. 走路 → あ　る　く　　歩　く

3. 問題 → し　つ　も　ん　　質　問

4. 脚 → あ　し　　足

5. 日圓 → え　ん　　円

---

42 富士山に登ったんですか。是登上富士山了嗎？

1 1. 飛行機に乗りましたか。（搭了飛機嗎？）
→ 飛行機に乗ったんですか。（是搭了飛機嗎？）

2. 青いＴシャツを買いませんでしたか。（沒有買藍色襯衫嗎？）
→ 青いＴシャツを買わなかったんですか。（是沒有買藍色襯衫嗎？）

3. 山に登りましたか。（上山了嗎？）→ 山に登ったんですか。（是上山了嗎？）

4. 川で遊びませんでしたか。（沒有在河邊玩耍嗎？）
→ 川で遊ばなかったんですか。（是沒有在河邊玩耍嗎？）

2 1. 友達の名前を忘れました。（忘了朋友的名字。）
→ 友達の名前を忘れたことがあります。（有忘記朋友的名字過。）

2. 山に登れません。（沒有上山。）
→ 山に登ったことがありません。（沒有上山過。）

3. 漢字を習いました。（學漢字了。）
→ 漢字を習ったことがあります。（有學過漢字。）

4. 飛行機に乗りません。（沒有搭飛機。）
→ 飛行機に乗ったことがありません。（沒有搭過飛機。）

3 1. 山に登（らなかった）んですか。沒有上山嗎？

2. 飛行機（に）乗った（こと）がありません。沒有搭過飛機。

3. 友達（の）名前を忘（れた）ことがあります。有忘記朋友的名字過。

4. 川（で）遊（んだんです）か。在河邊玩耍了嗎？

4 1. 搭（車、飛機） → の　る　　乗　る

2. 藍的、青的 → あ　お　い　　青　い

3. 名字 → な　ま　え　　名　前

4. 山 → | や | ま |　| 山 |

5. 河 → | か | わ |　| 川 |

---

43 運動した方がいい。 運動會比較好。

1 1. 今日は運動しません。（今天沒有運動。）

  → 今日は運動しない方がいい。（今天不要運動會比較好。）

 2. 顔を洗います。（洗臉。）→ 顔を洗った方がいい。（洗臉會比較好。）

 3. 髪を切りません。（不剪頭髮。）→ 髪を切らない方がいい。（不剪頭髮會比較好。）

 4. 先生の説明をよく聞きます。（好好地聽老師的說明。）

  → 先生の説明をよく聞いたほうがいい。（好好地聽老師的說明會比較好。）

2 ▶ 「後で」後面的逗號（、）可以加也可以不加。

 1. 朝ご飯を食べる(吃早餐), 顔を洗う(洗臉)

  → 朝ご飯を食べた後で、顔を洗う。（吃完早餐之後洗臉。）

 2. 食事(吃飯), 歯を磨く(刷牙)→ 食事の後で歯を磨く。（吃完飯之後刷牙。）

 3. 運動する(運動), シャワーを浴びる(洗澡)

  → 運動した後で、シャワーを浴びる。（運動完之後洗澡。）

 4. 会議(會議), 晩ご飯を食べた(吃晚餐)

  → 会議の後で晩ご飯を食べた。（會議（結束）之後吃了晚餐。）

3 1. 朝、顔を洗(ったり)歯を磨(いたり)する。在早上有洗臉也有刷牙。

 2. 週末はいつも運動(とか)散歩(とか)をする。在週末總是會運動或是散步。

 3. ここは散歩(しない)方がいい。不要在這裡散步比較好。

 4. 先生(の)説明を聞(いた)後で質問した。聽完老師的說明之後提了問題。

4 1. 剪、截斷 → | き | る |　| 切 | る |

 2. 運動 → | う | ん | ど | う |　| 運 | 動 |

 3. 散歩 → | さ | ん | ぽ |　| 散 | 歩 |

 4. 臉 → | か | お |　| 顔 |

 5. 早餐 → | あ | さ | ご | は | ん |　| 朝 | ご | 飯 |

44 薬を塗らない方がいいです。 不要塗藥會比較好。

1 1. 電気をつけます。（開燈。）→ 電気をつけた方がいいです。（開燈會比較好。）

2. 薬を塗りません。（不擦藥。）
  → 薬を塗らない方がいいです。（不擦藥會比較好。）

3. 傘を持って行きます。（帶走雨傘。）
  → 傘を持って行った方がいいです。（帶走雨傘會比較好。）

4. プレゼントをもらいません。（不收禮物。）
  → プレゼントをもらわない方がいいです。（不收下禮物會比較好。）

2 ▶ 「～たり」後面的逗號（、）可以加也可以不加。

1. 電気をつける(開燈), 消す(關)
  → 電気をつけたり消したりしました。（有開燈也有關燈。）

2. 電話をかける(打電話), プレゼントを持って行く(帶走禮物)
  → 電話をかけたり、プレゼントを持って行ったりしました。
   （有打電話也有帶走禮物了。）

3. 眼鏡をかける(戴眼鏡), コンタクトをする(戴隱形眼鏡)
  → 眼鏡をかけたりコンタクトをしたりしました。（有戴眼鏡也有戴隱形眼鏡。）

4. お酒を飲む(喝酒), たばこを吸う(抽菸)
  → お酒を飲んだり、たばこを吸ったりしました。（有喝酒也有抽菸。）

3 1. お金を持って(行かない)方がいいです。不要拿走錢會比較好。

2. お土産を(もらった)後(で)、電話をかけました。收完禮物後打電話。

3. 中間試験(の)後(で)、友達と遊びます。期中考後跟朋友玩。

4. 大阪(や)京都(や)奈良などへ行きます。去了大阪和京都和奈良等地方。

4 1. 塗、刷 → ｜ぬ｜る｜ ｜塗｜る｜

2. 帶走 → ｜も｜っ｜て｜い｜く｜ ｜持｜っ｜て｜行｜く｜

3. 藥 → ｜く｜す｜り｜ ｜薬｜

4. 奈良（地名）→ ｜な｜ら｜ ｜奈｜良｜

5. 待會 → ｜あ｜と｜で｜ ｜後｜で｜

第五部分

45 それ、ちょうだい。 那個給我。

1 1. お茶(茶), お菓子(餅乾) → このお茶とお菓子、ちょうだい。(給我這個茶與餅乾。)

2. たばこ(香菸), ライター(打火機) → このたばことライター、ちょうだい。
   (給我這個香菸與打火機。)

3. ガム(口香糖), 飴(糖果) → このガムと飴、ちょうだい。(給我這個口香糖與糖果。)

4. 鉛筆(鉛筆), ノート(筆記本) → この鉛筆とノート、ちょうだい。(給我這個鉛筆與筆記本。)

2 1. 人形(人偶) → その人形、いくら?(那個人偶,多少錢?)

2. お菓子(餅乾) → そのお菓子、いくら?(那個餅乾,多少錢?)

3. ガム(口香糖) → そのガム、いくら?(那個口香糖,多少錢?)

4. キーホルダー(鑰匙圈) → そのキーホルダー、いくら?(那個鑰匙圈,多少錢?)

3 1. そのガム(と)飴、ちょうだい。給我那個口香糖和糖果。

2. うん、いい(よ)。嗯,就這樣。/好。

3. (だめ)。不行。

4. この飴は3個(で)100円。 這個糖果三個是100日圓。

4 1. 人偶 → | に | ん | ぎ | ょ | う |　 | 人 | 形 |

2. 餅乾 → | お | か | し |　 | お | 菓 | 子 |

3. ~個 → | こ |　 | 個 |

4. 全部 → | ぜ | ん | ぶ |　 | 全 | 部 |

5. 開業 → | か | い | て | ん |　 | 開 | 店 |

46 そのりんごをください。 請給我那個蘋果。

1 1. ノート(筆記本), ボールペン(原子筆)
   → このノートとボールペンをください。(請給我這個筆記本與原子筆。)

2. 机(書桌), 椅子(椅子) → この机と椅子をください。(請給我這個書桌與椅子。)

3. 卵(雞蛋), 牛乳(牛奶) → この卵と牛乳をください。(請給我這個雞蛋與牛奶。)

4. りんご(蘋果), みかん(橘子) → このりんごとみかんをください。(請給我這個蘋果與橘子。)

2 1. 机(書桌) → その机はいくらですか。(那個書桌是多少錢?)

2. 椅子(椅子) → その椅子はいくらですか。(那個椅子是多少錢?)

3. 卵(雞蛋) → その卵はいくらですか。(那個雞蛋是多少錢？)

4. 牛乳(牛奶) → その牛乳はいくらですか。(那個牛奶是多少錢？)

3 **1.** そのノート(と)ボールペン(を)ください。請給我那個筆記本和原子筆。

2. はい、(どうぞ)。好，請。

3. このみかんは(いくら)ですか。這個橘子是多少錢？

4. 10個(で)376円です。十個是376日圓。

4 **1.** 困擾、為難 → | こ | ま | る |　　| 困 | る |

2. 牛奶 → | ぎ | ゅ | う | に | ゅ | う |　　| 牛 | 乳 |

3. 書桌 → | つ | く | え |　　| 机 |

4. 椅子 → | い | す |　　| 椅 | 子 |

5. 店員 → | て | ん | い | ん |　　| 店 | 員 |

---

47 会いたい！ 想見你！

1 **1.** 宿題の答えを知る。(知道作業的答案。) → 宿題の答えを知りたい。(想知道作業的答案。)

2. 百貨店に行く。(去百貨公司。) → 百貨店に行きたい。(想去百貨公司。)

3. スーパーで買い物する。(在超市買東西。) → スーパーで買い物したい。(想在超市買東西。)

4. 韓国料理を食べる。(吃韓式料理。) → 韓国料理を食べたい。(想吃韓式料理。)

2 **1.** 百貨店に来た(來百貨公司)，靴を買う(買鞋子)

→ 百貨店に靴を買いに来た。(為了買鞋子來百貨公司。)

2. 明日、東京へ行く(明天去東京)，家を見る(看房子)

→ 明日、東京へ家を見に行く。(明天為了看房子去東京。)

3. スーパーへ来た(來超市)，買い物する(買東西)

→ スーパーへ買い物しに来た。(為了買東西來超市。)

4. 日本へ行く(去日本)，日本語を習う(學日語)

→ 日本へ日本語を習いに行く。(為了學日語去日本。)

3 **1.** 彼女(が)欲し(かった)。想要有女朋友。

2. 靴を買(いに)百貨店に来た。為了買皮鞋來到百貨公司。

3. 家族(の)中(で)、誰が(一番)背が高い？家人當中誰的身高最高？

4. 子供(が)欲し(くなかった)。不想要有孩子。

4 1. 生活、居住 → | す | む |　| 住 | む |

2. 想擁有 → | ほ | し | い |　| 欲 | し | い |

3. 家 → | い | え |　| 家 |

4. 賞花、看花 → | は | な | み |　| 花 | 見 |

5. 近的 → | ち | か | い |　| 近 | い |

---

48 飲みに行きたいです。想去喝酒。

1 1. カラオケで歌わない。（沒有在KTV唱歌。）
　　→ カラオケで歌いたくないです。（不想在KTV唱歌。）

2. この仕事を友達に頼んだ。（向朋友拜託這件事。）
　　→ この仕事を友達に頼みたかったです。（想向朋友拜託這件事。）

3. ブログを作る。（製作部落格。）→ ブログを作りたいです。（想製作部落格。）

4. ヘアスタイルを変えなかった。（沒有換髮型。）
　　→ ヘアスタイルを変えたくなかったです。（沒有想換髮型。）

2 1. この果物(水果), おいしい(好吃)
　　→ この果物の中で、どれが一番おいしいですか。（這些水果當中哪一個最好吃？）

2. その映画(電影), 面白い(有趣)
　　→ その映画の中で、どれが一番面白いですか。（那些電影當中哪一個電影最有趣？）

3. その歌(那歌), いい(好)
　　→ その歌の中で、どれが一番いいですか。（那些歌曲當中哪一首歌曲最好？）

4. この花(花), 好きな(喜歡、好的)
　　→ この花の中で、どれが一番好きですか。（這些花當中最喜歡哪一個？）

3 1. もっと時間(が)欲(しかったです)。想擁有更多時間。

2. 母(と)一緒に買い物(し)に行きます。想要和母親一起去購物。

3. この果物(の)中(で)、(どれ)が一番おいしいですか。這些水果當中哪一個最好吃？

4 1. 製作 → | つ | く | る |　| 作 | る |

2. 換 → | か | え | る |　| 変 | え | る |

3. 休息時間、休假日 → | や | す | み |　| 休 | み |

4. 今年 → | こ | と | し |　| 今 | 年 |

5. 花 → | は | な |　| 花 |

49　誰がいる? 有誰在?

1 1. 机(書桌), 上(上面), スタンド(檯燈)→ 机の上にスタンドがある。(在書桌上面有檯燈。)
2. ドア(門), 後ろ(後面), 猫(貓)→ ドアの後ろに猫がいる。(在門的後面有貓。)
3. 椅子(椅子), 下(下面), リモコン(遙控器)→ 椅子の下にリモコンがある。
   (在椅子下面有遙控器。)
4. 窓(窗戶), 前(旁邊), 犬(狗)→ 窓の前に犬がいる。(在窗戶的旁邊有狗。)

2 1. お風呂に誰かいる?(有人在浴室嗎?)→ ううん、誰もいない。(不，什麼人都沒有。)
2. 木の後ろに何かあった?(有東西在樹木後面嗎?)
   → ううん、何もなかった。(不，什麼東西都沒有。)
3. ソファーの下に何かいた?(有東西在沙發下面嗎?)
   → ううん、何もいなかった。(不，什麼東西都沒有。)
4. ドアの前に何かある?(有東西在門前面嗎?)→ ううん、何もない。(不，什麼東西都沒有。)

3 1. スタンド(は)椅子(の)下(に)(ない)。檯燈沒有在椅子下。
2. 机(の)上(に)何(か)(あった)? 書桌上有東西嗎?（物品）（過去式）
3. ううん、何(も)(なかった)。不，什麼都沒有。（物品）（過去式）
4. 猫(は)窓(の)前(に)(いた)。貓在窗戶前面。（過去式）

4 1. 後面 → | う | し | ろ |　| 後 | ろ |
2. 樹木 → | き |　| 木 |
3. 前面 → | ま | え |　| 前 |
4. 浴室、洗澡 → | ふ | ろ |　| 風 | 呂 |
5. 下面、底部 → | し | た |　| 下 |

50　兄弟がいますか。 有兄弟姊妹嗎?

1 1. 鳥(鳥), 箱(箱子), 中(裡)→ 鳥は箱の中にいます。(鳥在箱子裡。)
2. 銀行(銀行), 学校(學校), 裏(後面)→ 銀行は学校の裏にあります。(銀行在學校後面。)
3. トイレ(化妝室), 家(家), 外(外面)→ トイレは家の外にあります。(化妝室在家外面。)
4. 母(母親), 祖父と祖母(爺爺與奶奶), 間(之間)
   → 母は祖父と祖母の間にいます。(母親在爺爺與奶奶之間。)

2　1. 箱の中に何かいましたか。（有東西在箱子裡面嗎？）
　　　　→ いいえ、何もいませんでした。（不，什麼東西都沒有。）
　　2. スーパーの裏に何かありますか。（有東西在超市後面嗎？）
　　　　→ いいえ、何もありません。（不，什麼東西都沒有。）
　　3. 鏡の横に何かありましたか。（有東西在鏡子旁邊嗎？）
　　　　→ いいえ、何もありませんでした。（不，什麼東西都沒有。）
　　4. おじいさんの隣に誰かいますか。（爺爺的旁邊有人嗎？）
　　　　→ いいえ、誰もいません。（不，什麼人都沒有。）

3　1. 祖父(の)隣(に)祖母(が)います。奶奶（就）在爺爺的旁邊。
　　2. 鏡(と)箱(の)間(に)何が(います)か。鏡子與箱子之間有什麼東西？（動物）
　　3. スーパー(の)裏(に)何(か)ありますか。超市後面有什麼東西嗎？
　　4. 本棚(の)横(に)何が(ありました)か。書桌旁邊有什麼東西？（物品）

4　1. 裡面、裏面 → な　か　　　中
　　2. 旁邊、橫 → よ　こ　　　橫
　　3. 之間 → あ　い　だ　　　間
　　4. 祖母、奶奶（非尊稱）→ そ　ぼ　　　祖　母
　　5. 箱子 → は　こ　　　箱

---

51 彼女に指輪をあげた。給了戒指給女朋友。

1　1. 私の両親(我的父母), 私(我), お小遣い(零用錢)
　　　　→ 私の両親は私にお小遣いをくれた。（我的父母給了我零用錢。）
　　2. 私の姉(我姐姐), おじ(叔叔), 紅茶(紅茶)
　　　　→ 私の姉はおじに紅茶をあげた。（我姐姐給了叔叔紅茶。）
　　3. 僕(我), 彼女(女朋友), ネックレス(項鍊)
　　　　→ 僕は彼女にネックレスをあげた。（我給了女朋友項鍊。）
　　4. おば(阿姨), 俺(我), ネクタイ(領帶)
　　　　→ おばは俺にネクタイをくれた。（阿姨給了我領帶。）

2　1. 僕(我), おじ(大伯), お小遣い(零用錢)
　　　　→ 僕はおじにお小遣いをもらった。（我從大伯那裡收到了零用錢。）
　　2. 私(我), 学校(學校), 手紙(信)
　　　　→ 私は学校から手紙をもらった。（我從學校那裡收到了信。）

3. 彼氏(男朋友), その会社(那個公司), 仕事(工作)

　　→ 彼氏はその会社から仕事をもらった。(男朋友從那個公司得到了工作。)

4. 僕(我), 祖母(奶奶), お皿(盤子)

　　→ 僕は祖母にお皿をもらった。(我從奶奶那裡收到了的盤子。)

3 **1.** 僕(の)両親(は)僕(に)お小遣いを(くれ)なかった。我的父母沒有給我零用錢。

2. 妹(が)おば(に)ネックレスを(あげた)。妹妹給了阿姨項鍊。

3. 私(は)彼(に)指輪を(もらった)。我從男朋友那裡收到了戒指。

4 **1.** 紅茶 → | こ | う | ちゃ | 　 | 紅 | 茶 |

2. 盤子 → | お | さ | ら | 　 | お | 皿 |

3. 戒指 → | ゆ | び | わ | 　 | 指 | 輪 |

4. 零用錢 → | お | こ | づ | か | い | 　 | お | 小 | 遣 | い |

5. 雙親、父母 → | りょ | う | し | ん | 　 | 両 | 親 |

---

52 おばにもらいました。 從阿姨那邊收到的。

---

1 **1.** 課長(課長), 息子(兒子), 仕事(工作)

　　→ 課長は息子に仕事をくれました。(課長給了兒子工作。)

2. 私(我), おば(伯母), 花瓶(花瓶)

　　→ 私はおばに花瓶をあげました。(我給了伯母花瓶。)

3. 先生(老師), 娘(女兒), 飴(糖果)

　　→ 先生は娘に飴をくれました。(老師給了女兒糖果。)

4. 兄(哥哥), おじ(姑丈), ハガキ(明信片)

　　→ 兄はおじにハガキをあげました。(哥哥給了姑丈明信片。)

2 **1.** 娘(女兒), 祖母(奶奶), 着物(和服)

　　→ 娘は祖母に着物をもらいました。(女兒從奶奶那裡收到了和服。)

2. 息子(兒子), 会社(公司), ハガキ(明信片)

　　→ 息子は会社からハガキをもらいました。(從兒子的公司那裡收到了明信片。)

3. 私(我), 先生(老師), 切手(郵票)

　　→ 私は先生に切手をもらいました。(我從老師那裡收到了郵票。)

4. 祖父(爺爺), 学校(學校), 書類(資料)

　　→ 祖父は学校から書類をもらいました。(爺爺從學校那裡收到了資料。)

3 1. 祖母(が)娘(に)着物を(くれ)ました。奶奶給了女兒和服。

2. 私(は)おば(に)花瓶を(あげ)ました。我給了姑姑花瓶。

3. 私(は)学校(から)書類を(もらいません)でした。沒有從學校那裡收到資料

4 1. 珍貴、稀有 → | め | ず | ら | し | い |　　| 珍 | し | い |

2. 女兒 → | む | す | め |　| 娘 |

3. 和服 → | き | も | の |　| 着 | 物 |

4. 郵票 → | き | っ | て |　| 切 | 手 |

5. 兒子 → | む | す | こ |　| 息 | 子 |

第六部分

53 道が暗くて怖かった。 路很黑所以很可怕。

---

1 ▶「〜て／で」後面的逗號（、）可以加也可以不加。

1. 友達に会う(見朋友), 一緒にお茶を飲んだ(一起喝茶)
→ 友達に会って、一緒にお茶を飲んだ。(和朋友見面後一起去喝了茶。)

2. 本を読む(唸書), レポートを書く(寫報告)
→ 本を読んでレポートを書く。(唸書還有寫報告。)

3. 疲れる(疲倦), 早く寝た(早睡) → 疲れて早く寝た。(因為很疲倦，所以早睡了。)

4. 一人で外国に行く(獨自去外國), ちょっと怖かった(有點害怕)
→ 一人で外国に行って、ちょっと怖かった。(因為獨自去外國，所以有點害怕。)

2 ▶「〜て／で」後面的逗號（、）可以加也可以不加。

1. これは簡単(這個簡單), おいしい(好吃) → これは簡単でおいしい。(這個簡單又好吃。)

2. この部屋は広い(這個房間寬闊), 明るい(明亮) → この部屋は広くて明るい。
(這個房間很寬闊而且明亮。)

3. 高い車(貴的車), びっくりした(嚇了一跳) → 高い車で、びっくりした。
(因為是很貴的車，所以嚇了一跳。)

4. この料理は気持ち悪い(這個料理很噁心), 食べたくない(不想吃。)
→ この料理は気持ち悪くて食べたくない。(因為這個料理很噁心，所以不想吃。)

3 1. 田村さんは親切(で)、竹内さんはまじめ。田村先生（小姐）很親切，竹內先生（小姐）很老實。

2. ホテルの部屋が明る(くて)、気分がよかった。因為飯店房間很明亮，所以心情很好。

3. プールで泳(いで)、シャワーを浴びた。在游泳池游泳和洗澡了。

4 1. 勞累、疲倦 → つ か れ る　疲 れ る

2. 明亮 → あ か る い　明 る い

3. 昏暗 → く ら い　暗 い

4. 心情 → き ぶ ん　気 分

5. 路 → み ち　道

---

54 電話を無くして困りました。 電話不見了，所以很困擾。

---

1 ▶「〜て／で」後面的逗號（、）可以加也可以不加。

1. ファイルを開きました(打開了檔案)、プリントアウトしました(列印了)
   → ファイルを開いて、プリントアウトしました。(打開檔案然後列印了。)

2. ファイルを上書き保存しました(覆蓋了檔案)、閉じました(關掉了)
   → ファイルを上書き保存して閉じました。(覆蓋檔案然後關掉了。)

3. 電話を無くしました(手機不見了)、困りました(困擾。)
   → 電話を無くして、困りました。(手機不見了，所以很困擾。)

4. 友達とチャットしました(和朋友網路聊天)、楽しかったです(愉快。)
   → 友達とチャットして楽しかったです。(因為和朋友網路聊天，所以很愉快。)

2 ▶.「〜て／で」後面的逗號（、）可以加也可以不加。

1. こっちは新しいデータです(這邊是新的資料。)、
   そっちは古いデータです(那邊是以前的資料。)
   → こっちは新しいデータで、そっちは古いデータです。
   　(這邊是新的資料，那邊是以前的資料。)

2. このノートパソコンは小さいです(這個筆記型電腦很小)、便利です(方便)
   → このノートパソコンは小さくて便利です。(這個筆記型電腦很小又很方便。)

3. 仕事が嫌です(討厭工作)、会社を休みました(辭職了。)
   → 仕事が嫌で、会社を休みました。(因為討厭工作所以辭職了。)

4. このソフトは難しいです(軟體很難)、よくわかりません(不太懂。)
   → このソフトは難しくて、よくわかりません。(因為這個軟體很難，所以不太懂。)

3 1. これは新しいアプリ(で)、ちょっと高いです。這個是新的程式，有一點貴。

2. このテレビは大き(くて)薄いです。這個電視大且薄。

4 1. 展開、開 → | ひ | ら | く |　| 開 | く |

2. 關上、關 → | と | じ | る |　| 閉 | じ | る |

3. 黏貼 → | つ | け | る |　| 付 | け | る |

4. 文件 → | ぶ | ん | しょ |　| 文 | 書 |

5. 儲存 → | ほ | ぞ | ん |　| 保 | 存 |

55　傘を持って出かけた。帶著雨傘出去了。

1 ▶「～て／で」後面的逗號（、）可以加也可以不加。

1. 窓を開けます(開窗戶), 寝ました(睡了)
　→ 窓を開けて寝た。(開窗戶然後睡了。)

2. 傘を持ちません(沒有拿雨傘), 出かけました(出去了)
　→ 傘を持たないで出かけた。(沒有拿雨傘就出去了。)

3. 予習をします(預習), 授業に出ました(上了課。)
　→ 予習をして授業に出た。(預習之後上了課。)

4. 電話をかけません(沒有打電話), 遊びに行きました(出去玩了)
　→ 電話をかけないで、遊びに行った。(沒有打電話就出去玩了。)

2 ▶「～て／で」後面的逗號（、）可以加也可以不加。

1. 授業を聞く(聽課), 復習する(複習)
　→ 授業を聞いてから復習する。(聽完課之後複習。)

2. 仕事が終わる(工作結束), 飲みに行く(去喝酒)
　→ 仕事が終わってから飲みに行く。(工作結束之後去喝酒。)

3. 川を渡る(過河), バスを降りた(從公車下車)
　→ 川を渡ってからバスを降りた。(過河之後要從公車下車。)

4. 電話をかける(打電話), 遊びに行った(出去玩了)
　→ 電話をかけてから遊びに行った。(打電話之後出去玩了。)

3 1. 仕事が終わら(なくて)、大変だった。因為工作沒有結束，所以很累。

2. ちょっと待(って)。等我一下。

3. こっちを見(ないで)。不要看這邊。

4. 川を渡(ってから)バス(を)降りた。過河之後要從公車下車。

4 **1.** 舉、拿 → あ げ る ／ 上 げ る

2. 出去、出來 → で る ／ 出 る

3. 結束 → お わ る ／ 終 わ る

4. 被開 → あ く ／ 開 く

5. 預習 → よ し ゅ う ／ 予 習

---

56 立たないでください。 請不要站起來。

1 ▶「～て／で」後面的逗號（、）可以加也可以不加。

1. いい結果が出ませんでした(沒有出現好的結果), 残念でした(很可惜)
→ いい結果が出なくて残念でした。(因為沒有出現好的結果，所以很可惜。)

2. その飛行機に乗りませんでした(沒有搭上那個飛機), よかったです(幸好)
→ その飛行機に乗らなくてよかったです。(因為沒有搭上那個飛機，所以感到幸好。)

3. 意味がわかりませんでした(沒有理解意思), 先生に聞きました(向老師詢問了)
→ 意味がわからなくて、先生に聞きました。(因為沒有理解意思，所以向老師詢問了。)

4. 友達が来ませんでした(朋友沒有來), 心配しました(擔心)
→ 友達が来なくて心配しました。(因為朋友沒有來，所以很擔心。)

2 **1.** パスポートを見せます。(給看護照。)
→ パスポートを見せてください。(請給我看護照。)

2. 電気を消しません。(不關燈。)
→ 電気を消さないでください。(請不要關燈。)

3. しょうゆをつけます。(沾醬油。)→ しょうゆをつけてください。(請沾醬油。)

4. 心配しません。(不擔心。)→ 心配しないでください。(請不要擔心。)

3 **1.** 目を見(ないで)話しました。 沒有看著眼睛講話。

2. 試合でいい結果が出(なくて)残念でした。因為比賽沒有出現好的結果，所以很可惜。

3. ちょっと立(って)ください。請站起來一下。

4. 道を渡(ってから)バスに乗ってください。請過馬路之後搭公車。

4 **1.** 站、站起來 → た つ ／ 立 つ

2. 鹽巴 → し お ／ 塩

3. 化妝 → け し ょ う ／ 化 粧

4. 書、冊子 → | し | ょ | | 書 |

5. 天婦羅 → | て | ん | ぷ | ら | | 天 | ぷ | ら |

---

57 パソコンを直してあげた。幫我修了電腦。

---

1 1. 荷物をそこに置く。(行李放那裡。)
→ 荷物をそこに置いてくれない？(可以為我把行李放那裡嗎？)

2. このゴミ、捨てる。(丟這個垃圾。)
→ このゴミ、捨ててくれない？(可以為我丟這個垃圾嗎？)

3. 明日、早く起こす。(明天早點叫醒我。)
→ 明日、早く起こしてくれない？(明天可以早點叫醒我嗎？)

4. パソコンを直す。(修理電腦。) → パソコンを直してくれない？(可以幫我修理電腦嗎？)

2 1. うちまで送る。(送我回家。)
→ うちまで送ってもらえない？(可以送我回家嗎？(可以接受送我嗎？))

2. 塩を取る。(鹽巴遞給我)
→ 塩を取ってもらえない？(可以把鹽巴遞給我嗎？(可以接受遞給我嗎？))

3. バイトを一緒に探す。(一起找打工。)
→ バイトを一緒に探してもらえない？(可以為我一起找打工嗎？(可以接受一起找打工嗎？))

4. パソコンを直す。(修理電腦。)
→ パソコンを直してもらえない？(可以為我修理電腦嗎？(可以接受修理電腦嗎？))

3 1. 僕は彼女をうち(まで)送って(あげた)。我送女朋友到家。

2. 娘(が)(私に)塩を取って(くれた)。女兒遞鹽巴（給我）。

3. (私は)友達(に)バイトを一緒に探して(もらった)。
朋友一起找了（我的）打工。（（我）受到朋友一起找打工。）

4. (私は)後で弟(に)パソコンを直して(もらう)。
等一下弟弟將會修理（我的）電腦。（（我）等一下將會受到弟弟修理電腦。）

4 1. 送、送行 → | お | く | る | | 送 | る |

2. 夾、抓、取得 → | と | る | | 取 | る |

3. 修理 → | な | お | す | | 直 | す |

4. 放入 → | い | れ | る | | 入 | れ | る |

5. 喚醒、叫起 → | お | こ | す | | 起 | こ | す |

58 母がほめてくれました。 媽媽稱讚了我。

1 1. 急ぐ。(加快)

→ すみませんが、急いでくださいませんか。(對不起，可以為我加快嗎？)

2. そこまで案内する。(指路)

→ すみませんが、そこまで案内してくださいませんか。

(對不起，可以為我指路到那裡嗎？)

3. この子を育てる。(養這個小孩)

→ すみませんが、この子を育ててくださいませんか。(對不起，可以幫我養這個小孩嗎？)

4. 子供をほめる。(稱讚小孩)

→ すみませんが、子供をほめてくださいませんか。(對不起，可以幫我稱讚小孩嗎？)

2 1. この荷物を届ける。(送行李。)

→ すみませんが、この荷物を届けていただけませんか。

(雖然抱歉，可以幫我送行李嗎？(可以接受為我送行李嗎？))

2. 急ぐ。(加快)

→ すみませんが、急いでいただけませんか。

(雖然抱歉，可以為我加快嗎？(可以接受為我加快嗎？))

3. この子を育てる。(養這個小孩)

→ すみませんが、この子を育てていただけませんか。

(雖然抱歉，可以幫我養這個小孩嗎？(可以接受幫我養這個小孩嗎？))

4. ネクタイを締める。(繫領帶)

→ すみませんが、ネクタイを締めていただけませんか。

(雖然抱歉，可以為我繫領帶嗎？(可以接受為我繫領帶嗎？))

3 1. 親切な人(が)道を案内して(くれました)。親切的人（向我）指了路。

2. 外国人(に)道を案内して(あげました)。（我）為外國人指路了。

3. 母にほめて(もらいました)。母親稱讚了我。(受到母親稱讚了。)

4 1. 指路 → | あ | ん | な | い | す | る |　| 案 | 内 | す | る |

2. 養、培養 → | そ | だ | て | る |　| 育 | て | る |

3. 加快 → | い | そ | ぐ |　| 急 | ぐ |

4. 帶給、送 → | と | ど | け | る |　| 届 | け | る |

5. 每天早上 → | ま | い | あ | さ |　| 毎 | 朝 |

59 計画はもう立ててある。 計畫已經規劃好了。

1　1. テストの間違いを直す。（改考試的錯誤部分。）
　　　→ テストの間違いを直してる。（正在改考試的錯誤部分。）
　　2. 魚を焼く。（烤魚。）→ 魚を焼いてる。（正在烤魚。）
　　3. ガラスを割る。（打破玻璃。）→ ガラスを割ってる。（正在打破玻璃。）
　　4. 姪を育てる。（養姪女。）→ 姪を育ててる。（正在養姪女。）

2　1. 旅行の計画はもう立てた？（旅行的計劃已經規劃好了嗎？）
　　　→ ううん、まだ立ててない。（不，還沒規劃。）
　　2. 魚はもう焼けた？（魚已經烤好了？）
　　　→ ううん、まだ焼けてない。（不，還沒有烤好。）
　　3. ガラスはもう割れた？（玻璃已經破了？）
　　　→ ううん、まだ割れてない。（不，沒有破。）
　　4. 荷物はもう届けた？（行李已經拿過來了？）
　　　→ ううん、まだ届けてない。（不，還沒拿過來。）

3　1. ガラスが割(れて)(いる)。玻璃破了。
　　2. 旅行(の)計画を立てて(おいた)。規劃了旅行的計劃。（不能解釋成「被規劃著」）
　　3. テスト(の)間違いは直して(ある)。考試的錯誤部分被改正了。（改好了。）
　　4. 荷物がまだ届(いて)(いない)。行李還沒抵達。

4　1. 建立 → | た | て | る |　　| 立 | て | る |
　　2. 被改 → | な | お | る |　　| 直 | る |
　　3. 打破 → | わ | る |　　| 割 | る |
　　4. 計畫 → | け | い | か | く |　　| 計 | 画 |
　　5. 鮮魚、活魚 → | さ | か | な |　　| 魚 |

60 駐車場にとめておきました。 （把車）在停車場裡停好了。

1　1. 人を集めます。（聚集人。）
　　　→ 人を集めてあります。（聚集好人了。（人們聚集著。））
　　2. 木の枝を折ります。（折斷樹枝。）
　　　→ 木の枝を折ってあります。（折好了樹枝。（樹枝被折好了。））

3. 車は駐車場にとめます。（停車在停車場。）

　　→ 車は駐車場にとめてあります。（把車停好在停車場。（被停好了。））

4. 旅行の計画を立てる。（旅行的計劃規劃好了。）

　　→ 旅行の計画を立ててあります。（旅行的計劃被規劃了。）

2 **1.** 黒板の字はもう消しましたか。（黑板的字已經被擦掉了嗎？）

　　→ いいえ、まだ消していません。（沒有，還沒被擦掉。）

2. 木の枝をもう折りましたか。（樹枝已經被折了嗎？）

　　→ いいえ、まだ折っていません。（沒有，還沒被折。）

3. 車を駐車場にもうとめましたか。（車已經停在停車場了嗎？）

　　→ いいえ、まだとめていません。（沒有，還沒被停好。）

4. もうご飯を食べましたか。（已經吃飯了嗎？）

　　→ いいえ、まだ食べていません。（沒有，還沒吃。）

3 **1.** 木(の)枝を折って(います)。正在折樹枝。

2. 車が駐車場にとまって(います)。車在停車場停好了。

3. 黒板(の)字を消して(おきます)。黑板的字擦好了。

4. テスト(の)間違いはまだ直(して)(いません)。考試的錯誤還沒有改。

4 **1.** 消失、消去 → き え る　　消 え る

2. 聚集 → あ つ め る　　集 め る

3. 斷、被折 → お れ る　　折 れ る

4. 黑板 → こ く ば ん　　黑 板

5. 字跡、字 → じ　　字

台灣廣廈 國際出版集團
Taiwan Mansion International Group

國家圖書館出版品預行編目（CIP）資料

用聽的學標準日本語：用耳朵自然學！從基礎到進階，一次學會「發音、
單字、文法、會話」的日語大全/藤井麻里著；李聖婷，廖琇祺譯. -- 初
版. -- 新北市：國際學村出版社, 2024.05
　面；　公分
ISBN 978-986-454-350-2(平裝)

1.CST: 日語 2.CST: 讀本

803.18　　　　　　　　　　　　　　　　　113003261

國際學村

用聽的學標準日本語

用耳朵自然學！從基礎到進階，一次學會「發音、單字、文法、會話」的日語大全

作　　者／藤井麻里	編輯中心編輯長／伍峻宏・編輯／尹紹仲
翻　　譯／李聖婷・廖琇祺	封面設計／陳沛涓・內頁排版／菩薩蠻數位文化有限公司
	製版・印刷・裝訂／東豪・弼聖・紘億・明和

行企研發中心總監／陳冠蒨　　　　線上學習中心總監／陳冠蒨
媒體公關組／陳柔彣　　　　　　　產品企製組／顏佑婷
綜合業務組／何欣穎　　　　　　　企製開發組／江季珊、張哲剛

發　行　人／江媛珍
法律顧問／第一國際法律事務所 余淑杏律師・北辰著作權事務所 蕭雄淋律師
出　　版／國際學村
發　　行／台灣廣廈有聲圖書有限公司
　　　　　地址：新北市235中和區中山路二段359巷7號2樓
　　　　　電話：（886）2-2225-5777・傳真：（886）2-2225-8052
讀者服務信箱／cs@booknews.com.tw

代理印務・全球總經銷／知遠文化事業有限公司
　　　　　地址：新北市222深坑區北深路三段155巷25號5樓
　　　　　電話：（886）2-2664-8800・傳真：（886）2-2664-8801
郵政劃撥／劃撥帳號：18836722
　　　　　劃撥戶名：知遠文化事業有限公司（※單次購書金額未達1000元，請另付70元郵資。）

■出版日期：2024年05月　　　　ISBN：978-986-454-350-2
　　　　　　　　　　　　　　　　版權所有，未經同意不得重製、轉載、翻印。